LIVRO das MIL E UMA NOITES

LIVRO das MIL E UMA NOITES

TRADUZIDO DO ÁRABE POR
MAMEDE MUSTAFA JAROUCHE

VOLUME 1 — Ramo sírio

BIBLIOTECA AZUL

Texto fixado conforme as regras do Acordo Ortográfico da Língua Portuguesa (Decreto Legislativo nº 54, de 1995).

Título original: *Kitāb alf layla wa layla*

Editora responsável: Juliana de Araujo Rodrigues
Editora assistente: Erika Nogueira
Revisão: Jane Pessoa
Diagramação: Gisele Baptista de Oliveira
Capa: Terezza Bettinardi
Ilustração de capa: Bruno Algarve

1ª edição, 2005
2ª edição, 2006
3ª edição, 2015
4ª edição, 2017
5ª edição revista e atualizada, 2018 - 5ª reimpressão, 2025

CIP-BRASIL. CATALOGAÇÃO-NA-FONTE
SINDICATO NACIONAL DOS EDITORES DE LIVROS, RJ

L762
5. ed.

Livro das mil e uma noites : volume I : ramo sírio / Traduzido do árabe por Mamede Mustafa Jarouche. - 4. ed. - São Paulo : Biblioteca Azul, 2017.
464 p. : il. ; 23 cm.

Tradução de: Kitâb alf layla wa layla
Apêndice
Inclui introdução e notas
ISBN 978-85-250-6504-9

1. Conto árabe. I. Jarouche, Mamede Mustafa.

17-43916 CDD: 892.73
CDU: 821.411.21'3

Direitos de edição em língua portuguesa para o Brasil
adquiridos por Editora Globo S.A.
Rua Marquês de Pombal, 25 — 20230-240 — Rio de Janeiro —RJ
www.globolivros.com.br

AGRADECIMENTOS A

Ali Mohamad El Jarouche, Mahmud Ali Makki, Sayed El-Bahrawy, Federico Corriente Córdoba, Roshdi Rashed, Gamal El Ghitani, Talaat El Shayeb, Mamduh Ali Ahmad, Abdurrahman El Sharqawy, Afaf El Sayed, Muhammad El Arabi El Dawudi, Riyad Abou Awad, Yusuf Abu Raya, Magdi Youssef, Biblioteca Nacional do Egito, Biblioteca da Liga dos Estados Árabes;

Fapesp, Adma Fadul Muhana, Alberto Sismondini, Andreas Hofbauer, Fernanda Vanzolini Razuk, Francis H. Aubert, Joaci Pereira Furtado, João Adolfo Hansen, Júlia Maria de Paiva, Juliana de Matos Donzelli, Leon Kossovitch, Michel Sleiman, Miguel Attie Filho, Renato Marques Gadioli, Richard Max de Araújo, Safa Alferd Abou-Chahla Jubran, Serviço de Aquisição da Biblioteca da FFLCH-USP.

SUMÁRIO

NOTA EDITORIAL 9
UMA POÉTICA EM RUÍNAS 11

LIVRO DAS MIL E UMA NOITES
Em nome de Deus, o Misericordioso, o Misericordiador – em quem está a minha fé 41
O gênio e a jovem sequestrada 49
O burro, o boi, o mercador e sua esposa 53
O mercador e o gênio 59
O primeiro xeique 66
O segundo xeique 70
O pescador e o gênio 75
O rei Yūnān e o médico Dūbān 82
O mercador e o papagaio 88
O filho do rei e a ogra 90
O rei das ilhas negras e sua esposa 106
O carregador e as três jovens de Bagdá 118
O carregador 144
O primeiro dervixe 144
O segundo dervixe 151
O invejoso e o invejado 162
O terceiro dervixe 178
Ja^c^far, o vizir 200

A primeira jovem, a dona da casa 202
A segunda jovem, a chicoteada 212
As três maçãs 223
Os vizires Nūruddīn ᶜAlī, do Cairo, e seu filho Badruddīn Ḥasan, de Basra 230
O corcunda do rei da China 292
O jovem mercador e sua amada 302
O jovem de Bagdá e a criada de madame Zubayda 318
O jovem de Mossul e sua namorada ciumenta 330
O jovem manco e o barbeiro de Bagdá 343
O barbeiro de Bagdá e seus irmãos 366
O primeiro irmão do barbeiro 369
O segundo irmão do barbeiro 374
O terceiro irmão do barbeiro 378
O quarto irmão do barbeiro 381
O quinto irmão do barbeiro 385
O sexto irmão do barbeiro 395

ANEXOS 403
Anexo 1 - O "prólogo-moldura" no ramo egípcio tardio 405
Anexo 2 - As histórias do terceiro xeique 415
Anexo 3 - *Sobre o dizer* conversa de Ḫurāfa 427
Anexo 4 - O rei e o falcão 430
Anexo 5 - Uma história de incesto 432
Anexo 6 - Relato histórico sobre um bastardo 435
Anexo 7 - A origem da história do mercador e da criada 438
Anexo 8 - A origem da história do barbeiro 446
Anexo 9 - A origem da história do alfaiate corcunda 449
Anexo 10 - A sessão da carne cozida na coalhada 457

NOTA EDITORIAL

Eu penso em *As mil e uma noites*: falava-se, narrava-se até o amanhecer para afastar a morte, para adiar o prazo deste desenlace que deveria fechar a boca do narrador.

MICHEL FOUCAULT

Um rei chamado Šāhriyār (pronuncia-se *Xahriár*, aspirando o "h"), membro de poderosa dinastia, descobre certo dia que a mulher o trai com um escravo. Em crise, esse rei sai pelo mundo, iniciando uma busca que é também de fundo espiritual: ele quer saber se existe neste mundo alguém mais infeliz do que ele. A resposta é positiva, com um agravante: ninguém pode conter as mulheres – é o que lhe garante uma bela jovem que trai o marido. Então ele retorna para o seu reino decidido a tomar uma medida drástica e violenta: casar-se a cada noite com uma mulher diferente, mandando matá-la na manhã seguinte.

Depois de muitas mortes e pânico entre as famílias, dá-se a intervenção da heroína: ela é filha do vizir mais importante do reino, possui grande cultura e inteligência, chama-se Šahrāzād (pronuncia-se *Xahrazád*) e elaborou uma estratégia infalível por meio de histórias que vai sucessivamente, noite após noite, desfiando diante de um rei a princípio assustado, mas depois cada vez mais seduzido e encantado.

São fábulas de terror e de piedade, de amor e de ódio, de medos e de paixões desenfreadas, de atitudes generosas e de comportamentos cruéis, de delicadeza e de brutalidade. Um repertório fantástico que até hoje nenhuma outra obra humana igualou, e que, desde o início do século XVIII, vem sendo traduzido para os mais diversos idiomas do mundo, a tal ponto que, para Jorge Luis Borges, passou a ser "parte prévia da nossa memória".

Esta é a primeira tradução direta do árabe para o português. O trabalho foi buscar, nos originais do livro, o ritmo, o sabor e o poder da palavra de Šahrāzād, inumerável como a prosa do mundo e fonte de inspiração para escritores tão diversos quanto Marcel Proust, Machado de Assis, Voltaire, Edgar Allan Poe, Jean Potocki e Borges. Sua narrativa, como bem disse o filósofo francês Michel Foucault, "é o avesso encarniçado do assassínio, é o esforço de noite após noite para conseguir manter a morte fora do ciclo da existência".

NOTA À 4ª EDIÇÃO

Decorridos doze anos do lançamento deste já clássico trabalho de tradução, a editora optou por uma nova capa e uma diagramação mais funcional. O conteúdo, porém, segue sendo o mesmo consagrado pelo público. O tradutor, que está preparando um quinto volume, limitou-se a fazer alguns acréscimos e aperfeiçoamentos.

UMA POÉTICA EM RUÍNAS

No mundo árabe, circulou pelo menos desde o século III H./IX d.C.[1] uma obra com título e características semelhantes ao *Livro das mil e uma noites*.[2] Contudo, foi somente entre a segunda metade do século VII H./XIII d.C. e a primeira do século VIII H./XIV d.C. que ela passou a ter, de maneira indubitável, as características pelas quais é hoje conhecida e o título que Jorge Luis Borges considerava o mais belo de toda a literatura. Sua história pode ser feita com base em fragmentos remotos e formulações digressivas, em manuscritos aparentemente incompletos conservados pelo acaso e compilações tardias cuja completude fez correr demasiada tinta, bem como em silêncios e registros lacônicos e lacunares que não raro estimulam fantasias e desejos da crítica. Tal é o caso de uma obstinada crença de diversos críticos de literatura: a de que o *Livro das mil e uma noites* seria um conjunto pouco mais ou menos fabuloso de fábulas fabulosamente arranjadas. Isto é, um livro elaborado por centenas de mãos, em deze-

[1] Para a datação, este texto apresentará o ano ou século da Hégira, seguido do ano cristão. Como se sabe, a Hégira, ou migração do Profeta de Meca para Medina, ocorreu no ano de 622 da era cristã e marca o início do calendário muçulmano. Para eventuais interessados, a fórmula de conversão de uma data para a outra é a seguinte, convencionando-se "C" para o ano cristão e "H" para o ano islâmico: a) para encontrar o ano cristão: $C = H - (H \div 33) + 622$; b) para encontrar o ano islâmico: $H = C - 622 + [(C - 622) \div 32]$.

[2] Saliente-se o fato de que, com anterioridade ao árabe, não existiu em nenhum outro idioma qualquer referência a um livro com o título *Mil e uma noites*. O crítico Muhsin Mahdi, na introdução à sua edição crítica desse livro (Leiden, Brill, 1984, pp. 26-28), pondera que toda remissão a supostas "fontes" ou "originais" persas ou sânscritos não passa de especulação sem respaldo material algum. Na cultura árabe, é certo ter havido obras distintas carregando esse título ou assemelhado. Um resumo das teses sobre as fontes e origens do livro pode ser lido em Elisséeff, Nikita. *Thémes et motifs des Mille et une nuits*, Beirute, Institut Français de Damas, 1949, pp. 15-28.

nas de idiomas, em muitíssimos tempos e lugares, que pode ser produção de todos e por isso mesmo de ninguém, projetado no limbo da indeterminação absoluta que permite dizer qualquer coisa sobre ele e pensado como um processo de constituição que de tão inesgotável se tornou uma espécie de função, tudo isso entremeado de uma "oralidade" meio analfabeta mas (ou por isso mesmo) muito sábia, que excita e deslumbra.

Ainda que vez por outra divertidas, essas críticas, continuamente repostas na esfera do que se pensa como puro exercício literário, subtraem ao livro a sua materialidade e desconsideram o conjunto de práticas letradas em idioma árabe que de fato o constituíram enquanto tal. Como qualquer outra obra, o *Livro das mil e uma noites* tem uma história, controversa embora pela exiguidade dos dados que nos chegaram até hoje, e é fruto dos decoros das épocas em que foi elaborado ou reelaborado. Convencionalmente supõe-se, de acordo com documentos que serão discutidos, que o livro deriva de uma matriz iraquiana, algo como o primeiro estágio, pode-se dizer assim, da redação independente em árabe de uma obra de remota origem persa sobre a qual também se falará adiante. A reelaboração que chegou completa aos dias de hoje remonta, como já se disse, ao período entre a segunda metade do século VII H./XIII d.C. e a primeira do século VIII H./XIV d.C., quando o Estado mameluco abrangia as terras da Síria e do Egito. Fundamentada na análise dos manuscritos, parte da crítica[3] desenvolveu a hipótese da existência de dois ramos dessa reelaboração, o sírio e o egípcio, este último por sua vez subdividido em antigo e tardio. São somente os manuscritos da fase dita tardia que contêm, de fato, mil e uma noites, conforme se explicará adiante.

Da matriz iraquiana há um único e escasso resquício documental: a mais antiga evidência material de um livro cujo título fala em "mil noites" consiste em dois fragmentos de folhas datadas de 266 H./879 d.C., em Antioquia, na Síria, contendo precárias vinte linhas não muito esclarecedoras. A pesquisadora iraquiano-americana Nabia Abbott (Nabīha ᶜAbbūd), que as localizou em meio a uma resma de papiros árabes adquiridos pela Universidade de Chicago durante a Segunda Guerra Mundial, transcreveu-as e escreveu um longo artigo a respeito.[4]

[3] Sobre as objeções, que não serão discutidas aqui, há algumas referências no meu trabalho O 'prólogo-moldura' das *Mil e uma noites* no ramo egípcio antigo", *Tiraz, Revista de Estudos Árabes*. São Paulo, Humanitas/FFLCH-USP, n. 1, 2004, pp. 70-117.

[4] Abbott, Nabia. "A Ninth-Century Fragment of the 'Thousand Nights'. New Light on the Early History of the Arabian Nights", *Journal of Near Eastern Studies*, Chicago, vol. VIII, n. 3, 1949, pp. 129-164.

A tradução dessas vinte linhas é a seguinte (tudo o que se encontra entre colchetes é inferência de Nabia Abbott, a partir de trechos ilegíveis no manuscrito):

Primeira folha:
"*Livro*
que contém história(s) [*ou*: a história]
das mil noites [*ou*: histórias pertencentes às mil noites]. Não há poderio
ou força senão em Deus
altíssimo e poderoso."

Segunda folha:
"*Em nome de Deus, Misericordioso, Misericordiador*
NOITE
E quando foi a noite seguinte
disse Dīnāzād: ó minha delícia, se não
estiver dormindo, conte-me a história
que você me prometeu ou um paradigma sobre
a virtude e a falta, o poderio e a ignorância,
a prodigalidade e a avareza, a valentia e a covardia,
que sejam no homem inatas ou adquiridas
[ou] que sejam característica distintiva ou decoro sírio
[ou be]duíno
[e então Šīrāzād contou-lhe uma his]tória que continha graça e beleza
[sobre fulano, o..., e sua m]emória
[... e] se torna mais merecedor quem não
[...] a não ser mais astucioso do que eles."[5]

Vê-se bem como a crítica das traças e do tempo foi caprichosa com a dita matriz iraquiana das *Mil* [*e uma*] *noites*: a única informação concreta que essas linhas fornecem é a da existência de uma coletânea com esse nome, o que chega a ser irônico com um livro sobre o qual foram lançadas tantas hipóteses, algumas absurdas, outras inverossímeis. Além do fato de que a obra já existia no século III H./IX d.C., as linhas e o material permitem poucas inferências. Nabia

[5] Ibid., pp. 132-133, pranchas XV e XVI.

Abbott ensaia algumas, das quais duas parecem pertinentes: a primeira, além de não terem sido escritas no Egito – a datação, como se viu, é de Antioquia –, as folhas não haviam sido produzidas ali, pois naquele período a província fabricava exclusivamente papiro; e, segunda, a formulação inicial, "livro que contém histórias pertencentes às mil noites" [*kitāb fihi ḥadīṯ alf layla*], indica que se tratava de um extrato ou resumo de suas histórias, e não do livro todo.

A datação em Antioquia pode não significar muita coisa, sobretudo quando se pensa na grande mobilidade territorial da população muçulmana, atestada por abundante literatura da época. Nabia Abbott, porém, lança a hipótese de que a cópia resumida teria sido realizada por encomenda de algum sírio, com base no texto originariamente produzido em Bagdá, sob a recomendação expressa de que o escriba copiasse coisas concernentes à sua região – daí a enfática menção ao "decoro [*adab*] sírio". Depois, azares e peripécias diversas teriam tangido o material e seu dono ao Egito, durante o governo de Aḥmad Bin Ṭūlūn (868-884 d.C.).

O mais importante, porém, é que tais linhas não permitem, apesar de todos os esforços especulativos de Nabia Abbott, dizer uma única palavra categórica sobre quais seriam as histórias e paradigmas que uma personagem chamada Dīnāzād (ou, possibilidade mais remota, Dunyāzād) pede, durante a noite, que lhe sejam contadas por outra personagem feminina, a quem chama de "minha delícia" [*yā malaḏḏatī*], tratamento esse que não ocorre no *Livro das mil e uma noites* tal como é hoje conhecido. Já o conteúdo de tais histórias e paradigmas é dedutível a partir da terminologia empregada, que aponta para alguma proximidade com a linha didático-moralizante verificável em obras como *Kalīla e Dimna* e *O sábio Sindabād*.[6]

No século IV H./X d.C., duas menções a esse livro, localizadas em obras de renome, lançam algumas luzes, ainda que esbatidas, sobre a obscuridade de sua constituição. A primeira, aparentemente incidental, é do historiador Abū Alḥasan ᶜAlī Bin Alḥusayn Bin ᶜAlī Almasᶜūdī (morto em 346 H./956 d.C.) no livro *Murūj Aḏḏahab wa Maᶜādin Aljawhar* [Pradarias de ouro e minas de pedras preciosas]. No texto, Almasᶜūdī associa a obra a um relato que ele afirma pertencer ao domínio da fábula, e não da história. Breve e digressiva, a menção é difícil de compreender isoladamente, motivo pelo qual se traduziu um trecho mais longo:

[6] Também conhecido como *Os sete vizires*; traduzido para o espanhol no século XIII sob o título *Sendebar*, ou "libro de los asayamentos de las mujeres".

"[Entre os templos exaltados pelos gregos e outros povos] está um enorme templo na cidade de Damasco, conhecido como Jayrūn, do qual já falamos antes neste livro. Tal templo foi construído por Jayrūn Bin Saᶜd Alᶜādī, que para ali transportou as colunas de mármore; esse templo é a cidade de Iram Ḏāt Alᶜimād, mencionada no Alcorão. O único a contraditar isso foi Kaᶜb Alaḥbār, quando foi ter com o califa Muᶜāwiya Bin Abū Sufyān,[7] que o indagou a respeito de tal cidade. Kaᶜb então lhe falou sobre sua espantosa estrutura de ouro, prata, almíscar e açafrão, e também que ela fora adentrada por um beduíno cujos camelos haviam se extraviado; ele saiu à procura dos animais e acabou topando com a cidade – e mencionou o ardil[8] utilizado pelo homem. E, voltando-se para a assembleia de Muᶜāwiya, disse: 'Eis aqui o homem' – aquele beduíno que entrara na cidade à procura de seus camelos extraviados. Então Muᶜāwiya deu um prêmio a Kaᶜb, e se demonstrou a veracidade de sua fala e a clareza de sua prova. Se essa notícia transmitida a partir de Kaᶜb for verdadeira, ótimo. Mas trata-se de uma notícia na qual entrou a corrupção em vários aspectos, devido à transmissão e a outras coisas; é uma fabricação de contadores de história. As pessoas polemizam a respeito dessa cidade e de sua localização. Entre os narradores de tradições históricas [*iḫbāriyyūn*] que iam em delegações até o califa Muᶜāwiya, e que conheciam bem as crônicas dos antigos e as biografias pretéritas dos árabes e de outros povos antigos, somente se confirmou a notícia dada por ᶜUbayd Bin Šarya, que deu notícias sobre tempos passados e sobre os seres, fatos e ramificações de descendências que neles haviam existido. O livro de ᶜUbayd Bin Šarya circula entre as pessoas e é bem conhecido. Muitos conhecedores das notícias constantes desse livro afirmam que elas são elaboradas[9] a partir de fábulas[10] forjadas [*ḫurāfāt maṣnūᶜa*], arranjadas por quem pretendia aproximar-se dos reis narrando-as

[7] Califa fundador da dinastia omíada, morreu em 60 H./680 d.C. Kaᶜb Alaḥbār, morto em 32 H./652 d.C, foi nomeado um de seus conselheiros; de origem judaica, é considerado um dos mais antigos narradores de tradições.

[8] A edição traz *ḥilya*, "joia", mas preferiu-se ler *ḥīla*, "estratégia", "artimanha".

[9] "Elaboradas" traduz *mawḍūᶜa*, que também poderia significar "apócrifas" se não estivesse seguida da preposição *min*, "de".

[10] Utilizou-se "fábula" para traduzir a palavra *ḫurāfa*, que de acordo com os autores antigos deriva do nome de um contemporâneo do Profeta que contava histórias cuja espécie ganhou seu nome (cf. o Anexo 3 deste volume). Assinale-se que Abū Bišr Mattà Bin Yūnus, tradutor da *Poética* de Aristóteles para o árabe na primeira metade do século IV H./X d.C., utilizou essa mesma palavra para traduzir *mythos*.

para eles. Essas notícias se impuseram aos contemporâneos por meio da memorização e da citação constante. O caminho [*sabíl*] percorrido por elas é o mesmo de livros transmitidos até nós e traduzidos para o nosso idioma a partir do persa, do sânscrito e do grego, e a maneira pela qual foram compostos esses livros que mencionamos é semelhante à do livro *Hažār Afsāna*, cuja tradução do persa é mil fábulas, pois fábula em persa se diz *afsāna*. As pessoas chamam esse livro de as mil e uma noites, e ele dá a notícia do rei, do vizir, de sua filha e de sua serva, que são Šīrazād e Dīnāzād. É também semelhante à maneira do livro de Farzah e Sīmās [ou *Šīmās*] e o que ele contém de notícias sobre os reis da Índia e os vizires, e também ao *Sindabād* e de outros livros no mesmo sentido."[11]

A segunda menção é de um livreiro de Bagdá, Abū Alfaraj Muḥammad Bin Abū Yaᶜqūb Isḥāq, ou mais simplesmente Annadīm Alwarrāq, morto em 390 H./990 d.C., e se encontra no *Alfihrist* ["Catálogo"], obra na qual, com muito zelo, pretendeu compendiar todos os livros até então escritos em árabe. Consta da oitava parte, oitavo artigo, cuja "primeira arte" [*alfann alawwal*] dá "notícias dos *musāmirūn* ['pessoas dadas a tertúlias noturnas'] e dos *muḥarrifūn* [nesse caso, 'pes-

---

[11] Almasᶜūdī, *Murūj Aḏḏahab wa Maᶜādin Aljawhar*, Beirute, Ed. M. M. Qamīḥa, Dār Alkutub Alᶜilmiyya, 1985, vol. II, pp. 275-276. Essa passagem, bem como muitas outras desse livro, apresenta grandes dificuldades de tradução. Existem manuscritos das *Murūj Aḏḏahab...* [Pradarias de ouro...] que trazem simplesmente "mil noites", o que lança dúvidas sobre o nome inicial da obra. Assim, a mais antiga menção incontestável ao título "mil e uma noites" passa a ser a de um documento da Geniza do Cairo, divulgado pelo orientalista S. D. Goitien e datado de 521 H./1127 d.C., no qual se refere o empréstimo do livro: "[...] o livro das mil e uma noites, com Majd Alᶜazīzī". Cf. Goitien, S. D. "The Oldest Documentary Evidence for the Title Alf Laila wa-Laila", *Journal of the American Oriental Society*, vol. 78, n. 4, out.-dez. 1958, pp. 301-302. O historiador egípcio Almaqrīzī (765 H./1364 d.C. – 844 H./1441 d.C.), numa citação de terceira mão, diz em sua obra *Almawāᶜiz wa Aliᶜtibār fī Ḏikr Alḫiṭaṭ wa Alaṯār* [Admoestações e considerações na menção de caminhos e vestígios]: "Bin Saᶜīd disse no livro *Almuḥallà bi Alašᶜār* [Ornamento de poesias], a partir da história de Alqurṭubī [letrado morto em Mossul em 567 H./1180 d.C.], que as pessoas falam muito a respeito da beduína e de seu primo paterno Ibn Mayyāḥ, e sobre o que deste caso se relaciona com o califa [fatímida] Alāmir bi-Aḥkām Allāh [495 H./ 1101 d.C – 525 H./1130 d.C.], a tal ponto que as narrativas a respeito se tornaram como as histórias do [cavaleiro] Albaṭṭāl, das *Mil e uma noites* e de outras assemelhadas" (apud Elisséeff, Nikita, op. cit., p. 210). Essa passagem ocorre duas vezes na obra. Como se sabe, os fatímidas estabeleceram seu califado xiita no Cairo do final do século III H./x d.C. até o VI H./XII d.C. Não fica claro se o trecho quer dizer que a história sobre a relação envolvendo a beduína, seu primo e o califa tenha se tornado como o *Livro das mil e uma noites* na época do próprio califa, no século VI H./XII d.C., ou na época do historiador. Ou seja, o final da passagem fica em aberto, podendo tanto ser entendido como "sua narrativa se tornou na época como são hoje as das *Mil e uma noites*", ou como "sua narrativa se tornou como suas contemporâneas das *Mil e uma noites*". Fica igualmente em aberto o sentido da expressão "tornou-se como" [*ṣārat kamā*]: "tornou-se do mesmo gênero das *Mil e uma noites*" ou "tornou-se tão falada quanto as *Mil e uma noites*". Elisséeff traduz: "*Ces histoires, on alla jusqu'à les comparer aux histoires d'al-Battal, des* Mille et une nuits *et d'autres semblables*" (p. 23).

soas que contam fábulas'], bem como dos livros compostos sobre *asmār* ['histórias que se contam à noite'] e *ḫurāfāt* ['fábulas']":

"Quem primeiro produziu fábulas, e as pôs em livros, e guardou [tais livros] em bibliotecas, e compôs uma parte disso na linguagem de animais, foram os persas; a seguir, aprofundaram-se nisso os reis ašġānidas, terceira geração dos reis persas. Depois, semelhantes fábulas se difundiram e ampliaram na época dos reis sassânidas, e então os árabes as passaram para o seu idioma, e os eloquentes e disertos poliram-nas e ornamentaram-nas, elaborando, no mesmo sentido, fábulas equivalentes. O primeiro livro feito nesse sentido foi *Hazār Afsān*, que significa mil fábulas. O motivo disso foi que um de seus reis [dos persas], quando se casava com uma mulher e passava com ela uma noite, matava-a no dia seguinte; então, casou-se com uma jovem [*jārya*] filha de rei, chamada Šahrāzād, que tinha inteligência e discernimento; logo que ficou com ele, ela começou a *tuḫarrifuhu* ['entretê-lo contando fábulas']: quando a noite findava, ela interrompia a história, fato que levava o rei a preservá-la e a indagá-la na noite seguinte sobre a continuação da história, até que se completaram mil noites, e ele, nesse período, dormiu com a jovem, que então teve um filho dele, mostrou-lhe a criança e o inteirou de sua artimanha; assim, o rei passou a considerá-la inteligente, tomou-se de simpatia por ela [*māla ilayhā*] e lhe preservou a vida. O rei tinha uma aia [*qahramāna*] chamada Dīnārzād, que a apoiava em sua artimanha [*ḥīla*]. Diz-se que esse livro foi elaborado para Ḥumāna, filha de Bahman, e também há notícias diferentes. E o correto, se Deus quiser, é que o primeiro a passar a noite entretido em colóquios [*asmār*] foi Alexandre [da Macedônia]: ele tinha um grupo que o divertia e o entretinha contando histórias, com as quais ele buscava não o prazer, mas sim a proteção e a vigília. Depois dele, os reis utilizaram com essa finalidade o livro *Hazār Afsān*, composto de mil noites e menos de duzentas histórias, porque uma única história às vezes era narrada em várias noites. Em diversas oportunidades vi esse livro completo, e ele, na verdade, é um livro ruim, de narrativa frívola. Abū ᶜAbdillāh Muḥammad Bin ᶜAbdūs Aljahšiyārī, autor do *Livro dos vizires e dos escribas*, começou a escrever um livro para o qual escolhera mil dentre os *asmār* dos árabes, dos persas, dos gregos e de outros; cada parte [desse livro] seria independente, sem ligação uma com a outra. Ele reuniu os contadores de histórias noturnas [*musāmirūn*] e deles recolheu o que de melhor e mais belo conheciam; e escolheu, nos livros já elaborados, os *asmār* e as *ḫurāfāt* que lhe agradaram. Era um homem de mérito, e reuniu quatrocentas e oitenta noites, cada noite composta de uma história completa, [num livro] constituído de pouco mais ou menos cinquenta folhas. A morte, porém, colheu-o antes que realizasse o que seu espírito almejava, que era completar as mil noites. Isso eu vi em várias partes, com a letra de Abū Aṭṭayyib, irmão de Aššāfiᶜī. Antes disso, quem compunha *asmār* e *ḫurāfāt* na linguagem de seres humanos, aves e quadrúpedes era um grupo de pessoas entre as quais se contavam ᶜAbdullāh Ibn Almuqaffaᶜ, Sahl Bin Hārūn Bin Rāhyūn e ᶜAlī Bin Dawūd, escriba de Zubayda,[12] e outros cujas notícias e obras já demos no local apropriado deste livro. Existem divergências quanto ao livro *Kalīla e Dimna*; diz-se que foi feito pelos indianos, e a informação relativa a isso está no próprio livro; diz-se que foi feito pelos reis ašġānidas e copiado pelos indianos; e diz-se que foi feito pelos persas e copiado pelos indianos. E um grupo disse que quem o fez foi o sábio Buzurjumihr [vizir do rei sassânida Kosroes], em várias partes, mas Deus sabe mais. Quanto ao livro *O sábio Sindabād*, do qual há uma cópia longa e outra curta, também ocorrem divergências iguais às do livro *Kalīla e Dimna*. Mas o mais provável e próximo da verdade é que os indianos o tenham feito."[13]

Ambos os textos, de Almasᶜūdī e de Annadīm, reportam um quadro geral que não corresponde exatamente ao que se conhece hoje do *Livro das mil e uma noites*. Em Almasᶜūdī, a menção é rarefeita, limitando-se a informar que tal livro "dá a notícia do rei, do vizir, de sua filha e de sua serva, cujos nomes são Šīrazād e Dīnāzād", sem delinear como se davam as relações entre esses personagens.[14] Introduzindo o *Livro das mil e uma noites* no conjunto das obras que contêm *ḫurāfāt*, fábulas, Almasᶜūdī o mobiliza contra o que se pode chamar de elaboração ficcional, ou, para ser mais preciso, contra os homens que a utilizavam para se aproximar do poder, ou ainda, indo mais longe, contra o próprio poder que

[12] Quanto aos personagens citados nesse trecho: o historiador Abū ᶜAbdullāh Muḥammad Bin ᶜAbdūs Aljahšiyārī morreu em 331 H./942 d.C., e não existe vestígio algum das fábulas que reuniu, mas de seu *Livro dos vizires e dos escribas* um longo trecho chegou até os dias de hoje; ᶜAbdullāh Ibn Almuqaffaᶜ, morto por volta de 140 H./758 d.C., traduziu para o árabe, entre outras obras, o livro *Kalīla e Dimna*, tendo redigido ainda tratados sobre decoro; de Sahl Bin Hārūn Bin Rāhyūn, morto em 215 H./830 d.C., escriba renomado, chegaram aos dias de hoje uma epístola sobre a avareza e um texto de fábulas chamado *Livro do tigre e do raposo*; ᶜAlī Bin Dawūd (século III H./IX d.C.), escriba, redigiu obras das quais somente o título chegou até os dias de hoje, como o *Livro da mulher livre e da escrava* e o *Livro dos elegantes*; Zubayda, morta em 216 H./831 d.C., era mulher do califa Hārūn Arrašīd; protegeu poetas e letrados e construiu mesquitas.

[13] Annadīm Alwarrāq, *Alfihrist*, Beirute, Ed. R. Tajaddud, Dār Almasīra, 1988, pp. 363-364.

[14] Ademais, o nome da personagem, Šīrazād ("coração de leão", cf. Abbott, op. cit., p. 152), não consta de nenhuma das versões conhecidas das *Mil e uma noites*.

legitima tais elaborações pelo simples fato de aceitá-las sem maior discernimento e "aproximar" os responsáveis por elas. Como cronista e historiador, isto é, letrado que organiza narrativas a respeito de eventos pretéritos, Almasᶜūdī sabia muito bem – e aproveitava esse princípio em suas obras, imitando outros historiadores por ele admirados, como Aṯṯabarī (morto em 310 H./923 d.C.) – que os relatos históricos são comumente constituídos de versões, muitas vezes discrepantes entre si, transmitidas ao historiador por quem participou do evento ou o presenciou, ou ainda ouviu sobre ele relatos de terceiros. Um dos recursos dessa prática, fundamental na recolha dos relatos dos *ḥadīṯ*es do profeta Maomé, era o *isnād*, que consistia no encadeamento de testemunhos que efetuam uma regressão temporal linear – "ouvi de fulano, que ouviu de beltrano, que ouviu de sicrano, que ouviu de alano etc.". Eventualmente, os historiadores muçulmanos utilizam, além do princípio de regressão temporal, o da dispersão geográfica, obedecendo a uma estrutura de formulação semelhante: "ouvi de fulano, que esteve em tal lugar etc.". Ao lado disso, outro recurso, mais comum nas obras de *adab* [decoro], é a citação de fonte escrita precedida da fórmula "li [ou fulano disse ter lido] em certo livro da Pérsia [ou da Índia, ou da Grécia] etc.". Esses procedimentos pressupõem variedade e contradição, pois fazem conviver numa mesma obra, em geral sucedendo-os da fórmula *Allāhu aᶜlam* ["Deus sabe mais"], diferentes relatos sobre um único evento histórico. Assim, o decoro de gênero desse historiador está menos na matéria narrada constante dos vários relatos a respeito de determinado evento e mais em sua própria consistência e encadeamento, conforme se comprova na introdução de sua obra: "O que me levou a elaborar este meu livro, a respeito da história e das notícias do mundo, do que se passou sob o abrigo [*aknāf*] do tempo, das notícias e conduta de profetas e reis e das nações e suas moradas, foi o desejo de imitar o proceder almejado pelos sábios e perseguido pelos doutos, a fim de que [este livro] permaneça como uma memória louvável no mundo, e um saber bem-composto e arrumado".[15] De maneira diversa, as fábulas [*ḫurāfāt*] pertenciam a outro gênero, estando, por conseguinte, submetidas a outro decoro, tal como se dá com "o livro de Farzah e Sīmās e [...] o livro de *Sindabād*".

A título de comparação, pense-se na história da construção de Alexandria no texto de Almasᶜūdī: segundo ele, monstros marinhos destruíam à noite o que os

[15] *Murūj Aḏḏahab*, op. cit., vol. 1, p. 6.

trabalhadores construíam durante o dia, o que obrigou Alexandre a descer ao mar numa espécie de caixão com tampa de vidro, acompanhado de dois de seus homens; foi então que ele constatou que se tratava de demônios com corpo humano e cabeça de feras, munidos de machados, serrotes e bastões, "imitando os artífices e trabalhadores" que construíam a cidade. Alexandre e seus auxiliares fizeram desenhos dos tais demônios, retornaram à superfície e mandaram construir estátuas semelhantes àqueles animais, colocando-as na praia. Quando anoiteceu, os demônios vieram destruir as fundações da cidade, mas toparam com as estátuas, assustaram-se e nunca mais voltaram. E Alexandria pôde afinal ser construída.[16] Almasᶜūdī incorpora à sua obra essa narrativa sobre a história de Alexandria sem lhe fazer restrição alguma, pois a grandiosidade do feito narrado a introduz previamente no gênero histórico, ao contrário das *ḫurāfāt*, fábulas, como o relato sobre a cidade de Iram Ḏāt Alᶜimād ou o livro *O sábio Sindabād*. Diferença de gênero que também, hierarquicamente, é de estatuto: a história é superior à fábula.

Bem mais pormenorizado do que o de Almasᶜūdī, o resumo que Annadīm oferece do "prólogo-moldura" do livro permite afirmar desde logo que, apesar das analogias, o *Hazār Afsān* aludido pelo "Catálogo" tem pouco que ver com o(s) livro(s) hoje conhecido(s) como *Mil e uma noites*. Podem-se fazer reparos, entre outros, aos seguintes dados do enredo: ali, o rei não tem nome; Šahrāzād é *jārya* de reis, e não filha de um vizir; Dīnārzād é aia do rei, e não irmã de Šahrāzād; não se declina o motivo pelo qual o rei matava mulheres; não se faz alusão ao irmão do rei nem ao nome deste último; não se cita em que circunstâncias se deu o casamento entre o rei e a jovem. O mais importante, entretanto, é que não se menciona nenhuma das histórias com as quais Šahrāzād entretém o rei. E, do ponto de vista estritamente gramatical, a afirmação de que os "eloquentes e disertos poliram tais histórias" não está de acordo com o que se conhece do ramo sírio do livro, cuja redação transgride as regras do árabe clássico e lança mão do

[16] O relato completo está em *Murūj Aḏḏahab*, op. cit., vol. I, pp. 384-387. No século VIII H./XIV d.C., o historiador Ibn Ḫaldūn observou, em sua obra *Almuqaddima* [Prolegômeno], que essa passagem de Almasᶜūdī é uma "longa narrativa composta de fábulas e absurdos, pois os reis não se envolvem em semelhantes aventuras [...], e tampouco se conhecem as formas específicas dos gênios [os demônios marítimos], que podem assumir diversas formas; quando se mencionam suas múltiplas cabeças, o objetivo é ressaltar sua fealdade e seu horror, e não dizer a verdade" (*Almujallad Alawwal min Kitāb Alᶜibar wa Diwān Almubtadā wa Alḫabar*, Dār Alkitāb Allubnānī, Beirute, 1979, pp. 58-59; tradução brasileira de José Khoury e Angelina Bierrenbach Khoury: *Os prolegômenos*. São Paulo, Safady, 1958, tomo I, pp. 88-89).

dialetal, assunto sobre o qual se discorrerá adiante com mais pormenores. Situando o *Livro das mil e uma noites* num capítulo dedicado a contadores noturnos de histórias, o "Catálogo" acaba por esboçar, antes de tudo, algumas características de um gênero disseminado na cultura da época e tipificado por meio de categorias narrativas chamadas de *ḫurāfāt*, "fábulas", *asmār*, "narrativas noturnas", e *aḫbār*, "crônicas", "notícias" ou, conforme propõe Nabia Abbott, "relatos quase históricos". De maneira bem decorosa, Ibn Annadīm vai defendendo os diferentes gêneros que aborda; para os *asmār* e as *ḫurāfāt*, nada mais nobilitante que o apreço de Alexandre Magno.

O mesmo Annadīm refere uma proliferação de textos dessa natureza: "As histórias noturnas e fábulas eram muito apreciadas e consideradas suculentas na época dos califas abássidas, em especial na época de Almuqtadir [295 H./908 d.C. – 320 H./932 d.C]. Então os livreiros passaram a fazer obras e a mentir. Entre os que praticavam tais artifícios estava um homem conhecido como Bin Dallān e chamado Aḥmad Bin Muḥammad Bin Dallān, e um outro conhecido como Ibn Alᶜaṭṭār, e um grupo".[17] Entretanto, malgrado essa irrecorrível disseminação, sucedia por vezes que algum letrado reproduzisse juízos desdenhosos sobre esse gênero de narrativa, como no seguinte passo em que o historiador Abū Bakr Muḥammad Bin Yaḥyā Aṣṣūlī, morto em 335 H./946 d.C., explica o rancor que o califa Arrāḍī (297 H./910 d.C. – 329 H./940 d.C.) nutria pela avó:

"Lembro-me de que certo dia, quando ainda era governador, ele [Arrāḍī] recitava para mim um trecho de poesia de Baššār [Ibn Burd, poeta do século II H./VIII d.C.], tendo diante de si livros de gramática e de crônicas, quando chegaram alguns funcionários da senhora sua avó e levaram todos os livros que se encontravam diante dele, colocando-os numa trouxa que traziam consigo; não nos dirigiram palavra alguma e saíram. Notando que ele ficara soturno e irritado com aquilo, deixei-o em paz e lhe disse: 'O príncipe não os deve condenar, pois alguém lhes disse que o príncipe lê livros que não devem ser lidos, e eles resolveram então examiná-los. Isso me deixou feliz, pois eles verão somente coisas belas e agradáveis'. Passaram-se algumas horas e eles devolveram todos os livros. Arrāḍī disse então aos funcionários: 'Digam a quem lhes deu tal ordem que vocês já examinaram os livros, e que eles são de *ḥadīṯ* [nesse caso, 'diálogos do Profeta'], *fiqh* [jurisprudência], poesia, gramática e história; são livros de sábios,

[17] *Alfihrist*, op. cit., p. 367. Pelo verbo "mentir" [*kaḏabū*] deve-se entender que eles mentiam atribuindo o que elaboravam a autores renomados.

pessoas a quem Deus concedeu a perfeição e o benefício por terem lido livros semelhantes; não se trata da mesma categoria de livros [em cuja leitura] vocês abundam, como é o caso do [livro das] maravilhas do mar, [do livro da] história de Šandiyār[18] e [do livro do] gato e do rato'."[19]

Note-se que a passagem pressupõe a superioridade de diversos gêneros sobre a *ḫurāfa*, imprópria para quem pretenda estar habilitado ao exercício do poder. Tal pressuposto, porém, é fruto da própria hierarquização, que a coloca num nível inferior, não consistindo em uma negação pura e simples. O exercício do poder afirmava o uso do intelecto – que para tanto deve ser exercitado por meio de obras adequadas, tais como as de *ḥadīṯ* profético, jurisprudência, poesia, gramática e história – e advogava, conforme os tratados da época sobre o decoro dos reis, não o desprezo dos sentidos, mas seu controle, que o contínuo comprazimento em fábulas poderia afetar.

O traço distintivo da primeira elaboração das *Mil* [*e uma*] *noites* estaria, de um lado, na predominância de uma narradora feminina por todo o livro, e, de outro, na encenação do ato narrativo no período noturno, em uma espécie de emulação das próprias categorias narrativas que a constituíam, os *asmār*, que são, como se viu, histórias para se contar à noite.[20] Isso se aliava à ironia de serem contadas a um rei, o qual, segundo formulações como a de Aṣṣūlī, não deveria, a priori, dedicar-se a elas enquanto detentor do poder, a menos, caso se lembre a vigília de Alexandre, que a audição não se constituísse em uma finalidade sem utilidade, vertigem secreta do gozo.

No mais, essa primeira elaboração devia apresentar semelhanças acentuadas com outras narrativas classificadas no mesmo gênero: um quadro inicial, ou prólogo-moldura, em que se conta a "história das histórias", ou seja, os motivos por que as conversações nele contidas foram entabuladas ou compostas, como é notório no livro *O sábio Sindabād*, cujo prólogo-moldura relata os motivos em virtude dos quais sete vizires se revezam para contar histórias a um rei, a fim de

[18] O responsável pelo texto considerou um lapso a forma *Šandiyār* e optou por *Sindabād*. Mas preferiu-se manter como está no original, porque o registro pode também ser leitura equivocada de *Isfandiyār*, herói mítico persa sobre o qual havia o *Livro de Rustum e Isfandiyār* (*Alfihrist*, op. cit., p. 364).

[19] *Aḫbār Arrāḍī Billāh wa Almuttaqī Lillāh, min Kitāb Alawrāq* [Notícias dos califas Arrāḍī e Almuttaqī, do *Livro das folhas*], Cairo, 1935, Ed. de J. Heyworth Dunne, pp. 5-6. Esse *Livro das folhas* é uma obra pelo visto imensa, da qual chegaram até os dias de hoje somente três partes.

[20] Processo idêntico se verifica em outra obra menos conhecida, *As cento e uma noites*, que parece ter circulado na parte ocidental do mundo árabe, em particular na Tunísia.

dissuadi-lo de matar injustamente seu filho único, entremeadas com as histórias da mulher do rei, que pretende, ao contrário, induzi-lo a matar o filho, e mesmo no livro *Kalīla e Dimna*, cujas sucessivas redações em árabe foram, de modo aparentemente paulatino, introduzindo explicações sobre as origens do livro, até que enfim se produziu um tardio prólogo-moldura no qual se historiam os motivos que levaram o personagem-narrador, "o filósofo Baydabā", à elaboração do livro. Esses personagens, propostos quer como autores, quer como narradores, são sempre, por sua vez, objeto da narração de uma voz impessoal que os instaura enquanto tais, não apenas no prólogo-moldura, mas também imediatamente antes de suas próprias narrativas: é a voz que lhes dá voz dizendo "disse o primeiro (ou o segundo, ou o terceiro etc.) vizir", em *Sindabād*, "disse o filósofo Baydabā", em *Kalīla e Dimna*, "disse Šahrāzād", no *Livro das mil e uma noites*.

Tanto *O sábio Sindabād* como *Kalīla e Dimna* decerto também tinham em comum com essa primeira elaboração das *Mil* [*e uma*] *noites* o uso do que em árabe se chama *maṯal*, vocábulo traduzível como "paradigma" ou, ainda, "história-exemplar". A trajetória do vocábulo *maṯal* na cultura árabe é complexa: primeiramente, equivalia a "provérbio", em geral uma sentença curta e incisiva. Já no livro *Kalīla e Dimna* verifica-se uma duplicidade de uso: a palavra serve seja para designar as sentenças curtas, que funcionam simultaneamente como argumento, seja para as narrativas ou fábulas propriamente ditas, que expandem o argumento e o ilustram, conforme observa Bin Wahb Alkātib, autor do século v H./xi d.C.: "Quanto aos paradigmas [*amṯāl*, plural de *maṯal*] e às histórias [*qiṣaṣ*], os eruditos, os sábios e os letrados continuam a aplicá-los e a demonstrar para as pessoas a reviravolta das condições [*inqilāb alaḥwāl*] por meio de comparações [*naẓā'ir*], similitudes [*ašbāh*] e imagens [*aškāl*], pois consideram que essa modalidade de discurso [*qawl*] proporciona mais sucesso na busca do objetivo e é um método mais fácil [...]. Os sábios assim procederam porque a notícia [ou 'crônica', *ḫabar*], por si só, mesmo que seja possível, necessita de algo que indique a sua correção; o paradigma acompanha o [ou 'está associado ao'] argumento [*almaṯal maqrūn bilḥijja*], e é por isso que os antigos registraram a maior parte de seus decoros e escreveram seus saberes em paradigmas e histórias sobre as diversas nações, e colocaram uma parte disso na linguagem de aves e feras".[21] Nessa

[21] A edição do livro de Bin Wahb Alkātib, *Alburhān fī wujūh albayān* [Comprovação acerca dos aspectos da retórica], constitui um dos maiores equívocos da história editorial árabe: devido a contingências que seria

perspectiva, os *amṯāl* funcionam como alegoria que aloja o saber, depositando-o na linguagem de animais e oferecendo-o à interpretação dos doutos e ao deleite dos néscios. No entanto, conforme observa a crítica egípcia Olfat al-Rouby, seu sentido se expandiu, passando a abranger a narrativa moralizante, a história e a fábula [*ḫurāfa*] com objetivo didático.[22] A história exemplar utiliza comumente o *maṯal* em todas essas acepções, embora com ele não se confunda, devendo antes ser considerada uma das funções que lhe foram atribuídas.

Podem ser consideradas "histórias exemplares" as que, baseando-se num sistema de metáforas e analogias que mantém uma relação de espelho com seu contexto de enunciação, têm a função de mover alguém a praticar determinada ação ou então demovê-lo de praticá-la. As histórias exemplares são um discurso de autoridade e pretendem provar que a inobservância de suas proposições resulta em prejuízo: "se você agir assim, ou se você não agir assim, irá suceder-lhe o mesmo que sucedeu a *x*". Eram largamente aplicadas (*iḍrib lī maṯalan*, "aplique-me um paradigma", é uma das tópicas que as introduz) não somente na cultura árabe-muçulmana, mas em toda a cultura antiga e medieval, conforme o atesta a difusão universal de *Kalīla e Dimna* e *Sindabād*. A existência e a valorização da história exemplar pressupõe, como parece óbvio, um mundo em que a experiência é pensada como algo que se *comunica* e cuja possibilidade de transmissão é dada pela repetição: são estruturas semelhantes que se reproduzem incessantemente, sem que no entanto possam ser reduzidas, em seu funcionamento no interior de determinado quadro narrativo mais amplo, a um processo previsível e automático, visto que a própria dinâmica interna da narrativa determina o resultado das sucessivas histórias exemplares que vão sendo narradas. Assim, por exemplo, no livro *O sábio Sindabād* as histórias exemplares dos vizires sempre atingem a sua meta, ao passo que as da mulher do rei sempre fracassam, pois a finalidade precípua das primeiras, ao contrário das segundas, é salvar a vida do personagem que justifica a sua existência; já em *Kalīla e Dimna*, de modo diverso, as histórias exemplares podem ou não atingir a sua meta sem

cansativo mencionar aqui, ele foi publicado no Cairo (Dār Alkutub Almiṣriyya, 1933) sob um título errado, *Naqd annaṯr* [Crítica da prosa], e atribuído a outro autor, Qudāma Bin Ja^{c}far, morto em 336 H./948 d.C. A passagem aqui traduzida é dessa edição (p. 57), com texto a cargo de Ṭāha Ḥusayn e ^{c}Abdulḥamīd Al^{c}ibādī.

[22] Rouby, Olfat al- (Ulfat Kamāl Arrūbī). "Almaṯal wa Attamṯīl fī Atturāṯ Annaqdī wa Albalāġī ḥattà Nihāyat Alqarn Alḫāmis Alhijrī" [Paradigma e alegoria na tradição crítica e retórica até o século v da Hégira], *Alif, Majallat Albalāġa Almuqārana* [*Alif, Revista de Retórica Comparada*]. Cairo, Universidade Americana, n. 12, 1992, pp. 75-103.

que exista uma predeterminação formal, embora, quando não a atingem, sempre provoquem réplicas e contestações, que afinal consistem num claro índice de valorização.

As *ḫurāfāt*, fábulas, e *asmār*, histórias para se contar à noite – que circularam entre árabes e muçulmanos, e entre as quais se incluíam as constantes do *Haẓār Afsān* persa e mais tarde da primitiva elaboração do *Livro das mil [e uma] noites* –, certamente obedecem a uma dupla função, que as fez oscilar na avaliação dos letrados: de um lado, são "fábulas" que entretêm, sobretudo com sentido ornamental; de outro, podem também ser histórias exemplares e paradigmas que transmitem experiência acumulada e, consequentemente, saber, o que as subtrai ao desprezo. Isso fica visível na obra *Alimtāʿ wa Almuʾānasa* [Deleitamento e afabilidade], escrita em 374 H./984 d.C. pelo letrado bagdali Abū Ḥayyān Attawḥīdī, cujo critério de apropriação mobiliza a terminologia filosófica para conceituar tais narrativas:

"Quando lhe perguntaram: 'Você se aborrece com histórias?', Ḫālid Bin Ṣafwān respondeu: 'O que aborrece são as velharias,[23] pois as histórias são amadas pelos sentidos com o auxílio do intelecto, e é por isso que os meninos e as mulheres as apreciam'. Perguntou-se: 'E qual auxílio esses [os meninos e as mulheres] podem receber do intelecto, se são dele desprovidos?'. Respondeu: 'Existe um intelecto em potência e um intelecto em ato; eles possuem um deles, que é o intelecto em potência; existe ainda, já pronto [*muẓmiʿ*], um intelecto intermediário entre a potência e o ato, o qual, quando se manifesta, passa a ser em ato; caso esse intelecto permaneça, se alçará aos horizontes. Por causa da imensa necessidade que se tem de tais histórias, nelas foram postas coisas falsas, misturadas a absurdos e relacionadas ao que agrada e causa o riso, mas não provoca questionamentos nem investigações, a exemplo do livro *Haẓār Afsāna* e todas as espécies de *ḫurāfāt* [fábulas] que entraram em livros desse gênero; os sentidos, imediatos, são sedentos de incidentes [*ḥādiṯ*], novidades [*muḥdaṯ*] e histórias [*ḥadīṯ*], e buscam o que é curioso".[24]

---

[23] Trocadilho com a palavra *ḥadīṯ*, que pode significar tanto "história" como "novo".

[24] Abū Ḥayyān Attawḥīdī, *Alimtāʿ wa Almuʾānasa*, Cairo, edição de Aḥmad Amīn e Aḥmad Azzayn, Lajnat Atta'līf, vol. I, 1953, p. 23. O trecho "os sentidos, imediatos, são sedentos de incidentes, novidades e histórias, e buscam o que é curioso" também poderia ser assim traduzido: "os sentidos são sedentos de incidentes, novidades e histórias, pois estes são recentes no mundo e têm seu quinhão de curiosidade".

Assim, em linha aristotélica,[25] a passagem tem como implícito que tais histórias, feitas para deleitar os sentidos em especial, podem igualmente beneficiar o intelecto. É possível arriscar a hipótese de que essa concepção toma as ocorrências relatadas nas fábulas como particularidade ligada aos sentidos, enquanto as sentenças ali contidas, essas sim universais, são ligadas ao intelecto, donde a eventual utilidade da mistura, já que é impossível subtrair-se às injunções e exigências dos sentidos, dada a "imensa necessidade que se tem de tais histórias". É sem dúvida dessa inevitabilidade que derivam os contínuos esforços dos letrados para produzir obras que agrupem histórias e sejam proveitosas. Esse fenômeno, bastante disseminado no período, acabou conduzindo a outros modos de apropriação, tal como o verificado na supracitada obra de Abū Ḥayyān Attawḥīdī, que retoma o gênero exemplificado por *Hazār Afsān* tal como o descrevem Almasᶜūdī e Annadīm. O livro *Alimtāᶜ wa Almu'ānasa* [Deleitamento e afabilidade] está dividido em noites e possui uma introdução (prólogo-moldura) curiosa, na qual o autor relata que, tendo sido apresentado por um amigo a um vizir, frequentou as assembleias noturnas deste último por quarenta noites, findas as quais, a instâncias desse mesmo amigo, Abū Ḥayyān Attawḥīdī teria então redigido a obra; assim, após a introdução, segue-se o "registro" das palestras travadas durante aquele período entre ele, outros convivas letrados e o vizir, que chegou a lhe propor um emprego melhor. Essas quarenta noites, aliás, servem como princípio de divisão formal do texto, tal como ocorre no *Livro das mil e uma noites*.

A elaboração do *Livro das mil e uma noites* na época do Estado mameluco, forma mais antiga que chegou inteira aos dias de hoje, é também resultado de um processo de fusão de gêneros. Além das *ḫurāfāt* e dos *asmār* propriamente ditos, motivados na estrutura peculiar antes descrita, que encena o ato narrativo de histórias noturnas no período noturno mesmo, o texto adapta narrativas do gênero histórico, como é o caso da história do barbeiro, e de outro gênero, o *faraj baᶜda aššidda*, "libertação depois da dificuldade", cujas características são resumidas pelo nome. Pertenciam a ele histórias como as dos irmãos do barbeiro ou do jovem de Bagdá e a criada da madame Zubayda. Composto entre a segunda metade do século VIII H./XIII d.C. e a primeira do século VIII H./XIV d.C., o *Livro das mil e uma noites* é contemporâneo de acontecimentos que os historia-

[25] Com o acréscimo do terceiro intelecto.

dores julgam devastadores para o mundo árabe e islâmico, autênticas "lições para quem reflete", conforme uma tópica célebre em narrativas moralizantes da época: as invasões mongólicas, que culminaram, em 656 H./1258 d.C., na destruição de Bagdá e na extinção do califado abássida.[26] A estrita contemporaneidade de ambos os eventos, irrupção dos mongóis e elaboração do *Livro das mil e uma noites*, é realçada pela tópica da destruição por invasão: "Por Deus que sairei sem rumo pelo mundo, nem que eu vá parar em Bagdá", diz um personagem na septuagésima segunda noite, e então recebe o seguinte conselho: "Não faça isso, meu filho. O país está em ruínas, e eu temo por sua vida". Não se trata aqui, como é óbvio, de "realismo" ou algo que o valha, mas tão somente de uma tópica, cujo laconismo programático tem grande eloquência, pois permite datar com segurança o texto como posterior a 655 H./1258 d.C. Como o manuscrito mais antigo do ramo sírio, mais bem preservado do que o egípcio, é do século VIII H./XIV d.C., é fácil constatar que a obra é contemporânea dos primórdios da invasão mongol, cujo efeito imediato, além da destruição, foi o desmonte das estruturas do Estado abássida.

As narrativas da elaboração mameluca do *Livro das mil e uma noites* pertencem ao gênero da *ḫurāfa*, fábula, mas operam uma modificação em seu funcionamento tradicional. Encenam a circunstância de sua produção e enunciação na periferia de um império poderoso, cujo iminente colapso é alegorizado pelo adultério das rainhas e pelo subsequente extermínio das mulheres do reino por ordem do rei ensandecido.[27] Introduzem uma narradora feminina caracterizada

[26] Lembre-se que a destruição perpetrada pelos mongóis foi logo remediada, e a vida retomou seu curso. No mesmo século VII H./ XIII d.C. já se encontram autores árabes dedicando obras a soberanos mongóis, nas quais chamam Hulagu, comandante dos invasores de Bagdá, de "sultão" e lhe destacam a inteligência por ter reunido os jurisconsultos da cidade e proposto a seguinte questão: "O que é preferível, um governante infiel justo [*kāfir ʿādil*] ou um muçulmano injusto [*muslim jā'ir*]?". Todos teriam inicialmente se calado, mas um deles, bastante experiente e respeitado, recolheu a folha em que a questão estava proposta e assinalou a superioridade do governante infiel justo. Então todos assinaram. Esse episódio é relatado por Ibn Aṯṭiqṭaqā, autor dessa época, no livro *Alfaḫrī*, Beirute, Dār Ṣādir, s.d., p. 17.

[27] É possível, embora incerto, que o nome do soberano, Šāhriyār, consista na motivação de um personagem do mesmo nome, príncipe da Pérsia, de quem o historiador Ibn Alaṯīr (555 H./1160 d.C. – 631 H./1234 d.C.) afirma ter tido problemas com as mulheres. De outra parte, pretendeu-se assinalar com o termo "ensandecido" que o procedimento do rei poderia também pertencer à esfera da estupidez. No livro *Aḫbār Alḥamqà wa Almuġaffalīn* [Notícias sobre os néscios e os idiotas], Ibn Aljawzī (509 H./1116 d.C. – 596 H./1220 d.C.) observa: "O sentido da nescidade e da estupidez é o erro no meio e no caminho para o que se procura, apesar de ser correto o intento, ao contrário da loucura, que consiste em uma deficiência conjunta no meio e no intento. Assim, o intento do néscio é correto, mas o caminho que ele trilha é corrupto, e sua visão do caminho que faz chegar ao objetivo é incorreta. Quanto

por seus atributos espirituais, e não físicos. Šahrāzād é descrita apenas pelo intelecto: "[...] tinha lido livros de compilações, de sabedoria e de medicina; decorara poesias e consultara as crônicas históricas; conhecia tanto os dizeres de toda gente como as palavras dos sábios e dos reis; conhecedora das coisas, inteligente, sábia e cultivada, tinha lido e entendido". É tal personagem que irá se encarregar de devolver o rei à sensatez e boa senda. Súmula de saberes, suas leituras abarcam vários gêneros, menos aquele do qual lançará mão, o da *ḫurāfa*, fábula, ao qual Šahrāzād adapta os outros. Adaptando-os, opera como que uma inversão hierárquica, ou ao menos deslocamento, à proporção que subordina os demais gêneros à fábula.[28] Obedecendo a um plano preestabelecido que também opera deslocamentos na escala hierárquica do funcionamento da fábula, o *Livro das mil e uma noites* prioriza a narrativa aparentemente despojada de valor didático-moralizante e evidencia, por meio de Šahrāzād e de sua fala, um menosprezo também aparente pela história exemplar e pelo paradigma. Quando seu pai, o vizir, lhe conta duas histórias exemplares, uma atrás da outra, a fim de demovê-la de seu projeto de casar-se com o rei, Šahrāzād lhe responde, primeiro com indiferença: "É absolutamente imperioso que eu vá até esse sultão e que você me dê em casamento a ele"; e depois ameaçadora: "Por Deus que não voltarei atrás. Essas histórias que você contou não me farão hesitar quanto à minha intenção. E, se eu quisesse, poderia contar muitas histórias semelhantes a essas. Mas, em resumo, tenho a dizer o seguinte: se você não me conduzir ao rei Šāhriyār de livre e espontânea vontade, eu entrarei no palácio escondida das suas vistas e direi ao rei que você não permitiu que alguém como eu se casasse com ele, mostrando-se avaro com seu mestre". Šahrāzād não apresenta réplica alguma às histórias do pai, num procedimento suspensivo ou deceptivo que será reproduzido por seus personagens,[29] com exceção da "história do rei Yūnān e

ao louco, a base de sua indicação [*išāra*] é corrupta, pois ele escolhe o que não deve ser escolhido. Isso será demonstrado pelo que mencionaremos sobre certos néscios, entre os quais o caso de um príncipe cuja ave voou, e ele então ordenou que o portão da cidade fosse fechado. O intento desse homem era conservar a ave" (Ed. de M. ᶜAlī Abū Alᶜabbās, Cairo, Maktabat Ibn Sīnā, 1990, p. 15). Nessa linha, Šāhriyār não poderia ser louco, já que possui um objetivo – não ser mais traído por suas mulheres –, e chega mesmo a alcançá-lo temporariamente, mas de maneira inadequada.

[28] Os Anexos deste volume servem para comparar desde as adaptações efetuadas nas fontes diretas das histórias até o tratamento dado a determinados temas, como o incesto e a bastardia.

[29] Sobre o uso e a função da história exemplar no *Livro das mil e uma noites*, cf. Mahdi, Muhsin. "Religion and Politics in the *Nights*" e "Exemplary Tales in the *Nights*", em *The Thousand and One Nnights*, Leiden, Brill, 1994, vol. III (Introdução e Índices), pp. 127-139 e 140-163.

do médico Dūbān", na qual a história exemplar contada pelo vizir invejoso funciona. Contudo, a circunstância em que isso ocorre é irônica, tanto pela história exemplar ali contada como pelo fato de que ela provoca a morte de um inocente, conforme nota Muhsin Mahdi.

Nas fábulas que conta ao rei sassânida, Šahrāzād lança mão do suspense, funde tempos distantes, transgredindo a mais elementar verossimilhança histórica, faz mulheres ciumentas enfeitiçarem homens desprevenidos, enfileira gênios malignos e ingênuos que refratam o destino implacável, produz rainhas-bruxas e reis metamorfoseados fora do espaço temporal da civilização muçulmana, para depois constituir uma Bagdá com a qual Šāhriyār jamais poderia ter sonhado, fundada pelos adeptos de uma fé que foi o pesadelo e o fim de sua dinastia. Mas em tudo quanto ela diz, em suma, já não se trata de mover ou demover dizendo "faça (ou não faça) isso que lhe acontecerá *x*", mas sim de mover ou demover dizendo ou deixando subentendido: "faça (ou não faça) isso se você gostar do que lhe direi". Em ambos os casos há troca, mas no primeiro a narrativa se propõe como algo a mais do que é, ao passo que no segundo ela se propõe como narrativa pura e simples que se oferece a juízos arbitrários e caprichos de opinião. Para usar uma comparação comercial, pertinente em um texto repleto de mercadores, compra-se o tecido porque é belo, e não porque seja bom material para fazer roupas. Trata-se, aliás, de procedimento que imita e amplia o caso longínquo do personagem Ḫurāfa, reproduzido pelo próprio Profeta.[30] Rechaçando a tópica da *comunicação* da experiência, o *Livro das mil e uma noites* parece estar propondo uma outra tópica, derivada de uma concepção diversa da história exemplar e das relações que esta pressupõe: engenho que apodrece a constituição da experiência alheia como instrumento de aprendizado. Uma de suas encenações mais recorrentes é salvar vidas, e para tanto se narram fábulas recheadas de traição, perfídia, ciúme, crimes diversos, injustiça etc., cujos personagens estão sempre com a vida por um fio, em geral numa Bagdá figurada como antro de crueldade, de esperanças frustradas e concupiscência, alegorias da ruína de um devir que ontem mesmo foi frustrado. Centro importador e exportador de seres, mercadorias e narrativas, suas mulheres já não praticam a feitiçaria, que se dá em tempos e espaços exteriores a ele, mas traem, provocam desejo, matam, exploram, são retalhadas em postas que o rio Tigre recebe, sangram até a morte em relações de ciúme doentio, se oferecem

[30] Cf. o Anexo 3 deste volume, pp. 427-429.

cheirosas e ofegantes em encontros furtivos e se prostituem como isca ativa em arapucas do crime, enquanto seus homens desejam, cobiçam e se deixam mutilar, incessantes como o movimento de seus mercados: mercadorias se compram, se vendem e se roubam na medida em que homens e mulheres explodem na impaciência do gozo iminente: "Rápido, um beijo, minha senhora!"; "Você já vai alcançar seu intento"; "Que tal possuir uma mulher de face formosa?". Elogio da fábula, agenciamento de prazeres e desditas, proliferação de narradores ("Šahrāzād disse que *y* disse que *z* disse que *x* disse..."), o texto mileumanoitesco geme mais e melhor do que quaisquer amantes ou moribundos jamais o fariam.

O que deve ficar claro, desde já, é que o *Livro das mil e uma noites* não é literatura "oral", ao menos não na medida em que oralidade é vulgarmente pensada como atributo de espontaneidade ou alegre caos impensado, mas em todo caso profundo porque proveniente de uma seiva popular etc. etc.[31] Trata-se de um trabalho letrado cujo percurso foi da elaboração escrita à apropriação pela esfera da oralidade, e não o contrário. Ou seja: não são lendas ou fábulas orais que alguém um dia resolveu compilar, mas sim histórias elaboradas por alguém, por escrito, a partir de fontes diversas (das quais algumas por acaso poderiam ser orais, embora não exista nenhuma evidência disso) que foram sofrendo, de maneira crescente, a apropriação dos narradores de rua, os quais encontraram nelas um excelente material de trabalho.[32] A performance dos narradores de histórias decerto não se limitava à narração mecânica: eles cantavam os versos, afinavam a voz quando reproduziam a fala de personagens femininas, imitavam dialetos e encenavam; pode-se mesmo imaginá-los atirando-se ao chão e revirando-se, por exemplo, quando descreviam cenas sexuais ou lutas.

Conforme se afirmou acima, essa reelaboração mameluca do *Livro das mil e uma noites* é dividida em dois ramos, o sírio e o egípcio antigo. Por algum motivo do qual os registros históricos não guardaram memória, o ramo sírio preserva melhor as características do que Muhsin Mahdi chama de arquétipo [*dustūr*] do livro. Desse ramo existem quatro manuscritos, dos quais o melhor e mais antigo, remontando ao século VIII H./XIV d.C., é o "Arabe 3609-3611", em três volumes,

[31] Como é evidente, fogem ao horizonte do advérbio "vulgarmente" as questões suscitadas por trabalhos como os de Paul Zumthor (*Essai de poétique médiévale*, Paris, Seuil, 1972; e *A letra e a voz: a "literatura" medieval*, São Paulo, Companhia das Letras, 1993).

[32] Arrisco essa hipótese a partir das observações de Muhsin Mahdi (que no entanto não chega a formulá-la) na introdução de sua edição crítica do *Livro das mil e uma noites*: "Almuqaddima", em *Kitāb alf layla wa layla min uṣūlihi al^carabiyya alūlà*, Leiden, Brill, 1984, vol. 1 (Almatn), pp. 11-51.

da Biblioteca Nacional de Paris. Pertenceu a Antoine Galland, primeiro tradutor – e na opinião de alguns o pior – do *Livro das mil e uma noites*. Os outros três manuscritos são o "Arabo 872", da Biblioteca Apostólica Vaticana (século IX H./XV d.C.), o "Arabic 647", da John Rylands Library, em Manchester (século XVIII d.C.), e o "Arabic 6299", do India Office Library (século XIX d.C.), em Londres. Com exceção do último, que foi transcrito do anterior, os outros três não guardam nenhuma relação genealógica entre si. Todos contêm duzentas e oitenta e duas noites e se encerram abruptamente no mesmo ponto, passadas onze noites da "História do rei Qamaruzzamān e seus filhos Amjad e Asᶜad". Como não se trata de coincidência fortuita, é possível falar de uma interrupção da elaboração por motivos ignorados. Os manuscritos do ramo egípcio antigo não ajudam a esclarecer a questão, pois suas cópias são tardias (a mais antiga é do século XVII) e visivelmente remanejaram o texto primitivo. Sem contar o prólogo-moldura em que se apresentam Šāhriyār, Šāhzamān, Šahrāzād e Dīnārzād, o ramo sírio contém dez histórias principais: "O mercador e o gênio", "O pescador e o gênio", "O carregador e as três moças de Bagdá", "As três maçãs", "Os vizires Nūruddīn ᶜAlī, do Cairo, e Badruddīn Ḥasan, de Barsa", "O corcunda do rei da China", "Nūruddīn Bin Bakkār e a serva Šamsunnahār", "A serva Anīsuljalīs e Nūruddīn Bin Ḫāqān", "Jullanār, a marítima, e seu filho, o rei Badr", e "O rei Qamaruzzamān e seus filhos Amjad e Asᶜad", sendo que esta última, como já foi dito, se encontra interrompida logo em seu início. A linguagem em que o manuscrito está redigido, sem ser estritamente dialetal, está repleta de dialetalismos. Para Muhsin Mahdi, trata-se de uma fusão entre o clássico e o dialeto urbano da Síria, e seria um correlato de subgêneros poéticos como o *zajal*, no qual, conforme seus proponentes, o acerto (gramatical) é erro, e o erro, acerto.[33]

Foi somente no que se chama de ramo egípcio tardio, elaborado na segunda metade do século XII H./XVIII d.C., que o título do *Livro das mil e uma noites* passou a equivaler, de fato, ao número de noites que continha. Nesse período, não só as histórias introduzidas para completar o livro muitas vezes apresentavam características distintas de seu núcleo original, como mesmo este último teve suas características formais e de conteúdo modificadas: as histórias mais antigas foram resumidas e agrupadas em um número bem menor de noites. O corpus do ramo egípcio tardio seria, de acordo com avaliação de especialistas, fruto da iniciativa isolada de um copista do

[33] Cf. a respeito o trabalho de Michel Sleiman: *A arte do zajal*, São Paulo, Ateliê/Programa de Pós-Graduação em Árabe-USP, 2007.

Cairo, que teria reunido materiais dispersos conforme critérios próprios e dado à obra o seu conhecido remate. Estes são assuntos que serão tratados a seu tempo.

São cinco as principais edições árabes do *Livro das mil e uma noites*:

a) *Primeira edição de Calcutá*:
Dada à estampa em dois volumes, publicados, respectivamente, em 1814 e 1818; baseia-se no já citado manuscrito "Arabic 6299", do India Office Library, em Londres. Trata-se de uma edição de escasso valor crítico-filológico, uma vez que o manuscrito no qual se baseou – e o qual, durante o processo de impressão, adulterou – ainda pode ser consultado. Foi objeto de curiosas apropriações, nitidamente associadas ao imperialismo britânico; na introdução, escrita em persa, o editor Aḥmad Bin Maḥmūd Širwānī Alyamānī, professor de árabe na Faculdade de Fort William, recomendava o livro a quem quisesse aprender a falar como os árabes:

"Não é segredo que o autor das *Mil e uma noites* é um indivíduo de língua árabe da Síria. Seu objetivo, com a elaboração deste livro, foi que o lesse quem pretenda conversar em árabe: com tal leitura, ele ganhará grande fluência ao conversar nesse idioma. Por isso, foi escrito com vocabulário simples, que é como os árabes conversam, utilizando-se ainda, em alguns pontos, expressões incorretas, conforme a fala árabe coloquial. Assim, aquele que o folhear, e encontrar expressões incorretas, não deve imaginar que isso se deva à desatenção do responsável; tais incorreções foram ali registradas de propósito, pois foi isso mesmo que o autor pretendeu."[34]

Raríssima, essa edição somente pode ser consultada em (poucas) bibliotecas. Seu mérito, único, é o da primazia.

b) *Edição de Breslau*:
Publicada nessa cidade alemã entre 1825 e 1843, em doze volumes, os oito primeiros por Maximilian Habicht e os quatro últimos por Heinrich Fleischer, a edição de Breslau apresenta a peculiaridade de ser a primeira "completa", isto é, composta de mil e uma noites. Originariamente foi uma fraude, pois seu primeiro e principal responsável, Maximilian Habicht, alegou estar reproduzindo um "manuscrito tunisiano", que na realidade jamais existiu. Por outro lado, apresenta variantes que, conquanto não tenham maior valor filológico, são de grande

[34] Traduzido a partir da versão árabe de M. Mahdi, op. cit., vol. 1, p. 14.

interesse para a determinação dos acréscimos e das modificações realizadas por Antoine Galland em sua tradução do início do século XVIII. Outro ponto de interesse, negligenciado pelos orientalistas, é sua contribuição para a publicação de muitos contos árabes que, do contrário, estariam até hoje confinados em manuscrito. E, enfim, nunca é demais observar que ela incorporou parte do corpus de manuscritos "falsificados" do *Livro das mil e uma noites*, como é o caso, por exemplo, do chamado "manuscrito de Bagdá", forjado em finais do século XVIII ou no início do século XIX. Foi republicada em fac-símile no Cairo em 1998.

c) *Edição de Būlāq*:
Trata-se da primeira edição baseada em um único manuscrito do ramo egípcio tardio – ainda que falho. Foi publicada em 1835, no Cairo, em dois volumes, pela gráfica instalada por Muḥammad ᶜAlī no bairro de Būlāq. Embora seja uma edição muito importante, deve-se levar em conta dois fatos: o manuscrito no qual se baseou, hoje perdido, apresentava numerosos defeitos, e, não bastasse isso, a edição em si mesma é defeituosa, por falhas do revisor, que não atentou para a supressão de diversas folhas durante o processo de impressão. Por isso, é sempre conveniente lê-la com apoio em algum manuscrito desse ramo: é a única maneira de saber o que é falha de edição e o que é problema nos originais utilizados. Por exemplo: o final da história do médico Dūbān, nessa edição, apresenta problemas de concatenação lógica que não constam nem do ramo sírio nem do ramo egípcio antigo. Pareceria, à primeira vista, uma falha de revisão, mas a consulta aos manuscritos evidencia que tal defeito remonta aos próprios originais, e que, portanto, na raiz desse ramo está um único autor ou compilador, ou, no limite, um único manuscrito compilado. Foi republicada em fac-símile em Beirute em 1997. Apesar de todos esses senões, é importantíssima para o estudo das transformações operadas pelo ramo egípcio tardio no *Livro das mil e uma noites*.

d) *Segunda edição de Calcutá*:
Frise-se que esta edição nada tem que ver com a primeira, excetuando-se a coincidência quanto à cidade em que foi impressa. Composta de quatro volumes publicados entre 1839 e 1842 por William Ḥ. Macnaghten, foi muito utilizada por críticos e tradutores do livro. Trata-se de uma edição curiosa, de pouco valor filológico, que procurou incorporar ao livro tudo quanto caía diante dos olhos dos responsáveis – um administrador inglês e sua equipe de indianos muçulmanos. Sua base, como a da edição de Būlāq, é um manuscrito do ramo egípcio tardio. Está

corrigida em vários pontos e chegou a ser utilizada para cotejo na segunda edição de Būlāq, publicada em 1872. Foi republicada em fac-símile no Cairo entre 1996 e 1997, em oito volumes. Na presente tradução, toda remissão à "edição de Calcutá" refere-se a essa segunda edição, salvo indicação expressa em contrário.

e) *Edição de Leiden*:

Publicada em 1984, em dois volumes (o primeiro com o corpus e o segundo com o aparato crítico), é, na verdade, uma edição crítica do ramo sírio. O responsável por essa edição, o crítico e filólogo Muhsin Mahdi, solucionou diversos problemas textuais intrincados; pelo rigor, sua edição é de referência obrigatória para qualquer estudioso do assunto. Mahdi utilizou como base o manuscrito mais antigo dessa obra, que pertenceu a Galland, e se serviu, para cotejo, dos supracitados manuscritos do ramo sírio e dos infracitados do ramo egípcio antigo, bem como da edição de Būlāq. A edição de Mahdi evidencia, por exemplo, a importância dos níveis de linguagem para a verossimilhança da narrativa, como a imitação, por exemplo, da fala de personagens baixas.

Fontes para a presente tradução

Fundamentalmente, esta tradução foi realizada a partir do conjunto de três volumes do manuscrito "Arabe 3609-3611" da Biblioteca Nacional de Paris. Na avaliação de Muhsin Mahdi, ele foi copiado no mínimo um século antes da mais antiga datação nele constante, que é de 859 H./1455 d.C. Como sua leitura é bastante dificultosa em vários trechos, devido a dialetalismos hoje obscuros, lacunas, erros de cópia e deterioração, o tradutor consultou as edições de Breslau, Leiden, Būlāq e a segunda de Calcutá, além de duas edições recentes de Beirute (1981, 4 vols.; e 1999, 2 vols.). Registre-se que, nas notas, a menção genérica a "edições impressas" não inclui a primeira de Calcutá nem a de Breslau, a não ser que haja referência expressa em contrário. Para suprimir lacunas do original e apontar variantes de interesse para a história das modificações operadas no livro, foram utilizados os seguintes manuscritos do ramo egípcio antigo: 1) "Arabe 3615", da Biblioteca Nacional de Paris, de finais do século XVII ou inícios do XVIII; 2) "Gayangos 49", da Real Academia de la Historia, em Madri, do final do XVIII ou início do XIX; 3) "Bodl. Or. 550", da Bodleian Library, de Oxford, datado de 1177 H./1764 d.C.; 4) "Arabe 3612", da Biblioteca Nacional de Paris, do século XVII, que pertenceu a Benoît de Maillet (1636-1738), cônsul-geral da França no Egito entre 1692 e 1702. Todas as intervenções de relevo operadas sobre o texto do manuscrito principal foram apontadas nas notas, que também serviram para expor ao leitor o quão problemática, neste caso, é a ideia de texto pronto e acabado. As notas explicam ainda aspectos linguísticos e históricos de cuja leitura ficam dispensados os leitores que não se interessam por tais assuntos. Houve-se por bem manter o único dispositivo do texto para sua divisão formal e "arejamento", que é a própria sucessão das noites. Entretanto, como não se trata de uma "tradução fac-similar", considerou-se pertinente, tal como fizeram alguns proprietários de manuscritos do *Livro das mil e uma noites*, apontar os locais em que se inicia cada história ou sub-história.

Bosque de inquietantes sombras, a tradução da poesia merece ao menos uma observação – banal porém curta: ela dificilmente conseguiu estar à altura do original, não só pelas dificuldades inerentes à tarefa como também pelos problemas específicos até hoje não resolvidos de legibilidade colocados por muitas das poesias nas *Mil e uma noites*. Falando concisamente, a poesia árabe antiga, com poucas exceções, possui métrica rigorosa (ainda que, muita vez por adotar algum gênero "popular" ou então por problemas de cópia, tal métrica não se verifique em diversas poesias), é monorrima e em geral apresenta versos de dois hemistíquios grafados na mesma linha com um espaço entre ambos. Para resumir: esta tradução, além de abrir mão da métrica, sempre, e da rima na maioria das ocasiões, optou por trazer os hemistíquios separados por linha.

A presente tradução do *Livro das mil e uma noites*, a primeira em português feita diretamente sobre os originais árabes, está projetada em cinco volumes: os dois primeiros conterão o ramo sírio, o restante da "História do rei Qamaruzzamān e seus filhos Amjad e As^{c}ad" e anexos com a tradução de algumas fontes e histórias que parecem ter constado do ramo egípcio antigo. Já os três últimos conterão as histórias que fazem parte apenas do ramo egípcio tardio.

Foi inestimável o auxílio prestado por diversos calepinos, sem os quais o trabalho, obviamente, nem sequer poderia ser feito. Destarte, citem-se os seguintes: *Lisān al^{c}arab*, de Ibn Manẓūr (Qum, 1984, reimpressão de Beirute, 1955); *Muḥīṭ almuḥīṭ* , de Buṭrus Albustānī (Beirute, 1985); *Supplément aux dictionnaires arabes*, de R. Dozy (Beirute, 1991, reimpressão de Leiden, 1881); *Diccionario árabe-español*, de F. Corriente (Madri, 1977); e *Almunjid*, de L. Ma^{c}lūf (Beirute, 1982). Em português, o socorro veio, entre outros, do *Dicionário Houaiss da língua portuguesa*, de A. Houaiss (Rio de Janeiro, 2002), do *Dicionário da língua portuguesa*, de A. de Morais Silva (Lisboa, 6ª ed., 1858) e do *Dicionário analógico* *da língua portuguesa*, de F. dos Santos Azevedo (Brasília, 1983), além dos dicionários de regência verbal e nominal de F. Fernandes e C. P. Luft.

A transliteração do árabe

Durante o processo de produção do livro, tradutor e editora se viram diante de um pequeno dilema: como transcrever os nomes árabes? Simplificar a transcrição facilitaria as coisas para o leitor ou seria um desrespeito a ele? Sabe-se que o idioma árabe possui sons que não existem em português nem em qualquer outro idioma indo-europeu, como a faríngea sonora *ᶜayn*, som tipicamente semita. Se não existem, de que adianta utilizar um símbolo para grafá-los? Faz diferença, para o leitor não especialista, ler *ᶜAlī* em vez de *Ali*? E há o problema das demais convenções, como o som do *ch* em português; em inglês, usa-se o *sh*. Já as vogais longas, embora inexistentes em português, podem ser consideradas semelhantes às tônicas. O nome da narradora, como grafá-lo? *Chahrazad*, *Xahrazad*, *Shahrazad* ou a forma correta, que é *Šahrāzād*? Depois de alguma hesitação, estabeleceu-se que seria melhor evitar soluções precárias e adotar a convenção internacional, que, além de evitar os dígrafos, é bastante útil e operacional. Abaixo, as descrições:

1 As vogais longas ا و ي se transcreveram ā, ū, ī. Podem ser pronunciadas como se fossem vogais tônicas;
2 A gutural laríngea ء (*hamza*) se transcreveu com um apóstrofo fechado (ʼ). Não foi marcada quando em início de palavra;
3 A ى, "a breve" final (*alif maqṣūra*), se transcreveu *à*;
4 Os chamados "sons enfáticos" do árabe, ص ض ط ظ, se transcreveram ṣ, ḍ, ṭ, ẓ. Sua pronúncia é semelhante a *s*, *d*, *t*, *z*, porém com maior ênfase;
5 A faríngea aspirada ح se transcreveu ḥ. Não há equivalente para esse som em português;
6 A velar surda خ se transcreveu ḫ. Seu som é semelhante ao do *j* espanhol ou do *ch* alemão;
7 A velar sonora غ se transcreveu ġ. Seu som é semelhante ao do *r* parisiense em "Pa*r*is";
8 A interdental surda ث se transcreveu ṯ. Seu som é semelhante ao do *th* na pronúncia inglesa em *th*ink;
9 A interdental sonora ذ se transcreveu ḏ. Seu som é semelhante ao do *th* na pronúncia inglesa em *th*e;

10 A faríngea sonora ع se transcreveu ^{c}. Não tem som semelhante em nenhuma língua ocidental;

11 A laríngea surda ه se transcreveu *h*, e se pronuncia sempre como o *h* do inglês *h*ome;

12 A uvular surda ق se transcreveu *q*. Seu som é equivalente ao do *k*, porém com maior explosão;

13 A palatal surda ش se transcreveu š. Seu som é equivalente ao do *x* ou *ch* do português, como nas palavras *x*arope e *ch*apéu;

14 A palatal sonora ج se transcreveu *j*, e seu som é semelhante ao do português;

15 O *s* se pronuncia sempre como em *s*apo e ma*ss*a, independentemente de sua posição na palavra;

16 O artigo definido invariável do árabe, *al*, foi grafado junto à palavra que determina, sem separação por hífen; e, quando a palavra determinada pelo artigo começa com um fonema que assimila o *l*, optou-se por sua supressão, como em *assayf* (em lugar de *alsayf*);

17 Para os nomes de cidades, utilizou-se a forma convencional em português quando esta existe, como é o caso de Bagdá (em lugar de Baġdād), Basra (em lugar de Albaṣra), Mossul (em lugar de Almawṣil), Damasco (em lugar de Dimašq) etc. Caso contrário, adotou-se a transcrição fonética;

18 Desde que não contivessem Abū, "pai de", ou Bin, "filho de", os nomes próprios que formam sintagma de regência mediado por artigo se transcreveram aglutinados. Assim, grafou-se Šamsuddīn, "sol da fé", em lugar de Šams Addīn; Nūruddīn, "luz da fé", em lugar de Nūr Addīn; ^{c}Abdullāh, "servo de Deus", em lugar de ^{c}Abd Allāh; Qamaruzzamān, "lua do tempo", em lugar de Qamar Azzamān etc.

Finalmente, um detalhe que faz jus a esta derradeira observação: os personagens do livro, quase que invariavelmente, "dizem"; eles não "perguntam", não "respondem", não "afirmam", não "exclamam"; apenas "dizem". Já houve quem observasse que variar os verbos *dicendi* é um recurso vulgar, mas no presente caso tal variação se fez necessária, uma vez que os personagens são autênticas máquinas de "dizer" e a repetição ficaria demasiado monótona.

Mamede Mustafa Jarouche
São Paulo, 12 de setembro de 2004

LIVRO das MIL E UMA NOITES

EM NOME DE DEUS, O MISERICORDIOSO, O MISERICORDIADOR

EM QUEM ESTÁ A MINHA FÉ

Louvores a Deus, soberano generoso, criador dos homens e da vida,[1] e que elevou os céus sem pilares, e estendeu as terras e os vales, e das montanhas fez colunas; que de secos rochedos fez a água jorrar; e que aniquilou os povos de Ṯamūd e ᶜĀd, e também os poderosos faraós.[2] Reverencio o altíssimo pela orientação com que nos agraciou, e louvo-lhe os méritos incomensuráveis.

E, agora, avisamos aos homens generosos e aos senhores gentis e honoráveis que a elaboração deste agradável e saboroso livro tem por meta o benefício de quem o lê: suas histórias são plenas de decoro, com significados agudos para os homens distintos; por meio delas, aprende-se a arte de bem falar e o que sucedeu aos reis desde o início dos tempos. Denominei-o de livro das mil e uma noites, que contém, igualmente, histórias excelentes, mediante as quais os ouvintes aprenderão a fisiognomonia:[3] não os enredará, pois, ardil algum. Este livro, enfim, também os levará ao deleite e à felicidade nos momentos de amargura provocados pelas vicissitudes da fortuna, encobertas de sedutora perversidade. E é Deus altíssimo quem conduz ao acerto.

[1] "Criador dos homens e da vida" traduz *ḫāliq alḫalq wa alᶜibād*, literalmente, "criador das criaturas e dos homens que o adoram".

[2] Como no original a palavra se encontra no singular, trata-se possivelmente de menção genérica a todos os faraós ou então ao faraó que as narrativas religiosas fazem ser tragado pelo mar enquanto perseguia os hebreus, e que no Alcorão é também referido simplesmente como "faraó". Quanto a Ṯamūd e ᶜĀd, trata-se de duas extintas tribos árabes pré-islâmicas, cujo desaparecimento o Alcorão atribui à cólera divina.

[3] No original, *firāsa*, técnica beduína pré-islâmica para conhecer os caracteres por meio das fisionomias.

Disse o autor:[4] conta-se – mas Deus conhece mais o que já é ausência, e é mais sábio quanto ao que, nas crônicas dos povos, passou, se distanciou e desapareceu – que havia em tempos remotos, no reino sassânida,[5] nas penínsulas da Índia e da Indochina,[6] dois reis irmãos, o maior chamado Šāhriyār e o menor, Šāhzamān.[7] O mais velho, Šāhriyār, era um cavaleiro poderoso, um bravo campeão que não deixava apagar-se o fogo de sua vingança, a qual jamais tardava. Do país, dominou as regiões mais recônditas, e, dos súditos, os mais renitentes. E, depois de assenhorear-se do país e dos súditos, entronizou como sultão, no governo da terra de Samarcanda, seu irmão Šāhzamān, que por lá se estabeleceu, ao passo que ele próprio se estabelecia na Índia e na Indochina.

Tal situação se prolongou por dez anos, ao cabo dos quais Šāhriyār, saudoso do irmão, mandou atrás dele seu vizir[8] – o qual tinha duas filhas, uma chamada Šahrāzād, e a outra, Dīnārzād.[9] O rei determinou a esse vizir que fosse até Šāhzamān e se apresentasse a ele. Assim, o vizir muniu-se dos apetrechos necessários e viajou durante dias e noites até chegar a Samarcanda. Šāhzamān saiu para recebê-lo acompanhado de membros da corte, descavalgou, abraçou-o e pediu-lhe notícias acerca do irmão mais velho, Šāhriyār. O vizir informou-o de

[4] Como o leitor não deixará de notar, essa fórmula, com variações, é utilizada amiúde no texto, e a tradução considerou por bem mantê-la. O preâmbulo anterior consta dos manuscritos "Arabic 647", da John Rylands Library, e do "Arabic 6299", da India Office Library, tendo sido publicado no volume I da primeira edição de Calcutá, em 1814. Mushin Mahdi o incorporou à sua edição.

[5] A dinastia sassânida, que em seus tempos áureos desfrutou de muito poder e glória, governou a Pérsia de 226 a 641 d.C., quando foi destronada pela conquista muçulmana.

[6] O trecho "nas penínsulas da Índia e da Indochina" traduz *fī jazā'ir alhind wa ṣīn aṣṣīn*, literalmente, "nas ilhas da Índia e da China da China [China Interior?]". A localização geográfica do reino, hoje, é imprecisa, e a dúvida consiste em saber se a palavra *jazā'ir*, "ilhas" ou "penínsulas", rege apenas "Índia" ou também "China da China". Ademais, de modo semelhante ao português, essa palavra não indica, necessariamente, porções de terra cercadas de água, podendo significar, ainda, "locais isolados". O império sassânida não dominou a Índia, nem a Indochina, nem a China. No tratado geográfico *Ḫarīdat alᶜajā'ib wa farīdat alġarā'ib* [Pérola de espantos e singularidade de assombros], de autoria controversa e cuja elaboração se situa entre os séculos XIV e XV d.C., *Ṣīn Aṣṣīn* ou "China da China" (também compreensível como "Cochinchina") é assim descrita: "Quanto à China da China, ela fica no fim do mundo a Oriente, não existindo depois dela senão o mar oceano. A capital da Grande China se chama Assīlà. As notícias desse povo não nos chegam devido à grande distância, e conta-se que o rei deles, caso não tenha cem esposas com dotes e mil elefantes com homens e armas, não é considerado rei. E se o rei deles tiver muitos filhos e morrer, seu reino não será herdado senão por aquele que for o mais hábil na pintura e no desenho".

[7] O nome Šāhriyār significa "rei da cidade"; Šāhzamān, "rei do tempo".

[8] O termo "vizir" traduz *wazīr*, palavra árabe que nomeia uma espécie de administrador-geral, que na linha hierárquica do poder vem logo abaixo do rei. Em árabe moderno significa "ministro".

[9] O nome Šahrāzād significa "a de nobre estirpe"; Dīnārzād, "nobre moeda", mas é bem provável que sua forma correta seja *Dīnāzād*, que quer dizer "a de nobre fé".

que seu irmão estava bem e que o enviara até ali a fim de conduzi-lo à sua presença. Šāhzamān, dispondo-se a atender o pedido do irmão, instalou o vizir nas cercanias da cidade, abasteceu-o das provisões e do feno de que necessitava, sacrificou algumas reses em sua homenagem e presenteou-o com joias e dinheiro, corcéis e camelos, cumprindo assim com suas obrigações de anfitrião. Durante dez dias, preparou-se para a viagem, e, deixando em seu lugar um oficial, arrumou as coisas e foi passar a noite com o vizir, junto ao qual permaneceu até bem tarde, quando então retornou à cidade, subindo ao palácio a fim de se despedir da esposa; ao entrar, porém, encontrou-a dormindo ao lado de um sujeito, um dos rapazes da cozinha: estavam abraçados.[10] Ao vê-los naquele estado, o mundo se escureceu todo em seus olhos e, balançando a cabeça por alguns instantes, pensou: "Isso e eu nem sequer viajei; estou ainda nos arredores da cidade. Como será então quando eu de fato tiver viajado até meu irmão lá na Índia? O que ocorrerá então depois disso? Pois é, não é mesmo possível confiar nas mulheres!". Depois, possuído por uma insuperável cólera, disse: "Deus do céu! Mesmo eu sendo rei, o governante da terra de Samarcanda, me acontece isso? Minha mulher me trai! É isso que se abateu sobre mim!". E como a cólera crescesse ainda mais, desembainhou a espada, golpeou os dois – o cozinheiro e a mulher – e, arrastando ambos pelas pernas, atirou-os do alto do palácio ao fundo da vala que o cercava. Em seguida, voltou até onde estava o vizir e determinou que a viagem fosse iniciada naquele momento.

Tocaram-se os tambores e começou-se a viagem. No coração do rei Šāhzamān, contudo, ardia uma chama inapagável e uma labareda inextinguível por causa do que lhe fizera a esposa: como pudera traí-lo, trocando-o por um cozinheiro, aliás simples ajudante na cozinha? Mas a viagem prosseguia célere: atravessando desertos e terras inóspitas por dias e noites, chegaram afinal à terra do rei Šāhriyār, que saiu para recebê-los. Logo que os viu, abraçou o irmão, aproximou-o, dignificou-o e hospedou-o num palácio ao lado do seu: com efeito, o rei Šāhriyār possuía um amplo jardim no qual construíra dois imponentes, formosos e elegantes palácios, reservando um deles para a hospedagem oficial e destinando o outro para sua própria moradia e também para o harém. Hospedou,

[10] Em lugar de "um dos rapazes da cozinha", as edições de Būlāq e Calcutá e os manuscritos "Bodl. Or. 550" e "Arabe 3612" trazem "um negro escravo". Foi o que afinal prevaleceu nas edições impressas. Conforme aponta Muhsin Mahdi no aparato de sua edição crítica, o manuscrito "Arabic 647", da John Rylands Library, traz "um cozinheiro de aparência desprezível de tantas imundícies".

portanto, o irmão Šāhzamān no palácio dos hóspedes, e isso depois que os camareiros já o haviam lavado, limpado e mobiliado, abrindo-lhe as janelas que davam para o jardim.

Šāhzamān permanecia o dia inteiro com o irmão e em seguida subia ao referido palácio para dormir; mal raiava a manhã, dirigia-se de novo para junto do irmão. Mas, mal se via a sós consigo mesmo, punha-se a remoer os sofrimentos que o afligiam por causa da esposa, suspirava fundo, resignava-se melancolicamente e dizia: "Mesmo eu sendo quem sou, aconteceu-me tamanha catástrofe". Começava então a mortificar-se, amargurado, dizendo: "O que me ocorreu não ocorreu a mais ninguém", e sua mente era invadida por obsessões. Diminuiu a alimentação, a palidez se acentuou e as preocupações lhe transtornaram o aspecto. Todo seu ser começou a dar para trás: o corpo definhava e a cor se alterava.

Disse o autor: notando que seu irmão, dia a dia, se debilitava a olhos vistos, definhando e consumindo-se, cor pálida e fisionomia esquálida, o rei Šāhriyār supôs que isso se deveria ao fato de estar ele apartado de seu reino e de sua gente, dos quais se encontrava como que exilado; pensou pois: "Esta terra não está agradando a meu irmão; por isso, vou preparar um bom presente para ele e enviá-lo de volta ao seu país", e, pelo período de um mês, dedicou-se a lhe providenciar os presentes; depois, mandou chamá-lo e disse: "Saiba, meu irmão, que eu pretendo correr com as gazelas: vou sair para caçar por dez dias e, ao retornar, farei os arranjos para a sua viagem de volta. Que tal ir caçar comigo?". Respondeu-lhe: "Irmão, opresso trago o peito, e turvo o pensamento. Deixe-me e viaje você, com a bênção e a ajuda de Deus". Ao ouvir tais palavras, Šāhriyār acreditou que, de fato, o irmão tinha o peito opresso por estar afastado de seu reino, e não quis forçá-lo a nada; por conseguinte, deixou-o e viajou com membros da corte e os soldados; penetraram numa região selvagem, onde demarcaram e cercaram o espaço para caçar e montar armadilhas.

Disse o autor: quanto a Šāhzamān, depois que o irmão saiu para a caçada, ele ficou no palácio: olhando pela janela para a direção do jardim, observava pássaros e árvores e pensava na esposa e no que ela fizera contra ele; suspirou profundamente, o semblante dominado pela tristeza.

Disse o narrador: enquanto ele, assim absorto em seus pensamentos e aflições, ora contemplava o céu, ora percorria o jardim com o olhar merencório, eis que a porta secreta do palácio de seu irmão se abriu, dela saindo sua cunhada: entre vinte criadas, dez brancas e dez negras, ela se requebrava[11] como uma gazela de olhos vivos. Šāhzamān as via sem ser visto. Continuaram caminhando até chegar ao sopé do palácio onde estava Šāhzamān, a quem não viram: todos imaginavam que viajara na expedição de caça junto com o irmão. Assentaram-se sob o palácio, arrancaram as roupas e eis que se transformaram em dez escravos negros e dez criadas, embora todos vestissem roupas femininas: os dez agarraram as dez, enquanto a cunhada gritava: "Mas^{c}ūd! ó Mas^{c}ūd!"; então um escravo negro pulou de cima de uma árvore ao chão e imediatamente achegou-se a ela; abriu-lhe as pernas, penetrou entre suas coxas e caiu por cima dela. Assim ficaram até o meio do dia: os dez sobre as dez e Mas^{c}ūd montado na senhora. Quando se satisfizeram e terminaram o serviço, foram todos se lavar; os dez escravos negros vestiram trajes femininos e misturaram-se às dez moças, tornando-se, aos olhos de quem os visse, um grupo de vinte criadas. Quanto a Mas^{c}ūd, ele pulou o muro do jardim e arrepiou caminho. As vinte escravas, com a senhora no meio delas, caminharam até chegar à porta secreta do palácio, pela qual entraram, trancando-a por dentro e indo cada qual cuidar de sua vida.

Disse o copista: tudo o que ocorreu foi presenciado pelo rei Šāhzamān.

Disse o autor: ao ver o procedimento da esposa de seu irmão mais velho, e discernir sobre o que havia sido feito – isto é, tendo observado essa atroz calamidade, essa desgraça que ocorria ao irmão dentro de seu próprio palácio: dez escravos em trajes femininos copulando, ali, com suas concubinas e criadas, além da cena da cunhada com o escravo Mas^{c}ūd –, enfim, ao ver tudo isso, o coração de Šāhzamān se libertou de aflições e transtornos, e ele pensou: "Eis a nossa condição! Meu irmão é o maior rei da terra, governante de vastas extensões, e isso despenca sobre ele em seu próprio reino, sobre sua esposa e concubinas: a desgraça está dentro de sua própria casa! Comparado a isso, o que me ocorreu diminui de importância, justo eu que imaginava ser a única vítima dessa catástrofe; estou vendo, porém, que qualquer um pode ser atingido! Por Deus, a minha desgraça é mais leve que a do meu irmão!". Depois, perplexo, pôs-se a censurar a fortuna, de cujas adversidades ninguém está a salvo. Estava assim esquecido de suas angústias e entretido com sua desgraça quando lhe trouxeram o jantar, que

[11] Por "se requebrava" traduziu-se o verbo *tataḫaṭṭar*. À margem do manuscrito "Arabe 3609", Galland anotou, em latim, *incedebat* ["andava com dignidade"], que, para o crítico Claude Hagège, é uma "tradução muito precisa do árabe". Pensa-se aqui, porém, que o sentido desse verbo, comum em outras narrativas com episódios assemelhados a esse, é mais bem contemplado por "requebrar-se" ou até mesmo "rebolar".

ele devorou com apetite e gosto; também lhe trouxeram bebida, que ele bebeu com igual vontade. Dissiparam-se as mágoas que trazia no pensamento, e ele, tendo comido, bebido e se alegrado, disse: "Depois de ter padecido sozinho em razão dessa desgraça, agora me sinto bem". E durante dez dias comeu e bebeu.

Ao retornar da caça, o irmão mais velho foi recebido por um Šāhzamān alegre, que se dispôs a servi-lo com um sorriso no rosto. Estranhando aquilo, o rei Šāhriyār disse: "Por Deus, meu irmão, que senti saudades de você durante a viagem! Eu queria mesmo é que você estivesse comigo".

Disse o copista: Šāhzamān agradeceu ao irmão e ficou conversando com ele até o crepúsculo, quando então lhes foi servido o jantar. Ambos comeram e beberam. Šāhzamān bebeu com sofreguidão.

Disse o autor: e Šāhzamān continuou pelos dias seguintes bebendo e comendo. Suas preocupações e obsessões se dissiparam, seu rosto ficou rosado, seu ânimo se fortaleceu: ele recobrou as cores e engordou, retomando e até mesmo melhorando sua condição inicial. Embora percebesse as mudanças que se operavam no irmão, o rei Šāhriyār guardou aquilo no coração. Mas um dia, estando a sós com ele, disse: "Meu irmão Šāhzamān, eu quero que você me esclareça algo que trago cá na mente, e me liberte do peso que carrego no coração. Vou lhe fazer uma pergunta sobre um assunto e você deve responder a verdade". Perguntou Šāhzamān: "E qual é a dúvida, meu irmão?". Respondeu Šāhriyār: "Logo que chegou aqui e se hospedou comigo, notei que você dia a dia definhava a olhos vistos, até que seu rosto se alterou, sua cor se transformou e seu ânimo se debilitou. Como essa situação se prolongasse, julguei que semelhante acometimento se devia ao fato de você estar afastado dos seus parentes e do seu reino. Por isso, evitei indagar a respeito e passei a esconder as minhas preocupações de você, muito embora o visse definhar e se alterar mais e mais. Porém, depois que eu viajei para a caça e regressei, vi que a sua situação se consertou e sua cor se recobrou. Agora, eu gostaria muito que você me informasse sobre isso e me dissesse qual foi o motivo das alterações que o atingiram aqui no início e qual o motivo da recuperação de seu viço. E não esconda nada de mim".

Disse o copista: ao ouvir as palavras do rei Šāhriyār, Šāhzamān manteve-se por alguns instantes cabisbaixo e depois disse: "Ó rei, quanto ao motivo que consertou o meu estado, eu não posso informar-lhe a respeito, e gostaria que você me poupasse de mencioná-lo". Muitíssimo intrigado com as palavras do irmão, que lhe atiçaram chamas no coração, o rei Šāhriyār disse: "É absolutamente imperioso que você me informe sobre isso. Agora, no entanto, fale-me sobre o primeiro motivo".

Disse o autor: então Šāhzamān contou em pormenores o que lhe sucedera por parte da esposa na noite da viagem. Disse: "Enquanto eu estava aqui, ó rei dos tempos, nos constantes momentos em que pensava na calamidade que minha esposa fizera abater-se sobre mim, era atingido por aflições, obsessões e preocupações. Meu estado então se alterou, e esse foi o motivo". E se calou. Ao ouvir a história, o rei Šāhriyār balançou a cabeça, tomado de grande assombro por causa das perfídias femininas e, depois de ter rogado auxílio divino contra sua perversidade, disse: "Por Deus, meu irmão, que você agiu da melhor maneira matando sua mulher e o tal homem. Está justificado o motivo pelo qual você foi atingido por preocupações e obsessões, e por que seu estado se alterou. Não presumo que isso que lhe sucedeu tenha sucedido a qualquer outro. Juro por Deus que, se fosse eu, não me bastaria matar menos de cem mulheres ou mil mulheres; não, eu ficaria louco e sairia por aí alucinado. Porém agora, graças a Deus, como as suas preocupações e tristezas se dissiparam, deixe-me a par do motivo que desvaneceu as suas preocupações e o fez recobrar a cor". Respondeu Šāhzamān: "Ó rei, eu gostaria que, por Deus, você me poupasse disso". Disse Šāhriyār: "Mas é absolutamente imperioso". Disse Šāhzamān: "Eu temo que você seja atingido por preocupações e obsessões bem mais graves do que as minhas". Disse Šāhriyār: "E como pode ser isso, meu irmão? Não, já não existe possibilidade de retorno: faço questão de ouvir a história".

Disse o autor: então o irmão menor lhe relatou o que vira através da janela do palácio, e a desgraça que ocorria em seu palácio – que dez escravos em trajes femininos dormiam entre suas concubinas e mulheres durante a noite e o dia etc. etc., pois repetir agora toda a história seria perda de tempo – "e ao ver a desgraça que se abateu sobre você, as preocupações por causa da minha própria desgraça se dissiparam, e eu disse de mim para mim: 'mesmo sendo meu irmão o maior rei da terra, sucedeu-lhe tamanha desgraça dentro de sua casa'. Foi assim que me libertei das preocupações e desapareceu aquilo que no peito eu carregava; reconfortei-me, comi e bebi. Eis o motivo de minha alegria e da recuperação de minha cor".

Disse o autor: ao ouvir as palavras do irmão sobre o que estava ocorrendo em seu palácio, o rei Šāhriyār ficou terrivelmente encolerizado, a tal ponto que quase começou a pingar sangue. Depois disse: "Meu irmão, só acreditarei no que você disse se eu vir com meus próprios olhos". E sua cólera aumentou. Então Šāhzamān lhe disse: "Se você precisa mesmo ver sua desgraça com seus próprios olhos para acreditar em mim, então arme uma nova expedição de caça; sairemos eu e você com os soldados, e quando estivermos acampados fora da cidade deixaremos nossos pavilhões, tendas e soldados como estiverem e retornaremos, eu e você, secretamente à cidade. Você subirá comigo até o palácio e poderá então ver tudo com seus próprios olhos".

Disse o autor: o rei reconheceu que a proposta de seu irmão era correta. Ordenou aos soldados que se preparassem para viajar e permaneceu com o irmão naquela noite. Quando Deus fez amanhecer o dia, os dois montaram em seus cavalos, os soldados também montaram e saíram todos da cidade. Foram precedidos pelos camareiros, que carregaram as tendas até as encostas da cidade e ali montaram o pavilhão real e seu vestíbulo. E o sultão e seus soldados se instalaram. Ao anoitecer, o rei enviou uma mensagem ao seu secretário-mor ordenando-lhe que ocupasse seu lugar e que não deixasse nenhum dos soldados entrar na cidade durante três dias, bem como outras instruções relativas aos soldados.

Ele e o irmão se disfarçaram e entraram na cidade durante a noite, subindo ao palácio no qual Šāhzamān estava hospedado. Ali dormiram até a alvorada, quando então se postaram na janela do palácio e ficaram observando o jardim. Conversaram até que a luz do dia se irradiou e o sol raiou. Olharam para a porta secreta, que fora aberta e da qual saiu a esposa do rei Šāhriyār, conforme o hábito, entre vinte jovens; caminharam sob as árvores até chegar ao sopé do palácio em que ambos estavam, tiraram as roupas femininas, e eis que eram dez escravos que se lançaram sobre as dez jovens e as possuíram. Quanto à senhora, ela gritou: "ó Mas^{c}ūd! ó Mas^{c}ūd!", e eis que um escravo negro pulou ligeiro de cima de uma árvore ao chão; encaminhou-se até ela e disse: "O que você tem, sua arrombada?[12] Eu sou Sa^{c}duddīn Mas^{c}ūd!".[13] Então a mulher riu e se deitou de costas, e o escravo se lançou sobre ela e nela se satisfez, bem como os outros escravos nas escravas. Em seguida, os escravos levantaram-se, lavaram-se, vestiram os trajes femininos que estavam usando e se misturaram às moças, entrando todos no palácio e fechando a porta. Quanto a Mas^{c}ūd, ele pulou o muro, caiu na estrada e tomou seu rumo.

Disse o autor: em seguida, ambos desceram do palácio. Ao ver o que sua esposa e criadas lhe faziam, o sultão Šāhriyār ficou transtornado e disse: "Ninguém está a salvo neste mundo. Isso ocorre dentro de meu palácio, dentro de meu reino. Maldito mundo, maldita fortuna. Essa é uma terrível catástrofe". E, voltando-se para o irmão, disse: "Você me acompanha no que eu vou fazer agora?". O irmão res-

[12] "Arrombada" traduz *kūra*, que, neste caso, significa literalmente "buraco". Conforme o dicionário de Ibn Manẓūr (1232-1311 d.C.), o verbo do qual deriva essa palavra tem, entre outras acepções, a de "escavar a terra" (cf. *Lisān Al^{c}arab*, Qum, 1405 H., vol. 5, p. 157). Como o personagem que profere a expressão não é nada carinhoso, trata-se de ofensa.

[13] Esse nome significa "fortuna da fé, o afortunado".

pondeu: "Sim". Šāhriyār disse: "Vamos abandonar nosso reino e perambular em amor a Deus altíssimo. Vamos desaparecer daqui. Se por acaso encontrarmos alguém cuja desgraça seja pior do que a nossa, voltaremos; caso contrário, continuaremos vagando pelo mundo, sem necessidade alguma de poder". Disse Šāhzamān: "Esse é um excelente parecer. Eu vou acompanhar você".

O GÊNIO E A JOVEM SEQUESTRADA

Disse o copista: ato contínuo, ambos desceram pela porta secreta do palácio e, saindo por outro caminho, puseram-se em viagem. E viajando continuaram até o anoitecer, quando então dormiram abraçados a suas aflições e dores. Mal amanheceu, retomaram a caminhada, logo chegando a um prado repleto de plantas e árvores na orla do mar salgado. Ali começaram a discutir sobre suas respectivas desditas e o que lhes sucedera. Enquanto estavam nisso, eis que um grito, um brado violentíssimo, saiu do meio do mar. Tremendo de medo, eles supuseram que os céus se fechavam sobre a terra. Então o mar se fendeu, dele saindo uma coluna negra que não parava de crescer até que alcançou o topo do céu. Tamanho foi o medo dos dois irmãos que eles fugiram e subiram numa árvore gigante na qual se instalaram, ocultando-se entre as suas folhagens. Dali, espicharam o olhar para a coluna negra que, flanando pela água, fazia o mar fender-se e avançava em direção àquele prado verdejante. Assim que botou os pés na terra, ambos puderam vê-lo bem: tratava-se de um *ifrit*[14] preto, que carregava à cabeça um grande baú de vidro com quatro cadeados de aço. Ao sair do mar, o *ifrit* caminhou pelo prado e foi instalar-se justamente debaixo da árvore em que os dois reis estavam escondidos. Depois de se sentar debaixo da árvore, ele depositou o baú no solo, sacou quatro chaves com as quais abriu os cadeados e dali retirou uma mulher de compleição perfeita, bela jovem de membros gentis, um doce sorriso no rosto de lua cheia. Retirou-a do baú, colocou-a debaixo da árvore, contemplou-a e disse: "Ó senhora de todas as mulheres livres,[15] a quem sequestrei na noite de seu casa-

[14] Como as palavras "demônio" ou "diabo" não dão conta do sentido, optou-se por uma transcrição aproximada do termo árabe *ᶜifrīt*, já verificado no Alcorão (27, 39), e que indica criatura sobre-humana e maligna. Em outros manuscritos usa-se *jinnī* (de hábito traduzido como "gênio", como se fez adiante) ou *mārid*, que são semanticamente próximos.

[15] No original, *yā sayyidat alḥarā'ir*. Podia indicar também uma espécie de concubina. A palavra *ḥarā'ir* é plural tanto de *ḥurra* ["mulher liberta"] como de *ḥarīr* ["seda"], o que provocou a tradução equivocada "senhora das sedas", perpetrada por Mardrus. À margem do manuscrito "Arabe 3609", Galland anotou, em latim, *ingenua*.

mento, eu gostaria agora de dormir um pouco". Ato contínuo, o *ifrit* depositou a cabeça no colo da jovem e estendeu as pernas, que chegaram até o mar. E, mergulhando no sono, pôs-se a roncar. A jovem ergueu a cabeça para a árvore e, voltando casualmente o olhar, avistou os reis Šāhriyār e Šāhzamān. Então ergueu a cabeça do *ifrit* de seu colo, depositou-a no chão, levantou-se, foi até debaixo da árvore e sinalizou-lhes com as mãos: "Desçam devagarzinho até mim". Percebendo que haviam sido vistos, eles ficaram temerosos e suplicaram, humildes, em nome daquele que erguera os céus, que ela os poupasse de descer. A jovem disse: "É absolutamente imperioso que vocês desçam até aqui". Eles lhe disseram por meio de sinais: "Mas isso aí que está deitado é inimigo do gênero humano. Por Deus, deixe-nos em paz". Ela disse: "É absolutamente imperioso que vocês desçam. Se acaso não o fizerem, eu acordarei o *ifrit* e lhe pedirei que os mate", e continuou fazendo-lhes sinais e insistindo até que eles desceram lentamente da árvore, colocando-se afinal diante dela, que se deitou de costas, ergueu as pernas e disse: "Vamos, comecem a copular e me satisfaçam, senão eu vou acordar o *ifrit* para que ele mate vocês". Eles disseram: "Pelo amor de Deus, minha senhora, não faça assim. Nós agora estamos com muito medo desse *ifrit*, estamos apavorados. Poupe-nos disso". A jovem respondeu: "É absolutamente imperioso", e insistiu e jurou: "Por Deus que ergueu os céus, se vocês não fizerem o que estou mandando, eu acordarei meu marido *ifrit* e mandarei que mate vocês e os afunde nesse mar".[16] E tanto insistiu que eles não tiveram como divergir: ambos copularam com ela, primeiro o mais velho, e em seguida o mais jovem. Quando terminaram e saíram de cima dela, a jovem disse: "Deem-me seus anéis", e puxou, do meio de suas roupas, um pequeno saco. Abrindo-o, sacudiu seu conteúdo no chão, e dele saíram noventa e oito anéis de diferentes cores e modelos. Ela perguntou: "Por acaso vocês sabem o que são estes anéis?". Responderam: "Não". Ela disse: "Todos os donos desses anéis me possuíram, e de cada um eu tomei o anel. E como vocês também me possuíram, deem-me seus anéis para que eu os junte a estes outros e complete cem anéis; assim, cem homens terão me descoberto bem no meio dos cornos desse *ifrit* nojento e chifrudo, que me prendeu nesse baú, me trancou com quatro cadeados e me fez morar no meio desse mar agitado e de ondas revoltas, pretendendo que eu fosse, ao mesmo tempo, uma mulher liberta e vigiada. Mas ele não sabe que o destino não pode ser evitado nem nada

[16] Boa parte do diálogo, se não todo ele, se dá por meio de sinais, numa pantomima que confere comicidade à narrativa.

pode impedi-lo, nem que, quando a mulher deseja alguma coisa, ninguém pode impedi-la". Ao ouvir as palavras da jovem, os reis Šāhriyār e Šāhzamān ficaram sumamente assombrados e, curvados de espanto, disseram: "Deus, ó Deus, não existe poderio nem força senão em Deus altíssimo e grandioso! 'De fato, vossas artimanhas são terríveis'".[17] Retiraram os anéis e os entregaram à jovem, que os recolheu e guardou no saco, indo em seguida sentar-se junto ao *ifrit*, cuja cabeça ergueu e recolocou no colo, conforme estava antes. Depois, fez-lhes sinais: "Tomem seu caminho senão eu acordo o *ifrit*".

Disse o autor: então eles fizeram meia-volta e se puseram em marcha. Voltando-se para o irmão, Šāhriyār disse: "Ó meu irmão Šāhzamān, veja só essa desgraça: por Deus, é muito pior do que a nossa. Esse aí é um gênio que sequestrou a jovem na noite de seu noivado, e a trancafiou num baú de vidro com quatro cadeados, e a fez morar no meio do mar alegando que assim a preservaria do juízo e decreto divinos. Mas você viu que ela já tinha sido possuída por noventa e oito homens, e que eu e você completamos os cem. Vamos retornar, mano, para nossos reinos e cidades. Não voltaremos a tomar em casamento mulher alguma. Aliás, de minha parte, eu vou lhe mostrar o que farei".

Disse o autor: então eles apressaram o passo no caminho. E não deixaram de marchar mesmo durante a noite, chegando, na manhã do terceiro dia, até onde estavam acampadas as tropas. Adentraram o pavilhão e se sentaram no trono. Secretários, delegados, nobres e vizires foram ter com o rei Šāhriyār, que estabeleceu proibições, distribuiu ordens, fez concessões, deu presentes e dádivas. Depois, determinou que se entrasse na cidade, e todos entraram. Ele subiu ao palácio e deu a seu vizir-mor – pai das já mencionadas jovens Dīnārzād e Šahrāzād – a seguinte ordem: "Pegue a minha mulher e mate-a", e, entrando no aposento dela, amarrou-a e entregou ao vizir, que saiu levando-a consigo e a matou. Depois, o rei Šāhriyār desembainhou a espada e, entrando nos aposentos de seu palácio, matou todas as criadas, trocando-as por outras. E tomou a resolução de não se manter casado senão uma única noite: ao amanhecer, mataria a mulher a fim de manter-se a salvo de sua perversidade e perfídia; disse: "Não existe sobre a face da Terra uma única mulher liberta". E, equipando o irmão Šāhzamān, enviou-o de volta para sua terra carregando presentes, joias, dinheiro e outras coisas. Šāhzamān despediu-se e tomou o rumo de seu país.

[17] Alcorão, 12, 28.

Disse o autor: o rei Šāhriyār instalou-se no trono e ordenou a seu vizir – o pai das duas jovens – que lhe providenciasse casamento com alguma filha de nobres, e o vizir assim o fez. Šāhriyār possuiu-a e nela satisfez seu apetite. Quando raiou a manhã, ordenou ao vizir que a matasse. Depois, naquela própria noite, casou-se com outra moça, filha de um de seus chefes militares. Possuiu-a e, ao amanhecer, ordenou ao vizir que a matasse, e este, não podendo desobedecer, matou-a. Depois, na terceira noite, casou-se com a filha de um dos mercadores da cidade. Dormiu com ela até o amanhecer e depois ordenou ao vizir que a matasse, e ele a matou.

Disse o narrador: e o rei Šāhriyār continuou a se casar a cada noite com uma jovem filha de mercadores ou de gente do vulgo – com ela ficando uma só noite e em seguida mandando matá-la ao amanhecer – até que as jovens escassearam, as mães choraram, as mulheres se irritaram e os pais e as mães começaram a rogar pragas contra o rei, queixando-se ao criador dos céus e implorando ajuda àquele que ouve as vozes e atende às preces.[18]

Disse o copista: o vizir encarregado de matar as moças tinha uma filha chamada Šahrāzād, mais velha, e outra chamada Dīnārzād, mais nova. Šahrāzād, a mais velha, tinha lido livros e compilações de sabedoria e de medicina; decorara poesias e consultara as crônicas históricas; conhecia tanto os dizeres de toda gente como as palavras dos sábios e dos reis. Conhecedora das coisas, inteligente, sábia e cultivada, tinha lido e entendido.

Disse o autor: certo dia, Šahrāzād disse ao pai: "Eu vou lhe revelar, papai, o que me anda oculto pela mente". Ele perguntou: "E o que é?". Ela respondeu: "Eu gostaria que você me casasse com o rei Šāhriyār. Ou me converto em um motivo para a salvação das pessoas ou morro e me acabo, tornando-me igual a quem morreu e acabou". Ao ouvir as palavras da filha, o vizir se encolerizou e disse: "Sua desajuizada! Será que você não sabe que o rei Šāhriyār jurou que não passaria com nenhuma moça senão uma só noite, matando-a ao amanhecer? Se eu consentir nisso, ele vai passar apenas uma noite com você, e logo que amanhecer ele vai me ordenar que a mate, e eu terei de matá-la, pois não posso discordar dele". Ela disse: "É absolutamente imperioso, papai, que você me dê em casamento a ele; deixe que ele me mate". Disse o vizir: "E o que está levando você a colocar sua vida assim em risco?". Ela disse: "É absolutamente imperioso, papai,

[18] Ao contrário das versões do ramo egípcio, que falam, quase todas, em três anos, aqui não se especifica o tempo que durou a matança. Veja o Anexo 1.

que você me dê a ele em casamento: uma só palavra e uma ação resoluta". Então o vizir se encolerizou e disse: "Filhinha, 'Quem não sabe lidar com as coisas incide no que é vedado', 'Quem não mede as consequências não tem o destino como amigo'. E, como se diz num provérbio corrente, 'Eu estava tranquilo e sossegado mas a minha curiosidade me deixou ferrado'.[19] Eu temo que lhe suceda o mesmo que sucedeu ao burro e ao boi da parte do lavrador". Ela perguntou: "E o que sucedeu, papai, ao burro e ao boi da parte do lavrador?". Ele disse:

O BURRO, O BOI, O MERCADOR E SUA ESPOSA

Saiba que certo mercador próspero tinha muito dinheiro, homens, animais de carga, e camelos; também tinha esposa e filhos pequenos e crescidos. Vivia no interior, inteiramente dedicado à lavoura, e conhecia a linguagem dos quadrúpedes e demais animais; no entanto, se ele revelasse tal segredo a alguém, morreria. Ele sabia, portanto, a linguagem de todas as espécies de animais, mas não dizia nada a ninguém por medo de morrer. Em sua fazenda viviam um boi e um burro, e ambos ficavam próximos um do outro, amarrados ao pesebre. Certo dia, o mercador sentou-se, com a esposa ao lado e os filhos pequenos brincando diante de si, e olhou para o boi e o burro. Ouviu o boi dizendo ao burro: "Muitas congratulações para você, mano esperto, pelo conforto e pelos serviços de escovação e limpeza que recebe. Você tem quem cuide de si; só o alimentam com cevada escolhida e água fresca e limpa. Quanto a mim, pegam-me no meio da noite para lavrar e colocam no meu cangote uns utensílios chamados canga e arado; trabalho o dia inteiro, escavando a terra e sendo obrigado a tarefas insuportáveis; sofro com as surras do lavrador e com o relho; meus flancos se lanham e meu cangote se esfola; fazem-me trabalhar de noite a noite, e depois me levam ao paiol, onde me dão fava suja de barro e palha com talo; durmo no meio da merda e do mijo a noite inteira. Agora, você não, você está sempre sendo escovado, lavado e limpado; seu pesebre é limpo e cheio de boa palha; está sempre descansado, e só raramente, quando ocorre ao nosso dono, o mercador, alguma necessidade, ele monta em você, mas retorna rapidamente. Você está descansado, e eu, cansado; você está dormindo, e eu, acordado". Quando o boi encerrou o discurso, o burro voltou-se para ele e disse: "Seu simplório, não mente quem te trata

[19] Os trechos entre aspas simples têm rima e são ditados populares em árabe.

como bobo, pois você, bobalhão, não tem nem artimanha nem esperteza nem maldade. Fica aí exibindo a sua gordura, se esforçando e se matando pelo conforto dos outros? Você por acaso não ouviu o provérbio que diz 'quem perde o sucesso, seu caminho entra em recesso'?[20] Você sai logo de manhãzinha para o campo, o maior sofrimento, lavrando e apanhando, e depois o lavrador traz você e amarra no pesebre, enquanto você fica aí se batendo, dando chifrada, dando coice, dando mugido, mal aguentando esperar até que joguem as favas na sua frente para você comer? Não, nada disso, você tem mais é que fazer o seguinte: quando lhe trouxerem a fava, não coma nada; dê só uma cheiradinha nela, se afaste e nem prove; limite-se a comer palha e feno. Se agir assim, isso será melhor e mais adequado para você, e aí então vai ver o conforto que desfrutará".

Disse o autor: ao ouvir as palavras do burro, o boi percebeu que este lhe dava excelentes conselhos; agradeceu-lhe em sua língua, fez-lhe os melhores votos, desejou-lhe as melhores recompensas, certificou-se de que seus conselhos eram bons e lhe disse: "Que você fique a salvo de todo dano, mano esperto!".

[*Prosseguiu o vizir*:] Isso tudo ocorreu, minha filha, diante dos olhos do mercador, que sabia o que eles estavam dizendo. Quando foi no dia seguinte, o lavrador foi até a casa do mercador, recolheu o boi, colocou-lhe o arado e o pôs para trabalhar. O boi, contudo, realizou mal seu trabalho de aragem; o lavrador espancou-o e o boi, fingindo – pois ele aceitara as recomendações do burro –, atirou-se ao chão; o lavrador tornou a bater-lhe, mas o boi pôs-se a levantar e cair seguidamente até que anoiteceu. Então o lavrador conduziu-o até o paiol, amarrando-o ao pesebre. O boi não mugiu nem deu coices, e se afastou do pesebre. Intrigado com aquela história, o lavrador trouxe-lhe favas e forragem, mas o boi, após cheirá-las, deu uns passos para trás e foi deitar-se longe dali, pondo-se a mordiscar um pouquinho de palha e feno espalhados ali pelo chão até que amanheceu, quando então o lavrador voltou e verificou que o pesebre continuava cheio de feno e palha, cujas quantias não haviam diminuído nem se modificado, e que o boi estava deitado, a barriga estufada, a respiração presa e as pernas erguidas; ficou triste por ele e pensou: "Por Deus que ele estava enfraquecido, e é por isso que não conseguia trabalhar". Em seguida, dirigiu-se ao mercador e disse: "Chefe, esta noite o boi não comeu a ração, nem sequer provou nada". Sabedor do caso, o mercador disse ao lavrador: "Vá até aquele burro malandro e bote-lhe o

[20] Provérbio popular.

arado ao pescoço; faça-o trabalhar bastante a fim de que ele compense a ausência do boi". Então o lavrador foi até o burro, pendurou-lhe o arado ao pescoço, foi até o campo e chicoteou e forçou o burro a fim de que ele cumprisse as tarefas do boi. Tantas foram as chicotadas que seus flancos se dilaceraram e seu pescoço se esfolou. Ao anoitecer, conduziu-o ao paiol. De orelhas murchas, o burro estava que mal conseguia arrastar as patas. Quanto ao boi, naquele dia sua história fora outra: passara o tempo todo dormindo, sossegado e ruminando; comera toda a sua ração, matara a sede, esperara, descansara e durante o dia inteiro rogara pelo burro e lhe louvara o bom parecer. Quando anoiteceu e o burro chegou, o boi foi recepcioná-lo pressuroso, dizendo: "Que você tenha uma excelente noite, mano esperto! Por Deus que você me fez um favor que, de tão grande, não tenho como descrever. Que você continue correto e cortês, e que Deus o recompense por mim, mano esperto!". O burro estava tão irritado com o boi que não lhe deu resposta, e pensou: "Isso tudo me aconteceu por causa dos meus péssimos cálculos. 'Eu estava tranquilo e sossegado mas a minha curiosidade me deixou ferrado.' Agora, se eu não arranjar algum estratagema para fazer o boi retornar ao que fazia antes, estarei destruído". E dirigiu-se ao seu pesebre, enquanto o boi ruminava e lhe fazia bons votos.[21]

[*Prosseguiu o vizir*:] "Também você, minha filha, poderá ser destruída em virtude dos seus péssimos cálculos; por isso, acalme-se, fique quieta e não exponha sua vida à destruição. Estou sendo seu bom conselheiro, e ajo movido por meu afeto por você". Ela disse: "Papai, é absolutamente imperioso que eu vá até esse sultão e que você me dê em casamento a ele". Disse o vizir: "Não faça isso". Ela respondeu: "É absolutamente imperioso fazê-lo". O vizir disse: "Caso não se aquiete, vou fazer com você o mesmo que o mercador proprietário da fazenda fez com a esposa". Ela perguntou: "E o que ele fez com a esposa, papai?". O vizir respondeu:

Saiba que, após aquelas ocorrências entre o boi e o burro, o mercador saiu com a esposa numa noite enluarada e foram até o paiol, onde ele ouviu o burro dizendo ao boi em sua língua: "E aí, meu boi, o que você vai fazer amanhã de manhã? Ouça o que estou dizendo: quando o lavrador lhe trouxer a ração, aja conforme eu disser". O boi perguntou: "Ué, e não devo fazer o mesmo que você me sugeriu ontem? Nunca mais vou deixar de fazer isso: quando ele trouxer a

[21] A história do mercador, do burro e do boi não consta de dois manuscritos do ramo egípcio, o "Arabe 3615" e o "Bodl. Or. 550".

ração, vou começar a fingir, a me fingir de doente, vou deitar e estufar a barriga". Mas o burro balançou a cabeça e disse: "Não faça isso. Sabe o que eu ouvi o nosso dono mercador dizendo ao lavrador?". O boi perguntou: "O quê?". O burro respondeu: "Ele disse: 'Se o boi não comer a ração nem se levantar, chame o açougueiro para sacrificá-lo e distribuir-lhe a carne como esmola; esfole a sua pele e transforme-a em esteira'. Eu estou temeroso por você, e o bom aconselhamento faz parte da fé; assim, logo que vier a ração, coma e se ponha de pé, pois, do contrário, eles vão sacrificá-lo e arrancar a sua pele". Então o boi se pôs a peidar e berrar. E o mercador se pôs imediatamente de pé e riu bem alto das ocorrências entre o burro e o boi. A esposa perguntou: "Do que está rindo? Você está é me ridicularizando". Ele disse: "Não". Ela disse: "Então me diga o motivo do seu riso". Ele respondeu: "Não posso dizer. É um segredo terrificante, pois não posso revelar o que os animais dizem em suas línguas".[22] Ela perguntou: "E o que o impede de me dizer?". Ele respondeu: "O que me impede é que eu morrerei se o fizer". A mulher disse: "Por Deus que você está mentindo. Isso não passa de desculpa. Juro por Deus, pelo senhor dos céus, que não viverei mais com você se não me contar e explicar o motivo da sua risada. É absolutamente imperioso que você me conte", e, entrando em casa, chorou sem interrupção até o amanhecer. O mercador disse: "Ai de ti! Só me diga o motivo de tanto choro! Rogue a Deus e se acalme! Largue essas perguntas e deixe-nos em paz". Ela disse: "É absolutamente imperioso. Não serei demovida de jeito nenhum!". Cansado, ele perguntou: "Isso é mesmo necessário? Se acaso eu lhe disser o que ouvi do burro e do boi, e o que me fez rir, morrerei". Ela disse: "É absolutamente imperioso. E não me importa que você morra". Ele disse: "Chame a sua família", e ela chamou os dois filhos,[23] os familiares, a mãe, o pai; também vieram alguns vizinhos. O mercador lhes informou que a hora de sua morte estava chegando. Todos choraram: grandes e pequenos, seus filhos, os agricultores e os criados; instalou-se o luto. O mercador mandou chamar testemunhas idôneas e elas compareceram. Em seguida, pagou o dote de sua esposa, registrou tudo por escrito, fez recomendações aos filhos, libertou suas criadas e despediu-se de seus familiares. Todos

[22] Existe aí um problema de concatenação narrativa, uma vez que, no início da história, parece que o segredo reside no próprio conhecimento que o mercador detém acerca da língua dos animais; neste trecho, porém, parece que o segredo se limita ao conteúdo desse conhecimento, ou seja, o mercador não poderia revelar o que os animais diziam, ou, conforme transparece mais adiante, como ele conseguia compreender o que eles diziam.
[23] "Os dois filhos" é o que consta do manuscrito "Arabo 782" da Biblioteca Apostólica Vaticana; o original traz "as duas filhas" e os demais manuscritos não contêm o trecho.

choraram, inclusive as testemunhas. Os pais da esposa foram até ela e lhe disseram: "Volte atrás nessa questão, pois se o seu marido não estivesse plenamente convicto de que a revelação do segredo o levará à morte, ele não faria isso". Ela respondeu: "Nada me demoverá de minha exigência". Então todos choraram e se prepararam para o luto.

[*Prosseguiu o vizir:*] Minha filha Šahrāzād, eles tinham no quintal cinquenta galinhas e um só galo. O mercador, triste por ter de abandonar este mundo, seus familiares e filhos, foi sentar-se no quintal. Enquanto ele refletia e se predispunha a revelar o segredo e contar tudo, ouviu um cachorro que ele tinha no quintal falando, em sua língua, com o galo, o qual, batendo e agitando as asas, subira em uma galinha e a possuíra, descera dela e subira em cima de outra. O mercador começou a prestar atenção nas palavras do cachorro e ouviu o que, em sua língua, ele dizia ao galo: "Ei, galo, como você é desavergonhado! Frustrado está quem criou você esperando algum reconhecimento. Não tem vergonha de fazer coisas como as que estava fazendo num dia como este?". Perguntou o galo: "E o que tem este dia?". O cachorro respondeu: "Você por acaso não está sabendo que o nosso amo e senhor está hoje de luto, pois a esposa está exigindo que ele lhe revele seu segredo; porém, assim que o revelar, ele morrerá. Ambos agora estão nessa pendenga: como o patrão está propenso a, mesmo assim, revelar-lhe o segredo sobre a compreensão da língua dos animais, todos estamos tristes por ele. Mas você fica aí batendo as asas e subindo em cima dessa, descendo de cima daquela, sem a menor vergonha". Então o mercador ouviu o galo respondendo o seguinte: "Seu maluco, seu bufão! Que tenho eu com o fato de nosso patrão ser desajuizado, apesar de suas alegações em contrário? Ele tem uma só esposa e não consegue cuidar dela". Perguntou o cachorro: "E o que ele deveria fazer com ela?". Respondeu o galo: "Ele deveria pegar uma boa vara de carvalho, entrar com ela no depósito, fechar a porta e dar-lhe uma sova, espancá-la para valer, com a vara, a tal ponto que as mãos e os pés dela se quebrem e ela grite: 'Não quero mais revelação nenhuma nem explicação'; tal surra deverá valer para o resto da vida, a fim de que ela nunca mais o contradiga em nada. Se ele agir assim com ela, viverá sossegado e se acabará o luto; no entanto, ele não sabe cuidar direito das coisas".

[*Prosseguiu o vizir:*] Então, minha filha Šahrāzād, quando o mercador ouviu a conversa entre o cachorro e o galo, levantou-se rapidamente, tomou uma vara de carvalho, fez a mulher entrar no depósito, entrou atrás, trancou-se com ela e passou a espancá-la nas costelas e nos ombros, não parando nem mesmo quando ela se pôs a gritar: "Não! Não! Eu nunca mais vou perguntar nada! Me deixe! Me deixe! Eu nunca mais vou perguntar nada!". Só interrompeu a surra quando se cansou, e então abriu a porta e a mulher saiu rendida e convencida graças ao que lhe sucedera. E todos ficaram felizes, o luto virou alegria e o mercador aprendeu como proceder corretamente.[24]

[*Prosseguiu o vizir*:] "Também você, minha filha, por que não volta atrás em sua decisão? Do contrário, farei com você o mesmo que o mercador fez com a esposa". Ela respondeu: "Por Deus que não voltarei atrás. Essas histórias que você contou não me farão hesitar quanto à minha intenção. E, se eu quisesse, poderia contar muitas histórias semelhantes a essa. Mas, em resumo, tenho a dizer o seguinte: se você não me conduzir ao rei Šāhriyār de livre e espontânea vontade, eu entrarei no palácio escondida das suas vistas e direi ao rei que você não permitiu que alguém como eu se casasse com ele, mostrando-se mesquinho com seu mestre". O vizir perguntou enfim: "Então isso é absolutamente imperioso?". Ela respondeu: "Sim".

Disse o autor: ao se ver derrotado, já cansado de insistir, o vizir subiu até o palácio do sultão Šāhriyār e, entrando na sala real, beijou o chão diante dele e informou-o de que iria dar-lhe a mão da filha naquela noite. O rei ficou intrigado e disse: "E como você permitirá, ó vizir, que a sua filha se case comigo, sendo que eu – juro por Deus, por quem ergueu os céus – ordenarei que a mate mal amanheça o dia, e se você não me obedecer eu o matarei?". O vizir respondeu: "Meu amo e sultão, foi isso mesmo que eu informei e expliquei à minha filha, mas ela não aceitou e quis estar com o senhor nesta mesma noite". O rei ficou contente e disse: "Desça, arrume-a e traga-a no início da noite". Então o vizir desceu, repetiu a mensagem para a filha e concluiu: "Que Deus não me faça sentir a sua falta". Então Šahrāzād, muitíssimo contente, arrumou-se e ajeitou as coisas de que precisaria. Foi até a irmã mais nova, Dīnārzād, e lhe disse: "Minha irmãzinha, preste bem atenção no que vou lhe recomendar: assim que eu subir até o rei, vou mandar chamá-la. Você subirá e, quando vir que o rei já se satisfez em mim, diga-me: 'Ó irmãzinha, se você não estiver dormindo, conte-

[24] Uma história bem semelhante a esta é narrada no final do capítulo VI do *Livro das bestas*, composto pelo filósofo catalão Raimundo Lúlio (1232-1316) à maneira dos fabulários em árabe, língua que Lúlio conhecia muito bem; o uso que aí se faz da fábula do boi, do burro, do mercador e de sua esposa evidencia que, antes de fazer parte do *Livro das mil e uma noites*, ela havia circulado em outros conjuntos narrativos árabes hoje extraviados. Redigido antes de 1286, o *Livro das bestas* foi inserido pelo autor no seu *Livro das maravilhas do mundo*, do qual constitui a sétima parte. Cf. Lúlio, Raimundo, *Livro das bestas*, São Paulo, Loyola/Giordano, 1990, pp. 121-125 (tradução de Cláudio Giordano e introdução de Esteve Jaulent).

-me uma historinha'. Então eu contarei a vocês histórias que serão o motivo da minha salvação e da liberdade de toda esta nação, pois farão o rei abandonar o costume de matar suas mulheres". A irmã respondeu: "Sim". Depois, quando a noite chegou, o vizir tomou Šahrāzād pelas mãos e subiu com ela até o rei mais velho Šāhriyār, que levou-a para a cama e iniciou o seu jogo de carícias, mas Šahrāzād começou a chorar. Ele perguntou: "E por que esse choro?". Ela respondeu: "Tenho uma irmã e gostaria que pudéssemos nos despedir nesta noite, antes do amanhecer". O rei mandou então chamar Dīnārzād, que se apresentou e dormiu sob a cama. Quando a noite se fez mais espessa, Dīnārzād ficou atenta e esperou até que o rei se satisfizesse na irmã e todos ficassem bem acordados. Assim, no momento oportuno, Dīnārzād pigarreou e disse: "Minha irmãzinha, se você não estiver dormindo, conte-me uma de suas belas historinhas com as quais costumávamos atravessar nossos serões, para que eu possa despedir-me de você antes do amanhecer, pois não sei o que vai lhe acontecer amanhã". Šahrāzād disse ao rei Šāhriyār: "Com a sua permissão eu contarei". Ele respondeu: "Permissão concedida". Šahrāzād ficou contente e disse: "Ouça".[25]

1ª

NOITE DAS ESPANTOSAS HISTÓRIAS DAS MIL E UMA NOITES

O MERCADOR E O GÊNIO

Disse Šahrāzād: conta-se, ó rei venturoso, de parecer bem orientado, que certo mercador vivia em próspera condição, com abundantes cabedais, dadivoso, proprietário de escravos e servos, de várias mulheres e filhos; em muitas terras ele investira, concedendo empréstimos ou contraindo dívidas. Em dada manhã, ele viajou para um desses países: montou um de seus animais, no qual pendurara um alforje com bolinhos e tâmaras que lhe serviriam como farnel, e partiu em viagem por dias e noites, e Deus já escrevera que ele chegaria bem e incólume à terra para onde rumava; resolveu ali seus negócios, ó rei venturoso, e retomou o caminho de

[25] Seria conveniente consultar a tradução da redação mais tardia do "prólogo-moldura", no Anexo 1, ao final deste volume.

volta para sua terra e seus parentes. Viajou por três dias; no quarto, como fizesse muito calor e aquele caminho inóspito e desértico[26] fervesse, e tendo avistado um oásis adiante, correu até lá a fim de se refrescar em suas sombras. Dirigiu-se para o pé de uma nogueira a cujo lado havia uma fonte de água corrente e ali se sentou, antes amarrando a montaria e pegando o alforje, do qual retirou o farnel: bolinhos e um pouco de tâmaras. Pôs-se a comer as tâmaras, jogando os caroços à direita e à esquerda, até que se saciou. Em seguida levantou-se, fez abluções e rezou.[27] Quando terminou os últimos gestos da prece, antes que ele se desse conta, aproximara-se um velho gênio cujos pés estavam na terra e cuja cabeça tocava as nuvens, empunhando uma espada desembainhada. O gênio se achegou, parou diante dele e disse: "Levante-se para que eu o mate com esta espada, do mesmo modo que você matou meu filho!", e deu uns gritos com ele. Ao ver o gênio e ouvir-lhe as palavras, o mercador ficou atemorizado e, invadido pelo pânico, disse: "E por qual crime vai me matar, meu senhor?". O gênio respondeu: "Pelo crime de ter matado o meu filho". O mercador perguntou: "E quem matou o seu filho?". Respondeu o gênio: "Você matou o meu filho". Perguntou o mercador: "Por Deus que eu não matei o seu filho! Quando e como isso se deu?". O gênio respondeu: "Não foi você que estava aqui sentado, e que tirou tâmaras da mochila, pondo-se a comê-las e a jogar os caroços à direita e à esquerda?". O mercador respondeu: "Sim, eu fiz isso". O gênio disse: "Foi assim que você matou o meu filho, pois, quando começou a jogar os caroços à direita e à esquerda, meu filho começara logo antes a caminhar por aqui,[28] e então um caroço o atingiu e o matou. Agora, me é absolutamente imperioso matar você". O mercador disse: "Não faça isso, meu senhor!". Respondeu o gênio: "É imperioso que eu o mate, assim como você matou o meu filho. A morte se paga com a morte". O mercador disse: "A Deus pertencemos e a ele retornaremos; não há poderio nem força senão em Deus altíssimo e poderoso. Se eu de fato o matei, não foi senão por equívoco de minha parte. Eu lhe peço que me perdoe". O gênio respondeu: "Por Deus que é absolutamente imperioso matá-lo, do mesmo modo que você matou meu filho", e, puxando-o, atirou-o ao chão e ergueu a espada para golpeá-lo. O mercador cho-

[26] "Caminho inóspito e desértico" traduz a palavra árabe *barr*.

[27] Embora descreva um ritual aparentemente islâmico e se valha da terminologia muçulmana, neste ponto o texto parece referir-se a uma religião anterior ao islamismo.

[28] O trecho "começara logo antes a caminhar por aqui" traduz uma locução dialetal: *kāna kamā mašā* (talvez por **kāna kamā yamšī*), que somente pode ser compreendida mediante a comparação com outros trechos nos quais seu sentido é mais explícito.

rou, lamentou-se por seus familiares, esposa[29] e filhos. Enquanto a espada estava erguida, o mercador chorou até molhar as roupas e disse: "Não há poderio nem força senão em Deus altíssimo e poderoso", e recitou os seguintes versos:

"O tempo é composto de dois dias, um seguro, outro
[ameaçador,
e a vida é composta de duas partes, uma pura, outra turva.
Pergunte a quem urdiu as idas e vindas do tempo:
será que o tempo só maltrata a quem tem serventia?
Acaso não se vê que a ventania, ao formar as tempestades,
não atinge senão as árvores de altas copas?
De tantas plantas verdes e secas existentes sobre a terra,
somente se apedrejam aquelas que têm frutas;
nos céus existem incontáveis estrelas,
mas em eclipse só entram o sol e a lua.
Pois é, você pensa bem dos dias quando tudo vai bem,
e não teme as reviravoltas que o destino reserva;
nas noites você passa bem, e com elas se ilude,
mas no sossego da noite é que sucede a torpeza."

Quando o mercador encerrou o choro e os versos, o gênio disse: "Por Deus que é imperioso matá-lo, mesmo que chore sangue, assim como você matou meu filho". O mercador perguntou: "É absolutamente imperioso para você?". Respondeu o gênio: "Para mim é imperioso". E tornou a erguer a espada para golpeá-lo.

Então a aurora alcançou Šahrāzād e ela parou de falar. A mente do rei Šāhriyār ficou ocupada com o restante da história e, nessa primeira manhã, Dīnārzād disse à irmã: "Como são belas e espantosas as suas histórias!". Respondeu Šahrāzād: "Isso não é nada perto do que vou contar na próxima noite, caso eu viva e caso este rei me poupe. A continuação da história é melhor e mais espantosa do que o relato de hoje". E o rei pensou: "Por Deus que eu não a matarei até escutar o restante da história. Mas na próxima noite eu a matarei". Depois, quando bem amanheceu, o dia clareando e o sol raiando, o rei se levantou e foi cuidar de seu reino e de suas deliberações. O vizir,

[29] Ao contrário do que se possa imaginar, não existe aqui contradição: embora tivesse muitas mulheres e concubinas, o mercador, ao que parece, tinha somente uma esposa (legítima). Mas note-se que um dos manuscritos ("Gayangos 49") registra sistematicamente "esposas".

pai de Šahrāzād, ficou admirado e contente com aquilo. E o rei Šāhriyār ficou distribuindo ordens e julgando os casos apresentados até o cair da noite, quando entrou em casa e se dirigiu para a cama acompanhado por Šahrāzād. Dīnārzād disse à irmã: "Por Deus, maninha, se acaso você não estiver dormindo, conte-me uma de suas belas historinhas para que possamos atravessar acordados esta noite". E o rei disse: "Que seja a conclusão da história do gênio e do mercador, pois meu coração está ocupado com ela". Ela disse: "Com muito gosto, honra e orgulho, ó rei venturoso".

2ª

NOITE DAS ESPANTOSAS HISTÓRIAS DAS MIL E UMA NOITES

Disse Šahrāzād:

Conta-se, ó rei venturoso e de correto parecer, que, quando o gênio ergueu a mão com a espada, o mercador lhe disse: "Ó criatura sobre-humana, é mesmo imperioso me matar?". Respondeu: "Sim". Disse o mercador: "E por que você não me concede um prazo para que eu possa despedir-me de minha família, de meus filhos e de minha esposa, dividir minha herança entre eles e fazer as disposições finais? Em seguida, retornarei para que você me mate". Disse o *ifrit*: "Temo que, caso eu o solte e lhe conceda um prazo, você vá fazer o que precisa e não regresse mais". O mercador disse: "Eu lhe juro por minha honra; eu prometo e convoco o testemunho do Deus dos céus e da terra que eu voltarei para você". O gênio perguntou: "E de quanto é o prazo?". Respondeu o mercador: "Um ano, para que eu me sacie de ver meus filhos, possa despedir-me de minha mulher e resgatar alguns títulos; retornarei no início do ano". O gênio disse: "Deus é testemunha do que você está jurando: se eu soltá-lo, voltará no início do ano". O mercador respondeu: "Invoco a Deus por testemunha do que estou jurando". E quando ele jurou, o gênio soltou-o. Triste, o mercador subiu na montaria e tomou o caminho de casa. Avançou até chegar à sua cidade; entrou em casa, encontrando os filhos e a esposa. Ao vê-los, foi tomado pelo choro com lágrimas abundantes, demonstrando aflição e tristeza. Todos estranharam aquele seu estado, e sua esposa lhe perguntou: "O que você tem, homem? Que choro é esse? Nós hoje estamos felizes, num dia de júbilo por sua volta. Que luto é esse?". Ele respondeu: "E como não estar de luto se só me resta um ano de vida?", e a colocou a par do que se passara entre ele e o gênio durante a viagem, informando a todos que ele jurara ao gênio que regressaria no início do ano para que este o matasse.

Disse o autor: ao lhe ouvirem as palavras, todos choraram. A esposa começou a bater no próprio rosto e a arrancar os cabelos; as meninas, a gritar; e os pequenos, a chorar. O luto se instalou, e durante o dia inteiro as crianças choraram em redor do pai, que passou a dar e a receber adeus. No dia seguinte, ele iniciou a partilha da herança e se pôs a ditar recomendações, a quitar seus compromissos com os outros, e a fazer concessões, doações e distribuição de esmolas. Convocou recitadores para que recitassem versículos religiosos pelo seu passamento, chamou testemunhas idôneas, libertou servas e escravos, pagou os direitos dos seus filhos mais velhos, fez recomendações quanto aos seus filhos mais novos e quitou os direitos de sua esposa. E permaneceu junto aos seus até que não faltassem para o ano-novo senão os dias do caminho a ser percorrido, quando então se levantou, fez abluções, rezou, recolheu sua mortalha e despediu-se da família; os filhos se penduraram em seu pescoço, as meninas choraram ao seu redor e sua esposa gritou. O choro deles fez-lhe o coração fraquejar, e seus olhos verteram lágrimas copiosas. Pôs-se a beijar freneticamente os filhos, a abraçá-los e a despedir-se deles; disse: "Meus filhos, esta é a decisão de Deus; tais são seus desígnios e decretos. E o homem, afinal, não foi criado senão para a morte". E, dando um último adeus, deixou-os, subiu em sua montaria e avançou por dias e noites seguidos até chegar ao oásis em que encontrara o gênio, exatamente no dia de ano-novo. Sentou-se no mesmo lugar onde comera as tâmaras e começou a esperar pelo gênio, com os olhos marejados e o coração triste. Em meio a essa espera, eis que passou por ele um velho xeique que puxava uma gazela pela corrente. Aproximou-se e saudou o mercador, que lhe retribuiu a saudação. O xeique perguntou: "Por que motivo você está aqui, meu irmão, neste lugar que é moradia de gênios rebeldes e de filhos de demônios? Eles tanto assombram este lugar[30] que quem aqui adentra

[30] O trecho "que tanto assombram" traduz a frase *wa hāḏā albustān maᶜmūr*, "e este bosque é habitado", com elipse do complemento do adjetivo *maᶜmūr*, "habitado". No dicionário *Larousse* árabe, o filólogo contemporâneo Ḫalīl Aljurr atribui ao sintagma *albayt almaᶜmūr*, literalmente "casa habitada", o sentido de "casa habitada por gênios". No Alcorão (52, 4), fala-se em *albayt almaᶜmūr*, expressão que é interpretada por alguns exegetas, segundo o dicionarista Bin Manẓūr (século XIII d.C.), como referência a "uma casa no céu, em posição paralela [*bi-iẓāʾ*] ao templo da Kaᶜba, em Meca; nessa casa entram diariamente setenta mil anjos, que depois saem e não mais retornam". Parece que a expressão sofreu uma espécie de inversão de sentido que a tornou próxima do português "possuído" (mais comumente aplicado a pessoas mas que também o pode ser para lugares).

nunca prospera". Então o mercador contou tudo o que lhe sucedera com o gênio, do início ao fim, e o velho xeique, espantado com a fidelidade do mercador aos seus compromissos, disse: "Você de fato leva muito a sério e cumpre as suas juras". E, sentando-se ao seu lado, ajuntou: "Por Deus que não me moverei daqui até ver o que lhe ocorrerá com o gênio". Assim sentado a seu lado, pôs-se a conversar com ele. Enquanto ambos estavam nessa conversa, eis que...

Então a aurora alcançou Šahrāzād e ela parou de falar. E, como bem amanhecesse e o dia clareasse,[31] sua irmã Dīnārzād disse: "Como é admirável e espantosa a sua história!". Ela respondeu: "Na próxima noite eu irei contar-lhes algo mais espantoso e admirável do que isso".

3ª

NOITE DAS ESPANTOSAS HISTÓRIAS DAS MIL E UMA NOITES

Na noite seguinte, Dīnārzād disse à irmã Šahrāzād quando esta foi para a cama com o rei Šāhriyār: "Por Deus, maninha, se você não estiver dormindo, conte-nos uma de suas belas historinhas para que atravessemos o serão desta noite". O rei disse: "Que seja o restante da história do mercador". Ela disse: "Sim".

Eu tive notícia, ó rei venturoso, de que o mercador estava sentado conversando com o velho da gazela quando surgiu um segundo velho xeique, conduzindo dois cachorros de caça pretos. Foi avançando e, ao se aproximar deles, saudou-os e eles retribuíram a saudação. Então ele os inquiriu sobre sua situação, e o xeique da gazela lhe contou a história das ocorrências entre o mercador e o gênio: "Este mercador prometeu ao gênio que regressaria no ano-novo para que o matasse, e ele agora, de fato, espera-o para que o mate. Eu me encontrei aqui com ele, ouvi sua história e jurei que não me moveria deste lugar até ver o que sucederá entre ele e o gênio".

Disse o autor: quando o xeique dos dois cachorros ouviu aquilo, ficou assombrado e jurou que tampouco ele se moveria dali: "Quero ver o que se sucederá entre

[31] Note que nas duas primeiras noites existe uma espécie de lapso de tempo entre a interrupção da história e a observação da irmã caçula, como se a narrativa pretendesse realçar o plano combinado entre as duas.

eles". E pediu ao mercador que ele próprio contasse sua história, e este lhe contou o que lhe acontecera com o gênio. Enquanto estavam nessa conversa, eis que surgiu um terceiro velho xeique, que os saudou e a cuja saudação eles responderam. E ele perguntou: "Por que motivo os vejo, ó xeiques, aqui sentados, e por que vejo este mercador sentado entre vocês dois, triste, amargurado e carregando vestígios de humilhação?". Então os dois xeiques lhe contaram a história do mercador, e acrescentaram que ambos estavam ali sentados a fim de ver "o que sucederá a este jovem". Ao ouvir o relato, o terceiro xeique sentou-se entre eles e disse: "Por Deus que eu tampouco me moverei daqui até ver o que sucederá entre ele e o gênio; eu lhes farei companhia". E começaram a conversar, mas não se passou muito tempo e eis que uma poeira se levantou no coração do deserto, e quando ela se dispersou o gênio surgiu carregando na mão uma espada de aço desembainhada. Dirigiu-se até eles e não saudou a ninguém. Assim que chegou perto, o gênio puxou o mercador com a mão esquerda, colocando-o rapidamente diante de si, e disse: "Venha para que eu o mate". O mercador chorou, e choraram os três xeiques, um choro desesperado que logo se transformou em gritos de lamento.

Irrompendo, a aurora alcançou Šahrāzād, que se calou e interrompeu a história. Disse-lhe sua irmã Dīnārzād: "Como é bela a sua história, maninha". Ela respondeu: "Isso não é nada perto da história que vou lhes contar na noite seguinte, e que é mais bela, mais espantosa, mais agradável, mais emocionante, mais saborosa e mais atraente do que a de hoje – isso se o rei me preservar e não me matar". Com a mente ansiosa por ouvir a continuação da história, o rei pensou: "Por Deus que não irei matá-la até ouvir o restante da história e o que ocorreu ao mercador com o gênio; depois de saber isso, irei matá-la na noite seguinte, conforme já fiz com as outras". E logo saiu para cuidar de seu reino e tomar suas decisões; voltando-se para o pai de Šahrāzād, aproximou-o e ficou a seu lado. O vizir ficou intrigado. E o rei ficou nisso até que anoiteceu, quando então ele adentrou seus aposentos e se dirigiu para a cama junto com Šahrāzād. Disse Dīnārzād: "Se você não estiver dormindo, maninha, conte-nos uma de suas belas histórias para que atravessemos o serão desta noite". Respondeu Šahrāzād: "Com muito gosto e honra".

4ª
NOITE DA NARRATIVA DAS MIL E UMA NOITES

Disse Šahrāzād:

Conta-se, ó rei venturoso, que quando o gênio agarrou o mercador, o primeiro xeique, o da gazela, avançou até ele, beijou-lhe as mãos e os pés e disse: "Ó demônio, ó coroa do rei dos gênios, se eu lhe contar minha história e lhe relatar o que me sucedeu com esta gazela, e se acaso você considerar tais sucessos admiráveis e espantosos, mais admiráveis do que a sua história com este mercador, você me concederá um terço do crime por ele cometido e da culpa em que incorreu?". O gênio respondeu: "Sim". Então o xeique da gazela disse:

O PRIMEIRO XEIQUE

Saiba, ó gênio, que esta gazela é minha prima, carne de minha carne e sangue do meu sangue; e também minha esposa desde a nossa primeira juventude: ela tinha doze anos, e não cresceu senão em minha casa. Vivi com ela trinta anos, mas, como não fui agraciado com um único descendente, nem macho, nem fêmea – embora ela nunca ao menos engravidasse, eu sempre a tratei muito bem, ao longo desses trinta anos, servindo-a e dignificando-a –, arranjei uma segunda esposa que logo me premiou com um menino macho que parecia uma fatia brilhante da lua. Minha prima foi tomada por ciúmes da segunda esposa e do filho que me dera – o qual cresceu e atingiu a idade de dez anos. Foi então que me vi obrigado a sair em viagem, e por isso recomendei a segunda esposa e o menino a esta minha prima; só parti depois de reforçar as recomendações. Ausentei-me por um ano inteiro, período durante o qual minha prima se aproveitou para aprender adivinhação e feitiçaria. Depois de ter aprendido, ela pegou meu filho e o enfeitiçou, transformando-o num bezerro; em seguida, mandou chamar o pastor que trabalhava para mim e lhe entregou o bezerro, dizendo: "Ponha-o para pastar junto com o rebanho bovino". O pastor recebeu-o e ficou com ele por algum tempo. Depois, ela enfeitiçou a mãe do menino, transformando-a em vaca, e também entregando-a ao pastor. Após esses eventos, eu enfim retornei e, quando indaguei a respeito da segunda esposa e do filho, minha prima respondeu: "Sua segunda esposa morreu e seu filho fugiu há dois meses. Não tive mais notícias dele". Ao ouvir tais palavras, meu coração começou a pegar fogo por causa do menino, e me entristeci por minha segunda esposa. Chorei o desaparecimento do menino durante cerca de um ano. Logo chegou a época da Grande Festividade de Deus.[32] Mandei chamar o pastor e lhe determinei que me trouxessem uma vaca nédia para que eu a imolasse, e ele trouxe a que era minha segunda esposa enfeitiçada. Logo que a amarrei e me debrucei sobre ela a fim de degolá-la, a vaca chorou e gritou "Filhu, filhu", e lágrimas lhe escorreram pelas faces. Atônito e tomado de piedade pela vaca, larguei-a e disse ao pastor: "Traga-me outra", mas minha prima berrou: "Degole-a, pois ele não dispõe de nenhuma vaca melhor nem mais gorda. Deixe-nos comer de sua carne neste feriado". Tornei a aproximar-me para degolá-la, e de novo ela gritou "Filhu, filhu". Afastei-me dela e disse ao pastor: "Degole-a por mim", e ele a degolou e cortou, mas ela não continha carne nem gordura, somente pele e ossos. Arrependi-me de tê-la degolado e disse ao pastor: "Leve-a todinha e dê como esmola a quem você achar melhor, e procure para mim entre as vacas um bezerro gordo". E o pastor recolheu-a e saiu; não sei o que fez com os restos. E logo me trouxe meu filho, sangue do meu fígado, metamorfoseado em gordo bezerro. Ao me ver, meu filho rompeu as amarras do pescoço, correu até mim, jogou-se aos meus pés e esfregou o rosto em mim. Espantado, fui acometido pela piedade, misericórdia e afeto paterno: por algum secreto desígnio divino, meu sangue se compadeceu do dele, que também era meu; minhas entranhas entraram em convulsão quando vi as lágrimas de meu filho bezerro escorrendo-lhe sobre as faces, enquanto ele arranhava o chão com as patas dianteiras. Deixei-o, pois, e disse ao pastor: "Ponha este bezerro entre o gado e trate-o bem; estou poupando-o; traga-me outro". Mas minha prima, esta gazela, berrou: "E por que não sacrificamos este bezerro?". Irritado, respondi: "Eu lhe obedeci na questão da vaca e a sacrifiquei, mas não obtivemos nenhum benefício. Agora, não vou lhe obedecer sacrificando este bezerro. Eu o poupei do sacrifício". Mas ela insistiu, dizendo: "É absolutamente imperioso sacrificar este bezerro". Então eu tomei da faca e amarrei o bezerro.

[32] "Grande Festividade de Deus" traduz *mawsim ᶜīd Allāh alakbar*, que desde Galland vem sendo considerada pelos tradutores uma festividade islâmica. É certo que os muçulmanos têm a sua festa do sacrifício [*ᶜīd aladḥà*], mas aqui a referência se afigura muito frugal. Normalmente, se o texto tencionasse referir a festividade islâmica, ele o teria feito de modo mais enfático ou claro. Parece que se pretendeu indicar uma festa religiosa que envolvesse rituais de sacrifício de animais, mas não necessariamente islâmica. Seja como for, dada a incerteza a respeito, optou-se por uma formulação neutra.

E a manhã irrompeu e alcançou Šahrāzād, que parou de falar. A mente do rei ficou ocupada com o restante da história. E a irmã Dīnārzād disse: "Como é agradável a sua história, maninha". Ela respondeu: "Na próxima noite eu lhes contarei uma história mais agradável do que essa, e também mais admirável e espantosa, isso se eu viver e se o rei me preservar e não me matar".

5ª

NOITE DA NARRATIVA DAS MIL E UMA NOITES

Na noite seguinte, Dīnārzād pediu à sua irmã Šahrāzād: "Por Deus, maninha, se você não estiver dormindo, conte-nos uma de suas historinhas". Ela respondeu: "Com muito gosto e honra".

Eu fui informada, ó rei estimado, que o primeiro xeique, o da gazela, disse ao gênio e ao grupo todo:

Então eu tomei da faca tencionando matar meu filho, mas ele gritou, chorou, esfregou-se em meus pés e pôs a língua para fora, apontando-a para mim. Fiquei chocado[33] com aquilo; meu coração estremeceu e se encheu de ternura por ele; soltei-o e disse à minha mulher: "Cuide dele, pois eu agora o deixo livre". Em seguida, pus-me a consolar minha esposa, esta gazela, e tantos agrados lhe fiz que ela concordou em sacrificar outro animal, sob a promessa de sacrificar o menino no feriado seguinte. E dormimos naquela noite. Quando Deus fez amanhecer a manhã, o pastor veio até mim, às escondidas de minha esposa, e disse: "Patrão, eu lhe darei uma boa notícia mas quero o crédito para mim". Eu respondi: "Dê a notícia e terá o crédito". Ele disse: "Meu senhor, eu tenho uma filha muito ligada às atividades de adivinhação, magia, feitiços e esconjuros. Ontem à noite, quando entrei em casa com o bezerro que o senhor resolveu poupar a fim de reuni-lo pela manhã ao restante do rebanho, minha filha olhou para ele, sorriu e chorou. Eu lhe perguntei então: 'Quais os motivos do riso e do choro?'. Ela respondeu: 'O motivo do riso é

[33] "Fiquei chocado" traduz o verbo *istarabtu*, que não consta dos dicionários. A maioria dos manuscritos suprimiu-o. Talvez, por metástase, seja *istabartu*.

que este bezerro é filho do nosso mestre, o proprietário dos animais. Ele foi enfeitiçado pela esposa do pai; eis por que ri. Agora, quanto ao motivo do choro, ele se deve à mãe dele, que foi sacrificada pelo próprio pai'. Assim, mal pude esperar até que a alvorada irrompesse para vir dar-lhe esta alvissareira notícia sobre o seu filho". Ao ouvir tais palavras, ó gênio, gritei e desmaiei, mas logo acordei e caminhei com o pastor até chegar à sua casa; ao me ver diante do meu filho, atirei-me sobre ele beijando-o e chorando. Ele me encarou, as lágrimas a escorrer-lhe abundantes pelas faces, e me mostrou a língua, sinalizando "veja o meu estado". Voltei-me para a filha do pastor e perguntei: "Você conseguiria livrá-lo disso? Eu lhe darei todo o dinheiro e todos os animais que possuo". Ela sorriu e disse: "Meu amo, não desejo seu dinheiro, nem suas dádivas, nem seu rebanho. Porém, não o livrarei disso senão com duas condições: a primeira é que o senhor me case com ele, e a segunda é que eu possa enfeitiçar a pessoa que o enfeitiçou e prendê-la a fim de me assegurar contra os malefícios dela". Respondi: "Você terá tudo isso e mais ainda. O dinheiro é seu e de meu filho. Quanto à minha prima, que fez essas coisas com meu filho e ordenou que eu sacrificasse a mãe dele, minha segunda esposa, o sangue dela lhe é lícito". A moça respondeu: "Não, só quero fazê-la provar o que ela fez aos outros". Em seguida, a filha do pastor encheu uma taça de água, fez nela esconjuros e preces e disse ao meu filho: "Ó bezerro, se esta for a forma que lhe deu o Poderoso Vitorioso, não mude; porém, se estiver enfeitiçado e atraiçoado, então deixe essa forma e retome a sua forma humana, com a permissão do Criador de todas as criaturas", e imediatamente lançou sobre o bezerro a água da taça, e eis que ele se sacudiu todo e virou um ser humano tal e qual era, e isso depois de ter sido um bezerro. Não pude conter-me e me atirei sobre ele desmaiado. Quando acordamos, ele me relatou o que minha prima, esta gazela aqui, fizera com ele e com sua mãe. Eu disse: "Meu filho, Deus colocou em nosso destino alguém que vai trazer justiça para você, para sua mãe e para mim". E então eu o casei, ó gênio, com a filha do pastor, a qual ficou matutando até que enfim enfeitiçou minha prima, transformando-a nesta gazela. E me disse: "Essa é uma bela forma, e ela poderá continuar fazendo-nos companhia e nos divertindo, pois é melhor que seja bela, a fim de que não a consideremos agourenta nem nos aborreçamos de vê-la". E a filha do pastor permaneceu conosco por muitos dias, meses e anos, mas depois morreu, e então o meu filho viajou para a terra deste rapaz com quem você teve o entrevero. Eu saí para achar alguma notícia do meu filho e trouxe comigo minha prima, que é esta gazela, e acabei chegando até aqui. Eis aí a minha história: não é admirável e insólita? O gênio respondeu: "Eu lhe concedo um terço da vida do mercador".

Nesse momento, ó rei Šāhriyār, avançou até o gênio o segundo xeique, o dos dois cachorros pretos, e disse: "Eu também lhe contarei o que sucedeu a estes dois cachorros. Você vai ver que minha história é mais admirável do que a desse aí, e também mais insólita. Se eu lhe contar você me concederá um terço da vida do mercador?". O gênio respondeu: "Sim". Então o segundo xeique avançou mais e, começando sua fala, disse...

Então a aurora irrompeu e alcançou Šahrāzād, que parou de falar. Sua irmã disse: "Essa história é admirável". Respondeu Šahrāzād: "Isso não é nada perto do que lhes contarei na noite seguinte, se eu viver e o rei me preservar". O rei pensou: "Por Deus que não a matarei até ouvir o que ocorreu ao xeique dos dois cachorros pretos, mas depois disso eu a matarei, não a deixarei viver, se Deus altíssimo quiser".

6ª

NOITE DAS INSÓLITAS NARRATIVAS DAS MIL E UMA NOITES

Na noite seguinte, Šahrāzād foi com o rei Šāhriyār para a cama. Sua irmã Dīnārzād disse: "Maninha, se você não estiver dormindo, conte-nos uma historinha, conclua aquela história de ontem". Ela respondeu: "Com muito gosto e honra".

Eu fui informada, ó rei venturoso, que o segundo xeique, o dos dois cachorros pretos, disse:

O SEGUNDO XEIQUE

Ó gênio, eis o que vou contar, eis a minha história detalhada: estes dois cachorros são meus irmãos. Éramos três irmãos homens cujo pai morreu e nos deixou três mil dinares.[34] Eu abri uma loja na qual vendia e comprava, e também meus irmãos cada qual abriu uma loja. Mas isso não durou muito tempo, e logo o meu irmão mais velho, que é um destes cachorros, vendeu sua loja com todos os bens por mil dina-

[34] Neste texto, "dinar" indica moeda de ouro e "dirham", moeda de prata.

res, comprou mercadorias, arranjou uma caravana e se aprontou para viajar, ausentando-se de nossas vistas por um ano inteiro. Findo esse ano, estava eu certo dia diante de minha loja quando parou diante de mim um mendigo, ao qual eu disse: "Que Deus ajude". Ele me perguntou, chorando: "Você já não me reconhece?". Então eu reparei com atenção e eis que era o meu irmão! Levantei-me, abracei-o e, entrando com ele na loja, indaguei-o sobre o lamentável estado em que se encontrava. Ele respondeu: "Nem me pergunte: o dinheiro acabou e a situação desandou".[35] Levei-o ao banho, dei-lhe uma de minhas roupas e trouxe-o para casa. Fiz minhas contas e as da loja, constatando que eu tivera um ganho de mil dinares: meu capital se tornara dois mil dinares. Dividi-os entre mim e meu irmão e lhe disse: "Considere que você nunca viajou nem se ausentou". E ele, muito contente, pegou os mil dinares e abriu para si uma loja. E assim ficamos por dias e noites, até que meu segundo irmão, que é este outro cachorro aqui, vendeu tudo o que possuía, reuniu o dinheiro e planejou viajar. Tentamos impedi-lo mas ele não nos obedeceu: negociou, comprou muitas mercadorias e viajou com outros mercadores, ausentando-se de nossas vistas por um ano inteiro. Depois ele regressou no mesmo estado do irmão mais velho. Eu lhe perguntei: "Meu irmão, eu não lhe sugerira que não viajasse?". Ele chorou e respondeu: "Meu irmão, é assim que as coisas estavam predestinadas a ser. Eis-me aqui pobre, sem um único centavo, nu, sem sequer uma camisa". Peguei-o, ó gênio, levei-o ao banho, dei-lhe um de meus trajes, novo, completo, para vestir, trouxe-o para minha loja, fizemos uma refeição juntos e então eu lhe disse: "Meu irmão, anualmente eu efetuo as contas da loja e do meu capital. Quanto ao capital, eu de qualquer modo irei resguardá-lo, mas o lucro, qualquer que tenha sido, irei reparti-lo entre mim e você". Em seguida, fiz as contas da loja e calculei meus ganhos, verificando que eram de dois mil dinares. Agradeci a Deus altíssimo e, exultante de felicidade, dividi esse dinheiro entre mim e meu irmão, dando-lhe mil dinares e reservando para mim os outros mil. Com esse valor, ele abriu uma loja e assim ficamos todos nós durante vários dias. Depois, contudo, meus irmãos passaram a me assediar para que eu viajasse com eles, mas não o fiz e questionei-os: "E o que vocês ganharam com suas viagens para que eu queira ganhá-lo também?". E não lhes dei ouvidos. Mantivemo-nos em nossas lojas vendendo e comprando, embora eles, todo ano, voltassem a falar em viagem, sem que eu aceitasse. Até que se passaram seis anos, quando então concedi quanto

[35] Provérbio popular.

à viagem com eles. Disse: "Meus irmãos, nós enfim viajaremos juntos. De quanto dinheiro vocês dispõem?". Constatei que eles tinham dilapidado tudo quanto possuíam em comida, bebida e outras coisas. Não lhes disse palavra a respeito nem os censurei. Fiz as contas do meu dinheiro, ajuntei e vendi tudo o que possuía na loja, auferindo seis mil dinares. Fiquei contente e dividi o dinheiro em duas partes iguais. Disse: "Estes três mil dinares serão nossos, e com eles iremos negociar e viajar; e estes outros três mil, iremos enterrá-los sob a terra, para a eventualidade de que me ocorra o mesmo que lhes ocorreu; nesse caso, sempre poderemos retornar e, com estes três mil dinares, reabrir cada um a sua loja". Eles disseram: "Esse é o melhor parecer". E assim dividi o meu dinheiro, ó gênio: recolhi e enterrei três mil dinares, e dos outros três mil dei a cada um de meus irmãos mil dinares e fiquei com mil dinares. Fechei a loja e compramos mercadorias e produtos, alugando a seguir um grande navio e transportando nossas coisas para o mar; munimo-nos de provisões e viajamos por dias e noites, durante cerca de um mês.

E a aurora alcançou Šahrāzād, que parou de falar. Sua irmã Dīnārzād lhe disse: "Como é bela a sua história, maninha". Ela respondeu: "Na próxima noite, caso eu fique viva, irei contar-lhes algo mais belo, extraordinário e maravilhoso, se Deus altíssimo quiser".

7a

NOITE DAS NARRATIVAS E MARAVILHAS DAS MIL E UMA NOITES

Na noite seguinte, Dīnārzād disse à sua irmã Šahrāzād: "Por Deus, maninha, se você não estiver dormindo, conte-nos uma historinha". O rei disse: "Que seja o restante da história do mercador e do gênio". Ela disse: "Com muito gosto, honra e orgulho".

Fui informada, ó rei venturoso, que o segundo xeique disse ao gênio:

Então viajamos eu e estes dois cachorros que são meus irmãos durante cerca de um mês pelo mar salgado, chegando a uma cidade na qual adentramos e vendemos nossas mercadorias; obtivemos um lucro de dez dinares para cada dinar aplicado. Compramos outras mercadorias. Quando me dispunha a seguir viagem, encontrei na praia uma jovem vestida em andrajos que me beijou as mãos e disse: "Meu senhor, aceite praticar uma graça e mercê, e acredite que eu o recompensarei por elas". Respondi: "Aceito fazer a mercê e você não precisa me recompensar por nada". Ela disse: "Case-se comigo, vista-me e leve-me consigo para a sua terra nesse navio. Serei sua esposa. Estou me doando a você, e assim me fará graça e mercê pelas quais eu o recompensarei se Deus altíssimo quiser. Não se iluda com esta minha situação nem com a minha miséria". Ao ouvir as suas palavras, meu coração se enterneceu, e isso graças ao que Deus altíssimo desejava para mim. Eu disse a ela: "Sim", e, recolhendo-a, dei-lhe uma luxuosa vestimenta, casei-me oficialmente com ela e embarcamos juntos no navio, onde eu lhe preparei um aposento e a recebi. Viajamos por dias e noites e meu coração se afeiçoou pela jovem, junto à qual comecei a passar minhas noites e meus dias, afastando-me de meus irmãos. Quanto aos meus irmãos, que são estes dois cachorros, ficaram enciumados de mim e, como já estivessem invejosos do meu dinheiro e da grande quantidade de mercadorias que eu possuía, cresceram os olhos para cima de todos os meus cabedais. Começaram a planejar minha morte, cuja efetivação o demônio adornou aos seus olhos. Traiçoeiramente, certa noite esperaram até que eu adormecesse ao lado de minha esposa e nos carregaram a ambos, lançando-nos ao mar. Acordamos e minha esposa transformou-se numa *ifrita* gênia; carregou-me e subiu aos ares comigo, levando-me até uma ilha. Quando amanheceu ela me disse: "Eis aí, homem, a recompensa que lhe dei salvando-o do afogamento. Saiba que faço parte daqueles que dizem 'em nome de Deus' e que, quando o vi na praia, meu coração se afeiçoou a você. Procurei-o vestindo aquelas roupas e lhe mostrei meu amor, que você aceitou. Agora, é absolutamente imperioso que eu mate os seus irmãos". Ao ouvir-lhe o discurso, fiquei assombrado pelo modo como a relação se estabelecera entre nós, agradeci-lhe pelo que fizera e disse: "Quanto à morte dos meus irmãos, não, não quero ser como eles", e contei-lhe o que sucedera entre nós do início ao fim. Quando soube de minha história com meus irmãos, a gênia ficou mais irritada ainda com eles e disse: "Agorinha mesmo vou voar até eles e afundar-lhes o navio, matando os dois sem dó". Eu lhe disse: "Por Deus, não faça isso. O provérbio diz: 'Faça o bem a quem errou', e, de qualquer modo, eles são meus irmãos". Com essa intervenção, consegui aplacar a sua cólera. E ela me carregou e voou tão alto comigo que desapareceu das vistas, e depois me depositou no telhado de minha casa. Desci, abri as portas, escavei e retirei o ouro que enterrara, saí e abri minha loja depois de ter saudado a todos no mercado. Quando voltei à noite para casa, encontrei estes dois cachorros amarrados no quintal. Assim que me viram vieram até mim, choraram e se enroscaram em meus pés. Atônito, mal me dei conta quando minha mulher disse: "Meu amo, estes são os seus irmãos". Perguntei: "E quem fez isso com eles?". Ela respondeu: "Enviei uma mensagem à minha irmã, que foi quem lhes fez isso. Eles não poderão livrar-se do feitiço senão depois de dez anos". Em seguida ela me deixou, não sem antes me indicar onde morava. E agora, como já se passaram os dez anos, ia eu levando-os até ela para livrá-los do feitiço, quando encontrei este jovem e este xeique com a gazela. Perguntei-lhe como estava e ele me informou o que sucedera entre vocês. Não quis mexer-me daqui até saber o que se daria entre ele e você. Essa é minha narrativa. Que tal? Não é espantosa?

O gênio respondeu: "Por Deus que é espantosa e insólita. Eu lhe concedo um terço do crime do mercador". Então o terceiro xeique disse: "Ó gênio, não me deixe magoado: se eu lhe contar uma história insólita e espantosa, mais insólita e mais espantosa do que as duas precedentes, você me concederá um terço do crime do mercador?". O gênio respondeu: "Sim".

E a aurora alcançou Šahrāzād, que parou de falar. Sua irmã disse: "Que espantosa é a sua história!". Ela disse: "E o que falta é ainda mais espantoso". O rei pensou: "Por Deus que não a matarei até ouvir o que sucedeu ao xeique e ao gênio, e depois a matarei, conforme fiz com as outras".

8ª

NOITE DAS INSÓLITAS NARRATIVAS DAS MIL E UMA NOITES

Na noite seguinte, Dīnārzād disse à sua irmã Šahrāzād: "Por Deus, maninha, se você não estiver dormindo, conte-nos uma de suas belas historinhas para que possamos atravessar o serão desta noite". Respondeu: "Com muito gosto, honra e orgulho".

Conta-se, ó rei venturoso, que o terceiro xeique contou ao gênio uma história mais espantosa e mais insólita do que as histórias precedentes.[36] O gênio ficou

[36] Sobre o terceiro xeique e sua história (ou suas histórias, como se verá), confira o Anexo 2 deste volume. Veja também, no Anexo 3, a tradução de um *ḥadīṯ* ["dito"] atribuído ao profeta Muḥammad, no qual ele conta a história de um homem salvo dos gênios por meio de histórias contadas por três velhos.

extremamente assombrado, estremeceu de emoção[37] e disse: "Eu lhe concedo um terço do crime do mercador", e, entregando-o aos três xeiques, deixou-os e foi embora. O mercador, voltando-se para os xeiques, agradeceu-lhes muito, e eles o felicitaram por estar bem. Depois despediram-se dele e se dispersaram, cada qual retomando seu caminho. O mercador voltou para seu país e foi ter com seus familiares, sua esposa e seus filhos, e viveu com eles até a morte.

[*Prosseguiu Šahrāzād*:] "Mas isto não é mais admirável nem mais espantoso do que a história do pescador". Disse Dīnārzād: "Por Deus, maninha, e qual é essa história?". Šahrāzād disse:

O PESCADOR E O GÊNIO

Fui informada que certo pescador, já velho, entrado em anos, com uma esposa e três filhos,[38] era tão pobre que não conseguia prover seu sustento diário. Uma das práticas que ele seguia era lançar sua rede quatro vezes ao mar – era assim e somente assim que ele agia. De uma feita, ele saiu com a rede durante as chamadas para a prece da alvorada, a lua ainda visível, caminhou até os limites da cidade e chegou à praia, depôs sua cesta ao solo, arregaçou a túnica e avançou até o meio do mar, quando então lançou a rede, esperou que ela assentasse e começou a puxá-la, reunindo aos poucos os seus fios. Notando que ela estava pesada, puxou-a com força mas, como aquilo superasse suas forças, voltou à praia, fincou uma estaca na terra, nela amarrando a ponta da corda, retirou as roupas, ficando nu em pelo, e mergulhou na água, nadando em direção à rede. E tanto pelejou e remexeu a rede que conseguiu puxá-la para a praia, o que o deixou exultante de alegria. Quando a rede já estava em terra firme, ele vestiu as roupas, foi até ela e abriu-a, nela encontrando um burro morto cujo peso danificara a rede. Ao ver aquilo, triste e amargurado, ele disse: "Não há poderio nem força senão em Deus altíssimo e poderoso". E continuou: "É espantoso que a minha parte na fortuna seja essa". E enfim recitou:

"Ó tu que enfrentas o escuro da noite e a morte,
refreia teu ímpeto, pois a fortuna não depende da ação.

[37] Neste texto, "emoção" traduz sempre a palavra *ṭarab*, à qual dicionários como o de F. Corriente dão os seguintes correspondentes: emoção estética, gozo, arroubo, êxtase, entretenimento estético etc.

[38] Conforme se verá adiante, são duas filhas e um filho. Os manuscritos, contudo, trazem "três filhas". Corrigido nas edições impressas.

Acaso não vês o mar e o pescador sempre em pé,
à procura de fortuna, as estrelas da noite em sua órbita,
e ele no meio do mar, golpeado pelas ondas,
o olhar vidrado no centro da rede?
Então às vezes ele pode ficar feliz uma noite
por ter seu anzol perfurado a boca de um peixe
que ele venderá para quem passou a noite
a salvo do frio, em grande conforto.
Exalçado seja o meu Deus, que a uns dá e a outros priva;
uns pescam e outros comem o peixe."

Disse o autor: e a aurora alcançou Šahrāzād, que parou de falar. Sua irmã Dīnārzād lhe disse: "Como é bela a sua história, maninha", e ela respondeu: "Na próxima noite, se eu viver e o rei me preservar, eu vou lhes contar a continuação, que é mais admirável e espantosa".

9ª

NOITE DAS NARRATIVAS, MARAVILHAS E PRODÍGIOS DAS MIL E UMA NOITES

Na noite seguinte, Dīnārzād disse à irmã: "Maninha, se você não estiver dormindo, conclua para nós a história do pescador". Šahrāzād respondeu: "Com muito gosto e honra".

Eu fui informada, ó rei venturoso, de que o pescador, quando terminou de recitar a poesia, jogou o burro da rede e se sentou no chão para costurá-la. Ao terminar, espremeu-a, esticou-a e voltou a entrar no mar, lançando-a à água depois de invocar o nome de Deus altíssimo. Esperou que a rede assentasse e puxou-lhe, devagarinho, os fios, até que ela apresentou resistência maior do que da primeira vez. Presumindo que se tratasse de um peixe, ficou muitíssimo feliz; tirou as roupas e mergulhou no mar, pondo-se a retirar a rede, e tanto sacudiu e pelejou que a trouxe à terra, mas só encontrou nela um jarro cheio de areia e lodo. Ao ver aquilo, o pescador chorou, lamentou-se e disse: "Este é de fato um dia espantoso", e prosseguiu: "Pertencemos a Deus e a ele retornaremos", e recitou a seguinte poesia:

"Ó tormento do destino, já tive minha parte,
mas, se ainda não tiver tido, então perdoa;
saí em busca do meu sustento,
mas me disseram: 'já morreu'.
Minha sorte nada me traz,
e tampouco o meu trabalho.
Quantos ignaros não se alçam às Plêiades,
e quantos sábios vivem às escondidas."

E jogando fora o jarro, lavou a rede, espremeu-a, estendeu-a, pediu perdão a Deus altíssimo e retornou ao mar, atirando a rede uma terceira vez e esperando até que ela se assentasse. Depois puxou-a até si para então encontrar cacos, pedras, coisas quebradas, ossos, imundícies diversas etc. Então o pescador chorou por sua grande infelicidade e pouca sorte, pondo-se a recitar a seguinte poesia:

"Eis a fortuna: nada a impele ou prende às tuas mãos;
nem a educação te trará sustento, nem a escrita,
nem a sorte: as fortunas são imponderáveis,
e por isso aceita-as, férteis ou estéreis.
Os caprichos do destino rebaixam o homem educado
e elevam o canalha que só merece rebaixamento.
Faze tua visita, ó morte, pois a vida é degradante.
Se os falcões descem e os patos se elevam,
isso não é tão espantoso, pois vemos homens superiores
empobrecidos, enquanto os inferiores se pavoneiam.
Nossas fortunas já foram divididas, e nossos fados
são como aves que buscam comida por toda parte:
algumas correm mundo de Oriente a Ocidente,
e outras ganham benesses sem dar um só passo."

Em seguida, o pescador ergueu o rosto para os céus, onde a manhã já bruxuleava e o dia se anunciava. Disse: "Meu Deus, o senhor sabe que eu não lanço minha rede senão quatro vezes; já a lancei três, e só me resta uma única vez; meu Deus, faça o mar me servir assim como você o fez servir a Moisés". E, ajeitando a rede, lançou-a ao mar e esperou que se assentasse; quando pesou, ele tentou puxá-la mas não teve forças; chacoalhou-a e eis que ela se enroscara no fundo do mar. Disse: "Não há poderio nem força senão em Deus altíssimo e poderoso", e, despindo-se das roupas, mergulhou atrás da rede, conseguindo, à custa de ingentes esforços, soltá-la; trouxe-a para a terra firme e verificou que ela continha algo pesado. Depois de pelejar bastante com a rede, conseguiu desenroscá-la, nela deparando com um vaso de cobre amarelo; estava cheio, sua boca se encontrava lacrada com chumbo, e sobre o chumbo se viam marcas do desenho de um selo. Vendo o vaso, o pescador ficou contente e disse: "Poderei vendê-lo para algum negociante de cobre; forçosamente, seu valor equivalerá ao de duas medidas de trigo".[39] E, pondo-se a mexer nele, notou que estava de fato bem cheio e que não saía do lugar. Como a boca do vaso estivesse lacrada com chumbo, o pescador pensou: "Vou abri-lo a fim de esvaziá-lo, e assim poderei levá-lo rolando até o mercado de cobre. Logo tirou da cintura uma faca, com ela cutucando o lacre de chumbo e pelejando até conseguir retirá-lo. Pegou o lacre, colocou-o na boca e inclinou o vaso de lado, para o chão, balançando-o para lançar-lhe fora o conteúdo. Como nada saísse dali de dentro, o pescador ficou bastante intrigado. Mas depois de algum tempo começou a emanar do vaso uma enorme fumaceira, que se ergueu e se espalhou sobre a face da Terra, avolumando-se até cobrir o mar e elevando-se até os cumes do céu, impedindo a vista de ver a luz. Passados mais alguns momentos, a fumaceira ficou inteiramente fora do vaso; reuniu-se, integrou-se, sacudiu-se e virou um *ifrit* cujos pés estavam na terra e a cabeça nas nuvens; sua cabeça se assemelhava a um poço, seus caninos, a ganchos, sua boca, a uma caverna, seus dentes, a pedras, suas narinas, a cornetas, suas orelhas, a escudos, seu pescoço, a um beco, seus olhos, a faróis – para resumir, o bicho era feio de doer, medonho a não mais poder, e chega de conversa. Ao vê-lo, os membros do pescador se enregelaram, seus dentes bateram e sua saliva secou. O *ifrit* disse: "Ó Salomão, ó profeta de Deus, perdão, perdão! Nunca mais divergirei das palavras do senhor, e nem lhe desobedecerei as ordens!".

[39] "Duas medidas" é tradução de *irdabbayn*, dual de *irdabb*, unidade de medida cujo valor foi impossível verificar. Trata-se de uma busca labiríntica: um dicionário árabe diz que "um *irdabb* equivale a seis *wayba* ou a 24 *ṣāᶜ*". Não foi possível encontrar tradução para *wayba*, mas *ṣāᶜ* é unidade de medida que varia de país para país e que, em português, se traduz por "almude"; e o valor do almude, conforme o dicionário de Antônio Houaiss, também varia; no Brasil, correspondia a 31,94 litros.

E a aurora alcançou Šahrāzād, que parou de falar. A irmã lhe disse: "Como sua história é maravilhosa, maninha, e espantosa", e ela respondeu: "Na próxima noite eu lhes contarei algo mais maravilhoso e espantoso do que isso, se eu viver e for preservada".

10ª

DAS MARAVILHOSAS E PRODIGIOSAS NARRATIVAS DAS MIL E UMA NOITES

Na noite seguinte, quando Šahrāzād foi com o rei Šāhriyār para a cama, sua irmã Dīnārzād lhe disse: "Por Deus, maninha, conclua para nós a história do pescador". E ela disse: "Com muito gosto e honra".

Eu fui informada, ó rei venturoso, que quando o *ifrit* pronunciou aquelas palavras, o pescador lhe disse: "Ó criatura sobre-humana, hoje faz mil oitocentos e poucos anos que morreu Salomão, o profeta de Deus. Estamos no fim dos tempos. Mas qual é a sua história? Por qual motivo você entrou neste vaso?". Ao ouvir as palavras do pescador, o *ifrit* lhe disse: "Receba a boa-nova". O pescador disse: "Ó dia de felicidade!". O *ifrit* prosseguiu: "Receba a boa-nova de sua rápida morte". O pescador disse: "Com essa boa-nova, você bem merece é que nunca mais lhe prestem ajuda nenhuma. Por que você vai me matar? Não fui eu que o salvei e resgatei do fundo do mar, trazendo-o para a terra?". O *ifrit* respondeu: "Faça um pedido".

Disse o autor: muito contente, o pescador perguntou: "E o que eu deveria pedir-lhe?". Respondeu o *ifrit*: "Você pode escolher como morrer, de que maneira eu deverei matá-lo". O pescador perguntou: "E qual o meu delito? É essa a recompensa que você me dá, a recompensa por tê-lo salvado?". O *ifrit* disse: "Ouça a minha história, pescador". O pescador disse: "Conte mas seja breve, pois minha alma já chegou a Jerusalém". O *ifrit* começou a contar:

Saiba que eu pertenço à raça dos gênios renegados e revoltosos. Eu e o gigante Ṣaḫr nos rebelamos contra o profeta de Deus, Salomão, filho de Davi, que enviou contra mim Āṣif Bin Barḫiyya, o qual, por sua vez, me capturou à força e me conduziu, humilhado e contra minha vontade, até o profeta de Deus Salomão. Quando me viu, ele se benzeu de mim e de minha figura e me ofereceu prestar-lhe obediência, mas eu me recusei. Então, ele mandou trazer este vaso de cobre e me prendeu dentro dele, lacrando-o com chumbo e selando-o com o mais poderoso nome de Deus; depois ordenou que alguns gênios me carregassem e me lançassem no meio do mar. Ali permaneci duzentos anos, durante os quais pensei: "Quem quer que me resgate durante estes duzentos anos, eu o deixarei rico", mas ninguém me resgatou. Então se passaram mais duzentos anos, durante os quais eu pensei: "Quem quer que me resgate, eu lhe abrirei as portas de todos os tesouros do mundo". Mas passaram-se quatrocentos anos e ninguém me resgatou. Iniciou-se novo período de cem anos, durante os quais eu pensei: "Quem quer que me resgate nestes cem anos, eu o farei sultão e me tornarei seu servo, satisfazendo-lhe três desejos por dia". No entanto, estes cem anos também se passaram, e já eram muitos anos sem que ninguém me resgatasse. Encolerizei-me então, e vociferei, ronquei, bufei e pensei: "De agora em diante, quem quer que me resgate, irei matá-lo da maneira mais atroz ou irei deixá-lo escolher a maneira pela qual morrerá". Assim, não se passou muito tempo e você veio hoje e me resgatou. Por isso, pode escolher a maneira pela qual morrerá.

Quando ouviu as palavras do *ifrit*, o pescador disse: "A Deus pertencemos e a ele retornaremos. Não fui achar de resgatar você senão agora? Mas é assim mesmo, minha maldita sorte está muito aquém disso. Eu lhe peço, porém, que me poupe, e assim Deus o poupará; não me mate, pois então Deus lhe enviará alguém que o mate". O gênio respondeu: "É absolutamente imperioso que eu o mate; pode escolher a maneira". Certo de que iria morrer, o pescador ficou muito triste, chorou e disse: "Que Deus não me prive de vocês, minhas filhas". Depois, suplicando ao *ifrit*, disse: "Pelo amor de Deus, liberte-me em consideração ao fato de que eu o resgatei e libertei desse vaso". O gênio respondeu: "Mas a sua morte não é senão a recompensa por você ter me resgatado e salvado". O pescador disse: "Eu lhe fiz um bem e você me paga com o mal. Pois é, não mente o provérbio contido nestes versos:

"Fizemos o bem e nos pagaram com seu contrário,
e esta, por vida minha, é a ação dos iníquos;
quem faz favores a quem não os merece,
recebe o mesmo que recebeu quem socorreu a hiena."[40]

[40] "Hiena" [*umm* ᶜ*āmir*] é o que consta do ramo egípcio. No ramo sírio, ocorre o obscuro "filho de ᶜĀmir" [*bin* ᶜ*āmir*]. Na verdade, "quem socorreu a hiena" é alusão a uma antiga narrativa que se tornou proverbial: um beduíno, a despeito das advertências dos seus companheiros, salva a vida de uma hiena e depois é morto por ela.

O gênio disse: "Não prolongue as coisas. Conforme eu já disse, é absolutamente imperioso matar você". O pescador então pensou: "Esse aí é um gênio e eu sou um ser humano. Deus me deu inteligência e me preferiu a ele. Com a minha inteligência, eu planejarei algo contra ele, do mesmo modo que ele planejou contra mim com sua demonice". E então ele perguntou ao gênio: "Então é mesmo imperioso matar-me?". O *ifrit* respondeu: "Sim". O pescador disse: "Então, pelas prerrogativas do maior nome de Deus, que estava inscrito no anel de Salomão, filho de Davi, se eu lhe perguntar algo você me contará a verdade?". Tremendo e confuso, o *ifrit* disse: "Pergunte e seja breve".

E a aurora alcançou Šahrāzād, que parou de falar. Sua irmã Dīnārzād lhe disse: "Como é bela sua história, maninha, e espantosa". Ela respondeu: "Isso não é nada perto do que vou lhes contar na próxima noite, que é mais espantoso, e isso se eu viver e o rei me preservar".

11ª

NOITE DA MARAVILHA E DO PRODÍGIO DAS NARRATIVAS DAS MIL E UMA NOITES

Na noite seguinte, Dīnārzād disse à sua irmã Šahrāzād: "Maninha, se você não estiver dormindo, continue para nós a história do pescador e do gênio". Ela respondeu: "Com muito gosto e honra".

Eu tive notícia, ó rei, de que o pescador perguntou: "Pelas prerrogativas do nome maior de Deus: você de fato estava neste vaso?". O *ifrit* respondeu: "Pelas prerrogativas do nome maior, sim, eu estava aprisionado neste vaso". O pescador lhe disse: "Você está mentindo, pois este vaso não cabe sequer as suas mãos ou seus pés; como poderia caber você inteiro?". O *ifrit* replicou: "Juro que eu estava lá dentro. Por acaso você não acredita nisso?". O pescador respondeu: "Não". Ato contínuo, o gênio se sacudiu, virou fumaça, subiu, estendeu-se sobre o mar, despencou na terra, ajuntou-se e entrou aos poucos no vaso, até que a fumaça toda ficou lá dentro. O *ifrit* então gritou: "Eis-me aqui dentro do vaso, pescador. Acredite em mim". Mas o pescador rapidamente recolheu o lacre de chumbo com o selo, e com ele tapou a boca do vaso, gritando a seguir: "Ó *ifrit*, pode me pedir agora a maneira pela qual você deseja morrer; vou jogá-lo nesse mar e aqui construir uma casa; qualquer pescador que vier pescar, eu vou impedir e alertar, dizendo: 'Aqui vive um *ifrit* que vai matar qualquer um que o resgatar, dando-lhe apenas o direito de escolher a maneira pela qual vai morrer'". Ao ouvir as palavras do pescador e ver-se novamente aprisionado, o *ifrit* quis sair mas não conseguiu, pois o selo do anel de Salomão, filho de Davi, o impediu. Compreendendo que o pescador o enganara, ele disse: "Não faça isso, pescador. Eu estava era brincando com você". O pescador respondeu: "Você está mentindo, ó mais nojento e desprezível dos *ifrites*", e pôs-se a rolar o vaso em direção ao mar. O *ifrit* gritou: "Não, não!", e o pescador respondeu: "Sim, sim!". Então o *ifrit* se fez humilde e submisso em suas palavras, e disse: "O que você pretende fazer, pescador?". Respondeu: "Lançá-lo ao mar. Se você já tinha ficado mil oitocentos e poucos anos,[41] vou agora deixá-lo ficar até a hora do Juízo Final. Eu não lhe pedira 'preserve-me que Deus o preservará; não me mate que Deus o matará'? Mas você se recusou: queria mesmo era me atraiçoar e matar; então, eu também atraiçoei você". O *ifrit* pediu: "Abra a tampa, pescador, que eu o tratarei bem e o enriquecerei". O pescador replicou: "Você está mentindo! Está mentindo! O nosso paradigma é o mesmo do rei Yūnān e do sábio Dūbān".[42] O *ifrit* perguntou: "E qual é o paradigma deles?". O pescador respondeu:

O REI YŪNĀN E O MÉDICO DŪBĀN

Saiba, ó *ifrit*, que havia numa cidade da Pérsia, numa província chamada Zūmān,[43] um rei que a governava e cujo nome era Yūnān.[44] Esse rei sofria de lepra por todo o corpo; não tendo conseguido curá-lo, os médicos e os sábios tinham se desenganado em relação ao seu caso. Já havia ingerido muitos remédios e recebido muita pomada no corpo, mas nada disso resultara em benefício algum. Fora visitar a cidade do rei Yūnān um sábio chamado Dūbān, que lera os livros gregos, persas, turcos, árabes, bizantinos, siríacos e hebraicos e dominara

[41] Datação "corrigida" pelos manuscritos do ramo egípcio. Devido a algum lapso, o ramo sírio traz "oitocentos anos". Muhsin Mahdi afirma que certamente era esse o número de anos – oitocentos – que constava da matriz e do arquétipo das *Mil e uma noites*.

[42] Nas edições impressas egípcias, o nome do sábio é *Rūyān*. As grafias de ambas as palavras, *Dūbān* e *Rūyān*, são muitíssimo parecidas em árabe.

[43] Segundo o geógrafo árabe medieval Yāqūt, a terra de Zūmān ficava próxima da Armênia, logo depois de Mossul; e o povo de Zūmān pertencia à etnia curda.

[44] *Yūnān*, palavra que, acompanhada de artigo definido, significa "Grécia" ou, mais propriamente, "Jônia".

os saberes neles contidos, qual era o fundamento da sabedoria neles contida, as bases em que radicavam suas questões e os benefícios que deles advinham; tinha conhecimento de todas as plantas e ervas, nocivas e benéficas; detinha o conhecimento dos filósofos, e passara por todos os ramos do saber. Logo no início de sua estada na cidade do rei Yūnān, passados poucos dias, ouviu notícias a respeito do rei e da lepra que lavrava em seu corpo, e que médicos e sábios haviam sido incapazes de medicá-lo. Na noite em que soube da notícia ele dormiu, e logo que Deus fez amanhecer e seu astro iluminou e brilhou, o sábio Dūbān vestiu sua melhor roupa e foi até o rei Yūnān a fim de conhecê-lo pessoalmente. Então disse: "Ó rei, eu recebi a notícia do que lhe atingiu o corpo, e que foi tratado por muitos médicos, mas eles não atinaram com uma artimanha que fizesse a doença desaparecer. Eu vou medicar o rei, mas não o farei ingerir remédio algum, nem o untarei com pomada nenhuma". Ao ouvir aquilo, o rei lhe disse: "Se você de fato fizer isso, vou enriquecê-lo até a sua segunda geração, dar-lhe muitos presentes e torná-lo meu comensal e hóspede". E lhe deu um presente, tratou-o com generosidade e perguntou: "Você irá curar-me sem nada, nenhum remédio para beber?". Respondeu: "Sim, irei curá-lo por fora". O rei ficou intrigado e o sábio ganhou em seu coração um grande afeto e uma excelente posição. Depois, o rei disse: "Vamos então, ó sábio, ao que você referiu". O médico respondeu: "Ouço e obedeço. Isso se dará amanhã pela manhã, se Deus altíssimo quiser". Em seguida, o sábio Dūbān levantou-se e desceu até a cidade, onde alugou uma casa, e ali começou a trabalhar nos remédios e drogas dos quais extraía outros remédios. Fez um bastão oco, colocando-lhe um cabo também oco, que ele encheu das pomadas e drogas que conhecia. Com sua grande sabedoria, deu muita qualidade e excelente acabamento ao bastão; e com essa mesma sabedoria, fez uma bola. Quando terminou, deixando tudo bem caprichado, subiu no segundo dia até o sultão, o rei Yūnān, e beijou o chão diante dele.

E a aurora alcançou Šahrāzād, que parou de falar. Sua irmã Dīnārzād lhe disse: "Como é bela a sua história", e ela respondeu: "Você ainda não viu nada da minha história. Na próxima noite eu lhes contarei algo mais admirável e espantoso, se eu viver e o rei me preservar".

12ª

NOITE DOS ESPANTOS E PRODÍGIOS DAS MIL E UMA NOITES

Na noite seguinte, Dīnārzād disse à irmã: "Por Deus, maninha, se você não estiver dormindo, continue para nós a história do *ifrit* e do pescador". Šahrāzād respondeu: "Com muito gosto e honra".

Eu tive notícia, ó rei, de que o pescador disse ao *ifrit*:

Quando foi ter com o rei Yūnān, o sábio Dūbān lhe determinou que cavalgasse até a arena de jogos, a fim de que o rei jogasse com bastão e bola. O sultão cavalgou até a praça de jogos, tendo junto de si secretários, nobres, vizires, os principais de seu Estado e os maiorais de seu reino, todos a seu serviço. Quando o rei já estava bem instalado, o sábio foi até ele e, estendendo-lhe o bastão que confeccionara, disse-lhe: "Ó rei venturoso, segure este bastão pelo cabo, cavalgue pela arena, aperte com firmeza, comprimindo na palma da mão o cabo do bastão, e bata na bola; cavalgue até suar, de modo que a palma de sua mão sue no cabo do bastão e o remédio se infiltre a partir de sua mão para o seu antebraço, donde se espalhará por todo o corpo. Quando suar e o remédio se introduzir em seu corpo, volte para o palácio, a casa de seu reinado, entre no banho, lave-se, durma, e então estará curado – e é só". O rei Yūnān segurou o bastão conforme lhe dissera o sábio Dūbān e montou no cavalo; jogaram-lhe a bola, atrás da qual ele se pôs a correr até se acercar dela e atingi-la com uma bastonada, comprimindo na palma da mão o cabo do bastão. E assim permaneceu batendo na bola e correndo atrás dela até que a palma de sua mão suou, e também o seu corpo; o remédio se infiltrou nele a partir do cabo e se espalhou por todo o seu corpo. O sábio Dūbān, percebendo que o remédio já se infiltrara e começara a agir no corpo do rei, determinou-lhe que retornasse ao palácio e dali se dirigisse imediatamente ao banho; o rei obedeceu e tomou um bom banho; ali dentro mesmo vestiu suas roupas, saiu e regressou ao palácio. Já o sábio Dūbān ficou em sua casa até o amanhecer; acordou cedo e subiu ao palácio, onde pediu permissão para se encontrar com o rei; ordenaram-lhe então que entrasse, e ele entrou, beijou o chão, e, apontando para o rei, recitou os seguintes versos:

"As virtudes se elevam: agora dizem que és seu pai;
mas quando elas tiveram outro pai que não tu?

Ó dono do rosto cujas luzes
apagam a treva das situações mais terríveis;
tua face é sempre bela e resplandecente,
mesmo quando a face do tempo está fechada;
concedeste-nos, com teu mérito, desejos que
sobre nós agiram como nuvens de chuva em áridas colinas;
colocas em grande risco a tua riqueza
só para alçar-te aos cumes da grandeza."

Quando o sábio Dūbān concluiu a recitação dos versos, o rei levantou-se, abraçou-o, fê-lo sentar-se a seu lado e, virando-se para ele, começou a conversar e a sorrir na sua cara; deu-lhe galardões, presentes, dinheiro e lhe concedeu pedidos. O fato é que, ao despertar, na manhã seguinte ao banho, o rei examinara o corpo e não encontrara nenhum vestígio da lepra: parecia prata pura; tomado de extrema felicidade, seu peito se expandiu e tranquilizou. Assim que amanheceu, ele se dirigiu à sala de audiências do palácio e se instalou no trono. Os servos e secretários começaram seus serviços, os vizires e maiorais do Estado se instalaram em seus lugares; foi nesse momento, conforme já mencionamos, que o sábio Dūbān apareceu e o rei se pôs de pé, abraçou-o e fê-lo sentar-se a seu lado, virando-se para ele, tratando-o muito bem e comendo junto com ele.

Então a aurora alcançou Šahrāzād, que parou de falar. Sua irmã Dīnārzād lhe disse: "Como é bela a sua história, maninha", e Šahrāzād respondeu: "O restante da história é mais admirável e espantoso, e, se acaso eu viver, na noite seguinte lhes contarei uma história mais bela ainda, se o rei me preservar".

13ª

NOITE DAS PRODIGIOSAS E MARAVILHOSAS NARRATIVAS DAS MIL E UMA NOITES

Na noite seguinte, Dīnārzād disse à irmã: "Se você não estiver dormindo, maninha, conte-nos uma de suas belas historinhas para que atravessemos o serão desta noite". Šahrāzād respondeu: "Com muito gosto e honra".

Eu tive notícia, ó rei venturoso, cujos desígnios tomara que Deus torne dignos de louvor, [*de que o pescador continuou contando ao gênio*:][45]

Então o rei Yūnān aproximou o sábio, ofereceu-lhe prêmios e satisfez-lhe os desejos. E, quando anoiteceu, deu-lhe mil dinares e ele voltou para casa. Com efeito, o rei Yūnān estava tão maravilhado com a perícia do sábio Dūbān que disse: "Ele medicou-me pela parte externa de meu corpo; não me deu nenhuma beberagem nem me passou pomadas. Isso não é senão uma estupenda sabedoria, que o torna merecedor de honrarias e dignificações, e também que eu o tome por hóspede, comensal e companheiro", e foi dormir feliz com a cura da doença e com o bem-estar e a saúde de que seu corpo gozava. Quando amanheceu e o sol iluminou e brilhou, o rei se dirigiu para a sala de audiências do palácio, instalando-se no trono de seu reino; os chefes dos funcionários vieram colocar-se à sua disposição, e os nobres, vizires e maiorais do Estado vieram assentar-se à sua direita e à sua esquerda. Nesse momento, o rei mandou chamar o sábio, que entrou e beijou o solo diante dele. O rei se pôs em pé e fê-lo sentar-se ao seu lado; comeu com ele, aproximou-o bastante, protegeu-o, presenteou-o e lhe fez concessões, ficando a conversar com ele até o anoitecer, quando então lhe entregou mil dinares. O sábio retornou para casa, indo dormir com a esposa, feliz da vida e agradecido ao rei dadivoso. Quando amanheceu, o rei se dirigiu para a sala de audiências de seu palácio e sede de seu reino; compareceram os nobres e vizires para servi-lo. O rei Yūnān tinha um influente vizir, agourento, fracote, invejoso e dissimulado, o qual, ao notar a aproximação do sábio ao rei, e a quantidade de dinheiro e de presentes que este lhe dera, temeu que o rei o demitisse e nomeasse o sábio em seu lugar. Por isso, passou a ter-lhe inveja e a desejar-lhe o mal – e "nenhum corpo vivo está imune à inveja".[46] Assim, o vizir invejoso dirigiu-se ao rei, beijou o chão diante dele e disse: "Ó rei excelso, meritório senhor, eu me criei em meio a suas dádivas e generosidade; por isso, tenho um importantíssimo conselho, tão importante que se eu omiti-lo terei sido um bastardo. Se o magnífico rei e generoso senhor me ordenar, eu proferirei esse conselho". O rei, incomodado com aquelas palavras, respondeu: "Ai de você! Qual é o conselho?". O vizir disse: "Ó rei, 'quem não mede as consequências não tem o destino como

[45] O trecho entre colchetes é adição do tradutor. No original, decerto por um lapso de cópia, a narrativa é feita por Šahrāzād sem a intermediação do pescador, que é o narrador de terceiro nível (*um narrador conta que Šahrāzād conta que o pescador conta*) e primeiro narrador da história do rei Yūnān e do sábio Dūbān.
[46] Provérbio popular.

bom companheiro'.[47] Eu tenho visto o rei laborar em erro, tratando bem a seu inimigo, a quem veio para cá com o intuito de lhe destruir o reino e subtrair tudo o que tem de bom; o senhor tratou-o bem e o aproximou bastante, e agora eu temo pelo reino". O rei perguntou: "E sobre quem você está insinuando? De quem está falando? A quem está se referindo?". O vizir respondeu: "Se o senhor estiver dormindo, acorde. Estou me referindo ao sábio Dūbān, que veio da terra dos bizantinos". O rei disse: "Ai de você! E esse é meu inimigo? Ele é o mais veraz dos homens, e o mais estimado e afortunado para mim, pois esse sábio me medicou com algo que peguei com a mão e me curou de uma doença que os médicos haviam sido incapazes de curar e que deixara os sábios desenganados. Não existe ninguém igual a ele neste tempo, nem a oriente, nem a ocidente, nem distante, nem próximo, e você está a dizer tais coisas a seu respeito? De hoje em diante vou pagar a ele mil dinares por mês, e lhe darei outros pagamentos e recompensas. E se porventura eu dividisse com ele todas as minhas posses e meu reino, ainda assim seria pouco em vista do que ele merece. Suponho que você está fazendo isso por inveja, tal como disse o vizir do rei Sindabād quando este quis matar o próprio filho".

Então a aurora alcançou Šahrāzād, que parou de falar. Sua irmã Dīnārzād lhe disse: "Como é bela a sua história, maninha", e ela respondeu: "E a que ponto vocês vão chegar então depois do que lhes contarei na próxima noite, e que é mais admirável e espantoso?".

14ª

DAS PRODIGIOSAS E MARAVILHOSAS NARRATIVAS DAS MIL E UMA NOITES

Na noite seguinte, tendo o rei ido para a cama dormir com Šahrāzād, sua irmã Dīnārzād disse: "Por Deus, maninha, se você não estiver dormindo, conte-nos uma de suas belas historinhas a fim de que atravessemos o serão desta noite", e ela respondeu: "Sim".

[47] Provérbio popular.

Eu tive notícia, ó rei venturoso, [*de que o pescador disse*:]

Então o vizir do rei Yūnān perguntou: "Perdão, ó rei do tempo, mas o que foi que disse o vizir do rei Sindabād quando este quis matar o próprio filho?". O rei disse ao vizir:

Saiba que, quando o rei Sindabād quis matar o próprio filho por causa da inveja de um invejoso, seu vizir lhe disse:

O MERCADOR E O PAPAGAIO

Não tome nenhuma atitude que mais tarde vá provocar-lhe arrependimento. Eu tive notícias a respeito de um homem muito ciumento de sua esposa – bela, formosa, esplêndida e perfeita –, a tal ponto que o ciúme o impedia de viajar. Tendo-lhe sucedido, porém, uma premente necessidade de viagem, ele se dirigiu ao mercado de aves, comprou um papagaio e instalou-o em sua casa a fim de que fosse seu vigia e lhe informasse as ocorrências durante sua ausência. Esse papagaio era inteligente, vivo, esperto e de boa memória. Assim, depois de ter viajado, resolvido suas pendências e retornado, o homem pegou o papagaio e pediu-lhe as notícias da esposa durante sua ausência, e o papagaio informou-o do que ela fizera com o amante dia por dia. Ouvindo aquilo, o homem foi até a esposa e espancou-a até dizer chega, e depois ainda ficou sumamente revoltado. A esposa julgou então que fora uma das empregadas que delatara suas ações junto com o amante durante a ausência do marido. Pôs-se assim a interrogá-las uma a uma, e todas lhe juraram que haviam ouvido o papagaio dar as informações. A mulher, ouvindo ter sido o papagaio o delator, ordenou que uma das empregadas tomasse um moinho manual e moesse sob a gaiola, que outra borrifasse água por sobre a gaiola e que uma terceira rodasse por toda a noite, da esquerda para a direita, com um espelho de aço. Naquela noite, o marido havia dormido fora. Quando amanheceu, foi para casa, pôs o papagaio diante de si, conversou com ele e perguntou-lhe sobre o que ocorrera à noite, durante sua ausência. Respondeu o papagaio: "Perdoe-me, meu senhor, mas ontem eu nada pude ouvir ou ver por causa da forte escuridão, da chuva, dos trovões e dos relâmpagos durante toda a noite até o amanhecer" – aquela, porém, era a estação do verão, em pleno mês de julho. Disse-lhe o homem: "Ai de você! Agora não é estação de chuva!". Respondeu-lhe o papagaio: "Sim, senhor, juro por Deus que durante toda a noite sucedeu o que relatei!". O homem considerou então que o papagaio mentira nas acusações que fizera sobre sua esposa, e, indignado, estendeu as mãos até ele, retirou-o da gaiola e atirou-o ao chão, matando-o. No entanto, ele soube depois, por meio dos vizinhos, da verdade das palavras sobre sua esposa, e se arrependeu de ter matado o papagaio em razão das artimanhas que a mulher preparara.

[*Prosseguiu o rei Yūnān*:] Também eu, ó vizir...

E a aurora alcançou Šahrāzād, que parou de falar. Sua irmã Dīnārzād lhe disse: "Como é bela e espantosa a sua história". Šahrāzād respondeu: "Isso não é nada comparado ao que vou contar-lhes na próxima noite, se acaso eu viver e se o rei me deixar contar-lhes; é mais espantoso ainda". O rei pensou: "Por Deus que, de fato, essa é uma história espantosa".

15ª

NOITE DO PRODÍGIO E DA MARAVILHA DAS NARRATIVAS DAS MIL E UMA NOITES

Na noite seguinte, Dīnārzād disse à sua irmã Šahrāzād: "Por Deus, maninha, se você não estiver dormindo, conte-nos uma de suas belas historinhas. Sua história é um deleite para todo ser humano, afastando as preocupações e fazendo desaparecer as tristezas". Šahrāzād respondeu: "Com muito gosto e honra". Disse o rei Šāhriyār: "Que seja o restante da história do rei Yūnān, do vizir, do sábio Dūbān, do vaso, do *ifrit* e do pescador". E Šahrāzād repetiu: "Com muito gosto e honra".

Eu tive notícia, ó rei venturoso, [*de que o pescador disse*:]

Então o rei Yūnān disse ao seu vizir invejoso: "Assim, após ter matado o papagaio, o homem se arrependeu, pois ouviu dos vizinhos a confirmação do que lhe dissera a ave. Também você, ó vizir, foi invadido pela inveja a este sábio, e quer que eu o mate, arrependendo-me depois tal como o dono do papagaio se arrependeu por tê-lo matado".[48] Ao ouvir as palavras do rei Yūnān, o vizir respondeu: "Ó rei de portentosos desígnios, e o que teria feito contra mim o sábio Dūbān para que eu lhe deseje mal? O homem nunca me provocou dano

[48] No ramo egípcio tardio, a história do marido ciumento e do papagaio encontra-se substituída por outra, do rei e do falcão. Veja o Anexo 4. No manuscrito "Arabe 3612", o rei apenas faz alusão à história ("Você quer que eu o mate e depois me arrependa, tal como se arrependeu o dono do papagaio por tê-lo matado"), mas não a conta.

algum. Faço o que faço em razão de meus zelosos cuidados para com o senhor, e de meu temor de que lhe suceda algo. Se o senhor não obtiver a confirmação disso, pode me matar tal como foi morto o vizir que armou um estratagema contra o filho de certo rei". O rei Yūnān perguntou ao vizir: "E como foi isso?". O vizir respondeu:

O FILHO DO REI E A OGRA

Conta-se, ó rei venturoso, que certo rei tinha um filho que era grande amante de caçadas. Esse filho tinha constantemente junto de si um dos vizires de seu pai, o qual lhe determinara acompanhar todos os passos do rapaz. Certo dia, saíram ambos e cavalgaram até o deserto. O jovem descortinou uma presa, e o vizir lhe disse: "Pegue-a; corra atrás dessa caça". O jovem foi atrás do animal, mas perdeu-lhe os rastros e se extraviou naquele deserto, sem saber para que lado ir nem que rumo tomar. Então, eis que viu uma jovem chorando no caminho. Perguntou-lhe: "De onde você é?". Ela respondeu: "Sou filha de um dos reis da Índia. Estava neste deserto, cavalgando minha montaria, quando fui dominada pelo sono e, distraída, caí do animal. Agora estou longe de todos e assustada". Ouvindo as palavras da moça, o filho do rei lamentou-lhe a situação e colocou-a na garupa de seu cavalo, avançando até topar com umas ruínas. A moça então lhe disse: "Meu senhor, eu preciso satisfazer uma necessidade logo ali", e o rapaz a ajudou a descavalgar. Ela entrou nas ruínas, e o filho do rei foi atrás, sem saber o que ela era. Observando-a, porém, descobriu tratar-se de uma ogra[49] que fora dizer aos seus filhotes: "Eu lhes trouxe um jovem bonito e gordinho". Os filhotes disseram: "Traga-o logo, mamãezinha, para que pastemos em seu ventre".

Disse o vizir: ao ouvir o diálogo deles, o rapaz ficou apavorado, seus membros se contraíram e, temendo por sua vida, ele retornou.

Disse o vizir: a ogra saiu atrás dele e lhe perguntou: "O que você tem? Por que está com medo?". Então ele se queixou da situação que estava enfrentando e concluiu: "Irei sofrer uma injustiça". Ela lhe disse: "Se está para sofrer uma injustiça, então peça ajuda a Deus altíssimo, e ele o livrará do mal que você teme".

[49] "Ogra" traduz o árabe *ġūla*, que designa, na mitologia beduína, um ser sobre-humano capaz de mudar de figura, e que se alimenta de carne humana. Segundo uma tradição atribuída ao profeta Muḥammad, a simples menção a Deus bastaria para afugentá-lo.

Disse o vizir: o jovem ergueu as mãos para o céu.

Então a aurora alcançou Šahrāzād, e ela parou de falar. Sua irmã Dīnārzād disse: "Como é bela e espantosa a sua história". Šahrāzād respondeu: "Isso não é nada perto do que vou lhes contar na próxima noite, e que será mais espantoso e admirável".

16ª

NOITE DO PRODÍGIO E DA MARAVILHA DAS NARRATIVAS DAS MIL E UMA NOITES

Na noite seguinte, Dīnārzād pediu: "Por Deus, maninha, se você não estiver dormindo, conte-nos uma de suas belas historinhas". Šahrāzād respondeu: "Sim, com prazer".

Eu tive notícia, ó rei, [*de que o pescador disse*:]

Então o vizir disse ao rei Yūnān:

Quando o filho do rei disse à ogra: "Irei sofrer uma injustiça", e ela respondeu: "Peça ajuda a Deus e ele o livrará do mal que você teme", o jovem ergueu as mãos para o céu e disse: "Ó Deus, faça-me triunfar contra o meu inimigo, 'pois vós de tudo sois capaz'".[50]

Disse o vizir: quando a ogra ouviu a súplica, deixou-o em paz. O jovem chegou são e salvo até o pai e lhe contou a história do vizir, isto é, que fora ele que lhe ordenara correr atrás da caça, sucedendo-lhe então tudo aquilo com a ogra. O rei mandou convocar o vizir e executou-o.

[*Prosseguiu o vizir do rei Yūnān*:] "Também o senhor, ó rei, a partir do momento que deu confiança e bom tratamento a esse sábio, e o aproximou de si, ele passou a tramar seu aniquilamento e morte. Saiba, ó rei, que eu já me certifiquei de que ele é um agente que para cá veio sob ordens de outro país a fim de matar o senhor. Acaso não se lembra de que ele o curou pelo exterior de seu corpo, mediante algo que o senhor tocou?". O rei Yūnān então respondeu, furioso: "De fato, você fala a verdade, vizir; talvez, como está dizendo, ele

[50] Alcorão, 66, 8.

tenha vindo para matar-me. Quem me curou com algo qualquer que me fez tocar pode matar-me fazendo-me sentir um odor qualquer". E continuou: "Ó vizir, ó bom conselheiro, o que fazer com o sábio?". O vizir respondeu: "Mande chamá-lo agora mesmo, ó rei, e ordene que ele venha à sua presença; quando ele comparecer, corte-lhe o pescoço e assim o senhor terá alcançado seu intento e triunfado, fazendo o que deve ser feito". O rei disse: "Eis aí um parecer correto e um proceder irreprochável", e mandou chamar o sábio Dūbān, que compareceu imediatamente, feliz pelas dádivas, cabedais e premiações dadas pelo rei. Tendo comparecido diante do rei, fez um sinal para ele e recitou os seguintes versos:

"Se acaso parece que eu não vos louvo devidamente,
perguntai então para quem eu fiz minha prosa ou poesia.
Fostes dadivoso comigo antes que eu vos pedisse,
tudo concedendo sem delongas nem escusas.
O que tenho eu, então, que não vos dou os gabos que mereceis,
e que tampouco gabo a vossa magnanimidade, sigilosa ou
[pública?
Eu vos agradeço por todos os bens com que me presenteastes,
e que, aliviando-me o peso à cabeça, me sobrecarregaram as costas."

O rei perguntou: "Ó sábio, acaso você sabe por que mandei chamá-lo?". O sábio respondeu: "Não, ó rei". O rei disse: "Mandei chamar você para matá-lo, tirar-lhe vida". Espantado, Dūbān perguntou: "E por que vai me matar, ó rei? Que crime eu cometi?". O rei respondeu: "Foi-me dito que você é um espião que aqui veio para matar-me; então, eis-me aqui, hoje, matando-o antes que você me mate. 'Vou almoçá-lo antes que você me jante'",[51] e gritou chamando o carrasco, a quem disse: "Corte o pescoço deste sábio e nos livre de seus maus desígnios; vamos, corte".

Disse o pescador: ao ouvir as palavras do rei, o sábio percebeu que fora vítima de algum invejoso devido à proximidade que se estabelecera entre ele e o rei; haviam agido contra ele, caluniando-o diante do rei para que este o matasse e pudessem livrar-se dele; também percebeu que tinha parco saber, débil parecer e

[51] Provérbio popular.

não sabia cuidar de seus próprios interesses; arrependeu-se, mas já então de nada adiantava o arrependimento, e pensou: "Não há poderio nem força senão em Deus altíssimo e poderoso. Eu pratiquei o bem e me pagaram com o mal". Nisso, o rei já chamara o carrasco aos berros e lhe ordenara: "Corte o pescoço do sábio". Dūbān lhe disse: "Ó rei, conserve minha vida e Deus conservará a sua; mas mate--me e Deus o matará".

Após repetir essa súplica, o pescador disse ao *ifrit* preso no vaso: "Do mesmo modo que eu lhe suplicava, ó *ifrit*, mas você só queria mesmo me matar". [*E prosseguiu*:]

O rei Yūnān respondeu às súplicas de Dūbān: "É absolutamente imperioso matá-lo, ó sábio, porque, tendo me curado com algo que toquei, não estou seguro de que você não me mate com um ardil semelhante". O sábio disse: "Ó rei, é esta a recompensa que recebo? O senhor vai de fato pagar uma bela ação com uma ação tão horrível?". O rei respondeu: "Não prolongue o assunto; é absolutamente imperioso matá-lo agora, sem maiores delongas". Quando teve certeza de que ia morrer, o sábio Dūbān se agitou, chorou, lamentou-se, entristeceu-se, recriminou-se por ter feito o bem a quem não o merecia, enfiando-se em tal pântano, e recitou:

"Maymūna é desprovida de razão,
mas seu pai de razão está nutrido;
acaso não vês que todos tropeçam?
É só caminhar e lá vem o tropeção."

Quando o carrasco se aproximou, vendando-lhe os olhos, amarrando-lhe as mãos às costas e exibindo a espada, o sábio se pôs a chorar, a gemer e a implorar: "Por Deus, ó rei, preserve a minha vida que Deus preservará a sua, mas mate-me e Deus o matará". E, chorando, recitou:

"Aconselhei mas não triunfei, e eles traíram e triunfaram;
meus bons conselhos me conduziram à ignomínia;
se eu viver, nunca mais aconselharei, e se eu morrer, amaldiçoem
em todas as línguas os que, depois de mim, ainda aconselharem."

E prosseguiu: "É essa a recompensa que me dá, ó rei? O senhor me dá a recompensa do crocodilo?". O rei perguntou: "E qual é a história do crocodilo?".

O sábio respondeu: "Não posso transmiti-la agora, nestas condições.[52] Por Deus, preserve-me a vida e Deus preservará a sua, mas mate-me e Deus também o matará", e chorou amargamente.

Disse o pescador: então alguns conselheiros do rei intervieram dizendo: "Ó rei, conceda-nos o delito dele, ainda que não o tenhamos visto fazer nada que mereça isso". O rei respondeu: "Vocês não sabem o motivo pelo qual pretendo matá-lo. Pois eu lhes digo que, se porventura eu lhe mantiver a vida, estarei inescapavelmente aniquilado. Se ele me curou da doença que eu tinha – o que os sábios da Grécia tinham se mostrado incapazes de fazer – por meio de um toque exterior, não estou seguro de que ele não possa também matar-me com algo que eu toque pelo exterior. É-me absolutamente imperioso matá-lo, para manter minha vida a salvo". O sábio Dūbān repetiu: "Por Deus, ó rei, preserve a minha vida e Deus preservará a sua, mas mate-me e Deus também o matará". O rei respondeu: "É absolutamente imperioso matar você".

Disse o pescador: quando ficou convicto de que iria morrer, ó *ifrit*, o sábio disse: "Adie minha execução, ó rei, para que eu desça até minha casa, recomende meu enterro, resolva minhas pendências, distribua esmolas e doe meus livros de ciência e medicina a quem os merece.[53] Também tenho o livro 'segredo dos segredos',[54] que gostaria de doar ao senhor, a fim de que seja depositado em sua biblioteca". O rei perguntou: "E qual é o segredo desse livro?". Respondeu o sábio: "Ele contém coisas inumeráveis, mas o seu segredo primordial, ó rei, consiste no seguinte: quando o senhor mandar me decapitar e abrir a sexta folha dele, lendo as três primeiras linhas da página à sua esquerda, e depois dirigindo a palavra a mim, minha cabeça lhe falará e responderá às perguntas que fizer".

[52] Os antigos tratados árabes de zoologia mencionam por mais de uma vez o crocodilo, cuja história, aqui, o sábio se furta a narrar. Um curto relato de Aljāḥiẓ, autor do século VIII-IX d.C., talvez dê conta, ao menos, das linhas gerais da história que o sábio não conta: "Ouça o que se conta a respeito do crocodilo: os fiapos da carne que ele come se juntam nos vãos de seus dentes, que se enchem então de vermes. Como isso lhe faz mal, o crocodilo se dirige até a margem, joga o corpo para trás e abre a boca como se estivesse morto. Presumindo que ele esteja de fato morto, as aves pousam em sua boca e comem os vermes. Assim que percebe que sua boca está limpa de vermes, ele a fecha e engole as aves. Por isso, as pessoas transformaram sua péssima recompensa às aves no seguinte provérbio: 'Vou recompensá-lo com a recompensa do crocodilo'. Veja, pois, o que se reúne no crocodilo, com esse ardil instintivo, de expulsão do que lhe é nocivo e conquista do que lhe é benéfico", em Abū ᶜUṯmān ᶜAmrū Bin Baḥr Aljāḥiẓ, *Kitāb alᶜibar waliᶜtibār* [Livro das lições e das considerações], Cairo, Alᶜarabī, s.d., p. 66.

[53] Em tradução literal, "os livros de minha ciência e de minha medicina", logo, "os livros nos quais aprendi minha ciência e medicina".

[54] No original, *ḫāṣṣ alḫawāṣṣ*, também traduzível como "essência das essências", "particularidade das particularidades" ou "propriedade das propriedades."

Disse o pescador: sumamente assombrado, o rei perguntou: "Quando eu mandar decapitá-lo e abrir o livro conforme você disse, primeiro lendo as três primeiras linhas e depois dirigindo-lhe a palavra, sua cabeça me responderá? Mas isto é o prodígio dos prodígios". E, em seguida, liberou-o, acompanhado por uma escolta, e o sábio tomou as providências que desejava tomar. No dia seguinte, subiu até o palácio, e também subiram os nobres, os vizires, os secretários, os maiorais do Estado, os líderes militares, os criados do rei, sua corte e as gentes de maior qualidade de seu reino. Foi então que entrou o sábio, empunhando um livro muito antigo e um jarro com substâncias em pó. Instalou-se e disse: "Tragam-me uma bacia", e nela espargiu e espalhou o pó. Depois disse: 'Ó rei, tome este livro mas não o abra até que eu seja decapitado; quando isso ocorrer, que a minha cabeça seja depositada na bacia; ordene que ela seja esfregada no pó. Quando vocês tiverem feito isso, o sangue da cabeça cessará de escorrer. Depois, abra o livro e faça perguntas à minha cabeça, que ela lhe responderá. Não há poderio ou força senão em Deus altíssimo e poderoso. Por Deus, preserve a minha vida e Deus preservará a sua, mas mate-me e Deus também o matará". O rei respondeu: "Sua morte é absolutamente imperiosa, sobretudo agora, pois quero ver como a sua cabeça me dirigirá a palavra". Ato contínuo, o rei tomou o livro e ordenou que seu pescoço fosse cortado. O carrasco aproximou-se, desembainhou a espada e aplicou no sábio um único golpe que lhe cortou a cabeça, lançando-a no meio da bacia; esfregou-a no pó e o sangue parou de escorrer. O sábio Dūbān abriu os olhos e disse: "Ó rei, abra o livro". O rei obedeceu, mas, verificando que as folhas estavam grudadas, levou o dedo à boca, umedeceu-o com saliva e abriu a primeira folha, e continuou folheando, embora a custo, pois as folhas não se abriam. Folheou sete páginas, mas, vendo que não continham escrita alguma, disse: "Ó sábio, não estou vendo nada escrito neste livro". O sábio respondeu: "Folheie mais", e ele folheou mais, mas tampouco encontrou algo. Mal havia terminado de fazer isso, a droga se espalhou por seu organismo – pois o livro estava envenenado –, e então ele titubeou, cambaleou e se curvou.

E a aurora alcançou Šahrāzād, que parou de falar. Sua irmã Dīnārzād lhe disse: "Como é agradável e espantosa a sua história, maninha". Šahrāzād respondeu: "Isso não é nada comparado ao que vou contar-lhes na próxima noite, se eu viver e se for mantida – se o rei me preservar".

17ª

NOITE DAS MARAVILHOSAS E PRODIGIOSAS
NARRATIVAS DAS MIL E UMA NOITES

Na noite seguinte, Dīnārzād disse à irmã: "Por Deus, maninha, se você não estiver dormindo, conte-nos uma de suas belas historinhas para que atravessemos o serão desta noite". O rei disse: "Que seja a continuação da história do sábio, do rei, do pescador e do *ifrit*". Šahrāzād disse: "Sim, com muito gosto e honra".

Eu tive notícia, ó rei, [*de que o pescador disse*:]

Quando viu que o rei titubeou, cambaleou e se curvou, e que o veneno já se espalhara por seu organismo, o sábio Dūbān pôs-se a recitar:

"Exerceram a opressão, e nisso exageraram;
por muito pouco, poderia ter sido outra a decisão;
fossem justos, justiça receberiam, mas iníquos foram
[e iniquidade sofreram;
o destino os cobre de calamidades e desgraças;
receberam, e a situação em que estão fala mais alto,
isto por aquilo, e não há censurar o destino."

Disse o autor: quando a cabeça do sábio terminou de falar, o rei tombou morto, e também a cabeça perdeu a vida. Fique sabendo, ó *ifrit*...

E a aurora alcançou Šahrāzād, que parou de falar. Sua irmã Dīnārzād lhe disse: "Como é agradável a sua história, maninha", e ela respondeu: "Isso não é nada comparado ao que irei contar-lhes na próxima noite, se eu viver".

18ª

NOITE DAS PRODIGIOSAS E MARAVILHOSAS
NARRATIVAS DAS MIL E UMA NOITES

Na noite seguinte, Dīnārzād disse à irmã: "Por Deus, minha irmã, se você não estiver dormindo, conte-nos uma de suas belas historinhas para que atravessemos o serão desta noite". O rei disse: "Que seja a continuação da história do *ifrit* e do pescador". Šahrāzād respondeu: "Com muito gosto e honra".

Eu tive notícia, ó rei, de que o pescador disse ao *ifrit*: "Caso o rei tivesse mantido a vida do sábio, Deus também teria mantido a sua vida. No entanto, ele rechaçou outra atitude que não fosse matá-lo, e então Deus altíssimo o matou. Também você, ó *ifrit*, se no início tivesse aceitado manter a minha vida, eu igualmente manteria a sua. Entretanto, você rechaçou outra atitude que não fosse matar-me, de modo que eu o matarei mantendo-o preso neste vaso e atirando-o no fundo do mar".

Disse o autor: o *ifrit* começou a berrar e disse: "Não, ó pescador, não faça isso. Mantenha-me a vida, salve-me e não leve em consideração a minha atitude nem o mal que lhe causei. Se eu tiver praticado o mal, seja você correto e generoso. O provérbio diz: 'Faça o bem a quem fez o mal'; não faça como Imāma fez com ᶜĀtika". O pescador perguntou: "E o que Imāma fez com ᶜĀtika?". O *ifrit* respondeu: "Agora não é o momento de contar histórias, pois estou nesta prisão estreita; só quando você me libertar". O pescador disse: "É absolutamente imperioso lançá-lo ao mar; não existe motivo para tirá-lo ou libertá-lo, pois eu me humilhei diante de você, e implorei por Deus, mas você se recusou a me ouvir, e só queria me matar sem que para isso eu tivesse cometido delito algum que merecesse tal punição, nem feito nenhum mal além de tê-lo retirado da prisão em que se encontrava. Ao vê-lo fazendo semelhantes ameaças, percebi que você, na origem, não passa de um ser repulsivo, de natureza vil, que paga uma bela ação com outra horrível. Depois que eu atirá-lo ao mar, vou construir aqui um quiosque para mim e ficar nele por sua causa: desse modo, caso alguém retire você do mar, eu o colocarei a par do que ocorreu entre nós e o advertirei para que o deixe de lado. Então você ficará aí aprisionado até o final dos tempos, até morrer, seu *ifrit* nojento". O *ifrit* implorou: "Solte-me, que desta vez eu prometo que não lhe farei mal nem lhe criarei problemas; pelo contrário, irei beneficiá-lo com algo que o tornará rico".

Disse o autor: e foi assim que, após forçar o *ifrit* a dar sua palavra de honra, e de obrigá-lo a jurar pelo nome maior, o pescador destampou o vaso; a fumaça se elevou até que o vaso ficou vazio e logo se juntou, transformando-se no *ifrit* por inteiro, que deu um pontapé no vaso, fazendo-o voar para o meio das águas. Ao ver-lhe tal atitude, o pescador teve certeza de que algo muito ruim lhe ocorreria, e se mijou todinho, pensando: "Esse não é um bom sinal" – e da morte ficou certo. Mas, reanimando o coração, perguntou: "Ó *ifrit*, você se comprometeu comigo e jurou; não seja traiçoeiro; se você voltar atrás, Deus altíssimo vai pegá-lo pela traição. Eu agora lhe digo, ó *ifrit*, o mesmo que o sábio Dūbān disse ao rei Yūnān, mantenha minha vida e Deus manterá a sua, mas mate-me e Deus o matará". Então o *ifrit* riu de suas palavras. O pescador continuou: "Ó *ifrit*, mantenha a minha vida". Então o *ifrit* disse: "Siga-me, pescador", e o pescador começou a andar atrás dele, mal acreditando que se safara, até chegarem às cercanias da cidade; subiram e desceram uma montanha, saindo num amplo espaço desértico em cujo centro havia quatro pequenas montanhas, e, no meio dessas montanhas, um lago diante do qual o *ifrit* estacou, ordenando ao pescador que ali lançasse a rede e pescasse. O pescador olhou bem para o lago e notou, espantado, que ele continha peixes coloridos: brancos, vermelhos, azuis e amarelos. Então lançou a rede e a puxou de volta, nela recolhendo quatro peixes, um vermelho, outro branco, outro azul e outro amarelo. Vendo-os, o pescador ficou admirado e contente. O *ifrit* lhe disse: "Leve-os até o sultão aqui da sua cidade e deixe-o vê-los; ele lhe pagará uma quantia que o deixará rico. Que se aceitem minhas desculpas, pois esta é a única saída que encontrei.[55] Não pesque mais de uma vez por dia.[56] Vou sentir saudades", e bateu com o pé no chão, que se fendeu e o engoliu. E o pescador, ó rei, tomou o rumo da cidade, espantado com o que se passara entre ele e o *ifrit*, e também com os peixes coloridos. Entrou no palácio do rei e mostrou-os a ele, que os observou...

E a aurora alcançou Šahrāzād, que parou de falar. Disse Dīnārzād: "Como são agradáveis e espantosas as suas histórias, maninha". Ela respondeu: "Isso não é nada comparado ao que vou contar-lhes na próxima noite, se eu viver e for mantida".

19ª

NOITE DA MARAVILHA E DO PRODÍGIO DAS NARRATIVAS DAS MIL E UMA NOITES

Na noite seguinte, Dīnārzād disse à irmã: "Por Deus, se você não estiver dormindo, maninha, termine para nós a história e o caso do pescador". Šahrāzād respondeu: "Com muito gosto e honra".

[55] O manuscrito "Arabe 3612" acrescenta: "pois estou no mar há mil e oitocentos anos".

[56] A restrição – lançar a rede apenas uma vez por dia – consta de todos os manuscritos consultados, embora não seja obedecida.

Eu tive notícia, ó rei, de que, quando o pescador lhe exibiu os peixes, o sultão olhou detidamente para eles e notou que eram coloridos. Então pegou um deles nas mãos e, muitíssimo admirado, disse ao vizir: "Entregue-os para a cozinheira que nos foi enviada de presente pelo rei de Bizâncio". O vizir recolheu-os e levou--os para a criada, a quem disse: "Ó criada, já dizia o provérbio: 'Eu só te escondi, minha lágrima, porque sou forte'. Trouxeram estes quatro peixes ao sultão e agora ele ordena que você os frite bem fritinhos". E, retornando, informou ao sultão de que já cumprira sua ordem. O sultão disse: "Pague ao pescador quatro mil dirhams", e o vizir assim o fez. O pescador colocou aquele dinheiro no colo e começou a correr e tropicar, cair e levantar, pensando que estava num sonho. Em seguida, comprou para a família tudo aquilo de que necessitavam. Isso quanto ao pescador. Agora, quanto à cozinheira, ela pegou os peixes, cortou-os, limpou-os, não sem antes lhes tirar a pele, colocou a frigideira no fogo, nela derramando azeite de sésamo, e esperou que fervesse, quando então colocou os peixes para fritar. No entanto, mal ela os depositara na frigideira e os virara do outro lado, a parede da cozinha se fendeu, e através da rachadura apareceu uma jovem de porte gracioso e faces brilhosas, de qualidades perfeitas, os olhos pintados com *kuḥl*;[57] vestia uma túnica muito limpa e sem mangas, coberta por um tecido com atavios de ouro; nas orelhas, trazia brincos com pingentes; nos pulsos, pulseiras; nas mãos, uma vara de bambu que ela enfiou dentro da frigideira, dizendo em linguagem erudita: "Ó peixes, ó peixes, porventura permaneceis fiéis ao pacto?".

Disse o narrador: ao presenciar aquilo, a cozinheira desmaiou. A jovem repetiu pela segunda vez as suas palavras, e então os peixes esticaram a cabeça para fora da frigideira e disseram em linguagem erudita: "Sim, sim, se voltardes, voltaremos; se cumprirdes vossa palavra, cumpriremos a nossa; e se nos abandonardes, ainda assim nos consideraremos recompensados". Nesse instante, a jovem virou a frigideira e saiu dali pelo mesmo lugar por onde entrara, e a parede da cozinha se soldou. A cozinheira despertou, viu os quatro peixes esturricados como carvão preto e, assustada, ficou com medo do rei e disse: "Já ao primeiro golpe se quebrou a lança".[58] Enquanto ela se recriminava, já o vizir se achegava e dizia: "Traga os peixes, pois já montamos a mesa diante do sultão, e ele agora os espera". A cozinheira então chorou e deixou o vizir a par do que sucedera com os peixes e do que ela vira com seus próprios olhos. Assombrado, o vizir disse: "Eis aí um desígnio espantoso". Em seguida, enviou atrás

[57] Pó negro utilizado pelas mulheres orientais, e não somente por elas, para enfeitar e proteger os olhos.
[58] Provérbio popular.

do pescador um guarda, que após pouco tempo regressou em sua companhia. O vizir gritou com ele e disse ameaçadoramente: "Ó pescador, você gostaria de nos trazer agora quatro peixes iguais aos que você trouxe antes? Pois nós os estragamos!". O pescador retirou-se, foi para casa, recolheu seus equipamentos de pesca e saiu da cidade; subiu a montanha, desceu até o deserto e dirigiu-se até o lago, onde lançou a rede; puxou-a e eis que ela continha quatro peixes, tal e qual a primeira vez. Levou-os até o vizir, que os entregou à cozinheira e disse: "Vá e frite-os na minha frente para que eu veja essa coisa toda". A cozinheira levantou-se imediatamente, arrumou os peixes, levou a frigideira ao fogo e colocou-os dentro dela. Quando estavam ficando prontos, a parede se fendeu e a jovem apareceu com as mesmas roupas inusitadas, com adornos, joias, colares etc. Na mão, trazia a vara de bambu, que ela enfiou na frigideira e disse em linguagem erudita: "Ó peixes, porventura permaneceis fiéis ao pacto?". Os peixes ergueram a cabeça da frigideira e responderam: "Sim, sim, se voltardes, voltaremos; se cumprirdes vossa palavra, cumpriremos a nossa; e se nos abandonardes, ainda assim nos consideraremos recompensados".

E então a aurora alcançou Šahrāzād, que parou de falar. Dīnārzād disse: "Como é agradável essa história". Šahrāzād respondeu: "Isso não é nada comparado ao que vou lhes contar na noite seguinte, se eu ficar viva e se assim Deus altíssimo o quiser".

20ª

NOITE DAS HISTÓRIAS
DAS MIL E UMA NOITES

Na noite seguinte, Dīnārzād disse à irmã: "Maninha, se você não estiver dormindo, conte-nos uma de suas belas historinhas para que possamos atravessar o serão desta noite". Šahrāzād respondeu: "Com muito gosto e honra".

Eu tive notícia, ó rei venturoso, de que, após os peixes terem falado, a jovem virou a frigideira com a vara de bambu e entrou no lugar de onde havia surgido; a parede da cozinha se soldou como estava antes. O vizir então disse: "Não é possível ocultar estes fatos ao sultão" e, dirigindo-se a ele, relatou-lhe o que acontecera na sua frente com os peixes.

Disse o autor: o rei ficou estupefato e disse: "Quero ver isso com meus próprios olhos", ordenando que se fosse atrás do pescador, o qual logo compareceu. O sultão lhe disse: "Eu quero que você me traga agora quatro peixes iguais aos que você trouxe antes; seja rápido", e designou três homens para ajudá-lo. O pescador saiu na companhia daquela escolta e, após breve ausência, retornou trazendo os quatro peixes, vermelho, branco, azul e amarelo. O rei disse: "Paguem-lhe quatrocentos dirhams", e o pescador, carregando as moedas ao colo, foi-se embora. O rei disse ao vizir: "Comece a fritar você mesmo, aqui na minha presença"; o vizir respondeu: "Ouço e obedeço", e mandou providenciar frigideira e fogão. Em seguida, limpou os peixes, derramou óleo de sésamo na frigideira, acendeu o fogão e depositou os peixes na frigideira. Quando já estavam quase fritos, de repente a parede do palácio se fendeu; o sultão e o vizir estremeceram e olharam, e eis que era um escravo negro que parecia uma elevada colina ou algum descendente da raça de ^{c}Ād, de torre a altura, de banco a largura, na mão carregando uma verde vara de palmeira; disse em linguagem erudita, mas num tom irritante: "Ó peixes, ó peixes, porventura permaneceis fiéis ao pacto?", ao que os peixes, erguendo a cabeça da frigideira, responderam: "Sim, sim; se voltardes, voltaremos; se cumprirdes vossa palavra, cumpriremos a nossa; e se nos abandonardes, ainda assim nos consideraremos recompensados". Nesse instante, o escravo virou a frigideira no meio do palácio e eis que os peixes se tornaram negro carvão; o escravo desapareceu tal como havia aparecido e a parede se soldou, ficando como estava antes. Quando o escravo se foi, o rei disse: "Eis aí uma questão relativamente à qual não posso mais ficar sossegado. Não resta dúvida de que esses peixes têm alguma história, alguma notícia", e mandou chamar o pescador, que compareceu. O sultão lhe perguntou: "Ai de você! Onde pesca estes peixes?". O pescador respondeu: "Meu senhor, em um lago que fica entre quatro montes, logo atrás daquela montanha". O rei voltou-se para o vizir e perguntou: "Você conhece esse lago?". O vizir respondeu: "Por Deus que não conheço, ó rei. Faz sessenta anos que eu viajo, cavalgo e caço por aquelas bandas, às vezes por um dia ou dois, outras vezes por um mês ou dois, e jamais vi o tal lago, nem nunca soube que atrás daquela montanha existia um lago".

Disse o autor: o sultão voltou-se para o pescador e perguntou: "E qual é a distância para esse lago?". O pescador respondeu: "Ó rei do tempo, pouco mais ou menos uma hora". Intrigado, o sultão determinou que seus soldados se colocassem a postos; montou e eles montaram imediatamente; o sultão saiu, e o pescador se pôs a marchar na frente de todos, amaldiçoando o gênio. Avançaram até as cercanias da cidade, subiram a montanha, desceram pelo outro lado e desembocaram naquele espaço desértico, que eles nunca tinham visto durante toda a sua vida. Contemplaram o lago, que ficava de fato entre quatro montes; sua água era tão límpida que se podiam ver os peixes de quatro cores, vermelho, branco, azul e amarelo.

Disse o autor: intrigado, o sultão voltou-se para o vizir, os comandantes, secretários e delegados e indagou: "Existe entre vocês alguém que já tenha visto este lago na vida?". Responderam: "Não". O sultão tornou a perguntar: "E nenhum de vocês conhecia o caminho até aqui?".

Disse o autor: então todos beijaram o chão e disseram: "Ó rei, por Deus que durante toda a nossa vida jamais tínhamos visto este lago antes deste momento; situa-se nos arrabaldes de nossa cidade, mas nunca o vimos nem sabíamos nada a seu respeito". O rei disse: "Nisso haverá alguma nova; por Deus que não retornarei mais à cidade até descobrir qual é a notícia sobre este lago e estes peixes de quatro cores". E ordenou que todos se apeassem, e que se montassem pavilhões e tendas; ficou acomodado até que anoiteceu, quando então convocou seu vizir – que tinha muita experiência das coisas e conhecia as reviravoltas do destino –, o qual se apresentou às escondidas dos soldados. O rei lhe disse: "Eu quero fazer uma coisa da qual gostaria de deixá-lo a par; é o seguinte: estou com vontade de ficar sozinho para começar a investigar imediatamente o caso destes peixes e deste lago. Amanhã pela manhã, instale-se diante da entrada do meu pavilhão e diga aos comandantes: 'O rei está incomodado e me ordenou que não desse autorização para ninguém entrar'; não fale de minha ausência nem de minha partida para ninguém. Espere-me por três dias". Sem poder discordar, o vizir acatou as ordens, dizendo: "Ouço e obedeço". Ato contínuo, o rei cingiu o cinturão, ajeitou seus apetrechos, pôs a espada real e tomou o caminho de um dos montes do lago; logo estava sobre ele, e caminhou pelo restante da noite até o alvorecer. Quando o dia raiou, e sua luz iluminou, brilhou, elevou-se e estendeu-se sobre o alto do monte, o sultão olhou bem e descortinou, ao longe, um ponto negro.

Disse o autor: ao ver o ponto negro, o rei ficou contente e seguiu em sua direção, pensando: "Talvez seja alguém que possa prestar-me informações". E continuou avançando para lá, verificando então que se tratava de um palácio construído de pedra negra, coberto por lâminas de ferro e erigido numa disposição astral que trazia boa sorte.[59] O seu portão estava metade aberto e metade fechado.

[59] Expressão obscura de conteúdo zodiacal: *wa qad bunyà fi ṭāliᶜan* [sic] *saᶜīd*.

Muito contente, o rei parou diante do portão e bateu levemente, calando-se depois por alguns instantes, mas não ouviu resposta. Bateu de novo, dessa vez mais forte, e se calou, mas não ouviu resposta nem viu ninguém. Pensou: "Não há dúvida de que agora não há ninguém ou então está abandonado". Logo se encheu de coragem e entrou pelo portão, dali chegando ao vestíbulo de entrada, de onde gritou: "Ó moradores do palácio, eis aqui um estrangeiro, um viajante esfomeado. Será que vocês não teriam algum alimento para lhe dar, ganhando com isso o prêmio e a recompensa do Senhor da Criação?". Repetiu tais palavras uma segunda vez, uma terceira, mas não ouviu resposta. Fortaleceu o coração, encheu-se de determinação, e marchou do vestíbulo até o centro do palácio; pôs-se a olhar à direita e à esquerda, mas não viu ninguém.

E a aurora alcançou Šahrāzād, que parou de falar. Dīnārzād lhe disse: "Como é agradável e prodigiosa a sua história, maninha". Ela respondeu: "Isso não é nada comparado ao que vou contar-lhes na próxima noite, se eu viver e se Deus altíssimo quiser".

21ª

NOITE DAS HISTÓRIAS DAS MIL E UMA NOITES

Na noite seguinte, Dīnārzād disse à irmã: "Por Deus, maninha, se você não estiver dormindo, conte-nos uma de suas belas histórias para que atravessemos o serão desta noite". Šahrāzād respondeu: "Com muito gosto e honra".

Eu tive notícia, ó rei, de que, vendo-se no centro do palácio, o sultão olhou para todos os lados e não viu ninguém; notou que tinha tapetes de seda, esteiras de couro estiradas, cortinas soltas, sofás, assentos e almofadões; em seu centro, um saguão espaçoso com quatro aposentos contíguos em forma de abóbada, um em face do outro; banco, armário, piscina e fonte; sobre esta última havia quatro leões de ouro vermelho, de cujas bocas fluía água, bem como pérolas e gemas; na parte interior do palácio, pássaros canoros voavam, e redes os impediam de sair. Ao ver todas aquelas coisas, mas não um ser humano, o rei se lamentou e ficou espantado de não encontrar ninguém para indagar. Em seguida, sentou-se ao lado de um dos aposentos para refletir a respeito e ouviu gemidos provenientes de um fígado entristecido, choro, lamentos e a seguinte poesia:

"Ó destino, não te apiedas de mim?
Eis a minha vida, entre a labuta e o risco.
Apiedai-vos de um homem outrora poderoso a quem
a paixão humilhou, e outrora rico, que empobreceu.
Eu era cioso até mesmo da brisa que aspiráveis,
mas o inevitável, quando ocorre, cega todas as vistas.
Que pode fazer um arqueiro quando, diante do inimigo,
quer disparar sua flecha mas o arco se quebra?
Quando as ofensivas são muitas contra um jovem,
para onde fugir do destino, para onde?."

Disse o autor: ao ouvir tal poesia e tal choro, o rei se levantou e seguiu na direção da voz, até encontrar uma cortina baixada sobre a porta de um aposento; retirou-a e olhou lá dentro, e eis que no meio do aposento havia um jovem sentado numa cadeira mais alta do que o solo cerca de uma braça; era um jovem de formas gentis, boa estatura e linguagem erudita; sua fronte era como a flor, e seu rosto, como a lua; sua barba, esverdeada; suas bochechas, vermelhas; e o brilho da lua em seu rosto se assemelhava a uma pedra de âmbar, tal como disse o poeta a respeito:

"É tão esbelto, com esse cabelo e essa beleza,
que ofusca os demais seres num claro-escuro;
não estranhem a marca que traz na bochecha:
em cada lado um negro ponto."

Disse o autor: muito contente por tê-lo encontrado, o sultão cumprimentou-o. O jovem estava sentado, coberto por um manto de seda com bordados de ouro egípcio; sobre a sua cabeça, havia um barrete cônico egípcio; não obstante, apresentava indícios de tristeza e depressão. Quando o sultão o cumprimentou, o jovem respondeu com as melhores saudações e disse: "O senhor merece bem mais do que eu me levantar para cumprimentá-lo, mas tenho uma desculpa para não tê-lo feito". O sultão respondeu: "Ó jovem, você já está desculpado; eu sou seu hóspede, e vim aqui atrás de uma necessidade premente: quero que você me informe a respeito do lago e dos peixes coloridos; quanto a esse palácio, por que está assim isolado? Não há ninguém que lhe faça companhia? E qual o motivo do seu choro?". Ao ouvir as perguntas do rei, as lágrimas do jovem começaram a escorrer-lhe pelas faces até empapar o peito, e ele recitou os seguintes versos de *mawālyā*:[60]

"Perguntem àquele contra quem os dias lançaram suas setas:
quanto tempo as calamidades estancaram, quanto agiram?
Se você estiver dormindo, saiba que o olho de Deus não dorme!
Para quem os tempos são bons, e a quem o mundo pertence?"

Em seguida, verteu um choro copioso. Espantado com tal atitude, o rei perguntou-lhe: "Por que esse choro, meu jovem?". O jovem respondeu: "Como não chorar, meu senhor, estando em tal situação?", e, estendendo a mão para o manto que o cobria, retirou-o. O rei olhou e eis que metade do jovem, do umbigo aos pés, era de pedra negra, a outra metade, do umbigo à cabeça, era humana.

E então a aurora alcançou Šahrāzād, e ela parou de falar. O rei Šāhriyār pensou: "Essa é uma história verdadeiramente assombrosa; e, com efeito, irei adiar a morte dessa moça por cerca de um mês, mas em seguida a matarei" – foi isso o que ele disse de si para si. Quanto a Dīnārzād, ela disse à irmã: "Como é agradável a sua história, maninha". Šahrāzād respondeu: "Isso não é nada comparado ao que vou contar-lhes na próxima noite, se eu viver e se assim quiser Deus altíssimo".

22ª

NOITE DAS HISTÓRIAS DAS MIL E UMA NOITES

Na noite seguinte, Šahrāzād disse:

Eu tive notícia, ó majestade, de que o rei, vendo o jovem naquela situação, ficou bastante entristecido e aflito. Lamentando-se, perguntou: "Meu jovem,

[60] *Mawālyā*, forma poética não clássica que obedece a regras próprias. Teria sido elaborada em Wāsiṭ, no sul do Iraque. Quanto à popularidade, equivaleria à trova.

você só fez aumentar as minhas preocupações. Eu estava atrás da salvação dos peixes e de notícias a respeito deles, mas agora estou interessado também nas notícias a seu respeito. Não há poderio ou força senão em Deus altíssimo e poderoso! Seja rápido, meu jovem, e transmita-me a história". O jovem pediu: "Eu gostaria que você se entregasse a isso com a audição, a visão e a inteligência". O rei respondeu: "Eis aqui presentes minha audição, minha visão e minha inteligência". Então o jovem disse:

O REI DAS ILHAS NEGRAS E SUA ESPOSA

Estes peixes e eu temos uma história espantosa e prodigiosa, a tal ponto que, se fosse gravada com agulha no interior das retinas, constituiria lição permanente para quem reflete. Saiba, meu senhor, que meu pai era o rei desta cidade, e se chamava o rei Maḥmūd, o rei das Ilhas Negras – aqueles quatro montes que o senhor viu eram as ilhas. Ele reinou por setenta anos e depois morreu, sendo eu então entronizado em seu lugar. Casei-me com minha prima, que tinha por mim um grande amor, tão grande que se eu me ausentasse um dia inteiro que fosse, ela não comia nem bebia até me ver de novo ao seu lado. Estávamos casados havia cinco anos quando, certo dia, tendo ela ido ao banho, eu ordenei ao cozinheiro que lhe preparasse um assado e um lauto jantar. Em seguida, entrei neste palácio e me deitei para dormir nesse local onde o senhor agora está sentado. Ordenei a duas servas que me abanassem,[61] uma à minha cabeça, outra a meus pés. Logo comecei a me sentir incomodado, sem conseguir conciliar o sono, muito embora meus olhos estivessem fechados e minha alma começasse a flutuar; foi então que ouvi a serva que estava à minha cabeça dizer à que estava a meus pés: "Ai, Masᶜūda, tadinho do nosso senhor! Tadinha da sua juventude! Que esperdício de juventude com essa nossa patroa, a maldita!". A outra respondeu: "Ih, fica quieta! Que Deus amaldiçoe as traidoras, as vagabundas! Ai ai, um homão que nem nosso senhor! Tão mocinho! Casado com aquela safada que toda noite dorme fora!". Masᶜūda disse: "E esse nosso senhor é besta? Por que ele não acorda de noite? Se acordar, vai ver que ela não está na cama!". A outra respondeu: "Ai ai, que Deus acabe com essa nossa patroa, a puta! E ela por acaso deixa o coitado fazer alguma coisa? Ela coloca um calmante na taça de bebida que ele toma antes de dormir; ela dá pro

[61] O termo "abanassem" traduz, por suposição, *yanšū ᶜalayya*, sintagma que não se encontra em dicionário algum, constituído de verbo e preposição.

coitado beber e ele fica que nem morto; aí ela sai e some até de manhãzinha. E quando volta ela aplica uns cheiros no nariz do coitado e aí ele acorda. Quanto esperdício, quanta perca!".[62]

Prosseguiu o jovem: Quando ouvi as palavras delas, meu senhor, fui tomado por uma violenta e irrefreável cólera. Mal pude esperar que a noite chegasse, quando então minha prima retornou do banho. Estendemos a toalha, comemos um pouco e fomos para a cama na qual eu dormia. Fingi que bebia da taça, mas derramei-a e deitei-me. Mal eu havia esticado meus membros na cama e eis que ela dizia: "Durma! Quem dera que você nunca mais acordasse! Por Deus que eu já não suporto a sua figura, e me causa tédio a sua companhia". Em seguida ela se levantou, vestiu as roupas, perfumou-se, pegou minha espada, cingiu-a à cintura, abriu as portas e saiu. Então eu me levantei, meu senhor...

E a aurora alcançou Šahrāzād, que parou de falar. Disse-lhe Dīnārzād: "Como é agradável e prodigiosa a sua história, minha senhora". Šahrāzād respondeu: "E como vocês ficarão com o que eu irei contar-lhes na próxima noite?".

23ª

NOITE DAS NARRATIVAS DAS MIL E UMA NOITES

Na noite seguinte, Dīnārzād disse à irmã: "Por Deus, maninha, se você não estiver dormindo, conte-nos uma de suas belas histórias". Šahrāzād respondeu: "Com muito gosto e honra".

Contam, ó majestade, que o jovem enfeitiçado disse ao rei:

Então eu me pus a segui-la desde sua saída do palácio: ela atravessou a cidade até chegar aos seus portões; ali, pronunciou algumas palavras que não compreendi e logo os cadeados se soltaram e os portões se abriram sozinhos. Ela saiu e eu a segui até que penetrou no meio de uma região cheia de lixo e detritos, logo chegando a um cercadinho com choupana de barro, onde entrou. Ras-

[62] A tradução procura acompanhar a fala "incorreta" das duas personagens.

tejei pela cobertura da choupana, comecei a espiar e eis o que vi: minha mulher[63] em pé na frente de um negro escravo bexiguento[64] sentado nuns restos de palha de bambu e coberto por uma velha manta e trapos. Ela beijou o chão diante dele, que ergueu a cabeça em sua direção e disse: "Safada! Por que demorou tanto? Agora mesmo os meus primos, a negrada, estavam aqui com a gente; tomaram cerveja e jogaram bola e bastão, todos em grande alegria, cada qual com a namorada. Só eu não quis beber por causa da sua ausência". Minha mulher disse: "Meu senhor, amado de meu coração, acaso você não sabe que sou casada com meu primo e que por causa dele, por ter de ver a cara dele, passei a detestar todas as criaturas; por causa da companhia dele, passei a odiar os seres humanos. Se eu não tivesse medo de deixar você zangado, antes mesmo que o sol raiasse eu transformava a cidade dele em ruínas sobre as quais corujas e corvos iam crocitar, e raposas e lobos iriam se refugiar. E também mandaria as pedras da cidade para lá das montanhas do fim do mundo".[65] O negro disse: "Está mentindo, maldita! Juro e prometo, pela virilidade dos negros, que a partir desta noite, se você se atrasar de novo para as festas com meus primos, não serei mais seu namorado. Não deitaremos com você, nem deixaremos nosso corpo encostar no seu. Sua maldita! Está brincando de jogar pedrinhas[66] com a gente? E por acaso a gente está por conta do seu tesão, sua maldita fedorenta?". Quando ouvi o que estava ocorrendo entre eles, meu senhor, o mundo sumiu e escureceu diante de meus olhos; perdi até mesmo a noção de onde estava. Enquanto isso, minha mulher começara a chorar e a implorar: "Ó amado de meu coração, ó fruto de minha vida, se você ficar bravo comigo, quem mais me restará? Se você me expulsar, quem me dará abrigo? Meu sinhozinho, meu amado, luz dos meus olhos!". E tanto chorou e se humilhou que ele afinal lhe concedeu o perdão. Muito contente, minha mulher tirou o xale, ficou bem à

[63] Para a locução traduzida por "minha mulher" o texto traz *bint ᶜammī*, literalmente, "filha de meu tio paterno". Ainda hoje, na fala popular de regiões interioranas, os dois sentidos, *prima* e *esposa*, se confundem, mesmo quando a esposa não é prima.

[64] O termo "bexiguento" traduz *mubtalà*, que poderia também significar "leproso"; contudo, para a "lepra" o texto já lançou mão do termo mais comum *baraṣ*.

[65] "Montanhas do fim do mundo" foi sempre utilizada na presente tradução para *jabal qāf*, literalmente, "montanhas em torno do paraíso terrestre, na cosmogonia islâmica".

[66] "Jogar pedrinhas" traduz o sintagma *šakif laqif*, possível brincadeira infantil da qual nenhum dicionário conservou memória. O único que se aproxima disso, o de R. Dozy, utiliza o texto, neste ponto defeituoso, da edição de Breslau, onde se registra *šaqif lakif* (que Dozy lê *li-kaffin*). Note ainda que o escravo se refere a si mesmo no plural, tal como fazem, em árabe, os reis. Mais adiante, "cerveja" traduz *mizr*.

vontade com roupas leves e perguntou: "Porventura você não tem, meu senhor, alguma coisa para esta sua escravinha comer?". O escravo respondeu: "Olhe na bacia", e ela tirou a tampa, viu uns restos de ossos de rato frito e os comeu. Ele disse: "Vá até aquele jarro, que tem um restinho de cerveja, e beba", e ela se levantou, bebeu, lavou as mãos e, retornando, deitou-se com o escravo sobre a palha, ficou nua e entrou com ele debaixo daquela manta e daqueles trapos. Então eu desci do telhado, entrei pela porta, peguei a espada que minha mulher trouxera consigo, desembainhei-a e, dispondo-me a matar ambos, golpeei primeiramente o escravo no pescoço, e julguei que o havia liquidado.

E a aurora alcançou Šahrāzād, que parou de falar. Dīnārzād lhe disse: "Como é agradável a sua história, maninha", e ela respondeu: "Na próxima noite irei contar-lhes algo melhor, se eu viver".

24ª

NOITE DAS HISTÓRIAS
DAS MIL E UMA NOITES

Na noite seguinte, Dīnārzād disse à irmã: "Por Deus, maninha, se você não estiver dormindo, conte-nos uma de suas belas historinhas". Šahrāzād respondeu: "Com muito gosto e honra".

Eu tive notícia, ó majestade, de que o jovem enfeitiçado disse ao rei:

Quando acertei o golpe no escravo, meu senhor, não lhe rompi a jugular, mas atingi o gasganete, cortando pele e carne, e julguei que o matara. Ele soltou roncos elevados e minha mulher saiu de perto dele; dei um passo para trás, devolvi a espada ao local onde estava e regressei à cidade; entrei, acorri ao palácio e me deitei na cama até o amanhecer. Vi quando minha mulher chegou: cortara os cabelos, trajava luto e me disse: "Ó meu marido! Não se oponha ao que estou fazendo, pois eu recebi a notícia de que minha mãe morreu, que meu pai foi morto durante os esforços de guerra e, quanto aos meus irmãos, um morreu de uma picada e o outro numa queda. Por isso, tenho o direito de chorar e de me entristecer". Ao ouvir-lhe as palavras, deixei-a em paz, dizendo: "Faça o que melhor lhe aprouver: não me oporei a nada". E ela permaneceu em choros, tristezas e lamúrias durante um ano inteiro, doze meses. Findo esse ano, ela disse: "Gostaria que você construísse no palácio uma tumba em forma de casa para que eu possa consagrá-la ao luto e dar-lhe o nome de 'casa das tristezas'". Respondi: "Faça o que melhor lhe aprouver". Então ela ordenou que se construísse para si uma casa de tristezas, no centro da qual erigiu um pavilhão com uma tumba ao modo de mausoléu. Em seguida, meu senhor, ela transferiu o escravo ferido para o tal pavilhão, depositando-o no mausoléu. Agora, ele já não lhe produzia benefício algum – e desde que eu o ferira ele nunca mais havia falado –, mas ainda sorvia líquidos, pois sua hora ainda não soara. Ela ia visitá-lo diariamente, de manhã e à tarde; ficava ao seu lado no pavilhão, chorando, enumerando-lhe as qualidades e ministrando-lhe bebidas e caldos. E ficou nessa atitude até que se completou mais um ano, enquanto eu me armava de paciência e não lhe dizia palavra. Até que, certo dia, fui visitá-la inadvertidamente e a vi chorando, enumerando-lhe qualidades e dizendo:

"Quando vejo a tua desgraça
fico mal conforme estás vendo;
quando somes de minhas vistas,
me acontece o que estás vendo!
Minha vida, fala comigo!
Meu senhorzinho, conversa comigo!"

A seguir, recitou o seguinte:

"O dia do triunfo será quando a mim vos achegardes,
e o da morte, quando de mim vos afastardes.
Posso até dormir com sustos e ameaças de morrer,
mas estar convosco é para mim melhor do que viver."

E depois ela disse a seguinte poesia:

"Mesmo se eu acordasse com todas as riquezas,
e possuísse o mundo e o reino dos persas,
tudo isso para mim não valerá uma asa de inseto
se meus olhos não contemplarem a tua figura."

Disse o narrador: quando ela parou de chorar, eu lhe disse: "Minha prima, chega de luto e tristeza. O que o pranto vai lhe trazer? Já não resolve nada!". Ela respondeu: "Não se oponha ao que estou fazendo, meu primo, pois caso contrário irei me suicidar". Calei-me então e deixei-a em paz. E ela continuou em choros, tristezas e elogios fúnebres por mais um ano. Após o terceiro ano, certo dia entrei encolerizado na casa, devido a algo que me sucedera, e também considerando excessivamente longo todo aquele sofrimento, e encontrei-a dentro do pavilhão, ao lado do mausoléu, dizendo: "Meu senhorzinho, não lhe ouço nenhuma palavra! Meu senhor, já faz três anos que não me responde!". E recitou o seguinte:

"Ó túmulo, ó túmulo! Terão seus méritos se extinguido,
ou porventura se extinguiu essa figura resplandecente?
Ó túmulo, se não és jardim e muito menos astro,
como podem em ti reunir-se o sol e a lua?"

Quando lhe ouvi as palavras e a poesia, fiquei ainda mais encolerizado e disse: "Ai! Até quando isso vai durar?", e recitei o seguinte:

"Ó túmulo, ó túmulo! Terão seus deméritos se extinguido,
ou porventura se extinguiu essa figura asquerosa?
Ó túmulo, se não és latrina e muito menos lixeira,
como podem em ti reunir-se o carvão e a sujeira?"

Quando ouviu minhas palavras, ela se ergueu em posição de ataque e disse: "Ai de ti, cachorro! Então foi você que fez isso comigo? Feriu o adorado de meu coração e me fez perder a juventude dele? Faz três anos que ele não está nem morto nem vivo!". Respondi: "Ai, mais nojenta das rameiras, mais imunda das putas amantes de escravos negros, a quem corrompem com dinheiro! Sim, fui eu! Fui eu que fiz isso!", e, pegando da espada, desembainhei-a na palma da mão e apontei-a em direção a ela para matá-la. Ao ouvir minhas palavras e constatar minha disposição em matá-la, ela riu e disse: "Fracasse que nem um cachorro! Quem dera, quem dera pudesse o tempo voltar e quem morreu ressuscitar. Agora, contudo, Deus colocou à minha mercê a pessoa que fez isso comigo, contra a qual ardia em meu coração um fogo que não se apagava e uma labareda que não se escondia!". E, pondo-se de pé, pronunciou palavras que eu não compreendi e disse: "Com minha magia e ardil eu o transformo em metade pedra e metade homem", e, após me retorcer todo, transformei-me nisto que você está vendo, meu senhor: angustiado, triste, sem poder levantar-me, nem me sentar, nem dormir. Nem estou morto com os mortos, nem vivo com os vivos.

E a aurora alcançou Šahrāzād, que parou de falar e de contar a história. Dīnārzād disse: "Como é agradável e assombrosa a sua história, maninha", e ela respondeu: "Na próxima noite eu irei contar-lhes algo melhor, se eu viver e o rei me preservar".

25ª

NOITE DAS NARRATIVAS DAS MIL E UMA NOITES

Na noite seguinte, Dīnārzād disse à irmã: "Se você não estiver dormindo, maninha, conte-nos uma de suas belas historinhas a fim de que atravessemos o serão desta noite". Šahrāzād respondeu: "Com muito gosto e honra".

Contam, ó rei, que o jovem enfeitiçado disse ao rei:

Depois que me transformei nisso, ela também enfeitiçou a cidade e todos os seus jardins, vales e mercados, que agora constituem o local onde estão os seus pavilhões e soldados. O povo de minha cidade era composto de quatro comunidades, muçulmanos, zoroástricos, cristãos e judeus, e a todos ela enfeitiçou, transformando-os em peixes: os brancos são os muçulmanos; os vermelhos, os zoroástricos; os azuis, os cristãos; e os amarelos, os judeus. As quatro ilhas ela transformou nas montanhas que circundam a lagoa. Em seguida, como se tudo isso e ainda a situação em que fiquei não lhe bastassem, ela diariamente me despe e me aplica cem chibatadas, até que meu sangue escorra e meus ombros se lacerem, e em seguida põe em minha metade superior um tecido de pelo que parece conter cilício, colocando por cima de tudo roupas opulentas.

Em seguida o jovem chorou e recitou a seguinte poesia:

"Paciência com a tua decisão e decreto, meu Deus;
eu esperarei se nisso estiver a tua satisfação;
atacaram-nos, agrediram-nos e nos injustiçaram;
quiçá em algum paraíso sejamos recompensados.

Que jamais esqueças, meu senhor, injustiçado algum;
o que te peço, apenas, é que me retires deste inferno."

O rei disse ao jovem: "Você me aumentou as preocupações após ter dirimido minha dúvida obsessiva", e prosseguiu: "Onde ela está, meu jovem, e onde é o mausoléu do escravo ferido?". O jovem respondeu: "Ó rei, o escravo está instalado no pavilhão; é ali seu mausoléu, e fica no aposento contíguo à porta. Minha mulher vem diariamente a ele uma vez, ao nascer do sol. Quando chega, me despe e aplica cem chibatadas; eu choro e grito, mas não posso fazer nenhum movimento para avançar contra ela, nem tenho forças para me defender em razão de estar transformado em metade pedra, metade carne e sangue. Depois de me punir, ela vai até o escravo carregando bebida e caldo para ministrar-lhe. Na manhã seguinte ela volta: é assim que tem sido". O rei disse: "Por Deus, meu jovem, tomarei em seu benefício uma atitude mediante a qual serei lembrado e que no futuro entrará nos registros dos historiadores". E pôs-se a conversar com o jovem até que anoiteceu e ambos dormiram. Por volta da manhãzinha, o rei levantou-se, despiu-se, desembainhou a espada e dirigiu-se ao aposento onde estava o pavilhão e o mausoléu. Viu velas, lampiões, incensos, perfumes, açafrão e unguentos. Foi até o escravo, matou-o, colocou-o às costas, saiu e jogou-o num poço que havia no palácio. Depois retornou, vestiu as roupas do escravo, enrolou-se todo e se deitou, enfiando-se bem no fundo do mausoléu, com a espada desembainhada encostada bem ao longo do corpo, entre as roupas. Após alguns instantes, a maldita feiticeira chegou e entrou. A primeira coisa que fez foi despir o marido, recolher um chicote e caprichar no açoite. O rapaz gritava: "Ai ai ai, prima! Tenha piedade, prima! Me dê descanso, já basta o que estou sofrendo, já basta o que se decidiu contra mim! Tenha pena!". Ela respondeu: "Antes você tivesse pena de mim e preservasse o meu amado!".

E a aurora alcançou Šahrāzād, que parou de falar. Dīnārzād disse: "Como é bela e assombrosa a sua história, maninha", e ela respondeu: "Isso não é nada comparado ao que irei contar-lhes na próxima noite, se eu viver". O rei Šāhriyār, assombrado e comovido com o enfeitiçado, espantado e com o coração condoído por ele, pensou: "Por Deus que irei adiar sua morte por esta noite e por tantas noites quantas forem necessárias, mesmo que se passem dois meses, para ouvir o restante dessa narrativa e o que sucedeu ao jovem enfeitiçado. Depois então eu a matarei, conforme o hábito com as outras". Tais eram as cogitações do rei.

26ª

NOITE DAS NARRATIVAS
DAS MIL E UMA NOITES

Disse o autor: na noite seguinte, Dīnārzād disse para a irmã: "Se você não estiver dormindo, maninha, conte-nos uma de suas belas histórias a fim de passarmos o serão desta noite". Šahrāzād respondeu: "Com muito gosto e honra".

Eu tive notícia, ó rei, de que a feiticeira, após surrar o marido, punindo-o com a chibata até ficar satisfeita e escorrer sangue dos flancos e dos ombros do rapaz, vestiu-o com o manto de pelo com cilício, colocando por cima as roupas opulentas. Ato contínuo, foi até o escravo carregando uma taça de bebida e um caldo, conforme o hábito. Entrou no aposento, caminhou até o pavilhão, chorou, gritou e passou a enumerar-lhe as qualidades, dizendo: "Não é comum que nos impeçam de nos achegar a vocês, nossos amados! Não sejam avaros, pois os inimigos estão muito satisfeitos com a sua ausência. Visitem-nos, pois minha vida depende de sua visita. Mantenham uma bela relação, pois o abandono não é seu costume. Meu senhor, fale comigo, meu senhor, diga-me algo!". E logo recitou a seguinte poesia:[67]

"Até quando tanta resistência e secura?
Será que as lágrimas que verti já não bastam?
Meu amor, fale comigo!
Meu amor, me diga algo!
Meu amor, me responda!"

Então o rei, com voz baixa e engrolando a língua à maneira dos negros, disse: "Ih ih ih!, não existe poderio nem força senão em Deus altíssimo e poderoso!". Ao ouvir suas palavras, a feiticeira gritou de alegria e desmaiou. Em seguida, acordou e disse: "Meu senhor, é mesmo verdade que você falou comigo?". O rei respondeu: "Ó maldita, e você por acaso merece que alguém lhe fale ou responda?". Ela perguntou: "E qual é o motivo disso?". O rei respondeu: "Você passa o dia inteiro surrando o seu marido, e ele pede tanto socorro que me impede de dormir! Desde

[67] O original diz *mufrad* ["singular", "único"], forma poética específica.

o anoitecer até o amanhecer ele chora, suplica e roga contra você e contra nós. Ele me causa insônia e irritação. Não fosse isso, eu teria melhorado há muito tempo. Foi isso que me impediu de lhe responder ou lhe dirigir a palavra". Ela disse: "Meu senhor, com a sua permissão eu o livrarei do feitiço". Ele disse: "Livre-o e poupe-nos da voz dele". Então a mulher saiu do pavilhão, tomou uma taça cheia de água e pronunciou algumas palavras: a água ferveu e borbulhou tal como se estivesse num caldeirão ao fogo. Em seguida, espargiu-o com a água e disse: "Em nome daquilo que eu recitei e pronunciei, se o criador tiver criado você nesta forma ou amaldiçoado, não mude de forma; porém, se acaso você tiver ficado assim em virtude de meu feitiço e ardil, saia dessa forma e retome a forma com a qual foi criado, com permissão do criador do mundo". E o rapaz se chacoalhou e se levantou ereto, ficando muito feliz com o alívio que recebera e com sua salvação. Disse: "Graças a Deus", e a feiticeira ordenou: "Desapareça das minhas vistas e nunca mais volte aqui. Se eu voltar a ver você, irei matá-lo", e gritou com ele, que sumiu de suas vistas. Então a jovem regressou ao pavilhão, aproximou-se do mausoléu e disse: "Saia agora, meu senhorzinho, para que eu contemple a sua bela figura". O rei respondeu com palavras murmuradas: "Você me deu descanso do motivo secundário, mas não do principal". Ela perguntou: "E qual é o principal, meu senhorzinho?". Ele respondeu: "Ai de ti, maldita! É o povo desta cidade e das quatro ilhas! Toda noite, bem no meio da noite, os peixes tiram a cabeça para fora da lagoa pedindo socorro e rogando pragas contra mim. É esse o motivo que me impede de recobrar a saúde! Vá depressa livrá-los disso e depois venha pegar-me pela mão para me levantar daqui, pois estarei caminhando para a cura". Ouvindo tais palavras, a feiticeira, muito feliz e cheia de esperanças, disse: "Sim, meu senhor. Claro, com o auxílio de Deus,[68] meu coração". E, levantando-se, foi até a lagoa, recolheu um pouco de sua água...

E a aurora alcançou Šahrāzād, que parou de falar. Dīnārzād disse: "Como é agradável e assombrosa a sua história". Ela respondeu: "Isso não é nada comparado ao que irei contar-lhes na próxima noite, se eu viver e o rei me preservar".

[68] "Claro, com o auxílio de Deus" traduz o sintagma *bismillāhi* (literalmente, "em nome de Deus"). Além da significação propriamente religiosa, quando solto, esse sintagma também exprime concordância. É nessa acepção que ela aparece várias vezes na presente obra.

27ª

NOITE DAS ESPANTOSAS E ASSOMBROSAS HISTÓRIAS DAS MIL E UMA NOITES

Na noite seguinte, Dīnārzād disse à irmã: "Se você não estiver dormindo, conte-nos uma de suas belas historinhas a fim de que atravessemos o serão desta noite". Šahrāzād respondeu: "Com muito gosto e honra".

Contam, ó rei, que a jovem pronunciou umas palavras na lagoa e os peixes começaram a pular e chacoalhar-se. A seguir, ela desfez o feitiço que lançara sobre eles e de pronto o povo da cidade já estava em suas atividades de venda e compra e no leva-leva. Então ela ingressou no palácio, atravessou o pavilhão e disse: "Meu senhor, estenda-me sua mão gentil e levante-se". O rei respondeu com palavras murmuradas: "Aproxime-se de mim", e ela se inclinou. Ele continuou: "Aproxime-se mais", e ela se aproximou até se encostar a ele: foi quando o rei se ergueu célere, achegando-se ao seu peito, e lhe desferiu com a espada um golpe que a cortou em duas, atirando-a ao chão assim cortada. Saiu e encontrou o jovem que estivera enfeitiçado parado a esperá-lo. O jovem saudou-o por estar bem e beijou a mão do rei, agradecendo-lhe e rogando por ele, que lhe perguntou: "Você prefere ficar em sua cidade ou vir comigo para a minha?". O jovem disse: "Ó rei do tempo, soberano dos períodos e das eras, o senhor porventura sabe a que distância está de sua cidade?". O rei respondeu: "Meio dia". O jovem disse: "Ó rei, acorde. Entre a sua cidade e a minha a viagem é de um ano inteiro. Quando o senhor chegou até nós em meio dia, a cidade estava enfeitiçada". O rei perguntou: "Então, você vai permanecer em sua cidade ou vir comigo?". O jovem respondeu: "Ó rei, eu nunca mais irei abandoná-lo por um só momento". O rei ficou feliz com tais palavras e disse: "Louvores a Deus, que atendeu aos meus pedidos por seu intermédio. Você vai ser meu filho, pois durante toda a minha vida não fui agraciado com nenhum rebento". E se abraçaram fortemente,[69] muito felizes. Depois caminharam juntos até o palácio, e o jovem rei distribuiu ordens aos principais do Estado e aos notáveis do reino, disse que estava de viagem e ordenou que se reunissem as coisas de que precisaria; os líderes e os mercadores da cidade trouxeram-lhe tudo e ele se preparou durante dez dias, ao cabo dos quais iniciou a

[69] O original traz *takārašā*, verbo que não consta dos dicionários. Pode significar, literalmente, "encostar mutuamente as panças" [*kirš*].

viagem com o rei mais velho, o coração opresso por causa de sua cidade: como poderia ausentar-se dali durante um ano inteiro? Junto consigo viajavam cinquenta serviçais carregando cem sacos com presentes, joias, dinheiro e tesouros que ele possuía. Também pôs às suas ordens quantos criados e guias considerou necessários. E viajaram por dias e noites, tardes e manhãs durante um ano completo. Deus havia escrito que eles chegariam bem à cidade do rei velho; enviaram antes um emissário para informar o vizir da chegada do rei e de que ele estava bem. O vizir saiu então com todos os soldados e a maioria dos moradores da cidade para recebê-lo. Todo mundo ficou extremamente feliz depois de terem se perdido as esperanças de revê-lo. A cidade foi adornada e seu solo foi forrado com seda. O rei velho se reuniu com o vizir – depois que este e todos os soldados se apearam e beijaram o solo diante dele, saudaram-no por estar bem, rogaram por ele, entraram na cidade e o rei velho se instalou no trono – e o informou de tudo quanto sucedera com o jovem, deixando-o também a par do que fizera com sua esposa, e que aquele fora o motivo da salvação da cidade e do jovem, e igualmente o motivo de sua ausência por um ano. O vizir voltou-se para o jovem e felicitou-o por estar bem. Os comandantes, vizires, secretários e representantes instalaram-se cada qual em seu assento; o sultão distribuiu prêmios, fez concessões e foi generoso. Enviou um emissário atrás do pescador, que fora o motivo da salvação do rapaz e da população de sua cidade. O pescador veio e se colocou diante do rei, que lhe deu presentes e perguntou: "Porventura você tem filhos?". O pescador informou-o de que tinha um filho e duas filhas.[70] O rei mandou convocá-los todos e se casou com uma das filhas, casando a outra com o jovem. Contratou o filho do pescador como responsável por seu guarda-roupa. Em seguida, nomeou o vizir sultão da cidade das Ilhas Negras, enviando-o para lá, após o juramento, junto com os cinquenta serviçais que haviam vindo com eles. Enviou mais muita gente com o vizir e distribuiu vários presentes e joias para todos os comandantes e mestres de ofício. O vizir despediu-se beijando-lhe a mão e partiu em viagem. O sultão e o jovem ficaram juntos, e o pescador se tornou um dos homens mais ricos de seu tempo, com as filhas casadas com reis.

E a aurora alcançou Šahrāzād, que parou de falar. Dīnārzād disse: "Como é agradável e admirável esta sua história, maninha". Ela respondeu: "Isso não é nada comparado ao que vou contar-lhes na próxima noite, se eu viver e o rei me preservar".[71]

[70] Note a contradição: no início da história, conta-se que o pescador tinha três filhas.

[71] Esta é a primeira noite que termina sem suspense. Na noite seguinte se iniciará uma nova história, o que também indica o início de um novo ciclo narrativo.

28ª

NOITE DAS HISTÓRIAS
DAS MIL E UMA NOITES

Na noite seguinte, Dīnārzād disse à irmã: "Se você não estiver dormindo, maninha, conte-nos uma de suas belas historinhas". Šahrāzād respondeu: "Com muito gosto e honra".

O CARREGADOR E AS TRÊS JOVENS DE BAGDÁ

Eu tive notícia, ó rei venturoso, de que um morador da cidade de Bagdá era solteiro e exercia a profissão de carregador. Certo dia, estando parado no mercado, encostado ao seu cesto de carga, passou por ele uma mulher enrolada num manto de musselina com tiras de seda, usando um lenço bordado a ouro;[72] calçava botinas douradas[73] presas com cordão esvoaçante e polainas de laços também esvoaçantes. Ela parou diante dele, puxou o véu, debaixo do qual apareceram olhos negros, franjas e pálpebras longas com cílios cuidadosamente alongados;[74] suas partes eram delicadas e perfeitas suas características, conforme disse a seu respeito um dos que a descreveram:

"Sua cintura carregava um traseiro censurável,
que tanto a mim como a ela oprimia:
eu, quando nele pensava, morria,
e ela, pelo peso, para levantar-se sofria."[75]

[72] "Bordado a ouro" é suposição para traduzir *qalᶜiyya* ou *qalaᶜiyya*, palavra de sentido obscuro (em forma de torre?). Pode também ser: "da cor do chumbo", ou, ainda, uma espécie de tecido grosso, que se usava para fazer velas de navio e alforjes.

[73] "Dourado" procura traduzir *ḏarḫūnī* ou *ẓarḫūnī*, palavra que não consta dos dicionários; supôs-se, aqui, uma possível confusão com *ẓarjūn*, "dourado".

[74] O trecho "com cílios cuidadosamente alongados" é uma tentativa de traduzir com alguma coerência a palavra cuja sequência consonantal é *mdnbh*. Entendeu-se, aqui, *muḏannaba*, "com cauda". Pode indicar longos cílios postiços. E é também possível, embora mais remotamente, que seja "tinha a bunda avantajada".

[75] Estes versos não constam de nenhum dos manuscritos do ramo sírio. No entanto, como o contexto os exigia, foram traduzidos do manuscrito "Gayangos 49", que nesse passo acompanha de perto o ramo sírio e é o único ora utilizado a trazer versos. Sua eventual grosseria, como se verá, não destoa do clima da história. Esse manuscrito, aliás, é o único em que o carregador tem nome: *Badīr*.

A jovem disse, com palavras suaves e tom sedutor: "Pegue o seu cesto e me siga, carregador". Ao ouvir tais palavras, ele mal pôde se conter e, tomando o baú, acorreu e disse: "Que dia de felicidade! Que dia de ventura!", e seguiu atrás dela, que caminhou à sua frente até se deter diante de uma casa em cuja porta bateu. Apresentou-se então um velho cristão a quem ela deu um dinar, dele recebendo um jarro verde-oliva de vinho,[76] que ela depositou no cesto e disse: "Pegue o cesto, carregador, e me siga". O carregador disse: "Muito bem. Que dia de felicidade! Que manhã de realização! Que manhã de alegria!", e, carregando o cesto, foi atrás dela, que parou na loja de um verdureiro, do qual comprou maçã verde, marmelo turco, pêssego de Hebron, maçã moscatel, jasmim alepino, nenúfar damasceno, pepino pequeno e fino, limão de viagem, laranja real, mirta, manjericão, alfena, camomila, goivo, açucena, lírio, papoula, crisântemo, matricária, narciso e flor de romãzeira. Colocou tudo na cesta do carregador, que continuou a segui-la. A jovem se deteve no açougueiro e lhe disse: "Corte para mim dez arráteis de boa carne de carneiro", e lhe pagou o valor. O homem cortou conforme ela pedira, enrolou tudo e entregou a carne a eles, que a colocaram no cesto junto com um pouco de carvão. Ela disse: "Carregador, pegue o seu cesto e venha atrás de mim". Admirado, o carregador pôs-se a transportar o cesto sobre a cabeça. Ela o conduziu a um quitandeiro de quem comprou um conjunto completo de condimentos que continha ainda aperitivos defumados, azeitona curtida, azeitona descaroçada, estragão, coalhada seca, queijo sírio e picles adocicado e não adocicado.[77] Colocou tudo na cesta do carregador e lhe disse: "Erga o seu cesto e me siga, carregador!", e ele assim fez. Saindo do quitandeiro, a jovem foi até o vendedor de frutas secas e comprou pistache descascado para usar como aperitivo, passas alepinas, amêndoas descascadas, cana-de-açúcar iraquiana, figos prensados de Baalbeck, avelãs descascadas e grão-de-bico assado. Também comprou todos os gêneros de petiscos e porções de que necessitava, depositando-os na cesta do carregador, para quem se voltou, dizendo: "Pegue a sua cesta e me

[76] "Jarro verde-oliva de vinho" traduz *marwaqa zaytūniyya*, sintagma quase incompreensível. A tradução acompanha as especulações de Dozy (*Supplément*..., vol. 1, p. 572) sobre o produto aí comprado. Lembre-se que a venda de vinho era interdita aos muçulmanos, sendo exercida por cristãos. Favorece tal suposição, ainda, o fato de a mercadoria não estar exposta. Como se verá ao longo deste trecho, para muitos dos itens comprados no mercado usam-se palavras hoje incompreensíveis.

[77] A tradução de vários desses ingredientes não é segura; no primeiro caso, "aperitivos defumados", tenta-se dar uma ideia genérica do original, que diz *alᶜuṣfūr almāliḥ*, literalmente, "passarinho salgado". Ressalve-se, contudo, que o sentido pode ser bem outro.

siga", e ele levantou a cesta e caminhou atrás da jovem, até que ela se deteve diante do doceiro, de quem comprou uma bandeja cheia com tudo o que ele tinha: doces e pães ao modo armênio e cairota, pastéis almiscarados com recheio doce, bolos e confeitos como *mãe-de-ṣāliḥ* amolecida, doce turco, bocados-para-roer, geleia de sésamo, bolos-de-Alma'mūn, pentes-de-âmbar, dedos-de-alfenim, pão-das-viúvas, bolinhos de chuva, bocaditos-do-juiz, coma-e-agradeça, tubinhos-dos-elegantes e quiosquezinhos-da-paixão. Ajeitou todas essas espécies de guloseima na bandeja e colocou-a no cesto. O carregador lhe disse: "Ai, minha senhora, se você tivesse me avisado eu traria comigo um pangaré ou camelo para carregar comigo toda essa compra", e ela sorriu. Avançando um pouco mais, deteve-se diante do droguista e comprou dez frascos de essência de açafrão, igual quantidade de essência de nenúfar e duas medidas de açúcar;[78] também pegou extrato de água de rosa perfumada, almíscar, noz-moscada, incenso, pedras de âmbar, castiçais para vela e outro tanto de archotes; enfiou tudo no cesto, virou-se para o rapaz e disse: "Erga o cesto e me siga, carregador", e ele ergueu. A moça caminhou à sua frente até chegar a uma casa elegante dotada de um vestíbulo espaçoso, construção elevada, alicerces firmes, porta composta de duas lâminas de marfim cravejado de ouro cintilante. A moça se deteve diante da porta e bateu com delicadeza.

E a aurora alcançou Šahrāzād, que parou de falar. Disse-lhe Dīnārzād: "Como é agradável e bonita a sua história", e ela respondeu: "Isso não é nada comparado ao que irei contar-lhes na noite seguinte, se eu viver e o rei mantiver a minha vida, que Deus prolongue a dele".

[78] "Duas medidas de açúcar" traduz *ublūjēn sukkar*, coloquialismo que para Dozy significa "pães de açúcar", assertiva improvável tendo em vista o fato de que a mercadoria se comprou num droguista – e o açúcar, como se sabe, era vendido em droguistas. Ademais, a fonte de Dozy, o dicionário árabe-francês de E. Bocthor, não é confiável para termos do período mameluco. Para os doces da passagem anterior, deu-se apenas a tradução mais ou menos literal, uma vez que já não se sabe com que ingredientes eram feitos. Em um caso, a tradução viu-se obrigada a transliterar o nome, hoje absolutamente desconhecido. *Basandūd*, traduzido como "bolinhos de chuva", designa uma iguaria egípcia composta de bolinhos arredondados de farinha e fritos, celebrada em versos citados por Ibn Ẓāfir (m. 623 H./1226 d.C.) em *Ġarā'ib attanbīhāt ᶜalà ᶜajā'ib attašbīhāt*, "As mais insólitas advertências quanto às mais espantosas analogias". "Alfenim" traduz *bānīd*, transcrição árabe do persa *pānīd*, que por sua vez se origina do sânscrito *phāṇita*, "melaço".

29ª

NOITE DAS NARRATIVAS
DAS MIL E UMA NOITES

Na noite seguinte Dīnārzād disse à irmã: "Se você não estiver dormindo, maninha, conte-nos uma de suas historinhas a fim de atravessarmos o serão desta noite". Šahrāzād respondeu: "Ouço e obedeço".

Eu tive notícia, ó rei venturoso e de correto parecer, de que, enquanto a jovem se detinha defronte da porta, o carregador, atrás dela com o cesto, ficou pensando em sua beleza e formosura, e na elegância, boa linguagem e bons modos que para ele tinham sido uma dádiva. Eis então que a porta se abriu e se descerraram as duas lâminas. O carregador olhou para quem abrira a porta e eis que era uma jovem de boa estatura, seios empinados, de formosura, beleza, elegância, perfeição e esbelteza; sua fronte parecia ter o brilho da lua cheia; seus olhos imitavam os das vacas selvagens e das gazelas; as sobrancelhas eram como a lua cheia do mês de *šacbān*;[79] as faces pareciam papoulas; a boca, o sinete de Salomão; seus labiozinhos vermelhos eram como ouro puro; os dentinhos, como pérolas engastadas em coral; o dorso, como uma torta oferecida ao sultão; o peito, como uma fonte com jatos d'água; os seios, como duas enormes romãs; a barriga tinha um umbigo que cabia meia medida de unguento de benjoim; e uma vagina que parecia cabeça de coelho com orelhas arrancadas, tal como dela dissera o poeta linguarudo:

"Olha para o sol e o plenilúnio dos palácios,
e para sua alfazema e o esplendor de sua flor;
teus olhos não verão, preto no branco,
tanta beleza reunida como em seu rosto e cabelo;
de melenas avermelhadas, sua beleza lhe anuncia
o nome, se acaso dela não tiveres mais notícia;
quando ela se curvou, eu ri do seu traseiro,
assombrado, mas depois chorei por sua cintura."

[79] Oitavo mês do calendário lunar muçulmano.

Quando o carregador bem a observou, ela lhe roubou os miolos e a razão e, quase deixando cair o cesto de sobre a cabeça, ele disse: "Jamais em toda a minha vida vi um dia tão afortunado quanto esse". Então a jovem porteira disse à jovem compradeira:[80] "O que vocês estão esperando, minha irmã? Entrem logo por essa porta e dê alívio a esse coitado". Então a compradeira entrou. Em seguida, a jovem porteira trancou a porta e foi atrás deles. Avançaram todos até chegar a um salão espaçoso, simétrico e elegante, dotado de colunas, arcadas, madeira entalhada, bandeiras, balcão, banquetas, armários e bufês cobertos com cortinas. No meio do salão havia uma grande piscina cheia de água em cujo centro estava uma barquinha; numa das pontas do salão havia uma cama de âmbar com quatro pés de zimbro cravejado de pérolas e gemas, e sobre a qual se estendia um mosquiteiro de cetim vermelho com botões de pérolas do tamanho de avelãs; como estivesse desabotoada, podia-se vislumbrar sobre a cama uma jovem de luminosa figura, agradável semblante, caráter filosófico numa aparência como a da lua, olhos babilônicos, sobrancelhas em forma de arco, silhueta na forma da letra *alif*,[81] hálito de âmbar, labiozinhos açucarados e cintura soberba. Ela fazia o sol iluminado se envergonhar, e parecia uma estrela brilhando no alto, ou um pavilhão de ouro, ou uma noiva desvelada, ou um peixe egípcio na fonte, ou um rabo de carneiro numa tigela de sopa de leite, tal como a seu respeito disse o poeta:

"É como se o sorriso fosse de pérolas
engastadas, ou granito, ou cravo,
cintura solta como a noite
e esplendor que faz corar a luz da alvorada."

A terceira jovem levantou-se, desceu da cama e, avançando aos poucos, chegou ao centro do salão, junto às suas duas irmãs, e lhes disse: "Por que estão aí paradas? Deem algum alívio a esse coitado, façam-no descer esse cesto". Então a porteira parou diante dele e a compradeira parou atrás; a terceira jovem ajudou-as e elas fizeram o cesto descer de sobre a cabeça do carregador e o esvaziaram; amon-

[80] É assim que o texto passará a se referir às moças, por sinédoque, a partir de suas primeiras ações ("compradeira", no coloquialismo *alḥōškāša*, porque fazia compras, e "porteira", *albawwāba*, porque foi ela quem abriu a porta). A terceira, conforme se verá adiante, será chamada de "a mais bela" [*almalīḥa*], ou "a dona da casa" [*ṣāḥibat albayt*]. Certamente para evitar possíveis confusões, Galland inventou nomes próprios para as personagens: Amina, Zobeida e Safia.
[81] Isto é, fina e longa, pois o desenho da letra *alif* é semelhante a uma haste.

toaram as frutas e os alimentos condimentados de um lado e as substâncias aromáticas de outro, ajeitaram tudo, deram um dinar ao carregador e disseram...

E a aurora alcançou Šahrāzād, que parou de falar. Dīnārzād disse à irmã: "Como é agradável e assombrosa essa sua história", e ela respondeu: "Se eu viver até a próxima noite, irei contar-lhes algo mais admirável e assombroso".

30ª

NOITE DAS NARRATIVAS
DAS MIL E UMA NOITES

Na noite seguinte, Dīnārzād disse à irmã: "Maninha, continue para nós a história das três moças", e Šahrāzād respondeu: "Com muito gosto e honra".

Eu tive notícia, ó rei, de que o carregador, depois de ver as três moças e a beleza e graça com que o brindaram, e, constatando que elas não tinham um homem por detrás daquela grande estocagem de vinho, carne, aperitivos, frutas, doces, perfumes e velas, além dos demais apetrechos para bebida, ficou muitíssimo intrigado e não fez nenhuma menção de se retirar. Uma das jovens lhe disse: "O que você tem que não vai embora? Já não recebeu sua paga?", e, voltando-se para uma das irmãs, disse: "Dê-lhe mais um dinar". Mas o carregador disse: "Por Deus que não, minha senhora! Não vou recebê-lo de jeito nenhum, pois minha paga não chegaria nem a dois dirhams. Sucede, porém, que a situação de vocês mexeu com a minha curiosidade: como é que estão sozinhas, sem nenhum outro ser humano com quem se entreterem, e sabendo, como vocês já sabem, que os banquetes não se fazem senão com quatro? Porém, não existe uma quarta pessoa morando com vocês. Ademais, a reunião que aos homens apraz não é senão com as mulheres, e às mulheres, não é senão com os homens. O poeta disse:

'Acaso não vês quatro reunidos para o deleite?
Harpa, alaúde, cítara e flauta,
aos quais correspondem quatro perfumes,
o de rosa, de mirta, de anêmona e de goivo,
que não se reúnem senão com outros quatro:
vinho, juventude, amante e dinheiro.'

E vocês, que são três, estão necessitadas de uma quarta pessoa, e que seja homem". As jovens ouviram-lhe as palavras, apreciaram-nas, riram e disseram: "E quem poderia nos acudir quanto a isso? Somos moças e a ninguém queremos revelar nossos segredos. Tememos entregar nossos segredos a quem não os preserve, pois já lemos em certas crônicas o que disse Ibn Attammām,[82] e foi o seguinte:

'Preserva sempre o segredo: a ninguém o confies,
pois quem confia o segredo já o perdeu.
Se em teu peito não cabe o teu segredo,
como poderia ele caber no peito de um outro?'."

Ao ouvir tais palavras, o carregador disse: "Pela vida de vocês que eu sou um homem inteligente, ajuizado e decoroso. Li os saberes e alcancei as compreensões; li e entendi; encadeio os relatos históricos e somente depois os narro.[83] Refiro o que é bom e guardo o que é ruim; de mim não se transmite senão o bem; sou como disse alguém:

'Não guarda segredos senão quem é de confiança;
e o segredo, entre os homens de bem, já está guardado;
o segredo está comigo numa casa com trancas,
cuja chave se perdeu e os cadeados estão selados'."

Ao ouvirem suas palavras, as moças lhe disseram: "Você sabe que este banquete teve um custo elevado, pois gastamos uma grande quantia para comprar tudo isso. Você tem algo com que nos compensar? Nós não o deixaremos ficar conosco senão depois de avaliar a compensação que vai oferecer. Só então você poderá se tornar nosso hóspede e beber às nossas expensas, de graça. As pessoas de mérito já diziam: 'Enamorado que não tem nada não vale níquel'." A porteira perguntou-lhe: "Você

[82] Além de Ibn Attammām, um dos manuscritos traz ᶜAmmār, e outro, Ibn ᶜAmmār, mas é bem possível que se trate do poeta e compilador árabe Abū Tammām (788-845 d.C.), contemporâneo de Hārūn Arrašīd.
[83] "Encadeio os relatos históricos e somente depois os narro" traduz *wa asnadtu wa arwaytu*, literalmente, "encadeei e narrei". Aqui, faz-se referência ao procedimento adotado por teólogos e historiadores muçulmanos clássicos, cuja técnica supunha, antes de tudo, o *isnād*, ou seja, o encadeamento (que consiste em encadear testemunhos, por assim dizer, empíricos, para atestar a veracidade do dito – "ouvi de fulano, que ouviu de beltrano, que ouviu de sicrano, que ouviu de mengano, que ouviu de alano que tal fato se deu assim e assado" etc.). Somente depois disso é que se iniciava a narrativa propriamente dita.

possui alguma coisa, meu querido? Se você é alguma coisa que não possui coisa alguma, então vá embora sem nada". A compradeira disse: "Ai, maninhas, deixem-no em paz! Por Deus que hoje ele não falhou durante as compras. Se fosse um outro, não teria tido tanta paciência comigo. O que ele tiver de dar como compensação, eu dou por ele". Muito contente, o carregador beijou o chão diante dela, agradeceu e disse: "Por Deus que hoje meu dia não começou senão por seu intermédio. Tenho aqui comigo o dinar de vocês; tomem-no de volta e não me considerem hóspede, mas sim servidor". Elas lhe disseram: "Sente-se, pois agora fazemos muito gosto nisso".[84] Em seguida, a jovem compradeira reuniu ânimo e começou a arranjar o banquete: encheu os recipientes longos e os curtos, limpou as garrafas, coou o vinho, enfileirou as taças, copos, canecas, garrafas, recipientes de prata e ouro, louças e garfos. Colocou tudo ao lado da piscina, e preparou as coisas que eles comeriam e beberiam. Em seguida, ofereceu-lhes o vinho e pôs-se a servi-los; suas irmãs se sentaram, bem como o carregador – este imaginando estar num sonho. A própria jovem bebeu a primeira taça enchida; em seguida, encheu uma segunda e deu de beber a uma de suas irmãs, que entornou tudo; logo, encheu nova taça e deu de beber à outra, e depois encheu e deu de beber ao carregador, que tomou o jarro em suas mãos e começou a servir, beber e agradecer. Recitou a seguinte poesia:

"Não bebas senão com um irmão de fé,
de pura origem, linhagem dos pios ancestrais,
pois o copo é como o vento: se passa por perfume,
agradável fica, mas, se passa por carniça, fede."

E entornou o copo. A porteira foi servi-lo e recitou a seguinte poesia:

"Bebe feliz e gozando de plena saúde:
esta bebida escorre pura pelo corpo."

Ele agradeceu e beijou-lhe a mão. E elas beberam, e ele também bebeu, voltando-se em seguida para a compradeira, a quem disse: "Minha senhora, seu escravo está ao seu dispor", e recitou:

[84] Neste ponto se usa uma expressão intraduzível, muito comum em árabe: "Sobre a cabeça e o olho".

"Está parado à porta um dos teus escravos,
que de tua generosidade já tem notícia."

E ela disse: "Por Deus que eu vou beijar você: beba com felicidade, saúde e bem-estar. A bebida corta o que é nocivo e atua como remédio, fluindo e produzindo boa saúde". O carregador sorveu todo o conteúdo de sua taça até fazer barulho; encheu de novo e serviu-a depois de beijar-lhe a mão. E começou a recitar a seguinte poesia:

"Estendi-lhe algo, semelhante à sua face, envelhecido
e puro, cujo brilho era a luz do meu fogo.
Beijei-a então, e ela me disse, rindo:
'Como podes dar a face de alguém a outro alguém?'.
Respondi: 'Bebe, pois são minhas lágrimas, e o vermelho
é meu sangue, tingido, na taça, por meu ardor'.
Ela disse: 'Se foi por mim que choraste sangue,
então dá-me de beber, e eu o farei com todo o prazer'."

Disse o autor: e a jovem, empunhando a taça, sorveu-a e foi acomodar-se junto à irmã. E eles permaneceram nisso: recebiam taças cheias e devolviam-nas vazias. No meio delas, o carregador, começando a ficar saidinho e a sentir-se à vontade, dançou, exibiu-se, cantou baladas e trovas e nelas pôs-se a aplicar beijinhos, beliscões, mordidelas, a bolinar, apalpar, tocar e acariciar; uma lhe dava comida na boca, outra o socava, outra lhe servia substâncias aromáticas, e outra, algum docinho – e ele gozava da vida mais prazerosa. Assim permaneceram até que se embriagaram e o vinho começou a influir em seu juízo. Quando a bebida os dominou inteiramente, a porteira levantou-se, foi até a beira da piscina, tirou toda a roupa, ficando nua, soltou o cabelo, que passou a cobri-la e, dizendo "lá vou eu",[85] entrou na piscina e mergulhou.

E a aurora alcançou Šahrāzād, que parou de falar. Dīnārzād lhe disse: "Como é agradável e assombrosa a sua história, maninha", e ela respondeu: "E o que é isso comparado ao que irei contar-lhes na próxima noite?".

[85] "Lá vou eu" é mera suposição para a, neste ponto, incompreensível sequência consonantal *škk*, relativamente à qual nenhum glossário apresenta solução satisfatória (Dozy, por exemplo, propõe que se trata do barulho do corpo ao entrar na água, o que parece inaceitável aqui). Nos dicionários, essa palavra e seus derivados aparecem associados aos sentidos de "duvidar" e de "picar" ou "enfiar".

31ª

NOITE DAS HISTÓRIAS
DAS MIL E UMA NOITES

Na noite seguinte, Dīnārzād disse: "Se você não estiver dormindo, maninha, conte-nos uma de suas belas historinhas a fim de que atravessemos o serão desta noite". Šahrāzād respondeu: "Com muito gosto e honra".

Eu tive notícia de que a jovem porteira mergulhou na água, boiou, banhou-se, brincou, bateu os pés como pato, pôs água na boca e a espirrou nos outros, lavou sob os seios, lavou a entreperna, bem como o interior do umbigo, e saiu rapidamente da piscina, naquele estado, sentando-se então no colo do carregador, a quem perguntou: "Meu senhor, meu querido, o que é isto?" – enquanto colocava a mão na vagina – "o que é isto?". O carregador respondeu: "Seu útero". Ela disse: "Nossa! Não tem vergonha?", e lhe deu pancadas no cangote. Ele disse: "Sua greta", e então foi a outra que gritou, beliscou-o e disse: "Ih, que coisa feia!". Ele disse: "Sua boceta", e aí foi a terceira que lhe esmurrou o peito, derrubando-o, e disse: "Xi, tenha vergonha!". Ele disse: "Seu clitóris", e a que estava nua aplicou-lhe uns tapas e disse: "Não!". Ele disse: "Sua vagina, sua chavasca, sua xereca",[86] enquanto ela dizia: "Não, não". E, assim, toda vez que ele sugeria algum nome, uma das garotas o esmurrava e dizia: "Qual é o nome disto?". Uma esmurrava, outra estapeava e a terceira o beliscava, até que enfim ele disse: "Tá legal, camarada, qual é o nome?". Ela disse: "O nome é manjericão das pontes", e o carregador repetiu: "Manjericão das pontes, por que não disseram logo? Ai, ai!". E por mais algum tempo as taças fizeram nova rodada; em seguida, a compradeira levantou-se, despiu-se de todas as roupas tal como fizera sua irmã e disse: "E lá vou eu!", mergulhando na piscina, batendo os pés como pato, lavando a barriga, o entorno dos seios e também a entreperna; saiu então rapidamente, lançou-se no colo do carregador e perguntou: "Senhorzinho do meu coração, o que é isto aqui?". Ele respondeu: "Sua greta", e a garota, dando-lhe uma pancada tão forte que seu estrondo repercutiu por todo o salão, gritou: "Nossa, tenha vergonha!". Ele disse: "Seu útero", e a irmã o golpeou e disse: "Puxa, que horrí-

[86] Eis a transcrição dos nomes do órgão sexual feminino, na ordem em que aparecem: *raḥm*, *farj*, *kuss*, *ẓunbūr*, *han*, *dandūl*, *danīkat*.

vel!". Ele disse: "Seu clitóris", e a outra irmã esmurrou-o e disse: "Caramba, você não tem vergonha?". Assim, ora uma o esmurrava, ora outra o estapeava, ora outra o golpeava, ora outra o beliscava enquanto ele dizia "útero, boceta, chavasca" e elas respondiam "não, não". Então ele disse "manjericão das pontes", e as três riram até virar do avesso, e começaram juntas a bater-lhe no cangote, dizendo: "Não, esse não é o nome". Enfim ele perguntou: "Tá legal, camarada, qual é o nome?", e a compradeira respondeu: "Você deveria ter dito sésamo descascado". Ele disse: "Graças a Deus que tudo acabou bem, sésamo descascado". Em seguida, a garota vestiu as roupas e sentaram-se todos a fim de conversar e se divertir, enquanto o carregador gemia por causa das dores no cangote e nos ombros. E logo as taças deram mais uma rodada, e depois disso a maior, que era a mais formosa, levantou-se e tirou as roupas. Passando as mãos pelo pescoço, o carregador disse: "Pelo amor de Deus, meu pescoço, meus ombros!". E a jovem, nua, lançou-se à piscina e submergiu. O carregador olhou para ela, que assim nua parecia uma fatia da lua, com um rosto que se assemelhava ao plenilúnio em seus inícios e a aurora quando surge; olhou ainda para sua estatura e para seus seios, e para aquela bunda pesada que se chacoalhava toda enquanto ela estava assim nua tal como a criara seu Deus, e disse: "Ah, ah!", e recitou a seguinte poesia dirigida a ela:

"Se acaso medires o teu talhe com ramo úmido,
sobrecarregarás meu coração com inúteis pesos,
pois o ramo é melhor que o encontremos coberto,
enquanto tu, é melhor que te encontremos desnuda."

Ao ouvir-lhe as poesias, a jovem subiu rapidamente, sentou-se em seu colo e, apontando para a própria vagina, perguntou-lhe: "Meus olhinhos, meu figadozinho, qual é o nome disto?". O rapaz respondeu: "Manjericão das pontes", e ela disse: "Pfuuu!". Ele disse: "Sésamo descascado", e ela disse: "Xiiii". Ele disse: "Seu útero", e ela disse: "Hmmmm, tenha vergonha!", e o golpeou no cangote. Para não ser prolixa com o rei, direi somente que o carregador ficou dizendo a ela: "O nome é isso, ou aquilo", e ela respondendo: "Não, não, não, não!". Foi só depois de ter tomado bofetões, beliscões e mordidas até o seu cangote ficar inchado que ele, entre sufocado e irritado, perguntou afinal: "Tá legal, camarada, qual é o nome?", e ela lhe respondeu: "Por que você não disse pensão de Abū Masrūr?". O carregador disse: "Ahn, ahn, pensão de Abū Masrūr...". E a jovem levantou-se e foi vestir as roupas, e logo todos retomaram o que estavam fazendo antes, e a taça fez uma nova rodada entre eles. Então foi o carregador que se levantou, tirou as roupas, surgindo algo que ficou dependurado entre suas pernas, e ele pulou, atirando-se no meio da piscina.

E a aurora alcançou Šahrāzād, e ela parou de falar. Dīnārzād disse à irmã: "Como é agradável e formosa esta sua história, maninha", e ela respondeu: "Isso não é nada comparado ao que irei narrar-lhes na próxima noite, se eu viver e o rei me preservar". E o rei pensou: "Por Deus que não a matarei até ouvir o fim de sua história, após o que farei com ela o mesmo que fiz com as outras de sua igualha".

32ª

NOITE DAS NARRATIVAS
DAS MIL E UMA NOITES

Na noite seguinte, Dīnārzād disse para a irmã: "Se você não estiver dormindo, maninha, conte-nos uma de suas belas historinhas". Šahrāzād respondeu: "Com muito gosto e honra".

Eu tive notícia, ó rei, de que, ao entrar na piscina, o carregador lavou-se e banhou-se, esfregando debaixo da barba e as axilas, e em seguida saiu célere, deitando-se no colo da mais bela e jogando os braços no colo da porteira e as pernas e coxas no colo da compradeira. Perguntou: "E então, dona, o que é isto?", e apontou para o seu pênis. As três riram, apreciando aquela atitude, pois ele entrara no jogo e seu procedimento tornara-se adequado ao delas. A primeira respondeu: "Seu pau", e ele disse: "Não vão criar vergonha? Que coisa feia!". Outra respondeu: "Seu pênis", e ele disse: "Tenham vergonha! Que Deus as abomine!". A terceira respondeu: "Seu cacete", e ele disse: "Não". Disseram: "Sua teta", e ele respondeu: "Não"; disseram: "Sua coisa, seu saco, sua gadanha",[87] e ele respondeu: "Não, não, não", até que enfim perguntaram: "E qual é

[87] Os nomes do órgão sexual masculino aparecem na seguinte ordem: *zubb*, *ayr*, *zabra*, *nahd*, *šay*, *ḫaṣw*, *miḥašš*.

o nome disso?" – nesse ínterim, ele lhes dera beijos, trombadas, beliscões, mordidas e abraços, tomando assim sua desforra. Elas perguntaram: "E qual é o nome, camaradinha?". O carregador disse: "Vocês não sabem o nome? Este é o burro destruidor". Elas perguntaram: "Burro destruidor? E qual é o sentido desse nome?". Respondeu: "Ele pasta o manjericão das pontes, devora o sésamo descascado e entra e sai da pensão de Abū Masrūr", e elas tanto riram que se reviraram pelo avesso e perderam os sentidos, logo retomando a tertúlia e a bebida, e assim permaneceram até o anoitecer, quando então disseram ao carregador: "Por Deus, meu senhor, faça a gentileza de levantar-se, calçar suas sandálias e deixar-nos vê-lo ir embora daqui". O carregador disse: "E, saindo daqui, para onde eu irei? Por Deus que para mim é mais fácil minha alma sair de meu corpo do que eu sair daqui. Deixem-nos ligar a noite com o dia, e amanhã de manhã cada qual vá cuidar de sua vida". Disse a compradeira: "Por Deus, manas, que ele está sendo sincero. Por Deus, pelo valor que minha vida tem para vocês, deixem-no esta noite para rirmos dele e nos divertirmos à sua custa. Talvez nunca mais na vida a gente consiga se reunir com alguém como ele, que é esperto, maganão e simpático". Disseram-lhe então: "Você não passará a noite conosco senão sob a condição de se submeter ao nosso juízo e bel-prazer, não devendo perguntar o motivo do que quer que nos veja fazendo ou sendo feito conosco. 'Não perguntes sobre o que não te diz respeito ou então ouvirás o que te deixará contrafeito':[88] eis a condição que lhe estabelecemos. Não dê rédea solta à curiosidade caso nos veja fazendo algo". Ele disse: "Sim, sim, sim. Não tenho língua nem olhos". Disseram-lhe: "Levante-se e vá ler o que está escrito na porta e no vestíbulo". Ele se levantou e se dirigiu até a porta, lendo então o que ali se escrevera com tinta de ouro dissolvido: "Quem fala sobre o que não lhe diz respeito ouve o que o deixará contrafeito". Então o carregador disse às moças: "Eu as faço testemunhas de que não falarei sobre o que não me concerne", e elas reafirmaram tal condição. A compradeira foi preparar algo para comerem, e então eles comeram algo e jantaram. Em seguida, acenderam velas e lampiões, colocando incenso e âmbar nas velas; assim, a cada vez que acendiam uma vela, o incenso e o âmbar se queimavam, sua fumaça se erguia e a fragrância se espalhava pelo lugar. Puseram-se a beber e a conversar sobre as pessoas dotadas de tirocínio; logo um banquete se substituiu ao outro, e eles repartiram frutas macias e tam-

[88] Provérbio popular.

bém a bebida. Por um bom tempo deixaram-se estar assim comendo, bebendo, conversando, fofocando, rindo e brincando. Então, eis que ouviram o som de uma batida à porta, mas não interromperam o que faziam; uma delas, contudo, levantou-se, sumiu por alguns instantes e logo retornou, dizendo: "Manas, se acaso vocês me ouvirem, terão uma noite muito agradável, singular pelo resto da vida". Perguntaram: "E quem irá nos proporcionar tal coisa?". Ela respondeu: "Agora estão à porta três homens, três carendéis,[89] todos caolhos, todos de cabeça, barba e sobrancelhas raspadas, e todos com o olho direito arrancado: eis aí a mais espantosa das coincidências. Acabaram de chegar de viagem – cujos vestígios ainda são visíveis neles –, acabaram de chegar a Bagdá, e é a primeira vez que entram em nossa terra. Bateram à nossa porta porque, não tendo encontrado um lugar onde passar a noite, disseram: 'Quem sabe o dono desta casa não nos empresta a chave do estábulo ou da despensa' – a fim de ali dormir nesta noite, pois a escuridão já os alcançava –, 'pois nós somos estrangeiros e não conhecemos ninguém que possa dar-nos abrigo'. Pois bem, minhas irmãs, cada um deles tem um jeito e uma figura que fariam rir até a quem tenha perdido os filhos. O que acham de deixá-los entrar, comer e beber junto com eles nesta noite, neste momento singular? Amanhã de manhã nos separamos". E tanto insistiu, com todo o jeito, junto às irmãs, até que elas enfim lhe disseram: "Deixe-os entrar, mas imponha-lhes a condição de que nenhum deles fale do que não lhe disser respeito, pois caso contrário ouvirá algo que o deixará contrafeito". Muito contente, ela desapareceu por alguns instantes e logo entrou, trazendo para trás de si três dervixes caolhos que fizeram uma saudação, inclinaram-se e tornaram a dar um passo atrás. Mas as três moças foram até eles, deram-lhes boas-vindas, regozijaram-se por sua chegada e felicitaram-nos por terem chegado bem de viagem. Eles agradeceram, fizeram uma reverência e, observando o recinto, viram que

[89] Trata-se de uma confraria de dervixes mendicantes fundada por um asceta andaluz chamado Qalandar Yūsuf; a expressão é de origem persa, e significa "de barba raspada". Os calênderes, detestados pelos alfaquis muçulmanos, introduziram-se no Egito na época do sultão mameluco Baybars (1260-1277), que teria estimulado a difusão do grupo. Optou-se por "carendéis" em lugar de "calênderes", que seria a forma presumivelmente correta em português (a palavra foi excluída de dicionários brasileiros mais recentes), para aproximar a tradução do original, no qual se registra *qarandaliyya*, com metátese, em vez da forma correta, que em árabe é *qalandariyya*. Doravante, para maior leveza, serão referidos como "dervixes", muito embora o original utilize o tempo todo o coloquialismo *qarandaliyya*. Miguel Nimer, em *Influências orientais na língua portuguesa* (São Paulo, Edusp, 2ª edição, 2005, pp. 506-507), esboça uma etimologia diversa para essa palavra e dá informações sobre o seu uso em antigos textos portugueses. E F. Corriente, no *Diccionario de arabismos y voces afines* (Madri, Gredos, 1999, p. 269), não hesita, baseado em Morais, em incluí-la no léxico português.

era agradável, tinha mesa posta e estava bem servido: velas acesas, incensos, aperitivos, vinho e três moças que haviam posto todo o recato de lado. Os três disseram: "Por Deus, muito bom!", e voltaram-se para observar o carregador, que estava ali bêbado, amofinado e cansado de tanta surra e tanto beliscão, totalmente alheio a este mundo. Disseram: "Ele é tontinho, nosso irmãozinho, ele arabão, são tarantão".[90] Então o carregador acordou, arregalou os olhos e lhes disse: "Fiquem, mas não sejam intrometidos. Por acaso não leram o que está na porta? Quem fala sobre o que não lhe diz respeito ouve o que o deixará contrafeito. Está muito claro.[91] Mas vocês mal chegaram e já estão pondo as línguas para funcionar contra nós". Eles disseram: "Tudo o que dizemos agora é perdão a Deus, ó pobrete! Nossas cabeças estão em tuas mãos". As moças riram e firmaram a paz entre os dervixes e o carregador. Sentaram-se para beber após terem oferecido algum alimento aos dervixes, que comeram tudo. Puseram-se a prosear e a porteira começou a servir vinho; a taça circulou entre eles. O carregador perguntou-lhes: "E então, camaradas, vocês não têm alguma serventia para nos mostrar?".

E a aurora alcançou Šahrāzād, que parou de falar. Dīnārzād lhe disse: "Como é agradável e bela a sua história, maninha", e ela respondeu: "Isso não é nada comparado ao que irei contar-lhes na próxima noite, se eu viver".

33ª

NOITE DAS HISTÓRIAS DAS MIL E UMA NOITES

Na noite seguinte, Dīnārzād disse à irmã: "Se você não estiver dormindo, maninha, conte-nos uma de suas belas historinhas a fim de que atravessemos o serão desta noite". Šahrāzād respondeu: "Com muito gosto e honra".

[90] No original, a fala dos carendéis não tem nenhum sentido [*huwa iqrand ašīma aḫīnā huwa ʿarab sān darindān*], e é puramente jocosa. Mais de um escriba e revisor das *Noites* tentou dar-lhe algum sentido, que variou de "não há dúvida de que este homem é estrangeiro" e "ele é um macaco selvagem", até chegar, na edição de Būlāq de 1835, a "ele é um vagabundo como nós e nos fará companhia", e, na segunda edição de Calcutá, de 1839, "ele é um carendel como nós, seja estrangeiro, seja árabe".

[91] "Está muito claro" traduz, por suposição, uma formulação hoje incompreensível: *wa mā huwa bilfaqīrà*.

Eu tive notícia, ó rei, de que, quando a embriaguez os dominou, os dervixes pediram instrumentos para música e diversão, e a porteira lhes trouxe adufe, flauta e harpa persa. Os três se puseram em pé, um com o adufe, o segundo com a flauta e o terceiro com a harpa; cada qual ajustou o instrumento e começaram a tocar e cantar, e as jovens a cantar com estridência, a tal ponto que a algazarra por eles promovida se tornou muito alta. Estavam nesse estado quando ouviram batidas à porta. A porteira levantou-se para ver o que ocorria.

[*Prosseguiu Šahrāzād*:] E eis por que se batia à porta, ó rei: sucedeu que o califa Hārūn Arrašīd[92] e seu vizir Ja^{c}far, o barmécida, resolveram descer à cidade, conforme estavam habituados a fazer de pouco em pouco. Naquela noite, enquanto atravessavam a cidade, passaram diante da casa das moças e ouviram som de flauta, harpa, batidas, a cantoria estridente das jovens, conversas e risos. O califa disse: "Eu gostaria, Ja^{c}far, de entrar nessa casa e me reunir aos que nela estão". Respondeu Ja^{c}far: "As pessoas que aí se encontram, comandante dos crentes, já estão possuídas pela embriaguez. Como não nos conhecem, podemos temer que nos maltratem e cometam algum abuso contra nós". Disse o califa: "Deixe de conversa mole. Não posso abrir mão disto: eu quero que você elabore já algum ardil que nos permita entrar e ficar com eles". Ja^{c}far respondeu: "Ouço e obedeço". E foi então que eles bateram à porta e a jovem porteira surgiu e abriu. Adiantando-se um passo, Ja^{c}far beijou o solo e disse: "Ó minha cara senhora, nós somos mercadores de Mossul. Estamos nesta cidade há dez dias. Todas as nossas mercadorias se encontram no albergue onde nos hospedamos. Durante o dia, um mercador aqui da sua cidade nos convidou para uma festa: ofereceu-nos comida e a seguir vinho, que bebemos; logo ficamos alegres e mandamos chamar um conjunto de música com cantoras, e também o restante de nossos companheiros mercadores. Compareceram todos e ficamos muito satisfeitos e folgados; as moças cantaram com estridência, tocaram adufes e sopraram flautas. Estávamos assim desfrutando a vida mais deliciosa quando repentinamente o chefe de polícia deu início a uma batida; resolvemos

[92] Hārūn Arrašīd, cujas credenciais o texto apresentará mais adiante, foi o quinto califa da dinastia abássida, que tomou o poder no mundo muçulmano em meados do século VIII e fundou a cidade de Bagdá. O governo de Arrašīd, que durou de 786 a 809 d.C., marca, em mais de um sentido, o apogeu dessa dinastia. Quanto a Ja^{c}far, durante um bom tempo ele foi seu vizir mais poderoso. Pertencia à família persa dos barmécidas [*barāmika*], a qual, por motivos ainda não bem esclarecidos, mas certamente relacionados à sua extraordinária concentração de poder, caiu em desgraça junto a esse califa, tendo sido praticamente dizimada por sua ordem direta. Ja^{c}far foi morto em 803. Masrūr, que surge mais adiante, atuou como uma espécie de ajudante de ordens e carrasco do califa. Formou-se sobre esse califa a legenda de que ele costumava passear à noite, disfarçado, pela cidade de Bagdá, a fim de descobrir as injustiças cometidas contra o povo.

escapulir pulando os muros, mas alguns de nós se contundiram e foram presos, enquanto outros escaparam sãos e salvos. Agora, nós viemos buscar refúgio em sua casa. Somos estrangeiros e tememos, no caso de continuar vagando pelas ruas de sua cidade, ser pegos pelo chefe de polícia, ao qual não passará despercebida a nossa condição, pois estamos embriagados; e, caso voltemos para o albergue onde nos hospedamos, iremos encontrá-lo trancado, e os donos não abrirão para nós senão depois do amanhecer, pois esse é o costume deles. Mas, passando aqui por sua casa, notamos que vocês têm instrumentos musicais e uma boa reunião. Se vocês nos fizerem a grande caridade de nos deixar entrar, quaisquer custos que possamos causar serão muito bem pagos; e nossa felicidade irá se completar junto a vocês. Porém, se nossa profissão causa-lhes algum constrangimento, deixem-nos ao menos dormir, até o amanhecer, no vestíbulo de sua casa, pelo que contarão com uma boa ação perante Deus. Vocês são inteiramente responsáveis pela decisão; o caso pertence a vocês; façam o que melhor lhes aprouver, pois nós não sairemos mais daqui de sua porta". Ao ouvir as palavras de Ja^{c}far, a porteira olhou para as roupas que eles usavam, notando sua evidente respeitabilidade; retornou então até as irmãs e informou-as do que Ja^{c}far dissera e descrevera, e elas, condoídas, disseram: "Deixemos que eles entrem", e a porteira deu-lhes autorização. Quando o califa, Ja^{c}far e Masrūr entraram e se viram no interior da casa, o grupo, constituído pelas três jovens, pelos três dervixes e pelo carregador, ficou em pé para recepcioná-los, e em seguida todos se sentaram.

E a aurora alcançou Šahrāzād, que parou de falar. Dīnārzād lhe disse: "Como é agradável e bela a sua história", e ela respondeu: "Isso não é nada comparado ao que irei contar-lhes na próxima noite, se eu viver e for preservada".

34ª

NOITE DAS NARRATIVAS DAS MIL E UMA NOITES

Na noite seguinte, Dīnārzād disse à irmã: "Por Deus, se você não estiver dormindo, continue a contar para nós a história das três moças". Šahrāzād respondeu: "Sim".

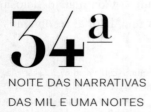

Conta-se, ó rei, que quando o califa, Jaᶜfar e Masrūr entraram e ficaram bem acomodados, as moças se voltaram para eles e lhes disseram: "Muito bem-vindos, que o espaço lhes seja confortável e largo.[93] Entretanto, caros hóspedes, temos uma condição para lhes impor". Perguntaram: "E qual é a condição?". Responderam: "Que vocês sejam olhos sem língua. O que quer que vejam, não questionem; que nenhum de vocês fale sobre o que não lhe diz respeito, pois caso contrário ouvirá o que o deixará contrafeito". Eles responderam: "Sim, aceitamos essa condição. Para nós, esse tipo de curiosidade não tem serventia". Então as jovens ficaram muito contentes com eles e se puseram a conversar, agradar e beber. O califa olhou e, vendo três dervixes caolhos do olho direito, ficou espantado; depois, viu as moças e a formosura, graça, boa linguagem e generosidade de que eram dotadas; olhou para a beleza e boa organização do lugar, no qual os dervixes eram uma banda musical, os três caolhos. Ficou mesmo espantado, mas não pôde perguntar nada naquele momento. Continuou a reunião e a conversa, e os dervixes levantaram-se, inclinaram-se em reverência e tocaram uma canção emocionante, sentando-se a seguir. A taça de vinho fez uma nova rodada, e quando o efeito da bebida começou a se manifestar,[94] a dona da casa levantou-se, inclinou-se, pegou a compradeira pela mão e disse: "Vamos, maninha, resgatar a nossa dívida". As duas irmãs responderam "sim", e prontamente a porteira se levantou e limpou o lugar onde estavam todos acomodados: jogou fora as cascas de fruta, trocou o incenso e esvaziou o centro do salão, colocando os dervixes em fileira num dos lados, e fazendo o califa, Jaᶜfar e Masrūr sentarem-se em fileira do outro lado, de frente para eles. Depois, gritou com o carregador, dizendo: "Levante e venha ajudar no que estamos fazendo, seu preguiçoso, você é de casa". O carregador levantou-se, aprumou-se e perguntou: "Vou fazer o quê?". Ela disse: "Fique em seu lugar". A compradeira colocou uma cadeira no centro do salão, abriu a despensa e disse ao carregador: "Venha ajudar-me", e ele foi recolher as duas cadelas pretas com corrente ao pescoço que estavam lá dentro, conduzindo-as até o centro do salão. Nesse momento, a jovem dona da casa disse: "Chegou a hora de resgatar a nossa dívida" e, arregaçando as mangas, tomou um

[93] O manuscrito acrescenta, neste ponto, o incompreensível sintagma *ᶜalà asr* (ou *asarr*) *muqaddam*. Conforme sugestão colhida no dicionário *Asās Albalāġa*, "Alicerce da eloquência", de Azzamaḫšarī (m. 538 H./1144 d.C.), pode tratar-se de corruptela de *ᶜalà yusr muqaddam*, algo como "estejam previamente tranquilos".

[94] Note que todos bebem. Nas versões mais recentes, em especial as do ramo egípcio, o califa apresenta a desculpa de que está se preparando para peregrinar a Meca e não bebe, sendo-lhe então servida bebida não alcoólica.

chicote trançado e disse ao carregador: "Traga uma das cadelas até aqui"; o carregador pegou na corrente e arrastou uma delas – que começou a chorar balançando a cabeça em direção à jovem –, segurando-a com firmeza diante da dona da casa, que se pôs a chicotear com muito capricho os flancos da cadela, enquanto esta gania alto e chorava e o carregador se mantinha segurando-a pela corrente. A jovem chicoteou até o seu braço cansar-se, quando então parou, largou o chicote e, tomando a corrente das mãos do carregador, estreitou a cadela num forte abraço junto ao peito e chorou; a cadela também chorou e ambas ficaram nisso por um bom tempo. Em seguida, a jovem limpou as lágrimas da cadela com um lenço, beijou-lhe a cabeça e disse ao carregador: "Leve-a, coloque no lugar em que estava e traga a outra. E lá se foi o carregador: levou a primeira cadela para a despensa e trouxe a segunda para a jovem, que fez com ela o mesmo que fizera com a primeira, surrando-a até perder os sentidos, depois abraçando-a e chorando junto com ela, e finalmente beijando-a na cabeça e ordenando ao carregador que a colocasse junto à outra cadela sua irmã, o que ele fez. Vendo tais atitudes, os presentes ficaram muitíssimo assombrados: por que motivo aquela jovem chicoteava a cadela até que esta perdesse os sentidos e depois chorava junto com ela e lhe beijava a cabeça? Logo começaram a cochichar. Quanto ao califa, seu peito ficou ansioso, sua paciência se esgotou e sua curiosidade se ocupou em saber qual seria a notícia daquelas duas cadelas: piscou então para Ja^{c}far, que disfarçou e lhe disse por sinais: "Esta não é hora de curiosidade".

[*Continuou Šahrāzād*:] Quando a jovem dona da casa terminou de punir as duas cadelas, ó rei venturoso, a porteira lhe disse: "Por que, minha senhora, você não volta agora para o seu lugar e deixa que eu, por meu turno, satisfaça o meu desejo?", e a dona da casa respondeu "sim". A porteira instalou-se então numa das extremidades do salão, tendo o califa, Ja^{c}far e Masrūr enfileirados à sua direita e os três dervixes mais o carregador enfileirados à sua esquerda. As velas e os candeeiros encontravam-se acesos e a fragrância do incenso se propagara, mas o desgosto e a consternação tinham contaminado a vida de cada um dos presentes. Então a jovem porteira sentou-se na cadeira.

E a aurora alcançou Šahrāzād, que parou de falar. Dīnārzād lhe disse: "Como é agradável e assombrosa a sua história, maninha", e ela respondeu: "Isso não é nada comparado ao que irei contar-lhes amanhã, se acaso eu viver".

35ª

NOITE DAS MIL E UMA NOITES

Na noite seguinte, Dīnārzād disse para a irmã: "Se você não estiver dormindo, maninha, conte-nos uma de suas belas historinhas para que atravessemos o serão desta noite", e Šahrāzād respondeu: "Sim".

Eu tive notícia, ó rei venturoso, de que a jovem porteira sentou-se na cadeira e disse à sua irmã compradeira: "Vá e pague a minha dívida". Então a compradeira entrou no quarto, ali desaparecendo por alguns momentos, e retornou empunhando um bornal de cetim amarelo com duas fitas de seda verde, duas esferazinhas de ouro vermelho e duas contas de âmbar puro; caminhou até diante da porteira, sentou-se, retirou da sacola um alaúde, instalou-o no meio do colo, apoiando a parte inferior do instrumento sobre a coxa, dedilhou-lhe as cordas com as pontas dos dedos para afinar o alaúde, e enfim plangeu uma canção de *kān wa kān*: [95]

"Vocês são o meu distante objetivo,
e estar-lhes próxima, meus amores,
seria o meu prazer constante,
pois é fogo estar de vocês distante."

"É por vocês minha loucura, é com vocês
o meu tormento por toda a vez,
mas não tenho, em nenhum momento
vergonha se por vocês eu me atormento."

"Da languidez tentei pôr a vestimenta,
e o que surgiu foi minha pureza isenta;
é por isso que em minha paixão
fica indeciso por vocês meu coração."

[95] Gênero de poesia popular criado em Bagdá. Consistia em estrofes de quatro versos e significa, literalmente, "foi e foi".

“Escorreram-me as lágrimas pela face,
divulgando e revelando meu segredo:
são segredos denunciados
por lágrimas traiçoeiras.”

“Tratem minha terrível doença:
vocês são o mal e a cura;
quem depender de vocês
não terá remédio que a vença.”

“A luz de suas pálpebras me maltrata,
as rosas de sua face me matam,
a noite de seus cabelos me aprisiona
e revela os meus segredos.”

“A prova do meu sofrimento
é ser morta pelo gládio da paixão.
E quanto, pela espada do amado,
já não morreram os generosos.”

“Não abandono o amor meu
nem me desvio de meu anelo:
o amor é a cura e a lei que eu
por dentro e por fora desvelo.”

“Fortuna de meus olhos, que se embriagaram
com vocês, triunfando enfim e vendo-os;
sim, e por vocês eu me tornei
atormentado e perplexo.”

Disse o autor: quando terminou a recitação da compradeira, a jovem porteira soltou um berro estrondoso e gemeu dizendo: “Ai ai ai”. Depois, colocou a mão na gola e rasgou as roupas até embaixo, deixando todo o corpo à mostra, e virou-se desfalecida. Olhando para ela, o califa notou que ela fora surrada com vergasta da cabeça aos pés, a tal ponto que seu corpo estava azulado e enegrecido. Quando todo o grupo viu aquilo, seus pensamentos se encheram de desgosto, sem que ninguém soubesse da história nem dos motivos daquilo. Foi nesse momento que o califa disse a Ja^{c}far: "Minha paciência não vai durar nem mais um minuto se porventura eu não for informado da história inteira e indagar a respeito do que ocorreu: qual o motivo de esta jovem ter sido surrada com vergasta e da surra nas duas cadelas negras seguida de choro e beijos". Ja^{c}far respondeu: "Agora não é momento de fazer indagações, meu amo. Elas estabeleceram a condição de que não fizéssemos perguntas a respeito do que não nos concernisse – e 'quem fala sobre o que não lhe diz respeito ouve algo que o deixará contrafeito'". Enquanto isso, a compradeira se levantara, entrara no aposento e de lá trouxera uma nova vestimenta fina e a colocara na porteira em substituição à vestimenta que esta rasgara. Em seguida sentou-se, e sua jovem irmã lhe disse: "Por Deus, dê-me mais bebida", e a compradeira tomou uma taça, encheu-a e entregou-a à irmã. Depois ajeitou o alaúde no colo e, tocando nele vários metros improvisados, recitou o seguinte:

"Se nos queixarmos da distância, o que dirão?
Ou se formos atingidos por desejo, o que fazer?
E se enviarmos um mensageiro que fale por nós?
Mensageiros, porém, não reproduzem queixa de amantes.
E se esperarmos? Mas quase não tenho paciência:
sobrou um resto, depois de perder tantos amados.
Não restam senão lamentos e saudades,
e lágrimas escorrendo pelas duas faces.
Ó quem de minhas vistas se ausentou,
embora em meu coração esteja fixado:
ensinaram-me, não o veem?, que meu compromisso
por todos os tempos não passará."

Disse o narrador: quando a jovem encerrou os versos e completou a poesia e a prosa, sua irmã gritou: "Ai ai ai"; sua excitação se tornou mais intensa e ela enfiou a mão no colarinho, rasgando as roupas até embaixo e caindo desfalecida. A compradeira entrou novamente no aposento, do qual lhe trouxe uma vestimenta melhor que a primeira, e borrifou água de rosas em seu rosto até que acordasse, quando então lhe colocou a vestimenta. Ao despertar, a porteira disse: "Por Deus, minha irmã, cumpra o seu dever comigo, pois agora só falta mais uma canção". A compradeira disse: "Com muito gosto e honra", e pegando do alaúde, dedilhou-lhe as cordas e pôs-se a recitar:

“Até quando essa resistência e secura?
Será que não bastam as lágrimas que já verti?
Você prolonga meu abandono de propósito.
Se foi um invejoso que afastou você de mim, já se satisfez.
Vele por mim, pois sua secura já me faz mal.
Ó meu dono, já não é hora de ter pena?
Ó senhores, vinguem-se por um cativo de amor
que se habituou à insônia e cuja paciência se esgotou.
Conforme a lei do amor, é lícito que eu
fique sozinho e outro se farte com o gozo do amor?
Quanto ao meu amo, deixa que me injustice e agrida.
Ai, por quanto passei e quanto ainda irei passar?”

E quando a compradeira encerrou sua recitação...

E a aurora alcançou Šahrāzād, que parou de falar. Dīnārzād disse: “Como é agradável e espantosa a sua história, maninha”, e ela respondeu: “Na próxima noite irei contar-lhes algo melhor, mais espantoso e insólito, se eu viver e o rei me preservar”.

36ª
NOITE DAS NARRATIVAS DAS MIL E UMA NOITES

Na noite seguinte, Dīnārzād disse à irmã: “Continue para nós, maninha, a história das três jovens”. E Šahrāzād disse:

Contam, ó rei, que, ao ouvir a terceira recitação, a jovem porteira berrou, disse “Por Deus, é muito bom”, enfiou a mão nas roupas, rasgou-as e tombou desfalecida, aparecendo-lhe por debaixo das roupas o peito como que açoitado por vergasta. Os dervixes disseram: “Quem dera que, em vez de entrar aqui, tivéssemos ido dormir em algum monturo de lixo. Nossa estada aqui se transtornou por causa dessas cenas de arrebentar o fígado”. O califa se voltou para eles e, dirigindo-lhes a palavra, indagou: “E por que isso?”. Eles responderam: “Ó honorável senhor, é porque essa questão está se agitando em nosso íntimo". O califa perguntou: "Bem, como vocês são da casa, talvez pudessem contar-me a história das duas cadelas pretas e a desta jovem". Responderam: "Por Deus que não conhecemos a história de ninguém nem nunca havíamos visto este local antes deste momento". Intrigado, o califa disse: "Quiçá o homem que está ao lado de vocês saiba alguma coisa", e então eles piscaram para o carregador e o questionaram a respeito do caso, mas ele respondeu: "Por Deus poderoso que 'estamos todos iguais ao relento'.[96] Embora eu seja de Bagdá, nunca havia entrado nesta casa antes deste momento e deste dia. Minha estada aqui com elas foi espantosa, e desde então fiquei pensando por que essas mulheres estão sem homens". Disseram todos: "Por Deus que achávamos que você era da casa ou pertencia a elas, mas eis que está na mesma situação que nós". O califa, Ja^{c}far e Masrūr disseram: "Como nós somos sete homens e elas, três jovens apenas, sem mais, perguntemos o que lhes sucedeu. Se não responderem por bem, responderão na marra". Embora todos concordassem com aqueles termos, Ja^{c}far ponderou: "Não é este o meu parecer; deixem-nas, pois nós somos hóspedes e elas estabeleceram as condições, conforme vocês sabiam previamente. É melhor deixarmos essas questões de lado: falta pouco para terminar a noite e logo nos separaremos, cada qual tomando o seu caminho". Em seguida, piscou para o califa e cochichou: "O senhor não pode, comandante dos crentes, esperar mais um pouquinho? Quando amanhecer, eu próprio virei para cá e as levarei até a sua presença. Então a história delas será esclarecida". O califa irritou-se com ele e disse: "Ai de ti! Já não tenho mais paciência e preciso desvendar a história dessas jovens. Deixe os dervixes perguntarem". Ja^{c}far observou: "Não é um bom parecer". Puseram-se a discutir entre si e, depois de muito diz que diz entre eles sobre quem tomaria a iniciativa de perguntar, concordaram enfim que seria o carregador e continuaram mergulhados na conversa. A jovem dona da casa perguntou: "Ei, pessoal, qual é a história? O que vocês têm?". O carregador então deu um passo adiante e disse: "Ó minha senhora, este grupo manifestou a seguinte intenção: eles gostariam que você lhes contasse a história daquelas duas cadelas pretas e o motivo pelo qual você as surrava e depois chorava por elas, e também a história da sua irmã, qual o motivo de ter sido vergastada como se fora um homem. É esta, sem tirar nem pôr, a pretensão

[96] Provérbio popular até hoje bastante comum: *kullunā fi alhawà sawà*, em que a palavra *alhawà* pode ser entendida como "paixão" mas também como "vento" (*hawā'*, coloquialmente pronunciada *hawà*). Preferiu-se aqui a segunda hipótese, embora a primeira também seja bastante plausível.

deles". A jovem perguntou, voltando-se para eles: "É verdade o que ele diz sobre vocês?". Todos responderam "sim", com exceção de Ja^{c}far, que não pronunciou palavra. Ao ouvir a resposta, ela disse: "Vocês estão nos fazendo muito mal, ó hóspedes. Porventura eu não os havia informado sobre nossa condição prévia, de que quem fala sobre o que não lhe diz respeito ouve o que o deixará contrafeito? Nós lhes demos guarida em nossa casa, alimentando-os de nossa própria comida, e agora vocês vêm nos insultar e prejudicar? Mas a culpa não é de vocês, e sim de quem os fez chegar até nós e os introduziu aqui". Em seguida, arregaçando as mangas, ela deu três pancadas no solo e gritou "depressa!"; ato contínuo, a porta da despensa se abriu, dela saindo sete escravos negros com espadas desembainhadas à mão. Cada um dos negros deu um empurrão num dos membros do grupo, derrubando-o de rosto e amarrando-lhe as mãos às costas; num instante, os sete haviam amarrado os sete hóspedes; prenderam-nos uns aos outros, dispuseram-nos numa só fileira e carregaram-nos, depositando-os no centro do salão. Depois, cada negro se postou ao lado de um deles e, com as espadas desembainhadas, disseram: "Ó mantilha excelsa, ó véu inexpugnável, determine que lhes cortemos o pescoço". Ela disse: "Devagar, esperem até que eu pergunte a cada um deles sobre sua condição antes de lhes cortar o pescoço". O carregador suplicou: "Que Deus nos proteja, minha senhora, não me mate por causa de alheios delitos. Todos erraram e caíram em delito, menos eu. Por Deus que passamos um dia agradável, mas não pudemos escapar a salvo destes dervixes, os quais, ao entrarem em qualquer cidade com esses olhos arrancados, vão deixá-la arruinada, em guerras e sedições". Depois chorou e recitou os seguintes versos:

"Como é bom o perdão de quem o pode conceder,
em especial para aqueles que não têm protetor.
Em respeito ao afeto que entre nós existe,
não matem o primeiro por causa dos últimos."

Disse o autor: então a jovem, em meio à cólera, riu, e, voltando-se para os presentes, disse-lhes: "Esclareçam-me quem são vocês, pois de suas vidas não restam senão alguns momentos. Se vocês tivessem amor-próprio, ou fossem gente poderosa entre seu povo, ou governantes que dão ordens e estabelecem proibições, não nos teriam ofendido". O califa disse a Ja^{c}far: "Maldição! Revele a ela quem somos, caso contrário seremos mortos por equívoco!", e ele respondeu: "É pouco perto do que merecemos". Irritado, o califa lhe disse: "E esta é hora de brincadeira?".

Enquanto isso, a jovem, voltando-se para os dervixes, perguntou-lhes: "Vocês são irmãos?". Responderam: "Não, por Deus, senhora, e tampouco somos mendigos". A jovem perguntou a um deles: "Você nasceu caolho?". Ele respondeu: "Não, por Deus, minha senhora. Tenho uma história espantosa e passei por coisas assombrosas – que se fossem gravadas com agulha no interior das retinas constituiriam uma lição para quem reflete –, até que meu olho foi arrancado e me tornei caolho, e minha barba raspada, e me tornei dervixe carendel". A jovem repetiu a pergunta ao segundo dervixe, que deu a mesma resposta, e também ao terceiro, que agiu de igual modo. Disseram os três: "Por Deus, senhora, cada um de nós provém de uma cidade diferente, filho de reis que governavam países e súditos". A jovem voltou-se para os escravos e lhes disse: "A cada um deles que nos contar sua história, o que lhe sucedeu e qual o motivo de sua vinda até aqui, deixem-no apalpar a cabeça[97] e sair para cuidar de sua vida; quem se recusar deve ter o pescoço cortado".

E a aurora alcançou Šahrāzād, que parou de falar. Dīnārzād lhe disse: "Como é agradável e espantosa a sua história", e ela respondeu: "Isso não é nada comparado ao que irei contar-lhes na próxima noite, se eu viver e for preservada".

37ª

NOITE DAS NARRATIVAS DAS MIL E UMA NOITES

Na noite seguinte, Dīnārzād disse à irmã: "Se você não estiver dormindo, maninha, conte-nos uma de suas belas historinhas para que atravessemos o serão desta noite". Šahrāzād respondeu: "Com muito gosto e honra".

Eu tive notícia, ó rei, de que quando a jovem disse aquelas palavras aos presentes, o primeiro a dar um passo adiante foi o carregador, que lhe disse:

[97] Além de talvez estar relacionado com algum ritual hoje desconhecido, o gesto também pode ser compreendido como manifestação de alívio: apalpar a cabeça e perceber que ela ainda estava no lugar...

O CARREGADOR

A cara madame tem conhecimento prévio de que o motivo de minha vinda para este lugar foi que exerço a profissão de carregador, e fui para cá conduzido por esta moça compradeira após ter rodado do vendedor de vinho ao açougueiro, e deste ao quitandeiro, e deste ao fruteiro, e deste ao verdureiro, e daí ao doceiro e ao perfumista; depois, vim para esta casa. Eis aí a minha história.

A jovem lhe disse: "Passe a mão na cabeça e vá embora", mas ele respondeu: "Por Deus que não me vou até ouvir a história dos outros". Então o primeiro dervixe deu um passo adiante e disse:

O PRIMEIRO DERVIXE

Eu lhe informarei, cara madame, o motivo de meu olho ter sido arrancado e minha barba, raspada. Dá-se que meu pai era rei e tinha um irmão que também era rei e fora agraciado com um filho e uma filha. Passaram-se os anos e crescemos todos. Eu visitava meu tio com regularidade, hospedando-me com ele por um ou dois meses e em seguida retornando a meu pai. Entre mim e meu primo havia incontestável camaradagem e imenso afeto. Certo dia, por ocasião de uma das minhas visitas, meu primo me fez grandes honrarias, sacrificou ovelhas e preparou vinho puro, e depois nos acomodamos para beber. Quando os efeitos da bebida nos dominaram, ele me disse: "Já terminei uma coisa, primo, na qual estou trabalhando há um ano inteiro. Eu gostaria muito de mostrá-la a você, desde que não tente impedir meus atos". Respondi: "Com muito gosto e honra". Após me fazer jurar, ele imediatamente se levantou, ausentou-se por alguns momentos e retornou com uma mulher envolta em capa, lenço, touca e fragrâncias aromáticas que aumentaram nossa embriaguez. Ele disse: "Leve esta mulher, primo, e vá na minha frente até o cemitério, no túmulo tal e tal" – e descreveu os sinais que o túmulo possuía de modo que eu o distinguisse. E continuou: "Conduza-a até esse túmulo e me espere". Não podendo discordar dele nem questioná-lo em razão da promessa que eu lhe fizera, peguei a mulher e me pus em marcha até que entramos ambos no cemitério e fomos até o túmulo por ele descrito. Mal nos acomodamos e já o meu primo chegava empunhando um recipiente com água, um saco com pó de cimento[98] e uma espátula

[98] "Pó de cimento" traduz *jīṣ*, palavra para a qual os dicionários não trazem explicação adequada neste contexto. Em seu sentido original, a palavra parece ter deixado de ser usada há muito tempo, pois ela consta somente do manuscrito "Arabe 3609"; em quase todos os outros, usa-se expressão equivalente a "gesso".

de ferro. Tomando da espátula, meu primo se dirigiu ao túmulo e começou a lhe arrancar as pedras e atirá-las para o lado. Depois, pôs-se a raspar a terra da cova com a espátula, até que surgiu uma placa de ferro, do tamanho de uma pequena porta, cobrindo toda a superfície da cova; ergueu a placa, debaixo da qual surgiu uma escada em espiral. Ele se voltou para a mulher e disse por meio de sinais: "Faça a sua escolha". Então a mulher desceu as escadas e desapareceu de nossas vistas. Em seguida, ele se voltou para mim e disse: "Ainda falta, primo, o favor mais importante", e eu perguntei: "E qual é?". Ele respondeu: "Assim que eu descer neste lugar, reponha a terra sobre a placa e recoloque as pedras no lugar".[99]

E a aurora alcançou Šahrāzād, que parou de falar. A irmã lhe disse: "Como é agradável a sua história", e ela respondeu: "Isso não é nada perto do que irei lhes contar na próxima noite".

38ª

NOITE DAS NARRATIVAS DAS MIL E UMA NOITES

Na noite seguinte, Dīnārzād disse à irmã: "Se você não estiver dormindo, maninha, conte-nos uma de suas belas historinhas". Ela disse: "Sim". E o rei Šāhriyār disse: "Continue a história do filho do rei". Šahrāzād respondeu: "Com muito gosto e honra".

Eu tive notícia, ó rei venturoso, de que o primeiro dervixe disse à jovem:

Depois de ter feito tudo o que fiz sob o torpor da embriaguez, cara madame, regressei e dormi[100] na casa para mim reservada por meu tio, que se encontrava

[99] Neste ponto o manuscrito "Arabe 3609" traz apenas "quando eu descer neste lugar, recoloque"; completou-se a partir de uma leitura combinada do manuscrito "Arabe 3612" e do "Gayangos 49". Note-se, a título de curiosidade, que este último traz ainda "reponha a placa", muito embora a reposição da placa de ferro talvez fosse desnecessária, visto que poderia ser efetuada pelo personagem que desceu a escada.

[100] Neste ponto a narrativa parece falha: qual a funcionalidade da água e do pó de cimento? É possível, no entanto, argumentar, de um lado, com a obviedade dessa função, e, de outro, com o fato de que, embora o narrador no presente esteja (relativamente) sóbrio, no momento dos eventos narrados ele estava bêbado, e a elipse talvez sirva para realçar a atmosfera de pesadelo da história. Seja como for, os manuscritos "Gayangos 49" e "Arabe 3612", do ramo egípcio, dão um jeito de tornar a narrativa mais explícita. A seguir, traduz-se, a partir da fala do primo no final da noite anterior, o que consta no "Gayangos 49", que nesta noite

numa expedição de caça. Pela manhã acordei e, pondo-me a refletir sobre o que ocorrera à noite, pareceu-me que fora tudo um sonho, mas logo fui assaltado pelas dúvidas e indaguei sobre o meu primo, do qual ninguém soube dar notícias. Fui até o cemitério e os túmulos, e comecei a procurar a cova, mas não consegui localizá-la nem reconhecê-la. Fiquei procurando de cova em cova e de túmulo em túmulo até o anoitecer, sem comida nem bebida; toda a minha mente estava ocupada com meu primo, pois eu não sabia onde ia dar a escada em caracol; comecei a relembrar aos poucos o que sucedera, como se estivesse assistindo a um sonho. Retornei para a casa em que estava hospedado, comi alguma coisa e adormeci um sono sobressaltado até o amanhecer, quando então, já lembrado de tudo quanto eu e ele fizéramos, retornei ao cemitério, onde revirei e procurei até o anoitecer, mas não encontrei o túmulo nem um caminho qualquer que conduzisse até ele. Retornei ao cemitério pelo terceiro dia, e depois pelo quarto, sempre a procurar mal raiava o dia até o anoitecer, mas não consegui localizar o túmulo; nesse ínterim, as preocupações e o sentimento de frustração se avolumavam em mim, a tal ponto que quase enlouqueci; não encontrei alívio senão em viajar, e foi por isso que tomei o rumo da cidade de meu pai. Mal adentrei os portões da cidade, porém, fui atacado e amarrado. Perguntei: "Qual o motivo disto?", e me responderam: "O vizir deu um golpe de Estado contra o seu pai e o traiu, cooptando todo o exército, matando o seu pai, entronizando-se no lugar dele e ordenando que permanecêssemos à sua espreita". Em seguida, levaram-me desfalecido. Quando fui colocado diante do vizir – e entre nós, cara e distinta madame, existia forte inimizade pelo fato de eu ter arrancado o seu olho, e foi assim: eu gostava de atirar com bodoque, e certo dia, encontrando-me no telhado de meu palácio, subitamente um pássaro pousou no palácio do vizir, que por coincidência estava no telhado do seu palácio; atirei, mas o disparo errou o pássaro, acertando em cheio e perfurando profundamente o globo

acompanha bem de perto o manuscrito de base: "E ele me disse: 'Resta ainda, meu primo, uma só coisa para que se complete o favor'. Perguntei: 'E qual é?'. Respondeu: 'Quando eu descer estas escadas, feche a porta [a placa], jogue terra sobre ela; em seguida, recoloque as pedras como estavam, misture este pó de gesso [pó de cimento] com a água que está no recipiente e remonte o túmulo como estava antes, para que ninguém suspeite dele. E depois vá em paz. Faz um ano que eu estou construindo este lugar, sobre o qual eu não informei a ninguém, exceto Deus e depois você. Sentirei sua falta, primo', e, abandonando-me, desceu as escadas. Logo que sumiu de minhas vistas, fechei a porta, joguei terra sobre ela, repus as coisas como estavam antes e remontei o túmulo com o gesso como estava, fazendo tudo o que ele me determinara. O túmulo ficou como estava antes, sem que ninguém pudesse suspeitar dele, meus digníssimos senhores. Depois de ter feito tudo o que ordenara o meu primo, regressei e dormi".

ocular do vizir; tal era o motivo de sua inimizade –, bem, quando fui colocado diante do vizir, ele enfiou o dedo em meu olho, dilacerou-o e arrancou-o, deixando-me caolho e fazendo-o escorrer pelas minhas faces. Em seguida, amarrou-me, colocou-me numa caixa e, entregando-me ao verdugo que servia a meu pai, ordenou-lhe: "Monte em seu cavalo, desembainhe a espada, leve esse aí com você até o meio do deserto, mate-o e deixe as aves e feras comerem sua carne". Em obediência à ordem do vizir, o verdugo avançou comigo até o meio do deserto, quando então desceu, retirou-me da caixa, olhou para mim e fez tenção de matar-me. Chorei tão amargamente pelo que me sucedera que ele também chorou. Olhei para ele e comecei a declamar:

"Dei-vos inexpugnável fortaleza para que barrásseis
as setas do inimigo; fostes, contudo, a ponta de lança.
Eu esperava vossa defesa contra toda adversidade,
tal como amigos leais salvam seus amigos;
procedei agora como quem lava as mãos,
e deixai que os inimigos me atirem seus dardos.
Se não quereis preservar minha estima,
antiga, permanecei ao menos indiferentes."

Ao ouvir minha poesia, meus versos, o verdugo ficou compadecido; poupou-me, libertou-me e disse: "Salve a sua vida e não retorne a esta terra, pois você será morto e também eu; o poeta diz:

'Atingido por infortúnio, salva a vida,
e deixa a casa chorar por quem a construiu,
pois poderás trocar uma terra por outra,
mas com tua vida o mesmo não poderás fazer;
tampouco envies teu mensageiro em missão importante,
pois para a vida o melhor conselheiro é o seu dono:
as cervizes dos leões só engrossaram tanto
porque eles próprios cuidam de seus interesses'."

Beijei-lhe então as mãos, mal acreditando que me safara, e a perda do meu olho tornou-se mais suportável por eu ter me salvado da ordem de execução. Fui caminhando de pouco em pouco até chegar à cidade de meu tio, com o qual fui ter, relatando-lhe a morte de meu pai e a perda de meu olho. Ele respondeu: "Eu também estou com preocupações de sobra: meu filho desapareceu, e não consigo saber o que lhe sucedeu nem seu paradeiro", e chorou amargamente, fazendo-me recordar aquela outra tristeza mais distante. Penalizado, não consegui manter silêncio e informei-o sobre o filho e sobre o que lhe sucedera. Muito contente, meu tio disse: "Venha me mostrar o túmulo"; respondi: "Tio, por Deus que eu me confundi e já não posso reconhecer o lugar", e ele retrucou: "Vamos nós dois". Saímos ambos, temerosos de que alguém percebesse, e chegamos ao cemitério, no qual, depois de perambular por algum tempo, localizei e reconheci o túmulo. Isso também me deixou muito contente, pois eu ficaria conhecendo a história e o que havia abaixo das escadas. Avançamos, eu e meu tio, desfizemos o túmulo, retiramos a terra e encontramos a placa de ferro. Meu tio desceu a escada e eu fui atrás; eram cerca de cinquenta degraus, ao término dos quais nos vimos em meio a uma densa fumaceira que nos deixou sem visibilidade. Meu tio disse: "Não há poderio nem força senão em Deus altíssimo e poderoso!". O fim da escada dava para um compartimento pelo qual caminhamos um pouco e cujo final desembocava numa espécie de saguão sobre pilares e com claraboias que pareciam dar em alguma colina; caminhando por esse saguão, encontramos vasos e, no centro, uma cisterna; sacos de trigo, sementes e outras coisas; no fim do saguão, uma cama coberta por um dossel estendido. Subindo na cama, meu tio puxou um dos lados do dossel e encontrou seu filho e a mulher que descera com ele: ambos tinham se tornado negro carvão, e estavam abraçados como se tivessem sido lançados ao fogo e esse fogo tivesse se intensificado, queimando-os por completo e tornando-os carvão. Ao ver aquilo, meu tio ficou contente, cuspiu no rosto do filho e disse: "Esse foi o sofrimento deste mundo; agora, resta o do outro", e, tirando a sandália do pé, começou a desferir violentos golpes no rosto do filho.

E a aurora alcançou Šahrāzād, que parou de falar. Dīnārzād lhe disse: "Como é agradável a sua história, maninha", e ela respondeu: "Isso não é nada comparado ao que irei contar-lhes na próxima noite, se eu viver e for preservada".

39ª

NOITE DAS HISTÓRIAS
DAS MIL E UMA NOITES

Na noite seguinte, Dīnārzād disse à irmã: "Se você não estiver dormindo, irmãzinha, conte-nos uma de suas belas historinhas a fim de passarmos o serão desta noite". O rei disse: "Que seja a continuação da história do primeiro dervixe". Šahrāzād respondeu: "Com muito gosto e honra".

Eu tive notícia, ó rei venturoso, de que o primeiro dervixe disse à jovem:

Quando meu tio golpeou com a sandália o rosto de seu filho, cara madame, estando ele e a mulher completamente queimados, eu supliquei: "Por Deus, tio, dissipe de minha alma esta angústia: todo meu íntimo está preocupado e eu estou aflito com o que sucedeu ao seu filho. Já não basta o que aconteceu a ele e o senhor ainda lhe golpeia o rosto com a sandália?". Meu tio disse:

"Eu o informo, sobrinho, que desde pequeno o meu filho foi tomado de amores pela irmã. Eu lhe proibia aquilo e pensava: 'Ainda são pequenos'. Quando cresceram, porém, ocorreu entre eles a abominação; ouvi a respeito mas, não acreditando, peguei o rapaz, repreendi-o acerbamente e disse-lhe: 'Muito, muito cuidado para que isso não lhe ocorra e você se torne, entre os reis, o desgraçado e o depravado até o fim dos tempos, e que notícias ao nosso respeito cheguem aos viajantes das regiões mais afastadas e dos países mais remotos. Cuidado, muito cuidado, pois esta é sua irmã, e Deus a fez proibida para você'. Em seguida, sobrinho, tratei de deixá-la isolada dele. Contudo, a maldita também o amava; o demônio a dominou e adornou aquela ação aos seus olhos. Vendo que eu os isolara um do outro, ele construiu e arrumou este local subterrâneo conforme você está vendo, dotando-o de tudo de que necessitasse, como alimento e outras coisas. Cavou este buraco e esperou uma distração minha, que se deu quando saí para caçar; então levou a irmã, após ter sucedido entre você e ele aquilo tudo. Meu filho acreditou que poderia desfrutar a irmã por um longo tempo, e que Deus altíssimo se esqueceria deles."[101]

[101] Veja, no Anexo 5, a narrativa de um caso de incesto constante de um livro de crônicas históricas.

Encerrada a narrativa, meu tio chorou, e eu chorei com ele. Olhando para mim, disse: "Você o substituirá". Em seguida, recordando o que sucedera aos seus filhos, a morte de seu irmão e a perda de meu olho, chorou durante um bom tempo as desditas do mundo e do tempo, as desditas da sorte, e eu o acompanhei nesse choro. Subimos as escadas do túmulo, recoloquei a placa no lugar e voltamos para casa de modo que ninguém percebesse. Mal tínhamos nos acomodado em casa quando ouvimos som de tambores e bumbos rufando, cornetas tocando, homens gritando, cavalos relinchando, bofetões se aplicando e fileiras se aprumando para o combate; o mundo se encheu de poeira espessa, cascos de cavalo e corrida de homens. Perplexos e estupefatos, indagamos sobre o que ocorria, e nos foi respondido que o vizir que se entronizara no reino de meu pai preparara soldados, reunira exércitos, empregara carroças e nos atacara; seus soldados eram tantos quanto os grãos da areia: incontáveis, ninguém poderia enfrentá-los. Haviam atacado a cidade aproveitando-se de um momento de distração dos moradores, os quais, incapazes de resistir, lhes entregaram o local. Meu tio foi morto e eu fugi pelos arredores da cidade, pensando: "Quando o vizir puser as mãos em mim, irá matar-me e também a Sāyir,[102] o verdugo que servia a meu pai". Minhas aflições se renovaram, meus pesares aumentaram, e me recordei o que ocorrera a meu tio, a meu pai e a meus primos, além da perda de meu olho, e então chorei amargamente. Depois pensei: "O que fazer? Caso eu apareça, serei reconhecido pelos moradores da cidade; os soldados do meu pai, que me conhecem tal como conhecem o sol, quererão matar-me para aproximar-se do vizir". Não encontrei nada que me garantisse a vida e salvasse senão raspar a barba e as sobrancelhas. Modifiquei minhas roupas, passando a usar a vestimenta dos mendigos e seguindo a ordem dos dervixes carendéis. Saí da cidade sem que ninguém me reconhecesse. Busquei esta terra e segui este caminho com a intenção de chegar a esta cidade de Bagdá, onde, quem sabe, talvez minha sorte me ajude a encontrar alguém que me conduza ao comandante dos crentes e califa do Deus dos Mundos, Hārūn Arrašīd, para contar-lhe minha história e o que se abateu sobre minha cabeça. Cheguei aos portões de Bagdá nesta noite e estaquei indeciso, sem saber qual rumo tomar; foi então que este dervixe que está ao meu lado chegou, ainda carregando vestígios de viagem; cumprimentou-me e eu lhe perguntei: "Estrangeiro?", e ele respondeu "Sim";

[102] *Sāyir* quer dizer "caminhante".

emendei: “Eu também”. Estávamos nesse diálogo quando este que está aqui ao nosso lado, e que também é dervixe, se achegou a nós diante dos portões, cumprimentou-nos e disse: “Estrangeiro”; respondemos: “Nós também”. Começamos a caminhar juntos, pois a noite já se abatera sobre nós, pobres estrangeiros que não sabiam qual rumo tomar. Foi o destino que nos conduziu à sua casa, e vocês fizeram a caridade de nos deixar entrar e nos trataram com tamanha gentileza que eu me esqueci da perda de meu olho e da raspagem de minha barba.

A jovem lhe disse: “Apalpe a cabeça e vá embora”, mas ele respondeu: “Por Deus que não sairei daqui até ouvir o que ocorreu aos outros”.

E a aurora alcançou Šahrāzād, que parou de falar. Dīnārzād lhe disse: “Como é agradável a sua história”, e ela respondeu: “Isso não é nada comparado com o que irei contar-lhes na próxima noite, se acaso eu viver e o rei me preservar”. O rei pensou: “Por Deus que adiarei sua morte até ouvir a notícia das jovens com os dervixes, e só então a matarei, como fiz com as outras”.

40ª

NOITE DAS HISTÓRIAS DAS MIL E UMA NOITES

Na noite seguinte, Dīnārzād disse à irmã: “Se você não estiver dormindo, maninha, conte-nos uma de suas belas historinhas”, e Šahrāzād respondeu: “Com muito gosto e honra”.

Conta-se, ó rei venturoso, que todos os presentes ficaram assombrados com as palavras do primeiro dervixe. O califa disse a Jaᶜfar: “Esta é a coisa mais assombrosa que ouvi em toda a minha vida”. Em seguida, o segundo dervixe deu um passo à frente e disse:

O SEGUNDO DERVIXE

Por Deus, minha senhora, fique sabendo que não nasci caolho; eu lhe informo que, ao contrário do que possa parecer, eu era filho de rei. Meu pai me ensinou caligrafia e o Alcorão sagrado, do qual aprendi as sete formas de recitação, assimiladas a partir da obra de Aššāṭibī;[103] li um livro sobre jurisprudência islâmica e o expus diante de um grupo de homens doutos. Depois me ocupei de gramática e do idioma árabe; em seguida, tornei-me perito na arte da escrita, chegando ao ponto de superar todos os meus contemporâneos, escritores desta época e deste momento. Ampliei meus conhecimentos de eloquência e retórica, e a minha história se propagou por tudo quanto é região e país; as notícias sobre mim e sobre minha escrita chegaram a todos os reis deste tempo. O rei da Índia escreveu pedindo a meu pai que me enviasse a ele, e lhe remeteu presentes e joias adequadas aos reis; então, meu pai me forneceu um aparato de seis corcéis do correio com seguranças.[104] Despedi-me e saí com aqueles seis corcéis; já estava viajando por um mês inteiro quando percebemos forte levantar de poeira que, após alguns instantes, foi dissipada pelo vento, subindo em círculo pelos ares; por debaixo da poeira apareceram cinquenta cavaleiros, leões irados e de ferro agasalhados.

Disse o autor: e a aurora alcançou Šahrāzād, que parou de falar. A irmã lhe disse: "Como é agradável e assombrosa a sua história, maninha", e ela respondeu: "Isso não é nada comparado ao que irei contar-lhes na próxima noite, se eu viver e for preservada".

41ª

NOITE DOS ASSOMBROS E ESPANTOS DAS NARRATIVAS DAS MIL E UMA NOITES

Na noite seguinte, Dīnārzād disse: "Se você não estiver dormindo, maninha, conte-nos uma de suas belas historinhas para que atravessemos o serão desta noite". Šahrāzād respondeu: "Sim".

[103] Faz parte do cânone religioso islâmico considerar a existência de sete sistemas legítimos para a recitação do Alcorão. O autor aludido, Aššāṭibī, morto em 1194 d.C., nasceu em Játiva, na Andaluzia, e entre suas obras está o livro que o original menciona [*Aššāṭibiyya*], na verdade uma exposição versificada sobre esses sete sistemas canônicos de recitação alcorânica.

[104] O trecho é quase incompreensível, tendo sofrido alterações em todos os manuscritos. Entendeu-se aqui *albarīd*, "correio", não da maneira neutra que se poderia supor, mas sim como um dos aparatos de segurança do Estado, sobretudo durante o período abássida.

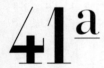

Eu fui informada, ó rei venturoso, de que o segundo dervixe, jovem filho de rei, disse à jovem:

Vimos, portanto, o grupo de cavaleiros, e eis que se tratava de salteadores de estrada. Ao nos verem – éramos poucos – e notarem que levávamos dez sacos cheios de presentes, acreditaram que fosse dinheiro, desembainharam as espadas e apontaram-nas contra nós, que lhes fizemos sinais, dizendo: "Somos enviados ao maior de todos os reis, o rei da Índia, e vocês não têm nada a ver conosco". Responderam: "Embora estejamos na terra dele, não lhe prestamos nenhuma obediência". Em seguida, mataram todos os que estavam comigo, e eu, ferido, consegui fugir enquanto eles se ocupavam dos presentes que trazíamos. Avancei sem saber que direção tomar, nem onde buscar abrigo; de poderoso que antes era, eu me tornara humilhado; de rico, pobre.

E a aurora alcançou Šahrāzād, que parou de falar. Sua irmã lhe disse: "Como é agradável e maravilhosa a sua história", e ela respondeu: "Isso não é nada comparado ao que irei contar-lhes na próxima noite, se eu viver e o rei me preservar".

42ª

NOITE DAS HISTÓRIAS
DAS MIL E UMA NOITES

Na noite seguinte, Šahrāzād disse:

Eu tive notícia, ó rei venturoso, de que o jovem segundo dervixe disse para a moça:

Depois de ter sofrido aquele assalto, pus-me a caminhar às cegas até o anoitecer. Subi numa montanha e me abriguei até o amanhecer numa caverna que ali havia; tornei a caminhar até o anoitecer, alimentando-me de plantas rasteiras e frutos de árvores, e dormi até o amanhecer. Permaneci nessa prática por cerca de um mês, durante o qual as caminhadas acabaram por me conduzir a uma cidade agradável, segura e bastante próspera, tão abundante de moradores que seu solo se agitava; a estação de inverno, plena de frio, já partira, e já chegara a estação da primavera, plena de rosas. Suas flores desabrochavam, seus rios estavam cheios e seus pássaros gorjeavam, conforme disse a respeito um dos que a descreveram com as seguintes palavras:

"Eis uma cidade a cujos habitantes
nada aterroriza, e cujo dono é a segurança,
como se fosse um paraíso decorado
para os moradores, repleto de maravilhas."

[*Prosseguiu o dervixe*:] Fiquei feliz e triste. Feliz por ter chegado à cidade, e triste por ter nela adentrado em semelhante miséria, extenuado de tanto andar, com o rosto, as mãos e os pés sujos, coberto de preocupações e agruras, com a condição e a feição alteradas. Entrei sem saber para que lado me dirigir. Passei por uma loja na qual havia um alfaiate, a quem cumprimentei. Ele me deu boas-vindas e, notando em mim vestígios de uma existência abastada, acomodou-me junto a si e começou a conversar comigo com satisfação. Depois me perguntou sobre minha situação e eu o informei do que me sucedera. Entristecido, ele me disse: "Não revele a ninguém, meu rapaz, o que lhe ocorreu, pois o rei desta cidade é um dos maiores inimigos do seu pai, de quem ele quer se vingar; oculte, portanto, a sua condição". E logo me trouxe alimento, e fizemos a refeição juntos, e juntos ficamos até o anoitecer, quando então ele me arranjou um cômodo ao lado do seu e me trouxe coberta e outras coisas de que eu precisava. Mantive-me às suas expensas por três dias, findos os quais ele me perguntou: "Você conhece alguma atividade para exercer e se sustentar?". Respondi: "Sou jurisconsulto, sábio, letrado, poeta, gramático e calígrafo". Ele disse: "Essas atividades não têm nenhuma serventia em nosso país". Eu disse: "Por Deus que não conheço nenhuma atividade além das que mencionei". Ele disse: "Faça um esforço; pegue um machado e cordas e vá até os ermos da cidade; ali, corte a lenha necessária para ganhar seu sustento. Não deixe que ninguém saiba quem você é, caso contrário será morto; esconda sua identidade até que Deus lhe proporcione alguma solução". E comprou para mim um machado e cordas, deixando-me na companhia de alguns lenhadores, com os quais saí para os ermos da cidade. Cortei lenha o dia inteiro, carreguei tudo sobre a cabeça e vendi por meio dinar, que entreguei ao alfaiate. Fiz isso durante um ano inteiro, após o qual, havendo eu certo dia penetrado fundo num dos ermos da cidade, encontrei um bosque de árvores e uma campina com regatos e água corrente. Entrei no bosque e topei com um toco de árvore em torno do qual comecei a escavar com o machado; retirei a terra e encontrei uma argola presa a um tampão de madeira; abri-o e verifiquei que por debaixo do tampão havia uma escada; desci e cheguei a um palácio subterrâneo de tal maneira construído e de tão sólidos alicerces que nunca vi mais formoso; caminhei por ele e eis que encontrei uma jovem graciosa, magnífica como pérola reluzente ou sol brilhante, e cujas palavras curavam a angústia e arrebatavam o homem ajuizado e inteligente; cinco pés de altura,[105] seios firmes, rosto suave, cor esplendorosa, constituição graciosa, cuja face resplandecia em meio à noite formada por suas tranças, e cujos dentes brilhavam entre os lábios, conforme se disse sobre ela:

"São quatro as coisas que, ao se reunirem,
contra minha vida e meu sangue atentam:
luz da fronte, marido que se foi,[106]
rosado da face e um belo sorriso."

Disse o autor: e a aurora alcançou Šahrāzād, que parou de falar. Dīnārzād lhe disse: "Como é agradável e assombrosa a sua história, maninha", e ela respondeu: "Isso não é nada perto do que irei contar-lhes na próxima noite, se eu viver e o rei me preservar".

43ª

NOITE DAS NARRATIVAS
DAS MIL E UMA NOITES

Na noite seguinte, Dīnārzād disse à irmã: "Se você não estiver dormindo, maninha, conte-nos uma de suas belas historinhas a fim de atravessarmos o serão desta noite", e Šahrāzād respondeu: "Sim".

[105] Ou seja, 1,65 metro.

[106] A expressão "marido que se foi" traduz o praticamente incompreensível sintagma *ba^cl sālifah*. A dificuldade reside na palavra *ba^cl*, para a qual nenhum dicionário registra sentido mais razoável, na presente circunstância, do que "marido". A expressão foi modificada em todos os outros manuscritos, o que constitui um bom índice de sua ininteligibilidade. Com base na descrição que antecede a poesia, e no fato de que a palavra *sālifah* (aqui entendida como "aquele que partiu", no masculino apesar da terminação feminina) também indica, entre outras coisas, os cabelos que crescem entre os olhos e as orelhas, poder-se-ia, um pouco forçadamente, traduzi-la como "trança". Mas, tal como está, o sintagma não tem sentido. Os dois únicos que traduziram essa poesia foram René Khawam e Husain Haddawy; o primeiro traduz o verso como "*lumière sur son front, avivant encore les roses de ses joues*"; o segundo, "*A radiant brow and tresses that beguile*".

Eu tive notícia, ó rei venturoso, de que o jovem segundo dervixe disse à moça:

Assim que olhou para mim, aquela jovem perguntou: "O que você é? Humano ou gênio?". Respondi: "Humano, é claro". Ela perguntou: "Então qual é o motivo de você ter vindo até aqui? Estou neste lugar faz vinte e cinco anos e durante esse período nunca vi um ser humano". Tendo percebido em suas palavras sentidos e seduções que se apossaram inteiramente do meu coração, respondi: "Cara senhora, vim para cá conduzido pela minha boa sorte para dissipar as minhas aflições, e por sua boa sorte para dissipar as suas aflições", e lhe relatei o que me acontecera. Condoída, ela disse: "Agora eu vou lhe contar minha história: sou filha de um rei chamado Avtīmārūs, senhor da Ilha de Ébano. Ele me casara com um de meus primos, e na minha noite de núpcias fui sequestrada por um *ifrit* que, após voar comigo por algum tempo, instalou-me neste lugar, dotando-o de tudo quanto eu necessitasse: comida, bebida, doces etc. Ele vem somente uma vez a cada dez dias e passa a noite comigo, pois ele me tomou às escondidas de seus parentes; caso me aconteça algo ou tenha alguma precisão dele, seja dia ou noite, basta que eu encoste a mão nestas duas linhas desenhadas na soleira; nem bem a retiro e já o vejo a meu lado. Ele está ausente há quatro dias, faltando pois seis dias para que volte para cá. O que você acha de ficar comigo durante cinco dias e se retirar um dia antes do retorno do *ifrit*?". Respondi: "Sim, 'que bom que os sonhos virem realidade'!".[107]

[*Prosseguiu o dervixe*:] Muito contente, ela ficou de pé, pegou minha mão e me fez entrar por uma porta em arco que nos levou até uma sala de banhos; ali, ela me fez arrancar a minha roupa, arrancou a sua roupa e entramos no banho, onde ela me lavou e banhou; saímos e ela me fez vestir uma roupa nova; depois, fez-me sentar num colchão e me serviu uma grande taça de bebida, sentando-se então e pondo-se a conversar comigo durante algum tempo; ofereceu-me um pouco de alimento, do qual comi o suficiente. Depois, estendeu-me um travesseiro e disse: "Durma, descanse, pois você está cansado". Dormi, já esquecido de todas as preocupações que tinham se abatido sobre mim, acordando depois de algumas horas com ela me massageando. Levantei-me, agradeci-lhe e roguei a Deus por ela. Eu estava mais ativo, e ela perguntou: "Você quer bebida, meu jovem?". Respondi: "Traga", e ela se dirigiu à despensa, da

[107] Provérbio popular.

qual retirou bebida envelhecida e selada e, montando uma opulenta mesa, pôs-se a recitar:

"Se soubéssemos de vossa vinda, vos estenderíamos
a essência da alma ou o negrume dos olhos,
e espalharíamos rostos sobre a terra, a fim
de que vossa caminhada fosse sobre pálpebras."

[*Prosseguiu o dervixe*:] Eu lhe agradeci, e o amor por ela tomou conta de todos os meus membros. Minha tristeza se dissipou; acomodamo-nos e ficamos nos servindo de bebida até o anoitecer. Passei com ela uma agradabilíssima noite, como nunca na vida eu houvera passado. Quando amanheceu, ligamos a felicidade com a felicidade até o meio-dia. Embriaguei-me de tal modo que o torpor me fazia balançar à esquerda e à direita e eu disse a ela: "Vamos subir para a superfície, formosura? Vou libertar você desta prisão!". Ela riu e disse: "Sente-se e fique quieto, meu senhor; contente-se em me possuir durante nove dias; e um dia é do *ifrit*!". Respondi-lhe, totalmente dominado pela embriaguez: "Agora mesmo eu vou quebrar a soleira que tem aquelas coisas gravadas; deixe que o *ifrit* venha para eu matá-lo! Estou acostumado a matar essa espécie de dez em dez!". Ao ouvir minhas palavras, ela empalideceu e disse: "Pelo amor de Deus, não faça isso!", e declamou:

"Ó tu que procuras separar-te, calma,
pois os corcéis da separação são velozes,
calma, pois a índole dos tempos é traiçoeira,
e o destino de toda companhia é separar-se."

[*Prosseguiu o dervixe*:] Mas a embriaguez me dominou e eu chutei a soleira.

E a aurora alcançou Šahrāzād, que parou de falar. Disse Dīnārzād: "Como é agradável e assombrosa a sua história", e ela respondeu: "Isso não é nada perto do que irei contar-lhes na próxima noite, se eu viver e o rei me preservar".

44ª

NOITE DAS HISTÓRIAS DAS MIL E UMA NOITES

Na noite seguinte, Dīnārzād disse à irmã: "Se você não estiver dormindo, maninha, conte-nos uma de suas belas historinhas para atravessarmos o serão desta noite", e Šahrāzād respondeu: "Sim".

Conta-se, ó rei venturoso, que o segundo dervixe disse à jovem:

Assim que dei o chute na soleira, mal nos apercebemos e já escurecia por todo lado, trovejava e relampejava; o mundo se fechou e a bebedeira voou para fora da minha cabeça; perguntei-lhe: "O que está acontecendo?", e ela respondeu: "O *ifrit* já chegou; salve a sua alma saindo pelo tampão, meu senhor". Mas o meu medo era tamanho que esqueci as sandálias e o machado de ferro quando subi as escadas. Mal eu terminara de subir e já o palácio se fendia, e da fenda o *ifrit* surgia, dizendo: "Que aporrinhação é essa com que você está me incomodando? Qual é o seu problema?". A mulher respondeu: "Meu senhor, hoje senti o peito opresso e quis beber alguma coisa para espairecer, o que fiz com moderação, e logo me levantei a fim de resolver um assunto qualquer, mas minha cabeça pesou e caí sobre a soleira". O *ifrit* disse: "Você está mentindo, sua puta!", e pôs-se a examinar tudo, encontrando minhas sandálias e meu machado; perguntou: "Que coisas são estas?"; ela respondeu: "Só estou vendo isso agora; parece que vieram presos ao seu corpo"; ele disse: "Você por acaso está pensando em usar astúcia para me enganar, sua iníqua?", e, puxando-a, arrancou-lhe as roupas e lhe amarrou os membros em quatro estacas, passando então a torturá-la para obter a confissão. Não suportando ouvir-lhe o choro, cara ama e senhora, subi as escadas devagarinho, tremendo de medo, e cheguei à saída; recoloquei o tampão no lugar e cobri-o de terra, conforme estava antes. Lembrei-me da jovem, de sua beleza, de sua gentileza e atenções para comigo, e de como, embora ela tivesse passado vinte e cinco anos sem que nada lhe ocorresse, bastara que eu dormisse com ela uma única noite para lhe causar tudo aquilo; minha tristeza cresceu e minhas preocupações se ampliaram. Lembrei-me de meu pai e de meu reino, e de como o tempo fora traiçoeiro comigo, tornando-me um lenhador; e depois que o tempo fora um pouquinho agradável comigo, voltara a tornar minha vida um desgosto. Chorei então copiosamente, recriminei-me e declamei:

"Minha sorte me maltrata como se eu fora seu inimigo,
causando-me desgostos sempre que topa comigo,
e mesmo que ela seja gentil por um instante qualquer,
logo em seguida me faz vislumbrar novos desgostos."

[*Prosseguiu o dervixe*:] Caminhei, pois, até chegar ao meu amigo alfaiate, a quem encontrei fervendo de preocupação por mim. Ao me ver, demonstrou grande contentamento e perguntou: "Onde dormiu ontem à noite, meu irmão? Não parei um instante de pensar em você; graças a Deus regressou em segurança". Agradeci-lhe a carinhosa solicitude, entrei em meu cômodo e me sentei para refletir sobre o que me acontecera. Recriminei minha impertinência exagerada, pois, se eu não chutasse a soleira, nada teria acontecido. Estava eu nesses cálculos quando meu amigo alfaiate entrou e perguntou: "Lá fora, meu rapaz, há um velho persa com o seu machado de ferro e as suas sandálias; ele exibiu esses objetos aos lenhadores e disse: 'Eu fui fazer minhas preces matinais logo depois do chamado do muezim e então tropecei neste machado e nestas sandálias; vejam e me apontem a quem pertencem'. E os lenhadores apontaram você, pois reconheceram o seu machado e disseram: 'Este é o machado do jovem estrangeiro que está hospedado com o alfaiate'. Ele está agora na loja; vá até lá e pegue o seu machado de volta". Quando ouvi a história, fiquei amarelo e transtornado, e, enquanto conversava com o alfaiate, eis que o chão do cômodo se fendeu e dele saiu o velho persa: na verdade, era o *ifrit*. Após torturar a jovem até quase matá-la, sem que ela, contudo, confessasse, ele recolhera o machado e as sandálias e dissera: "Se eu sou mesmo o *ifrit*, sobrinho do demônio, irei trazer-lhe até aqui o dono deste machado", e em seguida vestiu uma roupa de persa e agiu conforme já se descreveu. Quando o chão se fendeu e ele saiu...

E a aurora alcançou Šahrāzād, que parou de falar. Dīnārzād lhe disse: "Como é agradável e assombrosa sua história, maninha", e ela respondeu: "Isso não é nada perto do que irei contar-lhes na próxima noite, se eu viver e o rei me preservar".

45ª

NOITE DAS HISTÓRIAS DAS MIL E UMA NOITES

Na noite seguinte, Dīnārzād disse à irmã: "Se você não estiver dormindo, conte-nos uma de suas historinhas", e Šahrāzād respondeu: "Sim".

Conta-se, ó rei, que o segundo dervixe disse à jovem:

O *ifrit* começou o seu voo e, sem me dar o menor tempo, agarrou-me e saiu voando comigo do cômodo; alçou-se aos céus por alguns momentos, logo pousando no solo e batendo o pé; o solo se fendeu e ele submergiu comigo por alguns momentos, sem que eu conseguisse discernir nada. Em seguida, ele saiu comigo bem no centro do palácio no qual eu havia passado a noite. Olhei para a jovem, que estava nua, amarrada e com sangue escorrendo pelos flancos. Meus olhos ficaram marejados. O *ifrit* soltou-a, cobriu-a com um manto e lhe disse: "Não é este o seu amante, sua iníqua? Sim ou não?". Ela olhou para mim e disse: "Absolutamente não conheço esse homem, nunca o vi, exceto neste momento". O *ifrit* lhe disse: "Ai de você! Depois de toda essa surra ainda se recusa a confessar?". Ela respondeu: "Não conheço esse homem; não posso mentir, pois você o mataria". O *ifrit* disse: "Se você de fato não o conhece, pegue esta espada e corte-lhe o pescoço". A jovem pegou a espada, caminhou em minha direção e parou diante de mim. Com a pálpebra eu lhe fiz um sinal que ela compreendeu, e por sua vez me piscou o olho, como a dizer: "Não foi você que provocou isto?"; fiz-lhe um sinal com o olho querendo dizer: "Esta é hora de perdoar". Foi então que a sua expressão muda lhe escreveu nas páginas do rosto:

"Meu olhar traduz minha língua para que saibas,
e a paixão que eu escondia transparece em mim;
quando nos encontramos, as lágrimas secretas
emudeceram, e meu olhar falou por elas;
fazes sinais, e eu compreendo o que dizes com o olhar,
e então fecho os meus olhos para que saibas;
as sobrancelhas satisfazem nossa necessidade mútua,
pois calados ficamos, e que fale a paixão."

[*Prosseguiu o dervixe*:] Então, largando a espada, a jovem disse: "Como eu poderia golpear quem não conheço e depois ser responsabilizada por sua morte?", e deu um passo para trás. O *ifrit* lhe disse: "Você não conseguiria matá-lo porque ele dormiu ao seu lado; é por isso que suportou toda aquela surra e não confessou. Ademais, a mesma espécie se solidariza entre si". Em seguida, ele se voltou para mim e perguntou: "E você, humano, não conhece essa aí?". Respondi: "E quem é essa aí? Eu nunca a vi antes; é a primeira vez". Ele disse: "Pegue esta espada e corte-lhe o pescoço que eu o libertarei e terei certeza de que você não a conhece". Respondi: "Sim", e, tomando da espada, aproximei-me dela, tenso.

E a aurora alcançou Šahrāzād, que parou de falar. Dīnārzād disse: "Como é agradável a sua história, maninha", e ela respondeu: "Isso não é nada comparado ao que irei contar-lhes na próxima noite, se eu viver e for preservada".

46ª

NOITE DAS HISTÓRIAS DAS MIL E UMA NOITES

Na noite seguinte, Dīnārzād disse: "Continue a história para nós", e Šahrāzād respondeu: "Sim".

Eu tive notícia, ó rei, de que o segundo dervixe disse à jovem:

Quando peguei a espada e me aproximei, a jovem me fez com as pálpebras sinais que queriam dizer "Eu agi corretamente e é assim que você me retribui?", e movimentou as sobrancelhas. Compreendi o que ela dizia e lhe fiz sinais com os olhos: "Vou salvá-la com a minha própria vida"; trocamos sinais com os olhos por alguns instantes e nossa expressão muda escreveu o seguinte:

"Quantos amantes com as pálpebras falaram
aos seus amados do que no peito ocultavam!
Secretamente lhe transmite com meneio d'olhos:
'Já compreendi tudo quanto ocorreu'.
Como é belo esse meneio em seu rosto,
e quão ligeiros são os olhos quando se exprimem;

um amante com as pálpebras escreve,
e o outro amante com as pupilas já leu."

[*Prosseguiu o dervixe*:] Larguei a espada e disse: "Ó severo *ifrit*, se até esta mulher, nascida de uma costela torta, mesmo tendo o juízo avariado e a língua presa, não aceitou cortar o pescoço de um desconhecido, por que eu, sendo homem, iria cortar o pescoço de quem não conheço? Isso é algo que não pode acontecer de jeito nenhum, mesmo que me façam beber da taça da morte". O *ifrit* disse: "Vocês estão mancomunados contra mim. Eu vou lhes mostrar qual é a punição pelo que fizeram". E, pegando da espada, golpeou a mulher, fazendo sua mão sair voando do braço; depois, golpeou e fez voar a outra mão, e ela, debatendo-se nos estertores da morte, fez-me ainda um sinal com os olhos como que se despedindo;[108] foi então, minha senhora, que quase perdi os sentidos e desejei a morte. O *ifrit* disse: "Este é o castigo de quem trai", e, voltando-se para mim, continuou: "Conforme a nossa lei, ó humano, quando a esposa trai, ela deixa de ser lícita para nós, e a matamos sem hesitar. Eu havia raptado essa jovem na noite de seu casamento, quando ela tinha doze anos de idade. Não conheceu ninguém além de mim, que vinha dormir com ela caracterizado como persa, uma vez a cada dez noites. Quando me assegurei de que ela me traiu, matei-a, pois ela deixou de ser lícita para mim. Por outro lado, não tenho certeza de que foi você quem praticou a traição com ela. Mas não irei deixá-lo impune; pode escolher a forma na qual irei enfeitiçá-lo: cachorro, asno ou leão? Besta ou ave?". Pretendendo conseguir o seu perdão, eu disse: "Ó *ifrit*, perdoar-me seria mais condizente para você. Perdoe-me tal como o invejado perdoou o invejoso". O *ifrit* perguntou: "E como foi isso?". Respondi:

O INVEJOSO E O INVEJADO

Conta-se, ó *ifrit*, que em certa cidade viviam dois homens que moravam em casas geminadas. Um deles tinha inveja do outro, lançava-lhe mau-olhado e se excedia em tudo quanto pudesse prejudicá-lo; essa inveja constante e diuturna ao vizinho aumentou a tal ponto que o invejoso reduziu sua alimentação e o prazer do sono, ao passo que o invejado não fazia senão melhorar de vida: tudo em que punha as mãos crescia e se desenvolvia. Informado, porém, da inveja e do rancor do vizinho, o inve-

[108] No ramo egípcio, a execução da mulher é bem mais cruel, pois se cortam suas mãos, seus pés e finalmente sua cabeça.

jado mudou-se de sua vizinhança e se distanciou daquela terra, dizendo: "Por Deus que eu sairia do mundo para ficar longe dele", e foi morar em outra cidade, na qual comprou um terreno onde existia um velho poço para irrigação. Nesse terreno ele construiu uma espécie de monastério, no qual estendeu esteiras e instalou outras coisas de que necessitava, e ali se pôs a adorar a Deus altíssimo em sincera devoção. Os pobres acorreram a ele de todos os lados, pois as notícias a seu respeito rapidamente se espalharam pela cidade. Em seguida, as notícias acabaram chegando ao seu antigo vizinho, que o invejava devido aos benefícios com que era ungido: agora, eram os dignitários da cidade que haviam passado a procurar o invejado. O invejoso então viajou para a cidade em que o invejado vivia e entrou em seu monastério, sendo por ele recebido com boas-vindas, alegria e grandes honrarias. O invejoso lhe disse: "Tenho algumas coisas para lhe dizer, e são elas o motivo de minha viagem até aqui. Eu gostaria de comunicá-las a você; venha e caminhe comigo pelo monastério". O invejado se levantou e o invejoso o pegou pela mão; caminharam até o final do monastério. O invejoso disse: "Diga aos seus pobres, meu irmão, que eles entrem em seus cômodos, pois eu quero contar-lhe um segredo e gostaria que ninguém nos ouvisse". O invejado disse aos pobres: "Entrem em seus cômodos", e eles obedeceram. O invejoso disse: "Agora, como eu lhe havia dito, a minha história...", e caminhou com ele, evitando dar a entender as suas intenções, até se aproximarem do velho poço, quando então o empurrou para dentro do poço sem que ninguém soubesse e foi-se embora; tomou seu caminho achando que matara o invejado.

E a aurora alcançou Šahrāzād, que parou de falar. Dīnārzād lhe disse: "Como é agradável e assombrosa a sua história", e ela respondeu: "Isso não é nada perto do que lhes contarei na próxima noite, se eu viver e for preservada".

47ª

NOITE DAS HISTÓRIAS
DAS MIL E UMA NOITES

Na noite seguinte, Dīnārzād disse à irmã: "Se você não estiver dormindo, maninha, conte-nos o que ocorreu ao invejoso quando jogou o invejado no poço", e Šahrāzād respondeu: "Sim".

Conta-se, ó rei, que o segundo dervixe disse à jovem:

Então eu disse:

Eu tive notícia, ó *ifrit*, de que, quando o invejoso atirou o invejado naquele poço antiquíssimo, os gênios que ali moravam amorteceram-lhe cuidadosamente a queda e o depuseram sobre uma rocha. Perguntaram-se uns aos outros: "Vocês sabem quem é?", e todos responderam: "Não". Um deles disse: "Este é o homem invejado que fugiu daquele que o invejava, vindo morar em nossa cidade, aqui construiu este monastério e nos tem entretido com suas litanias e recitações. Mas o invejoso viajou até aqui, acercou-se dele e elaborou um estratagema contra o homem, atirando-o dentro deste poço. As notícias a respeito da devoção do invejado, contudo, chegaram nesta noite ao sultão da cidade, que planeja visitá-lo amanhã pela manhã por causa da filha". Um dos gênios perguntou: "E o que tem a filha do sultão?". Respondeu: "Encontra-se possuída pelo gênio Maymūn Bin Damdam, que se apaixonou por ela. Se o invejado conhecesse o remédio, ele a curaria. E o remédio é o mais simples possível". Perguntou-se: "E qual é o remédio?". Respondeu: "Está no gato preto que ele tem no monastério. No final da cauda desse gato preto existe um círculo do tamanho de uma moeda de um dirham; basta que ele tome seis fios desse círculo branco e a incense com eles: o gênio sairá de sua cabeça e nunca mais retornará, e ela ficará imediatamente curada". Isso tudo que ocorria, ó *ifrit*, foi ouvido pelo invejado. Quando alvoreceu e o dia ficou claro, os pobres acorreram para encontrar seu mestre, o invejado; vê-lo sair do poço fez a sua importância crescer imensamente aos seus olhos. Mas a única preocupação do invejado era o gato preto: arrancou sete fios do círculo branco que este tinha no rabo e os guardou consigo. Logo que o sol raiou, o rei chegou com seus soldados; apeou-se, junto com os maiorais de seu governo, ordenou aos soldados que estacassem e entrou para visitar o invejado, que lhe deu boas-vindas, aproximou-o e lhe disse: "Vou revelar-lhe o motivo que o trouxe aqui". O sultão respondeu: "Faça-o". O invejado disse: "Você veio visitar-me com o objetivo de consultar-me a respeito de sua filha". O rei respondeu: "Está certo, meu virtuoso senhor". Disse o invejado: "Mande alguém trazê-la aqui. Espero em Deus altíssimo que ela fique imediatamente curada". Muito contente, o rei mandou buscar a filha, que foi trazida amarrada e agrilhoada. O invejado a fez sentar-se, estendeu um véu sobre ela, pegou os fios e incensou-a com eles. O ser que ocupava a cabeça da jovem soltou um grito e saiu dali; a moça recuperou o juízo, cobriu o rosto e indagou: "O que está acontecendo? Quem me trouxe a este lugar?". O sultão sentiu uma insuperável alegria e beijou-a nos olhos. Em seguida, beijou a mão do mestre invejado e, voltando-se para os notáveis de seu Estado, perguntou: "O que me dizem? O que merece quem curou minha filha?". Responderam: "Merece que o senhor lhe dê a mão dela em casamento". Ele disse: "É verdade", e o casou com ela; assim, o invejado se tornou genro do rei. Pouco tempo depois, como seu vizir morresse, o rei perguntou: "A quem faremos vizir?". Responderam-lhe: "Seu genro", e fizeram-no vizir. Pouco tempo depois o rei morreu, e perguntaram: "A quem faremos sultão?". Respondeu-se: "O vizir", e transformaram o invejado em sultão; foi assim que ele se tornou o rei, o governante. Certo dia, enquanto ele galopava junto com seu séquito...

E a aurora alcançou Šahrāzād, que parou de falar. Dīnārzād lhe disse: "Como é agradável e assombrosa a sua história", e ela respondeu: "Isso não é nada perto do que irei contar-lhes na próxima noite, se eu viver e o rei me preservar".

48ª

NOITE DAS HISTÓRIAS DAS MIL E UMA NOITES

Na noite seguinte, Dīnārzād disse: "Se você não estiver dormindo, maninha, conte-nos o que aconteceu ao invejoso e ao invejado", e Šahrāzād respondeu: "Sim".

Eu tive notícia, ó rei, de que o segundo dervixe disse para a jovem:

[*Eu disse*:] Deu-se então que, certo dia, o invejoso estava a percorrer seu caminho quando o invejado, acompanhado de seu séquito, entre comandantes, vizires e notáveis de seu Estado, viu-o de relance e, voltando-se para um de seus vizires, disse-lhe: "Traga-me aquele homem, sem ameaçá-lo nem amedrontá-lo". O vizir saiu e retornou trazendo seu ex-vizinho, o invejoso. O invejado disse: "Deem-lhe mil pesos de ouro dos meus depósitos, encham-lhe vinte fardos de mercadorias com as quais ele trabalha, e enviem-no de volta a seu país acompanhado de seguranças". Em seguida despediu-se do invejoso, e se retirou sem recriminá-lo pelo que fizera.[109]

[*Prosseguiu o dervixe*:] "Veja, ó *ifrit*, o perdão que o invejado concedeu ao invejoso, que desde início o havia invejado e prejudicado, e depois foi atrás dele, chegando a atirá-lo ao poço no intuito de matá-lo; não obstante, ele não lhe retribuiu esses malefícios, mas sim relevou tudo e o perdoou". Em seguida chorei amarga e copiosamente diante dele, caríssima senhora, e declamei o seguinte:

"Perdoe o delito, pois é comum que
os juízes absolvam os culpados;
Incidi em toda espécie de crime;
incida você em alguma espécie de perdão;
quem pretende o perdão dos mais fortes
que perdoe aqueles que são mais fracos."

[*Prosseguiu o dervixe*:] O *ifrit* disse: "Não, não irei matá-lo, mas tampouco o perdoarei a ponto de deixar você escapar incólume das minhas mãos; nem adianta tentar. Eu o absolvo da morte, mas irei metamorfoseá-lo". E, arrebatando-me, voou comigo tão alto que pude ver que o mundo parece uma nuvem branca. Em seguida, pousou-me numa montanha e tomou um pouco de terra sobre a qual murmurou invocações e fez esconjuros, atirando-a então em mim e dizendo: "Abandone essa forma e assuma a forma de macaco", e de imediato me transformei em macaco. O *ifrit* deixou-me então, e foi-se embora. Assim que me vi transformado, chorei de autocomiseração e recriminei o tempo, que não é justo com ninguém. Desci da montanha, encontrando à minha frente um vasto deserto no interior do qual me entranhei durante um mês; minha caminhada me conduziu a uma praia onde, logo que me pus a olhar, avistei, cortando as ondas, um navio do qual se espalhava agradável aroma. Peguei o galho de uma árvore, quebrei-o e com ele comecei a fazer sinais para o navio, pois minha língua não funcionava e eu estava muito abatido. Então o navio se desviou em direção à terra e eu consegui alcançá-lo; tratava-se de uma grande embarcação cheia de mercadores e carregada de temperos e outras mercadorias. Ao me verem, os mercadores disseram ao capitão: "Você arriscou nossas vidas e cabedais por causa de um macaco, o

[109] A história do invejoso e do invejado foi omitida no ramo egípcio do livro. Isso talvez se deva à sua (aparente) ineficácia.

qual, onde quer que esteja, faz com que a bênção divina seja retirada?". Um dos mercadores disse: "Eu irei matá-lo"; outro disse: "Eu o alvejarei com flechas"; outro disse: "Nada disso, vamos afogá-lo". Ouvindo-lhes tais palavras, dei um salto e fiquei ao lado do capitão, em cujas roupas eu me agarrei como quem implora ajuda; chorei e as lágrimas me escorreram pelo rosto. O capitão e os demais ficaram intrigados com a minha atitude, e alguns se apiedaram de mim. O capitão disse: "Este macaco, mercadores, buscou minha proteção e eu a concedi a ele; portanto, ele está sob minha responsabilidade; que nenhum de vocês o machuque de qualquer maneira; quem o fizer, ganhará a minha inimizade". E foi assim que o capitão começou a me tratar bem; tudo o que ele dizia eu compreendia e fazia, muito embora minha língua não me obedecesse nem desse resposta às suas palavras. Prosseguimos a viagem e o barco avançou, beneficiado por bons ventos, durante cinquenta dias, ao cabo dos quais chegamos a uma vastíssima cidade que sobejava de gente e tinha uma quantidade incalculável de moradores. Seu porto se tornou inteiramente visível[110] e o navio penetrou no ancoradouro, sendo então abordado por mensageiros do rei, que ali nos aguardavam. Eles disseram: "Nosso sultão os felicita, ó mercadores, por terem chegado bem, e lhes pede que cada um de vocês pegue este rolo de papel e nele escreva uma só linha. O rei tinha um vizir calígrafo e sábio que morreu. Então, ele fez imensas juras de que não nomearia vizir senão quem tivesse uma caligrafia como a dele". E entregaram aos mercadores um rolo de papel com dez côvados de comprimento por um côvado de largura.[111] Todo aquele que sabia escrever escreveu. Então eu peguei o rolo das mãos de quem estava escrevendo e eles ralharam e gritaram comigo, achando que eu o rasgaria ou atiraria ao mar, mas eu lhes sinalizei: "Irei escrever aqui e deixá-los sumamente assombrados"; eles disseram: "Nunca vimos um macaco que soubesse escrever". O capitão lhes disse: "Deixem-no escrever o que bem quiser; se ele fizer borrões, eu o enxotarei e surrarei, mas se ele tiver boa letra, eu o adotarei como filho, pois nunca vi ninguém mais inteligente e decoroso; quem dera meu filho tivesse tanta inteligência e decoro". Em seguida, molhei a pena no tinteiro e escrevi estes versos com caligrafia *ruqāᶜ*, própria para pequenos espaços:[112]

[110] "Seu porto se tornou inteiramente visível" é mera suposição para o incompreensível *fakamula marsāhā*.

[111] Isto é, 6,6 metros de comprimento por 0,66 metro de largura.

[112] As curtas descrições que vêm depois das denominações caligráficas não constam, evidentemente, do original, tendo sido introduzidas pelo tradutor para dar uma ideia, ainda que mínima, das diferenças que guardam entre si.

“Se o destino registrasse a virtude dos generosos,
a tua virtude apagaria tudo quanto foi escrito;
que Deus não prive de ti a humanidade,
pois és mãe e pai da generosidade.”

[*Prosseguiu o dervixe*:] Em seguida, escrevi sob esses versos os seguintes, em caligrafia *muḥaqqaq*, difícil e seca:

“Seu cálamo encheu todo lugar de benefícios,
e ninguém tirou proveito em detrimento do alheio.
Quando transborda, o Nilo do Egito não produz tanto dano
quanto aquele que destrói os países com seus cinco dedos.”

[*Prosseguiu o dervixe*:] Em seguida, escrevi sob esses versos os seguintes, em caligrafia *rīḥānī*, entrelaçada como os ramos do manjericão:

“Fiz meu escriba jurar,
pelo Deus único e singular,
que em momento nenhum
subtraia a fortuna de alguém.”

[*Prosseguiu o dervixe*:] Em seguida, escrevi sob esses versos os seguintes, em caligrafia *nasḫī*, corânica por excelência:

“Todos os escribas irão morrer, mas
o tempo conservará o que suas mãos traçaram;
não escrevas com tua letra, portanto, nada
que no Juízo Final não te traga alegrias.”

[*Prosseguiu o dervixe*:] Em seguida, escrevi sob esses versos os seguintes, em caligrafia *ṯuluṯ*, a mais elaborada e florida:

“Quando flagelados pela separação e forçados
a tanto pelos acidentes dos dias,
volvemos às bocas dos tinteiros lastimando
a dor da separação com a língua dos cálamos.”

[*Prosseguiu o dervixe*:] Em seguida, escrevi sob esses versos os seguintes, em caligrafia *ṭūmār*, mais simplificada e menos arredondada:

"Se abrires o tinteiro da fama e do conforto,
seja tua tinta de nobreza e generosidade,
e escreve o bem se para tanto tiveres poder:
será prova da tua bondade o fio da espada e do cálamo."

[*Prosseguiu o dervixe*:] Em seguida, entreguei-lhes o rolo de papel. Assombrados com o que eu fizera, eles o pegaram...

E a aurora alcançou Šahrāzād, que parou de falar. Dīnārzād lhe disse: "Como é agradável e assombrosa a sua história, maninha", e ela respondeu: "Isso não é nada perto do que irei contar-lhes na próxima noite, se eu viver e for preservada".

49ª

NOITE DAS HISTÓRIAS
DAS MIL E UMA NOITES

Na noite seguinte, Dīnārzād disse: "Continue a história para nós, maninha", e Šahrāzād respondeu: "Sim".

Conta-se, ó rei venturoso, que o segundo dervixe disse para a jovem:

Os enviados do rei recolheram o rolo de papel e o levaram a ele. Ao ver a minha caligrafia, o rei admirou-a e lhes disse: "Levem esta mula e esta vestimenta para o dono destas sete formas de caligrafia". Como os enviados sorrissem, o rei se encolerizou. Eles lhe disseram: "Ó rei dos tempos, o mais poderoso deste tempo e de todos os momentos, quem escreveu estas linhas foi um macaco". Ele perguntou: "É verdade o que vocês estão dizendo?". Responderam: "Sim, por sua generosidade! Quem escreveu foi um macaco". Tomado do maior assombro, o rei disse: "Quero ver esse macaco", e enviou os mensageiros com a mula e a vestimenta, recomendando-lhes: "Só me tragam o macaco depois de vesti-lo com este traje e fazê-lo montar na mula; tragam-me também o seu dono". Estávamos no navio e, quando nos demos conta, lá estavam os enviados do rei; pegaram o capitão do navio, vestiram-me o traje determinado pelo rei, depositaram-me sobre a mula e começaram a conduzi-la pela cidade, que entrou em grande alvoroço por minha causa: todos saíram para assistir à minha passagem, e as pessoas se acotovelaram pelas ruas, pois não ficou ninguém na cidade sem assistir. Assim, somente cheguei ao rei depois de a cidade ter sido virada pelo avesso; passou-se a dizer que o rei nomeara como vizir um macaco. Logo que fui colocado na presença do rei, prosternei-me, depois me inclinei três vezes em reverência, beijei o chão diante dos chefes de serviço e dos secretários e finalmente me ajoelhei. Todos os presentes ficaram assombrados com meu decoro, sendo o mais assombrado o rei, que disse: "Este é o verdadeiro assombro!", e autorizou os comandantes a se retirarem, o que todos fizeram, ficando apenas o rei, um de seus serviçais, um pequeno escravo e eu. O rei ordenou que fosse servida uma refeição e me fez sinais para comer com ele. Levantei-me, beijei o chão, lavei as mãos sete vezes, retornei e, apoiando-me nos joelhos, comi um pouquinho com decoro e, tomando da pena e do tinteiro, escrevi na madeira o seguinte:

"Trinche as aves em travessa com ovelha ao vinagrete
e lamente o sumiço da carne com cebola em omelete;
lastime, como eu lastimo, a perdiz e seus filhotinhos
junto com os frangos fritos e os galetinhos;
ai, meu coração anseia por esses pratos de peixe
em pães chatos e compridos postos em feixe,
enquanto os olhos d'ovo se fritam de melancolia
na frigideira, soltando uns gritinhos de agonia;
como é estupendo este assado, e como é bela
a salada em molho mergulhada na gamela.
Sempre que, noturna, a fome me acossa, transido,
à luz do bracelete, devoro carne picada com trigo cozido.
Paciência, minh'alma, pois o destino é caprichoso,
e se num dia o oprime, no outro o faz ditoso."

[*Prosseguiu o dervixe*:] Ao ler este escrito, o rei mergulhou em reflexões. Em seguida, os alimentos foram retirados da nossa frente, sendo-nos servido vinho especial em jarro de cristal próprio para bebida; o rei tomou um trago e me estendeu o jarro; beijei o chão diante dele, bebi e escrevi o seguinte no jarro:

"Queimaram-me enquanto me interrogavam,
e viram que ao infortúnio sou resistente;
foi por isso que me carregaram com as mãos
e das beldades beijei até os dentes."

[*Prosseguiu o dervixe*:] O rei leu a poesia, ficou perplexo e disse: "Se ele tivesse tal decoro e a forma humana, seria superior a todos os seus contemporâneos", e, trazendo um tabuleiro de xadrez, perguntou-me por sinais: "Quer jogar?". Beijei o chão diante dele e sinalizei "sim" com a cabeça. Arrumamos ambos as peças no tabuleiro e jogamos a primeira partida, que terminou empatada; jogamos a segunda, e eu o derrotei; meu jogo ficou mais despachado e derrotei-o na terceira partida. Ele ficou sem saber o que pensar. Peguei o tinteiro, o cálamo, e escrevi no tabuleiro:

"Dois exércitos se combatem o dia inteiro,
mas sua luta, em qualquer hora, é descabida,
pois quando a noite se abate sobre eles,
dormem ambos juntos no mesmo leito."

Lendo esses versos, o rei, admirado e emocionado a ponto de atingir o deslumbramento, ordenou ao serviçal: "Vá até sua senhora Sittulḥusni, Muqbil,[113] e diga-lhe: 'Venha falar com seu pai, o rei'; deixe-a vir e assistir a este prodígio, esta coisa assombrosa". O serviçal, que era eunuco, ausentou-se por alguns instantes e retornou trazendo consigo a filha do rei. Quando entrou e olhou para mim, a jovem cobriu o rosto e disse: "O senhor perdeu a tal ponto o zelo por mim, papai? Exibir-me diante de homens?". Atônito com tal comportamento, o rei disse: "Menina, aqui só estamos este moleque escravo, o eunuco que a criou e eu, seu pai. De quem você está escondendo o rosto?". Ela respondeu: "Deste jovem, filho do rei Aymār, senhor das mais afastadas Ilhas de Ébano.[114] Ele foi enfeitiçado pelo *ifrit* que é filho da filha de Satanás. Esse *ifrit* o transformou em macaco após ter matado a própria esposa, uma filha de rei. Este que o senhor vê como macaco é um homem sábio, letrado, inteligente e virtuoso". Admirado, o rei olhou para mim e perguntou: "É verdade o que disse minha filha?", e eu respondi afirmativamente com a cabeça. O rei se voltou para a filha e perguntou: "Por

[113] *Sittulḥusni* significa "senhora da beleza" e *Muqbil*, o nome do criado, significa "aquele que vem".
[114] Embora o nome do rei varie, todos os manuscritos falam de "Ilha de Ébano", o que provocaria confusão com a personagem morta pelo gênio. Por isso, optou-se por traduzir o que consta da edição de Būlāq.

Deus, minha filha, como você soube que ele está metamorfoseado?". Ela respondeu: "Quando eu era pequena, papai, vivia comigo uma velha astuciosa, traiçoeira e feiticeira que me ensinou a magia e como praticá-la; eu transcrevi e decorei tudo, incluindo setenta capítulos de magia dos quais o mais fraco me possibilita, neste exato momento, transferir até mesmo as pedras da sua cidade para lá das montanhas do fim do mundo e do oceano que o cerca". Surpreendido com tudo aquilo, o rei pediu: "Benza-a Deus, minha filha! Você detém todas essas habilidades que eu desconhecia? Então, por vida minha, livre-o do feitiço para que eu o nomeie vizir e o case com você". Ela respondeu: "Ouço e obedeço", e pegou uma faca de ferro.

E a aurora alcançou Šahrāzād, que parou de falar. Dīnārzād lhe disse: "Como é agradável e assombrosa a sua história, maninha", e ela respondeu: "Isso não é nada perto do que irei contar-lhes na próxima noite, se eu viver e o rei me preservar".

50ª

NOITE DAS MIL E UMA NOITES

Na noite seguinte, Dīnārzād disse para a irmã: "Se você não estiver dormindo, maninha, conte-nos uma de suas belas historinhas", e Šahrāzād respondeu: "Sim".

Eu tive notícia, ó rei, de que o segundo dervixe disse para a jovem:

Então a jovem filha do rei pegou uma faca de ferro com um nome gravado em hebraico, traçou um círculo perfeito no centro do palácio, escrevendo no interior desse círculo um nome em caligrafia *kūfi* e outras palavras talismânicas;[115] em seguida, fez invocações e esconjuros. Logo vimos o mundo ser coberto de sombras e a atmosfera tingir-se de negro, e isso diante dos nossos olhos, com tal intensidade que chegamos a cogitar que o mundo se fecharia sobre nós. Estávamos nessa situação quando vislumbramos o *ifrit*, já pousado no solo em forma de leão, tão grande quanto um boi, e nos enchemos de medo. A jovem lhe disse: "Fora daqui, seu cachorro!". O gênio respondeu: "Você atraiçoou a mim e ao juramento! Não tínhamos combinado que um nunca desafiaria o outro, sua traidora?". Ela lhe disse: "E por acaso eu

[115] O *kūfi* é uma das mais antigas caligrafias árabes, caracterizada pelo predomínio de linhas retas. E "palavras talismânicas" traduz o raro termo *qalfaṭīriyyāt*, que só consta do manuscrito mais antigo.

juraria alguma coisa para você, seu maldito?". O *ifrit* respondeu: "Então tome o que eu lhe trouxe!", e, arreganhando as mandíbulas, correu em direção à jovem, mas ela rapidamente arrancou um fio de cabelo, balançou-o na mão, balbuciou algo entredentes, e o fio se transformou numa espada afiada com a qual ela golpeou o leão, cortando-o em duas partes. As duas partes saíram voando, mas restou a cabeça, que se transformou em escorpião. A jovem por sua vez adotou a forma de uma enorme serpente, e por algum tempo travou violenta luta com o escorpião, mas logo o escorpião se transformou em abutre e voou para fora do palácio; então a serpente virou águia e voou no encalço do abutre, desaparecendo por algum tempo. Mas logo o chão se fendeu, dele saindo um gato malhado que gritou, roncou e rosnou; atrás do gato saiu um lobo preto; lutaram no palácio por algum tempo, e então o lobo derrotou o gato; este gritou e se transformou numa larva, que rastejou e entrou numa romã jogada ao lado da fonte; a romã inchou até ficar do tamanho de uma melancia listrada, ao passo que o lobo se transformava num galo branco como a neve. A romã saiu voando e caiu no mármore da parte mais elevada do saguão, espatifou-se e seus grãos se espalharam todos; o galo avançou sobre eles e começou a comer os grãos, até que não restou senão um único grão escondido ao lado da fonte; o galo se pôs a cacarejar, gritar e bater as asas, fazendo-nos sinais com o bico que queriam dizer "ainda resta algum grão?", e, como não entendêssemos o que dizia, ele deu um berro tão estrondoso que imaginamos que o palácio desabaria sobre nós. De repente o galo deu uma olhada e, vendo o grão ao lado da fonte, correu para ele a fim de engoli-lo.

E a aurora alcançou Šahrāzād, que parou de falar. Dīnārzād lhe disse: "Como é agradável e espantosa a sua história, maninha", e ela respondeu: "Isso não é nada perto do que irei contar-lhes na próxima noite, se acaso eu viver e o rei me preservar".

51ª

NOITE DAS HISTÓRIAS DAS MIL E UMA NOITES

Na noite seguinte, Dīnārzād disse para a irmã: "Se você não estiver dormindo, maninha, conte-nos o restante da sua história", e Šahrāzād respondeu: "Com muito gosto e honra".

Eu tive notícia, ó rei, de que o segundo dervixe disse para a jovem:

Então, cara madame, o galo ficou muito contente e fez menção de engolir o último grão de romã, mas eis que o grão deslizou na fonte e se transformou num peixe, que mergulhou na água; o galo se transformou numa baleia, e mergulhou atrás do peixe; ambos submergiram e perfuraram o solo, sumindo de nossas vistas por umas duas horas; depois ouvimos gritos, clamores, berros, e então estremecemos; passados mais alguns momentos, o *ifrit* voltou à tona na forma de labareda, bem como a jovem, que também se transformara em labareda; o *ifrit* assoprou um fogo cheio de raios pela boca, e também pelos olhos, narinas e demais orifícios; pelejaram por algum tempo até que os fogos por eles expelidos se entrelaçaram e a fumaça ficou presa no palácio; escapamos por pouco de morrer sufocados, tivemos certeza de que o mal venceria, tememos por nossas vidas e achamos que seríamos aniquilados; os fogos se intensificaram, sua combustão aumentou e nós dissemos: "Não existe poderio nem força senão em Deus altíssimo e grandioso!". Depois de algum tempo, antes que nos apercebêssemos, o *ifrit* desvencilhou-se daquele círculo de fogo e, na forma de labareda, num átimo já estava junto a nós no saguão e assoprou em nossos rostos. A jovem o alcançou e gritou com ele, mas já o *ifrit* assoprara em nossos rostos e os raios de fogo nos alcançaram; um caiu no meu olho direito e o cegou; isso se deu quando eu estava na forma de macaco; outro raio atingiu o rei e lhe queimou metade do rosto e a barba, incluindo o queixo, além de uma fileira de dentes, que caiu; um terceiro raio atingiu o peito do eunuco, que se queimou e morreu no mesmo instante. Cientes de que nos tornáramos defeituosos e completamente desanimados da vida, ouvimos alguém dizer: "Deus é o maior, Deus é o maior, Deus abriu o caminho, concedeu a vitória e humilhou os blasfemadores" –, e eis que era a filha do rei, que derrotara o *ifrit*: quando olhamos para aquela direção, vimos que ele se transformara num montinho de cinzas. A jovem acorreu em nossa direção e pediu: "Tragam-me uma taça de água", e assim se fez. Ela disse então: "Fique livre, pelos direitos do nome de Deus altíssimo e de seus pactos", e borrifou a água sobre mim, que me chacoalhei e virei de novo um ser humano normal como era antes. Em seguida a jovem gritou: "O fogo, o fogo! Sentirei falta do senhor, meu pai; eu já não viverei, pois fui atingida por uma seta cortante. Não estava acostumada a lutar contra os gênios. Acabei demorando muito por causa da falha cometida no momento em que a romã se despedaçou: transformei-me em galo e comecei a catar todos os grãos, mas não vi o grão em que estava o sopro vital do *ifrit*; se acaso tivesse catado aquele grão, eu o teria exterminado bem antes, mas não o vi; assim, tive de travar com ele uma batalha debaixo do solo e outra entre os céus e os ventos; nessas batalhas, toda vez que ele fazia um feitiço, eu fazia outro que o inutilizava e era mais forte, até que fiz o feitiço do fogo. Poucos que praticam esse feitiço sobrevivem a ele, mas eu era mais hábil do que o *ifrit* e o liquidei, sendo para tanto auxiliada pela vontade divina. Agora, Deus os protegerá por mim", e gritou pedindo socorro: "O fogo, o fogo!".

E a aurora alcançou Šahrāzād, que parou de falar. Dīnārzād lhe disse: "Como é agradável a sua história, maninha", e ela respondeu: "Isso não é nada perto do que irei contar-lhes na próxima noite, se eu viver e for preservada".

52ª

NOITE DAS HISTÓRIAS DAS MIL E UMA NOITES

Na noite seguinte, Dīnārzād disse para a irmã: "Se você não estiver dormindo, maninha, conte-nos uma de suas historinhas", e Šahrāzād respondeu: "Sim".

Eu tive notícia, ó rei, de que o segundo dervixe disse para a jovem:

Quando a filha do rei pediu socorro gritando "o fogo, o fogo", seu pai disse: "O espantoso, filhinha, é que eu tenha escapado vivo; eis aí o seu tutor, que foi imediatamente morto, e este rapaz, que perdeu o olho". Em seguida, ele chorou, e seu choro também me fez chorar. Passados poucos instantes, a jovem soltou um grito, repetindo "o fogo, o fogo", e subitamente uma labareda começou a queimar-lhe os pés, lavrando até subir para as coxas, enquanto ela gritava "o fogo, o fogo!", depois lhe subiu ao peito, e ela ainda gritava desesperada "o fogo, o fogo", até que se queimou inteira, transformando-se num monte de cinzas. Por Deus, cara ama e madame, que minha tristeza por ela foi enorme; teria preferido ser um cão ou macaco ou então morrer a ver aquela jovem em semelhante estado, sofrendo tanto para no fim se transformar em cinzas. Ao vê-la morta, o pai se estapeou no rosto e eu lhe imitei o gesto; em seguida gritei e acorreram os criados e responsáveis pelos serviços do palácio, os quais, vendo o rei reduzido àquela morbidez e os dois montinhos de cinzas, ficaram embasbacados, mas logo trataram do rei até que ele recuperou o ânimo e lhes relatou o sucedido com sua filha. Tamanha desgraça foi considerada enorme e excessiva, e eles entraram em luto durante sete dias. O rei construiu um pavilhão no local onde estavam as cinzas da filha; quanto às cinzas do *ifrit*, ele as lançou ao vento. Em seguida, caiu enfermo pelo período de um mês, mas logo retomou a saúde, sua barba voltou a crescer e Deus enfim o inscreveu entre os sadios. Ele então mandou convocar-me e disse: "Escute, jovem, o que vou lhe dizer, e não desobedeça; caso contrário, será morto". Respondi: "Diga, meu amo e mestre, pois eu não lhe desobedecerei ordem alguma". Ele continuou: "Passávamos nossos dias na melhor vida, sempre a salvo de todas as calamidades engendradas pelo tempo, até sermos visitados por sua negra face; sofremos então a catástrofe: perdi minha filha devido à sua pessoa e morreu meu serviçal; apenas eu me salvei da aniquilação. Você foi a causa disso tudo; desde que botamos os olhos em você, o bem se afastou de nós. Quem dera nunca o tivéssemos visto! Eu gostaria que você abandonasse o nosso país e fosse embora em paz, pois sua salvação não se deu senão graças à nossa destruição! Se eu voltar a vê-lo depois de agora, irei matá-lo", e gritou comigo. Saí de sua presença cego, já caolho, sem ver nem enxergar. Abandonei a cidade aos prantos, perplexo, sem saber qual rumo seguir. Meditei sobre tudo quanto me ocorrera, minha entrada naquela cidade e posterior saída em semelhantes condições, e minhas preocupações se intensificaram. Antes de me retirar, entrei num dos banhos públicos da cidade, raspei a barba e as sobrancelhas e saí vestido com a roupa negra dos dervixes. E me deixei estar vagando pelo mundo! Todo dia, cara senhora, recordo-me dessas desgraças: a morte das duas jovens e a perda do meu olho. Então choro amargamente e recito:

"Estou perplexo, por Deus! Ninguém duvida:
por todo lado, desgraças me abalam a vida.
Serei paciente até que a paciência se canse da minha paciência;
serei paciente até que Deus decida o meu caso em sua
[clemência;
serei paciente até que Deus saiba que eu
fui paciente com coisas mais amargas do que a paciência que
[me deu;
todas as paciências não foram pacientes com a minha
[paciência, embora
eu tenha sido paciente com todas as paciências desde que
[a minha foi traidora;

tampouco os decretos todos se ocuparam de meu destino,
[mas eu
recebi ordens de todos os decretos desde que o destino me
[envileceu;
quem pensar que a vida é feita de doçura e benevolência
deveria viver um dia mais amargo do que a paciência."

[*Prosseguiu o dervixe*:] E foi assim que eu me pus a viajar por todos os países e a vagar por todas as cidadelas, e depois decidi vir para Bagdá, onde quiçá eu conheça alguém que me faça chegar à presença do comandante dos crentes, para que eu o deixe ciente de minha história e do que se abateu sobre mim. Cheguei esta noite e deparei com este meu correligionário parado diante dos portões da cidade; cumprimentei-o e perguntei: "Estrangeiro?", e ele respondeu: "Estrangeiro". Não demorou muito tempo até que chegou este outro correligionário, que nos cumprimentou e afirmou: "Sou estrangeiro", ao que respondemos: "Somos estrangeiros como você". Caminhamos juntos, a noite já avançada, e a vontade divina nos conduziu a vocês, fazendo-nos entrar aqui. Como quer que seja, eis aí o motivo de eu ter perdido meu olho e raspado a barba.

A jovem disse: "Apalpe a cabeça e vá embora", mas o segundo dervixe respondeu: "Por Deus que não sairei daqui até ouvir o que sucedeu aos outros". Ele foi então desamarrado, indo postar-se ao lado do primeiro dervixe.

E a aurora alcançou Šahrāzād, que parou de falar. A irmã lhe disse: "Como é agradável e prodigiosa esta sua história", e ela respondeu: "Isso não é nada perto do que irei contar-lhes na próxima noite, se eu viver e for preservada".

53ª

NOITE DAS HISTÓRIAS DAS MIL E UMA NOITES

Na noite seguinte, Dīnārzād disse: "Por Deus, maninha, se você não estiver dormindo, conte-nos algo com que atravessemos o serão desta noite". E o rei completou: "Que seja a continuação da história dos dervixes". Šahrāzād respondeu: "Sim".

Conta-se, ó rei, que o terceiro dervixe disse:

O TERCEIRO DERVIXE

Cara e distinta senhora, minha história não é como a deles; ela é mais insólita e mais assombrosa, e envolve igualmente os motivos de meu olho ter sido arrancado e minha barba, raspada. O fato é que meus dois companheiros foram subitamente colhidos pela vontade e decisão divinas, ao passo que, no meu caso, fui eu quem provocou tal decisão com as próprias mãos e acarretou o desgosto à própria vida. O fato é que meu pai era um rei de imensa importância e poder. Quando ele morreu, fui entronizado em seu lugar. Minha cidade ficava no litoral, e o vasto mar que a banhava era pontilhado de ilhas em seu interior. Meu título é: rei ᶜAjīb Ibn Ḫaṣīb.[116] Eu tinha na costa cinquenta navios para o comércio, mais cinquenta pequenos navios para passeio, além de outros cento e cinquenta equipados para a guerra e a defesa da fé.[117] Certo dia, pretendendo realizar um passeio pelas ilhas, reuni provisões para um mês e viajei; passeei e voltei para minha terra. Depois, viajei uma segunda vez, levando provisões para dois meses. Eu sentia ímpetos de me aprofundar cada vez mais no mar, e por isso preparei dez navios para ir comigo. Naveguei por cerca de quarenta dias. Na quadragésima primeira noite, fomos atingidos por ventanias de várias procedências; o mar ficou violentamente encapelado, as ondas se entrechocaram e perdemos a esperança de permanecer vivos; uma sombra muito intensa se projetou sobre nós e eu pensei: "Nunca devemos louvar o inadvertido, ainda que escapemos".[118] Invocamos a Deus altíssimo, rogamos e suplicamos por sua ajuda, mas os ventos continuaram a vir de todas as direções e as ondas a se entrechocar. Assim foi até o irromper da aurora, quando então os ventos amainaram, o mar se aquietou e tranquilizou e as ondas cessaram; mais alguns instantes e o sol se pôs a brilhar sobre nós, o mar à nossa frente parecendo uma lâmina. Logo fomos conduzidos a uma ilha. Erguemo-nos todos, saímos dos navios, cozinhamos, comemos um pouco, e ali permanecemos por dois dias, ao cabo dos quais nos lançamos ao mar novamente por dez dias. A cada dia que passava o mar ia se tornando mais vasto, e a terra, mais distante. Então o capitão, estranhando uma terra que divisou à

[116] Esse nome, que significa "Espantoso, filho do Generoso", foi omitido no ramo egípcio do livro.
[117] "Defesa da fé" traduz *jihād*.
[118] Provérbio popular.

nossa frente, ordenou ao esculca: "Suba no mastro e observe". Ele subiu, ficou alguns momentos observando, desceu e disse: "Olhei à direita, capitão, e só vi céu sobre água; olhei à esquerda e vi à frente uma coisa preta bem destacada; eis aí o que pude ver". Ao ouvir as palavras do esculca, o capitão atirou o turbante ao chão, pondo-se a arrancar a barba e a estapear o rosto; disse-me: "Ó rei, dou-lhe a nova da morte de todos aqui! Não há poderio nem força senão em Deus altíssimo e grandioso!", e começou a chorar um choro que nos fez a todos chorar junto com ele. Depois lhe pedimos: "Explique-nos direito essa história, ó capitão", e ele respondeu: "Nós nos perdemos no mar, meu senhor, desde o dia em que os ventos nos atingiram. Agora já não podemos retroceder. Amanhã, ao meio-dia, chegaremos a uma montanha preta, constituída por um metal chamado pedra magnética; as correntes nos empurrarão à força para o sopé dessa montanha e os barcos se desfarão: cada um dos pregos voará em direção à montanha e nela se grudarão, e isso porque Deus altíssimo depositou na pedra magnética um segredo que consiste em ser ela amada pelo ferro. A montanha tem muito ferro, a tal ponto que foi coberta por ele há muitos anos, tantos são os navios que passam por lá. No pico dessa montanha, na parte voltada para o mar, existe um pavilhão de cobre amarelo da Andaluzia, montado sobre dez pilastras também de cobre; em cima do pavilhão há um cavaleiro montado sobre uma égua de cobre,[119] e no peito do cavaleiro uma placa de chumbo na qual estão gravadas algumas invocações. Ó rei! As pessoas não são afogadas senão por esse cavaleiro montado sobre a égua; se acaso ele for derrubado, todos estarão livres disso". Em seguida, minha senhora, o capitão chorou amargamente, e todos nós, certos da morte, choramos de autocomiseração e nos despedimos uns dos outros, cada qual fazendo recomendações ao companheiro para o caso de que este se salvasse. Não pregamos o olho naquela noite. Quando amanheceu, já estávamos próximos da montanha magnética; ao meio-dia estávamos em seu sopé, empurrados à força pelas correntes; nesse momento, os barcos começaram a se desfazer, os pregos e todo ferro neles existente voando em direção à montanha, à qual se colaram.

[119] "Égua de cobre" traduz *faras min nuḥās*. Tradicionalmente, esse objeto se popularizou como "cavalo de bronze". Na verdade, a palavra árabe *faras* (origem do português "alfaraz") é híbrida, podendo indicar ambos os gêneros, "cavalo" ou "égua"; aqui, preferiu-se o feminino para evidenciar outra possibilidade de leitura. Quanto ao metal, em árabe moderno, com efeito, *nuḥās* significa apenas "cobre", muito embora no árabe antigo, entre outras coisas, pudesse também significar "bronze", ou, mais genericamente, "metal", que tem sido a opção de alguns tradutores contemporâneos, como Husain Haddawy, para o inglês, e Claudia Ott, para o alemão.

Entre nós houve quem se afogou e quem se salvou; no entanto, quem conseguia salvar-se ficava sem notícias do paradeiro dos outros. Minha senhora, Deus me salvou por pretender submeter-me a outras agruras e sofrimentos. Subi numa das pranchas do navio, que foi imediatamente empurrada pelos ventos e se colou à montanha. Ali topei com uma trilha que levava até o cume da montanha, aparentando ser uma escadaria cujos degraus haviam sido talhados na rocha.

E a aurora alcançou Šahrāzād, que parou de falar. Dīnārzād lhe disse: "Como é agradável e espantosa a sua história, maninha", e ela respondeu: "Isso não é nada perto do que irei contar-lhes na próxima noite, se eu viver e for preservada".

54ª

NOITE DAS HISTÓRIAS DAS MIL E UMA NOITES

Na noite seguinte, Dīnārzād disse à irmã: "Por Deus, maninha, se você não estiver dormindo, continue para nós a história do terceiro dervixe", e Šahrāzād respondeu: "Sim".

Eu tive notícia, meu senhor, de que o terceiro dervixe disse para a jovem:

Quando vi a trilha para a montanha, invoquei o nome de Deus altíssimo, comecei a escalar a montanha, pela qual fui subindo devagarinho. Foi Deus altíssimo que autorizou o vento a amainar, e também Deus altíssimo que me ajudou a subir. Cheguei ileso ao cume da montanha, e ali o meu único objetivo passou a ser o pavilhão. Muito contente por ter escapado incólume, entrei no pavilhão, fiz minhas abluções e rezei, prosternando-me duas vezes em agradecimento a Deus altíssimo. Em seguida, dormi sob o pavilhão que dava para o mar, e vi em sonho alguém dizendo: "Quando você despertar, ᶜAjīb, escave sob os seus pés e encontrará um arco de cobre com três flechas de chumbo, nas quais estão gravadas palavras mágicas; pegue o arco e as flechas, e com eles derrube o cavaleiro de cima da égua; livre as pessoas desta terrível calamidade. Quando tiver derrubado o cavaleiro, ele cairá no mar, enquanto a égua cairá ao seu lado. Pegue-a e enterre-a no lugar onde estava o arco. Quando você fizer isso, o mar vai subir e se erguer até chegar ao nível do pavilhão; quando isso ocorrer, quando as águas estiverem no mesmo nível do pavilhão e da montanha, chegará até você uma canoa com um indivíduo de cobre, não o mesmo que você derrubou ao mar, com as mãos nos remos; embarque com ele mas não invoque o nome de Deus. Ele ficará remando durante dez dias, ao cabo dos quais o terá conduzido ao Mar da Segurança; ali, você encontrará quem o leve ao seu país. É isso que lhe ocorrerá se você não invocar o nome de Deus". Então acordei, levantei-me bastante animado e fiz o que a voz me dissera no sonho: flechei o cavaleiro derrubando-o de cima da égua; o cavaleiro caiu no mar e a égua, ao meu lado; peguei-a e enterrei-a no lugar em que estava enterrado o arco; o mar se agitou e começou a subir, até chegar ao meu nível. Em poucos instantes vi uma canoa singrando o mar em minha direção, e agradeci e louvei a Deus altíssimo. Continuou avançando até ficar do meu lado. Encontrei o homem de cobre, em cujo peito havia uma placa de chumbo no qual estavam gravados um nome e algumas palavras mágicas. Embarquei na canoa calado, sem proferir palavra, e o indivíduo remou pelo primeiro dia, pelo segundo... enfim, até o sétimo dia, quando fiquei contente por avistar montanhas, ilhas e outros sinais de que estava em segurança. Tão grande foi minha alegria que louvei a Deus altíssimo e fiz as declarações rituais de que ele é único e o maior. Mal terminei de fazer isso, e antes mesmo que eu pudesse me dar conta, fui atirado no meio do mar, para fora da canoa, que virou e afundou. Assim lançado ao mar, comecei a nadar por todo aquele dia até o anoitecer; meus braços então falharam e meus ombros se extenuaram; a noite me colheu em cheio e fiquei sem saber me localizar. Resignei-me com o afogamento. Ventos fortíssimos começaram a bater, o mar se encapelou e uma onda tão enorme quanto uma montanha me atingiu, carregando-me e empurrando-me, até que cheguei a terra firme, e isso porque Deus pretendia poupar-me. Saí do mar, espremi minhas roupas e as estendi no chão. Foi uma longa noite. Quando amanheceu, vesti as roupas e fui tentar descobrir onde estava. Vislumbrei um bosque de árvores e me dirigi até lá; caminhei ao seu redor com passos largos. Verifiquei então que o lugar onde eu estava era uma pequena ilha no meio do mar. Disse: "Não há poderio nem força senão em Deus altíssimo e poderoso". E enquanto eu pensava na vida e desejava a morte, divisei ao longe uma embarcação com seres humanos de verdade vindo em direção à ilha na qual eu estava. Subi ao alto de uma árvore e me escondi entre sua folhagem. Logo que a embarcação tocou a terra, dela saíram dez escravos carregando pás e cestas; caminharam até o centro da ilha e começaram a escavar; retiraram terra por algum tempo até descobrirem um túnel escavado. Em seguida retornaram à embarcação e retiraram pão em fardos, farinha em sacos, vasilhas de banha e mel, carne de carneiro em conserva, utensílios domésticos, tapetes, esteiras, colchões, artigos de moradia e tudo o mais de que necessitasse o morador de uma casa. Os escravos subiam e desciam da embarcação transportando aquelas coisas todas para a escavação, até que enfim retiraram tudo o que havia na embarcação. Em seguida os escravos se puseram a caminhar e no meio deles estava um ancião arruinado a quem o destino parecia ter atropelado, semelhando um osso atirado dentro de um trapo azulado que pelos ventos leste e oeste era chacoalhado, tal como disse a respeito o poeta:

"O destino me deixou maltratado,
destino que é tão poderoso e violento:
antes eu caminhava sem me cansar,
mas agora me canso sem caminhar."

O ancião conduzia pelas mãos um garoto tão gracioso que parecia ter sido retirado de um molde de beleza, esplendor e perfeição. Era como uma vara de bambu ou filhote de gazela; a todos os corações enfeitiçava com sua formosura, a todas as mentes sequestrava com sua perfeição, que estava em todo o seu talhe e fisionomia, e a todos os homens superava em imagem e constituição, tal como disse a respeito o poeta:

"Foi até a beleza para ser avaliado,
e ela abaixou a cabeça, envergonhada;
perguntaram: 'Já viste algo assim, beleza?'.
e ela respondeu: 'Desse jeito, não'."

Então, minha senhora, todos continuaram caminhando e desceram pelo buraco, ali sumindo por umas boas duas horas ou mais, depois saíram o ancião e os escravos, mas não o jovem. Em seguida, repuseram a terra no lugar, entraram na embarcação e fizeram-se ao mar, distanciando-se e desaparecendo de minhas vistas. Desci da árvore, caminhei até o buraco, pondo-me a escavar a terra com grande paciência até que retirei tudo, topando com algo semelhante a uma pedra de moinho; retirei-a, e por baixo dela apareceu uma escadaria de pedra em espiral. Intrigado, desci os degraus até o fim e encontrei uma casa limpa, pintada de branco, mobiliada com várias espécies de tapetes, roupas de cama e materiais de seda. Vi o garoto acomodado num colchão alto, recostado numa almofada, com um leque na mão e alimentos, essências, frutas e murta diante de si. Ele estava sozinho na casa. Ao me ver, ficou amarelo e alterado. Cumprimentei-o e disse: "Contenha seu pânico, meu senhor, pois não existe perigo algum, meu querido. Sou um ser humano como você e filho de rei como você. Foram os caprichos da sorte que me conduziram até você, para que eu seja seu companheiro nesta solidão. Qual é a história que o obrigou a morar aqui neste subterrâneo?".

E a aurora alcançou Šahrāzād, que parou de falar. Dīnārzād disse: "Como é bela e assombrosa a sua história, maninha", e ela respondeu: "Isso não é nada perto do que irei contar-lhes na próxima noite, se eu viver e for preservada".

55ª

NOITE DAS HISTÓRIAS DAS MIL E UMA NOITES

Na noite seguinte, Dīnārzād disse para a irmã: "Por Deus, maninha, se você não estiver dormindo, continue para nós a história do filho do rei e do rapaz que estava no subterrâneo". Šahrāzād respondeu: "Com muito gosto e honra".

Eu tive notícia, ó rei, de que o terceiro dervixe disse para a jovem:

Quando questionei o garoto, cara senhora, a respeito de sua história, e ele teve certeza de que eu era de sua espécie, ficou muito contente, recuperou as cores, aproximou-me de si e disse:

Minha história, meu irmão, é espantosa, e assombroso o relato a seu respeito. O fato é que meu pai é mercador de pedras preciosas, possuidor de vastos cabedais, e tem escravos e serviçais, bem como mercadores que trabalham para ele viajando em navios. Meu pai fazia negócios com reis mas, apesar de ter tanto dinheiro, não fora nunca agraciado com um filho. Certa noite, ele viu em sonho que seria agraciado com um filho cuja vida, porém, seria curta, o que o fez acordar muito triste. Naquela mesma noite minha mãe ficou grávida de mim; a data do início da gravidez foi registrada e, passados tantos dias e meses, ela me deu à luz. Meu pai ficou muitíssimo contente comigo; os astrólogos e eruditos fizeram cálculos em torno da data de meu nascimento e disseram ao meu pai: "Seu filho viverá quinze anos, completados os quais ele sofrerá grande perigo; caso escape desse perigo, sua vida estará garantida. Um dos sinais relacionados a isso é o seguinte: existe no mar salgado uma montanha chamada montanha magnética, sobre a qual há um cavaleiro montado numa égua, ambos de cobre; no pescoço do cavaleiro está pendurada uma placa de chumbo. Quando este cavaleiro cair de cima da égua, seu filho morrerá após cinquenta dias. O assassino do seu filho será o mesmo homem que derrubará o cavaleiro; seu nome é ^{c}Ajīb, filho do rei Ḫaṣīb". Meu pai ficou deveras preocupado. Criou-me da melhor maneira; os anos se passaram e atingi a idade de quinze anos. Há dez dias, chegou ao meu pai a notícia de que o cavaleiro de cobre fora derrubado ao mar, e que isso foi feito por um homem chamado ^{c}Ajīb, um rei, filho do rei Ḫaṣīb. Ao tomar conhecimento disso, meu pai chorou amargamente a iminência de minha perda e ficou como louco. Tomou aquela embarcação, veio a esta ilha e construiu para mim esta casa subterrânea, provendo-a de todo o necessário para um período de cinquenta dias, dos quais já se passaram dez; ainda restam, portanto, quarenta dias, findos os quais a conjunção astral desfavorável se dissipará e meu pai virá me buscar. Tudo isso se deve ao temor de que ^{c}Ajīb, filho do rei Ḫaṣīb, mate-me. Esta é a história da minha solidão e isolamento.

[*Prosseguiu o dervixe*:] Quando ouvi a sua história, cara senhora, e seu espantoso relato, pensei: "Fui eu que derrubei o cavaleiro de cobre; sou eu ^{c}Ajīb, filho do rei Ḫaṣīb, e por Deus que jamais o mataria". E lhe disse: "Meu amo, você está a salvo da morte e protegido de qualquer agressão; não existe, com a permissão de Deus, nenhum temor ou perigo que possa atingi-lo. Eu ficarei com você, servindo-o e divertindo-o durante todos esses quarenta dias. Vou servi-lo e depois acompanhá-lo ao seu país, de onde você me levará ao meu país e será por mim recompensado". Minhas palavras deixaram-no feliz e me acomodei ao seu lado para conversar com ele e diverti-lo. Durante a noite levantei-me, acendi uma vela e lhe preparei três candeeiros sob cuja luz nos acomodamos. Servi-lhe depois uma caixa de doces da qual comemos. Sentei-me e continuei conversando com ele até que a maior parte da noite se passou e o garoto dormiu. Cobri-o e logo fui também me deitar, e dormi. Quando acordamos, levantei-me, esquentei-lhe um pouco de água, acordei-o com todo o cuidado; ele despertou e lhe ofereci a água quente. Ele lavou o rosto e agradeceu, dizendo: "Que seja boa sua recompensa, meu jovem. Por Deus que, quando eu estiver a salvo desse homem chamado ^{c}Ajīb, filho de Ḫaṣīb, quando Deus me tiver livrado dele, com certeza farei o meu pai recompensá-lo regiamente". Respondi: "Que nunca ocorra o dia em que você será atingido por algum mal; que Deus me faça morrer antes de você". Ofereci-lhe algo para comer e fizemos a refeição juntos. Em seguida, talhei peças redondas, ajeitei um tabuleiro e jogamos[120] algumas partidas. Divertimo-nos e espairecemos por um bom tempo. Continuamos comendo e bebendo até o anoitecer, quando então acendi os candeeiros e lhe ofereci um pouco de doce; comemos e ficamos conversando até que enfim dormimos. Permanecemos nesse ritmo, minha senhora, por dias e noites. Acostumei-me a ele e me esqueci das agruras passadas. Meu coração foi tomado de um grande afeto pelo garoto. Pensei: "Os astrólogos mentiram quando disseram ao pai dele 'seu filho será morto por alguém chamado ᶜAjīb Ibn Ḫaṣīb', que, por Deus, sou eu, e não há como matá-lo!". Continuei servindo-o, passando as noites com ele, distraindo-o e deleitando-o durante trinta e nove dias. No quadragésimo dia, muito contente por estar em segurança, o garoto disse: "Eis-me aqui, meu irmão! Já se completaram quarenta dias. Graças a Deus, que me salvou da morte, e isso por mercê do seu aparecimento aqui. Por Deus que farei o meu pai tratá-lo da melhor maneira e enviá-lo ao seu país. Agora, meu irmão, eu gostaria que você me fizesse a gentileza de esquentar água para que eu me banhe e troque as roupas". Eu lhe disse: "Com muito gosto e honra", e fui esquentar a água. Depois levei o garoto até a despensa e lhe dei um banho reparador, troquei-lhe a roupa, troquei-lhe os lençóis e as fronhas, deixando bem elevado o colchão em cima do qual estendi um tapete. O garoto veio, deitou-se no colchão e dormiu sob o efeito do banho, dizendo: "Por favor, meu irmão, corte uma melancia para mim e dissolva em seu suco bastante açúcar vegetal". Levantei-me então, arrumei uma melancia fina, coloquei-a na bacia e perguntei: "Você sabe onde está a faca, meu senhor?". Ele respondeu: "Ei-la aqui na prateleira acima de minha cabeça". Fui com agilidade e pressa, passei por cima dele, peguei a faca de onde estava, e me voltei para trás; por decreto e vontade de Deus, meu pé escorregou no tapete e eu caí estirado sobre o garoto; a faca, que estava na minha mão, se introduziu em seu coração, matando-o imediatamente. Quando a morte se consumou, e percebi que fora eu o assassino, soltei um terrível grito, estapeei o rosto e rasguei as roupas: "Gente, ó criaturas de Deus, para se completarem os quarenta dias restava-lhe um único dia, e sua morte se deu pelas minhas mãos! Perdão, ó Deus! Quem dera eu tivesse morrido antes disso! São as desgraças que tenho que provar em doses sucessivas! 'Deus só faz realizar algo que já estava predeterminado'".[121]

[120] Embora não se possa ter certeza, talvez se trate de um jogo assemelhado ao de damas.
[121] Alcorão, 8, 42.

E a aurora alcançou Šahrāzād, que parou de falar. Dīnārzād lhe disse: "Como é agradável e assombrosa a sua história", e ela respondeu: "Isso não é nada comparado ao que irei contar-lhes na próxima noite, se eu viver e for preservada".

56ª

NOITE DAS HISTÓRIAS DAS MIL E UMA NOITES

Na noite seguinte, Dīnārzād disse para a irmã: "Se você não estiver dormindo, maninha, continue para nós a história do terceiro dervixe", e Šahrāzād respondeu: "Com muito gosto e honra".

Eu tive notícia, ó rei, de que o terceiro dervixe disse:

Quando tive certeza de que o havia matado, cara madame, e que isso se dera por disposição dos céus, retirei-me, subi as escadas, recoloquei a tampa no lugar e cobri-a de terra. Esticando os olhos para os lados do mar, vislumbrei a embarcação que trouxera o rapaz voltando para recolhê-lo e cortando o mar em direção à ilha. Pensei: "Agora eles vão chegar e verificar que o garoto foi assassinado; se me encontrarem, saberão que fui eu o assassino e me matarão, inexoravelmente". Então me dirigi até uma das árvores que havia por ali, subi e me ocultei entre sua folhagem. Mal me acomodara ali em cima e já a embarcação arribava à terra e os escravos saíam com o ancião, pai do garoto que eu matara, em meio a eles. Dirigiram-se à entrada do subterrâneo, começaram a escavar a terra e, notando que estava macia, ficaram intrigados e desceram, logo encontrando o garoto deitado, o rosto ainda irradiando os vestígios do banho, vestido de roupas limpas e com uma faca enfiada no coração. Examinaram as coisas e, constatando que ele estava efetivamente morto, puseram-se a berrar, a estapear o rosto, a chorar e a gemer, prorrompendo em lamentos e clamores de comiseração. O pai do garoto ficou desfalecido por um longo tempo, a ponto de os escravos cogitarem de que ele morrera. Mas ele despertou e saiu dali junto com os escravos, que haviam enrolado o rapaz em suas próprias roupas. Subiram à superfície e puseram-se a retirar tudo quanto fora depositado na casa subterrânea e a colocar na embarcação. O ancião subiu, olhou para o filho estendido no chão e jogou terra sobre a cabeça. Subiu então um escravo carregando um assento de seda, no qual estenderam o ancião, acomodando-se ao seu redor – tudo isso ocorria com eles debaixo da árvore na qual eu trepara e de onde observava o que eles faziam e ouvia o que diziam, com o coração encanecido antes mesmo dos cabelos, em razão de tantas preocupações, aflições, desgraças e desditas. Minha senhora, o ancião permaneceu desfalecido até quase o entardecer, quando então acordou, olhou para o filho e para o que lhe sucedera: seus temores haviam se concretizado, e ele chorou, estapeou-se e recitou a seguinte poesia:

"Acelera, por vida tua, pois todos se foram
enquanto as lágrimas me escorrem das órbitas;
a casa já está bem distante deles, malgrado meu!
Como arranjar-me sem eles? que fazer? que dizer?
Quem dera eu jamais os houvesse visto!
Como arranjar-me, senhores? Já não tenho ardis!
Como obter um consolo qualquer, se lavra
o fogo da angústia num coração já de si incendiado?
Ó sorte, se passares por seu bairro, mesmo apressada,
grita-lhes, ó sorte, que as lágrimas estão escorrendo!
A morte desabou sobre eles, meu coração se queima
e o fogo no interior do meu peito se inflama.
Quem dera que a morte os poupasse!
Entre mim e eles nunca nada se desfaria.
Por Deus, ó tu que rogas, sê cauteloso,
e me reúna a eles enquanto é tempo.
Como éramos venturosos quando vivíamos numa só casa,
gozando de felicidade, a vida contínua,
até que fomos atingidos pelas setas da separação e afastados:
e quem pode suportar as setas da separação?
Sofremos a perda do mais poderoso dentre nós,
o singular de seu tempo, no qual a beleza se pinta.
Eu lhe disse, e antes disso minhas faces falavam:
'Quem dera não tivesse soado a tua hora!'.
Por ti daria não um parente ou outro filho, mas minha vida.
Olhos invejosos nunca se apartaram de nós.

Como poderei encontrar-te em curto prazo?
Eu daria minha vida por ti, meu filho, se acaso aceitassem.
Afamado plenilúnio, desprendido e generoso,
eis o que sobre ti se propaga desde sempre.
Se dissesses 'sol', o sol se punha,
e se dissesses 'lua', a lua sumia.
Ó tu cujos méritos falam por ti!
Ó tu cujas virtudes contêm a virtude!
Eu te chorarei por todos os tempos.
Não tens equivalente; quem poderia substituir-te?
Teu pai agora anseia por ti, e, desde que
a morte te atingiu, ele não mais sabe o que fazer.
Olhos invejosos correram por todo o teu ser;
não os posso vedar, mas quem dera cegassem."

[*Prosseguiu o dervixe*:] E o ancião soltou um forte gemido e o sopro vital abandonou seu corpo. Os escravos gritaram, jogaram terra sobre a cabeça e o rosto, excedendo-se em choros e lástimas. Entraram na embarcação e colocaram o ancião deitado ao lado do filho. Em seguida, a embarcação se fez ao mar e desapareceu de minhas vistas. Desci da árvore, dirigi-me ao buraco, entrei, pensei no garoto e, vendo alguns de seus objetos, recitei a seguinte poesia:

"Vejo seus vestígios e me derreto de saudades,
vertendo copiosas lágrimas onde eles ficavam.
Peço a quem sofreu com a sua perda
que me conceda a graça de os devolver."

E a aurora alcançou Šahrāzād, que parou de falar. A irmã lhe disse: "Como é agradável e assombrosa a sua história, maninha", e ela respondeu: "Isso não é nada perto do que irei contar-lhes na próxima noite, se eu viver e for preservada".

57ª

NOITE DAS HISTÓRIAS
DAS MIL E UMA NOITES

Na noite seguinte, Dīnārzād disse para a irmã: "Se você não estiver dormindo, maninha, continue para nós a história do dervixe". Šahrāzād disse:

Eu tive notícia, ó rei, de que o terceiro dervixe disse para a jovem:

Durante o dia, caríssima senhora, eu permanecia na superfície da ilha e à noite me recolhia à casa subterrânea. Permaneci nesse mister durante cerca de um mês, enquanto observava que, com a passagem dos dias, o lado ocidental da ilha ficava cada vez com menos água e correntes mais fracas. Antes que se completasse um mês, as terras do lado oriental secaram. Fiquei muito contente e certo de que escaparia dali. Atravessei a água que ainda restava e penetrei na porção de terra que fazia parte do continente, chegando a um ponto com areia a perder de vista. Enchi-me de forças, atravessei a areia e avistei um fogo brilhando e crepitando ao longe. Era uma enorme fogueira que lavrava com intensidade. Enquanto rumava em sua direção, eu pensava: "Este fogo tem necessariamente alguém que o ateou; quem sabe ali não encontro minha salvação". E pus-me a recitar o seguinte:

"Quem sabe o destino afrouxe as rédeas
e, apesar de ingrato, traga enfim algo bom
que me renove as esperanças e me satisfaça.
Deixe que, depois disso, outras coisas ocorram."

E fui em direção à fogueira. Quando me aproximei, topei com um palácio revestido de cobre vermelho e que, batido pelos raios do sol, refulgia, parecendo, a quem o visse de longe, uma fogueira. Contente com aquela visão, sentei-me diante dele. Mal o fizera, apareceram dez jovens, todos de roupas muito limpas, ao lado de um ancião. Os jovens, contudo, eram todos caolhos: cada um deles tivera o olho direito arrancado. Fiquei intrigado e curioso por conhecer a sua história e aquela coincidência na perda do olho direito. Quando me viram, mostraram-se contentes com a minha presença e me indagaram quanto à minha história; narrei-lhes então as desgraças que me haviam colhido, o que os deixou assombrados. Introduziram-me no palácio, e ali verifiquei que havia dez camas dispostas em círculo, e em cada cama um colchão e uma coberta, ambos azuis. No centro do círculo havia uma pequena cama semelhante às outras, com tudo azul. Assim que entramos, cada jovem subiu em sua cama e o ancião subiu na cama do centro, que era menor do que as outras. Disseram-me: "Acomode-se, rapaz, no chão do palácio, e não pergunte sobre nossa condição nem sobre a falta de nosso olho". O ancião ergueu-se e entregou o alimento de cada um, separadamente, fazendo o mesmo comigo. Comemos todos, e em seguida ele ofereceu bebida em copos separados para cada um. Depois de terem terminado, sentaram-se para conversar e começaram a me indagar sobre a minha situação e sobre os prodígios e assombros que me ocorreram. Conversei com eles e lhes respondi o que desejavam. Quando a maior parte da noite já se findara, os jovens disseram: "Ó xeique, já não é hora de trazer a nossa paga? Está na hora de dormir". O ancião levantou-se, entrou num aposento e voltou carregando na cabeça dez travessas cobertas com pano azul. Entregou a cada jovem uma travessa e acendeu dez velas, espetando uma vela em cada travessa e retirando as cobertas azuis, sob as quais apareceram, em todas as travessas, cinzas, pó de carvão e ferrugem de panela. Eles arregaçaram as mangas e besuntaram os rostos com as cinzas e o negrume que estavam nas travessas, e depois disso esfregaram também na roupa, lastimaram-se, estapearam-se no rosto, choraram e bateram no peito, pondo-se então a repetir: "Estávamos sossegados, mas nossa curiosidade nos deixou ferrados", assim permanecendo até que se aproximou o amanhecer, quando então o xeique se levantou, esquentou-lhes água e eles foram banhar-se e trocar de roupa. Quando vi o procedimento dos jovens, cara senhora, besuntando de tal maneira o rosto, minha razão ficou estupefata e minha mente, ocupada; esqueci o que me ocorrera e não consegui manter-me calado, questionando-os: "E o que os obrigou a isso? Nós não estávamos satisfeitos e nos divertindo? Graças a Deus vocês gozam de juízo perfeito, e estas ações são características dos ensandecidos! Eu lhes pergunto, pelo que é mais caro para vocês, por que não me contam sua história? Qual o motivo de seu olho direito ter sido arrancado? Qual o motivo de terem besuntado o rosto com cinzas e negrume?". Eles se voltaram para mim e responderam: "Não se iluda, rapaz, com nossa juventude nem com nossas atitudes. É do seu interesse calar qualquer pergunta". E, levantando-se, estenderam algo para comer, e comemos todos. Em meu coração havia um fogo que não se apagava e uma labareda que não se ocultava de tanto que minha mente estava ocupada com a atitude que haviam tomado depois da refeição. Sentamos e conversamos até o fim da tarde. O xeique nos trouxe bebida, e bebemos até a noite chegar e avançar. Os jovens disseram: "Ó xeique, traga-nos a nossa paga, pois se aproxima a hora de dormir", e ele se levantou, sumiu por alguns momentos e retornou trazendo as travessas habituais. Eles fizeram o mesmo que haviam feito na noite anterior. Para não encompridar a conversa, minha senhora, devo dizer que morei com eles por um mês; toda noite eles repetiam esses mesmos gestos – banhando-se depois pela manhã –, e toda noite se repetia o meu assombro com tal atitude. Minha exasperação aumentou e minha paciência se exauriu a tal ponto que parei de comer e beber. Disse-lhes: "Ó jovens, por favor, eliminem esta minha preocupação e me contem qual é o motivo de vocês besuntarem o rosto e dizerem: 'Estávamos sossegados, mas a curiosidade nos deixou ferrados'. Se não contarem, por favor me deixem ir embora daqui e retornar para minha família, dispensando minhas vistas de presenciar esta situação, pois o provérbio diz: 'Ficar distante de vocês é mais belo e adequado para mim: o que os olhos não veem, o coração não sente'."[122] Ao ouvirem minhas palavras, eles se acercaram de mim e disseram: "Só lhe ocultamos isso, jovem, graças à nossa compaixão por você; tememos que fique como nós e sofra o mesmo que sofremos". Respondi: "É absolutamente imperioso que me falem". Disseram: "Já o aconselhamos, jovem; conforme-se e não questione a nosso respeito, senão ficará caolho como nós". Insisti: "É absolutamente imperioso que me falem". Responderam: "Quando essas coisas se consumarem em você, não mais tornaremos a lhe dar abrigo nem poderá ficar entre nós". Dito isso, saíram, foram até um carneiro, imolaram-no, despelaram-no, fizeram um odre com a pele e me disseram: "Pegue esta faca e entre neste odre; iremos costurá-lo com você dentro e abandoná-lo aqui fora. Virá então um pássaro chamado roque,[123] que o carregará com suas garras e voará com você pelos céus. Depois de algum tempo, você perceberá que ele o depositou numa montanha e o deixou de lado. Quando sentir que já está na montanha, corte a pele com esta faca e saia dali de dentro. A ave olhará para você e sairá voando. Levante-se imediatamente e caminhe pelo período de meio dia, quando então você encontrará diante de si um palácio elevado nos céus, revestido de ouro vermelho e cravejado de várias espécies de pedras preciosas, tais como esmeraldas e outras; as madeiras com as quais o palácio foi construído são o sândalo e aloés. Entre no palácio e obterá o que deseja, pois a entrada no palácio é que motivou a besuntadela de nosso rosto e a perda de nosso olho. Agora, se fôssemos contar o que nos sucedeu, a explicação seria muito longa, pois cada um de nós tem uma história sobre o motivo de ter perdido o olho direito".

[122] O provérbio "O que os olhos não veem, o coração não sente" literalmente se traduziria por "Olho que não vê, coração que não se entristece".
[123] "Roque", *ruḫḫ*: gigantesca ave da mitologia árabe, também conhecida como "fênix".

E a aurora alcançou Šahrāzād, que parou de falar. Dīnārzād lhe disse: "Como é agradável e assombrosa a sua história, maninha", e ela respondeu: "Isso não é nada perto do que irei contar-lhes na próxima noite, se eu viver e for preservada".

58ª

NOITE DAS NOITES DAS MIL E UMA NOITES

Na noite seguinte, Dīnārzād disse para a irmã: "Por Deus, maninha, se você não estiver dormindo, continue para nós a história do terceiro dervixe". Šahrāzād respondeu: "Com muito gosto e honra".

Conta-se, ó rei, que o terceiro dervixe, que na verdade era o rei ᶜAjīb, disse à jovem:[124]

Os jovens me introduziram dentro da pele do cordeiro, costuraram-na e retornaram ao seu palácio. Antes mesmo que eu sentisse o tempo passar, veio uma ave branca e me sequestrou com as garras, carregou-me pelos ares durante um bom período, e depois me depositou na montanha de que falaram os jovens caolhos. Rasguei a pele e saí. Quando a ave me viu, alçou voo. Eu, por minha vez, levantei-me de imediato e caminhei até chegar ao palácio, verificando que era como me haviam descrito: a porta estava aberta e entrei, constatando então que se tratava de um elegante palácio do tamanho de uma grande praça, e em cujo interior circular havia cem aposentos cujas portas de sândalo e aloés tinham lâminas de ouro vermelho e maçanetas de prata. Avistei no final do corredor quarenta moças que se assemelhavam a luas e de cuja visão nenhum ser humano se fartaria. Usavam as mais opulentas roupas, adornos e joias. Quando me viram, disseram em uníssono: "Muitas, muitíssimas saudações, ó nosso senhor! Seja bem-vindo, amo! Já faz um mês que estamos esperando alguém como o senhor. Louvado seja Deus, que nos concedeu alguém que nos merece e a quem

[124] O original introduz a história do terceiro dervixe sem a mediação necessária, como se Šahrāzād a contasse diretamente ao rei Šāhriyār, apresentando-a, no início, em terceira pessoa. Para manter a coerência narrativa, a tradução viu-se obrigada a efetuar uma pequena adaptação.

também merecemos!". E, acorrendo até mim, instalaram-me numa elevada poltrona e disseram: "Você hoje é nosso mestre; é quem nos dará ordens. Somos suas escravas e lhe devemos obediência. Ordene, transmita-nos suas determinações". Aquela situação me deixou espantado. Ato contínuo, algumas me ofereceram algo para comer, outras esquentaram água e me lavaram as mãos e os pés e me trocaram a roupa, outras coaram bebida e me serviram, todas muito felizes e cheias de regozijo com a minha chegada. Sentaram-se e começaram a conversar comigo, indagando-me sobre a minha situação. Isso durou até o anoitecer.

E a aurora alcançou Šahrāzād, que parou de falar. Dīnārzād lhe disse: "Como é agradável e insólita a sua história, maninha". Ela respondeu: "Isso não é nada perto do que irei contar-lhes na próxima noite, se eu viver e o rei me preservar".

59ª

NOITE DAS HISTÓRIAS DAS MIL E UMA NOITES

Na noite seguinte, Dīnārzād disse para a irmã: "Se você não estiver dormindo, maninha, continue a história para nós". Šahrāzād respondeu: "Sim".

Conta-se, ó rei, que o terceiro dervixe disse para a jovem:

Quando anoiteceu, cara senhora, as moças se reuniram ao meu redor, e cinco delas foram ajeitar o banquete, enfeitando a mesa com grande quantidade de petiscos, essências aromáticas e frutas; também trouxeram taças de vinho. Acomodamo-nos para beber, e elas se sentaram ao meu redor, algumas cantando, outras tocando flauta, outras dedilhando alaúde, cítara e demais instrumentos musicais. Os copos e as taças circulavam entre nós, e fui tomado por uma alegria tal que me esqueci de todas as preocupações do mundo. Disse: "Isso é que é vida; pena que seja efêmera", e deixei-me ficar com as moças naquelas condições, até que a maior parte da noite se findou e ficamos todos embriagados. Elas disseram: "Escolha dentre nós, senhor, aquela que desejar para passar a noite com você. Ela só voltará a dormir com o senhor daqui a quarenta dias". Escolhi então uma de rosto gracioso, olhos pintados de negro, cabelos negros e dentes branquíssimos. Exímia em todas as artes, de sobrancelhas unidas, parecia ramo de salgueiro ou haste de murta, deixando estupefato quem a visse, e perplexa a mente, tal como disse a seu respeito o poeta:

“Ela se dobra como haste de salgueiro maduro
e se agita: que linda! que deliciosa! que doce!
Seus dentes incisivos aparecem quando sorri,
e cremos que relampejam e conversam com uma estrela;
quando dos negros cabelos ela solta as tranças,
a alvorada se torna parte da noite espessa;
mas quando seu rosto aparece em tal escuridão,
nos ilumina os universos a oriente e a ocidente;
é por ignorância que a comparam à mansa gazela,
mas muito longe de assim ser comparada está ela,
pois não tem seu talhe e garbo a mansa gazela,
nem seu bebedouro fica com o gosto do mel;
seus grandes olhos matam de paixão,
deixam morto o torturado apaixonado.
Senti por ela uma atração ensandecida e ímpia,
e não admira que o efusivo enfermo se apaixone.”

Então dormi com ela, passando uma noite como nunca tinha passado melhor.

E a aurora alcançou Šahrāzād, que parou de falar. Sua irmã lhe disse: “Como é agradável e insólita a sua história, maninha”, e ela respondeu: “Isso não é nada perto do que irei contar-lhes na próxima noite, se eu viver e for preservada”.

60ª

NOITE DAS HISTÓRIAS DAS MIL E UMA NOITES

Na noite seguinte, Dīnārzād disse para a irmã: “Por Deus, maninha, se você não estiver dormindo, continue para nós a história do terceiro dervixe”. Ela respondeu: “Sim”.

Eu tive notícia, ó rei, de que o terceiro dervixe disse para a jovem:

Quando acordei pela manhã, as moças me conduziram a um dos locais para banho no interior do palácio; lavaram-me, puseram-me uma rica vestimenta, trouxeram comida e todos nos alimentamos. Depois trouxeram bebida, e bebemos; as taças circularam entre nós até o anoitecer, quando então elas disseram: "Escolha dentre nós aquela com quem você deseja dormir; somos suas servas e estamos aqui ao seu dispor". Escolhi dentre elas uma de feições graciosas e talhe delicado, conforme disse a seu respeito o poeta:

"Vi em seu peito dois potes selados
com sinetes que impediam o toque dos enamorados;
eram vigiados pelas setas de seu olhar:
quem ultrapassar será alvejado."

Dormi com ela e passei uma formosa noite. Quando amanheceu, fui ao banho e vesti roupas novas. Para encurtar a conversa, minha senhora, desfrutei com elas a vida mais deliciosa: a cada noite, eu escolhia uma das quarenta para passar a noite comigo; comi, bebi e me diverti por um ano inteiro. Quando foi o ano-novo, elas começaram a chorar, a gritar e a se despedir de mim chorosas, agarrando-se ao meu pescoço. Fiquei espantado com aquela atitude e perguntei: "O que acontece? Vocês estão despedaçando o meu coração". Elas responderam: "Quem dera não o tivéssemos conhecido. Já convivemos com muitos, mas nunca vimos alguém tão gentil como você. A ninguém Deus permita a perda de uma pessoa como você!", e choraram. Perguntei: "E o que as obriga a tamanha choradeira? Minhas entranhas estão dilaceradas por causa de vocês!". Disseram em uníssono: "Ó fulano, o único motivo de nossa separação será você; será você a origem da nossa separação. Caso nos obedeça, não nos separaremos jamais, mas, caso desobedeça, nós nos separaremos em definitivo de você e você de nós. Nosso coração está nos dizendo que você não nos ouvirá, e que por isso nos separaremos. Eis aí o motivo do nosso choro". Eu pedi: "Informem-me dessa história", e elas responderam: "Saiba, amo e senhor, que nós somos filhas de reis. Nós nos reunimos neste lugar há anos. Anualmente, ausentamo-nos por quarenta dias. Durante um ano ficamos aqui comendo, bebendo, nos deleitando e cantando; depois, durante quarenta dias, nos ausentamos daqui. É esse o nosso mister. O motivo de sua desobediência será o seguinte: nós nos ausentaremos e ficaremos longe de você por quarenta dias. Iremos entregar-lhe todas as chaves deste palácio, que tem cem aposentos. Abra, espaireça, coma e beba. Cada porta que você abrir lhe proporcionará entretenimento por um dia inteiro. Existe apenas um dos cômodos que você não deverá abrir e do qual nem sequer deverá se aproximar. Se acaso você o abrir, aí estará o motivo da sua definitiva separação de nós, e de nossa definitiva separação de você: nisso consistirá a sua desobediência. Você tem à disposição noventa e nove aposentos para fazer neles o que bem entender: abra-os e divirta-se com eles. A única exceção é esse aposento cuja porta é de ouro vermelho: quando você a abrir, nisso estará o motivo da definitiva separação entre nós".

E a aurora alcançou Šahrāzād, que parou de falar. Dīnārzād lhe disse: "Como é agradável e espantosa a sua história, maninha", e ela respondeu: "Isso não é nada perto do que irei contar-lhes na próxima noite, se eu viver e o rei me preservar".

61ª

NOITE DAS HISTÓRIAS
DAS MIL E UMA NOITES

Na noite seguinte, Šahrāzād disse:

Eu tive notícia, ó rei, de que o terceiro dervixe disse para a jovem:

Depois, minha senhora, as quarenta moças me disseram: "Por Deus, amo, e por vida nossa, em suas mãos estará o motivo da separação definitiva entre nós. Tenha paciência, espere-nos esses quarenta dias e então retornaremos para você. Eis aí cem aposentos; você poderá entrar e se deleitar em noventa e nove deles. A centésima porta, porém, se você a abrir, nisso estará o motivo de nossa separação". Em seguida, uma das jovens deu um passo à frente, abraçou-me, chorou e recitou esta poesia:

"E quando chegou a hora do adeus, seu coração
se aproximou de dois aliados, a paixão e o sentimento;
chorou úmidas pérolas, minhas lágrimas transbordaram
em ágatas, e tudo em seu pescoço formou um colar."

Disse o narrador: despedi-me dela e das outras[125] e disse: "Por Deus que não abrirei jamais aquele aposento". Elas foram embora fazendo-me sinais com os dedos e recomendações. Depois de sua saída, quedei-me só no palácio e disse com meus botões: "Por Deus que não abrirei aquela porta, nem darei ensejo à separação entre mim e elas". Então me dirigi ao primeiro aposento, abri, entrei, e nele encontrei um bosque semelhante ao paraíso, com todas as espécies de frutas, árvores carregadas com frutos maduros, galhos entrelaçados, pássaros canoros e água abundante. Eram tantas as árvores e os rios que minha mente ali se tranquilizou. Embrenhei-me pelo arvoredo, aspirei a fragrância das flores e ouvi o canto dos pássaros agradecendo ao Deus único, ao Todo-Poderoso. E vi maçãs tais como disse o poeta a respeito:

"Maçã de duas cores, cores que imaginei serem
as faces coladas de dois amantes agarrados,
a mesma almofada, e depois algum susto:
um vermelho de calor, outro amarelo de temor."

Depois observei as peras, cujo sabor era superior ao da água de rosas e o açúcar, e cujo aroma era superior ao do almíscar e do âmbar. E vi marmelos tais e quais os descreveu o poeta:

"Logrou o marmelo todas as delícias e se tornou,
dentre as frutas, a mais bem conhecida:
sabor de vinho, aroma fragrante de almíscar,
cor de ouro e formato de lua arredondada."

Depois olhei para os pêssegos, cuja beleza saltava aos olhos e brilhava como um rubi trabalhado. Saí então do jardim e fechei a porta. No dia seguinte abri outra porta e entrei, encontrando-me em meio a uma ampla campina com muitas palmeiras, circundada por um rio corrente em cujas margens haviam se plantado rosas, jasmins, henas, rosas brancas almiscaradas, narcisos, violetas, pimenteiras, camomilas, girassóis e açucenas. A brisa agitava essas plantas aromáticas, espalhando sua fragrância por toda a campina. Deleitei-me naquele lugar e minhas

[125] O original traz "despedi-me delas duas", mas o manuscrito da Bodleian Library ("Bodl. Or. 550") traz as poesias de cada uma das quarenta jovens.

preocupações se desvaneceram um pouco. Então me retirei dali e fechei a porta, abrindo uma terceira e topando com um grande pátio revestido de várias espécies de mármore colorido, pedras preciosas e joias opulentas. Havia ali gaiolas feitas de sândalo e aloés com pássaros canoros como rouxinóis, pombas-de-colar, pombas-silvestres, melros, rolas, torcazes, pombas núbias e todas as demais variedades de aves canoras. Espaireci, meu coração se pacificou e minhas preocupações se dissiparam. Fui dormir e, ao acordar, abri a quarta porta, ali encontrando uma grande mansão em cujo entorno havia quarenta aposentos com as portas abertas; entrei em todos eles, topando em todos com pérolas, esmeraldas, gemas, rubis, corais, prata, ouro e outros metais preciosos. Meu juízo ficou estupefato com os gêneros de felicidade que eu contemplava, e disse de mim para mim: "Estes bens não pertencem senão a grandes reis. Ninguém poderia competir com tamanhas riquezas, nem mesmo se todos os reis da terra se unissem". Minha mente se alegrou, minhas preocupações desapareceram e eu disse: "Sou o rei deste tempo, e posso dispor destas cores, destes bens e daquelas jovens, que não têm ninguém além de mim". E assim permaneci, minha senhora, em semelhante estado de deleite por dias e noites, até que se passaram trinta e nove dias. Quando restava um dia e uma noite, eu já abrira as portas e entrara nos noventa e nove aposentos; faltava apenas a centésima porta, a qual haviam me recomendado não abrir.

E a aurora alcançou Šahrāzād, que parou de falar. Dīnārzād disse para a irmã: "Como é espantosa sua história, maninha", e ela respondeu: "Isso não é nada perto do que irei contar-lhes na próxima noite, se eu viver e o rei me preservar".

62ª

NOITE DAS HISTÓRIAS DAS MIL E UMA NOITES

Na noite seguinte, Šahrāzād disse:

Eu tive notícia, ó rei venturoso, de que o dervixe disse:

Não restava senão o centésimo aposento. Minha mente ficou com ele ocupada, meu íntimo se obcecou e, devido à minha má sorte, o demônio me dominou. Não consegui ter paciência com aquilo, muito embora restasse do prazo não mais que uma única noite; quando amanhecesse, as jovens ficariam comigo por um ano. Mas o demônio me venceu, e abri a porta revestida de ouro. Mal entrei e senti um odor tão forte que desabei no chão por alguns momentos. Reuni então minhas forças, fortaleci meu coração e entrei no aposento, verificando que seu piso estava forrado de açafrão; velas perfumadas, lampiões de ouro e prata acesos com caras essências e velas espetadas em aloés e âmbar; vi dois grandes turíbulos, cada qual do tamanho de uma tigela, cheios de carvão em brasa, âmbar, almíscar e incenso, cuja fragrância, bem como a das velas, perfumes e açafrão, se espalhava pelo lugar. Eu vi, cara senhora, um corcel negro como a noite escura, diante do qual havia duas manjedouras de cristal branco, uma contendo sésamo descascado e a outra, água de rosas almiscarada. O corcel estava amarrado e ajaezado com uma sela de ouro vermelho. Ao vê-lo, fiquei sumamente espantado e pensei: "Alguma coisa de enorme importância sucede a este cavalo". O demônio me dominou e eu retirei o cavalo daquele local, conduzindo-o para fora do palácio. Montei-o, e ele não saiu do lugar; bati-lhe com os pés, e ele não se moveu; irritado, peguei o chicote e o golpeei. Ao sentir o golpe, ele imediatamente relinchou como se fosse um trovão violento, abriu suas asas e voou comigo do palácio, subindo tanto no espaço celeste que desapareceu por algum tempo do campo de visão. Depois, pousou comigo no telhado de outro palácio, jogando-me fora da sela e atirando-me no telhado. Depois, acertou-me com o rabo um doloroso golpe no rosto, que me arrancou o olho, fazendo-o escorrer por minha face. Tornei-me caolho e disse: "Não existe poderio nem força senão em Deus altíssimo e poderoso. De tanto pensar naqueles jovens caolhos, acabei ficando caolho como eles". Em seguida, olhando de cima do palácio para o solo, divisei as dez camas com colchão e cobertas azuis. Descobri que estava no palácio dos dez jovens caolhos que me aconselharam, e cujos conselhos não acatei. Desci do alto do palácio e me acomodei no meio das camas; mal eu me sentara, vi os jovens, com o mestre no meio deles. Ao me verem, disseram: "Não damos as boas-vindas nem saudamos quem chegou. Por Deus que não tornaremos a dar-lhe abrigo; que você não esteja bem!". Eu disse: "Não ficarei quieto até perguntar sobre o motivo de vocês besuntarem o rosto com azul e preto". Eles responderam: "A cada um de nós sucedeu o mesmo que a você: cada um estava na melhor vida, gozando dos mais deliciosos prazeres, mas não pôde esperar quarenta dias para desfrutar de um ano de comida, bebida e cuidados; comer galinha, escorropichar garrafas, dormir em brocado; beber vinho e dormir junto ao seio de mulheres graciosas. Mas nossa curiosidade não deixou, e nosso olho foi arrancado. Eis-nos agora, conforme você vê, a chorar o que passou". Eu lhes pedi: "Não se zanguem comigo pelo que fiz. Eis-me aqui agora, tornado igual a vocês. Gostaria que me dessem dez pratos de negrume para eu besuntar meu rosto", e chorei amargamente. Eles responderam: "Por Deus, por Deus que não lhe daremos abrigo, nem você ficará conosco. Ao contrário: saia daqui agora e dirija-se para Bagdá, onde você vai encontrar ajuda para o que lhe sucedeu". Vendo-me em tal aperto, e tão destratado, meditei sobre os terrores que despencaram sobre a minha cabeça, como o assassinato do jovem. Meditei sobre o "Eu estava tranquilo e sossegado mas a minha curiosidade me deixou ferrado", e tudo me pareceu pior ainda. Então raspei a barba e as sobrancelhas, renunciei às coisas mundanas e saí perambulando; tornei-me um dervixe carendel caolho. Deus escreveu que eu viajaria em segurança e cheguei a Bagdá no início desta noite. Encontrei estes dois dervixes parados e perplexos; cumprimentei-os e disse: "Sou estrangeiro". Eles responderam: "Estrangeiro, nós também somos estrangeiros". E a coincidência foi que nós três somos dervixes caolhos do olho direito, o que nos tornou um prodígio. É esta, minha senhora, a causa de o meu olho ter sido arrancado e minha barba, raspada.

[*Prosseguiu Šahrāzād*:][126] Contam, ó rei venturoso, que, depois de ouvir as histórias dos três dervixes, a jovem lhes disse: "Passem a mão na cabeça e vão embora, sigam o seu caminho". Mas eles responderam: "Por Deus que não nos moveremos daqui até ouvir a história destes nossos companheiros". Então a jovem se voltou para o califa, Ja^{c}far e Masrūr, e disse: "Agora, contem-nos vocês a sua história". Ja^{c}far deu um passo à frente e disse:

JA^{c}FAR, O VIZIR

Somos, minha senhora, naturais de Mossul, e viemos à sua cidade para fazer comércio. Quando chegamos aqui, hospedamo-nos numa pensão de mercadores. Vendemos nossas mercadorias e fizemos trocas. Nesta noite, um dos mercadores daqui de Bagdá deu uma festa e convidou nosso grupo e todos os mercadores hospedados na pensão. Fomos até a casa dele. Passamos momentos deliciosos, com bebida coada, sarau agradável e cantorias. No entanto, acabaram ocorrendo discussões e gritarias entre os convidados. O chefe de polícia efetuou uma batida no lugar, capturando alguns de nós, embora alguns outros conseguissem fugir. Nós estávamos entre os que escaparam, mas fomos colhidos pela noite e encon-

[126] Neste ponto, parece evidente, como se fez em alguns manuscritos do ramo egípcio, que seria necessário iniciar uma nova noite, o que não se deu por possível negligência do autor, ou mais possivelmente do copista.

tramos trancada a pensão, que só volta a abrir pela manhã. Surpresos e atarantados, sem saber que rumo seguir, temerosos de que o chefe de polícia nos visse, prendesse e desmoralizasse, fomos conduzidos pelos caprichos da sorte para este local e, ouvindo canções agradáveis e tertúlias, percebemos que aqui se realizava uma festa e havia gente reunida. Pensamos em nos colocar à sua disposição, encerrar nossa noite ao seu lado, renovar o sarau e completar com alegria esta noite. E vocês fizeram a caridade e a gentileza de nos deixar entrar, trataram-nos bem e nos dignificaram. Foi assim que se deu nossa chegada até aqui.

Então os dervixes disseram: "Ó ama e senhora, rogaríamos à sua bondade que nos concedesse a vida desses três para que, desse modo, possamos ir embora após ter feito uma boa ação". Nesse instante, a jovem, dirigindo-se a todos, disse: "Eu lhes concedo as vidas uns dos outros". Saíram todos da casa e o califa disse aos dervixes: "Aonde vocês vão, pessoal? A manhã ainda nem raiou". Responderam: "Não sabemos para onde ir, senhor". Ele disse: "Vão dormir em nossa casa", e, voltando-se para Ja^c^far, disse-lhe: "Leve esses três para dormir em sua casa e pela manhã conduza-os até mim, a fim de que registremos por escrito o que aconteceu a cada um e o que deles ouvimos nesta noite". Ja^c^far obedeceu às ordens do califa, e este se retirou para seu palácio, mas não conseguiu conciliar o sono, preocupado e meditando sobre o que sucedera aos dervixes, os quais, sendo não obstante filhos de reis, tinham chegado àquela condição. Seu íntimo também ficou ocupado com a história da jovem com as duas cadelas negras e da outra surrada com chicote. Sem conseguir conciliar o sono, mal pôde esperar que a manhã chegasse, quando então se instalou em seu trono. O vizir Ja^c^far entrou, beijou o chão e o califa lhe disse: "Esta não é hora de moleza. Desça e traga as duas jovens para que eu ouça a história das cadelas. Traga também os dervixes. Rápido!", e ralhou com ele. Ja^c^far se retirou, e não era passada nem uma hora e já ele retornava trazendo as três jovens e os três dervixes. O vizir fez os três dervixes se postarem diante do califa, escondeu as três moças atrás de uma cortina e disse: "Ó mulheres, nós já as perdoamos graças ao bom tratamento e à generosidade que vocês nos dispensaram. Agora, se acaso ainda não sabem quem está diante de vocês, eu as farei saber: estão diante do sétimo da dinastia abássida, Arrašīd, filho de Almahdī, filho de Alhādī, irmão de Assaffāḥ, filho de Almanṣūr.[127] Que

[127] Ressalve-se que essa genealogia está errada e confusa. Hārūn Arrašīd era o quinto, e não o sétimo califa da dinastia abássida, que se iniciara em 750 d.C. com Abū Al^c^abbās Assaffāḥ (750-754), sucedido por seu irmão Abū Ja^c^far Almanṣūr (754-775), sucedido por seu filho Muḥammad Almahdī

sua língua seja eloquente, e forte o seu coração: não profira senão a verdade, não se pronuncie senão com sinceridade, e evite a mentira. 'Deves ser veraz ainda que com isso te arrisques a ir ao fogo.'[128] Conte ao califa por que você surra as duas cadelas pretas e em seguida chora abraçada a elas".

E a aurora alcançou Šahrāzād, que parou de falar. Dīnārzād lhe disse: "Como é espantosa e insólita a sua história, maninha", e ela respondeu: "Isso não é nada perto do que irei contar-lhes na próxima noite, se eu viver e o rei me preservar".

63ª

NOITE DAS HISTÓRIAS DAS MIL E UMA NOITES

Na noite seguinte, Šahrāzād disse:

Eu tive notícia, ó rei venturoso, de que, ao ouvir Jacfar lhe dirigir a palavra na qualidade de porta-voz do comandante dos crentes, a jovem dona da casa disse:

A PRIMEIRA JOVEM, A DONA DA CASA

Sucedeu-me uma história espantosa e insólita, que, se fosse escrita com agulhas no interior das retinas, constituiria uma lição para quem reflete. O fato é que as duas cadelas pretas são minhas irmãs: somos três irmãs de pai e mãe – essas duas jovens, a que traz no corpo marcas de chicotada, e a outra, a compradeira, são filhas de outra mãe. Bem, nosso pai morreu e, depois da repartição da herança, ficamos as três morando com nossa mãe, enquanto essas duas, por sua vez, ficavam em outro lugar morando com a mãe delas. O tempo passou e nossa mãe morreu, deixando três mil dinares, que dividimos entre nós, cabendo a cada uma mil dinares. Eu era a mais nova. As duas mais velhas se ajeitaram e casaram. O mari-

(775-785), sucedido por seu filho Mūsà Alhādī (785-786), sucedido, enfim, por seu irmão Hārūn Arrašīd (786-809). Dois manuscritos do ramo egípcio tentam corrigir os dados, mas cometem outros erros. Embora tradicionalmente se considere que Hārūn Arrašīd seja um dos principais protagonistas, por assim dizer, "históricos" das noites, é curioso que essas informações básicas fossem ignoradas pelo autor. Mas pode-se tratar de equívocos propositais.

[128] Provérbio popular.

do da mais velha pegou o dinheiro de ambos, montou uma expedição comercial e saíram os dois em viagem, ausentando-se por cinco anos. O marido acabou dilapidando todo o dinheiro e os proventos de minha irmã. Não cuidou dela, abandonando-a ao deus-dará em terra estrangeira, e obrigando-a a se virar e tentar sozinha encontrar o caminho de volta. Foi assim que, repentinamente, após cinco anos, eu a vi chegar até mim em roupas de mendiga, andrajosa, com um manto sujo e velho – enfim, ela estava no mais deplorável estado. Ao vê-la, fiquei abalada e perguntei: "Por que você está nessa situação?". Ela respondeu: "As palavras já não resolvem nada: 'O cálamo executou o que já fora decretado'.".[129] Recolhi-a, ó comandante dos crentes, e imediatamente a levei a um banho; depois, tirei-a dali, coloquei-lhe roupas novas, preparei-lhe um caldo de carne, dei-lhe bebida e tratei dela por um mês. Disse-lhe: "Irmã, você é a mais velha e ocupa o lugar de nossa mãe. Meu dinheiro foi abençoado por Deus: eu produzo e fio seda. Meu capital cresceu e se multiplicou, e será dividido igualmente entre mim e você". Tratei-a com extrema generosidade, e ela morou comigo por um ano inteiro. Ficamos ambas preocupadas com nossa outra irmã, [cujo marido também pegara o seu dinheiro, comprara mercadorias e saíra com ela em viagem; havíamos perdido totalmente o contato com ela],[130] mas não demorou muito e essa outra irmã voltou em situação ainda mais miserável do que a nossa irmã mais velha; fiz por ela o mesmo que fizera pela outra, tratando-a e dando-lhe de vestir. Então elas me disseram: "Irmã, gostaríamos de nos casar, pois não suportamos ficar solteiras". Eu lhes respondi: "Irmãs, o casamento já não produz nenhum benefício. São poucos os homens de qualidade. Deixem disso e fiquemos juntas. Vocês já experimentaram o casamento e não receberam nada". Mas elas não deram importância às minhas palavras, ó comandante dos crentes, e casaram-se sem a minha autorização. Vi-me obrigada pela segunda vez a prepará-las com meu dinheiro. Não se passou muito tempo e seus maridos conseguiram convencê-las, tomaram-lhes os bens e viajaram com elas, abandonando-as em terra estrangeira. Elas regressaram até mim, desculparam-se e disseram: "Irmã, você tem menos idade mas mais juízo do que nós. Esta foi a primeira e a última: nunca mais tornaremos a falar de casamento. Tome-nos como suas servas em troca de uns bocados de comida". Respondi: "Irmãs, nada me é mais caro do que vocês", e, acudindo-as, tratei-as melhor ainda. Ficamos juntas e nessa condição permanece-

[129] Provérbio popular.
[130] O trecho entre colchetes foi traduzido do manuscrito "Arabe 3615".

mos por um terceiro ano. Tudo o que eu possuía se multiplicava, meu dinheiro aumentava e minha situação melhorava. Desejei, ó comandante dos crentes, partir em expedição comercial para a cidade de Basra,[131] e para tanto providenciei uma grande embarcação, enchendo-a de mercadorias e artigos, além de tudo quanto me fosse necessário durante a viagem. Zarpamos com bons ventos e navegamos por dias, quando subitamente nos vimos perdidos em alto-mar, assim permanecendo durante vinte dias, ao cabo dos quais o gajeiro subiu ao mastro para observar e exclamou: "Alvíssaras!". Desceu cheio de regozijo e disse: "Vi o que me pareceu ser uma cidade semelhante a uma pomba suavemente branca", e todos ficamos muito satisfeitos. Passaram-se poucas horas e já a embarcação atracava naquela cidade; desembarquei a fim de observá-la. Quando cheguei diante de seus portões, vi pessoas em cujas mãos havia bastões; aproximei-me e constatei que eram pessoas amaldiçoadas; todas se tinham tornado pedra. Atravessei os portões, adentrei a cidade e vi que as pessoas nas lojas do mercado tinham sido todas transformadas em pedra dura e que a cidade não tinha nas casas quem assoprasse as brasas.[132] Então, perambulando pelo lugar, constatei que toda a sua população fora transformada em pedra dura. Cheguei ao limite extremo da cidade e ali notei uma porta revestida de ouro vermelho, com uma cortina de seda e um lampião dependurado. Pensei: "Por Deus, que coisa esquisita! Não haverá gente por aqui?". Entrei por uma das portas e topei com um aposento; entrei nesse aposento e topei com outro aposento; assim, pus-me a entrar de aposento em aposento, sozinha, mas não encontrei ninguém, o que me deixou bastante apreensiva. Passei a entrar nos aposentos habitados pelas mulheres, topando então com um apartamento encimado por uma insígnia real e cujas paredes eram cobertas com cortinas tecidas a ouro. Encontrei a rainha – a própria esposa do rei! – vestida com uma roupa de pérolas, cada qual do tamanho de uma amêndoa; em sua cabeça havia uma coroa cravejada de pedras preciosas.[133]

[131] Cidade localizada no sul do Iraque, nas proximidades do Golfo Pérsico. Foi fundada pelos árabes no século VII. Sua transcrição é *Albaṣra* e, a rigor, em português não deveria vir desacompanhada do artigo, que em árabe é obrigatório. Deve-se evitar a forma "Bassorá".

[132] Provérbio popular.

[133] Este trecho deve ter parecido obscuro a copistas posteriores, pois se encontra truncado nos diversos manuscritos do ramo egípcio. Talvez a dificuldade resida na aparente inexistência de uma referência direta de que a narradora se encontrava num palácio real. O manuscrito 550 ("Bodl. Or. 550") da Bodleian Library diz: "nos aposentos habitados pelo rei com suas mulheres"; já o "Gayangos 49" traz uma descrição mais extensa, que parece guardar relação com o original da versão adotada por algumas edições impressas, como a segunda edição do Cairo, além de modificar os motivos que levaram o navio à cidade, fazendo a narradora

E a aurora alcançou Šahrāzād, que parou de falar. Dīnārzād lhe disse: "Como é agradável a sua história, maninha", e ela respondeu: "Isso não é nada perto do que irei contar-lhes na próxima noite, se eu viver e o rei me preservar".

64ª

NOITE DAS HISTÓRIAS ESPANTOSAS E INSÓLITAS DAS MIL E UMA NOITES

Na noite seguinte, Šahrāzād disse:

Eu tive notícia, ó rei, de que a jovem dona da casa, contando sua história ao califa, disse:

Ó príncipe dos crentes, na cabeça da rainha havia uma coroa cravejada de pedras preciosas de muitas variedades. No palácio se estendiam tapetes de seda salpicada de ouro. Notei no centro do apartamento uma cama de marfim revestida de ouro cintilante, com duas romãs de esmeralda verde. Sobre a cama havia um baldaquino composto de pérolas. Notei uma luz, um raio brilhante saindo através da rede do baldaquino. Subi na cama, coloquei a cabeça no baldaquino e vi, ó comandante dos crentes, uma pedra preciosa do tamanho de um ovo de avestruz. Estava sobre uma pequena cadeira e tinha um brilho incandescente, uma luz tão brilhante que ofuscava a vista. Não havia ninguém na cama, revestida de lençóis e cobertas de seda; ao lado da almofada, duas velas acesas. Quando vi aquela pedra preciosa e as duas velas acesas, tomei-me de assombro e pensei: "Essas velas não foram acendidas senão por um ser humano". Aquele lugar me deixou efetivamente espantada. Retirei-me dali, e eis que me encontrei na cozinha, com sua adega e as despensas do rei. Continuei perambulando de apartamento em apartamento, e de lugar em lugar, até que me esqueci, de tão assombrada que estava, dos eventos que teriam sucedi-

ver, antes da rainha, "o rei sentado, tendo a seu lado seus secretários, ajudantes e vizires; vestia trajes que deixavam atônito o pensamento; ao me aproximar do rei, verifiquei que estava acomodado num trono cravejado de pérolas e gemas, e cada pérola brilhava como o sol resplandecente; seu traje estava ornado com ouro, e ao seu redor estavam parados cinquenta mamelucos vestidos de seda e trazendo às mãos uma espada desembainhada".

do aos habitantes da cidade; e a tal ponto me distraí que negligenciei a mim mesma e fui colhida pela noite. Procurei então a porta da torre pela qual entrara, e não consegui reconhecê-la. Perdi-me. Com a noite tendo entrado, deambulei por algum tempo no escuro sem encontrar nenhum local que me servisse de abrigo, com exceção daquela cama com baldaquino e velas. Deitei-me no colchão, cobri-me e tentei dormir, mas não consegui pregar o olho. No meio da noite, ouvi uma voz de timbre suave salmodiando o Alcorão. Levantei-me contente e caminhei na direção da voz, até que fui conduzida a um aposento cuja porta estava encostada; espiei pela fresta e vi algo como um santuário para recitação, algo como um nicho para preces, e algo como lampiões dependurados e acesos, velas e um tapete estendido, sobre o qual estava sentado um rapaz gracioso recitando de modo escorreito um exemplar do Alcorão que havia diante de si. Fiquei intrigada com aquilo: como todos os habitantes da cidade tinham sido amaldiçoados enquanto esse rapaz se encontrava íntegro? Isso teria alguma causa prodigiosa. Em seguida abri a porta, entrei no santuário e cumprimentei o rapaz, dizendo: "Louvores a Deus, que atendeu aos meus rogos por seu intermédio. Isso será o motivo da nossa salvação, da salvação de nosso navio e de nosso regresso para a nossa gente. Ó santo homem, em nome daquilo que você recitava, responda-me uma pergunta". O rapaz olhou para mim, sorriu e disse: "Ó serva de Deus, conte-me primeiro como você chegou até aqui, e então eu lhe contarei a minha história, o que sucedeu a mim e aos habitantes de minha cidade, o motivo de sua transformação e de minha salvação". Contei-lhe pois a minha história, e como a minha embarcação singrara perdida por vinte dias. Em seguida indaguei-o sobre a cidade e seus habitantes, e o rapaz respondeu: "Devagar, minha irmã, e eu lhe contarei", e, fechando o Alcorão, tirou-o dali e me acomodou, ó comandante dos crentes.

Então a aurora alcançou Šahrāzād, e ela parou de falar. Dīnārzād lhe disse: "Como é agradável e insólita a sua história, maninha", e ela respondeu: "Isso não é nada perto do que irei contar-lhes na próxima noite, se eu viver e o rei me preservar".

65ª

NOITE DAS ASSOMBROSAS HISTÓRIAS
DAS MIL E UMA NOITES

Na noite seguinte, Šahrāzād disse:

Conta-se, ó rei venturoso, que a jovem dona da casa disse para o califa:

Então, ó príncipe dos crentes, o jovem tirou o exemplar do Alcorão de sua frente, depositando-o no nicho que indicava a direção da Caaba,[134] e me acomodou ao seu lado. Contemplei-lhe o rosto, e eis que era como o plenilúnio quando surge, e gracioso de formas, tal como disse a respeito o poeta:

"Certa noite, a um astrônomo pareceu ver
gracioso talhe sobre o plenilúnio a brilhar,
cuja luz ofuscante desafiava a do sol
ainda escondido, deixando a lua perplexa."

Deus altíssimo tinha-o vestido com as roupas da formosura, adornando-lhe as faces com o esplendor e a perfeição, tal como disse a respeito o poeta:

"Juro pela sedução de suas pálpebras e por sua cintura;
juro pelas flechas que seu encanto dispara;
juro pela suavidade de seus membros e por seu olhar agudo;
juro pela brancura de seus dentes e negrura de seu cabelo;
juro por seus cílios que me impedem o sono
e que me dominam, proibindo e ordenando;
juro pelos escorpiões que sua fronte arremessa,
e que matam os amantes que abandona;
juro pelo rosado de suas faces bem-feitas;
juro pelo cristal vermelho de sua boca e pérola dos dentes;
juro por seu agradável hálito e pela água doce
que escorre de sua boca com o mel de sua saliva de vinho;

[134] Como se sabe, todo local de prece muçulmana deve ter um nicho que indique a Caaba, pois é na direção dela que os crentes se prosternam.

juro por seu colo e estatura em forma de ramo,
sentado, seu peito contém uma romã;
juro por suas ancas que se agitam, agitado esteja
ou parado; juro pela esbelteza de sua cintura;
juro pelo seu toque sedoso e leveza de espírito;
juro por toda a beleza que ele contém;
juro por sua afabilidade e veracidade;
juro por sua boa origem e sublime capacidade:
é por ele que o conhecedor define o almíscar,
e a brisa que espalha sua fragrância é a dele;
também abaixo dele está o sol brilhante,
e nem a lua crescente vale sua unha cortada."[135]

Olhei para o jovem, ó comandante dos crentes, e esse olhar foi seguido por grande aflição: meu coração foi arrebatado de amores por ele, a quem eu disse: "Meu amo, amado de meu coração, conte-me a história da sua cidade". E ele disse:

"Saiba, ó serva de Deus, que esta é a cidade do meu pai – e ele é aquela pedra negra que você talvez tenha visto no interior do palácio amaldiçoado –, e a rainha naquele aposento é a minha mãe. Meu pai foi rei desta cidade, cujos habitantes eram todos magos,[136] que adoravam o fogo acima de Deus, o rei todo-poderoso; prosternavam-se diante do fogo e juravam em seu nome. Nasci já durante a velhice de meu pai, e fui criado em meio a grande prosperidade; assim cresci e me desenvolvi. Tínhamos conosco uma velha entrada em anos que me ensinava a leitura do Alcorão e me dizia: 'Não se deve adorar senão a Deus altíssimo'. Foi por seu intermédio que aprendi o Alcorão, fato que passei a ocultar de meu pai e de meus familiares. Certo dia, ouvimos subitamente uma voz descomunal dizer: 'Ó povo desta cidade, abandone a adoração do fogo e adore a Deus, o misericordioso', mas ninguém abandonou a adoração do fogo. A voz voltou a alertá-los nesses mesmos termos três vezes no decorrer de três anos. Após o terceiro alerta, no terceiro ano, subitamente a cidade amanheceu com todos os moradores na situação em que você os viu; fui o único a escapar.[137] Agora, eis-me aqui, confor-

[135] Parece óbvio que tais versos, originariamente, descreviam uma figura feminina. E sua adaptação está visivelmente mal-acabada, conforme se evidencia pela referência às ancas, incomum para falar de homens, e à "romã" do peito, metáfora habitual para seios empinados.

[136] No original, *majūs*, isto é, praticantes da religião de Zoroastro.

[137] O ramo egípcio apresenta mais detalhes sobre a relação entre a velha e o rapaz (realçando o fato de que ela

me você está vendo, entregue à adoração de Deus altíssimo. Já me desesperava com a solidão, sem ter com quem conversar."

[*Prosseguiu a jovem*:] Ele já sequestrara minha mente e me subtraíra o autocontrole e a alma. Eu lhe disse: "Venha comigo para a cidade de Bagdá. Esta escrava que está diante de você é a senhora de seu povo e manda em homens e escravos; tenho capitais e comércio. Uma parte de meus bens se encontra no navio atracado fora da cidade. A embarcação se perdeu e navegou ao léu até que Deus nos lançou aqui e me fez conhecer a sua juventude". E tanto insisti, ó comandante dos crentes, que ele disse "sim". Passei aquela noite quase sem acreditar no que ocorrera, e dormi aos seus pés. Quando amanheceu, levantamo-nos, carregamos dos depósitos reais o que tivesse peso baixo e valor alto e descemos ambos da torre até a cidade, onde encontrei minhas irmãs, o capitão do navio e meus empregados procurando por mim. Ao me verem ficaram muito contentes, e lhes relatei a história do jovem e da cidade. Ficaram estupefatos. Quanto às minhas duas irmãs, que são estas duas cadelas, ó comandante dos crentes, ao verem o rapaz foram tomadas de inveja e passaram, em seu íntimo, a planejar o mal contra mim. Embarcamos todos muito contentes com os lucros. Mas mais feliz do que todos estava eu, por causa do jovem. Pusemo-nos a esperar bons ventos para seguir viagem.

E a aurora alcançou Šahrāzād, que parou de falar. Dīnārzād lhe disse: "Como é agradável e insólita a sua história, maninha", e ela respondeu: "Isso não é nada perto do que irei contar-lhes na próxima noite, se eu viver e o rei me poupar".

66ª

NOITE DAS HISTÓRIAS ESPANTOSAS
E INSÓLITAS DAS MIL E UMA NOITES

Na noite seguinte, Šahrāzād disse:

Conta-se, ó rei venturoso, que a jovem dona da casa disse ao califa:

lhe ensinava secretamente a religião muçulmana), e, ao cabo, faz a velha morrer antes dos eventos seguintes, o que parece mais coerente, uma vez que o rapaz foi o único a não ser transformado em pedra.

Então, ó comandante dos crentes, vieram bons ventos e a viagem começou. Acomodamo-nos para conversar e minhas irmãs perguntaram: "O que você fará com este rapaz?". Respondi: "Vou tomá-lo como marido", e, voltando-me para ele, disse-lhe: "Eu gostaria, meu senhor, que você não discordasse de mim quanto ao que vou expor: assim que chegarmos à nossa cidade de Bagdá, eu me oferecerei a você em casamento, como sua serva; serei sua esposa e você, meu marido". O rapaz respondeu: "Sim. Você é que é a minha ama e senhora, e de suas atitudes, quaisquer que sejam, eu jamais discordarei". Depois, voltei-me para minhas irmãs e lhes disse: "Esse é o meu ganho. Quanto a vocês, tudo o que trouxeram será o seu ganho. A mim me basta este jovem; ele é meu". Mas em seu íntimo elas passaram a planejar o mal contra mim; a feição de ambas se alterou de inveja. Prosseguimos viagem com bons ventos até que chegamos ao Mar da Segurança, no qual navegamos um pouco e nos aproximamos do porto de Basra. Era noite e fomos dormir. Minhas irmãs esperaram que eu adormecesse e ressonasse, e me carregaram no colchão, atirando-me ao mar; fizeram o mesmo com o rapaz, que se afogou; quanto a mim, quem dera eu tivesse me afogado junto com ele! Contudo, eu me salvei: bati a cabeça nos rochedos de uma península elevada e acordei; ao me ver no meio da água, percebi que minhas irmãs haviam me atraiçoado, e agradeci a Deus por me encontrar em segurança. O navio continuou avançando como relâmpago, e eu fiquei agarrada aos rochedos a noite inteira, até que a alvorada despontou e avistei uma faixa de terra seca que conduzia ao alto da península; caminhei por essa faixa durante algum tempo e cheguei àquele local,[138] quando então espremi minhas roupas e as deixei estendidas ao sol para secar. Comi dos frutos da ilha e bebi de sua água. Depois caminhei um pouco e me sentei para descansar – eu estava a somente duas horas da cidade. Repentinamente, vi uma cobra comprida, da grossura de uma palmeira, rastejando rapidamente em minha direção; notei que se deslocava para a direita e para a esquerda, até que se aproximou de mim revolvendo a terra com seu tamanho e com um palmo de língua já se arrastando ao solo; em seu encalço havia uma serpente comprida como duas lanças e grossa como uma lança; a serpente já estava para agarrar pela cauda a cobra em fuga, que se agitava para a direita e para a esquerda com as lágrimas escorrendo. Então, ó comandante dos crentes, tomada de piedade pela cobra, peguei uma

[138] A passagem não deixa claro se a península ou ilha era constituída pelos rochedos, nem se a faixa de terra ligava os rochedos à península ou a própria ilha ao continente. O autor possivelmente pensou em trechos de terra que, na maré baixa, se ligavam ao continente.

grande pedra, levantei-a e, rogando ajuda a Deus, golpeei a serpente, que morreu bem mortinha. Nesse momento, a cobra abriu duas asas e saiu voando, até desaparecer de minhas vistas. Sentei-me para descansar e acabei sendo colhida pelo sono. Quando acordei, vi uma escrava negra que me massageava os pés, tendo ao lado duas cadelas negras. Despertei de imediato, sentei-me e perguntei: "Quem é você, minha irmã?". Ela respondeu: "Quão rapidamente me esqueceu! Eu sou aquela a quem você fez um favor e em quem plantou a semente da gratidão. Eu sou a cobra que estava neste lugar quando você fez o favor de matar o meu inimigo, com a ajuda de Deus altíssimo. Eu não podia deixar de recompensá-la e, assim sendo, segui a embarcação, ordenei a alguns de meus ajudantes que afundassem o navio, não sem antes terem retirado tudo quanto ele continha e transportado para a sua casa. Só agi assim em razão das coisas que, conforme eu soube, suas irmãs lhe fizeram, apesar da generosidade com que você as tratou durante toda a vida. Elas lhe tomaram inveja por causa do jovem e atiraram ambos no mar, afogando o rapaz. Ei-las agora transformadas nestas duas cadelas pretas. Agora eu juro por quem ergueu os céus que, se você desobedecer às minhas determinações, eu irei raptá-la e aprisioná-la no subsolo". Em seguida a jovem se chacoalhou, tornando-se algo semelhante a uma ave, e saiu voando comigo e com minhas duas irmãs, e logo me depôs em casa. Olhei ao meu redor e eis que todos os bens que estavam no navio haviam sido transportados para a minha casa. Ela me disse: "Juro por 'quem deu livre curso aos dois mares'[139] – e esta é a minha segunda jura – que, caso você me desobedeça, vou efetivamente transformá-la, como elas, em cadela. Você deverá toda noite aplicar trezentas vergastadas em cada uma delas, a título de punição pelo que fizeram". Respondi "sim". Então ela se foi e me deixou. E aqui estou eu, desde o momento em que ela me fez jurar, punindo-as toda noite até que sangue se lhes escorra. Meu íntimo está condoído por elas, mas não tenho escolha. Esse é o motivo de surrá-las e chorar abraçada a elas. Ambas sabem que nisso não tenho culpa e aceitam tal justificativa. Eis aí a minha história, é tudo quanto tenho para contar.

Disse o narrador: ao ouvir as palavras finais da jovem, o califa ficou muito assombrado. Em seguida, o comandante dos crentes mandou Jaᶜfar dizer à segunda jovem que contasse o motivo das marcas de chicote que havia em seu peito e flancos, e ela disse:

[139] "Quem deu livre curso aos dois mares" é como Deus é chamado no Alcorão, em 25, 53.

Quando meu pai morreu, ó comandante dos crentes...

E a aurora alcançou Šahrāzād, que parou de falar. Sua irmã lhe disse: "Como é agradável a sua história", e ela respondeu: "Isso não é nada perto do que irei contar-lhes na próxima noite, se eu viver e o rei me poupar".

67ª

NOITE DAS HISTÓRIAS DAS MIL E UMA NOITES

Na noite seguinte Šahrāzād disse:

Eu tive notícia, ó rei venturoso, de que a jovem chicoteada disse ao comandante dos crentes:

A SEGUNDA JOVEM, A CHICOTEADA

Ao morrer, meu pai me deixou muitos bens e me casei com o homem mais próspero de Bagdá, junto ao qual permaneci durante um ano, levando a vida mais feliz. Mas ele morreu e a parte legal que me coube de sua herança remontava a noventa mil dinares. Gozei de uma vida próspera, exercendo o comércio de roupas e joias; acumulei tanto ouro que minha reputação começou a se espalhar; mandei fazer para mim dez conjuntos de roupa no valor de mil dinares cada um. Até que, certo dia, estando eu recolhida em minha casa, eis que ali me entra uma velha, e que velha! Olhei para ela e lhe vi a fisionomia desgrenhada, as sobrancelhas amarfanhadas, os olhos petrificados, os dentes quebrados, o rosto enrugado, a pele sardenta, a cabeça engessada, o cabelo pálido, o corpo sarnento, toda arqueada, desbotada e ranhosa, tal como a seu respeito disse o poeta:

"Sete defeitos no pleno da face ela tem,
um dos quais é abominação do destino;
rosto que os esgares tornam escuro,
boca cheia de pedras e cabelo que não cresce."

Ela me cumprimentou, beijou o chão diante de mim e disse: "Saiba, minha senhora, que eu tenho uma filha órfã de pai. Esta noite será seu casamento e desvelamento. Somos forasteiros nesta cidade e não conhecemos ninguém daqui. Nossos corações estão alquebrados. Eu lhe dirijo uma súplica: que a senhora compareça à nossa casa a fim de que as damas da cidade ouçam a respeito e também compareçam. Assim, a senhora reanimará o coração derrotado de minha filha e nos sentiremos muito honradas com a sua presença". Em seguida, a velha recitou a seguinte poesia:

"Vossa presença para nós é honraria:
é isso o que nós confessamos;
se vos ausentardes não nos será
possível substituir tamanha graça."

E em seguida chorou e implorou. Meu coração ficou compadecido e resolvi atender-lhe o pedido. Disse-lhe: "Sim, pela graça de Deus altíssimo eu farei por sua filha o seguinte: ela não será desvelada senão com minhas joias, atavios e ornamentos". A velha ficou muito feliz e, abaixando-se, começou a beijar os meus pés e a dizer: "Que Deus a recompense por nós e agrade o seu coração da mesma forma que a senhora está agradando o meu. Entretanto, minha senhora, embora eu não pretenda lhe dar trabalho desde já, peço-lhe que vá se preparando até o início da noite, quando então virei buscá-la", e se retirou. Eu me pus a ajeitar as pérolas, a arrumar os atavios e a montar os colares e as joias, sem saber o que o destino preparava para mim. Assim que a noite caiu, a velha apareceu toda alegre e sorridente. Beijou minhas mãos e disse: "Ó cara madame, já está reunida em nossa casa a maioria das damas de boa família desta cidade. Estão todas esperando você, ansiosas por sua chegada". Ergui-me, vesti o traje superior e me enrolei no meu manto. A velha se pôs a caminhar na minha frente, e atrás de mim estavam minhas criadas. Caminhamos até chegar a uma casa elegante, varrida e lavada, com uma cortina preta estendida à porta, na qual estava pendurado um lampião cujo cabeçote tinha filigranas de ouro. Na porta estavam inscritos a ouro os seguintes versos:

"Sou a casa da alegria –
sempre.
Que tens com minha satisfação?
Em meu centro há uma fonte

cuja água a tristeza faz secar.
Há também, para cheirar –
quatro:
murta, margarida, rosa e cravo."[140]

A velha bateu à porta, que se abriu. Entramos na casa e vimos velas acesas e um tapete de seda estendido e enfeitado. As velas estavam acesas e espetadas em duas fileiras, que iam do começo ao fim da casa. Havia também uma cama de zimbro cravejada de pedras preciosas, encimada por um baldaquino de brocado, abotoado com moedas de ouro. Subitamente, uma jovem surgiu de sob o baldaquino. Olhei para ela, ó comandante dos crentes, e eis que parecia a lua cheia ou a alvorada, tal como disse o poeta:

"Ela foi até os pequenos reis cesáreos
como presente dos diminutos reis persas;
os sinais de sua face aparecem bem rosados;
oh, que agradáveis faces vermelhas,
esbelta, olhares lânguidos e transitórios,
da beleza alcançou a parte melhor:
é como se a cabeleira sobre seu rosto
fosse noite de preocupação sobre manhã de alegria."

E, saindo do baldaquino, a jovem disse: "Muito bem-vinda, cara e ilustre irmã. A casa é sua", e recitou a seguinte poesia:

"Se a casa soubesse quem ora a visita,
daria alvíssaras e lhe beijaria os pés,
dizendo em muda recitação:
bem-vindos, ó bondosos, ó generosos."

E, voltando-se para mim, ó comandante dos crentes, ela disse: "Minha senhora, tenho um irmão mais belo do que eu. Ele a viu por ocasião de alguma festa de casamento, e pôde notar que você detém a mais perfeita parte da beleza e da for-

[140] Versos em *kān wa kān*, poesia de caráter popular anteriormente descrita.

mosura; também ouviu que você é a senhora entre os seus; de igual modo, ele é senhor entre os dele. Por isso, pretendeu que ambos se unissem: seja você a sua esposa, e ele, seu marido". Eu lhe respondi: "Sim, ouço e obedeço". Assim que respondi afirmativamente, ó príncipe dos crentes, ela bateu palmas e um aposento se abriu, dele surgindo um jovem, o mais gracioso dentre os rapazes, de roupas absolutamente limpas, boa altura e constituição, dono de beleza, formosura, esplendor e perfeição; mimoso, suas sobrancelhas pareciam um arco retesado com flecha, e seus olhos sequestravam os corações com um feitiço lícito, tal como disse o poeta:

"Seu rosto parece a face da lua nova,
e os sinais da felicidade são como pérolas."

Quando olhei para ele, meu coração o amou. O jovem sentou-se ao meu lado e conversamos por algum tempo. Em seguida, a jovem bateu palmas novamente, e eis que outro aposento se abriu, dele saindo um juiz e quatro testemunhas. Sentaram-se e redigiram nosso contrato de casamento. O jovem estabeleceu a condição de que eu não olhasse para nenhum outro homem, e só se convenceu depois de me obrigar a fazer juras imensas. Fiquei muito feliz, e mal pude acreditar quando a noite escureceu: fiquei a sós com ele e passamos juntos uma noite como eu jamais vira melhor. Ao amanhecer, ele sacrificou reses, fez-me honrarias e nos amamos. Permanecemos em tal situação por um mês completo. Eu não tinha preocupação nenhuma. Certo dia, tencionando comprar alguns tecidos especiais, pedi-lhe autorização para ir ao mercado acompanhada de uma velha e de duas criadas minhas, e ele aquiesceu. Quando entrei na parte do mercado em que se vendia seda, a velha me disse: "Cara senhora, existe aqui um mercador, rapazinho muito jovem, que possui uma grande loja onde se encontra de tudo. No mercado, ninguém possui tecidos melhores que os dele. Vamos até lá e a senhora comprará o que desejar". Fomos então até a loja, e eis que o jovem rapazinho era gracioso e esbelto conforme disse o poeta:

"Seu cabelo ondula ao vento com sua beleza,
deixando os homens entre a sombra e a clareza;
não lhe censurem a marca que traz no rosto,
mero pingo negro em linda papoula."

Ordenei à velha: "Peça-lhe que nos mostre bons tecidos", e ela respondeu: "Peça você". Respondi: "Por acaso você não sabe que eu jurei não dirigir a palavra a homens?". Então a velha lhe disse: "Mostre-nos seus tecidos", e ele assim fez. Alguns tecidos me agradaram e eu disse à velha: "Pergunte-lhe qual o preço", e ela perguntou. Ele respondeu: "Não venderei estes tecidos nem por prata nem por ouro, somente por um beijo no meio de seu rosto". Eu disse: "Deus me livre disso!". A velha observou: "Cara madame, nem você dirigirá a palavra a ele, nem ele a você. Basta curvar um pouquinho o rosto; ele vai beijar, e é só". Assim encorajada, estendi-lhe a face e ele me mordeu o rosto e arrancou um pedaço de pele. Desfaleci por alguns instantes e, ao acordar, vi que o rapaz tinha fechado a loja e se retirado. Enquanto isso, o sangue me escorria do rosto e a velha, mortificada, demonstrava tristeza.

E a aurora alcançou Šahrāzād, que parou de falar.

68ª

NOITE DAS HISTÓRIAS DAS MIL E UMA NOITES

Na noite seguinte, Šahrāzād disse:

Eu tive notícia, ó rei venturoso, de que a jovem chicoteada disse ao comandante dos crentes:

Mortificada, demonstrando grande tristeza, a velha se lamentou, dizendo: "Minha senhora, aquilo que Deus impediu teria sido bem mais grave. Levante-se, reanime-se e não faça escândalo. Quando entrarmos em casa, finja-se de fraca e doente e se cubra, que eu lhe providenciarei polvilhos e emplastro, com o que sua face estará curada em três dias". Então retornamos para casa em passo lento. Assim que cheguei, as dores aumentaram e caí no chão. Entrei debaixo da coberta e tomei uma beberagem. À noite meu marido chegou e perguntou: "O que você tem, querida?". Respondi: "Dor de cabeça". Ele acendeu uma vela, aproximou-se de mim, olhou para o meu rosto e, vendo o ferimento, perguntou: "Como foi que isso aconteceu?". Respondi: "Hoje, quando fui ao mercado comprar uns tecidos, fiquei espremida por um carregamento de madeira transportado por um cameleiro; o mercado é estreito e uma lasca de madeira rasgou o meu véu e perfurou-me o rosto, conforme você está vendo". Meu jovem marido replicou: "Pela manhã vou fazer o administrador[141] da cidade enforcar todos os cameleiros daqui". Respondi: "Meu senhor, este não é o caso de enforcar ninguém! Por que carregar a culpa por sua morte e ser responsável por tal pecado?". Ele perguntou: "Então quem foi o causador desse ferimento?". Respondi: "Montei o asno de um burriqueiro, que me conduziu ao mercado com velocidade excessiva; então o asno tropeçou, e eu caí de rosto; por casualidade, havia no chão um caco de vidro, sobre o qual meu rosto caiu, machucando-se". Ele disse: "Por Deus que, mal o sol raiar, farei com que Ja^{c}far, o barmécida, enforque todos os burriqueiros desta cidade, e também os faxineiros". Eu disse: "Por Deus, meu senhor, que isso não ocorra; não enforque ninguém por minha causa". Ele perguntou: "E como foi que o seu rosto se feriu?". Respondi: "Em razão de um desígnio e decreto de Deus, no qual eu caí", e comecei a engrolar a língua. Ele passou a berrar comigo, e eu me irritei e lhe dirigi palavras grosseiras. Nesse momento, ó comandante dos crentes, ele deu um grito, e eis que um aposento se abriu, dele saindo três escravos negros. Seguindo suas ordens, eles me retiraram da cama, atiraram-me no meio da casa e me puseram deitada de costas. De novo seguindo suas ordens, um dos escravos se sentou à minha cabeça, o segundo em meus joelhos, e o terceiro desembainhou uma espada. Meu marido lhe disse: "Dê-lhe uma espadeirada, Sa^{c}d, que a divida em dois pedaços. Que cada um de vocês carregue um pedaço e atire-o no rio Tigre, para que os peixes o devorem. É este o castigo de quem trai o juramento dado". Sua cólera aumentou, e ele se pôs a declamar a seguinte poesia:

"Se o meu amado me arranja algum comborço,
minh'alma se fecha ao amor, inda que eu morra;
eu lhe digo: 'Ó alma, morra com dignidade
pois não há bem nenhum no amor que tem rival'."

E tornou a ordenar ao escravo que me golpeasse com a espada. Ouvindo a confirmação da ordem, o escravo se voltou para mim e perguntou: "Qual é o seu desejo antes da morte, minha senhora? São os seus últimos instantes neste mundo". Respondi: "Saiam de cima de mim para que eu lhe conte uma histó-

[141] Por "administrador" traduziu-se a palavra *mutawallī*. É, possivelmente, um cargo acima do chefe de polícia.

ria", e, erguendo a cabeça, olhei para a minha situação, para o ponto ao qual eu chegara, tanta humilhação após força, e tal morte após tão boa vida. O pranto me sufocou e chorei amargamente. Ele me olhou encolerizado e declamou a seguinte poesia:

"Diga a quem de mim se aborrece e me maltrata,
e para amar se agradou de outro parceiro:
'Eu a dispenso antes que você nos dispense;
o que já ocorreu entre nós é o bastante'."

Ao ouvi-lo, ó comandante dos crentes, chorei, olhei para ele e declamei a seguinte poesia:

"De amor vocês me puseram em pé e se sentaram,
desprezaram minhas pálpebras ulceradas e dormiram;
depois, se ajeitaram entre minha insônia e meu pensamento:
o coração não os esquece nem a lágrima se esconde.
Vocês me garantiram ser da maior honestidade,
mas, assim que conquistaram o meu coração, traíram.
Apaixonei-me criança, ignorando o que fosse a paixão;
não me matem, pois ainda estou aprendendo."

Ao ouvir a recitação dessa poesia, ó comandante dos crentes, ele ficou mais encolerizado ainda, olhou para mim com ódio e declamou os seguintes versos:

"Abandonei o amado do meu coração não por tédio,
mas por algo que impõe distância e abandono:
ele pretendeu pôr um sócio no amor entre nós,
mas a fé do meu coração me alertou contra isso."

Olhei para ele, chorei, supliquei e declamei a seguinte poesia:

"Você me fez suportar o peso da paixão, mas eu
sou fraca, incapaz de carregar uma camisa;
não me espanto da destruição de minha alma, mas
me espanto de meu corpo: como reconhecê-lo sem você?"

Ao ouvir tais palavras, ele me insultou, ralhou comigo, olhou para mim e declamou:

"Vocês nos trocaram pela companhia de outro
e mostraram desdém; assim não agiríamos:
iremos embora se nossa companhia os repugna,
e os olvidaremos, tal qual nos olvidaram;
tomaremos outro amado que os substitua
e diremos que o rompimento partiu de vocês, e não de nós."

E em seguida gritou com o escravo e disse: "Vamos, corte-a ao meio e livre-nos dela, pois a sua vida já não tem serventia". Enquanto debatíamos por meio de poesias, ó comandante dos crentes, e eu estava certa de que iria morrer e me desalentava da vida, eis que a velha apareceu e, jogando-se aos seus pés, chorou e disse: "Em nome da criação que lhe dei, meu rapaz, e em nome dos seios que descobri para lhe dar de mamar e dos serviços que lhe prestei, eu peço que você conceda a mim o pecado desta jovem. Você é jovem e estará praticando um crime. Já se dizia: 'Todo aquele que mata será morto'.[142] O que essa nojenta vale neste mundo? Jogue-a de lado, tire-a do seu coração!", e não parou de chorar até que ele concordou e disse: "É imprescindível, porém, imprimir-lhe marcas que nunca saiam". Seguindo suas ordens, os escravos me estenderam no chão, depois de terem me despido; dois deles sentaram sobre mim, e o terceiro, um rapazote, pegou uma vara de marmelo e se pôs a golpear os meus flancos, até que desfaleci e perdi as esperanças de ficar viva. Depois, ordenou aos escravos que, ao anoitecer, me carregassem para minha casa, levando junto a velha como guia. Em obediência às suas ordens, eles me carregaram até minha casa e lá me deixaram estirada, abandonando-me e indo embora, enquanto eu continuava desmaiada. Pela manhã, passei pomadas e unguentos no corpo, e verifiquei que ele ficara cheio de protuberâncias decorrentes das pancadas, como se tivesse sido chicoteado. Permaneci nesse estado de debilidade durante quatro meses. Quando enfim retomei a consciência e melhorei, dirigi-me ao lugar onde eu havia morado com meu segundo marido, mas só encontrei ruínas: do início ao fim, a casa fora totalmente destruída, transformando-se num monturo de lixo; não sei o que lhe sucedeu. Fui então até esta minha irmã por parte de pai, e vi que ela tinha essas duas cade-

[142] Provérbio popular.

las pretas. Saudei-a e lhe contei as notícias a meu respeito, toda a minha história. Ela disse: "Ai, maninha, e quem é que escapa das vicissitudes do mundo e do destino?", e declamou esta poesia:

"O destino é assim mesmo; conforma-te:
perdem-se bens e pessoas amadas."

Ato contínuo, ó comandante dos crentes, ela me contou sua própria história com as duas irmãs, o que ambas lhe haviam feito, e o que delas havia sido feito. Resolvemos nunca mais fazer qualquer menção aos homens. Juntou-se a nós essa nossa outra irmã, a jovem compradeira, que diariamente vai ao mercado comprar as coisas de que necessitamos para o dia e para a noite. Mantivemo-nos em tal situação durante um bom tempo, até que ontem ao cair da tarde nossa irmã foi, como de hábito, fazer compras, e voltou com o carregador, a fim de que nos divertíssemos às suas custas durante a noite. Não havia passado nem um quarto da noite quando se juntaram a nós estes três dervixes carendéis e começamos a conversar. Não havia passado nem um terço da noite quando se juntaram a nós três recatados mercadores de Mossul, que nos contaram sua história, e com quem nos pusemos também a conversar. Havíamos estabelecido uma condição para a entrada de todos, mas eles a desrespeitaram, e lhes aplicamos o castigo por tal desrespeito. Assim, interrogamos a cada um sobre o que lhe sucedera, e todos contaram suas histórias. Nós os perdoamos e eles foram embora. E hoje nos vimos subitamente em sua presença. Tais são nossas histórias e as notícias a nosso respeito.

Chegadas as coisas a esse ponto, ó rei venturoso, o califa ficou assombrado com suas histórias e as coisas que haviam lhes sucedido.

E a aurora alcançou Šahrāzād, que parou de falar. Dīnārzād lhe disse: "Como é agradável, espantosa e insólita a sua história, maninha", e ela respondeu: "Isso não é nada comparado ao que irei contar-lhes na próxima noite, se eu viver e o rei me poupar".

69ª

NOITE DAS HISTÓRIAS DAS MIL E UMA NOITES

Na noite seguinte, Šahrāzād disse:

Conta-se, ó rei excelso, que o califa, assombrado com tudo quanto ouvira, voltou-se para a primeira jovem e lhe disse: "Fale mais a respeito da cobra-gênio que enfeitiçou suas irmãs e as transformou em cadelas. Você sabe onde ela mora? Para que lado? Não teria ela fixado um prazo para vir ter com você?". Ela respondeu: "Ó comandante dos crentes, ela me deu um maço de cabelos e disse: 'Quando você quiser me chamar, queime dois fios e rapidamente eu me apresentarei diante de você, ainda que eu esteja além das montanhas do fim do mundo'.". O califa perguntou: "Onde estão esses cabelos?", e a jovem os mostrou. Ele pegou o maço todo e o queimou. Imediatamente o palácio balançou, e a cobra surgiu, dizendo: "Que a paz esteja convosco, ó comandante dos crentes! Saiba que esta mulher me prestou um grande favor que eu não posso compensar: ela me salvou da morte e matou meu inimigo. Como eu já vira o que as irmãs lhe haviam feito, a única recompensa que eu poderia dar-lhe seria vingar-me delas; transformei as duas em cadelas. Cogitei matá-las de uma só vez, mas temi que isso não a agradasse. Agora, ó comandante dos crentes, se o senhor quiser, poderei libertá-las. Com muito gosto e honra eu ouço e obedeço, ó comandante dos crentes!". Ele respondeu: "Ó espírito, liberte essas duas jovens e encerremos assim a sua angústia. Depois que você tiver feito isso, restará ainda essa jovem golpeada. Quiçá Deus altíssimo facilite as coisas e ajude a descobrir quem a injustiçou e usurpou os seus direitos, pois para mim é evidente que ela falou a verdade". A cobra-gênio disse: "Ó comandante dos crentes, agora mesmo eu as libertarei e lhe indicarei quem surrou e fez tais coisas com essa jovem; é uma das pessoas mais próximas do senhor". Em seguida a cobra-gênio pegou uma taça de água, ó rei, e fez alguns esconjuros, pronunciando palavras desconhecidas; aspergiu as duas irmãs com a água e elas se livraram do feitiço, retomando a forma que possuíam. Depois ela disse: "Ó comandante dos crentes, quem surrou essa jovem foi o seu filho Alamīn, irmão de Alma'mūn.[143] Tendo ouvido a respeito de sua graça e beleza, armou um estratagema para casar-se com ela legitimamente. Assim, ele não tem culpa pelo açoite, que resultou de uma condição preestabelecida: ela pronunciara grandes juras de que não faria aquelas coisas, e traiu as juras. Ele pretendia matá-la, mas lembrou do crime terrível que é o assassinato, e teve medo de Deus altíssimo. Ordenou então que ela fosse açoitada daquela maneira e devolveu-a ao seu lugar. Tal é a história da segunda jovem, e Deus sabe mais". Ao ouvir as palavras da cobra-gênio, e sendo já conhecedor dos açoites que a jovem sofrera, o califa ficou estupefato e disse: "Louvado seja Deus supremo, que me atendeu os desejos: primeiro, libertando aquelas duas do feitiço e do sofrimento, e, segundo, trazendo ao meu conhecimento a história desta jovem. Por Deus que tomarei providências tais que se perpetuarão após minha morte". Ato contínuo, ó rei, o califa mandou chamar seu filho Alamīn, e o interrogou sobre a veracidade do assunto. Isso feito, convocou juiz e testemunhas, os três dervixes, a primeira jovem, as duas moças que estavam enfeitiçadas, a jovem açoitada e a compradeira. Assim, com todas essas pessoas em sua presença, casou as duas jovens que estavam enfeitiçadas e a primeira jovem, irmã delas, com os três dervixes filhos de reis, nomeando-os seus secretários e dando-lhes camelos, cavalos e tudo quanto necessitassem; instalou-os num palácio em Bagdá e eles se tornaram membros de seu círculo íntimo; casou a jovem açoitada com o seu filho Alamīn, renovando o contrato nupcial que ambos haviam celebrado, concedendo à jovem muito dinheiro e ordenando que a casa fosse reconstruída de modo melhor que a anterior; e tomou a terceira jovem, a compradeira, como esposa para si mesmo. Todos ficaram maravilhados com a generosidade do califa, com suas deliberações e tolerância; compreenderam o aspecto oculto dos casos em que estiveram envolvidos,[144] e registraram suas histórias por escrito.

[143] Curiosa referência a dois dos filhos do califa Hārūn Arrašīd, os quais, após sua morte, entraram em guerra pelo poder: Alamīn, o sucessor imediato, governou de 809 a 813 d.C. Foi deposto e morto por uma sublevação comandada por Alma'mūn, que governou de 813 a 833 d.C., período em que as artes e as ciências conheceram grande desenvolvimento. Fundou a "Casa da Sabedoria" e estimulou a tradução da filosofia grega para o árabe.

[144] O trecho "compreenderam o aspecto oculto dos casos em que estiveram envolvidos" traduz *wa ʿalimū bāṭina qaḍiyyatihim*, sintagma deveras obscuro.

Depois de algumas noites, o califa disse a Jaᶜfar: "Quero descer à cidade para ouvir as novidades. Perguntaremos ao povo sobre as ações dos responsáveis pelo governo. Demitiremos aqueles contra os quais houver reclamações e promoveremos aqueles que forem louvados". Jaᶜfar respondeu "sim". Quando anoiteceu, Jaᶜfar, o criado Masrūr e o califa puseram-se a caminhar pelas ruas e mercados; passaram por uma ruela em cuja extremidade havia um velho entrado em anos carregando uma bengala, e na cabeça uma rede e um cesto.[145] O califa disse a Jaᶜfar: "Eis um pobre homem necessitado", e perguntou ao velho: "De que você vive, ó ancião?". Respondeu o velho: "Sou pescador e tenho família, meu senhor. Hoje, saí de casa por volta do meio-dia, mas até o momento não fui aquinhoado com nenhum peixe nem tenho o suficiente para o jantar dos meus familiares. Estou desanimado, desejando a morte e detestando a vida". O califa lhe perguntou: "O que você acha, pescador, de retornar conosco ao rio Tigre, parar na sua margem e lançar sua rede com minha garantia? Eu comprarei por cem dinares qualquer coisa que a rede pegar". Muito contente, o ancião respondeu: "Sim, meu amo", e se dirigiram todos para o rio Tigre. O pescador lançou a rede, juntou os fios, puxou-a, e ela trouxe um baú pesado e trancado. O pescador recebeu os cem dinares e Masrūr carregou o baú para o palácio, onde eles o abriram, encontrando em seu interior um cesto de palma costurado com fios de lã vermelha; abriram o cesto e encontraram em seu interior um pedaço de tapete enrolado; desenrolaram o tapete e nele encontraram um manto feminino dobrado em quatro; desdobraram o manto e nele encontraram uma jovem na flor da idade, que parecia lâmina de prata, assassinada e com o corpo retalhado.

E a aurora alcançou Šahrāzād, que parou de falar. Dīnārzād lhe disse: "Como é agradável a sua história, maninha", e ela respondeu: "Isso não é nada perto do que irei contar-lhes na próxima noite, se eu viver e for poupada".

[145] Neste ponto, o ramo egípcio apresenta uma poesia recitada pelo velho.

70ª

NOITE DAS HISTÓRIAS
DAS MIL E UMA NOITES

Na noite seguinte Šahrāzād disse:

Eu tive notícia, ó rei venturoso, de que, ao ver e se certificar de que a jovem fora retalhada em dezenove pedaços, o califa se lamentou, ficou triste e suas lágrimas rolaram. Então, furioso, encarou Jaᶜfar e disse: "Seu vizir cachorro! Quer dizer então que em minha cidade as pessoas são assassinadas e atiradas ao rio, para depois constarem do meu débito no Dia do Juízo Final? Juro por Deus que tomarei a vingança desta jovem contra seu assassino, e o matarei do modo mais cruel. Mas se você não investigar e encontrar o assassino, eu irei enforcá-lo e enforcar mais quarenta homens de sua família". E, violentamente encolerizado, o califa deu berros assustadores contra Jaᶜfar, que se retirou de sua presença, dizendo: "Dê-me um prazo de três dias, ó comandante dos crentes". O califa respondeu: "Concedido", e Jaᶜfar desceu à cidade, triste e irritado, sem saber o que fazer e pensando: "Como é que eu vou descobrir o assassino daquela jovem para entregá-lo? Se eu forçar algum preso a confessar, tal pessoa constará do meu débito no Dia do Juízo Final. Agora fiquei desanimado! Não há poderio nem força senão em Deus supremo e poderoso". Ele deixou-se ficar em casa no primeiro, no segundo e também no terceiro dia, quando, à tarde, um emissário do califa veio chamá-lo. Jaᶜfar então foi até o califa, que lhe perguntou: "Onde está o assassino da jovem?". Jaᶜfar respondeu: "E por acaso, ó comandante dos crentes, eu sou algum perito em assassinatos?". O califa, encolerizado, gritou com ele, e ordenou que fosse enforcado diante do palácio, e também que um arauto divulgasse por todos os cantos de Bagdá: "Quem quiser assistir ao enforcamento do vizir Jaᶜfar, e de mais quarenta barmécidas de sua família, basta que se dirija para diante do palácio, de onde poderá assistir a tudo". O administrador-geral[146] e alguns secretários chegaram trazendo Jaᶜfar e os demais barmécidas; fizeram-nos parar diante do cadafalso e esperaram que o lenço fosse estendido da janela do palácio – pois era este o sinal

[146] Por "administrador-geral" traduziu-se *wālī*, que normalmente corresponderia a "governador" ou "prefeito". Nesse passo, embora essa palavra quase sempre corresponda ao responsável pela guarda e pela segurança, trata-se de um posto hierarquicamente superior ao do chefe de polícia.

que autorizava o enforcamento –, enquanto todos choravam por eles. A situação estava nesse pé quando, súbito, um rapaz – de roupas limpas, rosto resplandecente como a lua, olhos negros, testa florescente, faces avermelhadas, barba escura, no rosto uma pinta que parecia esfera de âmbar – veio irrompendo em meio à multidão até se postar na frente de Ja^{c}far, cuja mão beijou, e disse: "Que os bons serviços que o senhor presta não sejam castigados com esse horrível crime. Venha, ó senhor dos vizires, abrigo dos necessitados e maioral dos comandantes, e me enforque pelo assassinato daquela mulher; sofra eu a vingança, pois sou o assassino!". Ao ouvir as palavras e o discurso pronunciado pelo jovem, Ja^{c}far ficou contente por se ver livre, e triste pelo moço. Ainda conversava com ele quando, súbito, um velho bem entrado em anos veio irrompendo em meio à multidão até se postar diante de Ja^{c}far e dizer: "Ó vizir, ó grave senhor, não acredite no que diz o jovem, pois a jovem não foi assassinada senão por mim! Castigue-me pelo crime, caso contrário eu exigirei que você preste contas diante de Deus supremo!". O rapaz disse: "Ó vizir, quem a matou fui eu", e o velho replicou: "Meu filho, eu já envelheci e estou farto do mundo; você é ainda muito jovem, e quero salvar sua vida sacrificando a minha: o assassino da moça não é outro senão eu próprio! Enforque-me logo, pois não devo viver depois disso". Ao ver essa discussão, Ja^{c}far ficou espantado e conduziu o velho e o rapaz até o califa. Depois de beijar o solo sete vezes, o vizir disse: "Ó comandante dos crentes, encontramos quem matou a jovem: este jovem e este velho, cada qual alegando ser o assassino. Eis aqui os dois diante do senhor".

Disse o narrador: o califa encarou os dois e perguntou: "Qual de vocês matou a jovem e a atirou ao rio?". O jovem respondeu: "Fui eu que a matei", e o velho replicou: "O assassino não é outro senão eu próprio"; o jovem insistiu: "Fui eu, e ninguém mais, quem a matou". O califa ordenou a Ja^{c}far: "Desça e enforque os dois". Ja^{c}far observou: "Mas comandante dos crentes, se somente um foi o assassino, o enforcamento do outro consistirá numa injustiça!". O rapaz disse: "Juro, por aquele que ergueu os céus, que eu a matei, coloquei-a num cesto de palma, cobri-a com um manto feminino, enrolei-a num pedaço de tapete, costurei o cesto com fios de lã vermelha e atirei-a ao rio há quatro dias. Pelo amor de Deus, pelo Dia do Juízo Final, não me deixe viver depois disso; castigue-me por sua morte". Assombrado com aquela história, o califa perguntou ao rapaz: "Qual foi seu motivo para assassiná-la injustamente? E qual o motivo de você ter vindo entregar-se espontaneamente?". O rapaz respondeu: "Ó comandante dos crentes, eu e ela temos uma história que, se for gravada no interior da retina, constituirá uma lição para quem reflete". O califa ordenou: "Conte-nos os eventos de sua história com ela", e o rapaz disse: "Ouço e obedeço a Deus e ao comandante dos crentes". E então o rapaz...

E a aurora alcançou Šahrāzād, que parou de falar.

71ª
NOITE DAS HISTÓRIAS DAS MIL E UMA NOITES

Na noite seguinte ela disse:

Eu tive notícia, ó rei venturoso, de que o jovem disse:

Saiba, ó comandante dos crentes, que essa jovem assassinada era minha esposa, mãe de meus filhos e minha prima paterna. Este velho é o pai dela, meu tio paterno, que a casou virgem comigo. Vivi com ela durante onze anos. Era uma esposa abençoada, que me deu três filhos varões. Seu procedimento comigo era excelente: servia-me da melhor maneira. Por meu turno, eu lhe tinha um grande amor. Até que, num dia destes,[147] ela ficou muito debilitada, e sua enfermidade progrediu rapidamente. Eu cuidei dela com desvelo, e, ao final de um mês completo, ela começou a dar sinais de estar recuperando a saúde. Um dia antes de ir ao banho público, ela me disse: "Eu gostaria que você me satisfizesse um desejo, primo". Respondi: "Ouço e obedeço, nem que sejam mil desejos!". Ela disse: "Quero uma maçã para cheirar e dar uma mordida. Satisfeito esse desejo, eu nem me importaria de morrer depois". Eu disse: "Que você esteja sempre bem!", e fui procurar por esta sua cidade, mas não encontrei maçãs; se tivesse encontrado alguma, eu pagaria por ela uma moeda de ouro. Isso me deixou aborrecido. Sem haver conseguido o que ela desejava, entrei em casa e lhe disse: "Ai, prima, juro por Deus que não achei maçã nenhuma". Desapontada, sua debilidade piorou muito naquela noite. Pela manhã, andei pelos

[147] Neste ponto, quase todos os manuscritos consultados trazem "num dia deste mês". O curioso é que não se atentou para a inverossimilhança, pois a mulher leva "um mês completo" para sarar, e mais outros quinze dias são consumidos em viagem para outra cidade etc. Por isso, supondo-se lapso de cópia ou de cálculo, utilizou-se outra formulação.

pomares, chácara por chácara, mas não achei nada, até que enfim um velho horticultor me fez a seguinte sugestão: "Meu filho, não se encontrarão maçãs senão no pomar que o comandante dos crentes possui na cidade de Basra. Elas são guardadas por seu capataz". Fui então para casa e, levado por meu amor e solicitude, preparei-me para a viagem. Viajei, comandante dos crentes, por meio mês, zelosamente, noite e dia, ida e volta, e trouxe três maçãs que comprei do capataz por três dinares de ouro. Trouxe-as e entreguei-as a ela, que não lhes deu atenção e as jogou num canto. Sua debilidade se intensificou, o que me deixou bastante angustiado: essa crise de fraqueza se abateu sobre ela por mais dez dias. E, certa manhã, estando eu em minha loja a comerciar tecidos, eis que me surge um escravo de figura repulsiva, comprido como um caniço de bambu e largo como uma bancada; entrou no mercado carregando uma das maçãs pelas quais eu viajara durante quinze dias. Chamei-o e perguntei: "Meu bom escravo, quem lhe deu essa maçã?". Ele respondeu: "Foi a minha namorada. Fui visitá-la hoje e a encontrei doente e com três maçãs. Ela me contou que o corno do marido dela viajou meio mês para comprá-las. Comemos, bebemos, peguei uma das maçãs para mim e agora eis-me aqui". Quando ouvi essas palavras, ó comandante dos crentes, o mundo se escureceu diante dos meus olhos. Tranquei a loja, corri para casa, subi as escadas – meu juízo me abandonara em decorrência do ressentimento e da fúria –, entrei em casa e olhei para as maçãs, constatando que havia apenas duas. Perguntei à minha esposa: "Onde está a terceira maçã, prima?". Ela ergueu a cabeça e respondeu: "Por Deus que eu não sei, primo". Convencido de que as palavras do escravo eram verdade, apanhei uma faca afiada, fui por trás de minha mulher e, sem lhe dirigir a palavra, montei-lhe por cima, debrucei-me sobre ela com a faca e a degolei, arrancando-lhe a cabeça. Rapidamente enfiei-a no cesto, cobri-a com o manto, enrolei-a num pedaço de tapete, costurei o cesto e, depois de ter colocado tudo num baú, carreguei-o na cabeça e lancei-o no rio Tigre. Portanto, ó príncipe dos crentes, pelo amor de Deus, castigue-me por esse crime: enforque-me o mais rápido possível, caso contrário eu o responsabilizarei diante de Deus supremo. Depois de a ter jogado no Tigre, retornei para casa e encontrei meu filho mais velho se lamuriando. Perguntei: "O que foi?". Ele respondeu: "Papai, hoje cedo eu roubei uma das três maçãs que o senhor trouxe para a mamãe. Eu peguei a maçã e desci ao mercado. Estava com meus irmãos quando um escravo negro e alto a tomou de mim. Corri atrás dele, dizendo: 'Por Deus, meu bom escravo, meu pai realizou uma viagem de meio mês para Basra para obter essa maçã. Ele trouxe três maçãs para minha mãe, que está debilitada. Não deixe que ela descubra o que eu fiz'. Como ele não me deu atenção, repeti essas palavras duas e três vezes, mas ele me bateu e foi embora. Com medo, eu e meus irmãos nos escondemos nos arredores da cidade. Anoiteceu e eu continuava com medo da mamãe. Por Deus, papai, não lhe conte nada, senão ela vai ficar mais fraca ainda". Ao ouvir as palavras do meu filho, ó comandante dos crentes, seus temores e seu choro, descobri que matara a jovem injustamente. Ela morrera injustamente. O malsinado escravo havia mentido e caluniado: ele ouvira de meu filho a história das maçãs. Ao escutar tudo aquilo, chorei junto com meus filhos até quase perder a respiração. Este ancião, meu tio paterno e pai dela, chegou e eu lhe disse: "Ocorreu isso e aquilo". Ele entrou, chorou, e choramos juntos até a meia-noite. Ficamos de luto por três dias, em tristeza por sua morte injusta, tudo isso por causa do tal escravo. Essa é minha história com a mulher assassinada. Por seu pai e seus avós, comandante dos crentes, mate-me, pois já não tenho vida depois dela. Castigue-me pela agressão que perpetrei contra a minha esposa.

Ao ouvir aquilo, o califa...

E a aurora alcançou Šahrāzād, que parou de falar.

72ª

NOITE DAS HISTÓRIAS
DAS MIL E UMA NOITES

Na noite seguinte, Šahrāzād disse:

Eu tive notícia, ó rei venturoso, de que, ao ouvir o relato do rapaz, o califa ficou extremamente espantado e disse: "Por Deus que não enforcarei senão aquele malsinado escravo; tenho de tomar providências que satisfaçam minha sede de justiça e estejam à altura de um governante excelso", e, voltando-se para Ja^{c}far, prosseguiu: "Saia e encontre esse escravo, caso contrário cortarei o seu pescoço". Ja^{c}far retirou-se chorando e dizendo: "Chegou a hora da minha morte, pois 'não é sempre, com certeza, que a jarra escapa ilesa':[148] agora não existe artimanha possível. Mas o Criador, onipotente, derrotador, que me salvou da primeira vez,

[148] Provérbio popular.

irá me salvar também desta feita. Por Deus que não sairei de casa durante três dias, e que 'Deus dê livre curso ao que já estava decretado'".[149] Assim, ele ficou em casa no primeiro e no segundo dia. Na metade do terceiro, já desesperançado de manter a vida, mandou convocar testemunhas e juízes, escreveu suas últimas disposições, chamou as filhas e começou, chorando, a se despedir delas, quando então chegou um emissário do califa e lhe disse: "O califa está terrivelmente encolerizado e jurou que antes de acabar este dia você deverá ser crucificado". Jacfar chorou, e com ele seus escravos e todos quantos estavam em sua casa. Quando acabou de se despedir de suas filhas e demais parentes, a filha menor, cuja fisionomia era esplendorosa e a quem ele amava mais do que às outras, deu um passo adiante; ele a estreitou ao peito, beijou-a e chorou a separação de seus parentes e filhos. Ao estreitá-la ao peito, era tanto o desespero da filha, e tão intenso o amor do pai, que o abraço foi muito forte e ele sentiu no bolso da menina algo arredondado. Perguntou então: "Ah, minha garota, o que é isso em seu bolso, minha garota?", e a pequena respondeu: "Uma maçã na qual está escrito o nome de nosso amo, o califa. Foi trazida por nosso escravo Rayḥān. Ele só me deu a maçã depois que eu lhe entreguei dois dinares de ouro". Ao ouvir a menção à maçã e ao escravo, Jacfar soltou um grito, colocou a mão no bolso da filha, retirou a fruta e, reconhecendo-a como pertencente ao pomar do califa, exclamou: "Oh, a libertação está próxima!", ordenou que o escravo fosse conduzido à sua presença e lhe disse: "Ai de você, Rayḥān! Onde você conseguiu esta maçã?". O escravo respondeu: "Por Deus, meu senhor, 'se a mentira salva, a veracidade salva melhor ainda'.[150] Eu não roubei esta maçã do seu palácio, nem do palácio ou dos pomares do comandante dos crentes. O fato é que, há quatro dias, eu estava caminhando por uma das ruelas da cidade, quando vi alguns meninos brincando, e das mãos de um deles caiu esta maçã. Dei-lhe um tapa e roubei a maçã, e o menino chorou e disse: 'Esta maçã é da minha mãe, rapaz! Ela está doente e pediu as maçãs ao meu pai, que viajou por quinze dias para conseguir três maçãs. Agora me devolva a que você roubou'. Mas eu me recusei a devolver a maçã; trouxe-a para cá e a vendi para a minha pequena patroa por dois dinares. Esta é a história da maçã". Ao ouvir essa exposição, Jacfar, assombrado com o fato de o motivo da discórdia estar entre seus escravos, ficou muito contente e, pegando o escravo pela mão, conduziu-o até o comandante dos crentes, a quem expôs a

[149] Alcorão, 8, 42.
[150] Provérbio popular.

questão do princípio ao fim. Também muito assombrado, o califa gargalhou até virar do avesso e disse: "Reconheça então que o motivo da discórdia é o seu escravo". O vizir respondeu: "Reconheço, ó comandante dos crentes". O califa estava de tal modo impressionado com essas coincidências que Ja^c^far lhe disse: "Não fique tão espantado com essa história, que é menos espantosa do que a dos dois vizires Nūruddīn ^c^Alī, do Egito, e Badruddīn Ḥasan, de Basra". O califa perguntou: "Ó vizir, quer dizer então que a história desses dois vizires é mais admirável do que esta?". O vizir respondeu: "Mais admirável e também mais espantosa. Entretanto, não a contarei ao senhor senão mediante uma condição". Com o coração cheio de vontade de ouvir a narrativa, o califa disse: "Vamos, conte-me, ó vizir. Já sei, se ela for efetivamente mais espantosa do que essas coincidências que ora nos sucederam, eu concederei anistia ao seu escravo. Mas, se ela não for mais espantosa, eu matarei o escravo. Vamos, conte o que você sabe e aquilo a que chegou o seu entendimento".[151] Ja^c^far então disse:

OS VIZIRES NŪRUDDĪN ^c^ALĪ, DO CAIRO, E SEU FILHO BADRUDDĪN ḤASAN, DE BASRA[152]

Eu tive notícia, ó príncipe dos crentes, de que houve em tempos antigos, no distrito do Egito, um sultão justo, honesto, generoso e benfeitor, que gostava dos pobres e recebia os sábios, corajoso e acatado. Ele tinha um vizir inteligente e hábil, dotado de saber, influência, cautela e diligência. Era um velho entrado em anos e tinha dois filhos que pareciam duas luas, ou duas graciosas gazelas, perfeitos em beleza, formosura, esplendor, tamanho e proporção. O mais velho se chamava Šamsuddīn Muḥammad, e o mais novo, Nūruddīn ^c^Alī,[153] que era mais belo do que o irmão mais velho: aliás, Deus não criara em seu tempo ninguém mais belo que ele. Sucedeu então que, por vontade divina, o pai deles, o vizir, morreu. O sultão ficou triste e, voltando-se para os dois filhos do falecido, aproximou-os de si, deu-lhes trajes honoríficos e disse: "Vocês agora devem ocupar o posto de seu pai: ambos dividirão o vizirato do Egito". Eles beijaram o chão diante do sultão e, retirando-se, realizaram o funeral do pai e guardaram luto por

[151] Nos manuscritos "Gayangos 49" e "Arabe 3615", o escravo é crucificado e somente depois Ja^c^far conta a história.
[152] Esta história não consta do manuscrito "Bodl. Or. 550".
[153] O nome *Šamsuddīn* significa "sol da fé", ao passo que *Nūruddīn* significa "luz da fé".

um mês, assumindo a seguir o vizirato; alternavam-se semanalmente no exercício do cargo e também se revezavam no acompanhamento do sultão em suas viagens. Os dois irmãos viviam numa única moradia, e tinham uma única palavra para tudo. Sucedeu-lhes certa noite – quando o mais velho esperava o amanhecer para acompanhar o sultão numa de suas viagens – sentar para conversar. O mais velho disse: "Meu irmão, quero que nos casemos, eu e você, com duas irmãs, que escrevamos nosso contrato de casamento no mesmo dia e adentremos nossas casas na mesma noite". Nūruddīn ^{c}Alī, o mais novo, respondeu: "Faça como quiser, meu irmão. Seus pareceres são todos venturosos. Vamos esperar até que você regresse da viagem, quando então ficaremos noivos de duas moças e Deus nos carreará o bem". O mais velho indagou Nūruddīn: "O que me diz, mano, se você e eu escrevermos nossos contratos de casamento no mesmo dia e possuirmos nossas mulheres no mesmo dia? Elas engravidarão, a minha mulher e a sua, na mesma noite em que nós as houvermos possuído; tendo engravidado na mesma noite, após os meses e as noites de praxe, elas darão à luz no mesmo dia. O que você me diz então, mano, se a sua mulher der à luz um menino, e a minha, uma menina – você não casaria o seu filho com a minha filha?". Nūruddīn respondeu: "Claro, mano Šamsuddīn", e prosseguiu: "Quanto você pediria como dote ao meu filho por sua filha?". O mais velho respondeu: "No mínimo, eu pediria que seu filho desse por minha filha um dote de três mil dinares, três pomares e três vilas, isso sem contar o dote previsto no contrato de casamento". Nūruddīn ^{c}Alī replicou: "Ai, mano Šamsuddīn, quanto exagero no dote! Isso é muito! Porventura não somos irmãos e vizires? Acaso cada um de nós não conhece suas próprias obrigações? Você deveria, isso sim, oferecer a sua filha ao meu filho sem exigir nenhum dote, pois o macho é superior à fêmea. Entretanto, você está agindo comigo tal como certo homem a quem um necessitado pediu socorro; ele lhe disse: 'Sim, com o auxílio de Deus, satisfaremos a sua necessidade, porém amanhã', e então o necessitado declamou a seguinte poesia:

'Quando se adia a satisfação de necessidades para amanhã,
isso é na verdade uma expulsão para quem sabe ver'."

Šamsuddīn disse: "Chega de tagarelice. Ai de você! Então o seu filho é superior à minha filha? E ele por acaso se compara a ela? Por Deus que você não passa de um desajuizado sem capacidade; pensa que nós dividimos o vizirato, mas eu só o coloquei comigo para que você me ajudasse e não se sentisse diminuído. Agora, juro por Deus que não darei minha filha em casamento ao seu filho, nem que você dê a ela o seu peso em ouro. Por acaso eu aceitaria o seu filho como genro? Não, juro por Deus que eu não a casarei com ele de jeito nenhum, nem que eu fosse obrigado a beber na taça da morte". Ao ouvir as palavras do irmão, Nūruddīn ficou muito encolerizado e perguntou: "Então você não casará a sua filha com o meu filho, irmão?". Šamsuddīn respondeu: "Não, não aceitaria isso, nem sequer permitiria que ele aparasse as unhas da minha filha. Se não estivesse prestes a viajar, eu lhe aplicaria uma lição agora mesmo. No entanto, assim que voltar de viagem, vou mostrar-lhe do que o meu brio é capaz". A cólera e a irritação de Nūruddīn aumentaram tanto que ele parou de prestar atenção no que ocorria ao seu redor, mas manteve tais sentimentos em segredo. Seu irmão se calou e cada um foi para um lado, o mais velho cheio de ódio contra o mais novo, e este encolerizado contra aquele. Ao amanhecer, o sultão foi para as pirâmides levando em sua companhia o vizir Šamsuddīn, pois essa era a sua vez. Logo que este saiu em viagem, Nūruddīn levantou-se, ainda cheio de rancor, abriu seu aposento, pegou um pequeno alforje e o encheu com ouro e mais nada. Recordando a maneira como seu irmão o destratara e ridicularizara, recitou a seguinte poesia:

"Viaja, e encontrarás substitutos para quem abandonas,
e trabalha, pois nisso está a delícia da vida;
não vejo honra na permanência, e tampouco infortúnio
no exílio; deixa, pois, a terra natal e emigra.
Já percebi que, parada, a água se estagna:
só quando corre é boa, e não o contrário;
e o sol, se ficasse no mesmo lugar entre os astros,
todos dele se aborreceriam, estrangeiros e árabes;
a lua cheia, se não mudasse, não olhariam
para ela a todo instante olhos perquiridores;
e o leão, não saísse da floresta, não caçaria;
e a flecha, não saísse do arco, nada atingiria;
e o ouro, largado pelas minas, parece terra;
e o aloés, em sua terra, é madeira como outra;
mas, quando extraído, o ouro se valoriza,
e quando exportado, o aloés se compra com ouro."

Terminando a poesia, ele determinou a um de seus criados que lhe aparelhasse uma mula árabe com sela luxuosa e xairel – tratava-se de uma de suas montarias particulares, mula salpicada de cinza, com orelhas que pareciam lápis apontados e patas que pareciam colunas erguidas. Bem, ele determinou ao criado que ajaezasse o animal bem ajaezado e colocasse sobre ele um tapete de seda, montando um assento confortável, e que amarrasse o alforje sobre seu dorso, debaixo do assento. Depois disse aos escravos e criados: "Estou indo espairecer fora da cidade; tomarei o rumo de Qalyūbiyya[154] e de outras cidades. Ficarei fora uma ou duas noites, pois estou terrivelmente cheio de preocupações. Que nenhum de vocês me siga". Montou a mula e, levando consigo umas poucas provisões, saiu do Cairo e se entranhou pelo deserto. Ainda não era passada nem metade do dia e já ele entrava em uma cidade chamada Bilbīs, onde descavalgou, descansou, comeu alguma coisa e comprou mantimentos para si e para a mula. Saindo de Bilbīs, tornou a entranhar-se pelo deserto, fazendo a mula avançar. Ainda não anoitecera e já ele chegava a uma localidade denominada Aṣṣaᶜīdiyya. Foi dormir no local onde ficava o posto do correio, não sem antes ter feito a mula andar sete ou oito voltas e lhe dar ração. Comeu um pouco, colocou o alforje debaixo da cabeça e estendeu o tapete e o assento debaixo de si. Dominado ainda pelo rancor, disse de si para si: "Por Deus que sairei sem rumo pelo mundo, nem que eu vá parar em Bagdá", e dormiu. Ao acordar, pôs-se em marcha. Sucedeu-lhe então, ó comandante dos crentes, de ter entabulado amizade com um funcionário do correio, ao qual ele acompanhou; hospedavam-se e viajavam juntos; Nūruddīn cavalgava sua mula lado a lado com ele, e assim Deus escreveu que ele se aproximasse em segurança dos portões de Basra, em cujas cercanias, por coincidência, encontrava-se naquele momento o vizir local. Cruzando com aquele rapaz a caminho da cidade, notou-lhe a elegância do porte e os bons modos; aproximou-se dele, cumprimentou e indagou-o sobre sua condição. O rapaz lhe disse a respeito de si o seguinte: "Briguei com os meus familiares. Jurei não retornar e visitar todos os países, mesmo que eu morra por aí e fique somente ao alcance das aves, sem ter atingido objetivo nenhum". Ao ouvir essas palavras, o vizir de Basra

[154] Cidade egípcia situada ao norte do Cairo, atualmente localizada no distrito do mesmo nome. Porém, como se verá adiante, o personagem está despistando, pois ele se dirige para o leste. Mais adiante, Bilbīs, na região oriental do Delta, é o nome até hoje usado de uma antiga cidade faraônica que, desde a época fatímida, no século x d.C., até o fim do período mameluco, no século xvi d.C., foi a capital das províncias orientais do Egito. Segundo o geógrafo Yāqūt, o vulgo pronunciava *Bilbays*. E, mais adiante, Aṣṣaᶜīdiyya é grafia equivocada por Assaᶜīdiyya, vilarejo de Bilbīs.

disse-lhe: "Não faça isso, meu filho. O país está em ruínas,[155] e eu temo por sua vida". Em seguida, levou Nūruddīn ᶜAlī para sua casa, onde o dignificou e o tratou muito bem. Seu apreço pelo rapaz era tão grande que lhe disse: "Saiba, meu filho, que já estou bem velho e não fui abençoado com um filho varão. Tenho somente uma filha, que equivale a você em beleza. Já rejeitei muitos pretendentes, gente rica e importante. Agora, como o afeto por você se apoderou do meu coração, o que acha de aceitar minha filha como esposa? Ela será sua mulher, e você, seu marido. Se você aceitar, irei até o sultão e lhe direi que você é como meu filho. Farei todas as intermediações para torná-lo vizir em meu lugar, a fim de que eu possa ficar mais em minha casa, pois, por Deus, meu filho, já estou farto, cansado e muito velho, e também porque adotei você como filho. Meu dinheiro e meu vizirato ficarão à sua disposição neste distrito de Basra". Ao ouvir as palavras do vizir, Nūruddīn abaixou a cabeça por alguns instantes e respondeu afirmativamente, audição plena e obediência. O vizir ficou muito contente e ordenou que os criados preparassem refeição e sobremesa, e que enfeitassem o salão-mor, que era destinado a festas de casamento. Eles imediatamente foram cumprir suas ordens. O vizir reuniu seus amigos e mandou chamar os maiorais da corte e os notáveis de Basra, e todos compareceram. Ele anunciou: "Saibam que eu tenho um irmão que é vizir no Egito; ele foi agraciado com um filho e eu, como já é de seu conhecimento, fui agraciado com uma filha. Tendo nossos filhos chegado simultaneamente à idade de casar, meu irmão enviou o seu filho para mim; ei-lo aqui. Agora eu pretendo escrever o contrato matrimonial entre os dois, e que a união se consume aqui em minha casa. Depois eu o proverei do necessário e o porei em viagem junto com a esposa". Disseram: "É o melhor parecer. Seus pareceres são venturosos, e suas ordens, louváveis. Que Deus faça o sucesso acompanhar sempre a sua ventura, e torne o seu caminho o mais imaculado".

E a aurora alcançou Šahrāzād, que parou de falar.

[155] Essa referência elíptica à destruição de Bagdá e demais localidades, perpetrada pelas hordas mongóis de Hulagu em 1258, indica que a redação do texto data de uma época não muito posterior. Confira também, linhas acima, a fala do personagem, que resolve prosseguir a marcha "nem que vá parar em Bagdá". Em condições normais, não haveria problema algum, antes pelo contrário, em ir a Bagdá. Destruída, porém, a cidade se tornou, ao menos por algum tempo, um lugar perigoso.

73ª

NOITE DAS HISTÓRIAS
DAS MIL E UMA NOITES

Na noite seguinte, Šahrāzād disse:

Eu tive notícia, ó rei venturoso, que Ja^{c}far disse ao califa:

"O mais imaculado caminho", disseram os notáveis de Basra. Após alguns momentos, compareceram as testemunhas, e os criados estenderam as mesas e serviram o banquete. Todo mundo comeu até se fartar, e a seguir se ofereceu a sobremesa, da qual todos se serviram o quanto quiseram. Então as mesas foram recolhidas. As testemunhas deram um passo adiante e firmaram o contrato de casamento. Acendeu-se incenso e todos se retiraram para suas casas. O vizir ordenou que seus criados conduzissem Nūruddīn ^{c}Alī ao banho; enviou-lhe um traje completo que serviria para os reis, bem como toalhas, incenso e tudo o mais quanto fosse necessário. Após uma hora Nūruddīn retornou do banho, e surgiu como se fosse o plenilúnio quando aparece, ou a alvorada quando nasce, tal como disse o poeta:

"A fragrância é almíscar; as faces, rosa,
os dentes, pérola; a saliva, vinho;
a esbelteza, ramo; os quadris, duna;
os cabelos, noite; o rosto, lua cheia."

Ele se aproximou do sogro e lhe beijou a mão. O sogro se pôs de pé e o tratou com grande deferência, acomodando-o ao seu lado e dizendo-lhe: "Meu filho, eu quero que você me conte o motivo de ter abandonado seus familiares, e como eles lhe permitiram que fosse embora. Nada esconda de mim; trilhe o caminho da veracidade, pois já se dizia:

'Observa a veracidade, ainda que
ela te queime num fogo de ameaças;
e satisfaz ao Senhor, pois o pior dos homens
é quem encoleriza o Senhor e agrada seus servos.'

Eu quero apresentá-lo ao sultão e nomear você para o meu cargo". Ao ouvir as palavras do sogro, Nūruddīn respondeu: "Saiba, ó grande vizir, ó grave senhor, que eu não pertenço ao vulgo nem abandonei minha casa com a concordância de meus familiares. Quero agora lhe contar e dar ciência de que meu pai era vizir" – e contou sobre a morte do pai, bem como a discussão ocorrida entre ele e seu irmão, e repetir tudo agora seria inútil –, "e então o senhor me tratou com generosidade e fez a mercê de me casar com sua filha. Essa é a minha história". Admirado com a história de Nūruddīn, o vizir riu e disse: "Meu filho, vocês discutiram e nem sequer haviam ainda casado ou tido filhos. Mas, meu filho, vá consumar o casamento com a sua mulher e amanhã eu o levarei até o sultão, a quem explicarei o seu caso. Espero que Deus supremo nos traga tudo de bom". Então Nūruddīn foi e consumou o casamento. E, por decreto e vontade divina, por uma predestinação, seu irmão Šamsuddīn Muḥammad consumou, no Egito, o casamento com uma jovem. Isso aconteceu na mesma noite em que Nūruddīn consumou seu casamento em Basra. Como foi que isso sucedeu?

Conta-se que Ja^c^far disse ao califa:

Eu tive notícia de que, enquanto Nūruddīn viajava do Egito e lhe aconteciam todas aquelas coisas, seu irmão mais velho Šamsuddīn viajou com o sultão do Egito e se ausentou pelo período de um mês, regressando, então, ele para casa e o sultão para o governo. O vizir procurou o irmão mas não o encontrou. Perguntou a respeito e seus serviçais lhe disseram: "Ó jurisconsulto, na madrugada do dia em que o senhor foi viajar, antes mesmo que o sol nascesse, ele já estava em terras distantes. Informou que dormiria fora uma ou duas noites, mas até agora não tivemos notícias dele". Ouvindo aquelas palavras, Šamsuddīn ficou muito triste pela perda do irmão e disse de si para si: "Ele decerto saiu por aí perambulando ao léu. Impõe-se que eu vá atrás dele, nem que seja nos limites extremos do país. Enviou funcionários do correio – isso no mesmo mês em que Nūruddīn chegava a Basra –, que chegaram até Alepo, na Síria, mas, sem ter ouvido notícia alguma sobre ele, regressaram frustrados. Šamsuddīn perdeu as esperanças de localizar o irmão e disse: "Não há poderio nem força senão em Deus supremo e poderoso. Fui injusto com meu irmão durante a conversa sobre o casamento dos nossos filhos". Depois de alguns dias, Deus supremo quis que ele pedisse em casamento a filha de um egípcio proeminente; escreveu seu contrato matrimonial na mesma noite em que o irmão escrevia seu contrato matrimonial em Basra, e consumou o casamento na mesma noite em que o irmão consumava o seu casamento com a filha do vizir em Basra. A fim de concretizar as deliberações que tomava sobre suas criaturas, Deus supremo e altíssimo permitiu que estes dois irmãos escrevessem seus contratos de casamento num mesmo dia e possuíssem suas mulheres numa mesma noite, um estando no Egito e outro, em Basra. Isso se devia a algum desígnio de Deus, ó comandante dos crentes. A esposa de Šamsuddīn Muḥammad, vizir do Egito, deu à luz uma menina, ao passo que a esposa de Nūruddīn ᶜAlī, vizir de Basra, deu à luz um menino. O filho de Nūruddīn provocava inveja no sol e na lua: fronte radiante, faces coradas, pescoço branco qual mármore; em sua face direita havia um sinal que parecia uma esfera de âmbar, tal como dizem os versos feitos sobre ele por um dos poetas que o descreveram:

"Sua ondulação de cabelo e beleza
deixam os outros num claro-escuro;
não lhe estranhem a marca no rosto:
toda anêmona tem seu ponto preto."

O pequeno havia sido vestido por Deus com os trajes da beleza, graça, esplendor e perfeição de talhe e proporções; esbelto como uma vara de bambu, enfeitiçava a todos os corações com sua formosura e sequestrava todas as mentes com sua forma e compleição perfeitas; as gazelas desejariam ter seu olhar e pescoço; enfim, ele reunira todas as partes da graça, sem tirar nem pôr, tal como disse, na poesia, um dos poetas que o descreveram:

"Foi até a beleza para ser avaliado,
e ela abaixou a cabeça, envergonhada;
perguntaram: 'Já viste algo assim, beleza?'.
e ela respondeu: 'Desse jeito, não'."[156]

Nūruddīn ᶜAlī lhe deu o nome de Badruddīn Ḥasan.[157] Seu avô, o vizir de Basra, entrou em regozijo com a criança, realizando banquetes e distribuindo oferendas de qualidade tal que eram dignas de reis. Depois, pegou algumas delas e, acompanhado de seu genro, o vizir egípcio Nūruddīn ᶜAlī, apresentou-se

[156] Essa mesma poesia já apareceu na quinquagésima quarta noite, durante a história do terceiro dervixe, e foi recitada a propósito do rapaz cujo pai o escondera no subterrâneo, a fim de evitar-lhe a morte.
[157] O nome *Badruddīn* significa "plenilúnio da fé". E *Ḥasan* significa "bom" ou "belo".

diante do sultão e beijaram o solo diante dele. Acompanhado de Nūruddīn, o vizir, que era um homem educado, generoso, inteligente e cultivado, recitou os seguintes versos para o sultão:

"Sejam sempre teus o poder e a permanência
enquanto se sucederem a manhã e a tarde;
que vivas enquanto existirem noites
de bem-estar que não se finda."

Disse o narrador: o sultão agradeceu as palavras do vizir[158] e lhe perguntou: "Quem é este rapaz que o acompanha?". O vizir lhe repetiu a história do começo ao fim e disse: "Ó rei, que este meu senhor Nūruddīn ᶜAlī me substitua nas funções do vizirato, pois sua língua é eloquente, e este seu servo já é um velho entrado em anos; minha capacidade diminuiu e meu discernimento se embotou. Eu gostaria que a caridade do sultão colocasse o jovem no meu lugar e lhe entregasse o vizirato, pois para tanto ele é plenamente capacitado; isso eu juro em nome dos serviços que já lhe prestei", e beijou o solo. O sultão olhou para Nūruddīn, vizir do Egito, e o analisou; agradou-se dele, sentiu-lhe estima e disse: "Sim". Em seguida, ordenou que se trouxesse o traje honorífico completo que cabia aos vizires, fazendo com que Nūruddīn o vestisse, e uma mula tirada das montarias particulares do sultão; e mandou creditar-lhe os estipêndios e salários relativos ao cargo. Depois disso, o velho e seu genro retornaram alegres para casa. Disseram: "Eis um indício da boa fortuna do recém-nascido". No dia seguinte Nūruddīn foi até o palácio do sultão, instalando-se no assento do vizirato. Assinou papéis, deu instruções, distribuiu concessões e tomou decisões, dando cabo das tarefas, conforme é hábito dos vizires,[159] sem cometer nenhuma mesquinharia, tanto que o sultão o aproximou de si. Nūruddīn ᶜAlī voltou para casa satisfeito e alegre com o bom tratamento que o sultão lhe concedera, bem como pelo fato de estar se firmando no vizirato. Também se alegrou por ver seu filho Badruddīn Ḥasan. Começou a cuidar da educação do menino, e assim caminharam as coisas por noites e dias: Badruddīn Ḥasan crescia, desenvolvia-se

[158] O original não deixa claro quem declama a poesia, nem a quem se atribuem as virtudes da educação, generosidade etc., nem, consequentemente, a quem o sultão agradece pela poesia. Optou-se pelo que pareceu mais conforme à lógica da narrativa. Ao contrário de algumas traduções, considerou-se improvável que o texto estivesse atribuindo as virtudes ao rei, que não as possui, como se evidenciará mais adiante.
[159] Embora pareça redundância, é bom lembrar que se trata de uma observação absolutamente irônica.

e se tornava cada vez mais belo e gracioso, até que atingiu a idade de quatro anos. Nessa época adoeceu seu avô, o velho vizir, pai de sua mãe, que no testamento deixou tudo para o neto, morrendo em seguida. Fez-se o funeral e, durante um mês inteiro, guardou-se luto e se realizaram banquetes em sua memória. Nūruddīn ᶜAlī continuou no vizirato de Basra, e seu filho Badruddīn Ḥasan cresceu e se desenvolveu. Quando atingiu a idade de sete anos, levou-o para a escola, recomendando-o ao alfaqui com os seguintes dizeres: "Cuide deste menino, adestre-o e ministre-lhe educação e decoro da melhor qualidade". O menino era sagaz, inteligente, ajuizado, de boas maneiras e articulado. Ficaram extremamente contentes com ele, que passava os dias na escola. O alfaqui não cessou de ensiná-lo até que, decorrido o período de dois anos, ele já lia e compreendia.

E a aurora alcançou Šahrāzād, que parou de falar.

74ª

NOITE DAS HISTÓRIAS DAS MIL E UMA NOITES

Na noite seguinte, Šahrāzād disse:

Eu tive notícia, ó rei, de que Jaᶜfar disse ao califa:

Assim, com a idade de doze anos, Badruddīn já aprendera caligrafia, jurisprudência, idioma árabe, cálculo e escrita. Ademais, Deus o vestira com os trajes da beleza, da graça, do esplendor e da perfeição no tamanho e nas proporções, conforme disse a seu respeito o poeta tagarela:

"Lua que se completa em extrema beleza;
o ramo de bambu fala de sua esbelteza;
o plenilúnio nasce da beleza de sua fronte,
e o sol se põe no rosado de suas faces;
ele domina toda a beleza, como se
toda a beleza da criação lhe pertencesse."

Disse o narrador: como nunca mais fora à cidade desde que crescera, seu pai Nūruddīn ᶜAlī, depois de fazê-lo vestir um traje completo, colocou-o numa mula e foi com ele para a cidade; atravessou-a e se dirigiu em sua companhia até o sultão. Quando as pessoas o viram e lhe contemplaram a compleição, invocaram a Deus pela beleza de sua figura. Ouviu-se um burburinho de rogos por ele e por seu pai, e as pessoas se acotovelaram para vê-lo, para contemplar-lhe a beleza, a graça, o esplendor e a perfeição. Ele passou a cavalgar diariamente junto com o pai, e todos quantos o viam se maravilhavam com a beleza de sua figura, pois ele era como se descreveu na seguinte poesia:

"Ele surgiu e disseram: 'Benza-o Deus:
excelso seja quem o esculpiu e desenhou'.
Eis o absoluto reizinho da beleza,
de quem todos se tornaram súditos.
Em sua saliva há néctar inebriante,
e pérolas se formaram em seus lábios.
Ele se apoderou de toda a beleza sozinho,
deixando estupefatos todos os homens.
Em suas bochechas a formosura escreveu:
'Declaro que não há formoso senão ele'."[160]

Disse o narrador: ele era o encanto dos amantes e o bosque dos apaixonados; palavras suaves e sorriso formoso que envergonhava o plenilúnio; curvava-se de faceirice como um ramo de salgueiro, e suas faces se assemelhavam a rosas e anêmonas. Quando ele ultrapassou os vinte anos, seu pai – o egípcio Nūruddīn ᶜAlī – adoeceu, mandou chamá-lo e disse: "Saiba, meu filho, que o mundo é residência transitória, e que a outra vida é residência permanente. Eu lhe recomendarei algumas coisas às quais chegou o meu entendimento e que meu saber alcançou. Vou lhe fazer cinco recomendações". Em seguida, lembrou-se de seu país, de sua terra natal, pensou em seu irmão Šamsuddīn e as lágrimas lhe escorreram pela sua separação dos entes amados e pela distância da terra natal. Suas saudades aumentaram e, suspirando profundamente, ele declamou os seguintes versos:

[160] Este último hemistíquio é uma visível paródia da profissão de fé islâmica "declaro que não há divindade senão Deus".

“Eu vos censuro e ensino com minha emoção;
meu coração está convosco, e comigo meu corpo;
não era meu objetivo abandonar-vos, mas
a decisão de Deus vence a todos os seus servos.”

Quando terminou a declamação e o choro, voltou-se para o filho e disse: “Antes que eu lhe faça as minhas recomendações, meu filho, saiba que você tem um tio paterno que é vizir no Egito e de quem eu me separei, malgrado meu, por decisão de Deus” – e, pegando um bloco de papel, nele escreveu o que ocorrera entre ele e seu irmão antes de abandonar o Egito; depois, escreveu o que se passou com ele em Basra, como ascendera ao vizirato, a data de seu matrimônio no dia tal e tal, a consumação do casamento na noite tal e tal, notando ainda que tinha menos de quarenta anos de idade quando ocorrera a briga – “eis aqui uma carta para ele, e Deus cuidará do resto, depois de minha morte”. Em seguida dobrou-a, selou-a e disse: “Badruddīn Ḥasan,[161] meu filho, guarde estes papéis e nunca se separe deles”. Então Badruddīn Ḥasan pegou-os e costurou-os, num invólucro em forma de amuleto, na parte interna da touca do seu turbante. Seus olhos estavam marejados de lágrimas pela iminente separação de seu pai, que por alguns instantes se debateu nos estertores da morte; despertou então e disse: “Badruddīn Ḥasan, meu filho, a primeira recomendação é: não tenha intimidade com ninguém e assim escapará de acidentes; a segurança está na solidão; não se misture nem se associe a ninguém, pois eu ouvi um poeta dizendo:

‘Ninguém há neste tempo cujo afeto se deseje,
nem amigo que nas vicissitudes seja fiel;
vive sozinho e não confies em ninguém:
é o conselho que te dou, e basta.’

A segunda, meu filho, é: não oprima ninguém, caso contrário o destino oprimirá você. O destino num dia está a seu favor e noutro está contra, e o que o mundo lhe dá amanhã terá de ser pago. Eu já ouvi o poeta dizer:

[161] A partir deste ponto, é mais comum que o texto se refira ao herói apenas como *Ḥasan* ou *Ḥasan de Basra*, omitindo o primeiro nome, *Badruddīn*. Para evitar confusões, contudo, a tradução manteve o nome tal como está desde o início da história.

‘Reflete e não te apresses no que almejas;
sê clemente e como tal serás reconhecido;
não existe mão sobre a qual não esteja a de Deus,
nem opressor que não será oprimido por outro.’

A terceira recomendação: observe o silêncio, desvie os olhos dos defeitos alheios e contenha a sua língua, pois já se dizia: ‘Quem observa o silêncio se salva’.[162] Também ouvi o poeta dizer:

‘Mudez é adorno e silêncio é segurança;
se acaso falares, não sejas linguarudo, pois,
ainda que alguma vez te arrependas de tua mudez,
de teres falado sempre te arrependerás.’

A quarta, meu filho: eu o previno contra o consumo de vinho, pois ele é o motivo de toda discórdia; o vinho faz perder o juízo. Cuidado, muito cuidado para não tomar vinho, pois eu ouvi o poeta dizer:

‘Larguei o vinho, parei de bebê-lo
e de seus censores amigo virei:
é bebida que afasta do bom caminho,
e do mal escancara os portões.’

E a quinta, meu filho: preserve o seu dinheiro e ele o preservará; guarde o seu dinheiro e ele o guardará; não abuse de seu dinheiro, pois caso contrário você precisará de gente inferior; conserve as moedas, que são unguento, pois eu ouvi alguém dizer:

‘Se o meu dinheiro escasseia, ninguém me acompanha,
mas quando ele aumenta, companhia todos se tornam;
quanto amigo para torrar dinheiro me acompanhou,
e quanto amigo, esgotado o meu dinheiro, me abandonou!’

[162] Provérbio popular.

Aceite, pois, minhas recomendações". E não cessou de repetir as recomendações até que seu sopro vital se esvaiu, e ele foi então carregado e enterrado.

E a aurora alcançou Šahrāzād, que parou de falar. Dīnārzād lhe disse: "Como é agradável a sua história, maninha", e ela respondeu: "Isso não é nada perto do que irei contar-lhes na noite seguinte, se eu viver e for poupada".

75ª

NOITE DAS HISTÓRIAS DAS MIL E UMA NOITES

Na noite seguinte, Dīnārzād disse: "Conte-nos a história, maninha", e Šahrāzād respondeu: "Com muito gosto e honra".

Conta-se, ó rei, que Jaᶜfar disse para o califa:

Quando o vizir Nūruddīn ᶜAlī morreu, seu filho Badruddīn Ḥasan de Basra, muito triste com a perda, permaneceu de luto por dois meses inteiros, durante os quais não cavalgou nem foi servir ao sultão. Este, encolerizado com ele, nomeou vizir um de seus secretários e lhe ordenou que, junto com outros secretários e mensageiros, embargassem os bens do falecido vizir Nūruddīn ᶜAlī, confiscassem todo o seu dinheiro e selassem todos os seus pomares, casas e demais imóveis; que não deixassem um único dirham. Então o novo vizir se fez acompanhar de secretários, meirinhos e enviados, oficiais e escribas, e todos tomaram o rumo da casa do vizir Nūruddīn ᶜAlī do Egito. Entre as pessoas que ali presenciaram a emissão da ordem estava um servo do vizir Nūruddīn ᶜAlī, o qual, ao ouvir do que se tratava, montou seu cavalo e se dirigiu rapidamente para onde estava Badruddīn Ḥasan, a quem encontrou sentado na porta de sua casa, cabeça baixa, triste e desolado. O serviçal descavalgou, beijou-lhe a mão e disse: "Meu senhor, filho do meu senhor! Depressa, depressa, antes que seja tarde!". Badruddīn Ḥasan estremeceu e perguntou: "O que está acontecendo?". O serviçal respondeu: "O sultão ficou encolerizado com o senhor e determinou que sua casa fosse desapropriada. A desgraça se encaminha para cá, bem atrás de mim! Fuja para salvar a vida! Não permita que eles acabem com o senhor!". Com o coração em chamas, o vermelho do rosto tornado amarelo, Badruddīn Ḥasan perguntou: "E não terei tempo nem de entrar em casa, meu irmão?". Respondeu: "Não, meu senhor. Levante agora e esqueça a sua casa". Badruddīn levantou-se, recitando a seguinte poesia:

"Atingido por infortúnio, salva a vida,
e deixa a casa chorar por quem a construiu,
pois poderás trocar uma terra por outra,
mas com tua vida o mesmo não poderás fazer;
tampouco envies teu mensageiro em missão importante,
pois para a vida o melhor conselheiro é o seu dono:
as cervizes dos leões só engrossaram tanto
porque eles próprios cuidam de seus interesses."[163]

Disse o narrador: aparvalhado, o jovem calçou as sandálias, levantou-se cambaleante e cobriu a cabeça com o capuz da túnica. Temeroso e apavorado, ignorava se deveria ir ou voltar, e qual direção tomar. Acabou seguindo o rumo da sepultura paterna; enquanto passava pelas sepulturas, deixou cair o capuz, que era adornado com fitas de brocado de tafetá tecidas com fios de ouro, e no qual se liam os seguintes versos:

"Ó quem tem o rosto radiante,
que imita estrelas e orvalho:
para sempre continue pujante,
e se alce às alturas a sua glória."

Enquanto caminhava, topou com um judeu que estava chegando à cidade. Era um cambista que nas mãos carregava um cesto. Ao vê-lo, o judeu o cumprimentou.

E a aurora alcançou Šahrāzād, que parou de falar. Dīnārzād lhe disse: "Como é agradável a sua história", e ela respondeu: "Isso não é nada perto do que lhes contarei se acaso eu ficar viva".

[163] Essa poesia já foi recitada na trigésima oitava noite pelo carrasco encarregado de executar o primeiro dervixe.

76ª

NOITE DAS HISTÓRIAS DAS MIL E UMA NOITES

Na noite seguinte, a irmã lhe disse: "Conte a história para nós", e ela respondeu:

Conta-se, ó rei, que Jaᶜfar disse ao califa:

Ao ver Badruddīn, o judeu beijou-lhe a mão e perguntou: "Para onde o meu senhor está indo a esta hora, já próximo do fim do dia, vestindo roupas leves e com a fisionomia transtornada?". Badruddīn Ḥasan respondeu: "Há pouco adormeci e vi meu pai em sonho. Acordei e então vim visitá-lo antes que o dia se finde". O judeu disse: "Antes de morrer, o seu pai, que era nosso amo e senhor, possuía um empreendimento comercial marítimo. Seus navios cheios de mercadorias estão agora no caminho de volta para cá. Eu gostaria que o senhor fizesse a caridade de não vender o carregamento desses navios senão para mim". Badruddīn Ḥasan respondeu: "Sim". O judeu disse: "Então, meu senhor, venda-me agora, por mil dinares, o carregamento do primeiro navio que aportar", e, retirando do cesto um saco lacrado, abriu-o, montou uma balança e pesou duas vezes até que se completassem mil medidas de ouro. Badruddīn Ḥasan afirmou: "Vendido!". O judeu retrucou: "Registre então, meu senhor, com sua própria letra, a venda para mim, aqui neste papel". Badruddīn pegou o papel e escreveu: "Eis o que Badruddīn Ḥasan de Basra vendeu para Isḥāq, o judeu: o carregamento do primeiro navio que aportar, por mil dinares, quantia esta que ele já recebeu". O judeu pediu: "Deixe o papel dentro do saco, meu senhor". Ele depositou o papel no saco, amarrou, lacrou, pendurou na cintura e se separou do judeu.[164] Foi passando pelas sepulturas até chegar à de seu pai; sentou-se ali, chorou por alguns momentos e declamou a seguinte poesia:

[164] Existe alguma fratura no andamento da narrativa, que mais de um tradutor procurou remediar por conta própria. O fato é que, embora não pareça lógico que o recibo tenha permanecido em posse de Badruddīn, em vez de com o judeu Isḥāq, a funcionalidade desse pedaço de papel ficará evidente mais adiante. O manuscrito "Gayangos 49" traz o seguinte: "Disse [o judeu]: 'Meu senhor, dê-me a honra de escrever com sua própria letra, e eis aqui os mil dinares de adiantamento, que o senhor pode levar agora', e, mostrando-lhe uma bolsa contendo mil dinares, estendeu-a para ele. Badruddīn recolheu-a e escreveu um papel sobre o recebimento e outro para si mesmo: 'no dia tal do ano tal'; apôs seu selo na folha e deixou o judeu".

“Desde que vocês partiram,
senhores, a casa já não é casa,
não; tampouco o vizinho, desde que
partiram, continua vizinho.
Nem o companheiro com quem já me habituara
não é mais companheiro, nem as luzes são luzes,
tampouco os sóis que sobre ela tanto brilhavam
são sóis, tampouco as luas continuam sendo luas.
Vocês sumiram, e sua ausência desolou o mundo,
no escuro mergulhando todo campo e toda terra.
Quem dera o corvo que pressagiou nossa separação
depenado ficasse, e sem nenhum abrigo onde viver.
Sem vocês, minha paciência minguou e meu corpo se debilitou.
Quanta desonra ainda vão causar os dias malsinados?
Acaso você acha que as noites que passamos voltarão,
tal como eram, e nos reuniremos numa só casa?”

Em seguida, Badruddīn chorou junto ao túmulo do pai por cerca de uma hora. Recordando-se da situação em que se encontrava, ficou em dúvida sobre o que fazer, ignorando se ia ou voltava. Chorou uma vez mais, apoiou a cabeça no túmulo do pai por mais algum tempo, e então adormeceu – louvado seja aquele que nunca dorme. Continuou dormindo até o anoitecer, quando sua cabeça escorregou de sobre o túmulo e ele caiu de costas; esticou as mãos e os pés e permaneceu deitado sobre o túmulo do pai. Havia naquele cemitério um *ifrit* gênio que ali se abrigava durante o dia, e que durante a noite voava e percorria outros cemitérios. Quando anoiteceu, o gênio saiu do cemitério, fazendo tenção de iniciar seu voo, quando viu um ser humano deitado de costas e vestido. Aproximou-se dele, contemplou-lhe a fisionomia e ficou maravilhado e assombrado com sua beleza.

E a aurora alcançou Šahrāzād, que parou de falar. Dīnārzād lhe disse: “Como é agradável a sua história, maninha”, e ela respondeu: “Isso não é nada perto do que irei contar-lhes na próxima noite, se acaso eu viver e for poupada”.

77ª

NOITE DAS HISTÓRIAS
DAS MIL E UMA NOITES

Na noite seguinte ela disse:

Conta-se, ó rei, que Ja^cfar disse:

Quando o gênio olhou para Badruddīn Ḥasan de Basra deitado de costas, ficou admirado com sua beleza e pensou: "Este rapaz não pertence senão aos jovens do paraíso, criados por Deus para seduzir a humanidade". Depois de contemplá-lo durante algum tempo, voou pelo espaço e se alçou às alturas, chegando a meio caminho entre o céu e a terra, quando foi então atropelado pelas asas de uma outra *ifrita* gênia. Perguntou: "Quem é?", e ela respondeu: "Uma gênia". Ele a cumprimentou e perguntou: "Você gostaria de vir comigo, ó gênia, até o meu cemitério, a fim de ver que belo ser humano Deus criou?". Ela respondeu "sim", e desceram ambos até o cemitério. Ao pousarem, o gênio perguntou: "Por acaso você já viu, em toda a sua vida, alguém mais belo do que este rapaz?". Depois de bem olhar para o jovem e contemplar-lhe a fisionomia, ela disse: "Louvado seja aquele que não possui semelhante! Por Deus, meu irmão, se você permitir, vou contar-lhe algo espantoso que vi nesta mesma noite na província do Egito". O gênio disse: "Conte", e ela contou:

Saiba, ó gênio, que existe na cidade do Cairo[165] um rei que tem um vizir chamado Šamsuddīn Muḥammad, cuja filha conta aproximadamente vinte anos, e é uma das pessoas mais parecidas com este jovem; ela possui beleza, graça, formosura, perfeição, altura e porte. Quando ela passou a idade de vinte anos, o sultão do Egito ouviu falar a seu respeito e convocou o pai dela, o vizir, e lhe disse: "Saiba, ó vizir, que eu tive notícia de que você tem uma filha. Quero pedi-la em casamento a você". O vizir lhe respondeu: "Ó rei, aceite minhas escusas e não censure as minhas ações. Sua generosidade saberá perdoar minha recusa. Estou ciente, ó rei, de que o senhor sabe que eu tenho um irmão chamado Nūruddīn ^cAlī, com quem eu dividia o vizirato a serviço do senhor. Certo dia, sucedeu que sentamos ambos, eu e ele, e acabamos por travar uma discussão sobre casamento

[165] Fique claro que, seguindo hábito até hoje corrente no Egito, o texto sempre se refere à cidade do Cairo como *madīnat Miṣr* ["cidade do Egito"] ou *Miṣr* ["Egito"].

e filhos. Quando amanheceu, ele partiu em viagem e nunca mais ouvi nenhuma notícia a seu respeito, já faz vinte anos. Contudo, há pouco ouvi dizer que ele faleceu em Basra, onde era vizir, e ali deixou um filho, ó rei do tempo. Registrei por escrito o dia em que redigi meu contrato de casamento, a noite em que se consumaram minhas núpcias, e a noite em que minha mulher deu à luz. Está tudo registrado até a presente data. Minha filha está guardada, prometida para o primo. Nosso amo o sultão tem à sua disposição muitas mulheres e moças". O sultão se encolerizou com as palavras do vizir.

E a aurora alcançou Šahrāzād, que parou de falar. Dīnārzād lhe disse: "Como é agradável a sua história, maninha", e ela respondeu: "Isso não é nada perto do que irei contar-lhes na próxima noite, se eu viver e for poupada".

78ª

NOITE DAS HISTÓRIAS
DAS MIL E UMA NOITES

Na noite seguinte ela disse:

Conta-se, ó rei, que Ja^{c}far disse ao califa:

Então a gênia disse ao gênio:

O sultão se encolerizou com as palavras de seu vizir Šamsuddīn e lhe disse: "Como se atreve? Alguém do meu nível pede a mão da filha de alguém do seu nível e recebe uma escusa frívola dessas?". E o sultão jurou que não casaria a jovem senão com o mais vil de seus criados. Pensou bem e se lembrou de um almocreve que conduzia as cavalgaduras dos meninos do palácio. Era um corcunda com duas cacundas, uma na frente e outra atrás. O sultão mandou chamar o corcunda e testemunhas, e manteve o vizir sob vigilância até que escrevesse o contrato de casamento do corcunda com a sua filha naquele mesmo dia. O sultão jurou que o corcunda deveria consumar o casamento com a jovem naquela mesma noite, na qual se faria a procissão nupcial.

[*Prosseguiu a gênia*:] "Foi nesse momento que eu os deixei, com todos os escravos dos príncipes carregando círios, todos à porta da casa de banho esperando a saída do corcunda, a fim de caminharem à sua frente com os círios. Quanto à filha do vizir, ela estava com as camareiras, que a penteavam, e já pusera suas roupas e adereços, enquanto seu pai, o vizir, se mantinha guardado pela escolta do rei, esperando o corcunda vir consumar o casamento com a sua filha. Olhei bem para a jovem, ó gênio: meus olhos jamais haviam vislumbrado criatura mais bela nem mais maravilhosa". O gênio disse: "Você está mentindo, ele é mais belo do que ela". A gênia respondeu: "Pelo Deus do trono, a juventude dela não é adequada senão para a juventude dele! Que desperdício com aquele corcunda!". O gênio disse: "Que tal nos enfiarmos por debaixo desse rapaz adormecido, carregando-o e fazendo-o chegar até ela? Assim poderemos reunir lado a lado ambas as juventudes". Ela respondeu "sim"; ele disse: "Eu o carrego na ida e você o carrega na volta", e ela respondeu "sim". Então o gênio entrou por debaixo de Badruddīn Ḥasan de Basra, carregou-o, alçou-se com ele aos ares e se elevou, sempre com a gênia voando a seu lado. Começou a descer para enfim pousar diante dos portões da cidade do Cairo, onde ele o reclinou num poial e o acordou. Tendo despertado do sono e vendo-se numa cidade que não conhecia, o rapaz já fazia tenção de indagar a respeito, mas o gênio lhe aplicou uma pancada, estendeu-lhe um círio e lhe disse: "Caminhe até aquela casa de banho, misture-se entre os passantes e os escravos, avance sempre no meio deles até chegar ao pátio de noivado; tome então a dianteira, sem deixar de carregar o círio, e poste-se à direita do noivo corcunda. Toda vez que as camareiras, cantoras ou a própria noiva vierem para o seu lado, retire punhados de moeda dos bolsos e jogue para elas, sem nenhuma hesitação; não retire a mão do bolso senão cheia de moedas de ouro; retire as moedas e atire-as como regalo para todos que se aproximarem de você. Não fique espantado, pois este assunto não está sob seu controle ou poder, mas sim sob controle, poder e vontade de Deus, a fim de que ele realize as sapientes decisões que toma quanto ao destino de suas criaturas". E Badruddīn Ḥasan levantou-se, pegou o círio, acendeu-o e caminhou até chegar à casa de banho, onde encontrou o noivo corcunda, que mal acabara de montar uma égua. Badruddīn Ḥasan de Basra introduziu-se no meio da multidão, adotando aquele procedimento, e, conforme aquele desígnio que descrevemos, levando à cabeça o seu já citado turbante de duas faces.

E a aurora alcançou Šahrāzād, que parou de falar. Dīnārzād disse: "Como é agradável a sua história, maninha", e ela respondeu: "Isso não é nada perto do que irei contar-lhes na próxima noite, se acaso eu viver e o rei me poupar".

79ª

NOITE DAS HISTÓRIAS
DAS MIL E UMA NOITES

Na noite seguinte ela disse:

Conta-se, ó rei, que Jaᶜfar disse ao califa:

Badruddīn Ḥasan de Basra continuou caminhando no meio da procissão. Sempre que as cantoras passavam cantando, e os participantes começavam a distribuir regalos, ele enfiava a mão no bolso, retirava um monte de moedas de ouro e introduzia punhados delas nos pandeiros das cantoras; os instrumentos ficavam tão cheios de dinares que as cantoras e os demais participantes enlouqueciam, todos igualmente muito assombrados com sua graça, formosura e generosidade. Continuou fazendo isso até que chegaram à casa do vizir – que era seu tio paterno –, quando então os secretários detiveram os participantes da procissão, impedindo-os de entrar. Mas as cantoras disseram: "Por Deus que só entraremos se entrar conosco este jovem estrangeiro. Em toda a nossa vida, nunca vimos alguém tão belo ou generoso. Não recepcionaremos a noiva com as nossas cantigas senão com a presença deste que nos ofertou tanto ouro que encheria um armário". E com ele entraram no local do casamento, acomodando-o na bancada, à direita do corcunda. As mulheres dos príncipes, dos vizires, dos secretários e dos deputados posicionaram-se em suas respectivas fileiras, ao passo que as demais mulheres presentes formaram duas fileiras no pátio. Cada mulher, velada até os olhos, carregava um grande círio aceso; formavam duas fileiras, uma à esquerda e outra à direita, que iam do estrado até o pavilhão, e dali até o aposento de onde sairia a noiva. Quando as mulheres viram Badruddīn Ḥasan de Basra, sua graça e formosura, seu rosto que brilhava como o crescente, que se assemelhava ao plenilúnio, cheio de charme e simpatia, esbelto como um ramo de salgueiro, a estima por ele, já grande por causa do dinheiro com que as presenteara, aumentou mais ainda. As mulheres se reuniram ao seu redor carregando os círios, maravilhadas com sua fisionomia e invejosas de sua elegância. Começaram a flertar com o jovem e a cobiçá-lo, cada qual desejando dormir em seus braços. E todas elas, sem exceção, disseram: "Este jovem não é adequado senão para a nossa noiva de hoje! Que desperdício dessa noiva com este corcunda disforme! Que a maldição recaia sobre o responsável por esse casamento" – e rogaram pragas contra o sultão. O corcunda vestia uma túnica brocada de honra; na cabeça, trazia um turbante de duas faces; seu pescoço estava afundado entre os ombros; sentado, todo encaramujado, tanto parecia um ser humano como um boneco, tal como disse a seu respeito alguém que o descreveu em versos:

"Que gracinha o corcunda que apareceu;
eu o comparo à menina dos olhos[166]
ou a um apodrecido galho de rícino
no qual se pendurou uma enorme laranja."

Em seguida, as mulheres puseram-se a lançar impropérios e zombarias contra o corcunda, fazendo também rogos a favor de Badruddīn Ḥasan de Basra e se aproximando dele. Após alguns momentos, as cantoras começaram a bater nos adufes e a assoprar as flautas: surgiram as camareiras, tendo ao meio a jovem noiva.

E a aurora alcançou Šahrāzād, que parou de falar. Dīnārzād disse para a irmã: "Como é agradável e assombrosa a sua história, maninha", e ela respondeu: "Isso não é nada perto do que irei contar-lhes na próxima noite, se eu viver e o rei me preservar".

80ª

NOITE DAS HISTÓRIAS DAS MIL E UMA NOITES

Na noite seguinte ela disse:

Conta-se, ó rei, que Jaᶜfar disse ao califa:

Quando Badruddīn Ḥasan de Basra, filho de Nūruddīn ᶜAlī do Egito, tomou seu assento na bancada ao lado do corcunda, as camareiras chegaram trazendo sua prima, a quem haviam perfumado e adornado, recheando-lhe a cabeleira com sachês de almíscar e incensando-a com aloés, cardamomo e âmbar. A noiva

[166] "Menina dos olhos" traduz o incompreensível *lu'lu' albaṣīra*, "pérola da visão" (?).

se requebrava e as camareiras a conduziam após lhe terem penteado os cabelos, trançado as melenas e vestido roupas e ornamentos dignos dos reis da Pérsia – entre as coisas que ela usava estava uma veste com gravuras a ouro, tais como aves e quadrúpedes, além de muitas outras imagens plenas de brilho, com olhos e bicos traçados com pedras preciosas, pés desenhados com rubis vermelhos e esmeraldas verdes. Também lhe haviam colocado um valioso colar de joias como nunca alguém antes possuíra, com grandes gemas arredondadas que atordoavam o olhar e aturdiam a mente que pretendesse descrevê-lo. A noiva estava mais opulenta do que o plenilúnio quando surge na décima quarta noite do mês.[167] Na sua frente, as camareiras haviam acendido círios com cânfora que lhe alumiaram o rosto e realçaram o seu brilho; ela surgiu com olhos mais penetrantes do que espada desembainhada, cílios que enfeitiçavam os corações, faces rosadas, cercada por flancos e cinturas que para o seu lado pendiam, monopolizando todos os olhares e tornando as imaginações incapazes de descrever a dimensão de sua beleza. As cantoras recepcionaram-na com várias espécies e tipos de instrumentos musicais e adufes. Enquanto isso, Badruddīn Ḥasan de Basra já estava acomodado, atraindo os insistentes olhares das mulheres, se assemelhando à lua entre as estrelas, com uma fronte radiante, faces coradas, pescoço marmóreo, rosto de lua, trazendo na bochecha uma pinta que parecia um círculo de âmbar. Requebrando ela surgiu, destacou-se e se aproximou. O corcunda se levantou e foi dar-lhe um beijo, mas ela desviou o rosto, livrou-se dele e parou diante de seu primo Badruddīn Ḥasan. Os presentes se agitaram e as cantoras gritaram. Badruddīn Ḥasan de Basra enfiou a mão no bolso e, constatando que ainda estava cheio de moedas de ouro, tomou um punhado e lançou nos tamborins das cantoras, pondo-se a repetir o gesto. Elas começaram a rogar por ele e lhe fizeram sinais com os dedos, dizendo: "Gostaríamos que esta noiva fosse sua". Ele sorriu, e todas as mulheres presentes ao casamento cravaram os olhos nele. O corcunda ficou isolado como se fosse um macaco, ao passo que Badruddīn Ḥasan de Basra dominava galhardamente toda a cena, cercado por criados e criadas que carregavam na cabeça grandes travessas cheias de ouro e dinares para dar de presente e distribuir. Quando a noiva escapuliu e parou diante dele, Badruddīn lançou-lhe um longo olhar e contemplou a beleza com que Deus a distinguira acima do restante da humanidade. Enquanto a criada-

[167] O autor, obviamente, tinha por horizonte o calendário lunar muçulmano.

gem lançava moedas sobre a cabeça de pequenos e grandes, Badruddīn entrava em felicidade e regozijo com o que via.

E a aurora alcançou Šahrāzād, que parou de falar. Dīnārzād lhe disse: "Como é agradável e insólita a sua história, maninha", e ela respondeu: "Isso não é nada perto do que irei contar-lhes na próxima noite, se acaso eu viver e for poupada".

81ª

NOITE DAS HISTÓRIAS DAS MIL E UMA NOITES

Na noite seguinte ela disse:

Conta-se, ó rei, que Jaᶜfar disse ao califa:

Vendo sua prima, Badruddīn Ḥasan de Basra entrou em felicidade e regozijo. Ele contemplou o rosto da jovem, que resplandecia, cheio de luz, radioso, sobretudo com aquela vestimenta de cetim vermelho, a primeira da noite, com a qual as camareiras a faziam desfilar; Badruddīn Ḥasan pôde deleitar-se com tal visão. Ela derramava e espalhava seu charme, atordoando a mente de mulheres e homens, tal como disse a seu respeito um poeta superior:

"Sol brilhando sobre galho nas dunas,
ela surge numa túnica da cor da flor da romã;
deu-me de beber o vinho de sua saliva e
de suas bochechas, apagando meu fogo."

Disse o narrador: trocaram-lhe então aquela roupa, vestindo-a com um traje azul, e ela surgiu como se fora o plenilúnio quando resplandece, com cabelos negros como carvão, faces suaves, dentes sorridentes, seios empinados e membros e pulsos firmes. Foi essa a segunda vez que a exibiam,[168] e ela estava tal como na poesia que os homens ocupados com os mais altos desígnios disseram a seu respeito:

[168] Referência ao costume de, durante a cerimônia de casamento, exibir a noiva por diversas vezes, cada vez com roupas diferentes.

"Ela surgiu numa túnica azul,
lazurita tal e qual a cor do céu,
e o que eu vi em sua túnica foi
lua de verão em noite de inverno."

Disse o narrador: trocaram-lhe então aquela roupa por outra, usaram seus longos cabelos para cobrir-lhe o rosto e lhe soltaram as compridas tranças negras, cuja extensão e negrura se assemelhavam a noite nublada. Ela atingiu os corações com setas agudas e perfurantes: foi seu terceiro desfile, tal como alguém disse a respeito na seguinte poesia:

"Seus cabelos se enrolam sobre as faces,
e produzem discórdia que comparo ao calafrio;
eu disse: a manhã foi coberta pela noite; responderam:
'Não, o plenilúnio é que foi coberto pelas sombras'."

Fizeram-na então desfilar pela quarta vez, e ela surgiu como se fora o sol nascente, derramando charme, lançando olhares tal como os lançam as gazelas e disparando de suas pálpebras dardos nos corações, tal como a descreveram na seguinte poesia:

"O formoso e esperado sol para todos aparece
brilhando com beleza e charme adornados pela timidez.
Desde que, com seu pudor e sorriso, ela olhou para
o sol da manhã, este se escondeu entre nuvens."

Disse o narrador: então pela quinta vez ela desfilou, como uma senhorita de bom caráter. Parecia um ramo de salgueiro ou gazela sedenta; suas setas despontavam e suas maravilhas apareciam; balançou a cintura e mostrou o colo, tal como alguém que a descreveu disse na seguinte poesia:

"Ela surgiu como o plenilúnio em noite bela,
membros delicados, esbelta cintura
e olhos cuja beleza aprisionava os homens.
O vermelho de suas faces imita os rubis,

o negrume de seus cabelos lhe cobre os quadris.
Muito cuidado com as serpentes de seus cachos,
mesmo que seus flancos e coração pareçam dóceis;
são, contudo, mais duros do que pedra bruta!
Por sobre seus cílios partem as setas do olhar,
e sempre acertam: mesmo de longe não erram.
Quando nos abraçamos e tento pela cintura
empolgá-la, sou disso impedido por seus seios.
Ó beleza que deixou para trás toda beleza!
Ó esbelteza que humilha os mais delicados ramos!"

Disse o narrador: pela sexta vez fizeram-na desfilar com um traje verde. Seu porte era mais ereto do que o de uma lança escura; sua beleza suplantava a de todas as beldades que se encontravam ao alcance da vista; a luminosidade de seu rosto superava o plenilúnio brilhante; sua delicadeza e elasticidade humilhavam os ramos de árvore; e a formosura de seu ser corroía os fígados, tal como disse em poesia um dos que a descreveu:[169]

"Eis a jovem a quem a astúcia adestrou:
vês o sol saindo emprestado de suas faces.
Chegou vestindo uma túnica esverdeada,
tal como as folhas cobrem a flor de romã.
Perguntamos a ela: 'Qual o nome desse traje?',
e ela respondeu com discurso de doces palavras:
'Com ele despedaçamos a vesícula de muitos;
portanto lhe chamamos destruidor de vesículas'."

E a aurora alcançou Šahrāzād, que parou de falar. Dīnārzād lhe disse: "Como é espantosa a sua história, maninha", e ela respondeu: "Isso não é nada perto do que irei contar-lhes na próxima noite, se acaso eu viver e for poupada".

[169] Note-se que, nessa noite, mesmo os trechos em prosa estão redigidos em *saj*ᶜ, prosa rimada ornamental muito comum em árabe, que, aqui, determina o andamento da narrativa.

82ª

NOITE DAS HISTÓRIAS
DAS MIL E UMA NOITES

Na noite seguinte ela disse:

Conta-se, ó rei, que Jaᶜfar disse ao califa:

Assim, toda vez que faziam a noiva desfilar e ficar diante do corcunda, ela evitava olhar em sua direção e se desviava, postando-se diante de Badruddīn Ḥasan de Basra, que retirava um punhado de moedas do bolso e as distribuía entre as cantoras. Procedeu desse modo até que fizeram a noiva desfilar sete vezes, e as mulheres foram autorizadas a se retirar. Todos quantos estavam na festa foram embora, não restando senão Badruddīn e o corcunda. Os moradores da casa adentraram com a noiva, a fim de retirar-lhe as joias e deixá-la sozinha. O corcunda disse a Badruddīn Ḥasan: "Você já nos honrou e embelezou nossa festa. Agora, por que não levanta e vai embora?". Badruddīn disse: "Claro, com o auxílio de Deus!", e, pondo-se de pé, saiu pela porta até o corredor, onde foi encontrado pelo gênio e pela gênia, que lhe perguntaram: "Aonde você vai? Fique parado aqui. Assim que o corcunda for ao banheiro aliviar as necessidades, entre na casa, vá até o quarto de núpcias, onde há uma cama com véu. Quando a noiva interrogá-lo, diga-lhe: 'Seu marido não é outro que não eu. O rei só fez aquela armação para divertir-se às custas do corcunda. Agora, já lhe pagamos as dez moedinhas e a marmita com que o contratamos, e ele foi cuidar da sua vida'. Fique com ela, consume o casamento e extirpe-lhe a virgindade. Nós estamos furiosos com essa história toda, pois aquela jovem não serve senão para você". Enquanto conversavam, o corcunda saiu pela porta e entrou no banheiro, onde tanta merda lhe escorreu do rabo que ele se sujou até a barba. Na forma de um gato preto, o gênio subiu na bacia de água e começou a berrar "miau, miau!". O corcunda disse: "Passa, desgraçado!". Mas o gato cresceu e inchou até ficar grande como um burrico, e começou a zurrar com força "inhó, inhó!". O corcunda ficou a princípio assustado, e depois tão amedrontado que a merda começou a lhe escorrer pelas pernas. Gritou: "Socorro, minha gente!". E o gato cresceu mais ainda, até ficar do tamanho de um búfalo adulto; pôs-se a falar com palavras que eram as dos seres humanos e disse: "Ai de ti, corcunda!". O corcunda estremeceu, e tanto era o seu medo que ele caiu sentado na latrina com roupas e tudo; respondeu: "Pois não, ó rei dos búfalos!". O gênio lhe disse: "Ai de ti, escória dos corcundas! Por acaso o mundo é tão pequeno que você não acertou senão de se casar com a minha amada?". O corcunda respondeu: "Mas meu senhor, que fiz eu? E qual a minha culpa? Fui obrigado! Tampouco eu sabia que ela tinha um amante entre os búfalos! O que o senhor deseja que eu faça?". O gênio respondeu: "Eu lhe juro que, se você sair daqui antes do nascer do sol, ou abrir a boca, irei torcer o seu pescoço. E, logo que o sol raiar, saia daqui e vá cuidar da sua vida. Nunca mais entre nesta casa, ou então ninguém nunca mais terá notícias a seu respeito". E agarrando o corcunda, o gênio ergueu-o de cabeça para baixo, deixando-o com a cabeça enterrada na latrina e os pés para cima, e lhe disse: "Agora vou ficar aqui vigiando; se você sair antes do nascer do sol, eu o pegarei pelas pernas e baterei contra a parede. Trate de preservar a vida!". Isso foi o que sucedeu com o corcunda. Quanto ao que sucedeu com Badruddīn Ḥasan de Basra, foi o seguinte: mal o corcunda entrou no banheiro, rapidamente Badruddīn entrou no quarto nupcial e ali se acomodou por alguns momentos, até que a noiva surgiu com uma velha, a qual se postou na porta do quarto, dizendo: "Ó pai da rapidez, recolha o depósito que Deus lhe confiou, ó filho da feiura", e foi-se embora. Então a jovem, que se chamava Sittulḥusni,[170] entrou e, vendo Badruddīn Ḥasan, disse-lhe: "Você ficou por aqui até esta hora, meu querido? Por Deus que eu gostaria muito que você fosse sócio do corcunda". Ao ouvir tais palavras, Badruddīn Ḥasan de Basra respondeu: "E como aquele corcunda nojento chegaria a ser meu sócio, Sittulḥusni?". Ela indagou: "E por que não? Porventura ele não é meu marido?". Badruddīn Ḥasan respondeu: "Deus me livre, senhorita! O que nós fizemos foi uma grande palhaçada. Você porventura não percebeu como as camareiras, cantoras e os seus familiares faziam você desfilar diante de mim e ficavam se rindo dele? Nem o seu pai sabe que nós contratamos o corcunda por dez moedas e uma marmita; já lhe pagamos e ele foi embora". Ao ouvir aquilo, Sittulḥusni riu e disse: "Por Deus que você me alegrou e apagou o fogo que me consumia, meu senhorzinho. Tome-me em seus braços e me estreite em seu regaço". Como ela já estava sem os calções, Badruddīn Ḥasan, por seu turno, tirou os seus, desamarrou do cinturão a bolsa com mil dinares que recebera do judeu, enrolou-a junto com os calções e colocou tudo debaixo do colchão; retirou o turbante e depositou-o na cadeira, sobre uma trou-

[170] Como já se disse, *Sittulḥusni* significa "senhora da beleza".

xa de roupas, ficando somente de túnica e barrete; como ele se mostrasse hesitante, a jovem Sittulḥusni tomou a iniciativa, atraindo-o para si e dizendo: "Meu querido, você está demorando! Socorra-me com o seu toque! Delicie-me com a sua formosura!", e declamou a seguinte poesia:

"Por Deus, põe os pés entre minhas coxas,
pois da vida é com isso que me contento,
e conta de novo tua história, pois meus ouvidos
amam tanto a tua conversa quanto te amam!
De tudo o que há na terra, não te empolgue
senão a minha mão direita e a tua roupa!"

E a aurora alcançou Šahrāzād, que parou de falar. Dīnārzād lhe disse: "Maninha, como é agradável e espantosa a sua história", e ela respondeu: "Isso não é nada perto do que irei contar-lhes na próxima noite, se acaso eu viver e for poupada".

83ª

NOITE DAS HISTÓRIAS E ASSOMBROS
DAS MIL E UMA NOITES

Na noite seguinte ela disse:

Conta-se, ó rei, que Jaᶜfar disse para o califa:

Então Badruddīn Ḥasan e Sittulḥusni se abraçaram, e ele a possuiu e a desvirginou. Depois, ela enfiou uma de suas mãos debaixo do pescoço dele, a outra debaixo de suas axilas, e dormiram ambos com o rosto e o pescoço colados um ao outro. A situação em que estavam[171] registrou a seguinte poesia:

"Fica com quem amas e deixa que fale,
o invejoso, que à paixão nunca fez bem.

[171] Locução poética recorrente em árabe: é a própria condição dos personagens (no caso, *lisān ḥālihimā*) que fala, por si só, a respeito deles.

Deus misericordioso não criou nada mais belo
do que dois amantes deitados num só colchão,
nele abraçados, sobre eles as joias da bênção,
nele abraçados, pulsos e braços entrelaçados!
Quando os corações se habituam à paixão,
as pessoas deixam as conversas banais.
Se a tua sorte te fizer desejar alguém,
vai atrás dele e procura-o onde estiver!
Ó tu, que censuras a paixão dos apaixonados,
acaso poderias consertar corações dilacerados?"

Em seguida dormiram por algum tempo. O gênio disse para a gênia: "Vamos, entre debaixo dele e erga-o. Transportemos o rapaz de volta para o lugar onde ele estava dormindo antes que amanheça". Então a gênia se introduziu por baixo dele e o carregou pelos ares, com o rapaz naquele estado, trajando somente o barrete listrado e a túnica de linho fino com adereços de ouro marroquino, sem os calções. A gênia permaneceu carregando o jovem pelos ares, com o gênio ao lado, até que Deus louvado e altíssimo autorizou que a alvorada irrompesse e que os almuadens subissem aos minaretes das mesquitas para proclamar a unidade do Deus único, do Deus que a tudo derrota; foi nesse momento que os anjos celestes passaram a atirar bólidos de chamas contra os gênios; a gênia conseguiu pousar carregando o rapaz, sendo salva por Deus altíssimo, ao passo que o gênio foi queimado. Quis o acaso que ela chegasse com ele até a cidade de Damasco, e foi ali, diante de um de seus portões, que ela o abandonou, voando em seguida para cuidar de sua vida. O dia se iluminou, a alvorada irrompeu, e os portões de Damasco foram abertos. As pessoas saíram e viram Badruddīn Ḥasan, jovem gracioso, com roupas mínimas: barrete descoberto e túnica, sem os calções. Exausto devido à noite em claro, à procissão com os círios e ao peso que carregara, o jovem dormia estirado e roncava. Ao verem aquilo, as pessoas o cercaram, dizendo: "Muito bom! Sorte de quem estava dormindo com ele! Mas não podia ter esperado até que vestisse a roupa?". Disse um outro: "Coitados dos filhos do povo! Vejam o que aconteceu a esse rapaz! Estava bebendo, talvez, e quis parar e ir cuidar da vida, mas a embriaguez foi mais forte e ele dormiu assim, pelado. Ou, quem sabe, talvez tenha confundido a porta de sua casa com o portão da cidade e, encontrando-o trancado, dormiu aqui mesmo". E assim continuaram, cada qual falando uma coisa diferente. Uma ventania bateu em Badruddīn Ḥasan de Basra, erguendo-lhe a túnica, deixando à mostra a barriga e o umbigo bem desenhados, pernas e coxas que pareciam cristal e mais suaves do que manteiga. As pessoas disseram: "Muito bom! Muito bom!", e gritaram. Badruddīn Ḥasan acordou e, vendo-se diante dos portões de uma cidade, cercado por homens de toda espécie, ficou atarantado e perguntou: "Onde estou, minha gente? O que têm vocês?". Responderam: "Nós encontramos você aqui deitado na hora da chamada para a oração da alvorada. É só o que sabemos a seu respeito. Onde você dormiu esta noite?". Ele respondeu: "Por Deus, minha gente, que esta noite eu estava dormindo no Cairo". Alguém disse: "Ouçam só!".[172] Outro disse: "Deem-lhe um tapa, com força!". E todos lhe disseram: "Meu filho, você está doido! Dormir no Cairo e acordar em Damasco?". Ele disse: "Por Deus, minha gente, que nesta noite eu dormi lá para os lados do Egito, após ter passado o dia na cidade de Basra. E eis que agora amanheço em Damasco!". Alguém disse: "Por Deus, essa é boa! Por Deus, essa é boa!". Outro disse: "Muito bom!". Outro disse: "Ele está louco!", e todos gritaram "louco!", e à força resolveram que ele enlouquecera. Passaram a discutir entre si e disseram: "Que desperdício de juventude!". E ainda disseram: "Não há contestação quanto à sua loucura". Disseram-lhe: "Meu filho, reponha o juízo na cabeça: existe alguém neste mundo que pode estar em Basra durante o dia, à noite no Cairo, e pela manhã em Damasco?". Badruddīn Ḥasan de Basra respondeu: "Sim! Ontem eu era noivo na cidade do Cairo". Perguntaram-lhe: "Será que você não sonhou? Não teria visto isso durante o sono?". Duvidando de si mesmo, Badruddīn disse: "Se eu dormi e sonhei que fui ao Cairo, e que fizeram a noiva desfilar na minha frente e na frente do corcunda? Por Deus, meu irmão, que não foi sonho! Onde está a bolsa cheia de ouro? Onde estão minhas roupas? Onde estão meu turbante, meu manto e minha espada?". O jovem se encontrava inteiramente confuso.

E a aurora alcançou Šahrāzād, que parou de falar. Dīnārzād disse para a irmã: "Como é agradável e espantosa a sua história", e ela respondeu: "Isso não é nada perto do que irei contar-lhes na próxima noite, se acaso eu viver e o rei me preservar".

[172] Em vez dessa afirmação,a primeira edição de Būlāq traz: "Você ingeriu haxixe?".

84ª

NOITE DAS HISTÓRIAS E ESTRANHEZAS
DAS MIL E UMA NOITES

Na noite seguinte ela disse:

Conta-se, ó rei, que Jaᶜfar disse ao califa:

A multidão começou a gritar "louco, louco!" para Badruddīn Ḥasan de Basra, que se levantou e desatou a correr em meio à gritaria. Entrou na cidade e passou pelas lojas e mercados enquanto cada vez mais gente ia se apinhando nas ruas para vê-lo; Badruddīn enfim adentrou o estabelecimento de um cozinheiro, o qual havia sido no passado um ladrão muito esperto, reconhecido entre seus pares, mas que se arrependera dos crimes e abrira aquela casa de pasto. Como toda a população de Damasco tinha temor a ele e à sua perversidade, quando viram que Badruddīn ali se refugiara, deixaram-no de lado, dispersaram-se e foram cuidar da vida. O cozinheiro olhou para Badruddīn e perguntou: "De onde você é, meu jovem?". O rapaz lhe relatou sua história do começo ao fim – e agora a repetição não trará nenhum benefício. O cozinheiro disse: "Sua história é assombrosa, mas oculte-a consigo até que Deus melhore a sua situação. Fique aqui comigo nesta loja. Como não tenho filhos, adotarei você", e Badruddīn respondeu: "Sim, senhor". O cozinheiro saiu, comprou-lhe roupas e o fez vesti-las. Depois, foi com ele até algumas testemunhas, diante das quais declarou que o rapaz era seu filho. Badruddīn tornou-se conhecido na cidade como filho do cozinheiro, junto ao qual se instalou trabalhando na balança, condição essa que lhe proporcionou estabilidade. Isso foi o que sucedeu a Badruddīn Ḥasan. Quanto à sua prima Sittulḥusni, o fato é que, quando amanheceu, ela acordou e, não encontrando Badruddīn, acreditou que ele fora ao banheiro. Esperou alguns momentos, e eis que o seu pai, o vizir egípcio Šamsuddīn Muḥammad, irmão de Nūruddīn ᶜAlī, pai de Badruddīn Ḥasan, estava de saída, pesaroso e entristecido com o que o sultão lhe fizera, obrigando-o a casar a filha com o mais vil de seus lacaios, um corcunda sem serventia. Caminhou pela casa até chegar à entrada do quarto de núpcias, diante de cuja porta parou e chamou: "Ó Sittulḥusni!". Ela respondeu: "Já vou, já vou!", e saiu ao seu encontro, beijando-lhe a mão, com o rosto mais iluminado e belo por ter ficado abraçado com aquela gazela. O pai lhe perguntou: "Ó maldita! Você está tão feliz assim com esse corcunda maldito?".

E a aurora alcançou Šahrāzād, que parou de falar. Dīnārzād lhe disse: "Maninha, como é agradável e insólita a sua história", e ela respondeu: "Isso não é nada perto do que irei contar-lhes na próxima noite, se acaso eu viver".

85ª

NOITE DAS HISTÓRIAS DAS MIL E UMA NOITES

Na noite seguinte ela disse:

Conta-se, ó rei, que Jaᶜfar disse ao califa:

Quando ouviu seu pai lhe perguntar: "E você está tão feliz assim com esse corcunda maldito?", a jovem Sittulḥusni sorriu e disse: "Dê-me uma trégua, papai! Já não basta o que me ocorreu ontem durante o dia, e que deixou todas as mulheres em grande pesar por minha causa? E o senhor ainda continua zombando de mim com a escória dos corcundas, que não serve nem para conduzir a mula ou as chinelas do meu marido? Por Deus, perca eu o pescoço se acaso a noite de ontem não foi a melhor de toda a minha vida! Chega de zombar de mim e de mencionar o tal corcunda que vocês contrataram para afastar os maus-olhados da juventude do meu marido". Ao ouvir essas palavras, seu pai ficou furioso, arregalou os olhos e perguntou: "Ai de você! Que palavras são essas? Que está dizendo? O corcunda não dormiu aqui?". A moça respondeu: "Chega de falar do corcunda! Amaldiçoe Deus o corcunda! O que é esse tal corcunda? Chega de me irritar com o corcunda! Eu não dormi senão no regaço de meu marido verdadeiro, o dono dos olhos negros e das arqueadas sobrancelhas negras!". O pai disse aos gritos: "Ai de você! Está ficando louca, sua iníqua?". Ela respondeu: "Ai, meu pai! O senhor está dilacerando o meu fígado! Chega de me espezinhar! Juro por Deus que o rapaz gracioso é o meu marido: ele me desvirginou e engravidou. Agora, ele está no banheiro". O pai então entrou no banheiro, e encontrou o corcunda com a cabeça enfiada na latrina e os pés para cima. Surpreso, exclamou: "Ei, corcunda!", e o corcunda respondeu: "Prontinho, prontinho!". O vizir perguntou: "O que está acontecendo? Quem fez isso com você?". O corcunda respondeu: "E vocês não acharam senão de me casar com a namorada dos búfalos e amante dos gênios?".

E a aurora alcançou Šahrāzād, que parou de falar. Dīnārzād lhe disse: "Como é agradável e insólita a sua história, maninha", e ela respondeu: "Isso não é nada perto do que irei contar-lhes na próxima noite, se acaso eu viver e o rei me poupar".

86ª

NOITE DAS HISTÓRIAS ESPANTOSAS E NARRATIVAS INSÓLITAS DAS MIL E UMA NOITES

Na noite seguinte ela disse:

Conta-se, ó rei, que Ja^cfar disse ao califa:

O corcunda perguntou ao pai da noiva: "E vocês não acharam senão de me casar com a namorada dos búfalos e amante dos gênios? Amaldiçoe Deus o diabo, e também a minha hora!". O vizir Šamsuddīn lhe disse: "Levante-se e vá embora", mas ele respondeu: "E eu sou doido? O sol ainda não nasceu. Só vou me mexer deste lugar quando o sol nascer, pois ontem, quando eu vim para cá me aliviar, mal me dei conta e subitamente um gato preto entrou aqui, pondo-se a gritar comigo e a crescer até ficar do tamanho de um búfalo; ele me disse palavras que me entraram direitinho pelos ouvidos. Assim, deixe-me e vá cuidar da sua vida, pois a recompensa quem dá é Deus altíssimo! Amaldiçoe Deus a noiva!". O vizir foi até ele e o retirou da latrina. O corcunda abalou para fora da casa e foi diretamente até o sultão, a quem relatou o que lhe sucedera com o *ifrit*. Quanto ao pai da noiva, ele entrou em casa atarantado, o juízo abalado, perplexo com o que ocorrera à sua filha. Foi até ela e ordenou: "Ai de você! Conte-me agora o que lhe aconteceu!". Ela respondeu: "Ai, meu pai, não há história nenhuma! Quem dormiu comigo foi aquele homem diante do qual eu desfilei ontem. Ele me desvirginou e eu, por Deus, estou grávida dele. Eis ali o seu turbante em cima da cadeira, sua espada e seu manto; eis aqui suas roupas debaixo do colchão, estão até com algo enrolado, não sei o que seja". O vizir recolheu o turbante de Badruddīn Ḥasan, filho de seu irmão, e, examinando-o e revirando-o, disse: "Por Deus que este é um turbante de vizir, mas está enrolado à maneira de Mossul.[173] Em seguida, ele viu um invólucro com folhinhas costurado no forro do turbante; recolheu-o e examinou-o, e também aos calções, nos quais encontrou a bolsa com os mil dinares e, junto com eles, um papel que ele desdobrou e leu: "Eis o que Badruddīn Ḥasan de Basra vendeu para Isḥāq, o judeu: o carregamento do primeiro navio que aportar, por mil dinares, quantia essa que ele já recebeu". Ao terminar a leitura daquele papel, o vizir soltou um grito e caiu desfalecido.

E a aurora alcançou Šahrāzād, que parou de falar. Dīnārzād lhe disse: "Maninha, como é agradável e insólita a sua história", e ela respondeu: "Isso não é nada perto do que irei contar-lhes na próxima noite, se acaso eu viver e o rei me poupar".

87ª

NOITE DAS HISTÓRIAS
DAS MIL E UMA NOITES

Na noite seguinte ela disse:

Conta-se, ó rei, que Ja^c^far disse para o califa:

Quando o vizir Šamsuddīn acordou do desmaio, ó comandante dos crentes, e assimilou o conteúdo da história, ficou assombrado, abriu o invólucro com folhinhas que estava costurado no forro do turbante e o leu: eis que estava escrito com a letra de seu irmão Nūruddīn! Ainda mais assombrado, ele disse: "Você porventura sabe quem a desvirginou, minha filha? Por Deus que foi o seu primo, filho do seu tio paterno. Estes mil dinares são o seu dote. Louvado seja Deus, que tudo pode! Eis aí o motivo do desentendimento que tive com meu irmão Nūruddīn tornado realidade por Deus! Quem dera eu pudesse compreender como é que essas coincidências ocorreram". E relendo as folhinhas que estavam no invólucro, nelas encontrou registros de data escritos com a letra de seu irmão Nūruddīn ^c^Alī, o pai de Badruddīn Ḥasan de Basra. Vendo a letra do irmão,

[173] Cidade do norte do Iraque (cf. adiante).

Šamsuddīn pôs-se a beijar repetidamente aquelas folhinhas. Chorou, lamentou-se e recordou o irmão. Observou sua letra e declamou:

"Vejo seus vestígios e me derreto de saudades,
vertendo copiosas lágrimas onde eles ficavam
e pedindo a quem, afastando-os, me desgraçou
que me conceda a graça de fazê-los retornar."

Desdobrando as folhinhas, ele se pôs a lê-las e viu nelas os registros desde quando Nūruddīn chegou a Basra, a data do matrimônio, da redação do contrato de casamento, da consumação do casamento, a data em que sua esposa, mãe de Badruddīn Ḥasan, deu à luz o menino, o registro de sua idade, e tudo o mais até o ano de sua morte. Quando compreendeu tudo, foi dominado pelo espanto e se balançou de emoção, pois, comparando o que sucedera ao irmão ao que sucedera consigo próprio, constatou que tudo se correspondia: a data de casamento do irmão em Basra, da consumação do casamento e do nascimento de seu filho eram idênticas à data de seu casamento no Cairo, e tudo o mais, conforme a providência divina, o que o fez refletir como, em seguida, seu sobrinho viera e lhe desvirginara a filha. Tendo atinado com essas coisas, recolheu as folhinhas que estavam no invólucro e o papel do recibo que estava na bolsa e foi informar o caso ao sultão, que ficou sumamente assombrado e determinou que fosse registrado por escrito e datado. Naquele dia, o vizir retornou para casa a fim de aguardar o sobrinho, que não regressou. O vizir esperou o segundo dia, o terceiro, e assim até o sétimo, mas não teve notícia do rapaz, nem dele vislumbrou vestígio algum. Disse então: "Por Deus que farei algo nunca antes feito por ninguém", e, pegando tinteiro e papel, registrou por escrito uma completa descrição do quarto de núpcias[174] tal como estava disposto e também de tudo quanto ali havia, ordenando que se recolhessem e guardassem os objetos do sobrinho: o turbante, os calções e a bolsa que continha os mil dinares.

E a aurora alcançou Šahrāzād, que parou de falar. Dīnārzād lhe disse: "Como é agradável e insólita a sua história, maninha", e ela respondeu: "Isso não é nada perto do que eu lhes contarei na próxima noite, se eu viver e for poupada".

[174] Esse trecho não é, em absoluto, claro. Em vez de "quarto de núpcias", o texto diz, reiteradas vezes, "casa".

88ª

NOITE DAS HISTÓRIAS
DAS MIL E UMA NOITES

Na noite seguinte ela disse:

Eu tive notícia, ó rei venturoso, de que Jacfar disse ao califa:

A filha do vizir do Egito completou os dias e as noites de gestação, dando à luz um menino varão cujo rosto era redondo como a lua e que parecia o plenilúnio quando surge ou a alvorada quando irrompe, com uma fronte radiante e faces rosadas; cortaram-lhe o cordão umbilical e passaram-lhe pó negro nos olhos. Em seguida entregaram-no às aias, às camareiras e aos serviçais. Seu avô lhe deu o nome de cAjīb. E cAjīb cresceu até atingir a idade de sete anos, quando então o avô o enviou à escola, recomendando ao mestre alfaqui que o instruísse e lhe desse boa educação. O menino ficou na escola por três, quatro anos. Nessa época, começou a incomodar e aborrecer os pequenos colegas na escola com agressões e insultos. As crianças se juntaram e foram prestar queixa daquela situação ao inspetor da escola, que lhes disse: "Eu lhes ensinarei uma coisa que o impedirá de continuar incomodando vocês e os deixará livres dele para sempre. Amanhã, quando ele vier para a escola, sentem-se ao redor dele e joguem o seguinte jogo: digam um ao outro: 'Só vai brincar conosco quem disser o nome da mãe e o nome do pai. Quem não souber o nome da mãe ou do pai, será um bastardo e não brincará conosco'." As crianças ficaram contentes com aquilo. No dia seguinte, pela manhã, todos foram para a escola, inclusive cAjīb, filho de Badruddīn Ḥasan de Basra, que se acomodou na sala de aula por algum tempo. Entretanto, logo os pequenos cercaram-no e disseram: "Queremos jogar um jogo, mas só vai entrar quem disser o nome de sua mãe e de seu pai". Todos disseram: "Muito bem!". Um dos meninos começou: "Meu nome é Mājid, o de minha mãe é Suttayta, e o do meu pai, cIzzuddīn".[175] Outro menino também deu suas informações. Quando chegou a vez de cAjīb, ele disse: "Meu nome é cAjīb, o nome de minha mãe é Sittulḥusni, e o do meu pai é Šamsuddīn, o vizir". Disseram-lhe: "Para cima de quem? Não, por Deus, ele não é seu pai". O menino disse: "Ai de vocês! O vizir Šamsuddīn não é

[175] *Mājid* significa "glorioso"; *Suttayta*, "pequena dama"; e *cIzzuddīn*, "altivez da fé".

meu pai?". As crianças gargalharam, bateram palmas e disseram: "Que Deus o proteja! Não se sabe quem seja o seu pai! Por Deus que você não brincará conosco, nem se sentará ao nosso lado!", e se afastaram rindo dele, que, sufocado pelas lágrimas, começou a chorar. O inspetor lhe disse: "Porventura você não sabe, ᶜAjīb, que Šamsuddīn é seu avô, pai de sua mãe Sittulḥusni? Quanto ao seu pai, nem nós nem você sabemos quem seja, porque sua mãe tinha sido casada pelo sultão com um corcunda, mas vieram os gênios e dormiram com ela. Você não tem um pai conhecido, e por esse motivo não poderá mais encarar as crianças desta escola; do contrário, você não passará de um bastardo no meio deles. Não está vendo que até os filhos do vendedor ou do verdureiro sabem os nomes do pai e da mãe, ao passo que você, neto do vizir do Egito, não sabe o nome de seu pai? Ora, ᶜAjīb, isso é de fato espantoso".[176]

E a aurora alcançou Šahrāzād, que parou de falar. Dīnārzād lhe disse: "Como é agradável e espantosa a sua história, maninha", e ela respondeu: "Isso não é nada perto do que irei contar-lhes na próxima noite, se acaso eu sobreviver".

89ª

NOITE DAS HISTÓRIAS DAS MIL E UMA NOITES

Na noite seguinte, Šahrāzād disse:

Eu tive notícia, ó rei venturoso, de que Jaᶜfar disse ao califa:

Ao ouvir as palavras e o escárnio das demais crianças, ᶜAjīb saiu e foi para casa, onde entrou chorando, falar com sua mãe, Sittulḥusni. Com o coração inflamado de tristeza pelo choro do menino, a mãe lhe perguntou: "O que o faz chorar, meu filho? Que Deus jamais faça nenhum dos seus olhos chorar". Sem parar de chorar, ᶜAjīb contou o que lhe havia sucedido e perguntou: "Quem é o meu pai?". Ela respondeu: "O vizir do Egito". O menino replicou: "Mentira! O vizir do Egito é meu avô. Ele é seu pai, não meu. E eu sou filho de quem?".[177] A simples menção

[176] Trocadilho com o nome do menino. Em árabe, *ᶜAjīb* significa "espantoso", "admirável".

[177] Veja, no Anexo 6, um relato histórico sobre o filho "desaparecido" de um grande líder político.

ao seu marido, primo e pai de seu filho, fez Sittulḥusni começar a chorar amargamente. Recordando a noite que passara com Badruddīn Ḥasan, ela recitou a seguinte poesia:

"Introduziram o afeto em meu coração e partiram;
meu lar ficou deveras esvaziado, pois quem amo
está demasiado longe desta casa e de seus moradores,
e distante está o local de visita: logo, não há visita.
Toda a minha firmeza se foi desde que eles se foram,
e fui abandonada por toda resignação e paciência;
também minha alegria se evadiu de mim e partiu;
e minha coragem desapareceu para não mais voltar;
na separação, o sangue escorreu por minhas pálpebras:
lágrimas copiosas pela separação para jamais;
se um dia eu sofrer pelo anelo de os ver,
e a carinhosa espera se mostrar muito longa,
sua figura se desenhará no meio de meu coração:
será paixão, será lembrança, será reflexão.
Ó donos da memória que me aniquila,
e pelos quais meu amor já virou emblema!
Acaso o prisioneiro de seu amor não tem resgate?
Acaso quem seu amor alquebrou não se recomporá?
Acaso o enfermo por desejar seu contato terá remédio?
Acaso o morto por seu abandono não vencerá?
Amados, até quando vai durar essa indiferença?
E até quando esse afastamento, essa esquiva?"

Disse o narrador: em seguida, ela chorou junto com o filho. Estavam ambos nessa situação quando o vizir Šamsuddīn entrou em casa e lhes perguntou: "O que os faz chorar?". A filha o informou do que acontecera com o menino, e o vizir, levado pelo choro deles, também começou a chorar, lembrando do irmão, do sobrinho e do que sucedera à filha, sem conseguir atinar com o sentido oculto dessa história. Então, de chofre, ele saiu e foi até o sultão, rei do Egito, e lhe relatou toda a história; beijou o chão diante dele e solicitou uma licença para viajar até os países do Oriente e passar pela cidade de Basra, a fim de indagar sobre o seu sobrinho; pediu ainda que o sultão mandasse escrever cartas oficiais de alta dignidade para todas as províncias e regiões determinando que, onde quer que o encontrassem, o seu sobrinho fosse detido. E, como ele chorasse, o sultão se compadeceu dele e mandou escrever cartas e ordens oficiais para todas as províncias e regiões. Muito contente, o vizir agradeceu ao sultão, rogou por ele e imediatamente retornou para casa, onde ultimou os preparativos para a viagem. Levando consigo a filha[178] e o neto ᶜAjīb, ele deu início à viagem.

E a aurora alcançou Šahrāzād, que parou de falar. Dīnārzād lhe disse: "Como é agradável e espantosa a sua história, maninha", e ela respondeu: "Isso não é nada perto do que irei contar-lhes na próxima noite, se eu sobreviver e for poupada".

90ª

NOITE DAS HISTÓRIAS DAS MIL E UMA NOITES

Na noite seguinte, Šahrāzād disse:

Eu tive notícia, ó rei venturoso, de que Jaᶜfar disse ao califa:

Então o vizir egípcio, tio paterno de Badruddīn Ḥasan de Basra, viajou com a filha e o neto pelo período de vinte dias, até que chegou a Damasco, onde encontrou rios e aves conforme a poesia que a respeito fizera o poeta:

"Passei em Damasco um dia inteiro e uma noite;
o tempo prometeu estada sem igual, e não mentiu.
Dormimos nas asas da noite que também dormia;
veio então a manhã sorridente, salpicada de luzes;
a orvalhada nos galhos das árvores se assemelha a
pérolas que, acariciadas pela brisa, despencam ao chão;
suas aves recitam, no lago plácido qual lâmina,
o que os ventos escrevem e as nuvens pontuam."

[178] Como o leitor não deixará de notar mais adiante, a participação na viagem da filha do vizir, Sittulḥusni, carece de funcionalidade narrativa, mas consta de todos os manuscritos e edições.

Disse o narrador: o vizir se dirigiu ao Campo dos Seixos, onde montou tenda e determinou aos seus acompanhantes: "Fiquemos aqui dois ou três dias para descansar". Os criados e serviçais do vizir entraram na cidade, a fim de satisfazer suas premências: um foi comprar, outro vender, outro à casa de banhos. Acompanhado do criado eunuco que o servia, ᶜAjīb entrou em Damasco para admirar a cidade. O eunuco, sempre atrás de ᶜAjīb, carregava uma vara de amendoeira, vermelha e cheia de nós, com a qual "se um camelo fosse surrado, daria um pulo e iria parar no Iêmen".[179] Quando a população de Damasco viu ᶜAjīb, notou-lhe a graça e a formosura apesar da pouca idade, bem como sua boa constituição e perfeição de formas, tal como se disse a seu respeito na poesia:

"A fragrância é almíscar; as faces, rosa,
os dentes, pérola; a saliva, vinho;
a esbelteza, ramo; os quadris, duna;
os cabelos, noite; o rosto, lua cheia."[180]

Disse o narrador: uma multidão passou a segui-lo; pessoas corriam à sua frente e se sentavam no caminho para observá-lo com mais vagar quando ele passasse. Até que, topando enfim com o que estava predestinado, quis o juízo e o decreto divino que o eunuco parasse diante do estabelecimento de Badruddīn Ḥasan de Basra, pai do garoto. Badruddīn havia deixado a barba crescer e ganhara juízo em Damasco, onde já vivia havia doze anos. O cozinheiro e ex-ladrão esperto que o adotara havia morrido, e Badruddīn se apossara do estabelecimento e de todo o seu dinheiro, uma vez que o cozinheiro o reconhecera como filho. Quando seu filho ᶜAjīb e o eunuco pararam diante do estabelecimento...

E a aurora alcançou Šahrāzād, que parou de falar. O rei disse: "Por Deus que não a matarei até ouvir os sucessos entre o vizir Badruddīn Ḥasan, seu filho, seu tio paterno e sua prima; depois, irei matá-la tal como as outras".

[179] Provérbio popular.
[180] Essa poesia já havia sido declamada na septuagésima terceira noite, a propósito de Nūruddīn, pai de Badruddīn.

91ª
NOITE DAS HISTÓRIAS
DAS MIL E UMA NOITES

Na noite seguinte ela disse:

Eu tive notícia, ó rei venturoso, de que Ja^{c}far disse ao califa:

Quando ^{c}Ajīb e o eunuco pararam diante do estabelecimento de Badruddīn Ḥasan de Basra, este os viu e olhou para o menino; ao distinguir nele graça e beleza prodigiosas, seu coração bateu forte e ele foi tomado de simpatia instintiva por aquele que era de seu próprio sangue; suas entranhas se reviraram e seu coração sentiu grande ternura e confiança nele. Tamanha simpatia instintiva foi provocada pelos divinos desígnios – glorificado seja, portanto, aquele que tudo pode. Contudo, o seu filho ^{c}Ajīb estava com roupas tão maravilhosas, cuja significação era insólita. Como naquele dia tivesse cozinhado doce de romã, Badruddīn olhou para o menino e disse: "E então, meu mestre, que se apossou de minha alma e coração, e por quem meu fígado clama, que acha de entrar aqui e alegrar o meu coração comendo de minha comida?", e seus olhos começaram a verter lágrimas. Refletindo sobre a situação em que se encontrava, depois de haver sido vizir e tido poder, ele recitou a seguinte poesia:

"Ai, meus amados, lágrimas me escorrem
e eu me questiono sobre o estado a que cheguei;
vejo vocês mas os evito, embora minhas
saudades sejam tantas que até uma fração delas mata.
Não tenho ódio e tampouco me consolo:
sou apenas um apaixonado de juízo."

Disse o narrador: ^{c}Ajīb também sentiu simpatia instintiva por Badruddīn, e seu coração palpitou forte por ele. Disse ao eunuco: "Amigo, meu coração se enterneceu e eu sinto piedade por este cozinheiro. Até parece que ele perdeu um filho ou irmão. Vamos entrar na cantina e alegrar-lhe o coração. Comamos como seus convidados, e quem sabe essa nossa atitude não leve Deus a me reunir com meu pai". Ao ouvir essas palavras, o criado se irritou e disse: "Por Deus, essa é boa! Filhos de vizires comendo em estabelecimentos de cozinheiros? E eu aqui afastando as pessoas de você com esta vara, impedindo que o olhem! Não é seguro deixá-lo entrar nesses estabelecimentos". Ao ouvir as palavras do criado eunuco, Badruddīn Ḥasan voltou-se para o filho e declamou a seguinte poesia:

"O que me espanta é que te isolem usando um criado,
sem saber que os criados de tua beleza são muitos;
manjericão é o teu bigodinho, âmbar a tua pinta,
rubis as tuas faces e pedras preciosas os teus dentes."

Disse o narrador: Badruddīn Ḥasan se voltou para o eunuco e disse: "Ei, chefe, por que você não dá uma satisfação ao meu coração e entra aqui? Você, que parece uma castanha preta de cerne branco. Já houve quem o descrevesse em versos". O eunuco riu e perguntou: "E o que disse sobre mim quem me descreveu em versos?". Então Badruddīn recitou para o eunuco a seguinte poesia:

"Não fossem seus bons modos e fidelidade,
não estaria na morada dos reis, controlando,
nem no harém. Oh, que excelente criado:
tem tantas virtudes que o servem os anjos celestes!
Seu negrume é o da melhor espécie, pois
seus brancos atos provocam largos sorrisos."

Disse o narrador: o eunuco ficou admirado, sorriu e, conduzindo ᶜAjīb, entrou no estabelecimento do cozinheiro Badruddīn Ḥasan de Basra, que lhes ofereceu uma tigela de doce de romã, recheado com amêndoas e açúcar e muito bem temperado; era um prato extremamente saboroso e de excelente aspecto. Colocou-o diante deles e ambos comeram. ᶜAjīb disse ao pai: "Sente e coma conosco. Quem sabe assim Deus não me reúne a quem procuro". Badruddīn Ḥasan perguntou: "E você, ainda tão pequeno, meu filho, também já sofreu a desdita de ser separado de um ente querido?". ᶜAjīb respondeu: "Sim, amigo. A perda de entes amados me dilacerou o coração. Eu e meu avô estamos juntos em viagem pelo mundo procurando nossos entes amados. Oh, ai de mim, quem dera eu me reunisse a ele", e começou a chorar. As lágrimas de seu filho levaram Badruddīn Ḥasan a também chorar, recordando-lhe as separações que sofrera, a distância a que se encontrava de sua mãe e de sua terra natal, e o exílio em que vivia. Declamou então a seguinte poesia:

"Se acaso um encontro nos unisse após tanta distância,
tanto nós como vocês teríamos muito para nos queixar!
Por Deus, meras cartas já não satisfazem o coração,
nem das queixas do enamorado podem falar mensageiros!
Há censores que consideram excessivas minhas lágrimas,
mas mesmo esse tanto que eles condenam ainda é pouco!
Quando é que Deus vai proporcionar contato e encontro,
expulsando e fazendo desaparecer o que tanto aflige?
Quando nos encontrarmos, reclamarei de sua distância,
e para tal queixume não servirá língua de mensageiro."

Disse o narrador: e o eunuco igualmente chorou por ele. Após terem se alimentado, o menino e o criado foram embora. Quando eles se retiraram da cantina, pareceu a Badruddīn Ḥasan que seu sopro vital iria embora junto com eles. Assim, não podendo permanecer sem eles um instante sequer, saiu do estabelecimento e o fechou.

E a aurora alcançou Šahrāzād, que parou de falar. Dīnārzād lhe disse: "Como é agradável e insólita a sua história, maninha", e ela respondeu: "Isso não é nada perto do que irei contar-lhes na próxima noite, se acaso eu ficar viva".

92ª

NOITE DAS HISTÓRIAS DAS MIL E UMA NOITES

Na noite seguinte ela disse:

Eu tive notícia, ó rei venturoso, de que Jaᶜfar disse ao califa:

Badruddīn Ḥasan fechou o estabelecimento e saiu atrás de seu filho – sem saber que era seu filho –, avançando e alcançando-os antes que eles saíssem pelo portão de Damasco. Começou a caminhar atrás deles. O eunuco se voltou e, ao vê-lo, perguntou: "Ai de você! O que deseja?". Ele respondeu: "Chefe, depois que vocês partiram, senti que minha vida partiu junto com vocês. Eu tenho um assunto a tratar no Portão da Vitória; vou resolvê-lo e voltar". O eunuco se irritou e disse a ᶜAjīb: "Olhe só o que você me aprontou! Eu estava justamente com medo de que isso acontecesse. A cegueira cegou a gente[181] e entramos na cantina desse aí; comemos ali uma porcaria de bocadinho e agora ele acha que estamos lhe devendo algum favor. Está se esgueirando atrás da gente de um lugar a outro". ᶜAjīb se virou e topou com o cozinheiro caminhando atrás de si. Com as faces enrubescidas de irritação, ele disse ao eunuco: "Deixe-o fazer o seu caminho; afinal, a rua pertence a todos os muçulmanos. Assim que sairmos pelo portão da cidade, vamos para as nossas tendas; se ele for também, teremos certeza de que está nos seguindo", e, abaixando a cabeça, apertou o passo, com o eunuco atrás. Badruddīn Ḥasan seguiu-os até o Campo dos Seixos. Quando se aproximavam das tendas, ᶜAjīb se voltou bruscamente e viu o cozinheiro. Enrubesceu, amarelou e receou que seu avó soubesse que ele andara entrando num estabelecimento de cozinheiro e acabara sendo seguido por ele. Irritou-se. Seu olhar se fixou no de Badruddīn Ḥasan, que agora parecia um corpo sem vida. Parecendo-lhe que tais olhares fossem de algum golpista ou depravado, o menino ficou ainda mais irritado; abaixou-se ao solo, de onde recolheu uma grande pedra, de mais de duzentos gramas, esticou a mão e apedrejou o pai, acertando-o na testa, que se rasgou de um supercílio a outro. Badruddīn Ḥasan de Basra caiu desmaiado, com o sangue a lhe escorrer pelo rosto, enquanto ᶜAjīb e o eunuco entravam nas tendas. Badruddīn Ḥasan despertou depois de alguns momentos, limpou o sangue, tirou o turbante, fez uma bandagem sobre o ferimento e se recriminou, dizendo: "Fui injusto com esse menino. Fechei minha cantina e o segui, fazendo-o achar que eu era um golpista ou depravado qualquer". E retornou à cantina, onde de pouco em pouco se desfazia de saudades por sua mãe e pela cidade de Basra. Chorou e declamou a seguinte poesia:

"Não peça justiça ao destino, pois isso é injusto;
tampouco o censure: ele não foi feito para ser justo.
Limite-se ao que alegra e deixe a tristeza de lado,
pois nele é imperioso que se dê o puro e o impuro."

[181] "A cegueira cegou a gente e entramos" traduz o incompreensível *li'anna alᶜāᶜamā wa'annā daḫalnā*. Para a tradução, supôs-se que fosse má leitura de *li'anna alᶜamā ᶜamānā wa daḫalnā*. No trecho todo, a fala do eunuco é marcada pelo uso de estereótipos a respeito do sotaque dos negros.

E a aurora alcançou Šahrāzād, que parou de falar. Dīnārzād lhe disse: "Como é belo e insólito o seu discurso", e ela respondeu: "Isso não é nada perto do que irei contar-lhes na próxima noite, se acaso eu sobreviver e for poupada".

93ª

NOITE DAS HISTÓRIAS DAS MIL E UMA NOITES

Na noite seguinte ela disse:

Eu tive notícia, ó rei venturoso, de que Ja^{c}far disse ao califa:

Badruddīn Ḥasan retornou à sua cantina e retomou sua atividade de vendedor de comida. Quanto ao seu tio, o vizir, ele ficou em Damasco por três dias e saiu em viagem para Homs; ali entrou, procurou pelo sobrinho e seguiu viagem; entrou em Hama e ali pernoitou; no dia seguinte, procurou pelo sobrinho e seguiu viagem, avançando em marcha contínua até chegar a Alepo, onde ficou dois dias e depois viajou; entrou em Mardin, Mossul, na cidadela de Sinjar e atravessou Diyar Bakir.[182] Continuou viajando até chegar à cidade de Basra, onde entrou e foi recebido pelo sultão, que o dignificou, acomodou num lugar elevado e indagou sobre o motivo da visita. Šamsuddīn lhe relatou sua história e que era irmão do vizir Nūruddīn ^{c}Alī do Egito. O sultão ficou compadecido e lhe disse: "Ó, companheiro, faz uns quinze[183] anos que ele faleceu, deixando um filho que, após sua morte, não ficou por aqui senão um mês. Mandamos procurá-lo, mas dele não nos chegou nenhuma

[182] Homs [*Ḥumṣ* ou *Ḥimṣ*], uma das mais antigas cidades de toda a humanidade, situa-se no oeste da Síria, ao norte de Damasco; os latinos a designavam por "Emessa"; Hama [*Ḥamāt*], cidade do oeste da Síria, é também bastante antiga, dela havendo registros que remontam a quase 2 mil anos antes de Cristo; Alepo [*Ḥalab*], cidade do norte da Síria, conhecida como "a cinzenta", tão antiga ou mais do que a precedente; Mardin [*Mārdīn*], cidade atualmente situada na Turquia asiática; Mossul [*Almawṣil*], cidade situada no norte do Iraque, conhecida como "a corcunda" ou "a das duas primaveras"; ganhou renome durante a Idade Média, em virtude de sua pujança e também do tecido que em português se conhece como "musselina"; *Sinjār*, cidadela situada no norte do Iraque; *Diyār Bakir*, cidade hoje situada na parte asiática da Turquia, às margens do rio Tigre.

[183] Quase todos os manuscritos consultados trazem "quinze anos", com exceção do "Arabe 3615", que traz "vinte" e do "Gayangos 49", que traz "catorze". Para não interferir demais no texto, a tradução optou por "uns quinze". Veja adiante, nas noites 94, 99 e 100.

notícia ou vestígio. Sua mãe, porém, vive conosco. Ela é filha do meu falecido vizir-mor". Šamsuddīn Muḥammad pediu então para se encontrar com a mulher, e recebeu a devida autorização. Dirigiu-se até a casa de seu irmão Nūruddīn ᶜAlī, percorreu-a com o olhar, beijou a soleira da porta e, pensando em como seu irmão morrera no exílio, discursou, recitando a seguinte poesia:

"Passo pelas casas que foram de Layla:
beijo-lhes esta parede e mais aquela;
não é de amor pelas casas que me arde o coração,
mas sim de amor por quem nelas morou."

Disse o narrador: ele entrou pelo portão maior, e dali foi dar num pátio espaçoso com uma porta de granito branco e preto, em forma de arco, guarnecida por diversas variedades de mármore brilhante e de todas as cores. Examinou todos os cantos da casa, observou bem, percorreu o olhar por ali e acabou encontrando o nome de seu irmão Nūruddīn gravado com tinta dourada e lazurita iraquiana; caminhou na direção do nome, beijou-o, lembrou do irmão e da separação ocorrida entre ambos. Chorou e pôs-se a declamar a seguinte poesia:

"Pergunto ao sol sobre vocês sempre que nasce,
indago o relâmpago sobre vocês sempre que brilha,
durmo, embora a saudade me esmague e corroa
com suas mós; mas a ela não me queixo de dores.
Amores meus, se este tempo tão longo for prorrogado,
depois de nossa separação estarei mais dilacerado;
se acaso concedessem a meus olhos que os vissem,
isto seria o suficiente para nos manter unidos.
Não pensem que estou ocupado com outros,
pois em meu coração não cabem alheios amores.
Piedade por um amante ardente de paixão doentia,
cujas entranhas, sem vocês, estão despedaçadas.
Se o destino me concedesse ao menos revê-los,
eu lhe agradeceria muito por tamanha mercê.
Não proteja Deus o delator que nos quis separar!
Pequeno seja o solo para quem lutou por nos separar!"

Em seguida, dirigiu-se até a porta do pátio. A esposa de seu irmão, mãe de Badruddīn Ḥasan de Basra, mantivera-se, durante todo o período de sua ausência, em choros e lamentações diuturnas. Depois, como a ausência se prolongasse demasiado, fez um túmulo para o filho no centro do pátio e pusera-se a chorar sobre ele, diuturnamente. Ao chegar, seu cunhado parou atrás da porta do pátio e encontrou-a com os cabelos estirados sobre o túmulo, recordando seu filho Badruddīn Ḥasan, chorando e declamando os seguintes versos:

"Ó túmulo, ó túmulo! Terão seus méritos se extinguido,
ou porventura se extinguiu essa figura resplandecente?
Ó túmulo, se não és jardim e muito menos astro,
como podem em ti reunir-se o sol e a lua?"[184]

Šamsuddīn se dirigiu a ela, cumprimentou-a, informou que era seu cunhado e relatou-lhe a história.

E a aurora alcançou Šahrāzād, que parou de falar. Dīnārzād lhe disse: "Como é agradável e insólita a sua história", e ela respondeu: "Isso não é nada perto do que irei contar-lhes na próxima noite, se acaso eu viver".

94ª

NOITE DAS HISTÓRIAS DAS MIL E UMA NOITES

Na noite seguinte Šahrāzād disse:

Eu tive notícia, ó rei venturoso, de que Jaᶜfar disse ao califa:

Šamsuddīn deixou a mulher a par de toda a história: de que Badruddīn Ḥasan passara uma noite em sua casa, havia doze anos,[185] desaparecendo pela manhã; de

[184] Essa mesma poesia, com uma alteração mínima e quase imperceptível, já fora recitada na vigésima quarta noite pela mulher do rei das Ilhas Negras, para o seu amante negro que fora mortalmente ferido. Note-se o uso da mesma poesia para situações diametralmente opostas.

[185] O manuscrito-base registra "dez", bem como todo o ramo sírio. Corrigido a partir dos manuscritos "Arabe 3615" e "Gayangos 49".

que consumara o casamento com a sua filha e a desvirginara naquela noite; de que ela engravidara e, completado o ciclo normal, dera à luz um menino varão – "que veio comigo; é o filho do seu filho". Ao ouvir notícias a respeito do filho, e saber que ele estava vivo e bem, e ao ver o cunhado, a mãe de Badruddīn Ḥasan de Basra levantou-se e se jogou aos seus pés, chorando amargamente e declamando os seguintes versos:

"Como é bom quem me dá a boa-nova de sua vinda,
e que trouxe aos meus ouvidos tanta coisa agradável.
Se de mim aceitasse algum trapo, eu lhe concederia
um coração que se dilacerou no momento do adeus."

Em seguida ela abraçou ᶜAjīb, estreitou-o ao peito, beijou-o e chorou por um bom tempo. O vizir lhe disse: "Esta não é hora de pranto. Arrume suas coisas e venha comigo para a terra do Egito. Quem sabe ainda não nos reunamos com o filho de meu irmão, que é também seu filho. Eis aí uma história que merece ser registrada por escrito". Imediatamente ela se levantou e arrumou suas coisas. O vizir foi até o sultão e se despediu. O sultão mandou equipá-lo para a viagem, despediu-se e enviou presentes para o rei do Egito. E Šamsuddīn tomou o caminho de volta a Basra. Viajou até chegar a Alepo, onde acampou durante três dias. Dali retomou viagem até chegar a Damasco, e montou tenda em um lugar chamado Qābūn. Disse aos seus acompanhantes: "Ficaremos por aqui dois ou três dias, a fim de comprar presentes e tecidos para o rei do Egito", e foi resolver o que tinha de ser resolvido. ᶜAjīb saiu e disse ao eunuco: "Ei, amigo, por que não vamos até Damasco ver e investigar o que aconteceu com aquele cozinheiro em cuja cantina comemos e cuja cabeça estouramos? Ele nos tratou bem e nós o tratamos mal!". O eunuco lhe disse: "Claro, com o auxílio de Deus!", e saíram ambos da tenda. Era o parentesco consanguíneo que impelia ᶜAjīb a encontrar-se com o pai. Caminharam até o centro de Damasco, entrando pelo Portal do Paraíso. Perambularam pela cidade e pelo grande mercado, depois de terem ficado a contemplar a mesquita omíada[186] até o entardecer. Passaram pela cantina de Badruddīn Ḥasan e o encontraram lá dentro. Ele havia cozinhado um delicioso doce de romã recheado com julepo, coberto com água de rosas e cardamomo. A

[186] Essa mesquita, que existe até hoje, é um dos principais pontos turísticos de Damasco e uma das joias da arquitetura muçulmana. O grande mercado da cidade se situa em suas proximidades.

comida estava pronta para ser servida. ᶜAjīb olhou para ele, sentiu simpatia e observou que em seu rosto ainda restava uma grande marca negra que ia de um supercílio a outro, em razão da pedrada que lhe desferira. Seu coração sentiu simpatia e carinho, e foi invadido pela piedade por aquele homem. Disse enfim a seu pai: "A paz esteja contigo! Estou preocupado com você". Ao olhar para ele, as entranhas de Badruddīn se reviraram e seu coração disparou. As consanguinidades recíprocas se enterneciam entre si. Abaixou a cabeça e, embora pretendendo movimentar a língua e responder, não conseguiu. Atordoado, ergueu a cabeça para o filho, submisso e humilhado, e passou a recitar a seguinte poesia:

"Desejei quem eu amo, e quando o encontrei
calei-me: perdi o domínio da língua e dos olhos,
cabisbaixo, em deferência e respeito a ele.
Tentei esconder o que sentia, não consegui:
havia em meu coração desgostos demais,
e ao nos encontrarmos não proferi palavra."

Em seguida lhe disse: "Meu senhor, quem sabe você não conserta aquilo que quebrou em meu coração? Basta entrar aqui, você com seu tutor, e comer de minha comida. Por Deus, mal eu o vejo e meu coração entra em disparada; quando o segui, havia perdido o juízo". Então ᶜAjīb respondeu...

E a aurora alcançou Šahrāzād, que parou de falar. Dīnārzād lhe disse: "Como é agradável e prodigiosa sua história, maninha", e ela respondeu: "Isso não é nada perto do que irei contar-lhes na próxima noite, se acaso eu viver e o rei me poupar".

95ª

NOITE DAS HISTÓRIAS DAS MIL E UMA NOITES

Na noite seguinte ela disse:

Eu tive notícia, ó rei venturoso, de que Jaᶜfar disse ao califa:

Então Badruddīn Ḥasan de Basra disse ao filho: "Só segui você por estar com o juízo fora do lugar". ᶜAjīb respondeu: "Acho que você gosta de mim mais que o necessário. Só porque comemos uns bocadinhos na sua cantina, você resolveu grudar na gente e tentou nos desonrar. Agora, não comeremos nada aqui, a não ser com a condição de que você jure que não vai mais ficar nos seguindo nem vigiando, e que tampouco vai ficar fazendo alegações de que lhe devemos algo. Do contrário, não voltaremos aqui nunca mais. Ficaremos acampados nesta cidade por alguns dias, o tempo suficiente para o meu avô poder comprar presentes para o rei do Egito". Badruddīn Ḥasan disse: "Claro, com o auxílio de Deus! Acordo fechado!". ᶜAjīb e o eunuco entraram na cantina e ele encheu uma tigela, pegando o doce da parte de cima do tacho, e a colocou na frente deles. ᶜAjīb lhe disse: "Sente e coma conosco". Muito contente, Badruddīn Ḥasan sentou-se para comer junto com o filho, mas permaneceu aparvalhado à sua frente, com todos os membros de seu corpo enternecidos pelo menino, que lhe disse: "Olha só! Eu não lhe disse que o seu afeto é uma chatice? Chega de ficar me encarando!". Badruddīn Ḥasan soltou um gemido e declamou o seguinte:

"Provocas nos corações pensamentos secretos
e intenções recônditas que não se publicam.
Ó tu, que humilhas a lua radiante com tua beleza,
e cujos encantos imitam os da manhã nascente!
A luz de teu rosto produz anseios que não cessam,
mas sempre maltratam, aumentam e crescem!
Derreto em meu próprio fogo, teu rosto, meu paraíso,
e morro de sede por tua saliva paradisíaca."

E então comeram todos. Badruddīn ora dava um bocado a ᶜAjīb, ora ao eunuco. Comeram até se satisfazer e se levantaram. Badruddīn também se levantou e lhes derramou água nas mãos. A seguir, desamarrou uma toalha de sua cintura para que se enxugassem e aspergiu água de rosas de um vidro sobre eles. Depois, saiu correndo da cantina e logo retornou com um jarro de cerâmica contendo suco[187]

[187] Para a palavra aqui traduzida como "suco", o original traz o helenismo (registrado pelo dicionário de R. Dozy) *uqsimā*, "oximel", o qual, segundo o dicionário de Antônio Houaiss, é um "composto farmacológico de água, mel e vinagre". Nesse trecho, entretanto, a melhor acepção é mesmo a de "mistura líquida", e, por extensão, "suco", conforme se vê no dicionário de neologismos e vulgarismos de Alḫafājī (1569-1659 d.C.), *Šifā' Alġalīl*, o qual informa tratar-se de "suco de passas".

de água de rosas com gelo e açúcar. Colocou o jarro diante deles e lhes disse: "Completem a mercê que me concederam". ^{c}Ajīb pegou o jarro, bebeu e passou-o ao eunuco, que também bebeu. Satisfeitos, de barriga bem estufada, saciados de um modo ao qual não estavam habituados, despediram-se, agradeceram e, apertando o passo, atravessaram o Portão Oriental da cidade, indo diretamente até suas tendas. ^{c}Ajīb foi ter com a avó, a mãe de Badruddīn Ḥasan de Basra, que o beijou, recordando-se do filho e dos dias nos quais ele estava junto com ela. Suspirou profundamente e chorou tanto que molhou os véus e declamou a seguinte poesia:

"Não fosse a esperança de que nos encontraremos,
minha vida sem vocês já não teria nenhum objetivo.
Jurei que em meu coração só restaria o seu amor.
E Deus, meu senhor, conhece todos os segredos."

A seguir ela perguntou: "Onde você estava, meu filho?", e lhe ofereceu uma tigela de comida. Quis o acaso que também eles tivessem cozinhado doce de romã, ao qual, contudo, faltava açúcar. Enfim, ela lhe ofereceu uma tigela cheia e pão, e disse ao eunuco que o acompanhava: "Coma com ele". O eunuco pensou: "Por Deus que não aguentaremos nem sequer sentir cheiro de pão", e se sentou.

E a aurora alcançou Šahrāzād, que parou de falar. Dīnārzād lhe disse: "Como é agradável e insólita a sua história, maninha", e ela respondeu: "Isso não é nada perto do que irei contar-lhes na próxima noite, se acaso eu viver e for poupada".

96ª

NOITE DAS HISTÓRIAS DAS MIL E UMA NOITES

Na noite seguinte ela disse:

Conta-se, ó rei, que Ja^{c}far disse ao califa:

O eunuco se sentou, mas já estava farto de comida e bebida. ^{c}Ajīb mergulhou o pão no doce de romã e comeu um bocado, que lhe pareceu ter pouco açúcar.

Como ele estivesse igualmente saciado, disse: "Nossa! Que comida ruim". Admirada, a avó lhe perguntou: "Você está botando defeito na minha comida, meu filho? Fui eu que a cozinhei com minhas próprias mãos, e ninguém sabe fazer esse doce melhor do que eu, com exceção do meu filho Badruddīn Ḥasan". ᶜAjīb replicou: "Você não cozinhou direito, vovó! Agora mesmo nós vimos na cidade um cozinheiro que fez um doce de romã com aroma tão delicioso que abria o coração, e cujo sabor abria o apetite. Comparada a ela, essa sua comida não vale nada". Ao ouvir tais palavras, a avó se irritou e, lançando um olhar para o eunuco, perguntou: "Maldito, está corrompendo o meu neto? Levou-o para comer em cantinas de cozinheiros na cidade?". Ouvindo a pergunta, o eunuco ficou receoso e respondeu: "Não, senhora, por Deus que não comemos coisa nenhuma, apenas passamos rapidamente diante de uma cantina". ᶜAjīb, porém, disse: "Não, por Deus, vovó, nós entramos na cantina de um cozinheiro e ali comemos, não só dessa vez como da outra. Era um doce de romã melhor do que o seu!". Encolerizada, a avó se levantou e foi informar o sucedido ao cunhado, e fez carga contra o eunuco. Šamsuddīn Muḥammad gritou com ele e disse: "Seu maldito! Onde levou meu neto? O que fez com ele?". O eunuco, com medo de apanhar, negou tudo, mas ᶜAjīb denunciou-o, dizendo: "Sim, vovô, por Deus que comemos até nos saciar, até a comida sair pelo nariz! E o cozinheiro ainda nos deu de beber suco doce gelado". O vizir ficou furioso e disse: "Quer dizer então, escravo malsinado, que você faz o meu neto frequentar cantinas de cozinheiros?". Como o eunuco negasse, o vizir continuou: "Mas o menino está aqui afirmando que vocês comeram até se fartar. Se você estiver dizendo a verdade, coma essa tigela de doce de romã aí na sua frente". O eunuco respondeu "sim", e estendeu a mão para a tigela; comeu o primeiro bocado, mas não conseguiu engolir o segundo, que jogou de lado; afastou a comida, dizendo: "Por Deus, meu senhor, estou saciado desde ontem!". O vizir percebeu o que de fato ocorrera; mandou que estirassem o eunuco ao solo e lhe aplicou uma sova; ele começou a gritar por socorro e, pelando-se de dor, disse: "Meu senhor, entramos na cantina de um cozinheiro e comemos. O doce de romã dele era mais gostoso do que este". Furiosa, a mãe de Badruddīn Ḥasan de Basra disse ao eunuco: "Por Deus, rapaz, pelo Deus que ainda irá me reunir ao meu filho, é indispensável que você vá buscar para mim uma tigela do doce de romã desse cozinheiro, e deixe que o seu senhor o examine, a fim de nos certificarmos qual acepipe é melhor e mais saboroso". O escravo respondeu: "Sim, sim", e ela lhe deu uma tigela e meio dinar. O eunuco foi correndo até o cozinheiro, a quem pediu: "Ó maioral dos cozinheiros, fizemos uma aposta sobre a sua comida na casa do patrão. Dê-me meio dinar de doce de romã, e preste muita atenção; já apanhamos por ter entrado aqui; não vá agora nos fazer apanhar de novo por causa da sua comida". Badruddīn Ḥasan de Basra riu e disse: "Por Deus, chefe, ninguém sabe fazer essa comida direito senão minha mãe e eu, mas ela hoje se encontra numa terra distante". Em seguida, mergulhou a concha no tacho, encheu a tigela, espalhou a cobertura sobre o doce e fechou-a; o eunuco recolheu-a e saiu correndo até chegar aos seus amos. A mãe de Badruddīn Ḥasan tomou a tigela, provou o doce e, sentindo a perícia com que fora feito, descobriu quem era o cozinheiro; soltou um grito e desmaiou. O vizir, aturdido com aquilo, borrifou-a com água e ela despertou, dizendo: "Se o meu filho ainda estiver entre os vivos neste mundo, esta comida não foi feita senão por ele, Badruddīn Ḥasan de Basra!".

E a aurora alcançou Šahrāzād, que parou de falar. Dīnārzād lhe disse: "Como é agradável e insólita a sua história, maninha", e ela respondeu: "Isso não é nada perto do que irei contar-lhes na próxima noite, se acaso eu viver e for poupada".

97ª

NOITE DAS HISTÓRIAS DAS MIL E UMA NOITES

Na noite seguinte ela disse:

Conta-se, ó rei, que Jaᶜfar disse ao califa:

Quando a mãe de Badruddīn disse: "Esta comida não foi feita senão por meu filho Badruddīn Ḥasan de Basra! Ninguém mais sabe cozinhar assim!", o vizir ficou feliz, deu alvíssaras e disse: "Ai, ai, sobrinho! Será que Deus irá nos reunir a você?". Imediatamente mandou chamar os escravos, camareiros e almocreves que o acompanhavam – eram cerca de cinquenta homens –, e lhes disse: "Vão até a cantina desse cozinheiro carregando varas, bastões e coisas desse tipo, e quebrem tudo quanto houver dentro dela, inclusive potes e pratos. Destruam a cantina, amarrem o cozinheiro com seu próprio turbante e digam-lhe: 'Você cozinhou mal esse doce de romã'. Arrastem-no até aqui. Enquanto isso, eu irei até o palácio do governo, mas logo retornarei. Que nenhum de vocês o espanque ou agrida; limitem-se a amarrá-lo e trazê-lo para cá à força". Eles responderam "sim". O vizir cavalgou até o palácio do governo, onde se entrevistou com o administrador-geral de Damasco,[188] a quem mostrou e entregou as cartas oficiais do rei do Egito. O administrador-geral beijou-as, leu-as e disse: "Onde está o seu adversário?". Respondeu: "É um cozinheiro". O administrador-geral então ordenou a um secretário que fosse até a cantina do tal cozinheiro. O secretário foi, com quatro capitães, quatro guardas palacianos e seis soldados que caminhavam à sua frente. Ao chegarem à cantina, encontraram-na demolida, arruinada, e destruído tudo quanto ela continha. Ocorre que, enquanto o vizir Šamsuddīn ia para o palácio do governo, seus criados, armados de bastões, paus de montar tenda, porretes e espadas, foram todos, em grande confusão e pressa, até a cantina. Não lhe dirigiram palavra: lançaram-se sobre seus potes, pratos e utensílios, quebrando tudo, destruindo-lhe as tigelas, prateleiras e bandejas, e arrebentando seus fogões. Badruddīn Ḥasan perguntou: "Mas o que está acontecendo, gente?". Disseram-lhe: "Foi você quem cozinhou o doce de romã comprado pelo eunuco?". Respondeu: "Sim, fui eu, e ninguém sabe fazer melhor". Então os homens gritaram com ele, insultaram-no e começaram a destruir a cantina. Uma multidão começou a se ajuntar no local, e o que se via era um grupo de cinquenta ou sessenta indivíduos destruindo o estabelecimento. Indagaram: "Mas que enormidade está acontecendo?", e Badruddīn Ḥasan disse aos gritos: "Ó muçulmanos, que mal eu fiz com essa comida para vocês estarem fazendo isso comigo? Quebraram meus utensílios e destruíram a minha cantina!", mas todos eles gritaram, ralharam e insultaram-no. Cercaram-no por todos os lados, arrancaram-lhe o turbante, amarram-no com ele e retiraram-no da cantina, começando a arrastá-lo à força, enquanto ele gritava por socorro e chorava.

E a aurora alcançou Šahrāzād, que parou de falar. Dīnārzād lhe disse: "Como é agradável e insólita a sua história, maninha", e ela respondeu: "Isso não é nada perto do que irei contar-lhes na próxima noite, se acaso eu viver e o rei me poupar".

[188] Ressalte-se que, ao contrário do governante de Basra, o de Damasco é tratado como subalterno em relação ao do Egito. No período em que o texto foi produzido, as terras que hoje compreendem Síria e Egito estavam unificadas pelo Estado mameluco, com sede no Cairo.

98ª

NOITE DAS HISTÓRIAS

DAS MIL E UMA NOITES

Na noite seguinte ela disse:

Conta-se, ó rei, que Jaᶜfar disse ao califa:

Badruddīn Ḥasan se pôs a gritar por socorro, chorar e perguntar: "E o que vocês acharam no doce de romã?". Disseram: "Não foi você quem cozinhou o doce de romã?". Ele respondeu: "Sim, sim, muçulmanos! E qual é o problema? O que provocou isso tudo?".

Disse o narrador: enquanto eles se aproximavam do acampamento do vizir Šamsuddīn, foram alcançados pelo secretário enviado com os capitães e demais soldados. Os homens do vizir mostraram-lhe o prisioneiro. O secretário olhou para Badruddīn, aplicou-lhe no ombro um golpe de bastão e disse: "Miserável, foi você quem cozinhou o doce de romã?". Chorando devido à dor da pancada, ele respondeu: "Sim, meu senhor. Pelo amor de Deus, eu lhe peço que me diga quais os alegados defeitos da minha comida!". O secretário ralhou com ele, insultou-o e disse aos circunstantes: "Arrastem este cachorro que cozinhou o doce de romã". Badruddīn chorou desesperado e pensou: "Pobre de mim! O que será que eles encontraram no doce de romã para me submeterem a tamanha tortura?". Maltratado, ele nem ao menos sabia qual era o seu crime. Continuaram arrastando-o e chegaram ao acampamento, onde esperaram por alguns momentos até que o vizir, que já se despedira do administrador-geral da Síria e recebera autorização para partir, regressasse do palácio do governo. Assim que chegou, o vizir perguntou: "Onde está o cozinheiro?", e colocaram-no diante dele. Ao olhar para o seu tio, o vizir Šamsuddīn, Badruddīn Ḥasan chorou e implorou: "Meu senhor, qual o crime que cometi contra vocês?". Ele perguntou: "Desventurado! Por acaso não foi você quem cozinhou o doce de romã?". Dando um grito que lhe pareceu sairia junto com a sua própria vida, Badruddīn respondeu: "Sim, meu senhor, fui eu! Que desgraça eu cometi com o doce de romã? Será que terei de ser decapitado?". O vizir respondeu: "Pior. Essa será a sua punição mais branda". Disse Badruddīn: "Meu senhor, e por que não me diz logo qual o meu crime, e qual o defeito do doce de romã?". Respondeu o vizir: "Sim, imediatamente", e, chamando os criados, gritou com eles e disse: "Desmontem e comecem a viagem!", e eles imediatamente desmontaram as tendas e puseram os camelos e dromedários de joelhos para carregar. Colocaram Badruddīn numa caixa, que foi trancada e depositada sobre um camelo. Saíram de Damasco e prosseguiram a viagem. Quando anoiteceu, fizeram alto e se alimentaram. Retiraram Badruddīn da caixa, alimentaram-no, amarraram-no e o recolocaram na caixa. E continuaram viajando no mesmo ritmo até que chegaram ao Egito, onde acamparam nas cercanias do Cairo. O vizir ordenou que Badruddīn Ḥasan fosse retirado da caixa, e assim se fez; puseram-no diante dele. Mandou chamar um carpinteiro e trazer madeira. Ordenou ao carpinteiro: "Construa um pelourinho de madeira". Badruddīn Ḥasan perguntou: "Meu senhor, e o que vai fazer com o pelourinho de madeira?". Respondeu: "Vou crucificá-lo, depois pregá-lo com pregos no pelourinho, e exibi-lo por toda a cidade, e isso por causa do seu doce de romã feito com tanto mau agouro. Como você pôde cozinhá-lo sem pimenta?". Badruddīn Ḥasan disse: "Chega, chega! Tudo isso porque o doce de romã estava sem pimenta?".

E a aurora alcançou Šahrāzād, que parou de falar. Dīnārzād disse para a irmã: "Como é agradável e insólita a sua história", e ela respondeu: "Isso não é nada perto do que irei contar-lhes na próxima noite, se acaso eu viver e o rei me poupar".

99ª

NOITE DAS HISTÓRIAS DAS MIL E UMA NOITES

Na noite seguinte ela disse:

Conta-se, ó rei, que Jaᶜfar disse ao califa:

Badruddīn Ḥasan disse: "Então só porque o doce de romã estava sem pimenta vocês me espancaram, destruíram minha cantina e quebraram meus utensílios? Só porque o doce de romã estava sem pimenta? Ó muçulmanos! E, como se não bastasse, ainda me amarraram e prenderam nesta caixa por dias e noites, com uma refeição só, e todo tipo de tortura e sofrimento! E isso só porque o doce de romã estava sem pimenta? Ó muçulmanos! E essas correntes nas minhas pernas? E, como se não lhes bastasse, vocês ainda constroem um pelourinho de madeira para me crucificar nele! E isso só porque o doce de romã estava sem pimenta?". Dominado pelo estupor, Badruddīn Ḥasan de Basra continuou: "Ai, ai, meu Deus, faltava pimenta na minha comida! E qual a punição?". Ele mesmo respondeu: "A crucificação!". E continuou: "Aaai! Então vocês vão me crucificar porque o doce de romã estava sem pimenta?", e começou a gritar, a chorar e a dizer: "Ninguém nunca passou isso que eu estou passando, nem sofreu o que estou sofrendo! Torturado, espancado, a cantina destruída e depenada, e agora crucificado porque cozinhei doce de romã sem pimenta? Deus amaldiçoe o doce de romã, e também a hora em que foi feito! 'Quem dera eu morresse antes disso'".[189] E chorou. Quando viu os pregos chegando para a sua crucificação, chorou até soluçar e se desesperou. As sombras desciam sobre o lugar e a noite ia se precipitando. O vizir jogou Badruddīn Ḥasan dentro da arca, trancou-a e disse: "Espere até amanhã, pois esta noite não teremos tempo de crucificá-lo". Atirado dentro da arca, chorando, Badruddīn Ḥasan dizia: "Não há poderio nem força senão em Deus altíssimo e poderoso! Então irei morrer crucificado? Como? O que eu fiz? Não matei nem cometi crime nenhum! Não xinguei nem blasfemei! Mas ele falou que eu cozinhei o doce de romã sem pimenta!". Era isso o que estava ocorrendo. Quanto ao vizir, ele mandou que a arca fosse colocada sobre um camelo, e entrou na cidade do Cairo depois que os mercados tinham fechado. Foi para casa, e logo mais à noite chegou o grupo que o acompanhara; deixaram ali ajoelhados os camelos e descarregaram os objetos e bagagens. Embora estivesse muito atarefado, o vizir disse para a filha Sittulḥusni: "Graças a Deus, minha filha, que reuniu você a seu primo e esposo. Agora vá com os criados e arrumem a casa, e disponham tudo conforme estava naquela noite do casamento, há doze anos". Responderam todos: "Sim". Em seguida, o vizir ordenou que velas e lampiões fossem acesos. Trouxeram-lhe o papel no qual ele registrara exatamente como a casa estava arrumada naquele dia. Leu o papel em voz alta e eles arrumaram a casa conforme estava na noite do casamento, colocando cada coisa em seu lugar; o turbante foi depositado na cadeira do mesmo modo que Badruddīn Ḥasan o deixara naquela noite; também as velas foram acesas e dispostas do mesmo modo que estavam. Os calções e a bolsa com os mil dinares foram depositados sob o colchão, conforme Badruddīn Ḥasan fizera naquela noite. O vizir foi até o pátio e disse para a filha: "Entre e fique somente de roupas leves, conforme você estava na noite em que ele consu-

[189] Alcorão, 19, 23.

mou o casamento, e lhe diga: 'Você se demorou muito nessa estada no banheiro, meu senhor'. Deixe-o deitar ao seu lado e converse com ele até amanhã, quando então lhe revelaremos estes eventos espantosos".

E a aurora alcançou Šahrāzād, que parou de falar. Dīnārzād lhe disse: "Como é agradável e insólita a sua história, maninha", e ela respondeu: "Isso não é nada perto do que eu lhes contarei na próxima noite, se acaso eu viver e o rei me poupar".

100ª

NOITE DAS ESPANTOSAS E INSÓLITAS HISTÓRIAS DAS MIL E UMA NOITES

Na noite seguinte ela disse:

Conta-se, ó rei, que Ja^{c}far disse ao califa:

Eu tive notícia, ó comandante dos crentes, de que o vizir se dirigiu até onde estava Badruddīn Ḥasan de Basra [e, enquanto este dormia, retirou-o do baú], soltou as correntes que o prendiam e lhe arrancou as roupas, deixando-o somente de túnica. [Ao acordar,][190] Badruddīn caminhou devagarinho até chegar diante do aposento em que estava a noiva, cuja virgindade ele tirara e com quem dormira. Olhando para o lugar, reconheceu-o: a mesma cama, o mesmo véu e a mesma cadeira. Aturdido, espantado, deixou uma perna dentro do aposento e outra fora. Observou toda a casa, duvidou de seu próprio juízo e disse: "Louvado seja Deus poderoso! Estarei eu acordado ou sonhando?", e começou a esfregar os olhos. Então Sittulḥusni puxou um canto do véu que cobria a cama e disse: "Ei, meu senhor, por que não entra logo? Você já se demorou muito no banheiro! Volte para a sua cama!". Ao ouvir-lhe as palavras e ver-lhe o rosto, Badruddīn Ḥasan riu, assombrado, e disse: "Por Deus que essa é boa! Demorei no banheiro?". E entrou no aposento, recordando-se do que lhe acontecera havia doze anos. Ele olhava para o aposento, tornava a pensar, e mais se assombrava. Perplexo, confuso, viu a cadeira sobre a qual estava o seu turbante, seu manto e sua espada. Foi até o col-

[190] Os trechos entre colchetes foram traduzidos da edição de Būlāq.

chão, remexeu, e encontrou ali debaixo suas roupas e a bolsa com o dinheiro. Disse, rindo: "Por Deus que essa é boa! Por Deus que essa é boa!". Sittulḥusni lhe disse: "E então, meu senhor, por que está rindo sem motivo? Por que está tão espantado e assombrado com a casa?". Ouvindo tais palavras, ele riu e perguntou: "Quanto tempo faz que eu estou longe de você?". Ela respondeu: "Xiiii! 'Em nome de Deus, misericordioso, misericordiador', que ele o proteja! Ué, você não tinha saído por uns instantes para se aliviar e logo retornaria? Você está com algum problema na cabeça?". Ele riu e disse: "Por Deus que você fala a verdade, mulher! Mas parece que eu saí do seu lado e esqueci de mim mesmo no banheiro, e tive sono lá. Parece que eu sonhei ter estado em Damasco trabalhando como cozinheiro durante doze anos. Então, fui visitado por um menino com um criado". Em seguida, passando a mão na testa, encontrou o ponto em que levara a pedrada e disse: "Não, por Deus! Isso aconteceu de fato! É como se ele tivesse me dado uma pedrada que me rachou a testa! Por Deus, camarada, é como se isso tivesse ocorrido durante a vigília!". Em seguida voltou atrás: "Não, mulher, por Deus que é como se eu, desde a horinha em que nos abraçamos e dormimos, é como se eu tivesse sonhado que fui a Damasco, sem calções e de barrete, e é como se eu tivesse trabalhado como cozinheiro". E, voltando atrás, disse: "Sim, mulher, por Deus que é como se eu tivesse sonhado que cozinhei doce de romã com pouca pimenta! Sim, minha senhora, por Deus que eu dormi no banheiro e sonhei todas essas coisas! Contudo, minha senhora, foi um longo sonho!". Ela lhe perguntou: "E o que mais você sonhou, meu senhor? Conte-me!". Badruddīn Ḥasan de Basra disse: "Se eu não tivesse acordado, minha senhora, eles teriam me crucificado!". Ela perguntou: "E por quê?". Ele respondeu: "Porque eu cozinhei doce de romã sem pimenta. É como se eles tivessem destruído minha cantina, quebrado meus utensílios, me amarrado, acorrentado, colocado numa arca e, por fim, trazido um carpinteiro a fim de construir um pelourinho de madeira para me crucificarem. Tudo isso por causa do doce de romã sem pimenta! Graças a Deus que tudo isso aconteceu em sonho, e não em vigília!". Sittulḥusni riu, e ambos se estreitaram no peito um do outro. Refletindo mais sobre o assunto, ele disse: "Minha senhora, o que me aconteceu não foi senão durante a vigília! Não há poderio nem força senão em Deus altíssimo e poderoso! Por Deus, como essa história é insólita!".

E a aurora alcançou Šahrāzād, que se calou e parou de falar. Dīnārzād lhe disse: "Como é agradável e insólita a sua história, maninha", e ela respondeu: "Isso não é nada perto do que irei contar-lhes na próxima noite, se acaso eu viver e o rei me poupar".

101ª

NOITE DAS HISTÓRIAS
DAS MIL E UMA NOITES

Na noite seguinte ela disse:

Conta-se, ó rei, que Jaᶜfar disse ao califa:

Badruddīn Ḥasan de Basra passou aquela noite com a mente em grande confusão. Ora ele dizia "sonhei", ora ele dizia "parece-me que eu estava desperto", ora olhava para a arrumação do aposento e para a noiva e dizia, assombrado: "Por Deus, meu irmão, até agora não passei nem sequer uma noite inteira ao seu lado", e tornava a dizer: "Parece-me que eu estava desperto". E nesse estado ficou até o alvorecer, quando então seu tio entrou e o saudou. Badruddīn Ḥasan olhou para ele e, reconhecendo-o, ficou meio transtornado e perguntou: "Opa, opa! Não foi você que ordenou que eu fosse surrado, amarrado, acorrentado e pregado no pelourinho por causa do doce de romã sem pimenta?". O vizir respondeu: "Meu filho, a verdade surgiu, e manifestou-se o que estava oculto: você é, em verdade, o filho de meu irmão. Só fiz o que fiz para me certificar de que foi de fato você que possuiu minha filha naquela noite. Você conhece seu turbante e suas demais roupas, o recibo das moedas de ouro e as folhinhas que meu irmão escreveu, e que você colocou num invólucro de pano costurado no forro de seu turbante. Assim, se este que nós trouxemos não for quem pensamos, que o negue", e recitou a seguinte poesia:

"O destino não é de constantes certezas:
são necessárias ora alegrias, ora tristezas."

E em seguida mandou chamar a mãe dele. Ao vê-lo, a mulher se lançou sobre ele e chorou copiosamente, declamando a seguinte poesia:

"Quando nos encontrarmos nos queixaremos
das coisas terríveis que nos aconteceram,
pois não é bonito que se transmitam queixumes
por meio da palavra dos mensageiros;
a carpideira, que se paga, não é como

quem chora com a tristeza do coração;
mensageiros tampouco saberiam
falar com mesma a dor que eu falo."

Em seguida, a mãe lhe relatou tudo quanto sofrera desde que ele partira, enquanto ele, por sua vez, também lhe relatava tudo quanto sofrera, e ambos agradeceram a Deus por deixá-los novamente juntos. No dia seguinte, o vizir foi informar o caso ao sultão, que ficou muito impressionado e ordenou que aquilo se registrasse por escrito. E então o vizir, seu sobrinho e sua filha passaram a desfrutar da vida mais deliciosa, da melhor situação e de grande calma, comendo, bebendo e se divertindo, até que enfim beberam da taça da morte.[191]

[*Prosseguiu Ja*ᶜ*far*:] "Foi isso o que sucedeu ao vizir de Basra e ao vizir do Egito, ó comandante dos crentes". O califa disse: "Por Deus, Jaᶜfar, que essa história é o prodígio dos prodígios!". Em seguida, ordenou que ela fosse registrada por escrito, libertou o escravo, presenteou o rapaz[192] com uma de suas próprias concubinas, ordenou que lhe fosse dado o suficiente para viver e tornou-o um de seus comensais, até que foram todos alcançados e separados pela morte.

E a aurora alcançou Šahrāzād, que parou de falar. Dīnārzād disse para a irmã: "Como sua história é agradável e insólita, maninha", e ela respondeu: "Isso não é nada perto do que irei contar-lhes na próxima noite, se acaso eu viver e for poupada".

102ª

NOITE DAS HISTÓRIAS E PRODÍGIOS DAS MIL E UMA NOITES

Na noite seguinte, Šahrāzād disse:

[191] Tradução literal. Essa taça, previsivelmente, é servida pelo próprio arcanjo da morte. Embora em português a formulação possa sugerir envenenamento ou suicídio, optamos pela tradução literal. As duas edições de Calcutá possuem final bem mais extenso, em que o sultão do Egito ouve toda a história e fica muito interessado em conhecer Badrudd n, que então lhe é apresentado pelo tio etc. etc. São acréscimos tardios.
[192] Trata-se, obviamente, do esposo da jovem retalhada em postas na história anterior.

O CORCUNDA DO REI DA CHINA

Conta-se, ó rei, que vivia na China, na cidade de Kashgar,[193] um alfaiate que tinha uma bela mulher,[194] [compatível com a sua condição e que lhe satisfazia todas as prerrogativas. Sucedeu que ambos saíram certa feita a fim de passear e espairecer num parque, e ali passaram o dia inteiro brincando e folgando. No final da tarde, no caminho de volta para casa, toparam com um corcunda meio maluco e divertido, vestido com uma túnica de mangas duplas e colete de bordados coloridos, à moda egípcia, usando um lenço florido enrolado no pescoço, gibão colorido e trazendo na cabeça um chapéu recheado de âmbar, com fitas verdes e sedas amarelas entrelaçadas. Era um corcunda baixote, tal como disse a respeito o poeta ᶜAntar[195] na seguinte poesia:

"Que bonitinho este corcunda que surgiu,
tão parecido com a menina dos olhos,
ou com um galho podre de rícino
no qual se pendurou uma enorme laranja."[196]

Com um pandeiro nas mãos, o corcunda tocava e cantava, improvisando canções alegres com desenvoltura e espontaneidade. Ao verem-no, aproximaram-se e constataram que ele estava embriagado, completamente embriagado. Enfiou o pandeiro debaixo do braço e começou a bater palmas para marcar o ritmo, enquanto declamava a seguinte poesia:[197]

[193] Cidade localizada no Noroeste da China, região de Xingjiang. Fazia parte da rota da seda. O texto árabe registra *Qajqār*.

[194] Observe-se que o texto traz *ḫalīla*, "amiga íntima", e não *zawja*, termo que só aparecerá um pouco mais adiante. O trecho entre colchetes, que se encerra na página 295, não consta do manuscrito-base, tendo sido traduzido das outras fontes.

[195] Embora o original traga *ᶜAnz*, deve-se ler, conforme sugere o crítico Muhsin Mahdi, *ᶜAntar* [Bin Šaddād Alᶜabsī] (525-615 d.C.), considerado um dos grandes poetas do período pré-islâmico. A ele se atribui uma das sete *muᶜallaqas*, as mais famosas poesias árabes do período. Como as crônicas históricas referem que ele era também guerreiro de valor, e que padeceu de amores por sua prima ᶜAbla, a história de ᶜAntar acabou transformada numa grande novela de cavalaria. Ao lado das *Mil e uma noites*, a biografia de ᶜAntar foi uma das narrativas mais populares entre os árabes, cantada em verso e prosa nas ruas do Cairo e de Damasco. Ressalve-se, porém, a improbabilidade de que essa poesia seja de sua lavra.

[196] Esta poesia, com variantes mínimas, já fora recitada na septuagésima nona noite, a propósito de outro corcunda.

[197] O original diz *muḫammas*, "pentâmetro", mas faltam versos na poesia que vem a seguir. Observe-se que, na tradução, cada quatro linhas correspondem a uma unidade do pentâmetro. Logo, faltam duas linhas da quarta unidade e todas as quatro linhas da quinta. Contudo, talvez pelo caráter meio autônomo desses versos cômicos, a falta mal se percebe.

"Vá até a moça da vasilha, de manhãzinha:
ela será minha.
Que venha vestida de cantora e coisa e tal,
com som musical.
Traga pra mim essa noiva, meu coleguinha,
com a cornetinha.
Minhas bochechas olham tudo que se passa
cheias de manguaça.
Se você, meu amigo, sofre de verdade
pelas beldades,
escorropicha essa taça, sem hesitar,
não vá falhar!
Não vê este jardim com tanta flor,
meu tapeador?"

E a aurora alcançou Šahrāzād, que parou de falar. Dīnārzād disse para a irmã: "Como é agradável e insólita a sua história, maninha", e ela respondeu: "Isso não é nada perto do que irei contar-lhes na próxima noite, se acaso eu viver e for poupada pelo rei".

103ª

NOITE DAS HISTÓRIAS DAS MIL E UMA NOITES

Na noite seguinte ela disse:

Conta-se, ó rei, que quando o alfaiate e sua mulher viram o corcunda naquele estado, completamente embriagado, ora cantando, ora batendo palmas, agradaram-se dele e convidaram-no a ir para sua casa jantar e passar aquela noite divertindo-os. O corcunda respondeu afirmativamente, ouvindo e obedecendo, e caminhou com os dois até a casa. O alfaiate foi até o mercado – já estava escurecendo – e comprou peixe frito, pão, rabanete, limão, uma travessa de mel de abelha e velas para se divertirem sob sua luz. Retornou para casa e colocou o peixe e o pão na frente do corcunda. A mulher apareceu e eles comeram. Contente com a presença do corcunda, o casal pensava: "Vamos atravessar a noite em diversões, risos e conversas com este corcunda". Começaram a comer, só parando quando estavam saciados. O alfaiate pegou um pedaço de peixe e enfiou na boca do corcunda, tapando-a com manga, rindo e dizendo: "Você deve comer este pedaço de um só bocado". Como o homem estivesse cortando a sua respiração, o corcunda se viu obrigado a comer o peixe, mas não teve tempo de mastigá-lo e o engoliu. O peixe tinha uma grande espinha que ficou entalada entre a sua garganta e o esôfago; o corcunda engasgou e estrebuchou. Quando o alfaiate percebeu que seus olhos estavam se revirando, fechou o punho e lhe deu uma pancada no peito, mas então o sopro vital do corcunda se esvaiu e ele tombou morto. Atônitos, o alfaiate e a esposa começaram a tremer e disseram: "Não existe poderio nem força senão em Deus altíssimo e poderoso! Pobre coitado, como se finou rápido! E sua morte não se deu senão por nossas mãos!". A mulher disse ao marido alfaiate: "Por que você está aí sentado? Que demora é essa? Porventura você não ouviu a poesia de alguém:

'Como sentar em fogo que não se apagou?
Sentar sobre fogo é com certeza derrota'."

O alfaiate perguntou: "E o que eu posso fazer?". Ela respondeu: "Carregue-o nos braços junto ao peito, cubra-o com um manto iemenita de seda, e venha atrás de mim. A quem quer que nos veja no meio desta noite, diremos: 'É o nosso filho, está fraquinho, pois há alguns dias ele contraiu uma doença. Agora nós o estamos levando para ser examinado pelo médico, que não pôde nos fazer uma visita'. Se agirmos assim...".

E a aurora alcançou Šahrāzād, que parou de falar. Dīnārzād disse para a irmã: "Como é agradável e saborosa a sua história", e ela respondeu: "Isso não é nada perto do que irei contar-lhes na próxima noite, se acaso eu viver e for poupada".

104ª

NOITE DAS HISTÓRIAS
DAS MIL E UMA NOITES

Na noite seguinte ela disse:

Conta-se, ó rei, que o alfaiate carregou o corcunda nos braços e o cobriu com o manto iemenita. A mulher saiu caminhando à sua frente e se lamuriando aos berros: "Que você fique a salvo, meu filho, de tudo que lhe possa fazer mal. Onde é que essa varíola estava escondida?". Assim, todos aqueles que os viam pensavam: "Esses dois estão com uma criança contaminada pela varíola", e lhes indicavam a casa de um médico judeu. A mulher bateu na porta e a criada que veio abrir viu um homem carregando uma criança enferma. A mulher pagou-lhe um quarto de dinar e disse: "Minha senhora, entregue isto ao seu patrão e peça-lhe para descer e examinar meu irmão, que foi atingido por alguma grave doença". Enquanto a criada subia a escadaria, a mulher entrou e disse ao marido: "Deixe esse corcunda aqui e vamos salvar nossa vida". O alfaiate largou o corcunda encostado no alto da escadaria do médico judeu e saiu com a mulher. Quanto à criada, ela foi ter com o judeu e lhe disse:] "Meu senhor, lá embaixo há um enfermo que veio carregado. Mandaram entregar-lhe este quarto de dinar para que o senhor desça, examine-o e prepare a receita adequada". Ao receber um quarto de dinar só para descer a escadaria, o judeu ficou tão contente que se levantou ligeiro no escuro, disse à criada: "Acenda uma luz para mim", e desceu assim mesmo no escuro, apressado. Logo nos primeiros degraus ele tropeçou no corcunda, rolando a escadaria de cima a baixo. Assustado, gritou pela criada: "Traga depressa a luz", e ela veio com a luz. O judeu foi examinar o corcunda e, verificando que estava morto, gritou: "Ai, Esdras! Ai, Moisés! Ai, Aarão! Ai, Josué filho de Nūn! Parece que eu tropecei nesse doente e ele rolou de cima a baixo e morreu! Como poderei sair de minha casa com um cadáver? Ai, cascos do asno de Esdras!". E, carregando o corcunda, subiu com ele até o andar superior e o mostrou à esposa, que lhe disse: "E que torpor é esse? O dia já está raiando e ele continua aqui! Vamos perder nossas vidas! Você é um bobalhão que não sabe como agir!". E recitou a seguinte poesia:

"Você pensa bem dos dias quando tudo vai bem,
e não teme as reviravoltas que o destino reserva;

nas noites você passa bem, e com elas se ilude,
mas no sossego da noite é que sucede a torpeza."[198]

E a aurora alcançou Šahrāzād, que parou de falar. Dīnārzād lhe disse: "Como é agradável e insólita a sua história", e ela respondeu: "Isso não é nada perto do que irei contar-lhes na próxima noite, se acaso eu viver e o rei me poupar".

105ª

NOITE DAS HISTÓRIAS DAS MIL E UMA NOITES

Na noite seguinte ela disse:

Eu tive notícia, ó rei, de que a mulher disse ao judeu: "Por que está aí sentado? Levante-se agora! Vamos carregar o corcunda até o terraço e dali atirá-lo à casa daquele nosso vizinho muçulmano solteiro". Esse vizinho do judeu era um despenseiro, responsável pela cozinha do sultão. Costumava levar para casa grandes quantidades de banha, prontamente devorada pelos gatos e pelos ratos, animais que lhe causavam constantes prejuízos, avançando em tudo quanto ele trouxesse para casa. O judeu e a esposa subiram carregando o corcunda e, com muito cuidado, passaram-no para a casa do despenseiro pelo vão destinado à ventilação: fizeram-no deslizar segurando pelos pés e pelas mãos até que ele chegou ao solo, quando então o encostaram à parede e se retiraram. Mal tinham terminado, e já o despenseiro chegava de uma sessão de recitação do Alcorão em que estivera com alguns amigos. Já era alta noite, e ele carregava uma vela acesa. Abriu o portão, entrou em casa, e encontrou aquele ser humano encostado num canto, bem no ângulo da parede, ali no vão para ventilação. O despenseiro disse: "Por Deus que essa é boa! Ora, constatamos então que o gatuno que leva minhas coisas não é senão um ser humano! Se fosse carne, você a roubaria, se fosse banha, você a roeria, se fossem nacos de carneiro, você também os roubaria. E eu

[198] Trata-se dos quatro últimos versos da primeira poesia deste livro, recitada logo na primeira noite pelo mercador, quando o *ifrit* afirma que irá matá-lo.

antes achava que isso era feito pelos gatos, pelos ratos e pelos cachorros, e por isso matei muitos gatos e cachorros, fazendo com que meus pecados se sobrecarregassem, mas eis que é você, pois, que me desce pelo telhado, pelo vão de ventilação, a fim de roubar meus pertences! Por Deus que não cobrarei meus direitos de você senão com as minhas próprias mãos!". E, empunhando um grosso bordão, de um só salto foi parar junto do corcunda e lhe aplicou um golpe raivoso que pegou em sua caixa torácica, fazendo-o desabar no chão, onde lhe aplicou mais uma pancada nas costas. Depois abriu-lhe o olho e, verificando que estava morto, começou a gritar: "Oh, matei-o! Não existe poderio nem força senão em Deus altíssimo e poderoso!". Amarelo e apavorado, temendo pela própria vida, disse: "Que Deus amaldiçoe a banha e a carne de carneiro! A Deus pertencemos e a ele retornaremos!".

E a aurora alcançou Šahrāzād, que parou de falar. Dīnārzād disse para a irmã: "Como é agradável e insólita a sua história", e ela respondeu: "Isso não é nada perto do que irei contar-lhes na próxima noite, se acaso eu viver e o rei me poupar".

106ª

NOITE DAS HISTÓRIAS DAS MIL E UMA NOITES

Na noite seguinte ela disse:

Conta-se, ó rei venturoso, que o despenseiro, havendo examinado o corpo e visto que se tratava de um corcunda, pôs-se a dizer: "Ó corcunda! Ó maldito! Não lhe bastava ser um ilustre corcunda? Ainda por cima tinha de ser ladrão? O que fazer? Ó Deus protetor, proteja-me!". E saiu da casa com o corcunda aos ombros. Era já fim de noite, e o homem caminhou até a entrada do mercado, onde o encostou num poste ao lado de uma loja, num beco escuro, e foi-se embora. Não demorou muito e eis que um cristão proeminente, corretor do sultão e proprietário de uma oficina, chegou bêbado. Acabara de sair de casa, inteiramente ébrio, à procura de uma casa de banho. Sua embriaguez lhe dissera que a hora da prece estava próxima. Avançou cambaleando até se aproximar do corcunda, pondo-se então a urinar diante dele. Quando terminou, olhou para o lado e notou alguém de pé. Vendo o corcunda em pé, e como já lhe houvessem furtado o turbante no início daquela noite, o cristão acreditou que ele pretendia furtar-lhe o turbante. Fechou então o punho e deu um murro no pescoço do corcunda, que caiu no chão. Gritou pelo vigia e, em sua embriaguez, lançou-se sobre o corcunda, a quem ficou esmurrando e estrangulando. O vigia chegou perto do poste e encontrou o cristão derreado sobre um muçulmano e cobrindo-o de pancadas; perguntou: "O que é isto?". O cristão respondeu: "Esse aí queria roubar o meu turbante". O vigia ordenou: "Saia de cima dele", e o cristão assim o fez. O vigia aproximou-se do corcunda e, constatando que estava morto, disse: "Essa é muito boa! Um cristão matando um muçulmano!". Agarrou o corretor cristão, amarrou-o e encaminhou-o até a casa do administrador-geral, àquela hora da noite. O cristão, pasmado consigo mesmo, refletia: "Como é que matara aquela pessoa? Como pudera aquela pessoa morrer por causa de seus murros? 'A embriaguez passou e a lucidez chegou'".[199] O corretor cristão e o corcunda permaneceram na casa do administrador-geral até o amanhecer, quando então este saiu e informou ao sultão da China que o seu corretor cristão matara um muçulmano. O sultão ordenou que ele fosse enforcado. O administrador-geral saiu dali e ordenou ao carrasco que proclamasse a sentença e montasse um pelourinho de madeira para o cristão. Providenciadas essas coisas, ele foi conduzido para baixo do pelourinho, e o carrasco colocou a corda em seu pescoço, com a intenção de enforcá-lo. Foi então que o despenseiro irrompeu em meio à multidão e disse ao carrasco: "Não faça isso! Não foi ele que matou o corcunda, mas sim eu!". O administrador-geral perguntou: "O que você disse?", e ele repetiu: "Fui eu que o matei", e contou a história de como o agredira com o bordão, e como depois o carregara e deixara no mercado: "Não me bastasse ter matado um muçulmano, ainda por cima carregarei na minha consciência também a culpa pela morte de um cristão? Não enforque outro que não a mim, e isso com a minha própria confissão".

E a aurora alcançou Šahrāzād, que parou de falar. Dīnārzād disse para a irmã: "Como é agradável e insólita a sua história", e ela respondeu: "Isso não é nada perto do que irei contar-lhes na próxima noite, se acaso eu viver e o rei me poupar".

[199] Provérbio popular.

107ª

NOITE DAS HISTÓRIAS
DAS MIL E UMA NOITES

Na noite seguinte ela disse:

Eu tive notícia, ó rei venturoso, de que o administrador-geral, ao ouvir as palavras do despenseiro, disse ao carrasco: "Liberte o cristão e enforque esse que acabou de confessar". Então, depois de ter libertado o corretor cristão, o carrasco agarrou o despenseiro, colocou-o debaixo do pelourinho, pegou a corda, pôs em seu pescoço e fez tenção de enforcá-lo. Foi então que o médico judeu veio irrompendo em meio à multidão e gritando para o carrasco: "Não faça isso! Não foi ele o assassino; quem o matou não foi outro senão eu mesmo! Durante a noite passada, depois que os mercados foram fechados, eu estava tranquilo em casa quando um homem e uma mulher bateram à porta. Minha criada desceu para atendê-los e lhes abriu a porta: traziam esse morto, que estava enfermo, e pagaram à criada um quarto de dinar. Ela levou o dinheiro para mim e me informou do que estava ocorrendo. Enquanto a criada subia para me falar, o casal, sem poder esperar, abandonou o enfermo no alto da escadaria. Comecei a descer, tropecei nele e rolamos os dois escadaria abaixo. O enfermo morreu imediatamente, e o motivo de sua morte não foi senão eu. Então carreguei-o junto com minha mulher até o terraço. Como a casa desse despenseiro é ao lado da minha, jogamos o corcunda pelo vão de ventilação da casa do despenseiro; apesar de morto, parou em pé, encostado na parede. Quando chegou e encontrou uma pessoa parada dentro de sua casa, o despenseiro julgou tratar-se de um ladrão, golpeou-o com o bordão e ele caiu de cara; aí então ele julgou tê-lo matado. No entanto, quem o matou não foi outro senão eu. Como se não me bastasse ter matado um muçulmano sem meu saber e conhecimento, ainda por cima terei de carregar na consciência a culpa pela morte de outro muçulmano, a responsabilidade por seu sangue! Não o mate, pois fui eu quem matou o corcunda".

E a aurora alcançou Šahrāzād, que parou de falar. Dīnārzād disse para a irmã: "Como é agradável e insólita a sua história", e ela respondeu: "Isso não é nada perto do que irei contar-lhes na próxima noite, se acaso eu viver e o rei me poupar".

108ª

NOITE DAS HISTÓRIAS
DAS MIL E UMA NOITES

Na noite seguinte ela disse:

Eu tive notícia, ó rei venturoso, de que o administrador-geral, ao ouvir as palavras do judeu, disse ao carrasco: "Liberte este despenseiro e enforque o judeu". E o carrasco agarrou-o e lhe pôs a corda no pescoço. Foi então que o alfaiate veio irrompendo em meio à multidão e disse ao carrasco: "Não faça isso! Não foi ele o assassino; quem o matou não foi outro senão eu mesmo". E, voltando-se para o administrador-geral, o alfaiate disse:

"Meu senhor, o assassino deste corcunda não foi outro senão eu! O fato é que ontem passei o dia passeando e retornei para o jantar. No caminho encontrei este corcunda, que estava bêbado, com um pandeiro nas mãos e cantando ao seu som. Resolvi convidá-lo para visitar-me e levei-o comigo para casa. Saí, comprei peixe frito e o levei para ele. Sentamos para comer, e eu peguei um pedaço de peixe e enfiei goela abaixo do corcunda, que se engasgou com uma espinha e morreu na hora. Fiquei com medo e me dirigi, com minha mulher, para a casa do médico judeu. Bati na porta e uma criada veio nos atender; abriu a porta e eu lhe disse: 'Suba e diga ao seu patrão: "Estão à porta um homem e uma mulher carregando um enfermo para o senhor examinar"', e lhe entreguei um quarto de dinar para que ela pagasse ao patrão. Assim que a criada subiu, levei este corcunda até o alto da escadaria, deixei-o encostado, desci e nos retiramos, minha esposa e eu. Ao descer, o judeu tropeçou nele e imaginou tê-lo matado."

E o alfaiate perguntou ao judeu: "Não está correto o que digo?". O judeu respondeu: "Sim, está correto". Então, voltando-se para o administrador-geral, o alfaiate disse: "Liberte este judeu e enforque a mim, já que fui eu o assassino". Ao ouvir as palavras do alfaiate, o administrador-geral ficou assombrado com o caso daquele corcunda e disse: "Essas coisas possuem alguma motivação assombrosa e devem ser registradas por escrito nos livros, até mesmo com tinta dourada". E disse ao carrasco: "Liberte este judeu e enforque este alfaiate, que confessou o crime". O carrasco deu um passo à frente, soltou o judeu, puxou o alfaiate para baixo do pelourinho de madeira e disse: "Já estamos cansados de pendurar um e soltar outro. Isso já está demorando demais". E pôs a corda em torno do pescoço do alfaiate, amarrando a outra ponta na estaca do pelourinho.

Dava-se que o corcunda era comensal e bufão do rei da China, o qual não suportava ficar longe dele nem sequer por um piscar de olhos. Quando, naquela noite, o corcunda se embriagara e desaparecera...

E a aurora alcançou Šahrāzād, que parou de falar. Dīnārzād lhe disse: "Como é agradável e insólita a sua história", e ela respondeu: "Isso não é nada perto do que irei contar-lhes na próxima noite, se acaso eu viver e o rei me poupar".

109ª

NOITE DAS ASSOMBROSAS HISTÓRIAS DAS MIL E UMA NOITES

Na noite seguinte ela disse:

Eu tive notícia, ó rei venturoso, de que, quando o corcunda se embriagou e ficou desaparecido naquela noite, e também pela manhã, o rei o aguardou até aproximadamente o meio-dia. Como ele não voltasse, o rei indagou a respeito um homem que estava no palácio, e ele respondeu: "Ó rei, o administrador-geral encontrou um corcunda morto e também o assassino, que ele pretendia enforcar, mas então apareceu um segundo assassino, e um terceiro, cada um deles afirmando 'sou eu quem o matou'. Neste momento, cada um deles está relatando ao administrador-geral o motivo da morte do corcunda". Ao ouvir aquilo, o rei gritou por um de seus secretários e lhe ordenou: "Vá até o administrador-geral e traga-o junto com o assassinado e os assassinos. Quero-os todos aqui". O secretário saiu apressado e conseguiu alcançar o carrasco, já pondo a corda no pescoço do alfaiate, pronto para levar a cabo a execução. Gritou para ele: "Não faça isso!", e, dirigindo-se ao administrador-geral, transmitiu-lhe a determinação do rei. Levando o corcunda carregado, bem como o alfaiate, o judeu, o despenseiro e o cristão, o administrador-geral foi com todos eles ao rei, diante do qual beijou o solo e mandou que formassem uma fileira lado a lado. Repetiu a história de cada um para o rei, deixando-o a par do que ocorrera com o corcunda do início ao fim. Ao ouvir aquilo, o rei da China ficou extremamente assombrado. Tomado pela emoção, ordenou que aquilo fosse registrado por escrito e perguntou aos circunstantes: "Porventura vocês já ouviram algo mais assombroso do que o caso sucedido com este corcunda?". O cristão deu um passo à frente, beijou o solo e disse: "Ó rei do tempo, se o senhor me permitir, eu lhe contarei uma ocorrência que faria chorar as pedras, e que é mais assombrosa do que a história deste corcunda". O rei da China disse: "Conte-nos a sua história". Então o cristão disse:

O JOVEM MERCADOR E SUA AMADA

Fique sabendo, ó rei, que eu não sou natural desta terra[200] – forasteiro, vim para este país exercer o comércio. Foi como mercador que aqui arribei, e o destino me fixou entre vocês durante estes últimos anos. Sou um copta[201] egípcio. Meu pai, proeminente corretor, faleceu e eu o sucedi no trabalho como corretor, atividade à qual me dediquei por anos. A coisa mais assombrosa que me sucedeu foi que, estando eu certo dia no ponto onde se situavam os estabelecimentos que vendiam ração para gado no Cairo, subitamente surgiu um rapaz, de bela juventude, vestido de trajes opulentos e montado num asno de boa altura. Ele me saudou e eu me pus de pé. O rapaz exibiu um saquinho que continha sésamo e me perguntou: "Por quanto estão comprando a medida[202] de sésamo?".

E a aurora alcançou Šahrāzād, que parou de falar. Dīnārzād lhe disse: "Como é agradável e insólita a sua história, maninha", e ela respondeu: "Isso não é nada perto do que irei contar-lhes na próxima noite, se acaso eu viver e o rei me poupar".

[200] Neste ponto, o original, embora facilmente inteligível, não apresenta um discurso bem concatenado. A fala do cristão se abre com uma oração subordinada – "Saiba que antes de chegar a estas terras" – que não tem continuidade. Em vista disso, optou-se por pequenas adaptações. Note-se, ainda, que a ideia de troca – uma narrativa "assombrosa" pela vida – não é explicitamente proposta, ao contrário do que ocorreu em outras histórias.
[201] "Coptas" é como até hoje se denominam os cristãos nativos do Egito.
[202] Por "medida" traduziu-se a palavra *irdabb*, já discutida em nota à nona noite.

110ª

NOITE DAS HISTÓRIAS
DAS MIL E UMA NOITES

Na noite seguinte ela disse:

Eu tive notícia, ó rei venturoso, de que o cristão disse ao rei da China:

Respondi a ele, ó rei do tempo: "A medida de sésamo está valendo cem dirhams". Ele disse: "Pegue um medidor de grãos e alguns ajudantes e vá até o Portão da Vitória, no Caravançará de Aljāwlī.[203] Ali você me encontrará", e, deixando-me, partiu. Chamei então um olheiro e fui negociar com mercadores de ração, com estabelecimentos de confeiteiros e com atacadistas de sésamo. O olheiro conseguiu o preço de cento e dez dirhams por medida. Arranjei então quatro grupos de ajudantes e fui com eles até o Caravançará de Aljāwlī, onde encontrei o jovem me aguardando. Quando me viu, levantou-se, entrou à minha frente no depósito onde a mercadoria estava armazenada e disse: "Deixe entrar quem vai fazer a pesagem, e mande os ajudantes irem botando os fardos sobre os burros". Enquanto um grupo ia, outro voltava, e logo o depósito se esvaziou. Foram cinquenta medidas, totalizando cinco mil dirhams. O rapaz me disse: "A comissão por seu trabalho será de dez dirhams por medida. Dessa quantia, deixe com você quatro mil e quinhentos até que eu venda o restante de meus bens, e depois virei resgatar o meu dinheiro", e eu respondi "sim", beijei-lhe a mão e me retirei, assombrado com a sua generosidade. Fiquei esperando-o e ele reapareceu após um mês de ausência, perguntando: "Onde estão meus dirhams?". Dei-lhe efusivas boas-vindas e convidei-o a entrar em minha casa e comer alguma coisa, mas ele se recusou e disse: "Vá e resgate os dirhams. Estou indo agora, mas os levarei assim que regressar", e saiu galopando seu asno. De minha parte, resgatei os dirhams e me pus a esperá-lo, mas ele desapareceu por mais um mês e eu pensei: "Eis aí um rapaz generoso; deixou comigo quatro mil e quinhentos dirhams e não veio resgatá-los; logo se completarão três meses que o dinheiro está comigo". Depois desse período ele chegou montado em seu asno e trajando ricas vestimentas, como se tivesse acabado de sair da casa de banho.

[203] Essa hospedaria é citada em obras históricas que descrevem o Cairo.

E a aurora alcançou Šahrāzād, que parou de falar. Dīnārzād lhe disse: "Como é agradável e insólita sua história", e ela respondeu: "Isso não é nada perto do que irei contar-lhes na próxima noite, se acaso eu viver e o rei me preservar".

111ª

NOITE DAS HISTÓRIAS DAS MIL E UMA NOITES

Na noite seguinte ela disse:

Eu tive notícia, ó rei venturoso, de que o cristão disse ao rei da China:

Parecia que o jovem tinha acabado de sair de uma casa de banho. Quando o avistei, saí da loja para recebê-lo e lhe perguntei: "Meu senhor, quando vai resgatar os seus dirhams?". Ele respondeu: "Para que a pressa? Vou terminar de vender o restante de minha produção, e só levarei os dirhams até o final da semana que vem", e se retirou. Pensei: "Da próxima vez que ele vier, vou convidá-lo para fazer uma refeição". Mas como o rapaz sumiu pelo resto do ano, fiquei livre para utilizar seus dirhams: apliquei-os e obtive grandes lucros. No fim do ano, de repente, ele me reaparece vestido com um traje opulento. Ao avistá-lo, saí para recebê-lo e jurei pelo Evangelho[204] que ele iria fazer uma refeição como meu convidado. Ele respondeu: "Com a condição de que os seus gastos sejam do meu dinheiro". Respondi "sim", entrei, arrumei o lugar e o acomodei. Em seguida, fui ao mercado e providenciei o necessário: bebidas, galinhas recheadas e doces. Retornei, coloquei tudo na sua frente, e disse: "Faça o favor, em nome de Deus!". Ele foi para a mesa, estendeu a mão esquerda[205] e fez a refeição junto comigo. Fiquei intrigado com aquilo e pensei: "A perfeição pertence somente a Deus! Este jovem é gentil e gracioso, mas convencido. Tão convencido que não tira a mão direita para me acompanhar na refeição". E juntos fizemos a refeição.

[204] "Evangelho" traduz literalmente *injīl*. A expressão árabe designa a totalidade do Novo Testamento.

[205] A etiqueta árabe determina que se utilize a mão direita para comer. A esquerda é reservada para atividades como higiene pessoal etc.

E a aurora alcançou Šahrāzād, que parou de falar. Dīnārzād lhe disse: "Como é agradável e insólita a sua história", e ela respondeu: "Isso não é nada perto do que irei contar-lhes na próxima noite, se acaso eu viver e o rei me preservar".

112ª

NOITE DAS HISTÓRIAS DAS MIL E UMA NOITES

Na noite seguinte ela disse:

Eu tive notícia, ó rei venturoso, de que o cristão disse ao rei da China:

Quando terminamos a refeição, joguei água em sua mão e lhe entreguei um pano para enxugá-la. Sentamos para conversar depois de lhe ter servido um pouco de doce. Perguntei: "Meu senhor, livre-me de uma questão incômoda: por que tomou a refeição comigo usando a mão esquerda? Porventura está com alguma dor na mão direita?". Ao ouvir minhas palavras, o jovem chorou e recitou a seguinte poesia:

"Não foi minha escolha que Salma substituísse
Layla,[206] mas a necessidade faz suas imposições."

E, retirando a mão direita da manga, mostrou-a para mim: estava decepada; era um pulso sem punho. Como eu demonstrasse meu assombro com aquilo, ele me

[206] "Layla" é o nome da musa do poeta Qays Ibn Almulawwiḥ Alᶜāmirī, morto por volta de 688 d.C., e que se celebrizou como *majnūn Laylà*, "o louco de Layla", ao qual se atribuem muitas poesias cantando esse amor. Afirma-se, no vasto anedotário formado a respeito do caso, que ambos jamais puderam consumar o seu amor devido à incontornável oposição da família dela. Contudo, parece que essa Layla era tão "real" quanto a Cíntia de Propércio. No *Livro das canções*, do século x d.C., o cronista Abū Alfaraj Alaṣbahānī apresenta o relato de um homem que foi até a localidade onde supostamente vivera esse poeta, a fim de pesquisar sobre ele e sua amada. Obteve a esclarecedora resposta de um ancião: "A que louco te referes? Pois, aqui, todo aquele que se apaixona é louco, e toda mulher pela qual alguém se apaixona é Layla". Tanto a legenda do "louco de Layla" como a sua obra foram apropriadas para as mais diversas finalidades; são muito caras, por exemplo, aos praticantes do misticismo muçulmano, o sufismo, como alegoria da relação com o divino etc.

disse: “Não fique espantado nem considere em seu íntimo que eu sou arrogante, ou que a arrogância me levou a fazer a refeição com a mão esquerda. No entanto, o fato é que o decepamento foi provocado pela arrogância”. Perguntei: “E qual foi esse motivo?”. Ele suspirou profundamente, chorou e disse:

Fique sabendo que eu sou nativo de Bagdá, cidade onde meu pai era um dos mais notáveis. Quando atingi a idade adulta, ouvi muita gente e muitos viajantes conversando sobre as terras egípcias, e aquilo penetrou no meu íntimo. Quando meu pai morreu, recebi a herança e montei uma caravana comercial com tecidos de Bagdá e Mossul. Carregando mil mantos de seda e todo gênero de tecidos, viajei de Bagdá até o Cairo. Quando entrei na cidade, hospedei-me no Caravançará de Masrūr, onde também armazenei minhas mercadorias: sentei-me, desamarrei os fardos, levei-os ao depósito, entreguei ao meu criado alguns dirhams e lhe determinei que fosse preparar algo para comermos. Enquanto eu descansava, meus criados se alimentavam. Depois saí, passeei pela rua Bayna Alqaṣrayn,[207] voltei e dormi, mas logo levantei, abri alguns fardos de tecido e pensei: “Vou a algumas boas lojas investigar os preços”. Mandei que um de meus criados carregasse alguns tecidos, vesti minhas melhores roupas e caminhei até chegar ao centro comercial Jarkis.[208] Assim que entrei, fui recepcionado por vários corretores que tinham conhecimento prévio de minha chegada, e pegaram os meus melhores tecidos, passando a apregoá-los. Os preços que conseguiram, porém, não cobriam o capital investido. Irritei-me com aquilo e disse: “Isso não cobre o meu capital”. Os pregoeiros responderam: “Meu senhor, sabemos de algo que lhe trará lucro, e não prejuízo”.

E a aurora alcançou Šahrāzād, que parou de falar. Dīnārzād lhe disse: “Como é agradável e insólita a sua história, maninha”, e ela respondeu: “Isso não é nada perto do que irei contar-lhes na próxima noite, se acaso eu viver e o rei me preservar”.

[207] Rua até hoje existente no Cairo. Significa “entre dois palácios” e é o título de um dos romances da célebre trilogia do escritor egípcio contemporâneo Najīb Maḥfūẓ.

[208] “Centro comercial” traduz *alqayāsiriyya* (depois *alqaysariyya*), palavra que originou o termo português, hoje relegado ao esquecimento, “alcaçaria” (ou “alcaceria”), que significa exatamente isso: área de concentração comercial. *Jarkis* ou *djarkis* (eventualmente pronunciado *tšarkis*) significa “circassiano”, designação dada aos originários da região norte do Cáucaso, na Ásia. Corresponderiam aos atuais tchetchenos.

113ª

NOITE DAS HISTÓRIAS
DAS MIL E UMA NOITES

Na noite seguinte ela disse:

Eu tive notícia, ó rei venturoso, de que o cristão disse ao rei da China:

O jovem me disse:

Então os pregoeiros me disseram: "Conhecemos um modo de beneficiá-lo e livrá-lo do prejuízo, e que consiste em agir como os mercadores: venda suas mercadorias a crédito durante um período predeterminado, mediante contrato celebrado por um escrivão, na presença de testemunhas, e com os serviços de um cambista. Receba semanalmente, às segundas e quintas. Como ganho adicional, você poderá passear pelo Cairo, com seu rio Nilo e demais atrativos". Eu disse: "Eis aí um bom parecer", e, após contratar alguns pregoeiros e carregadores, fui até o caravançará. Os carregadores retiraram os tecidos do armazém e os transportaram até o centro comercial, onde os vendi a prazo. Mandei redigir os contratos de venda com testemunhas, entreguei os papéis ao cambista, saí do mercado, regressei ao caravançará e ali fiquei por alguns dias, durante os quais quebrei o jejum matinal com um copo de vinho, carne de carneiro, pombo e doces. Isso durou um mês. Entrou o mês seguinte, no qual começou o pagamento. Todas as quintas e segundas eu entrava no centro comercial e me acomodava na loja de um mercador, enquanto o cambista e o escrivão ficavam até o entardecer recolhendo o meu pagamento dos mercadores. Eu recebia, conferia, selava, guardava e me retirava para o caravançará. Por seis vezes agi dessa maneira no mercado. Até que certo dia – uma segunda-feira – entrei pela manhã na casa de banho, saí, vesti roupas bonitas, fui ao caravançará, entrei no meu quarto, quebrei o jejum com vinho e dormi. Acordei, comi galinha cozida, perfumei-me e arrumei-me, passeei pelo centro comercial e entrei na loja de um mercador a quem chamavam Badruddīn Albustānī. Conversamos por algum tempo, e súbito nos vimos diante de uma mulher que entrara na loja trajando mantilha e magnífico turbante, e exalando as mais diversas fragrâncias. Sua beleza sequestrou o meu coração. Ela retirou o véu e então contemplei uns enormes olhos negros. Cumprimentou Badruddīn, que lhe deu boas-vindas e se pôs a conversar com ela. Quando ouvi suas palavras, o amor por ela conquistou-me o coração e fiquei obcecado por aquela mulher, que perguntava a Badruddīn: "Você tem peças de seda estampada com cenas de caça?", e ele lhe mostrou uma de minhas peças, que a mulher comprou por mil e duzentos dirhams; ela disse: "Com sua permissão, vou levar esta peça e ir embora; na próxima compra lhe enviarei o seu valor". Badruddīn respondeu: "Tudo bem, mas eu estou precisando do dinheiro hoje". Ela jogou a peça no meio da loja e, encolerizada, disse: "Que Deus humilhe a sua comunidade! Vocês, mercadores, não dão valor a ninguém!". E se retirou apressada do lugar.

E a aurora alcançou Šahrāzād, que parou de falar. Dīnārzād lhe disse: "Como é agradável e insólita a sua história, maninha", e ela respondeu: "Isso não é nada perto do que irei contar-lhes na próxima noite, se acaso eu viver e o rei me preservar".

114ª

NOITE DAS INSÓLITAS HISTÓRIAS DAS MIL E UMA NOITES

Na noite seguinte ela disse:

Eu tive notícia, ó rei venturoso, de que o cristão disse ao rei da China:

Então o jovem me disse:

Quando a mulher jogou a peça no meio da loja e se retirou, senti que o meu sopro vital sairia atrás dela através do meu coração; então lhe disse: "Por Deus, minha senhora, faça a caridade de vir até mim!". Ela retornou, sorriu e disse: "Por sua causa, voltei", e se acomodou diante de mim na loja. Perguntei a Badruddīn: "Meu senhor, por quanto comprou essa peça de mim?". Ele respondeu: "Mil e duzentos dirhams". Eu disse: "E por ela você também terá cem dirhams de lucro. Traga um papel e eu lhe escreverei, de próprio punho, quanto fiquei lhe devendo". Escrevi-lhe com minha letra, peguei a peça, entreguei à mulher, e disse: "Pegue, madame. Se quiser trazer o dinheiro na próxima compra, muito que bem; caso contrário, é um presente que lhe faço". Ela disse: "Que Deus o recompense, que lhe conceda o meu dinheiro e o faça viver mais do que eu!". As portas dos céus sobre o Cairo estavam abertas e receberam aqueles bons augúrios. Eu disse: "Minha senhora, considere sua essa peça e, se Deus altíssimo quiser, você ganhará mais uma igual, mas deixe-me ver o seu rosto". Ela voltou o rosto e subiu o véu. Dei uma olhada, que foi logo sucedida por um grande suspiro; mal consegui manter minha razão. Então ela soltou o véu, pegou a peça, e disse: "Com a sua permissão, meu senhor! Sentirei saudades!", e saiu apressadamente. Deixei-me ficar no mercado até depois do entardecer, em outro mundo. Indaguei o mercador sobre a jovem, e ele respondeu: "É bem rica, filha de um figurão que lhe deixou muito dinheiro". Despedi-me e saí. Quando cheguei ao caravançará, trouxeram-me a janta, mas me lembrei da mulher e não comi nada. Fui deitar, mas não consegui dormir, ficando acordado até o amanhecer, quando então me levantei, troquei de roupa, quebrei o jejum matinal com algo qualquer e me dirigi à loja de Badruddīn.

E a aurora alcançou Šahrāzād, que parou de falar. Dīnārzād lhe disse: "Como é agradável e insólita a sua história, maninha", e ela respondeu: "Isso não é nada perto do que irei contar-lhes na próxima noite, se acaso eu viver e o rei me preservar".

115ª

NOITE DAS HISTÓRIAS DAS MIL E UMA NOITES

Na noite seguinte ela disse:

Eu tive notícia, ó rei venturoso, de que o cristão disse ao rei da China:

Então o jovem me disse:

Eu não ficara nem bem uma hora na loja de Badruddīn, e já a moça chegava trajando vestimentas mais magníficas do que as do dia anterior e trazendo consigo uma criada. Veio até mim e me cumprimentou, sem dirigir a palavra a Badruddīn. Disse: "Meu senhor, mande alguém receber o seu dinheiro". Perguntei: "E por que a pressa em pagar?". Ela respondeu: "Que nós nunca nos privemos de você, meu querido", e me estendeu o dinheiro. Puxei então conversa com ela, e fiz algumas insinuações que a levaram a entender que eu desejava um relacionamento amoroso;[209] levantou-se então com pressa e se retirou. Mas

[209] O original traz *wiṣāl*, que se refere mais ao contato físico, sexual; "gozo de amor".

meu coração já fora capturado por ela. Depois de algum tempo, saí da loja para o mercado e, de repente, uma criada negra me disse: "Converse com minha patroa, senhor". Surpreso, respondi: "Mas ninguém me conhece!". Ela insistiu: "Quão rapidamente o senhor a esqueceu! É a minha patroa, que esteve hoje com o senhor na loja de Badruddīn". Caminhei então com ela até o ponto onde se concentravam os cambistas. Assim que me avistou, a jovem me puxou de lado e disse: "Meu querido, você ocupou um lugar no meu coração; desde o dia em que o vi não consigo comer nem beber". Respondi: "Eu tampouco. O estado em que me encontro fala por si só". Ela perguntou: "Querido, na minha ou na sua casa?". Respondi: "Sou aqui forasteiro e não tenho casa, somente o caravançará em que me hospedo".

E a aurora alcançou Šahrāzād, que parou de falar. Dīnārzād lhe disse: "Como é agradável e insólita a sua história, maninha", e ela respondeu: "Isso não é nada perto do que irei contar-lhes na próxima noite, se acaso eu viver e o rei me preservar".

116ª

NOITE DAS HISTÓRIAS DAS MIL E UMA NOITES

Na noite seguinte ela disse:

Conta-se, ó rei venturoso, que o cristão disse ao rei da China:

O jovem mercador me disse:

Então eu disse a ela: "Não tenho outro local para ficar senão o caravançará. Se quiser fazer essa caridade, terá de ser na sua casa". Ela respondeu: "Sim, meu senhor. Nesta noite de quinta para sexta[210] não terei nenhum compromisso. Amanhã, portanto, após realizar a prece matinal, cavalgue e pergunte como ir até o bairro de Ḥabbāniyya; lá, indague sobre a casa do fiscal Barkūt, conhecido como Abū Šāma. Não demore, pois estarei esperando". Respondi: "Claro, com o auxílio

[210] O original diz "noite de sexta", pois os muçulmanos consideram o dia como prolongamento da noite que o antecede. Assim, o que no Ocidente seria a noite de quinta-feira, seguida do dia de sexta-feira, para os muçulmanos é a noite de sexta-feira, seguida do dia de sexta-feira.

de Deus", e nos separamos. Mal pude esperar o amanhecer; levantei-me, vesti minhas roupas, passei perfumes e essências, enrolei cinquenta dinares num lenço e caminhei do Caravançará de Masrūr até o Portal de Zuwayla,[211] onde montei um asno e disse ao almocreve: "Quero ir até Ḥabbāniyya". Ele me conduziu até lá a toda a velocidade e parou diante de um lugar chamado Darb Attaqwà.[212] Eu disse ao almocreve: "Entre na travessa e pergunte sobre a casa do fiscal Barkūt, conhecido como Abū Šāma". Ele sumiu por alguns momentos e regressou, dizendo: "Em nome de Deus, encontrei o lugar". Desapeei-me do asno e lhe ordenei: "Vá na minha frente até a casa e retorne amanhã para me levar de volta ao caravançará". O almocreve me conduziu até a casa, paguei-lhe um quarto de dinar, ele recebeu, e foi-se embora. Bati à porta e fui recebido por duas pequenas meninas brancas, que me disseram: "Em nome de Deus, entre, pois nossa patroa não dormiu esta noite, tal a alegria por sua vinda". Adentrei o pátio e me vi diante de uma casa à qual se acessava subindo sete degraus, e que tinha por toda a sua circunferência janelas dando para um jardim com todos os gêneros de frutas e aves, com córregos abundantes que eram uma diversão para os olhos; no centro, havia uma fonte, e em cada um de seus quatro ângulos uma cobra de ouro vermelho trançado; da boca das quatro cobras fluía uma água que parecia ser pérola e gema.

E a aurora alcançou Šahrāzād, que parou de falar. Dīnārzād lhe disse: "Como é agradável e insólita a sua história", e ela respondeu: "Isso não é nada perto do que irei contar-lhes na próxima noite, se acaso eu viver e for poupada".

117ª

NOITE DAS HISTÓRIAS DAS MIL E UMA NOITES

Na noite seguinte ela disse:

Eu tive notícia, ó rei venturoso, de que o cristão disse ao rei da China:

O jovem me disse:

[211] Bāb Zuwayla, localidade até hoje existente no Cairo.
[212] Literalmente, "travessa (ou caminho) da piedade".

Entrei na casa, acomodei-me, e logo a jovem surgiu com finas roupas e ornamentos formando um diadema. Estava pintada e maquiada. Ao me ver, sorriu em minha face, estreitou-me ao peito, minha boca em sua boca, e começamos a sugar a língua um do outro. Ela perguntou: "Será mesmo verdade, meu senhorzinho, que você está aqui?". Respondi: "Sou seu escravo e estou aqui". Ela disse: "Por Deus que, desde que o vi, perdi o prazer de comer e dormir", e eu disse: "Eu também". Sentamos para conversar, eu de cabeça baixa, voltada para o solo. Não demorou muito e ela me serviu os mais esplêndidos pratos de cozidos de carne e peixe, aperitivos fritos mergulhados em mel de abelha e galinha recheada com açúcar e pistache; comemos até nos fartar, e ela mandou retirar a mesa. Lavamos as mãos e fomos borrifados com água de rosas almiscarada. Sentei-me e ela se sentou ao meu lado, com intimidade. O amor por aquela jovem tomou conta de mim. Considerei razoável que todo o meu dinheiro ficasse com ela. Brincamos até a noite, quando nos foi servido um banquete completo com vinho. Bebemos até o meio da noite. Dormi com ela até o amanhecer. Nunca tive noite melhor do que aquela. Quando acordamos, levantei-me, joguei debaixo da cama o lenço em que enrolara os cinquenta dinares, despedi-me e saí. Ela chorou e perguntou: "Meu senhor, quando tornarei a vê-lo?". Respondi: "No jantar estarei aqui". Ela me acompanhou até a porta e disse: "Meu senhor, traga o jantar quando vier". Ao sair, encontrei à minha espera o almocreve, cujo asno eu usara no dia anterior. Montei, e ele foi conduzindo o animal até chegarmos ao caravançará. Desapeei-me e, sem dar nada ao almocreve, disse-lhe: "Venha à tardezinha", e ele respondeu "sim", retirando-se a seguir. Quebrei o jejum com uma comida leve e saí para cobrar o dinheiro dos meus tecidos. Para a jovem, mandei preparar um carneiro assado com uma travessa de arroz e doces, enviando-lhe tudo no cesto de um carregador a quem indiquei o local. Cuidei dos meus afazeres até a tardezinha, e então o almocreve veio me buscar. Peguei outros cinquenta dinares, enrolei-os num lenço, levei uma moeda que equivalia a meio dinar, montei o asno, esporeei e cheguei rapidamente à casa. Desci, paguei meio dinar ao almocreve e entrei, percebendo que haviam arrumado a casa de um modo melhor do que o anterior. Ao me ver, a jovem beijou-me e disse: "Hoje você me deixou com saudades!". A mesa foi servida, e comemos até nos fartar. Trouxeram a bebida, e ficamos bebendo até o meio da noite, quando então fomos para o aposento de dormir e dormimos. Quando amanheceu, levantei-me, entreguei as cinquenta moedas de ouro enroladas no lenço à jovem, e saí. Encontrei o almocreve, montei seu asno e fui até o caravançará, onde dormi um pouco. Levantei-me, comprei de um cozinheiro dois gansos caipiras preparados sobre duas bandejas de arroz apimentado. Comprei também inhame frito mergulhado em mel de abelhas, velas, frutas, aperitivos, essências aromáticas, ajuntei tudo e enviei para a casa da jovem. Esperei o anoitecer, enrolei cinquenta dinares num lenço, saí, montei o asno do almocreve até a casa, entrei, acomodei-me, comemos e dormimos até o amanhecer, quando então eu lhe atirei o lenço e saí, montei o asno do almocreve, e avancei até chegar ao Caravançará de Masrūr.

E a aurora alcançou Šahrāzād, que parou de falar. Dīnārzād disse para a irmã: "Como é agradável e insólita a sua história", e ela respondeu: "Isso não é nada perto do que irei contar-lhes na próxima noite, se acaso eu viver e o rei me preservar".

118ª

NOITE DAS ESTRANHEZAS E HISTÓRIAS DAS MIL E UMA NOITES

Na noite seguinte ela disse:

Eu tive notícia, ó rei venturoso, de que o cristão disse ao rei da China:

Então o jovem disse:

E continuei fazendo isso, dando cinquenta dinares por noite, mais bebida e comida, até que, um dia, me vi sem um único dirham. Saí do caravançará sem saber onde conseguir dinheiro, e pensei: "Não há poderio nem força senão em Deus altíssimo e poderoso! Isso tudo foi obra de Satanás!". Saí, pois, do caravançará, e caminhei pela rua Bayna Alqaṣrayn, chegando até o Portal de Zuwayla, onde me vi no meio de uma enorme aglomeração, com o lugar entupido de gente. Quis o destino que eu encostasse num soldado e minha mão resvalasse pela bolsa de couro que ele carregava na cintura; senti que a bolsa continha um volume; voltei os olhos na direção da bolsa e vi um fio de seda verde saindo dela, e logo percebi que estava amarrado ao volume dentro da bolsa. Dei uma olhada para a frente e vi que a multidão havia crescido e era maior a aglomeração; também notei que, do outro lado do soldado, passava um carregamento de madeira que quase o imprensou. Temendo que sua roupa se rasgasse com aquilo, o soldado se virou na direção do carregamento para afastá-lo de si. Nesse momento,

Satanás sussurrou em meu peito e puxei o fio de seda, fazendo o volume sair da bolsa: era um gracioso embrulho de seda azul, cujo conteúdo tilintava. Quando o embrulho já estava em minhas mãos, o soldado se voltou, levou a mão à bolsa e não encontrou nada dentro dela. Olhou para mim, levantou a mão com o cassetete e me deu uma pancada na cabeça. Caí e fui cercado pela multidão, que agarrou o soldado pela parte de trás da túnica. Disseram-lhe: "Você aproveitou a aglomeração para agredir o rapaz desta maneira?". O soldado gritou com eles, insultou-os e disse: "É um ladrão!". Nesse momento me recuperei e fiquei de pé. Olharam para mim, e alguns disseram: "Por Deus que se trata de um jovem gracioso. Ele não roubaria coisa nenhuma!". E sucedeu que uma parte dos circunstantes acreditava no que o soldado dissera, enquanto outra parte duvidava. Aumentou o diz que diz que, e pediram para que eu fosse deixado longe dele. Enquanto estávamos nessa algazarra, eis que o administrador-geral, o capitão da guarda e os guardas entraram no Portal. Encontrando aquele monte de gente agrupada em torno de mim e do soldado, o administrador-geral perguntou: "O que está acontecendo?", e os fatos lhe foram relatados. Então ele perguntou ao soldado: "Havia alguém com esse rapaz?", e o soldado respondeu: "Não". O administrador-geral gritou com o capitão, e este me prendeu. O administrador-geral ordenou: "Tirem-lhe as roupas", e minhas roupas foram retiradas e o embrulho encontrado no meio delas. Desmaiei. Quando o administrador-geral viu o embrulho...

E a aurora alcançou Šahrāzād, que parou de falar. Dīnārzād lhe disse: "Como é agradável e insólita a sua história", e ela respondeu: "Isso não é nada perto do que irei contar-lhes na próxima noite, se acaso eu viver e o rei me preservar".

119ª

NOITE DAS HISTÓRIAS DAS MIL E UMA NOITES

Na noite seguinte ela disse:

Eu tive notícia, ó rei venturoso, de que o cristão disse ao rei da China:

O jovem me disse:

Quando o administrador-geral viu o embrulho, tirou as moedas de ouro de dentro dele e contou-as, constatando que eram vinte dinares. Irritou-se e gritou com os guardas, que me colocaram diante dele. Então o administrador-geral me perguntou: "Garoto, eu não quero forçá-lo a nada. Conte-me a verdade: você roubou este embrulho?". Nesse momento, abaixei a cabeça e pensei: "Negar não adianta, pois ele já encontrou o embrulho no meio das minhas roupas; por outro lado, se eu confessar, sofrerei as consequências". Ergui enfim a cabeça, e disse: "Sim, eu roubei". O administrador-geral me ouviu, solicitou a presença de testemunhas, que certificaram as palavras por mim pronunciadas. Tudo isso ocorria no Portal de Zuwayla. O homem chamou o carrasco, que decepou minha mão direita. As pessoas disseram: "Pobre rapaz!". O coração do soldado se apiedou de mim. O administrador-geral pretendia também mandar cortar minha perna. Roguei a intervenção do soldado, que intercedeu por mim, e então o administrador-geral me deixou e foi embora. As pessoas continuaram ao meu redor, e deram-me de beber um copo de vinho. Quanto ao soldado, ele me deu o embrulho e disse: "Você é um rapaz gracioso. Não deveria ser ladrão", e, voltando-me as costas, retirou-se. Enrolei a mão num pedaço de pano, coloquei-a dentro da manga, e caminhei até chegar à casa da jovem, onde me joguei na cama. Notando que minha cor estava alterada – e isso devido à perda de sangue –, ela perguntou: "O que está doendo, meu querido?". Respondi: "Minha cabeça". Ela ficou incomodada com o meu estado e disse: "Sente-se e me conte o que lhe aconteceu hoje. Sua cara é de quem tem coisas para falar". Chorei. Ela disse: "Parece que você está enjoado de mim! Por Deus, conte o que você tem!". Calei-me. Ela continuou a falar comigo, mas eu não respondia, até que anoiteceu e ela me serviu o jantar. Temendo que ela me visse comendo com a mão esquerda, recusei, dizendo: "Não estou com vontade de comer nada". Ela pediu: "Conte-me o que lhe aconteceu hoje. Por que está tão preocupado?". Perguntei: "Você faz mesmo questão de conversar?". Então ela me trouxe vinho e disse: "Beba, que suas preocupações se dissiparão e você me contará o que lhe aconteceu". Eu disse: "Se você faz questão, então me dê vinho". Bebi um pouco de suas mãos. Depois ela me estendeu o copo, e eu o peguei com a mão esquerda.

E a aurora alcançou Šahrāzād, que parou de falar. Dīnārzād lhe disse: "Como é agradável e insólita a sua história, maninha", e ela respondeu: "Isso não é nada perto do que irei contar-lhes amanhã, se acaso eu viver e o rei me preservar".

120ª

NOITE DAS HISTÓRIAS E ESTRANHEZAS
DAS MIL E UMA NOITES

Na noite seguinte ela disse:

Eu tive notícia, ó rei venturoso, de que o cristão disse ao rei da China:

Então o jovem me disse:

Quando ela me estendeu o copo, eu o peguei com a mão esquerda e chorei. Ela gritou: "Meu senhor, qual é o motivo desse choro? O que tem, por que pegou o copo com a mão esquerda?". Respondi-lhe: "Estou com um furúnculo na mão direita". Ela disse: "Estenda para mim que eu supuro o furúnculo". Respondi: "Agora não é hora disso". Então bebi mais, malgrado meu; a embriaguez me venceu, e dormi. Ela examinou meu braço, e viu um pulso sem mão. Revistou-me, encontrou o embrulho e minha mão enrolada num pano. Ficou muito triste por mim, e assim permaneceu até o amanhecer. Ao despertar, vi que ela tinha me preparado um caldo com cinco frangos. Também me deu vinho, e eu bebi. Coloquei o embrulho com os dinares sobre a cama e fiz menção de ir embora, mas ela perguntou: "Para onde? Sente-se!", e continuou: "Seu amor por mim chegou a ponto de fazê-lo gastar comigo tudo o que possuía. No final das contas, você perdeu a mão. Agora eu o faço testemunha de que não morrerei senão a seus pés. Você verá a verdade do que digo". Em seguida, mandou chamar testemunhas e escrever nosso contrato de casamento, determinando: "Escrevam que tudo quanto eu possuo pertence a ele". Pagou às testemunhas, conduziu-me pela mão até diante de um baú e me disse: "Olhe para os lenços que estão dentro dele. É o dinheiro que você trazia para mim. Leve tudo. Você é muito querido, muito caro para mim, e já não posso compensá-lo como devia", e repetiu: "Pegue o seu dinheiro". Fechei o baú contendo o meu dinheiro e, muito contente, dissolveram-me minhas preocupações e agradeci a ela, que me disse: "Por Deus que se eu lhe desse minha vida, ainda assim seria pouco". Fiquei com ela por cerca de um mês, durante o qual ela não cessou de enfraquecer; a debilidade se intensificava, junto com a preocupação por mim. Não eram passados nem cinquenta dias quando ela morreu. Depois de enterrá-la, descobri que ela tinha muitas, incontáveis posses; entre o que encontrei estava a colheita de sésamo que você, cristão, vendeu para mim, bem como aquele armazém.

E a aurora alcançou Šahrāzād, que parou de falar. Dīnārzād lhe disse: "Como é agradável e insólita a sua história, maninha", e ela respondeu: "Isso não é nada perto do que irei contar-lhes na próxima noite, se acaso eu viver e o rei me preservar".

121ª

NOITE DAS HISTÓRIAS E ESTRANHEZAS DAS MIL E UMA NOITES

Na noite seguinte ela disse:

Eu tive notícia, ó rei venturoso, de que o cristão disse ao rei da China:

O jovem me disse:

Portanto, eu fiquei ocupado com o resto da herança e não tive tempo de vir receber os dirhams de você. Agora, eis-me aqui, pois já terminei de vender tudo quanto ela deixou para mim. Por Deus, cristão, de agora em diante não questione o que quer que eu faça, pois entrei em sua casa e comi de sua comida. Eu estou lhe dando como presente todo o valor do sésamo, que já está com você. Essa é uma parte das dádivas com que Deus me agraciou. E esse é o motivo de eu comer com a mão esquerda.

E prosseguiu: "Você gostaria, cristão, de viajar comigo pelo mundo? Montei uma caravana comercial". Respondi: "Sim", e me comprometi a viajar com ele no início do mês. Em seguida também comprei mercadorias para comerciar, e viajei com ele até esta sua terra, ó rei. Ele comprou mais mercadorias e regressou ao Egito. A mim coube a sorte de me estabelecer neste país. Foi isso que me sucedeu; foram essas as estranhas coincidências que aconteceram comigo. Não é isso, ó rei, mais assombroso do que a história do corcunda?

O rei da China respondeu: "Não, isso não é mais assombroso do que a história do corcunda! É absolutamente imperioso enforcar vocês quatro devido à morte do corcunda!". Então o despenseiro deu um passo adiante e disse para o rei da China: "Ó rei venturoso, e se eu lhe contar uma história que me sucedeu na noite de ontem, antes de encontrar esse corcunda em minha casa? Se ela for mais assombrosa do que a história do corcunda, você nos concederá nossas vidas e nos libertará?". O rei da China respondeu: "Sim, se eu a considerar mais assombrosa do que a história do corcunda, irei conceder a vida de vocês quatro". Então o despenseiro disse:[213]

O JOVEM DE BAGDÁ E A CRIADA DE MADAME ZUBAYDA

Na noite passada, ó rei do tempo, eu estava na casa de pessoas que promoviam uma sessão de recitação do Alcorão. Haviam reunido doutores da lei religiosa e muitos moradores desta sua cidade. Depois que os recitadores terminaram seu trabalho, a mesa foi servida. Entre os pratos oferecidos estava a *zīrbāja*.[214] Um dos presentes olhou para o prato, afastou-se e não quis comer. Imploramos que comesse, mas ele jurou que não o faria. Como nós insistíssemos, ele pediu: "Não me forcem. Basta-me o que já sofri por haver comido *zīrbāja*", e recitou a seguinte poesia:

"Carrega o teu tambor aos ombros e viaja;
e se te agradar este *kuḥl*,[215] pinta os olhos."

Então todos nós lhe pedimos: "Conte-nos o motivo de não comer *zīrbāja*". O anfitrião insistiu: "Para mim, trata-se de um compromisso de honra. É absolutamente imperioso que você coma desta *zīrbāja*". O jovem disse: "Não há poderio nem força senão em Deus! Se for mesmo imperioso, terei de lavar as mãos quarenta vezes com potassa, outras quarenta com raiz aromática,[216] e mais quarenta com sabão, totalizando cento e vinte vezes".

[213] A narrativa do despenseiro é baseada num relato do século x d.C., do juiz Almuḥassin Attanūḫī, no livro *Alfaraj baᶜda aššidda* [Libertação depois da dificuldade], cuja tradução pode ser conferida no Anexo 7 deste volume. Como se verá, trata-se de uma adaptação um tanto ou quanto inverossímil, o que a torna uma das histórias mais incoerentes do livro. No relato do juiz, os acontecimentos se dão durante o governo do califa Almuqtadir, que governou de 295 H./908 d.C. a 320 H./932 d.C., e não durante o de Hārūn Arrašīd, que governou de 170 H./786 d.C. a 193 H./809 d.C. Compare-se esta localização histórica com a afirmação do barbeiro, na centésima quadragésima quarta noite, que situa a ação por volta do ano de 653 H., correspondente a 1255 d.C.

[214] Ensopado de carne com tempero de cominho. Numa descrição mais pormenorizada, o advogado e escritor iraquiano ᶜAbbūd Aššāljī informou: "prato constituído por carne cozida com canela e vinagre, à qual se acrescenta depois grão de bico, salsão, pimenta, cominho e amêndoa descascada, e no qual, finalmente, se asperge água de rosas e se lança açafrão" (cf. o Anexo 7). O texto deixa entrever alguma variação na feitura do prato.

[215] Como já se mencionou, pó negro muito usado entre os árabes para pintar e proteger os olhos.

[216] "Raiz aromática" traduz *suᶜd*, "junça", planta da família das ciperáceas (*Cyperus esculentus*), comestível e muito comum na África; contém óleo e açúcar.

E a aurora alcançou Šahrāzād, que parou de falar. Dīnārzād lhe disse: "Como é agradável e insólita a sua história", e ela respondeu: "Isso não é nada perto do que irei contar-lhes na próxima noite, se acaso eu viver e o rei me preservar".

122ª

NOITE DAS HISTÓRIAS
DAS MIL E UMA NOITES

Na noite seguinte ela disse:

Eu tive notícia, ó rei venturoso, de que o despenseiro disse ao rei da China:

O anfitrião ordenou aos criados que lhe trouxessem as coisas que mencionara para lavar as mãos; assim foi feito e ele se lavou. Depois, juntou-se a nós, contrafeito, sentou-se e esticou a mão, ainda ressabiado; mergulhou o pão na *zīrbāja* e começou a comer. Continuou fazendo a refeição, irritado, enquanto nós ficávamos intrigados com aquilo: ele tremia, sua mão tremia, e então notamos que seu polegar fora decepado. Ele se alimentava usando os outros quatro dedos, de um modo repulsivo, com a comida lhe escorrendo pelas mãos, por entre os dedos. Curiosos, perguntamos: "O que aconteceu com o seu polegar? Deus o criou assim ou lhe aconteceu alguma coisa?". Ele respondeu: "Por Deus que não me falta apenas esse polegar. Também não tenho o da outra mão, nem os dos pés. Mas vejam vocês mesmos", e descobriu a sua mão esquerda, que, como a direita, tampouco tinha polegar, e os pés, também sem os polegares. Quando vimos aquilo, ficamos ainda mais intrigados, e lhe dissemos: "Agora estamos impacientes por saber sua história e o motivo de seus polegares terem sido decepados, e de você lavar as mãos cento e vinte vezes". Então ele disse:

Saibam que o meu pai era um dos grandes mercadores de Bagdá na época do califa Hārūn Arrašīd. Mas ele, que consumia vinho e ouvia música de alaúde, morreu e não me deixou nada. Trajei luto, mandei realizar sessões de leitura do Alcorão e fiquei triste por ele durante vários dias. Depois disso, abri a sua loja e constatei que ele me deixara um pouquinho de dinheiro, e também dívidas. Pedi paciência aos credores enquanto me punha a vender e a comprar de sexta a sexta, a fim de lhes pagar. Permaneci em tal situação durante algum tempo, mas finalmente consegui liquidar as dívidas e comecei a ampliar meu capital. Até que, certo dia, estando eu instalado em minha loja pela manhãzinha, eis que me chegou uma jovem graciosa, como eu nunca tinha visto antes, vestindo belos trajes e usando ornamentos, montada numa mula, tendo um escravo diante de si e outro atrás. Apeou-se, fez a mula deter-se diante da alcaceria e entrou. Mal havia feito isso e já um criado eunuco muito respeitoso entrava atrás dela e lhe dizia: "Patroa, a senhora saiu sem avisar ninguém, assim descoberta, em plena luz do dia? Desse jeito ficaremos em apuros",[217] e lhe colocou o véu. Ela olhou para as lojas e viu que ninguém tinha ainda aberto senão eu. Caminhou até a minha loja, com o eunuco atrás de si, cumprimentou-me e se acomodou.

E a aurora alcançou Šahrāzād, que parou de falar. Dīnārzād lhe disse: "Como é agradável a sua história, maninha", e ela respondeu: "Isso não é nada perto do que irei contar-lhes na próxima noite, se acaso eu viver e o rei me preservar".

123ª

NOITE DAS HISTÓRIAS
DAS MIL E UMA NOITES

Na noite seguinte ela disse:

Eu tive notícia, ó rei venturoso, de que o despenseiro disse ao rei da China:

Então o jovem mercador nos disse:

Ela se sentou em minha loja e descobriu o rosto. Lancei-lhe um olhar ao qual se seguiu grande suspiro. Ela me perguntou: "Você tem peças de tecido?". Respondi: "Madame, este seu escravo é pobre, mas tenha paciência até que os outros mercadores abram. Então eu lhe trarei tudo o que desejar". E pusemo-nos a conversar por algum tempo, comigo já submerso de amores por ela, até que os mercadores abriram. Levantei-me e lhe trouxe tudo quanto pedira – algo equivalente a cinco mil dirhams –, e entreguei ao eunuco. Eles foram até os dois escravos, que

[217] O período "assim descoberta, em plena luz do dia? Desse jeito ficaremos em apuros!" traduz *wa taṭlaqī fī annahār alḥamrā*, literalmente, "e você sai caminhando em dia vermelho", formulação meio obscura que tanto pode significar a primeira como a segunda parte do período da tradução.

puseram a mula na frente da jovem. Ela montou e se foi, sem nem dizer de onde era. Diante de tanta beleza, fiquei envergonhado de fazer-lhe qualquer observação. Paguei o valor aos mercadores e me conformei em assumir a dívida de cinco mil dirhams. Voltei para casa embriagado de amores por ela, a tal ponto que não consegui comer nem beber, nem conciliar o sono, pelo período de uma semana.

E a aurora alcançou Šahrāzād, que parou de falar. Dīnārzād lhe disse: "Maninha, como é agradável a sua história", e ela respondeu: "Isso não é nada perto do que irei contar-lhes na próxima noite, se acaso eu viver e o rei me preservar".

124ª

NOITE DAS HISTÓRIAS DAS MIL E UMA NOITES

Na noite seguinte ela disse:

Conta-se, ó rei, que o despenseiro disse ao rei da China:

O jovem mercador nos disse:

Passada uma semana, os mercadores cobraram a dívida e eu lhes pedi paciência. Passada mais uma semana, ela chegou repentinamente montada na mula, e acompanhada pelo criado eunuco e pelos dois escravos de hábito, que corriam atrás dela. Cumprimentou-me, acomodou-se na loja e me disse: "Nós atrasamos o pagamento dos tecidos. Traga um cambista e receba o valor". Logo eu trouxe o cambista, a quem o eunuco entregou os dirhams. Pus-me a conversar com ela até que o mercado se abriu, quando então paguei a cada um o seu dinheiro. Ela me disse: "Meu senhor, traga-me isso e aquilo", e eu peguei dos demais mercadores tudo quanto fora pedido. A mulher saiu levando as coisas mas não perguntou o valor, e me arrependi de ter feito aquilo. As mercadorias que ela pedira e eu lhe entregara custavam mil dinares. Pensei: "Que desgraça é essa? Ela me pagou cinco mil dirhams e levou mil dinares![218] Mas os mercadores não conhecem senão a mim! Não há poderio nem força senão em Deus altíssimo e poderoso! Parece

[218] Convém lembrar que dinar é moeda de ouro, ao passo que dirham é moeda de prata, de valor bem menor.

que essa mulher não passa de uma trapaceira que me enganou tão bem que eu nem sequer perguntei o seu endereço!". A mulher desapareceu por mais de um mês. Os mercadores me cobraram o dinheiro e eu, desesperançado de tornar a vê-la, coloquei meus imóveis à venda. Estava assim desesperançado e perplexo quando ela chegou, entrou em minha loja e me disse: "Traga a balança e receba o seu pagamento", e me entregou o dinheiro. Conversamos por algum tempo e ela se mostrou muito satisfeita, o que quase me fez voar de felicidade. Então ela perguntou: "Você tem esposa?". Respondi: "De modo algum, ainda não me casei", e comecei a chorar. Ela perguntou: "E por que esse choro?". Respondi: "Tudo bem" e, recolhendo os dinares, levantei-me e entreguei-os ao criado eunuco, pedindo-lhe que servisse de intermediário entre mim e ela. Ele riu e disse: "Por Deus que ela está apaixonada por você mais do que você está apaixonado por ela. Ela não tem a menor necessidade dos tecidos que comprou, e só fez isso devido ao amor por você. Diga-lhe o que pretende". A jovem me viu entregando os dinares ao eunuco. Então eu lhe disse: "Faça a caridade de deixar este seu escravo lhe falar a respeito do que lhe vai pelo íntimo", e contei o que me ia pelo íntimo. Ela respondeu positivamente e disse ao eunuco: "Você será meu mensageiro"; depois me disse: "Faça tudo quanto ele lhe disser", e se retirou. Paguei o dinheiro aos mercadores e não dormi durante a noite inteira. Alguns dias depois, o eunuco veio visitar-me.

E a aurora alcançou Šahrāzād, que parou de falar. Sua irmã Dīnārzād lhe disse: "Como é agradável e insólita a sua história, maninha", e ela respondeu: "Isso não é nada perto do que irei contar-lhes na próxima noite, se acaso eu viver e o rei me preservar".

125ª

NOITE DAS HISTÓRIAS E INSÓLITAS NARRATIVAS DAS MIL E UMA NOITES

Na noite seguinte ela disse:

Conta-se, ó rei, que o despenseiro disse ao rei da China:

Como eu dizia, o eunuco foi até o jovem mercador, que continuou nos contando:

Dignifiquei o eunuco e o indaguei sobre a jovem; ele respondeu: "Está doente de amor por você". Perguntei: "Quem é ela?". Ele respondeu: "Esta jovem foi criada por madame Zubayda,[219] esposa do califa Hārūn Arrašīd. É uma de suas servidoras particulares; é ela a responsável pela compra das coisas das quais madame Zubayda necessita. Por Deus que ela falou para madame Zubayda a seu respeito, e lhe pediu para casar-se com você. Madame Zubayda disse: 'Somente depois que eu o vir. Se ele for bonito e apropriado a você, permitirei o casamento'. Agora, nós vamos tentar introduzi-lo secretamente no interior do palácio. Se entrar, conseguirá casar-se, mas se for descoberto, seu pescoço será cortado. O que me diz?". Respondi: "Irei mesmo nessas condições". O eunuco disse: "Vá esta noite à mesquita que madame Zubayda mandou construir às margens do rio Tigre". Respondi: "Sim". E, à noite, encaminhei-me até a mesquita, fiz a oração noturna e dormi lá. Quando alvorecia, eis que chegaram criados numa canoa, carregando caixas vazias, as quais colocaram dentro da mesquita e se retiraram. Um deles se deixou ficar; olhei bem para ele e vi que se tratava do eunuco. Em seguida, chegou ali a minha jovem apaixonada. Assim que entrou, fui até ela e nos sentamos para conversar. A jovem chorou, depois me introduziu numa das caixas e fechou-a. Depois disso os criados retornaram carregando muitas coisas, que passaram a ser distribuídas pelas caixas restantes, até que todas se encheram, foram fechadas e logo colocadas na canoa, que se deslocou, conosco a bordo, rumo ao palácio de madame Zubayda. Arrependido, pensei: "Por Deus que estou aniquilado". Pus-me a chorar, a suplicar a Deus e a rogar pela salvação enquanto eles continuavam avançando; passaram com as caixas pela porta do palácio do califa, de onde carregaram a minha e as outras caixas; passaram pelos eunucos encarregados do harém do califa, topando enfim com um encarregado que parecia ser o maioral de todos, e que acabara de acordar.

E a aurora alcançou Šahrāzād, que parou de falar. Sua irmã Dīnārzād lhe disse: "Como é agradável a sua história, maninha", e ela respondeu: "Isso não é nada perto do que irei contar-lhes na próxima noite, se acaso eu viver e o rei me preservar".

[219] Zubayda, morta em 831 d.C., era prima e esposa do califa Hārūn Arrašīd. Ambos eram netos de Almanṣūr, o segundo califa abássida, que governou de 754 a 775 d.C.

126ª

NOITE DAS HISTÓRIAS E INSÓLITAS NARRATIVAS DAS MIL E UMA NOITES

Na noite seguinte ela disse:

Eu tive notícia, ó rei venturoso, de que o despenseiro disse ao rei da China:

O jovem mercador nos disse:

O encarregado eunuco acordou e gritou com a jovem: "Sem muita conversa! É absolutamente imperioso abrir essas caixas", e a primeira com a qual ele começou foi justamente a caixa onde eu estava, que foi rapidamente carregada até ele. Nesse momento minha razão se transtornou, e me mijei todo de medo; minha urina escorreu e vazou pela caixa. A jovem disse: "Capitão, você vai provocar a minha aniquilação e a dos mercadores que venderam para mim, pois fez com que as mercadorias compradas para madame Zubayda se estragassem. Nessa caixa há roupas tingidas e um jarro com água de Zamzam.[220] Agora o jarro deve ter se entornado e derramado nas roupas que estão na caixa, desbotando-lhes as cores!". O funcionário disse: "Leve-a e vá embora". Então carregaram-me rapidamente. Fui alcançado pelas demais caixas. De repente chegaram-me aos ouvidos as palavras: "Ai de nós! Ai de nós! O califa! O califa!". Ao ouvir aquilo, morri dentro de minha pele. Ouvi o califa dizendo: "Ai de você! O que há dentro das caixas?". A jovem respondeu: "Roupas para madame Zubayda". Ele disse: "Abra para que eu veja". Ao ouvir aquilo, morri completamente. Em seguida, ouvi a jovem dizendo: "Ó comandante dos crentes, essas caixas contêm roupas e outros artigos para madame Zubayda, e ela não quer que ninguém veja as suas coisas". O califa disse: "É absolutamente imperioso que essas caixas sejam abertas para que eu veja o que contêm! Tragam-nas aqui!". Quando ouvi o califa dizendo "tragam-nas aqui", fiquei certo de que estava aniquilado. E logo começaram a colocar na frente do califa uma caixa atrás da outra, e ele examinava as roupas e demais artigos. E assim começaram a abrir uma caixa depois da outra diante dele, que lhes observava o conteúdo, até que não restou senão a minha caixa. Carregaram-me até o califa e me deposita-

[220] Fonte situada em Meca, cuja água é considerada sagrada pelos muçulmanos. Teria sido criada por Deus para matar a sede de Ismael, considerado o patriarca dos árabes. Note-se a ironia: a jovem faz o criado pensar que a urina é, na verdade, água sagrada.

ram diante dele. Despedi-me da vida e tive certeza de que iria morrer com o pescoço cortado. O califa ordenou: "Abram-na para que eu veja o seu conteúdo", e os eunucos acorreram para a caixa em que eu estava.

E a aurora alcançou Šahrāzād, que parou de falar. Dīnārzād disse para a irmã: "Como é agradável e insólita a sua história", e ela respondeu: "Isso não é nada perto do que irei contar-lhes na próxima noite, se acaso eu viver e o rei me preservar".

127ª

NOITE DAS HISTÓRIAS DAS MIL E UMA NOITES

Na noite seguinte ela disse:

Eu tive notícia, ó rei, de que o despenseiro disse ao rei da China:

O jovem mercador nos disse:

O califa disse aos eunucos: "Abram esta caixa para eu ver o que há dentro", mas a jovem lhe disse: "Seria melhor que lhe visse o conteúdo, meu senhor, diante de madame Zubayda, pois é principalmente nesta caixa que estão suas coisas mais secretas e particulares". Ao ouvir essas palavras, o califa ordenou que as caixas fossem levadas para dentro; os eunucos vieram e carregaram a caixa na qual eu estava, incrédulo de ter me salvado. Quando a caixa já estava dentro dos aposentos da minha jovem amiga, ela rapidamente entrou, abriu-a e disse: "Saia depressa e suba essas escadas", e então eu saí e subi as escadas. Mal minhas pernas acabavam de cumprir a tarefa e a jovem fechava a caixa onde eu fora transportado, eis que os eunucos, carregando todas as demais caixas, entraram seguidos pelo califa, que se sentou sobre a caixa que me transportara. Todas as caixas foram abertas, e então ele saiu e foi ter com as mulheres do harém. Quanto a mim, fiquei seco de medo, mas logo a jovem subiu até onde eu estava e disse: "Já não há nenhum perigo, meu amo. Acalme-se e acomode-se até que Zubayda saia e o examine. Quem sabe você não terá sorte conosco?". Desci e me acomodei num pequeno compartimento. Logo, dez criadas semelhantes à lua surgiram e fizeram fileira; vinte outras criadas apareceram, virgens de seios empinados; no meio delas vinha madame Zubayda, que mal podia caminhar, tantos eram os trajes e as joias que carregava. Quando ela entrou, as criadas se dispersaram e lhe trouxeram uma cadeira, na qual ela se sentou e gritou pelas criadas, que por sua vez gritaram por nós. Fui então até madame Zubayda, beijei o chão diante dela, que me fez sinal para sentar, e me sentei à sua frente. Começou a conversar comigo e a me questionar sobre o que eu fazia. Respondi a todas as suas perguntas, e ela, muito contente comigo, disse: "Por Deus, não foi em vão que criamos essa jovem, que para nós é como se fosse filha. Agora, ela passa a ser o depósito de Deus em suas mãos". Ato contínuo, ela determinou que eu dormisse no palácio por dez dias.

E a aurora alcançou Šahrāzād, que parou de falar. Dīnārzād lhe disse: "Como é agradável e insólita a sua história", e ela respondeu: "Isso não é nada perto do que irei contar-lhes na próxima noite, se acaso eu viver e o rei me preservar".

128ª

NOITE DAS HISTÓRIAS DAS MIL E UMA NOITES

Na noite seguinte ela disse:

Eu tive notícia de que o despenseiro disse ao rei da China:

O jovem mercador nos disse:

Permaneci entre elas por dez dias e noites, mas sem ver a jovem. Passado esse tempo, Zubayda consultou o califa sobre o casamento de sua jovem servidora. O califa o autorizou e determinou que se dessem dez mil dirhams para a ocasião. Madame Zubayda mandou convocar juiz e testemunhas idôneas, que redigiram meu contrato de casamento com ela. Fizeram a festa de núpcias e as demais coisas necessárias, montaram banquetes com comida suntuosa e doces, numa celebração que durou outros dez dias. Passados esses vinte dias, a jovem foi para a casa de banho, enquanto eu ficava por ali. Quando anoiteceu, serviram-me uma travessa com o jantar. Entre outros pratos, havia um recipiente contendo *zīrbāja* cozinhada com pistache descascado e coberta com grão-de-bico e açúcar refinado.[221] Por Deus que me lancei sobre ela sem hesitar, comendo até a saciedade. Em seguida limpei as mãos, mas Deus altíssimo me fez esquecer de lavá-las. Continuei ali sentado até que escureceu e as velas foram acesas. As cantoras do palácio chegaram portando todo gênero de tamborins, todas tocando pandeiro e cantando alto os vários ritmos musicais num coro de vozes. E puseram-se a exibir a jovem pelo palácio, atirando-lhe ouro e peças de seda, até que ela desfilou por todo o palácio, aparecendo enfim no lugar onde eu estava. Diminuíram a quantidade de vestes que usava e deixaram-na a sós comigo. Logo que nos deitamos no colchão e eu a abracei, sem conseguir acreditar que a possuiria, ela sentiu o cheiro de *zīrbāja* em minha mão e deu um berro tamanho que as criadas acudiram por todo lado e a cercaram. Tremi de medo e terror, sem saber o motivo de seu grito. As criadas lhe perguntaram: "O que você tem, irmã?". Ela respondeu: "Tirem este louco de perto de mim". Levantei-me aterrorizado, sem saber o que estava acontecendo, e perguntei: "Minha senhora, qual loucura viu em mim?". Ela respondeu: "Seu louco! Você comeu *zīrbāja* e não lavou as mãos, não é mesmo? Por Deus que receberá o que merece por causa dessa atitude! Quer dormir com alguém da minha classe[222] e sua mão está fedendo a *zīrbāja*?". E, gritando com as criadas, disse-lhes: "Joguem-no ao chão!", e elas assim procederam. Ela pegou um chicote trançado e começou a me golpear nas costas e nas nádegas. Quando seus braços cansaram, ela disse às criadas: "Levantem-no e o levem até o administrador-geral da cidade, para que lhe corte a mão que usou para comer *zīrbāja* e não lavou, quem sabe assim fico livre dessa fedentina!". Ao ouvir essas palavras, e depois de ter sofrido aquela surra, pensei: "Não existe poderio nem força senão em Deus altíssimo e poderoso! Que grande, que enorme desgraça! Levar uma surra dolorosa e ter a mão cortada só porque comi *zīrbāja* e me esqueci de lavar a mão! Amaldiçoe Deus a *zīrbāja* e a hora em que a comi!".

E a aurora alcançou Šahrāzād, que parou de falar. Dīnārzād lhe disse: "Maninha, como é agradável e insólita a sua história", e ela respondeu: "Isso não é nada perto do que irei contar-lhes na próxima noite, se acaso eu viver e o rei me preservar".

[221] O original diz *assukkar almukarrar*, "açúcar repetido", e se traduziu conforme Dozy (vol. II, p. 460).
[222] A expressão "da minha classe" traduz *miṯlī*, "como eu".

129ª

NOITE DAS HISTÓRIAS
DAS MIL E UMA NOITES

Na noite seguinte ela disse:

Conta-se que o despenseiro disse ao rei da China:

O jovem mercador nos disse:

Então as demais criadas intervieram, dizendo: "Madame, esse aí ignora o seu valor. Perdoe-o, por nós!". Ela disse: "Ele é um louco. É imprescindível que eu o torture em algum de seus membros, para que ele nunca mais volte a comer *zīrbāja* e deixe de lavar as mãos". As criadas tornaram a intervir, beijaram-lhe a mão, e disseram: "Madame, não se zangue tanto por causa desse esquecimento". Então a jovem ralhou comigo, ofendeu-me, e saiu,[223] com as criadas em seu encalço. Ela sumiu de minhas vistas por dez dias, durante os quais, diariamente, uma camareira vinha me trazer comida e bebida, e me informar de que a jovem estava adoentada pelo fato de eu não ter lavado as mãos depois de comer *zīrbāja*. Fiquei muitíssimo assombrado e pensei: "Que caráter maldito é esse?". Vomitando bílis de tanta raiva, eu disse: "Não existe poderio nem força senão em Deus altíssimo e poderoso!". Passados os dez dias, a camareira entrou trazendo minha comida, informou-me de que a jovem iria à casa de banho, e disse: "Amanhã sua mulher estará com você. Faça o seu coração ter paciência com a irritação dela". No dia seguinte ela entrou, olhou em minha direção e disse: "Que Deus obscureça o seu rosto! Você não perde por esperar![224] É que as coisas com você só vão se consertar quando eu castigá-lo por não haver lavado a mão depois de comer *zīrbāja*", e gritou pelas criadas, que me cercaram e amarraram. Ela puxou uma navalha afiada, aproximou-se, e amputou os meus polegares, conforme vocês estão vendo, minha gente. Desmaiei. Em seguida, para estancar o sangue, ela aplicou pós e outras drogas medicamentosas sobre as feridas. E o sangue estancou e secou. As criadas fizeram curativos e me deram vinho para beber. Abri os olhos e disse: "Eu a faço testemunha de que nunca mais comerei *zīrbāja* sem

[223] O original traz "a jovem ralhou com ele, ofendeu-o e saiu". Esse lapso pode evidenciar que a história estava sendo adaptada de uma fonte na qual a narrativa se fazia em terceira pessoa.
[224] "Você não perde por esperar!" traduz a obscura frase *mā ṣabart laḥẓa*.

lavar as mãos cento e vinte vezes"; a jovem respondeu: "É a melhor atitude", e me fez jurar e assumir compromisso a respeito. Assim, quando vocês me serviram a refeição e vi que continha *zīrbāja*, minha cor se alterou e pensei: "Foi este o motivo da perda dos meus polegares". E quando me forçaram a comer, cumpri o meu juramento.

E a aurora alcançou Šahrāzād, que parou de falar. Dīnārzād disse para a irmã: "Como é agradável e insólita a sua história", e ela respondeu: "Isso não é nada perto do que irei contar-lhes na próxima noite, se acaso eu viver e o rei me preservar".

130ª

NOITE DAS HISTÓRIAS DAS MIL E UMA NOITES

Na noite seguinte ela disse:

Conta-se que o despenseiro disse para o rei da China que o grupo perguntou ao jovem mercador: "E o que lhe aconteceu depois disso?". Ele respondeu:

Quando me restabeleci e os ferimentos cicatrizaram, ela enfim me acolheu. Dormi com ela e moramos juntos no palácio pelo resto do mês, mas comecei a me sentir incomodado com a vida ali. Ela me disse: "Ouça, o palácio do califa não é um bom lugar para viver. Madame Zubayda me deu cinquenta mil dinares. Tome-os e compre uma boa casa para nós", e me entregou dez mil dinares, que eu peguei. Saí com o dinheiro e comprei uma casa muito bem construída. Minha mulher veio morar comigo, e levei ao seu lado, por anos, uma vida de califa, até que ela morreu. Enfim, é este o motivo de eu haver lavado as mãos daquele modo e de não ter os polegares.

[*Prosseguiu o despenseiro*:] "Então terminamos a refeição e nos retiramos todos. Depois disso, ocorreram-me aquelas coisas com o corcunda. Esta é a minha história, é o que presenciei ontem". O rei da China disse: "Por Deus que isso não é mais insólito do que a história do corcunda bufão!".

Então o médico judeu deu um passo à frente, beijou o chão e disse: "Meu senhor, eu tenho para contar uma história mais espantosa do que essa". O rei disse: "Conte".

E a aurora alcançou Šahrāzād, que parou de falar. Dīnārzād lhe disse: “Maninha, como sua história é agradável e insólita”, e ela respondeu: “Isso não é nada perto do que irei contar-lhes na próxima noite, se acaso eu viver e o rei me preservar”.

131ª

NOITE DAS HISTÓRIAS DAS MIL E UMA NOITES

Na noite seguinte ela disse:

Conta-se, ó rei, que o judeu disse:

O JOVEM DE MOSSUL E SUA NAMORADA CIUMENTA

Ó rei do tempo, a coisa mais insólita que me sucedeu foi quando eu morava em Damasco, onde estudei medicina. Certo dia mandaram me chamar à residência do administrador-geral da cidade, por intermédio de um escravo. Fui com ele, entrei na residência e vi no final do saguão uma cama sobre a qual estava deitado um rapaz, cuja juventude, embora enfermo, eu jamais vira igual. Sentei-me à sua cabeceira e roguei por seu restabelecimento. Ele me fez um sinal com o olho. Disse-lhe: “Meu senhor, dê-me a sua mão, por sua pronta recuperação”, e ele me estendeu a mão esquerda. Fiquei intrigado e pensei: “Por Deus, que espantoso! Trata-se de um belo jovem, morador desta residência tão importante, mas lhe falta educação! Isso é que é espantoso”. Medi-lhe o pulso e lhe prescrevi receitas. Fui visitá-lo durante dez dias, até que ele se recuperou. Levei-o então à casa de banho. Quando retornamos, o governador e vizir da cidade me concedeu um traje honorífico e me nomeou superintendente do hospital da cidade.

Mas o fato é que, assim que entrei na casa de banho com o rapaz, esta foi totalmente isolada. Os porteiros e demais funcionários conduziram o rapaz e lhe tiraram as roupas lá dentro. Quando ficou nu, verifiquei que a sua mão direita fora recentemente decepada: era este o motivo de sua enfermidade. Ao ver aquilo, fiquei assombrado com o que o destino me reservara; fiquei triste por sua juventude e meu íntimo se angustiou. Olhei bem para o seu corpo e notei vestígios de chicotadas sobre as quais se aplicaram pomadas, emplastros e outras drogas; contudo, os vestígios continuavam ali, indeléveis, em seus flancos. Fiquei mais angustiado ainda, e isso transpareceu em meu rosto. O jovem olhou para mim e, compreendendo o que sucedia, disse: "Ó médico, não fique tão espantado comigo. No momento apropriado eu lhe contarei uma história assombrosa". Então nos banhamos e voltamos para a casa, onde comemos alguns cozidos e descansamos. O rapaz me perguntou: "Você gostaria de passear pelo vale de Damasco?". Respondi afirmativamente e ele ordenou aos escravos que carregassem as coisas das quais precisaríamos, um carneiro assado e frutas. Fomos ao vale, espairecemos por algum tempo, sentamos e fizemos a refeição. Quando terminamos, foi servido um pouco de doce, que comemos. Quando eu pretendia tocar no assunto, ele se antecipou e disse:

Saiba, ó médico, que eu sou de Mossul. Meu avô morreu e deixou dez filhos, entre os quais meu pai, que era o mais velho. Os dez filhos cresceram e se casaram, inclusive meu pai, a quem Deus agraciou com o meu nascimento. Seus nove irmãos, no entanto, não foram agraciados com filho nenhum. Assim, cresci no meio de meus tios paternos.

E a aurora alcançou Šahrāzād, que parou de falar. Dīnārzād lhe disse: "Maninha, como é agradável e insólita a sua história", e ela respondeu: "Isso não é nada perto do que irei contar-lhes na próxima noite, se acaso eu viver e o rei me preservar".

132ª

NOITE DAS HISTÓRIAS DAS MIL E UMA NOITES

Na noite seguinte ela disse:

Eu tive notícia, ó rei, de que o médico judeu disse para o rei da China:

O jovem me disse:

Quando cresci e atingi a idade adulta, fui numa sexta-feira à mesquita de Mossul na companhia de meu pai e de meus tios. Fizemos a prece coletiva da sexta-feira e a multidão saiu da mesquita. Meu pai, meus tios e outras pessoas sentaram-se em círculo para conversar sobre as coisas maravilhosas e peregrinas que existiam em outras regiões e cidades. Foram falando de vários lugares até que chegaram ao Cairo e seu rio Nilo. Meus tios disseram: "Os viajantes contam que não existe na face da Terra nenhuma província melhor do que o Cairo". Passei, intimamente, a acalentar o desejo de ver o Cairo. Meus tios disseram: "Bagdá é a morada da paz, a mãe do mundo".[225] Meu pai, que era o mais velho, disse: "Quem não viu o Cairo não conhece o mundo. Suas terras são ouro, suas mulheres, bonecas, seu rio Nilo, maravilha, suas águas, leves e potáveis, seu barro, suave e úmido, tal como disse alguém numa poesia:

'Parabéns, hoje, pela festa da cheia do Nilo:
sozinho, é ele que lhes traz felicidade.
O que é o Nilo? Minhas lágrimas sem vocês,
que gozam desse benefício, e eu aqui sozinho.'

Se porventura os seus olhos contemplassem o verdor daquela terra, enfeitada por flores e adornada com várias espécies de plantas; e se vocês pousassem os olhos sobre a ilha do Nilo e suas inúmeras paisagens adoráveis; e se corressem os olhos pelo lago etíope, suas vistas voltariam saturadas de tanta maravilha. Vocês não viram aquela linda paisagem, cujo verdor foi cercado pelas águas do Nilo, como se fossem topázios incrustados numa lâmina de prata? Por Deus que é excelente quem disse a respeito os seguintes versos poéticos:

'Por Deus, que dia passei no lago etíope!
Ali ficamos entre luzes e sombras.
A água brilhava no meio das plantas
como lâmina nos olhos de um apavorado
Estávamos num jardim elevado,
cujas margens eram ornadas de luzes,
e bordados pelas mãos das nuvens:
é o tapete sobre o qual nós estamos.
Aqui ofertamos vinho aos caminhantes,
que passam preocupados, desconfortáveis.
Dê-me de beber em grandes taças cheias,
pois elas matam melhor a sede intensa'."

225 "Morada da paz", *dār assalām*, é ainda hoje um dos nomes de Bagdá. Atualmente, os egípcios é que se referem ao seu país como "mãe do mundo", *umm addunyā*.

E a aurora alcançou Šahrāzād, que parou de falar. Dīnārzād lhe disse: "Como é agradável e insólita a sua história, maninha", e ela respondeu: "Isso não é nada perto do que irei contar-lhes na próxima noite, se acaso eu viver e o rei me preservar".

133ª

NOITE DAS HISTÓRIAS DAS MIL E UMA NOITES

Na noite seguinte ela disse:

Eu tive notícia, ó rei, de que o médico judeu disse ao rei da China:

O jovem me disse:

E foi assim que o meu pai começou a descrever o Cairo. Quando terminou de descrever o rio Nilo e o lago etíope, ele disse: "Mas o que é essa descrição comparada com a observação ao vivo de tamanha formosura? Ao chegar lá, qualquer observador atento diria: 'Este lugar se singulariza por maravilhas de vário gênero'. E se porventura você mencionar a festa da noite de cheia do Nilo, devolva o arco a quem o deu e faça a água seguir o seu curso.[226] E se você por acaso contemplar os seus jardins sombreados quando a tarde cai, verá maravilhas e se inclinará de emoção. E se você estiver às margens do Nilo durante o pôr do sol, quando as águas vestem cota de malha e escudo, será refrescado por sua leve brisa e amplas sombras generosas".[227] Ao ouvir essa descrição do Cairo, fui tomado de obsessão por conhecer essa cidade, a tal ponto que não dormi naquela noite. Certo dia, como meus tios estivessem organizando uma caravana comercial para a província do Cairo, fui ao meu pai e tanto chorei que ele me arranjou mercadorias e me deixou viajar na companhia dos meus tios, aos quais recomendou: "Não o deixem ir ao Cairo. Vendam as mercadorias em Damasco". Então, arrumadas as coisas, saímos de

[226] "Devolva o arco [...] curso" traduz *fa'aᶜṭī alqawsa nāwilahā wa-ṣrif almā'a 'ilà majārīhā*, provável alusão metafórica a alguns rituais dessa festa.
[227] O poder "encantatório" dessa descrição deriva também da prosa rimada [*sajᶜ*] do original.

Mossul e demos início à viagem, que não foi interrompida até que chegamos à cidade de Alepo, onde nos instalamos por alguns dias, logo tomando o rumo de Damasco. Constatei que se trata de uma agradável cidade, segura e repleta de riquezas, com rios, árvores e aves, parecendo um dos jardins do paraíso ou um dos bosques de Raḍwān, onde "de cada fruta havia um par".[228] Hospedamo-nos num caravançará. Meus tios venderam minhas mercadorias com um lucro de cinco dinares por um, o que me deixou muito contente. Depois eles me deixaram ali e seguiram para o Cairo. Fiquei sozinho. Logo que eles seguiram viagem, fui hospedar-me numa grande casa revestida em mármore, com andar superior, depósito e uma fonte cuja água corria noite e dia. Era conhecida como mansão de Sūdūn ᶜAbdurraḥmān, e seu aluguel mensal era de dois dinares.[229] Ali estabelecido, pus-me a comer, a beber e a me divertir. Meti a mão no dinheiro e dissipei quase tudo. Certo dia, estando eu sentado à porta da casa, eis que uma jovem com um traje gracioso como meus olhos jamais tinham visto igual veio em minha direção. Convidei-a, e mal pude acreditar quando ela aceitou e entrou na casa.

E a aurora alcançou Šahrāzād, que parou de falar. Dīnārzād lhe disse: "Maninha, como é agradável e insólita a sua história", e ela respondeu: "Isso não é nada perto do que irei contar-lhes na próxima noite, se acaso eu viver e o rei me preservar".

[228] Alcorão, 55, 52. Na passagem anterior, *raḍwān* significa "bênção" e também se usa como nome próprio.

[229] O original traz "dois *ašrafīs*", moeda de ouro que pode ter sido cunhada em dois períodos: 1) no final do século XIII d.C., no governo do sultão mameluco Ḫalīl Bin Qalāwūn, conhecido como Almalik Alašraf ["o rei mais digno"], o qual, durante o seu curto governo (1290-1293), derrotou definitivamente os cruzados no Oriente, reconquistando Acre, Tiro, Saida e Haifa; 2) na primeira metade do século XV, durante o governo de outro sultão mameluco, Sayf Addīn Barsbāy, também conhecido como Almalik Alašraf, que durante seu governo realizou uma reforma monetária e tratou com rigor os súditos não muçulmanos, obrigando-os a usar trajes diferenciados. A segunda hipótese é mais viável (cf. o posfácio ao terceiro volume desta coleção). Quanto ao local da hospedagem, note que, no século XVI d.C., o historiador damasceno Ibn Ṭūlūn Aṣṣaliḥānī, morto em 953 H./1547 d.C., registrou que o sultão otomano Salīm se hospedou em 923 H./1517 d.C., após derrotar os mamelucos, na mansão "antigamente conhecida como mansão de Sūdūn ᶜAbdurraḥmān". Entre 1424 e 1432 d.C., o governador mameluco de Damasco foi ᶜAbdurraḥmān Bin Sūdūn, provável parente do proprietário original da mansão.

134ª

NOITE DAS HISTÓRIAS DAS MIL E UMA NOITES

Na noite seguinte ela disse:

Eu tive notícia, ó rei venturoso, de que o médico judeu disse ao rei da China:

O jovem me disse:

Ela aceitou a minha oferta[230] e entrou; entrei atrás dela e fechei a porta. Sentou-se, retirou o véu do rosto e arrancou o lenço que lhe cobria os cabelos. Constatei que tinha formas magníficas, parecendo o plenilúnio pintado, e o amor por ela tomou conta de mim. Levantei-me, saí, comprei de um cozinheiro uma travessa cheia de petiscos delicados;[231] mandei também providenciar bebida, comida, frutas e tudo quanto fosse necessário. Comemos. Ao anoitecer, acendemos as velas, ajeitamos as taças e bebemos várias rodadas, até nos embriagar. Dormi com ela, passando uma noite das mais deliciosas. Quando amanheceu, eu lhe ofereci dez dinares, mas ela fez cara feia e disse: "Como são desagradáveis vocês de Mossul! E eu por acaso estou aqui por causa de ouro ou dinheiro?". E, por sua vez, me ofereceu dez dinares seus, e jurou que, se eu não os aceitasse, não voltaria a me ver. Disse: "Meu querido, espere-me, daqui a três dias, entre o final da tarde e o início da noite. Tome mais estes dez dinares e monte para nós um banquete igual ao de ontem", e, despedindo-se, foi embora e desapareceu, levando consigo o meu coração. Mal pude esperar que se passassem os três dias, ao cabo dos quais, no final da tarde, a jovem apareceu de echarpe, tamancos e capa, exalando agradáveis aromas. Então, como eu já havia preparado o banquete da maneira que bem escolhera e me aprouvera, comemos, bebemos, brincamos e rimos. À noite acendemos velas, bebemos até nos embriagar e fui dormir com ela. De manhã a jovem se levantou, mostrou dez dinares e disse: "Façamos sempre a mesma coisa", e se ausentou por outros três dias. Preparei-lhe o banquete e ela chegou, conforme o hábito. Entramos, sentamos, comemos, brincamos e conversamos até o anoitecer, quando então nos acomodamos para beber. Bebemos.

230 "Ela aceitou a minha oferta" traduz o obscuro sintagma *lazamatnī albīᶜa* (ou *albayᶜa*). Como a palavra *bīᶜa* também significa "templo", pode ter o sentido de "entrou na minha casa".
231 "Petiscos delicados" traduz a sequência consonantal *mšwr*, de sentido obscuro.

Ela perguntou: "Meu senhor, por Deus, eu sou ou não sou bonita?". Respondi: "Sim, por Deus!". Ela perguntou: "O que você acha de eu trazer comigo uma garota mais bonita e mais jovem do que eu? Ela poderá brincar, rir e se alegrar, pois faz tempo que está reclusa e me pediu para sair comigo e passar a noite no mesmo lugar que eu". Respondi: "Sim, por Deus!". Pela manhã, ela me entregou quinze dinares e disse: "Aumente o banquete, pois receberemos uma nova hóspede. O prazo para o encontro é o de sempre", e se retirou. Passados os três dias, providenciei o banquete.

E a aurora alcançou Šahrāzād, que parou de falar. Dīnārzād lhe disse: "Maninha, como é agradável e insólita a sua história", e ela respondeu: "Isso não é nada perto do que irei contar-lhes na próxima noite, se acaso eu viver e o rei me preservar".

135ª

NOITE DAS HISTÓRIAS DAS MIL E UMA NOITES

Na noite seguinte ela disse:

Eu tive notícia de que o médico judeu disse ao rei da China:

O jovem me disse:

Assim que o sol se pôs, ela apareceu na companhia de outra jovem, tal como havia sido combinado. Entrei, acendi as velas e as recebi com felicidade e alegria. A jovem descobriu o rosto e "glória a Deus, o melhor dos criadores".[232] Sentamos para fazer a refeição e comecei a dar bocados de comida para a moça mais nova, enquanto ela olhava para mim e ria. Quando acabou a comida, servimos bebida, frutas e petiscos. Fiquei bebendo ao lado da nova visitante, que sorria e piscava para mim, enquanto eu me consumia de amor por ela. A primeira jovem, percebendo que a nova visitante estava de olho em mim, e eu de olho nela, brincou, riu e perguntou: "Essa jovem que eu trouxe não é melhor e mais formosa do que eu,

[232] Alcorão, 23, 14.

meu querido?". Respondi: "Sim, por Deus!". Ela disse: "Então durma com ela"; respondi: "Sim, por Deus!". Ela continuou: "Faço muito gosto. Nesta noite, ela é nossa visitante, ao passo que eu já sou da casa". Em seguida levantou-se, reuniu ânimo e arrumou a cama. A visitante e eu nos levantamos, nos abraçamos e fomos dormir juntos. Naquela noite, a primeira jovem subiu e estendeu a cama no andar de cima, onde foi dormir sozinha, enquanto eu dormia com a visitante. Pela manhã, ao me mexer, achei-me no meio de grande umidade. Supondo que fosse suor, fui acordar a jovem visitante; balancei-a pelos ombros e sua cabeça rolou. Enlouquecido, gritei, dizendo: "Ó Deus, generoso protetor!". Ela fora assassinada. Levantei-me imediatamente, o mundo escurecera diante de meus olhos, e procurei pela primeira jovem, mas não a encontrei. Compreendi então que, por ciúme, ela assassinara a jovem visitante. Pensei: "Não existe poderio nem força senão em Deus altíssimo e poderoso! O que fazer?". Refleti por alguns momentos e arranquei as roupas dela e as minhas. Pensei: "Não estou seguro de que aquela jovem não irá denunciar-me aos familiares desta assassinada. Nunca se está a salvo das artimanhas femininas". Cavei um buraco no centro da casa e ali enterrei a jovem e todas as suas joias; joguei terra por cima e recoloquei o mármore e o concreto no lugar. Vesti roupas limpas, coloquei o resto do meu dinheiro numa caixinha, e saí da casa. Armado de coragem, tranquei a casa, selei-a e fui até o proprietário, a quem paguei o aluguel de um ano e disse: "Estou viajando ao Cairo para ver os meus tios". Comprei passagem numa caravana do sultão e viajei.

E a aurora alcançou Šahrāzād, que parou de falar. Dīnārzād lhe disse: "Como é agradável e insólita a sua história, maninha", e ela respondeu: "Isso não é nada perto do que irei contar-lhes na próxima noite, se acaso eu viver e o rei me preservar".

136ª

NOITE DAS ASSOMBROSAS HISTÓRIAS DAS MIL E UMA NOITES

Na noite seguinte ela disse:

Eu tive notícia, ó rei do tempo, de que o médico judeu disse ao rei da China:

O jovem me disse, ó rei venturoso:

Viajei e Deus escreveu que eu chegaria bem. Entrei no Cairo e logo localizei os meus tios, constatando que eles haviam vendido as suas mercadorias a crédito. Ao me encontrarem, ficaram muito contentes e surpresos com a minha vinda. Eu lhes disse: "Fiquei com saudades. Ademais, vocês não mandavam notícias", mas não lhes informei que o meu dinheiro estava comigo. Permaneci junto com eles, passeando pelo Cairo e espairecendo. Meti a mão no resto do meu dinheiro e comecei a esbanjá-lo em comida e bebida. Quando se aproximou a hora de meus tios fazerem a viagem de volta, escondi-me; desapareci. Eles me procuraram, mas, como não me localizassem, disseram: "Talvez ele tenha regressado a Damasco", e viajaram. Morei no Cairo por três anos, ao cabo dos quais não me restou nada: dilapidei tudo quanto eu possuía; além do mais, todo ano eu enviava o aluguel ao proprietário da casa onde morara em Damasco. Enfim, depois de três anos, com as posses bastante minguadas, não dispondo senão do dinheiro da passagem, viajei. Deus escreveu que eu chegaria bem. Entrei em Damasco e fui para a casa, cujo proprietário, que comerciava joias, muito se alegrou com meu retorno e abriu a casa. Rompi o selo, entrei, varri, limpei e encontrei, debaixo das coisas sobre as quais dormi com a jovem assassinada, um colar de ouro com um conjunto de dez pérolas. Era de transtornar a razão. Assim que o vi, reconheci o que era. Recolhi-o, examinei e chorei por algum tempo. Em seguida, terminei de limpar a casa; arrumei-a e deixei do jeito que estava antes. Passados dois ou três dias dirigi-me a uma casa de banho, onde me recompus e troquei de roupa. Já não me restava nenhum dinheiro para gastar. Fui um dia ao mercado e, seduzido por Satanás, conforme desígnio e decreto divinos, levei comigo o colar de joias enrolado num lenço. Ofereci o colar a um leiloeiro, o qual, ao vê-lo, beijou minha mão e disse: "Muito bom, por Deus! É uma agradável, abençoada maneira de começar o dia! Ó manhã boa!". Conduziu-me à loja do proprietário de minha casa, que me fez sentar ao seu lado. Aguardamos até que o mercado se abrisse, e então o leiloeiro pegou o colar e começou a anunciá-lo às escondidas, em segredo, sem que eu soubesse o que estava sendo feito. Valiosíssimo, o colar alcançou o preço de dois mil dinares. O leiloeiro achegou-se a mim, consultou-me sobre uma oferta de cinquenta dinares, ou mil dirhams, e disse: "Acreditávamos, meu senhor, que se tratava de ouro, mas é falsificado. Por favor, aceite esse preço". Respondi: "Pode receber esse valor, pois eu já sabia que era um colar de cobre". Ao ouvir minhas palavras, o leiloeiro percebeu que por trás do colar existia alguma história complicada. Levou-o e tramou uma negociata contra mim com um dos maiorais do mercado, o qual foi até o administrador-geral e denunciou que o colar fora roubado de sua propriedade, mas que ele descobrira o ladrão, que estava usando roupa de mercador. Assim, antes mesmo que eu pudesse reagir, vi-me cercado pela desgraça: guardas me agarraram e me encaminharam ao administrador-geral, que me interrogou sobre o colar. Dei-lhe a mesma resposta que dera ao leiloeiro, mas ele riu e percebeu que eu o roubara. Antes que eu me desse conta, já estava sendo despido e vergastado. A surra me triturou e, mentindo, confessei que eu o roubara. Redigiram o relatório contendo minha confissão, cortaram minha mão e cauterizaram o ferimento com óleo. Permaneci desmaiado por meio dia. Depois, deram-me vinho. O proprietário da casa carregou-me e disse: "Meu filho, você é um jovem distinto. Por que praticar esse roubo? Você tem dinheiro, tem seu comércio. Depois que se rouba o dinheiro alheio, ninguém mais tem piedade! Meu filho, devolva minha casa e veja outro local para morar, pois agora você é suspeito. Vá em paz". Derrotado e humilhado, eu pedi: "Meu senhor, será que podia me dar um prazo de três dias para eu procurar outro local?". Ele respondeu: "Sim", e se retirou. Fiquei refletindo, triste e preocupado. Se eu viajasse para a minha terra, como retornar aos meus pais assim com a mão decepada, sem poder provar-lhes minha inocência? Então chorei amargamente, um choro como nunca houve mais intenso.

E a aurora alcançou Šahrāzād, que parou de falar. Dīnārzād lhe disse: "Como é agradável e insólita a sua história, maninha", e ela respondeu: "Isso não é nada perto do que irei contar-lhes na próxima noite, se acaso eu viver".

137ª

NOITE DAS HISTÓRIAS DAS MIL E UMA NOITES

Na noite seguinte ela disse:

Eu tive notícia, ó rei venturoso, de que o médico judeu disse ao rei da China:

O jovem me disse:

Permaneci num estado de torpor durante dois dias, e no terceiro, repentinamente, chegaram o dono da casa e alguns guardas, mais o mercador que comprara o colar de mim e inventara que eu o roubara dele. O mercador estava sob vigilância, cercado por cinco guardas. Todos ficaram parados diante da porta de minha casa. Perguntei: "O que está acontecendo?". Mas eles não me deram tempo: amarraram-me, puseram em meu pescoço uma coleira presa a correntes e disseram: "O colar que estava com você pertence ao governador e vizir de Damasco. Ele afirmou que esse colar desaparecera de sua casa há três anos, junto com sua filha". Meu coração desabou quando ouvi essas palavras. Fui com eles naquele estado, de mão decepada. Cobri o rosto e disse com meus botões: "Vou, de fato, contar a verdadeira história ao governador. E ele que faça o que bem entender: perdoe-me ou mate-me". Quando chegamos à sua residência, fui colocado diante do governador, que olhou para mim e disse aos mercadores que haviam sido conduzidos para ali pela polícia: "Estão soltos. Não foi ele que vendeu meu colar no mercado?". Responderam: "Sim". Ele continuou: "Não foi ele que o roubou. Por que cometeram a injustiça de cortar-lhe a mão? Pobre coitado!". Meu coração então ganhou forças e eu disse: "Sim, por Deus, meu senhor, não o roubei. Foi uma intriga que armaram contra mim. Esse mercador inventou que o colar pertencia e ele e que eu o roubei. Denunciou-me ao chefe de polícia, que me surrou com a vergasta. Foi uma surra tão violenta que menti contra mim mesmo". Ele disse: "Já não existe perigo", e sentenciou o mercador que me acusara de roubo: "Indenize-o pela perda da mão; caso contrário, irei esfolar você com a vergasta", e gritou com os guardas, que o agarraram e saíram. Ficamos o governador e eu, que me pediu: "Meu filho, diga a verdade. Conte-me a história desse colar e de como foi parar nas suas mãos. Não minta. Diga-me a verdade, e a verdade irá salvá-lo". Respondi: "Por Deus que era essa a minha intenção", e lhe relatei o que me sucedera com a primeira jovem, e como ela me trouxera a dona do colar, e como fora atingida por ciúme e a matara durante a noite, fugindo em seguida, sem que eu soubesse de onde ela era. Enfim, contei-lhe a história com toda a fidelidade. Depois de ouvir minhas palavras, ele balançou a cabeça e as lágrimas começaram a escorrer de seus olhos. Bateu uma mão na outra e disse: "Pertencemos a Deus e a ele retornaremos". E, voltando-se para mim, disse: "Meu filho, irei revelar-lhe tudo o que aconteceu: saiba que a questão...".

E a aurora alcançou Šahrāzād, que parou de falar. Dīnārzād disse à irmã: "Como é agradável e insólita a sua história", e ela respondeu: "Isso não é nada perto do que irei contar-lhes na próxima noite, se acaso eu viver e o rei me preservar".

138ª

NOITE DAS HISTÓRIAS
DAS MIL E UMA NOITES

Na noite seguinte ela disse:

Eu tive notícia, ó rei venturoso, de que o médico judeu disse ao rei da China:

O jovem me disse:

O governador me disse:

Saiba que a jovem que primeiro esteve com você é minha filha mais velha. Eu sempre a mantive muito presa, isolada. Ela acabou se casando no Cairo com um primo. Ele morreu, e então minha filha voltou a morar comigo. Mas ela já aprendera a safadeza no Cairo; por isso, foi visitar você aquelas três ou quatro vezes, e por fim acabou levando junto a irmã, que era minha filha do meio. Essas duas eram irmãs de pai e mãe, e se queriam muito uma à outra, a tal ponto que não suportavam ficar separadas por uma hora sequer. Quando ocorreram aquelas coisas entre você e a mais velha, ela contou o segredo para a irmã, que passou a desejar ir junto. Então ela pediu permissão a você e a levou. Mas depois ela ficou com ciúme, matou-a e voltou para cá. Eu não tinha conhecimento de nada: naquele dia, à hora da refeição, senti falta de minha filha, que não estava presente. Pus-me a indagar a seu respeito, e afinal encontrei-a chorando e se dilacerando por falta da irmã. Ela me disse: "Papai, antes que eu me desse conta, durante o chamado para a prece, ela vestiu o véu, pôs as joias, o colar e todas as demais roupas e saiu". Por medo de problemas e escândalos, esperei por dias e noites, sem nada comunicar a ninguém. E a irmã, que a assassinara, não cessou de verter lágrimas desde aquele dia. Parou de comer e beber, deixando-nos preocupados e tornando nossa vida um desgosto. Dizia: "Por Deus que não cessarei de chorar por ela até beber da taça da morte". Mas como mesmo aquele prazo lhe parecesse excessivamente longo, ela acabou se matando. E eu fui ficando cada vez mais triste por causa dela. Foi isso o que aconteceu.

[*Prosseguiu o governador*:] "Veja bem o que ocorre com pessoas como nós e com pessoas como vocês. Notei que 'Este mundo é ilusão, e o homem é imagem transitória: mal chega e já se foi'.[233] Agora, meu filho, eu gostaria que você não discordas-

[233] Provérbio popular. "Imagem transitória" traduz a palavra *ṣūra*, simplesmente "imagem".

se de mim: neste momento, você é uma vítima daquilo que está predeterminado e sua mão foi injustamente decepada. Eu gostaria que você aceitasse minha proposta: case-se com minha filha caçula. Ela não é irmã das duas por parte de mãe. Eu lhe darei dinheiro, dote, vestimentas e estabelecerei pensões para vocês. Você será tratado como meu filho. O que me diz?". Respondi: "Meu senhor, e quem sou eu para recusar essa oferta? Claro que aceito".

[*Prosseguiu o jovem*:] Imediatamente ele me conduziu para o interior da casa, mandou chamar testemunhas e redigiu meu contrato de matrimônio com a sua filha caçula. Consumei o casamento, e o mercador me pagou a indenização pela perda de minha mão; era uma quantia tal que, no palácio, assumi uma posição das melhores. No início deste ano, recebi a notícia de que meu pai falecera. Informei ao governador, que escreveu ao Cairo solicitando cartas do sultão. Depois, enviou-as com um emissário dos correios até Mosul, e o dinheiro de meu pai chegou todinho para mim. E hoje levo a melhor vida. É esse o motivo pelo qual eu ocultava meu braço direito. E você está desculpado, ó médico.

[*Prosseguiu o médico*:] Fiquei assombrado com essa narrativa. Continuei hospedado junto ao jovem durante mais alguns dias, até que ele retornou pela segunda vez à casa de banho e depois voltou para sua jovem esposa. Pagou-me com uma considerável quantia em dinheiro, arranjou-me provisões para viagem, e se despediu. Parti e viajei dali para terras mais a oriente. Entrei em Bagdá, atravessei a porção oriental do Iraque, e arribei a esta sua terra, onde passei a morar por considerá-la agradável. E, nesta noite, sucedeu aquilo tudo entre mim e o corcunda bufão. Não é isto mais assombroso do que a história do corcunda?

E a aurora alcançou Šahrāzād, que parou de falar. Dīnārzād disse à irmã: "Como é agradável e insólita a sua história", e ela respondeu: "Isso não é nada perto do que irei contar-lhes na próxima noite, se acaso eu viver e o rei me preservar".

139ª

NOITE DAS HISTÓRIAS
DAS MIL E UMA NOITES

Na noite seguinte ela disse:

Eu tive notícia de que, após ouvir a história daquele médico judeu, o rei da China balançou a cabeça e disse: "Pois sim! Por Deus que essa história não é mais assombrosa nem mais insólita do que a história do corcunda bufão. É imprescindível que eu mate vocês quatro, que se mancomunaram para matar o corcunda bufão, e que apresentaram narrativas que não são mais assombrosas do que a história dele. Não resta senão você, alfaiate, que é o pivô dessa desgraça toda. Vamos, conte-me uma história insólita e espantosa, que seja de fato mais assombrosa, mais insólita, mais saborosa e mais emocionante. Caso contrário, irei executá-los todos". O alfaiate respondeu: "Sim", e começou a contar:

O JOVEM MANCO E O BARBEIRO DE BAGDÁ

O evento mais espantoso que sucedeu a mim, ó rei do tempo, deu-se ontem. Antes de topar com esse corcunda bufão, estava eu, durante o dia, numa festa à qual compareceram muitos amigos meus. Entramos e fomos juntos fazer a refeição. Quando já estávamos acomodados – éramos cerca de vinte indivíduos –, eis que chegou o anfitrião acompanhado de um jovem forasteiro, distinto, de perfeita beleza e formosura – porém manco. Entraram ambos, e, numa deferência ao proprietário da casa, todos nos pusemos de pé para o jovem, que veio sentar-se. No entanto, vendo entre nós certo homem que de ofício praticava a barbearia, recusou-se a sentar e fez menção de ir embora. O anfitrião segurou-o, jurou que não o deixaria partir e perguntou: "Como então você vem comigo, entra na minha casa, e agora quer retirar-se? Qual o motivo?". O rapaz respondeu: "Por Deus, meu amo, não me impeça. O motivo é aquele malsinado senhor, de faces trevosas, de atitudes horrendas, de movimentos desgraçados e desprovido de bênção". Quando se ouviram tais qualificativos, tanto o dono da casa como nós ficamos repugnados de estar na companhia do barbeiro. Olhamos para ele...

E a aurora alcançou Šahrāzād, que parou de falar. Dīnārzād disse à irmã: "Como é agradável e insólita a sua história", e ela respondeu: "Isso não é nada perto do que irei contar-lhes na próxima noite, se acaso eu viver e for poupada".

140ª

NOITE DAS HISTÓRIAS E ESTRANHEZAS DAS MIL E UMA NOITES

Na noite seguinte ela disse:

Eu tive notícia, ó rei venturoso, de que o alfaiate disse ao rei da China:

Quando ouvimos aqueles qualificativos dirigidos ao barbeiro, dissemos: "Agora nenhum de nós conseguirá comer ou ficar em paz se o jovem não nos contar por que esse barbeiro possui tais características". Então o jovem disse: "Bem, minha gente, os eventos entre mim e esse barbeiro tiveram lugar em Bagdá, minha terra. Ele é o responsável por eu ter quebrado a perna e me tornado manco. Por isso, jurei que nunca mais me sentaria com ele em lugar algum, nem sequer moraria na mesma cidade que ele. Mudei-me de Bagdá por sua causa e fugi para esta cidade também por sua causa. Contudo, inopinadamente o encontro na companhia de vocês! Não passarei esta noite senão em viagem para outro lugar!". Interviemos então, e lhe rogamos que se sentasse e nos contasse o que ocorrera entre ele e o barbeiro em Bagdá. Enquanto isso, a face do barbeiro se amarelava, e ele permanecia de cabeça baixa. E o jovem contou o seguinte:

Saiba, minha gente, que o meu pai era um dos homens mais prósperos de Bagdá, e Deus não o abençoou com outro filho que não eu. Quando cresci e ganhei juízo, a morte transferiu o meu pai para a misericórdia de Deus altíssimo, e ele me deixou uma quantia extraordinária de dinheiro. Comecei a trajar as vestimentas mais elegantes. Gozava da melhor vida, mas Deus inoculara em mim o ódio contra as mulheres. Até que, certo dia, caminhando pelas ruas de Bagdá, súbito eu me vi diante de um grupo de mulheres que iriam cruzar o meu caminho. Objetivando fugir delas, enfiei-me por uma ruela sem saída. Fiquei por ali durante alguns momentos, e logo se abriu uma portinhola por trás da qual surgiu uma jovem que parecia o sol resplandecente. Meus olhos jamais haviam visto alguém tão belo. Ao me ver, abriu um sorriso. Havia algumas flores na portinhola. O fogo começou a lavrar em meu coração: o ódio contra as mulheres se transformou em amor. Fiquei sentado por ali até que o entardecer se avizinhou. Encontrava-me eu totalmente alienado de tudo quando, de repente, passou o juiz da cidade montado numa mula. Desapeou-se, firmou os pés no chão e entrou na casa em que estava a jovem. Adivinhei que se tratava de seu pai. Regressei para minha casa angustiado e me joguei na cama, debilitado e febril. Meus familiares vieram me ver, mas não conseguiam saber o que eu tinha, nem eu lhes respondia. Fiquei durante dias nesse estado. Meus familiares já estavam chorando por mim quando uma velha foi me ver. Observou-me e logo adivinhou a que se devia meu estado. Sentou-se à minha cabeceira e começou a me dirigir palavras gentis. Disse-me: "Fique tranquilo, meu filho. Conte-me o seu caso e eu conseguirei satisfazer o seu desejo". Suas palavras penetraram em meu coração. Sentei-me e comecei a conversar com ela.

E a aurora alcançou Šahrāzād, que parou de falar. Dīnārzād lhe disse: "Como é agradável e insólita a sua história, maninha", e ela respondeu: "Isso não é nada perto do que irei contar-lhes na próxima noite, se acaso eu viver e o rei me preservar".

141ª

NOITE DAS HISTÓRIAS
DAS MIL E UMA NOITES

Na noite seguinte ela disse:

Eu tive notícia, ó rei, de que o alfaiate disse ao rei da China:

O jovem disse ao grupo:

E, fixando o olhar em mim, a velha começou a declamar a seguinte poesia:

"Não, pela fronte radiante
e pelo rosado do seu rosto!
Quando se preparou para ir,
nenhum olhar dele se desviou!
Pus-me a caminhar atrás dele,

tropeçando, sem enxergar,
trôpego, arrastando-me,
tropeçando nos seus rastros.
Pois era um animal acostumado
a correrias, que não tropeçava,
e cujo coração era bem duro:
tinha a dureza da pedra.
Deixou-me as entranhas em fogo
e incendiada a minha alma;
virei um homem solitário, isolado,
que evitava a minha gente.
Encosto na poeira o meu rosto,
e minha lágrima é tempestade:
lamento pelos dias passados,
minha juventude agora é velhice.
Pobre de mim, perplexo que estou:
trará o sofrimento algum benefício?
Morto me tornei desde que ele se foi,
mas um morto ainda insepulto!
Dissolva-se de angústia, fígado meu!
Parta-se em duas, minha alma!
Enquanto vida ainda eu tiver,
jamais abandonarei sua lembrança.
Tenho o coração em corpo de prata
cujos membros parecem mármore.
Não, por aquele de rosto zangado,
que não se alegra nem com cânticos.[234]
Sou aquele que morreu de amor,
mas agora minha paciência acabou.
Meus rivais sofreram a mesma paixão
mas tampouco tiveram paciência.
Será que o passado vai regressar?
A vida era tão fértil, tão radiante!

[234] Para esse verso a tradução é hipotética, uma vez que o seu sentido é obscuro: *kallā wa lā bi-lmazmari*.

Não sou daqueles que acusam
os rivais de não terem castidade.
Mas como distrair minha alma,
e como reunir tanta paciência?
Não lhe esqueço a esbelteza
naquela imagem tão formosa.
Tem uma beleza maravilhosa
que prisioneira deixa a razão.
Quando o abracei, seu rosto
parecia manhã que irrompe.
A luz foi se afastando de nós,
e saborosa a noitada ficou!
Estávamos os dois num jardim
semelhante a um manto verde,
em torno de um rosto suave,
opulento, bem desenhado.[235]
Agarrei então as suas faces
tal como se agarra tecido em loja,
tal como se fosse moeda de ouro
na mão de um avarento mesquinho.
Imaginei, tanta era sua doçura, que
ele fosse seda recheada com flores,
recheio da melhor qualidade, que
em lugar nenhum se vende a prazo:
se quem nos vigia se aproximar,
estarei redimido pelo resto da vida.
Nunca abandonei meu amor por ele;
Deus me livre desta mudança!
Não tenho nada que ver com os rudes,
nem me caracterizo pelos ciúmes.
Meu afeto por ele permanecerá,
sempre, pelas noites de vigília.

[235] "Opulento" traduz *murabrab* e "bem desenhado", *mu*^{c}*aqbar*. São apenas hipóteses, pois o sentido originário de ambos os adjetivos é hoje obscuro. Note-se a convenção poética, em que o eu lírico e a persona amada são masculinos.

Mantive a promessa que fiz:
minha consciência não o desdenha.
Jurei que mesmo se eu morrer de angústia,
não haverá desculpa para esquecê-lo.
Pois não sou mero apaixonado
que se lamenta, humilhado.
Entre os que se apaixonaram,
quem esqueceu não sofreu.
Meu caso, na paixão, não é o
daqueles que deixam de lado.
Quanto bem-estar gozamos juntos,
tanto que não dá para calcular;
e tantas uniões das quais pensei,
tão perfeitas, que não se desfariam.
E tão boas companhias eu tinha
que supus nunca se extinguiriam.
Mas tudo virou secura e estranheza,
lugar em que não há notícia alguma.
Que saudades do tempo passado
ao lado de belíssimas gazelas!
Se depois disso eu retomar contato
e voltar a satisfazer meus anseios,
guardarei um jejum contínuo
pelo que restar de minha vida.
Se depois disso você me vir,
vai dizer: 'Esse aí é um bárbaro,
e essa doença de paixão, mesmo
que viva mil anos, não vai sarar'."[236]

E a aurora alcançou Šahrāzād, que parou de falar. Dīnārzād lhe disse: "Como é agradável a sua história, maninha", e ela respondeu: "Isso não é nada perto do que irei contar-lhes na próxima noite, se acaso eu viver".

[236] Ressalve-se que muitas palavras, e mesmo versos inteiros, dessa poesia, a mais longa do livro, são praticamente incompreensíveis hoje.

142ª

NOITE DAS HISTÓRIAS DAS MIL E UMA NOITES

Na noite seguinte ela disse:

Eu tive notícia, ó rei venturoso, de que o alfaiate disse ao rei da China:

O jovem disse ao grupo:

A velha me disse: "Deixe-me a par da sua história, meu filho", e então eu lhe contei tudo. Ela disse: "Essa jovem é filha do juiz de Bagdá, meu rapaz. Vive em rigorosa reclusão. O lugar onde você a viu é o piso particular dela; seu pai e sua mãe vivem na casa principal, situada debaixo desse piso, no qual ela reside sozinha. Eu sempre converso com ela. É isso: eu vou me encarregar desse assunto, pois você não conseguirá ter contato com ela senão por meu intermédio. Tenha ânimo!". Senti-me revigorado ao ouvir esse discurso; voltei a comer e a beber, deixando contentes os meus familiares. A velha se retirou e, no dia seguinte, retornou com a face alterada e disse: "Nem me pergunte, meu filho, o que a jovem me aprontou quando mencionei o seu nome; a última coisa que dela ouvi ao seu respeito foi: 'Se acaso não calar a boca e parar com essa conversa, sua velha malsinada, eu com certeza farei contra você todas as perversidades que merece. Se mencionar de novo o nome dele, vou contar tudo para o meu pai'. Contudo, meu filho, por Deus que será necessário insistir mais uma vez, mesmo que com isso eu seja acometida pelas coisas mais execráveis". Quando ouvi aquilo, minha enfermidade se agravou e comecei a gritar: "Ai! ai!, como é impiedosa a paixão!". A velha passou a me visitar diariamente. Como a enfermidade se prolongasse demasiado, todos os meus familiares já haviam perdido as esperanças, bem como os médicos e outros conhecedores da matéria. Certo dia, a velha chegou subitamente para fazer a sua visita diária, sentou-se à minha cabeceira, pôs o rosto diante do meu e me disse às escondidas de minha família: "Quero que você me conceda minha alvíssara".[237] Ouvindo aquilo, sentei-me e disse: "Sua alvíssara será por minha conta". Ela então disse: "Ontem, meu amo, fui até a jovem,

[237] O termo "alvíssara" traduz o árabe *albišra*, palavra que é origem dessa expressão em português. Seu sentido também manteve o do original do árabe. O dicionário de Antônio Houaiss, por exemplo, define-a como "recompensa oferecida a quem traz boas-novas".

que me recebeu com boa cara. Vendo-me de coração alquebrado e com os olhos chorosos, ela perguntou: 'Como vai, minha tia? O que você tem, e por que traz o peito assim opresso?'. Respondi, chorando: 'Minha senhora, acabo de chegar de uma visita a certo jovem enfermo, de cuja cura seus familiares já perderam a esperança: ora desfalece, ora desperta, mas ele sem dúvida irá morrer por sua causa'. Ela perguntou, já com o coração enternecido: 'E qual é a sua relação com ele?'. Respondi: 'É meu filho. Desde o dia em que a avistou através da janela, enquanto você regava as plantas, desde que lhe contemplou as faces e os pulsos, o coração dele se tornou cativo, loucamente apaixonado por você. Foi ele que disse os seguintes versos:

"Pelo rosto com que você foi agraciada,
não mate de abandono quem a deseja,
cujo corpo foi consumido pela doença,
cujo coração se embriagou na taça da paixão.
Pelo seu porte suave, equilibrado, flexível!
Pelo ciúme que as pérolas de sua boca provocam!
De sua cruel sobrancelha você disparou uma seta
que atingiu em cheio o meu coração. Por quê?
Sua delgada e fina cintura parece imitar uma doença,
mas quem imitaria um apaixonado doente e triste?
Pela magia que dá sono nos locais com âmbar,[238]
mostre a face e tenha piedade de suas vítimas!
Pelo escorpião de suas têmporas, tenha dó e piedade!
Pela gentileza que aparece nos faróis de seus olhos,
pelo vinho, pelo mel saboroso e pelas pérolas
no fio de coral onde estão os seus lábios!
Meu ventre já dobrei, dobra em pedaços
que me despedaçam o coração. Como você é atroz!
As pernas conduzem a morte e o sofrimento.
Que Deus lhe dê bom luto por quem a ama".
Ademais, minha senhora, ele já havia me mandado falar da outra vez, mas então você fez aquilo'."

[238] A tradução desse verso é mera hipótese; ininteligível, o original diz: *fabiḥaqq siḥr nawāʿis fī muʿanbarin.*

E a aurora alcançou Šahrāzād, que parou de falar. Dīnārzād disse à irmã: "Como é agradável e insólita a sua história", e ela respondeu: "Isso não é nada perto do que irei contar-lhes na próxima noite, se acaso eu viver e o rei me preservar". O rei pensou: "Por Deus que não a matarei até ouvir a história do corcunda".

143ª

NOITE DAS HISTÓRIAS ESPANTOSAS E INSÓLITAS DAS MIL E UMA NOITES

Na noite seguinte ela disse:

Eu tive notícia, ó rei venturoso, de que o alfaiate disse ao rei da China:

O jovem disse ao grupo:

A velha me disse: "Então eu disse à jovem: 'Portanto, minha senhora, depois que você fez aquilo comigo, fui até o rapaz e o informei a respeito, já totalmente desesperançada. A notícia o deixou doente, com tamanha gravidade que ele não deixou mais a cama; logo estará inevitavelmente morto'. Ela perguntou, já amarela: 'E tudo isso por minha causa?'. Eu disse: 'Sim, por Deus, minha senhora! Quais são agora suas instruções a respeito desse caso?'. Ela respondeu: 'Na sexta-feira, antes da prece, que ele venha até minha casa. Quando chegar, descerei, abrirei a porta e o conduzirei pelas escadas até este andar. Ele se acomodará aqui e poderemos, ele e eu, passar alguns momentos juntos. Mas ele terá de sair antes que o meu pai retorne'". Quando ouvi as palavras da velha, minha gente, as dores que me afligiam desapareceram. Ela se sentou à minha cabeceira e disse: "Esteja bem preparado e arrumado para a sexta-feira, se Deus quiser". Então entreguei-lhe todas as roupas que eu estava usando, e ela se retirou. Não restou nenhuma dor em mim, e meus familiares ficaram muito felizes com a boa-nova do meu restabelecimento. Fiquei aguardando a chegada do dia; na sexta-feira a velha apareceu, entrou e me indagou sobre o meu estado. Informei-a de que eu estava bem e com saúde. Levantei-me, vesti minhas roupas e passei incenso e perfume. A velha perguntou: "Por que você não vai a uma casa de banho para eliminar os vestígios da doença?". Respondi: "Não estou com vontade de ir à casa de banho, pois já me lavei com água.[239] O que eu quero é um barbeiro para me aparar o cabelo". E, virando-me para um criado, disse-lhe: "Traga até aqui um barbeiro que seja ajuizado e discreto, pois não quero ter dores de cabeça com nenhum tagarela". O criado saiu e voltou com este barbeiro, este péssimo senhor. Quando ele entrou, cumprimentou-me e eu lhe respondi o cumprimento. Então ele disse: "Vejo que seu corpo está magro, meu senhor". Respondi: "É que eu estava doente". Ele disse: "Que Deus expulse o seu sofrimento! Que Deus seja benevolente com você!". Respondi: "Que Deus aceite os seus rogos". Ele disse: "Regozijo, meu senhor! A boa saúde já chegou!", e perguntou: "Quer cortar o cabelo ou sofrer uma sangria, meu senhor?".[240] Respondi: "Venha logo cortar o meu cabelo e deixe de conversa fiada. Eu ainda estou com fraqueza por causa da doença".

E a aurora alcançou Šahrāzād, que parou de falar. Dīnārzād disse à irmã: "Como é agradável e insólita a sua história". Ela respondeu: "Isso não é nada perto do que irei contar-lhes na próxima noite, se acaso eu viver e o rei me preservar".

144ª

NOITE DAS HISTÓRIAS
DAS MIL E UMA NOITES

Na noite seguinte ela disse:

Eu tive notícia, ó rei venturoso, de que o alfaiate disse ao rei da China:

O jovem disse ao grupo:

Eu disse ao barbeiro: "Ainda estou fraco por causa da doença", e então ele enfiou a mão em seu alforje de couro, no qual havia um astrolábio de sete lâminas cravejado de prata; retirou-o, dirigiu-se até o meio da casa, ergueu a cabeça para a luz do sol e contemplou o astrolábio longamente. Em seguida disse: "Fique sabendo, meu senhor, que oito graus e seis minutos já transcorreram deste nosso dia, que é uma

[239] Como se viu, as casas de banho no mundo muçulmano funcionavam também como saunas e locais para revigorar o organismo.
[240] Durante muito tempo, realizar sangrias fez também parte do ofício de barbeiro.

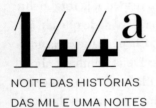

sexta-feira – dezoito do mês de *ṣafar* do ano de seiscentos e cinquenta e três da Hégira,[241] sete mil trezentos e vinte da era de Alexandre, e o ascendente neste dia, conforme os cálculos, encontra-se agora em conjunção com Marte. O principal ascendente é Mercúrio, de acordo com a terceira lâmina do astrolábio, e Marte está junto com ele na posição de ascendente; ambos vão entrar conjuntamente numa relação sêxtupla. Tal conjuntura indica que cortar o cabelo é propício, e também que você pretende estabelecer contato com alguém, mas para isso o momento não é propício nem recomendado". Eu disse: "Fulano, por Deus que eu só o chamei para cortar o meu cabelo e mais nada. Execute agora a função para a qual foi chamado, ou então retire-se daqui e permita-me chamar outro barbeiro para cortar o meu cabelo". Ele disse: "Por Deus, meu amo! 'Mesmo cozida em leite, não teria saído melhor.'[242] Você pediu um barbeiro e eis que Deus lhe envia um barbeiro, astrólogo, médico conhecedor das práticas alquímicas, dos astros, da gramática, do idioma, da lógica, da teologia, da retórica e da eloquência, da álgebra, do cálculo, bem como dos fatos mais importantes de história e dos compêndios de *ḥadīṯ* de Muslim e Albuḫārī.[243] Li e estudei livros, experimentei e conheci muita coisa, decorei e aprimorei os saberes, aprendi e dominei atividades, e preparei e esquadrinhei todos os assuntos. Você deveria louvar a Deus altíssimo pelo que lhe proporcionou e agradecer a ele pelo que lhe deu. Agora, eu lhe recomendo que aja, neste dia, do modo que eu lhe determinar, conforme o cálculo da conjunção astral. Vou lhe ministrar as instruções, mas não pedirei nenhuma paga, pois se eu cobrasse estaria desconsiderando a posição que você detém ante a minha pessoa e o lugar que ocupa em meu coração. Seu pai me apreciava graças à minha discrição e, por isso, agora minha obrigação é servir você". Ao ouvir aquilo eu lhe disse: "Você hoje vai me matar, inevitavelmente".

E a aurora alcançou Šahrāzād, que parou de falar. Dīnārzād disse à irmã: "Como é agradável e insólita a sua história". Ela respondeu: "Isso não é nada perto do que irei contar-lhes na próxima noite, se acaso eu viver e o rei me preservar".

[241] Corresponde a 29 de março de 1255 d.C.; *ṣafar* é o segundo mês do calendário islâmico; três anos depois, Bagdá seria devastada pelos mongóis. As tabelas de conversão indicam que se tratava de uma segunda-feira, e não de uma sexta-feira, embora ocorram discrepâncias. As datas variam nos manuscritos do ramo egípcio, mas a maioria deles traz o ano de 763 da Hégira, que corresponde a 1361 d.C. Note-se ainda que o discurso do barbeiro é confuso.

[242] Provérbio popular.

[243] Por *ḥadīṯ* se entende o conjunto das falas e tradições atribuídas ao profeta Maomé [Muḥammad]. Muslim e Albuḫārī, ambos do século IX d.C., foram os mais eminentes compiladores de *ḥadīṯ*. A obra de ambos é até hoje considerada a mais importante e correta pela ortodoxia muçulmana.

145ª

NOITE DAS HISTÓRIAS DAS MIL E UMA NOITES

Na noite seguinte ela disse:

Eu tive notícia, ó rei venturoso, de que o alfaiate disse para o rei da China:

O jovem disse ao grupo:

O barbeiro me disse: "Meu senhor, e porventura eu não sou aquele a quem deram o apelido de silencioso, porque eu falo pouco, sendo o mais calado de sete irmãos? Sim, pois meu irmão mais velho se chama Albaqbūq; o segundo, Alhaddār; o terceiro, Buqaybiq; o quarto, Alkūz Alaṣwānī; o quinto, Annaššār; e o sexto, Šaqāyq; e eu, o sétimo, por ser taciturno, deram-me o apelido de Aṣṣāmit".[244] Quando ele ultrapassou os limites e me exasperou, minha gente, senti que minhas entranhas e meu coração iam se romper. Ordenei ao criado: "Pague-lhe quatro dinares e faça com que ele suma da minha frente, pelo amor de Deus altíssimo. Não quero cortar o cabelo hoje". Mas o barbeiro disse ao criado, ao ouvir minhas palavras: "Que conversa é essa, meu amo? A fé muçulmana me impõe não receber nenhum pagamento até que tenha lhe prestado o serviço. É imperioso que eu o sirva; é minha obrigação satisfazer à sua necessidade e atender aos seus desígnios, sem me importar se irei receber ou não. Aliás, meu amo, embora você não reconheça o meu valor, eu reconheço o seu e também as suas prerrogativas graças à alta consideração que devo ao seu pai". E declamou o seguinte:

"Vim ao senhor deste lugar para fazer-lhe uma sangria,
mas aquele instante não era propício à saúde.
Sentei-me e lhe relatei diversos prodígios,
diante dele aspergindo saber e entendimento.
Maravilhado de ouvir-me, ele disse afinal:
'Superaste o limite do entendimento, ó mina de saber'.

[244] Os nomes significam, respectivamente, "tagarela", "fofoqueiro", "tagarelinha", "jarro de pedra" (ou "jarro triste", ou ainda "jarro de Assuã"), "fanfarrão" (ou "serrador"), "ruidoso" e "silencioso". Mais adiante, no relato do barbeiro, o segundo irmão tem seu nome modificado para *Baqbāqa* (que também pode significar "fofoqueiro" ou "tagarela").

Respondi: 'Não fosses tu, ó senhor dos humanos,
dando-me tua graça, meu entendimento não adiantaria,
pois tu és o senhor da graça, generosidade e dádiva,
e tesouro dos homens em saber, entendimento e
[inteligência'."[245]

[*Continuou o barbeiro*:] "Então o seu pai ficou muito emocionado e gritou com um criado: 'Pague-lhe cento e três dinares e dê-lhe uma vestimenta honorífica', e aí ele me deu tudo aquilo. Examinei o ascendente e descobri que estava propício; realizei portanto a sangria, mas não pude silenciar ante aquela generosidade, e perguntei enfim: 'Por Deus, meu amo, o que o fez dizer ao criado: "Dê-lhe cento e três dinares"?'. Seu pai respondeu: 'Um dinar pela astrologia, um dinar como paga pela conversa agradável, e um dinar como paga pela sangria; os cem dinares e a vestimenta como paga pela sua poesia panegírica'". E o barbeiro continuou a falar cada vez mais. A irritação que eu sentia era tão grande que eu lhe disse: "Deus não tinha misericórdia por meu pai, pois ele conheceu gente como você".

E a aurora alcançou Šahrāzād, que parou de falar. Dīnārzād disse para a irmã: "Como é agradável e insólita a sua história", e ela respondeu: "Isso não é nada perto do que irei contar-lhes na próxima noite, se acaso eu viver".

146ª

NOITE DAS HISTÓRIAS DAS MIL E UMA NOITES

Na noite seguinte ela disse:

Eu tive notícia, ó rei venturoso, de que o alfaiate disse ao rei da China:

O jovem disse ao grupo:

[245] Neste ponto, o texto seguido na tradução está correto, embora pareça, à primeira vista, faltar algo. Mas o fato é que, contrariando a tendência geral do livro, neste caso específico a poesia também funciona como parte narrativa da história principal (e não somente comentário, adorno ou narrativa marginal), pois é por meio dessa poesia, sem mais nenhum outro recurso narrativo, que o barbeiro conta como conheceu o pai do jovem.

Eu disse ao barbeiro: "Por Deus do céu, deixe de tagarelice. Já estou atrasado!".

Disse o narrador: o barbeiro riu das minhas palavras e disse: "Não há divindade senão Deus, meu amo! Louvado seja Deus, que nunca muda! Não acredito senão que a enfermidade tenha alterado o seu feitio tal e qual eu o conheci, pois estou notando que o seu juízo diminuiu, embora as pessoas, quanto mais o tempo passa, mais ajuizadas fiquem. Ouvi um poeta dizendo a seguinte poesia:

'Favorece o pobre com teus bens, se poder tiveres
sobre o tempo, e assim acumula recompensas;
a pobreza é problemática e não tem remédio,
e o dinheiro embeleza até os piores aspectos;
roga a paz quando passas por seus camaradas
e não te esqueças de reverenciar os teus pais:
não sabes quantas noites eles não pregaram os olhos,
temendo por ti, mas os olhos de Deus nunca dormem!'

Mas, de qualquer modo, eu o desculpo, pois estou apreensivo com o que irá lhe suceder. Você acaso sabia que seu pai e seu avô nada faziam antes de me consultar? O fato é que 'Quem consulta não se decepciona', e se diz em certo provérbio que 'Quem não tem um maioral não é ele próprio grande',[246] e o poeta já disse:

'Quando estiveres disposto a fazer algo
consulta um entendido, e não o encolerizes!'

E você não irá encontrar ninguém mais experimentado do que eu. Não obstante, estou aqui diante de você, parado sobre os meus dois pés e nem sequer me irritei, tendo sido você, ao contrário, que se irritou comigo". Eu lhe disse: "Por Deus, fulano, seu discurso já está muito longo. Eu gostaria que você fosse sucinto". Ele disse: "Já percebi que este nosso amo foi tomado pela irritação. Mas não o levarei a mal". Eu disse: "Fulano, já se aproxima o momento que eu estou aguardando. Faça o serviço para o qual o chamei, e suma-se da minha frente, pelo amor de Deus altíssimo!", e comecei a rasgar a minha roupa. Quando me viu fazendo aquilo, o barbeiro pegou a navalha, afiou-a, veio até a minha cabeça e raspou uns fio-

[246] Os dois trechos entre aspas simples são provérbios populares.

zinhos. Depois ergueu a mão e disse: "Meu amo, 'A pressa provém do demônio'. Já se disse:

'Sê lento e não te apresses para o que desejas;
sê piedoso com os outros e serão contigo piedosos;
não existe mão sobre a qual não esteja a mão de Deus,
nem opressor que não sofrerá nas mãos de outro opressor.'

E não presumo que o meu amo conheça o meu lugar, pois o fato é que você me desdenha, bem como desdenha o meu conhecimento e saber, e a minha elevada posição". Eu lhe disse: "Largue o que não é da sua conta. Meu peito está opresso por sua causa". Ele disse: "Presumo que você está com pressa". Respondi: "Sim, sim, sim!". Ele disse: "Devagar, pois a pressa provém do demônio e acaba levando ao arrependimento. Por Deus que eu estou apreensivo com você, e por isso gostaria que me deixasse a par do que pretende fazer, pois eu temo que lhe seja algo nocivo; ainda faltam três horas para a prece". E continuou: "Não quero que reste uma única dúvida a respeito; pelo contrário, quero conhecer de maneira precisa e detalhada o momento, pois as palavras, se forem atiradas ao léu, acabam saindo defeituosas, especialmente se o forem por alguém como eu, cujo mérito já se evidenciou e propagou entre as pessoas; não devo, por conseguinte, pronunciar-me com base em conjecturas, tal como procede a maioria dos astrólogos". Em seguida, largou a navalha e pegou...

E a aurora alcançou Šahrāzād, que parou de falar. Dīnārzād disse à irmã: "Como é agradável e insólita a sua história", e ela respondeu: "Isso não é nada perto do que irei contar-lhes na próxima noite, se acaso eu viver e o rei me preservar".

147ª

NOITE DAS HISTÓRIAS
DAS MIL E UMA NOITES

Na noite seguinte ela disse:

Eu tive notícia, ó rei venturoso, de que o alfaiate disse ao rei da China:

O jovem disse ao grupo:

Então o barbeiro largou a navalha, pegou o astrolábio, tornou a fazer cálculos com as mãos e disse: "Faltam exatamente três horas para a prece, sem tirar nem pôr, estabelecidas e contadas conforme mencionaram os sábios e falaram a respeito os sapientes no ramo da astrologia e do cálculo zodiacal". Eu lhe disse: "Pelo amor de Deus, fulano, deixe-me em paz! Juro por Deus que você está dilacerando o meu fígado!". Então este maldito barbeiro deu um passo adiante, pegou a navalha, raspou mais alguns fios da minha cabeça e disse: "Por Deus que eu estou preocupado com a sua pressa, cujo motivo ignoro. Se me deixasse a par de tudo, nisso estaria o seu bem, pois o seu pai e o seu avô, que Deus tenha piedade da alma de ambos, nada faziam sem antes me consultar".

Disse o narrador: quando percebi que não conseguiria livrar-me dele, pensei: "Já está chegando a hora da prece do meio-dia. Pretendo partir antes que as pessoas comecem a retornar da prece. Se eu me atrasar mais uma hora, não encontrarei maneira nenhuma de entrar na casa da jovem", e então lhe disse: "Seja breve e deixe de palavrório, pois fui convidado a visitar um amigo". Quando ouviu a menção ao convite, o barbeiro disse: "Este seu dia é abençoado para mim. Você me fez lembrar que ontem fiz um grupo de amigos meus jurar que me fariam hoje uma visita, mas esqueci de providenciar algo para comerem; só agora me lembrei deles. Oh, que vergonha!". Eu lhe disse: "Não se preocupe com isso; você já está ciente de que eu hoje estou convidado para sair; assim, tudo quanto em minha casa houver de comida e bebida lhe pertence, desde que você aja conforme eu pedi, arrumando e cortando os meus cabelos". Ele disse: "Que Deus lhe dê a melhor recompensa. Informe-me e descreva-me agora tudo o que você está fazendo o favor de me dar, a fim de que eu saiba o que é e distribua aos meus convidados". Eu lhe disse: "Tenho cinco variedades de comida, dez galinhas fritas e um carneiro assado". Ele disse: "Traga-os aqui para que eu os veja", e então ordenei que um criado comprasse e trouxesse toda aquela comida depressa, e ele assim o fez. Depois de examinar tudo, o barbeiro disse: "Meu amo, já se trouxe a comida, agora falta a bebida", e eu lhe disse: "Tenho dois garrafões de vinho"; ele disse: "Traga-os", e eu ordenei ao criado que assim fizesse. Quando enfim foram trazidos, o barbeiro disse: "Você é uma excelente pessoa! Como é generosa a sua alma, e louvável a sua origem! Já se trouxe bebida e comida, faltam agora os incensos e os perfumes",[247] e então ordenei que lhe fosse trazida

[247] O original diz "petiscos e frutas". Corrigido a partir das edições impressas.

uma caixa contendo aloés, âmbar e almíscar, no valor de cinco dinares. Como eu já estava bem atrasado, disse-lhe: "Leve tudo mas faça o serviço, pelo amor de Deus". Ele disse: "Por Deus que não levarei nada até examinar o conteúdo, peça por peça". Ordenei ao criado que abrisse a caixa. O barbeiro deixou o astrolábio cair das mãos – a maior parte dos meus cabelos ainda não fora aparada –, sentou-se e começou a revirar os perfumes e os incensos. Só os aceitou e levou depois de ter acabado com a minha paciência e me exasperado a ponto de me provocar dificuldades de respiração. Pegou a navalha, aproximou-se, cortou alguns poucos fios de cabelo e declamou:

"As crianças se criam tal como se criaram seus pais,
pois é a partir das raízes que crescem as árvores."

E continuou dizendo: "Por Deus, meu amo, já não sei se agradeço a você ou ao seu pai, pois a recepção aos meus amigos só será possível graças à sua generosidade! Que a memória de seu pai perdure por intermédio de sua longa vida! Por Deus que em minha casa não haverá ninguém que seja merecedor disso! Só terei comigo senhores respeitáveis como Zantūt, criador de pombos,[248] Ṣalīᶜ, mascate de alho e cebola, Sallūt, mascate de fava, ᶜIkriša, verdureiro, Saᶜīd, cameleiro, Suwayd, carregador, Ḥamīd, lixeiro, Abū Makāriš, lavador de casa de banho, Qasīm, vigia, e Karīm, almocreve. Entre esses todos não existe um único aborrecido, arruaceiro, indiscreto ou desagradável; cada um deles tem uma dança específica e versos que declama. Mas o melhor de tudo é que eles são como este seu criado, este seu escravo: não conhecem a tagarelice nem a indiscrição. O criador de pombos canta, acompanhado de um tambor, coisas que encantam, e também dança 'mama eu tô indo encher a jarra'. Já o mascate de alho e cebola...".

E a aurora alcançou Šahrāzād, que parou de falar. Dīnārzād disse para a irmã: "Como é agradável e insólita a sua história", e ela respondeu: "Isso não é nada perto do que irei contar-lhes na próxima noite, se acaso eu viver e o rei me preservar".

[248] Para traduzir "criador de pombos", leu-se *ḥamāmī*; no entanto, poderia também ler-se *ḥammāmī*, que indica pessoa que trabalha em casas de banho, atividade atribuída logo adiante a outro membro da confraria.

148ª

NOITE DAS HISTÓRIAS
DAS MIL E UMA NOITES

Na noite seguinte ela disse:

Eu tive notícia, ó rei venturoso, de que o alfaiate disse ao rei da China:

O jovem disse ao grupo:

O barbeiro disse: "O mascate de alho e cebola canta, a granel,[249] melhor do que um rouxinol, e dança 'ó minha chorosa dama, você não errou'; quando o faz, não deixa nenhum coração sem gargalhar às suas custas. Já o lixeiro, quando canta acompanhado de pandeiro, paralisa os pássaros, e dança 'as novas do meu pequeno vizinho já estão numa caixa de bom tamanho'; ele é esperto, meigo, animado, agudo, derrubado, descarado; a respeito de suas virtudes eu digo:

'Seja minha vida o resgate de um lixeiro por quem anseio,
cujas belas características imitam um galho oscilante;
generoso, certa noite o destino o trouxe, e eu lhe disse:
'Quanto mais o anelo aumenta, mais eu diminuo!
Lavraste teu fogo em meu coração', e ele respondeu:
'Não espanta que o lixeiro vire então acendedor!'.

Cada um deles aperfeiçoou diversões e pilhérias que distraem a inteligência. Assim, se o meu amo quiser que eles hoje venham para cá, e ele deixe de ir até os amigos com os quais se comprometeu... O fato é que você ainda apresenta resquícios da doença, e é possível que as pessoas que vai visitar sejam muito tagarelas e fiquem falando daquilo que não é da sua conta, ou talvez exista entre tais pessoas algum indiscreto que lhe provoque dor de cabeça. E você, por causa da doença, está sem paciência". Então eu lhe disse: "Antes aconselhar do que faltar", e, rindo em meio àquela raiva, disse-lhe: "Quem sabe não realizamos essa reunião num outro dia, se Deus altíssimo quiser. Conclua o serviço

[249] O original diz *bi-lmaġrafa*, sintagma de difícil compreensão. Pensou-se, aqui, num trocadilho com a profissão do personagem, pois a palavra *maġrafa* pode indicar um utensílio (uma espécie de concha) para recolher alimentos. Outra possibilidade de tradução é "com acompanhamento" (no caso, a batida com essa peça).

que lhe pedi e retire-se na segurança de Deus altíssimo, que ele lhe torne agradável a companhia dos seus amigos e camaradas. Eles, aliás, estão esperando por você!". Ele disse: "Meu amo, eu não procuro senão trazê-los para a sua companhia, este grupo esperto no qual não existe um só indiscreto ou tagarela. Desde a juventude que eu não consigo permanecer de jeito nenhum na companhia de quem fica indagando a respeito do que não lhe concerne; não consigo conviver senão com quem é igual a mim, taciturno. Se você desfrutar da companhia deles, uma única vez que seja, com certeza abandonará todos os seus outros amigos". Respondi: "Que Deus torne completa a sua felicidade na companhia deles. É imperioso que, um dia desses, eu compareça com eles na sua casa; irei me divertir com essas pessoas". Ele disse: "Mas eu gostaria que você se divertisse conosco hoje mesmo. Se você já se convenceu a ir comigo até os meus amigos, deixe-me levar as coisas com as quais você os agraciou. Porém, se lhe for imperioso ir ter hoje com os seus amigos, vou levar estas coisas aos meus amigos e deixá-los comendo e bebendo sem me esperar, e retornarei em seguida para ir com você até os seus camaradas, pois não existe entre mim e meus amigos nenhuma espécie de constrangimento que me impeça de largá-los sozinhos e retornar até você". Eu disse: "Não existe poderio nem força senão em Deus altíssimo e poderoso! Vá você ficar com os seus amigos, tenha um encontro agradável com eles, e me deixe ir aos meus amigos passar o dia de hoje com eles, que estão me esperando". O barbeiro disse: "Deus me livre, meu amo, de abandoná-lo e deixá-lo ir sozinho!". Respondi: "Fulano, no lugar para onde estou indo existem constrangimentos. Por qual motivo você entraria ali?". Ele disse: "Meu amo, julgo que hoje o senhor tem um encontro com alguma mulher. Do contrário, se fosse convite de algum amigo, você me levaria junto, pois alguém como eu ornamenta reuniões, locais de passeio, casamento e alegria. Mas se você estiver atrás de alguém com quem pretende ficar a sós, então seria mais justo que eu...".

E a aurora alcançou Šahrāzād, que parou de falar. Dīnārzād disse para a irmã: "Como é agradável e insólita a sua história", e ela respondeu: "Isso não é nada perto do que irei contar-lhes, se eu viver e for preservada".

149ª

NOITE DAS HISTÓRIAS
DAS MIL E UMA NOITES

Na noite seguinte ela disse:

Eu tive notícia, ó rei venturoso, de que o alfaiate disse ao rei da China:

O jovem disse ao grupo:

O barbeiro me disse: "É mais justo que eu o ajude e esteja ao seu lado como apoiador, a fim de que certas pessoas não o vejam entrando no lugar e você passe a correr riscos, pois nesta cidade ninguém pode fazer nada, especialmente num dia como o de hoje: eis aí o chefe de polícia de Bagdá, homem cruel, de índole rigorosa e enorme arbitrariedade". Então eu lhe disse: "Ai de você, pérfido senhor! Não tem vergonha de me dirigir semelhantes palavras?". Respondeu: "Você me pergunta se eu não tenho vergonha mas esconde coisas de mim, seu frívolo? Eu tomei ciência disso, me certifiquei de tudo, e só o que fiz foi vir ajudá-lo, em pessoa!".

Disse o narrador: temeroso de que os meus parentes e vizinhos ouvissem as palavras do barbeiro e me pusessem em situação vexatória, calei-me. Chegou o meio-dia, e com ele o horário da prece. Fez-se a primeira convocação, a segunda, e ele já terminara de aparar o meu cabelo. Eu lhe disse: "Saia agora com essa comida e bebida; vá para casa encontrar os seus amigos. Eu ficarei aqui esperando seu regresso, a fim de que vá comigo" – e assim me pus a adular este maldito, a enganá-lo, pois quiçá assim me visse livre de sua intrujice. Mas ele disse: "Parece que eu o estou vendo agora me enganando, partindo sozinho, e desse modo se lançando numa desgraça sem possibilidade de salvação. Por Deus, por Deus, não se mexa até que eu regresse e vá com você, a fim de que eu esteja a par do que lhe vai suceder e nenhum estratagema possa atingi-lo". Respondi: "Sim, não demore". Ele recolheu toda a comida, a bebida, os assados, os perfumes etc. que eu lhe dera, e saiu de minha casa. O maldito, porém, enviou tudo para sua casa por meio de um carregador e se escondeu numa ruela. Levantei-me logo depois que ele saiu, quando os almuadens já haviam salmodiado as saudações aos anjos.[250] Vesti

[250] Momento final da prece muçulmana, quando o crente cumprimenta os anjos, primeiro o da direita e em seguida o da esquerda.

minhas roupas e saí apressado; avancei até chegar à rua onde morava a jovem, e me postei diante da casa onde a vira. O maldito barbeiro me seguia sem que eu percebesse. Deparei com a porta aberta; entrei e encontrei a velha parada, me esperando. Subi ao piso em que a jovem residia; mal entrei, porém, o dono da casa retornou da prece, entrou na casa e fechou a porta. Olhei pela janela e vi este barbeiro, que Deus o amaldiçoe, parado diante da porta. Pensei: "Como é que esse demônio soube?". Naquele instante, porque Deus desejava minha desonra, coincidiu que o dono da casa batesse numa serva que cometera um erro. Ela gritou e um escravo veio salvá-la; o homem também bateu nele, e o escravo, por sua vez, gritou. Este barbeiro maldito, julgando que fora eu o agredido, gritou, rasgou as roupas e se pôs a jogar areia na cabeça; não parou de gritar e pedir socorro às pessoas atrás dele e ao seu redor, dizendo: "Meu senhor foi assassinado na casa do juiz". Em seguida, foi para a minha casa gritando, enquanto as pessoas seguiam atrás dele; contou tudo para meus familiares e criados; assim, antes que eu me desse conta, apareceram todos rasgando as roupas, os cabelos desfeitos, gritando: "Coitado do nosso senhor", tendo o barbeiro à sua frente, a fisionomia mais horrorosa, as roupas rasgadas, gritando junto com eles.

E a aurora alcançou Šahrāzād, que parou de falar. Dīnārzād disse para a irmã: "Como é agradável e insólita a sua história, maninha", e ela respondeu: "Isso não é nada perto do que irei contar-lhes, se eu viver e o rei me preservar".

150ª

NOITE DAS HISTÓRIAS DAS MIL E UMA NOITES

Na noite seguinte ela disse:

Conta-se, ó rei venturoso, que o alfaiate disse ao rei da China:

O jovem disse ao grupo:

Meus familiares continuaram gritando; as pessoas se aglomeraram atraídas por seus gritos de "Oh, pobre assassinado! Oh, pobre assassinado!". Ouvindo a confusão e a algazarra à sua porta, o dono da casa disse a um de seus criados: "Vá ver o que está acontecendo". O criado saiu e retornou, dizendo ao seu amo: "Meu senhor, estão à porta mais de dez mil almas, entre homens e mulheres, todos gritando 'Oh, pobre assassinado!' e apontando para a nossa casa". Como aquilo lhe parecesse algo drasticamente grave, o juiz saiu, abriu a porta, viu aquela aglomeração, ficou atônito e disse: "Qual é a questão, minha gente?". Disseram-lhe: "Ó maldito, ó porco, você matou o nosso senhor!". O juiz perguntou: "Mas minha gente, e o que o seu senhor me fez para que eu o tenha matado? Eis aqui minha casa à sua disposição". O barbeiro disse: "Você acabou de surrá-lo com a vergasta. Eu ouvi o choro dele vindo da sua casa". O juiz perguntou: "E o que o amigo de vocês teria feito para que eu o surrasse? O que ele estaria fazendo em minha casa?". O barbeiro disse: "Não seja pérfido e canalha! Eu estou a par de tudo! Sua filha está apaixonada por ele e ele por ela. Quando você ficou sabendo disso, ordenou que seus criados o surrassem. Por Deus que ninguém menos que o califa irá julgar este caso, a não ser que você o traga agora para os familiares dele, antes que eu entre e o retire daí, fazendo você passar vergonha". O juiz – quase sem conseguir falar, humilhado de vergonha perante a multidão – autorizou: "Se você estiver dizendo a verdade, entre agora e retire-o". Todo serelepe, o barbeiro entrou na casa. Quando o vi entrando, procurei uma rota de fuga qualquer, ou algum lugar onde me escafeder ou me refugiar, mas não encontrei senão um grande cesto depositado naquele andar; entrei no cesto, coloquei a tampa sobre mim, e fiz o maior silêncio. O barbeiro entrou no saguão e olhou para o local onde eu estava; virou-se à direita e à esquerda, e não viu nenhum esconderijo possível além do cesto no qual eu estava; carregou-o então na cabeça, enquanto eu perdia o senso e o juízo, e saiu rapidamente. Quando percebi afinal que ele não me deixaria, resignei-me, abri o cesto e me atirei no chão, quebrando a perna. A porta se abriu e vi muita gente aglomerada. Havia em minhas mangas muito ouro que eu reservara para uma ocasião dessas; saí e comecei a atirar as moedas para a multidão, deixando-a ocupada em colher ouro e prata. Pus-me a correr à direita e à esquerda pelas ruelas de Bagdá, enquanto o maldito barbeiro me perseguia, de um ponto a outro, sem que nada o detivesse.

E a aurora alcançou Šahrāzād, que parou de falar. Dīnārzād disse para a irmã: "Como é agradável e insólita a sua história, maninha", e ela respondeu: "Isso não é nada perto do que irei contar-lhes na próxima noite, se acaso eu viver e for preservada".

151ª

NOITE DAS HISTÓRIAS
DAS MIL E UMA NOITES

Na noite seguinte ela disse:

Eu tive notícia, ó rei venturoso, de que o alfaiate disse ao rei da China que o jovem continuou correndo, enquanto o barbeiro corria atrás dele, gritando: "Quiseram privar-me do meu senhor e matar aquele cuja generosidade me agracia a mim e aos meus filhos e amigos. Louvado seja Deus que me concedeu a vitória sobre eles, fazendo-me salvar meu senhor de suas mãos!". Depois disse: "Para onde pretende ir agora, meu senhor? Se acaso Deus não tivesse atendido às suas súplicas por meu intermédio, você não teria escapado e eles o arrojariam numa desgraça tremenda, da qual ninguém mais poderia salvá-lo! Como eu gostaria de viver para servi-lo! Por Deus que você está me liquidando com este seu mau proceder! Como, então, gostaria de ter ido sozinho? Mas eu não o levarei a mal pela sua ignorância, pois você tem pouco juízo e é trôpego e afobado".

[*Prosseguiu o jovem:*] Como se não me bastasse o que ele já me fizera, ainda por cima queria me vigiar pelos mercados de Bagdá e gritar comigo! Meu espírito estava a ponto de sair de mim! De tanto ódio e raiva que eu sentia, entrei numa hospedaria no centro do mercado e implorei ajuda ao proprietário, que o afastou de mim. Acomodei-me num quarto e pensei: "Se eu retornar para minha casa, nunca mais conseguirei separar-me daquele maldito; ele vai querer ficar comigo noite e dia. Mas eu já não suporto nem sequer olhar para a cara dele". Então, imediatamente mandei chamar testemunhas, redigi as recomendações para minha família, distribuí a maior parte dos meus bens, para cuja gestão nomeei um tutor, a quem ordenei que vendesse a casa e as terras, e recomendei os grandes e os pequenos. Peguei um pouco de dinheiro para mim e viajei naquele mesmo dia, partindo da hospedaria e chegando até esta terra, só para me ver livre deste cafetão. Já faz algum tempo que estou morando em seu país. Assim, quando vocês me convidaram para a festa, aceitei e vim, mas encontrei aqui, ocupando um lugar de honra, este barbeiro maldito! Como eu suportaria permanecer ao seu lado depois do que ele me fez? Quebrei a perna, exilei-me de minha terra, afastei-me de meus familiares e de meu lar, perdi-me pelo mundo! E agora eis que ele está aqui junto a vocês!

E, assim dizendo, o jovem recusou-se a tomar assento entre nós.

O BARBEIRO DE BAGDÁ E SEUS IRMÃOS

Quando ouvimos a história das ocorrências entre o jovem e o barbeiro, ficamos muitíssimo espantados e tocados pela emoção. Perguntamos ao barbeiro: "É verdade o que disse este jovem a seu respeito? Por que você fez aquilo?". O barbeiro ergueu a cabeça e disse: "Minha gente, tudo o que fiz foi com meu inteiro conhecimento, juízo e brios. Não fosse eu, ele teria morrido; fui o motivo de sua salvação. É melhor contundir-se na perna do que perder a vida. Pus a minha vida em risco para plantar a semente do favor desinteressado, mas fiz isso por quem não merecia. Por Deus que não fui indiscreto nem tagarela. Entre os meus seis irmãos, dos quais sou o sétimo, não existe nenhum menos falador do que eu, nem mais ajuizado ou discreto. E agora vou lhes relatar uma história que sucedeu comigo, a fim de que vocês acreditem que eu falo pouco e sou o mais discreto dos meus irmãos".

[*Prosseguiu o barbeiro*:[251]] O fato é que eu vivia em Bagdá na época do então califa Almustanṣir Billāh, filho de Almustaḍī' Billāh.[252] Esse califa amava os pobres e os despossuídos, e convivia com os sábios e os virtuosos. Sucedeu que ele se encolerizou com dez indivíduos e ordenou que o encarregado de polícia da cidade os levasse até ele num feriado.

E a aurora alcançou Šahrāzād, que parou de falar. Dīnārzād disse para a irmã: "Como é espantosa e insólita a sua história, maninha", e ela respondeu: "Isso não é nada perto do que irei contar-lhes na próxima noite, se acaso eu viver e o rei me poupar".

[251] A história do barbeiro foi adaptada de um relato histórico encontrado na obra *Murūj Aḏḏahab*... [Pradarias de ouro...], de Almasᶜūdī, e em historiadores posteriores. Confira no Anexo 8 deste volume.

[252] Almustanṣir Billāh, penúltimo califa da linhagem abássida, governou de 623 a 640 H. (1226 a 1242 d.C.). Era bisneto, e não filho do califa Almustaḍī' Billāh, que governou de 566 a 575 H. (1170 a 1180 d.C.). No relato histórico de Almasᶜūdī, a ocorrência se dá bem antes, durante o califado de Alma'mūn, que durou de 198 a 218 H. (813 a 833 d.C.). Alguns manuscritos do ramo egípcio trazem o nome do califa Almuntaṣir, que reinou de 247 a 248 H. (861 a 862 d.C.), e um único, o "Gayangos 49", traz o nome de Almuᶜtaṣim, califa que reinou de 218 a 227 H. (833 a 842 d.C.).

152ª

NOITE DAS HISTÓRIAS DAS MIL E UMA NOITES

Na noite seguinte ela disse:

Eu tive notícia, ó rei venturoso, de que o alfaiate disse ao rei da China:

O barbeiro disse ao grupo:

O califa Almustanṣir ordenou ao encarregado de polícia de Bagdá que lhe levasse aqueles dez homens, em certo dia de feriado. Eram todos salteadores que tornavam as estradas perigosas. O encarregado de polícia saiu-lhes no encalço, capturou-os e colocou-os num barco para conduzi-los ao califa. Quando os vi, pensei: "Por Deus que essas pessoas não se reuniram senão para realizar uma festa ou por causa de algum convite para participar de uma. Creio que eles passarão o dia nesse barco comendo e bebendo. E não terão outro comensal que não eu". Levantei-me, portanto, minha gente, com todo o meu bom juízo e brio, e me enfiei entre eles no barco. Eles foram transportados até a margem do rio em Bagdá. Assim que chegaram à margem, mais do que rapidamente veio um grupo de policiais e ajudantes carregando correntes; prenderam-nas em seus pescoços, e também meu pescoço foi acorrentado de roldão. Isso tudo, minha gente, em virtude de meu brio e circunspecção, pois eu me calei e não fiz nenhuma tenção de falar. Conduziram-nos acorrentados e nos colocaram diante do comandante dos crentes, o qual determinou a decapitação dos dez. O carrasco aproximou-se depois de nos fazer sentar diante de si, na esteira sobre a qual se executava a decapitação, desembainhou a espada e foi cortando a cabeça de um por um, até que enfim se completaram dez. Restei eu. O califa olhou e lhe disse: "Ai de você! Até agora só cortou o pescoço de nove!". O carrasco respondeu: "Deus me livre, ó comandante dos crentes, de receber do senhor ordens para cortar dez cabeças e cortar nove!". O califa disse: "Esse aí diante de você é o décimo". O carrasco respondeu: "Oh, Deus, oh, Deus, meu amo! Juro pela sua generosidade que matei dez". Então eles contaram as cabeças e constataram que se tratava de dez. O califa olhou para mim e disse: "Ai de você! Por que permaneceu calado num momento como este? Como veio parar no meio desses criminosos sanguinários? Qual o motivo disso? Apesar de velho, você possui pouco juízo!". Ao ouvir as palavras do comandante dos crentes, pus-me de pé com todo o vigor e disse: "Saiba, comandante dos crentes, que eu sou o silencioso, homem dotado de mérito, sabedoria, ciência e filosofia; minhas palestras são saborosas e dou respostas que ninguém mais dá. Quanto ao meu bom juízo, minha taciturnidade, meu agudo entendimento, minhas poesias, meu grande brio e solicitude, trata-se de coisas cujo limite não se alcança e cujo fim não se conhece. No dia de ontem, encontrei aqueles dez se dirigindo ao barco e julguei que estavam convidados para alguma festa; misturei-me no meio deles e embarquei. Mal atravessaram o rio e vieram à margem, ocorreu-lhes aquilo tudo. Mas por toda a minha vida foi assim: faço favores às pessoas e elas me retribuem da pior maneira". Quando ouviu minhas palavras, o califa riu até cair sobre seu traseiro. Ciente de que eu tenho muito brio e sou taciturno e discreto – ao contrário do que alega a meu respeito este jovem a quem eu salvei de coisas terríveis e que me retribui com semelhantes atitudes –, o califa me disse: "Ó silencioso, seus seis irmãos são assim como você?".[253] Respondi: "Que eles morram e deixem de existir se forem ou agirem como eu, ou ainda se tiverem a minha aparência. Meus irmãos, ó comandante dos crentes, são seis, cada qual com seu defeito: um é caolho; e os outros são, respectivamente, paraplégico, corcunda, cego, de orelhas cortadas e de lábios cortados. Não presuma que eu sou tagarela; apenas gosto de deixar bem claro que tenho mais brios do que eles, e falo menos. A cada um dos meus irmãos sucedeu uma história, que foi a causa do seu defeito físico. O mais velho era alfaiate...".

E a aurora alcançou Šahrāzād, que parou de falar. Dīnārzād disse para a irmã: "Como é agradável e insólita a sua história", e ela respondeu: "Isso não é nada perto do que irei contar-lhes na próxima noite, se acaso eu viver e for poupada".

[253] Como não terá passado despercebido ao leitor, a observação do califa é inteiramente extemporânea, uma vez que, em princípio, ele nada sabe a respeito da vida pregressa do barbeiro. Note-se que as histórias dos seis irmãos do barbeiro foram inseridas nas *Mil e uma noites* a partir de outro conjunto narrativo do século XIII ou XIV, denominado *Histórias espantosas e crônicas prodigiosas* [*Alḥikāyāt alᶜajība wa alaḫbār alġarība*]. Nessa obra, tais histórias são narradas em primeira pessoa pelos personagens, que ali não são irmãos, mas sim indivíduos levados por uma aia para divertir "certo rei" inominado. Quando as introduziu nas *Mil e uma noites*, o responsável pelo texto, por mais de um momento, esqueceu-se de fazer as adaptações necessárias, tais como passar a narração para a terceira pessoa, já que o narrador das histórias dos seis personagens é o barbeiro. Por isso, a fim de manter a legibilidade, a tradução teve de realizar algumas correções e adaptações.

153ª

NOITE DAS HISTÓRIAS DAS MIL E UMA NOITES

Na noite seguinte ela disse:

Conta-se, ó rei venturoso, que o alfaiate disse ao rei da China:

O barbeiro disse ao grupo:

Eu disse ao califa:

O PRIMEIRO IRMÃO DO BARBEIRO

Meu irmão mais velho era alfaiate em Bagdá, estabelecido numa loja que alugara; defronte dele morava um homem muito rico, numa casa em cujo andar térreo havia uma moenda. Certo dia, enquanto costurava na loja, meu irmão corcunda ergueu de súbito a cabeça e viu pela claraboia da casa em frente uma mulher que parecia o plenilúnio em ascensão; ela estava espreitando as pessoas. Ao vê-la, o fogo se acendeu em seu coração, e ele permaneceu o dia inteiro com a cabeça erguida para aquele ponto. Quando a noite caiu, já sem esperanças de ter alguma coisa com ela, foi embora entristecido. Pela manhã, regressou à loja e tomou seu assento, continuando a olhar para o lugar onde vira a mulher. Depois de algum tempo, conforme o hábito, ela veio espreitar; ao botar os olhos nela, meu irmão caiu desmaiado. Em seguida despertou e se retirou para casa no mais deplorável estado. No terceiro dia ele tomou seu assento e a mulher, percebendo que ele não desviava os olhos dela, sorriu para ele, e ele para ela. A mulher sumiu dali e lhe enviou uma criada com um embrulho de pano, no qual estava enrolado um tecido de linho fino. A criada disse: "Minha patroa lhe envia saudações e pede, pelo valor que a vida dela tem para você, que desse tecido lhe tire a medida de um vestido e o costure". Meu irmão respondeu: "Ouço e obedeço", e então cortou a peça em forma de vestido e o costurou no mesmo dia. No dia seguinte, a criada veio vê-lo pela manhãzinha e disse: "Minha patroa lhe envia saudações e pergunta como passou a noite, pois ela não conseguiu dormir de tanto que o seu coração está ocupado com você. E também lhe pede que tire a medida de algumas calças e as costure, a fim de que ela possa usá-las com o vestido". Ele respondeu: "Ouço e obedeço", e então começou: tirou a medida, cortou e se esmerou na costura. Depois de algum tempo, a mulher se pôs a observá-lo pela claraboia, cumprimentou-o e não o deixou interromper o trabalho até que ele terminasse a costura das calças e as enviasse a ela. Meu irmão retornou para casa perplexo, sem dispor nem sequer do que comer. Tomou empréstimo com um vizinho e gastou esse dinheiro com comida. Quando amanheceu, foi para a loja, e, antes que se desse conta, lá estava a criada lhe dizendo: "Meu patrão está chamando você". Ao ouvir a referência ao patrão, ele ficou terrivelmente atemorizado e disse: "Talvez já esteja sabendo de tudo". A criada respondeu: "Não tenha medo, pois não se deu senão o bem; minha patroa apenas quer fazê-los conhecer um ao outro". Meu irmão levantou-se feliz, entrou na casa e saudou o homem, que respondeu à saudação e, em seguida, estendendo um monte de peças de linho de Dubayq,[254] disse-lhe: "Faça para mim algumas túnicas com esse tecido".

E a aurora alcançou Šahrāzād, que parou de falar. Dīnārzād disse: "Como é agradável e insólita a sua história, maninha", e ela respondeu: "Isso não é nada perto do que irei contar-lhes na próxima noite, se eu viver e o rei me preservar".

154ª

NOITE DAS HISTÓRIAS DAS MIL E UMA NOITES

Na noite seguinte ela disse:

Eu tive notícia, ó rei venturoso, de que o alfaiate disse ao rei da China:

O barbeiro disse ao grupo:

Eu disse ao califa:

O homem disse ao meu irmão: "Faça-me algumas túnicas com esse tecido". [Conforme as palavras do meu próprio irmão,][255] "Então, comecei a trabalhar sem interrupção, até tirar a medida e fazer o corte de vinte túnicas e do mesmo tanto de calças; trabalhei até o fim da tarde". Durante esse período, meu irmão não provou

[254] Cidade egípcia conhecida por seu linho.
[255] O trecho entre colchetes é acréscimo do tradutor.

nenhum alimento. Em seguida, o homem lhe perguntou: "Quanto você vai cobrar por isto?", e ele respondeu: "O equivalente a vinte dirhams". O homem gritou pela criada e disse: "Traga a balança". Foi então que, repentinamente, a sua jovem mulher surgiu, demonstrando estar encolerizada pelo fato de ele ter cobrado aqueles dirhams. Percebendo aquilo, meu irmão pensou: "Por Deus que não vou cobrar coisa nenhuma!", e, recolhendo o trabalho, saiu da casa, embora estivesse muito necessitado, nem que fosse de um mísero centavo. Em três dias, comeu apenas dois pães e quase morreu de fome. A criada foi até ele e lhe perguntou: "Em que pé está o trabalho?". Ele respondeu: "Já terminei", e, carregando tudo, acompanhou a criada e com ela se dirigiu até o marido da jovem; como este fizesse menção de lhe pagar o trabalho, meu irmão disse, por temor à jovem: "Não cobrarei nada", e foi-se embora para a sua casa. Naquela noite, não dormiu de tanta fome. Quando amanheceu, foi até a loja, e logo chegou a criada dizendo: "Vá conversar com o meu patrão", e meu irmão foi até ele. O homem lhe disse: "Quero que você tire para mim a medida de algumas túnicas", e meu irmão lhe tirou a medida e fez o corte de cinco túnicas. Depois saiu num estado pior do que entrara, mais esfomeado e endividado. Costurou aquelas túnicas e foi até o homem, que apreciou a sua costura e mandou que se trouxesse um saco de dirhams, no qual chegou a enfiar a mão, mas a mulher fez um sinal para o meu irmão, pelas costas do marido, dizendo: "Não receba nada!", e então ele disse: "Não se apresse em pagar, meu senhor, pois há tempo de sobra", e saiu dali desesperado por um único centavo que fosse, e também pela jovem. Desse modo, cinco coisas haviam se juntado contra ele: paixão, bancarrota, fome, nudez e trabalho penoso; apesar de tudo, ele iria continuar agindo daquela maneira. Mas o fato é que a mulher, sem que meu irmão desconfiasse, havia deixado o marido a par da situação e da paixão dele por ela; assim, haviam combinado em explorar de graça o trabalho de alfaiate do meu irmão. Quando ele terminou de lhes fazer todo o serviço, a mulher se pôs a vigiá-lo e, caso visse qualquer freguês pesando moedas para lhe pagar, ela lhe lançava olhares que o impediam de receber. Depois disso, aquele casal elaborou um ardil e casou o meu irmão com a criada. Na noite em que deveriam consumar o casamento, o casal lhe disse: "Durma esta noite na moenda e amanhã será o casamento". Assim, enquanto meu irmão dormia sozinho na moenda, o marido da jovem foi fazer contra ele uma armação mancomunado com o responsável pela moenda. No meio da noite o moendeiro entrou na moenda e começou a dizer: "Qual é o problema deste maldito jumento? Já parou? Não estou ouvindo rodar a moenda, e nós estamos com excesso de trigo". Foi até a mó, encheu um balde de trigo, foi até o meu irmão empunhando um chicote e lhe pendurou o balde no pescoço.

E a aurora alcançou Šahrāzād, que parou de falar. Dīnārzād disse para a irmã: "Como é agradável e insólita a sua história, maninha", e ela respondeu: "Isso não é nada perto do que irei contar-lhes na próxima noite, se acaso eu viver e o rei me preservar".

155ª

NOITE DAS HISTÓRIAS
DAS MIL E UMA NOITES

Na noite seguinte ela disse:

Eu tive notícia, ó rei venturoso, de que o alfaiate disse ao rei da China:

O barbeiro disse ao grupo:

Eu disse ao califa:

O moendeiro prendeu o meu irmão pelo pescoço e se pôs a chicoteá-lo nas pernas enquanto ele corria e os grãos de trigo eram moídos; o homem agia como se não percebesse que se tratava de meu irmão, chicoteando-o toda vez que ele fazia menção de parar para descansar e dizendo-lhe: "Seu jumento maldito, parece que comeu demais". Quando surgiu a alvorada, o moendeiro voltou para sua casa e deixou meu irmão estirado como se estivesse morto. Pela manhã, a criada veio ter com ele e lhe disse: "Estou muito condoída por você. Eu e minha patroa não dormimos nesta noite, tal era nossa preocupação com você". Mas meu irmão já nem tinha língua com que responder, de tanto que tinha apanhado e se exaurido. Ele retornou para sua casa e, de repente, chegou o mestre que redigira o contrato de casamento.[256] Cumprimentou-o, dizendo: "Que Deus lhe conserve a vida! Eis aí em sua face os sinais do bem-estar, dos beijos e da bolinagem". Ele respondeu: "Meu irmão, que Deus não preserve quem mente, seu cafetão de mil cornos! Por Deus que minha

[256] O trecho "o mestre que redigira o contrato de casamento" traduz *almuᶜallim allaḏī kataba alkitāb*, "o mestre que escreveu o livro [ou o escrito]". Assim isolada, sem nenhum referencial anterior direto, a palavra *alkitāb* ["livro" ou "escrito"] só pode remeter ao contrato de casamento. Leia, no Anexo 9, a tradução do texto que deu origem a este, e no qual essa passagem assume um sentido completamente diferente.

noite não consistiu senão em moer trigo como se fosse um jumento", e lhe relatou toda a história e o que lhe sucedera. O homem lhe disse: "Seu astro não estava em harmonia com o dela". Em seguida meu irmão foi para a loja, na esperança de que alguém lhe levasse algo para costurar e lhe pagasse, para poder comprar alguma coisa. A criada então apareceu e disse: "Converse com minha patroa". Ele respondeu: "Não quero mais negócio com vocês". A criada saiu e avisou à patroa. Logo meu irmão a viu através da claraboia; ela chorava e lhe dizia:[257] "Ai, amigo de minha alma, como está?", mas ele não respondeu; ela então começou a jurar que era inocente de tudo aquilo. Ao olhar para a sua graça e beleza, toda a zanga do meu irmão se dissipou; ele aceitou as suas desculpas e ficou feliz por contemplá-la. Após alguns dias a criada veio até ele e lhe disse: "Minha patroa o cumprimenta e lhe diz que o marido irá dormir na casa de um amigo. Quando ele sair, você virá até nós e passará a noite com a minha patroa". Mas o que ocorreu foi que o marido dissera à mulher: "Parece que o alfaiate desistiu de você!", e ela respondera: "Deixe-me preparar contra ele outra artimanha que irá torná-lo infame na cidade inteira". Meu irmão não tinha conhecimento do que se urdia contra ele. No início da noite, a criada o pegou e introduziu na casa. Ao vê-lo, a jovem deu-lhe boas-vindas e disse: "Meu senhor, só Deus sabe como estou ansiosa por você".

E a aurora alcançou Šahrāzād, que parou de falar. Dīnārzād lhe disse: "Maninha, como é agradável e insólita a sua história", e ela respondeu: "Isso não é nada perto do que irei contar-lhes na próxima noite, se acaso eu viver e o rei me preservar".

156ª

NOITE DAS HISTÓRIAS
DAS MIL E UMA NOITES

Na noite seguinte ela disse:

Eu tive notícia, ó rei venturoso, de que o alfaiate disse ao rei da China:

O barbeiro disse ao grupo:

[257] Entenda-se que se trata de uma pantomima.

Eu disse ao califa:

Meu irmão disse: "Minha senhora, dê-me um beijo, rápido!". Mal terminou as palavras e o marido saiu de um dos aposentos da casa e lhe disse: "Venha cá! Por Deus que não o deixarei até chegarmos ao chefe de polícia!". Meu irmão ficou implorando e se humilhando, mas o homem não contemporizou e o conduziu até o chefe de polícia, que lhe aplicou cem chicotadas, colocou-o sobre um camelo e desfilou com ele pela cidade, enquanto os arautos gritavam: "Essa é a punição mais leve para quem avança contra a mulher dos outros". Meu irmão foi expulso da cidade e saiu sem saber para onde se dirigir, mas eu fui atrás dele e o socorri.[258]

O califa riu das minhas palavras e disse: "Ó silencioso! Ó taciturno! Você desempenhou bem, não deixando nada a desejar", e ordenou que me dessem um prêmio e que eu me retirasse. Mas eu lhe disse: "Não, por Deus, ó comandante dos crentes! Não aceitarei nada menos do que lhe contar o que sucedeu ao restante dos meus irmãos".

O SEGUNDO IRMÃO DO BARBEIRO

[*Continuei contando ao califa*:] Meu segundo irmão, que se chamava Baqbāqa, ficou paraplégico. Sucedeu-lhe certa feita, enquanto ele caminhava pela rua a fim de resolver um assunto seu, que uma velha parou diante dele e lhe disse: "Detenha-se um pouco, ó homem, até que eu lhe faça uma oferta; se lhe agradar, considere que foi um bem proveniente de Deus altíssimo". Meu irmão se deteve e ela continuou: "Eu lhe direi algo e o conduzirei a um lugar agradável, mas não seja tagarela". E disse mais: "O que acha de uma bela casa com jardim, água corrente, frutas já maduras, vinho já coado e um rosto formoso, semelhante ao plenilúnio, para você abraçar?". Tendo ouvido aquelas palavras, meu irmão perguntou: "E isso tudo aqui neste mundo?". Ela respondeu: "Sim, e será seu desde que você seja ajuizado, e desde que não fale demasiado nem cometa indiscrições, mas se mantenha silencioso".[259] Ele respondeu: "Sim". A velha se pôs a caminho e ele a seguiu, ansioso pelo que ela lhe prometera. A velha disse: "Essa jovem, para cujo encontro você vai, gosta de ser obedecida e detesta desobediência; se você lhe obedecer, ela se tornará sua". Meu irmão disse: "Não discordarei dela

[258] Veja, no Anexo 9, a tradução do texto que serviu de fonte para a história do primeiro irmão do barbeiro.

[259] Com base na fonte desta história (as *Histórias espantosas e crônicas prodigiosas*), a tradução desta passagem poderia ser: "Ela respondeu: 'Sim, e será seu desde que você seja ajuizado'. Meu irmão perguntou: 'E por que você me preferiu a todas as outras pessoas? O que a agradou em mim?'. Ela disse: 'E eu não estou lhe dizendo que não fale demais? Cale-se e venha comigo'".

em nada", e lá foi ele atrás da velha, que afinal o introduziu numa casa grandiosa, cheia de criados. Quando o viram, perguntaram: "O que você está fazendo aqui?". A velha lhes respondeu: "Deixem-no em paz. É um artífice do qual estamos precisando". Meu irmão entrou num imenso pátio, em cujo centro havia um jardim como nenhum olho jamais havia visto melhor, onde a velha o acomodou numa bela poltrona. Não se passou muito tempo e ele ouviu um grande alarido, e de repente apareceram algumas jovens, no meio das quais estava uma garota que parecia o plenilúnio na noite em que sua forma se completa. Quando ela apareceu e meu irmão a viu, pôs-se de pé num átimo e lhe prestou reverência. Ela lhe deu boas-vindas e ordenou que se sentasse, e meu irmão assim o fez. Encarando-o de frente, a garota lhe perguntou: "Você pode fazer algum bem, que Deus lhe queira bem?". Ele respondeu: "Minha senhora, todo o bem está em mim!". Ela ordenou que se trouxesse comida, e esta foi trazida, de excelente qualidade. Comeram, mas a garota, não obstante, não conseguia conter o riso; quando o meu irmão olhava para ela, a garota desviava o rosto para as criadas, como se estivesse rindo delas; fingia-lhe afeto e fazia-lhe gracejos. Vencido pela paixão, ele não duvidava de que a garota também estava apaixonada, nem de que lhe concederia o que ele desejava. Quando terminaram de comer, trouxeram vinho. Em seguida, surgiram dez criadas que pareciam plenilúnios, trazendo nas mãos alaúdes. Começaram a cantar toda sorte de canções plangentes, e isso deixou meu irmão emocionado. A garota bebeu de uma taça e meu irmão se pôs de pé.

E a aurora alcançou Šahrāzād, que parou de falar. Dīnārzād disse para a irmã: "Como é agradável e insólita a sua história", e ela respondeu: "Isso não é nada perto do que irei contar-lhes na próxima noite, se acaso eu viver e o rei me preservar".

157ª

NOITE DAS HISTÓRIAS DAS MIL E UMA NOITES

Na noite seguinte ela disse:[260]

[260] O enredo desta noite apresenta acentuada variação nos manuscritos. No entanto, como o texto principal é consistente, não se viu necessidade de apontar as variantes.

Eu tive notícia, ó rei venturoso, de que o alfaiate disse ao rei da China:

O barbeiro disse ao grupo:

Eu disse ao califa:

A jovem ofereceu uma taça de vinho ao meu irmão, que a bebeu em pé. Depois disso, ela começou a estapeá-lo na nuca.[261] Vendo-se assim tratado pela garota, meu irmão ficou aborrecido e fez menção de se retirar, mas, como a velha lhe lançasse piscadelas, ele se deteve, e a jovem lhe ordenou que se sentasse. Em seguida, tornou a estapeá-lo na nuca e, como se isso não bastasse, ordenou ainda às criadas que também o estapeassem, enquanto ela dizia à velha: "Nunca vi nada melhor do que isso", e a velha respondia: "Sim, por Deus, minha ama". Depois, ordenou a todas as criadas que lançassem incenso sobre o meu irmão e o aspergissem com água de rosas. Disse-lhe então: "Que Deus lhe queira bem! Você entrou em minha casa e se resignou às minhas condições, não é mesmo? Sim, pois eu expulso a quem me desobedece, mas quem se resigna atinge seu objetivo". Meu irmão disse: "Minha senhora, sou seu escravo". Ela ordenou da primeira à última criada que cantassem em voz alta, e elas assim agiram. Depois gritou com uma delas, dizendo: "Leve o amigo de minha alma, guarde-o bem guardado, faça o que precisa ser feito e traga-o imediatamente de volta". Meu irmão saiu com a criada sem saber o que se pretendia dele. A velha estava se levantando e ele lhe perguntou: "Deixe-me a par do que ela pretende fazer. Quem é essa criada?". A velha respondeu: "Não vai ocorrer senão o bem; irá pintar-lhe as sobrancelhas e arrancar-lhe os bigodes". Meu irmão disse: "Pintar as sobrancelhas, vá lá, pois é possível lavar. Mas arrancar o bigode? Dói muito!". A velha disse: "Muito cuidado para não discordar da garota, pois o coração dela já pertence a você". Assim, meu irmão se submeteu à pintura das sobrancelhas e extração dos bigodes. Terminado o trabalho, a criada foi até sua patroa, que lhe disse: "Falta ainda um último serviço: raspe-lhe a barba e deixe-o lampinho". Então a criada voltou até ele e lhe raspou a barba. A velha lhe disse: "Alvíssaras! Ela não fez isso senão porque seu coração foi tomado de grande amor por você. Paciência, pois seu objetivo já foi alcançado". Armando-se de paciência, meu irmão se submeteu à criada, que lhe raspou a barba e o colocou diante da patroa, a qual ficou muito contente, riu até cair sentada e disse: "Meu senhor, com esse bom caráter, você já conquistou o meu coração!". Em seguida, fazendo-o jurar em nome do apreço pela vida dela, pediu-lhe

[261] Trata-se, entre os árabes, de um gesto humilhante, que indica passividade sexual da vítima.

que se levantasse e fosse dançar, e então ele se levantou e dançou. Ela e as criadas não deixaram nada na casa que não atirassem nele. Meu irmão caiu desmaiado de tantas pancadas e tapas. Quando recobrou os sentidos, a velha lhe disse: "Agora você conseguiu o seu objetivo".

E a aurora alcançou Šahrāzād, que parou de falar. Dīnārzād disse para a irmã: "Como é agradável e insólita a sua história", e ela respondeu: "Isso não é nada perto do que irei contar-lhes na próxima noite, se acaso eu viver e o rei me preservar".

158ª

NOITE DAS HISTÓRIAS DAS MIL E UMA NOITES

Na noite seguinte ela disse:

Eu tive notícia, ó rei venturoso, de que o alfaiate disse ao rei da China:

O barbeiro disse ao grupo:

Eu disse ao califa:

Quando meu irmão acordou do desmaio provocado pela surra, a velha lhe disse: "Agora você conseguiu o seu objetivo; saiba que só lhe resta fazer uma única coisa, não mais. É o seguinte: quando se embriaga, ela tem por hábito só se entregar a alguém depois de fazê-lo tirar as roupas e as calças, ficando pelado. Depois ela corre na sua frente, como quem está fugindo, e ele deve segui-la de um lugar a outro até que seu pau se erga e fique bem duro; nesse momento, ela para de correr e se entrega". E continuou: "Vamos logo, tire a roupa!". Meu irmão arrancou toda a roupa e ficou nu, pelado. A garota lhe disse: "Venha correr!". Arrancou também as roupas, mantendo-se de calções, e lhe disse: "Se você quiser me possuir, corra atrás de mim até me alcançar", e pôs-se a entrar num compartimento e sair por outro, enquanto ele corria atrás dela. O desejo dominara meu irmão, e seu pau ficou erguido como um louco. Correndo à sua frente, a garota entrou num local escuro; ele entrou atrás dela e pisou num ponto mais fino do assoalho, que se fendeu sob os seus pés; quando deu por si, havia caído bem no centro do mercado dos coureiros, que apregoavam sua mercadoria, comprando e vendendo. Quando o viram naquele estado, nu, de barbas raspadas e sobrancelhas pintadas de vermelho, gritaram com ele, bateram palmas e puseram-se a surrá-lo com couro, nu como estava, até que desmaiou. Carregaram-no então num asno até os portões da cidade. O chefe de polícia chegou e perguntou: "O que é isso?". Responderam-lhe: "Amo, esse homem despencou da casa do vizir nesse estado". O chefe de polícia aplicou cem chicotadas em meu irmão e o expulsou de Bagdá. Então, comandante dos crentes, saí atrás dele, e secretamente o reintroduzi na cidade, arranjando-lhe condições de subsistência. Não fossem meus brios, eu teria feito isso?".

E a aurora alcançou Šahrāzād, que parou de falar. Dīnārzād disse para a irmã: "Como é agradável e insólita a sua história", e ela respondeu: "Isso não é nada perto do que irei contar-lhes na próxima noite, se acaso eu viver e o rei me preservar".

159ª

NOITE DAS HISTÓRIAS
DAS MIL E UMA NOITES

Na noite seguinte ela disse:

Eu tive notícia, ó rei venturoso, de que o alfaiate disse ao rei da China:

O barbeiro disse ao grupo:

Eu disse ao califa:

O TERCEIRO IRMÃO DO BARBEIRO

Já o meu terceiro irmão, ó comandante dos crentes, era cego e foi conduzido pelo destino a uma grande casa, em cuja porta ele bateu ambicionando ser atendido pelo dono, para pedir-lhe alguma coisa. O dono da casa perguntou: "Quem está à porta?". Meu irmão não lhe respondeu, e tornou a bater. O dono perguntou: "Quem é?". Meu irmão não lhe respondeu, e ouviu o homem perguntar em voz alta: "Quem é?". Não abriu a boca e ouviu-lhe os passos chegando à porta, e enfim abrindo-a, perguntou: "O que você quer?". Meu irmão respondeu: "Qualquer coisa, pelo amor de Deus altíssimo". O homem disse: "Um cego!". Meu irmão respondeu: "Sim". O homem disse-lhe: "Estenda a sua mão", e meu irmão assim fez, acreditando que lhe daria alguma coisa. Mas o homem tomou-o pela mão e o fez entrar na casa. Começou a subir a escadaria com meu irmão, degrau por degrau, até que o conduziu ao alto do telhado. Enquanto isso, meu irmão pensava com seus botões que ele lhe daria algo para comer. Quando afinal chegou e se acomodou, perguntou ao meu irmão: "O que você quer, cego?". Respondeu: "Qualquer coisa, pelo amor de Deus altíssimo". O homem respondeu: "Só Deus é que pode ajudá-lo".[262] Meu irmão perguntou: "Fulano, por que você não me disse isso lá embaixo?". Respondeu: "Ó mais baixo dos homens, e por que você não me disse desde o início?". Meu irmão perguntou: "E agora, o que pretende fazer comigo?". O homem respondeu: "Não tenho nada para lhe dar". Meu irmão pediu: "Ajude-me a descer essa escadaria". O homem respondeu: "O caminho está à sua frente". Meu irmão então se levantou e começou a descer, até que restaram entre ele e a porta cerca de vinte degraus; porém seu pé escorregou, ele caiu rolando até embaixo e rachou a cabeça; saiu sem saber onde se encontrava, e foi encontrado por um de seus confrades, que lhe perguntou: "O que você conseguiu hoje?". Respondeu: "Deixe-me em paz", e, depois de lhe relatar o que sucedera, disse: "Meu irmão, eu gostaria de pegar os dirhams que dividimos entre nós para comprar minha comida". O dono da casa, que o seguira, ouviu as palavras de meu irmão sem que este percebesse. Meu irmão foi para casa, entrou – o homem entrou atrás dele –, e ficou esperando seus confrades sem perceber a presença do homem. Quando os dois confrades chegaram, ele lhes disse: "Fechem a casa e investiguem todos os cantos, para nos certificarmos de que não há nenhum estranho entre nós. Ao ouvir as palavras de meu irmão, o homem se levantou, sem que ninguém percebesse, e se pendurou numa corda amarrada no teto. Um dos confrades do meu irmão se levantou e vasculhou a casa, sem encontrar ninguém. Ambos então foram até o meu irmão e o interrogaram sobre o seu estado; ele lhes informou que estava necessitado de uma parte do dinheiro que haviam ajuntado. Cada um deles pegou um pouco do que possuía, depositando-o diante dele; pesaram tudo aquilo, que chegou à quantia de dez mil dirhams, e deixaram-na num canto da casa. Meu irmão recolheu o tanto de que necessitava para si e enterraram o resto. Em seguida, serviram-se de algo para comer. Meu irmão ouviu, a seu lado, uma mastigação estranha, e disse aos seus dois companheiros: "Por Deus que existe um intruso conosco", e estendeu a mão, que se enroscou na mão do homem; trocaram pancadas e murros durante

[262] A expressão "Só Deus é que pode ajudá-lo" traduz *yaftaḥ allāh ʿalayka* (que Deus lhe abra [as portas]), palavras que, embora gentis na aparência, são usadas para recusar ajuda a alguém.

algum tempo, com meu irmão agarrado a ele. Quando julgaram que aquilo se prolongara demasiado, gritaram: "Ó muçulmanos, um ladrão invadiu nossa casa querendo nos enganar e roubar nosso dinheiro!". Aglomerou-se muita gente em frente à casa. O homem se enfiou no meio dos cegos e alegou contra eles o mesmo que eles alegavam contra si: fechou os olhos, fez-se de cego como eles, tão bem que ninguém teve dúvidas, e gritou: "Ó muçulmanos! Apelo para que Deus e o sultão julguem este caso!". Antes que se dessem conta, os policiais entraram no meio deles e os conduziram todos, meu irmão inclusive, ao chefe de polícia, que os colocou diante de si e perguntou: "O que aconteceu?". O homem que se fazia de cego disse: "Que Deus queira bem ao sultão! Você enxerga, mas não irá descobrir nada se não aplicar punições. Deve punir-me primeiramente, e depois a este aqui, meu guia" – e apontou para o meu irmão. Então, ó comandante dos crentes, estiraram ao solo o homem que fingia ser cego, e lhe aplicaram quatrocentas bastonadas. Quando a dor se tornou insuportável...

E a aurora alcançou Šahrāzād, que parou de falar. Dīnārzād disse para a irmã: "Como é agradável e insólita a sua história, maninha, e espantosa", e ela respondeu: "Isso não é nada perto do que irei contar-lhes na próxima noite, se acaso eu viver e o rei me preservar". O rei Šāhriyār pensou: "Por Deus que não a matarei até ouvir o que vai suceder entre o rei da China, o alfaiate, o médico judeu, o corretor cristão e o intendente, e também o restante da história do barbeiro intrujão e seus irmãos. Só então a matarei, tal como fiz com as outras".

160ª

NOITE DAS HISTÓRIAS DAS MIL E UMA NOITES

Na noite seguinte ela disse:

Eu tive notícia, ó rei venturoso, de que o alfaiate disse ao rei da China:

O barbeiro disse ao grupo:

Eu disse ao califa:

Quando o chefe de polícia aplicou as quatrocentas bastonadas na bunda do homem que fingia ser cego, a dor o fez abrir um dos olhos; quando ele bateu mais, o homem abriu o outro olho. O chefe de polícia perguntou: "O que é isto, seu maldito?". Ele respondeu: "Dê-me o seu anel como sinal de garantia de vida e eu o ensinarei o que fazer". O chefe lhe deu o anel como sinal de garantia de vida, e o homem então disse: "Meu amo, nós somos quatro pessoas que enxergam, mas nos fingimos de cegos e assim entramos nas casas das pessoas; espreitamos suas mulheres e as corrompemos. Ajuntamos um lucro de dez mil dirhams. Pedi aos meus camaradas: 'Deem-me a minha parte, dois mil e quinhentos dirhams', mas eles me espancaram, renegaram e se apossaram do meu dinheiro. Agora eu peço socorro a você e a Deus. Você tem mais direito à minha parte, e, caso deseje conhecer a verdade de minhas palavras, surre cada um deles o dobro de vezes que me surrou, e eles abrirão os olhos". Nesse momento, o chefe de polícia ordenou que eles fossem castigados, começando com meu irmão, que foi estendido numa escada. O chefe de polícia lhes disse: "Então, seus depravados, vocês renegam os dons naturais que Deus lhes concedeu e se fingem de cegos?". Meu irmão disse: "Ó Deus! Ó Deus! Ó sultão! Não há entre nós ninguém que enxergue". Foi surrado até desmaiar. O homem que se fizera de cego disse ao chefe de polícia: "Esperem até acordar e surrem-no mais uma vez, pois ele é mais resistente às surras do que nós". Ordenou-se que os outros dois cegos fossem surrados, e cada um recebeu mais de trezentas bastonadas, enquanto o homem lhes dizia: "Abram os olhos, senão vão tomar uma nova surra!". Em seguida, disse ao chefe de polícia: "Comandante, envie comigo alguém para trazer o dinheiro, pois esses aí não abrirão os olhos por temor ao vexame". O chefe de polícia ordenou que o dinheiro fosse trazido da casa. Dos dez mil dirhams, entregou ao homem os dois mil e quinhentos que, conforme ele alegara, constituíam sua parte, ficou com o resto e expulsou os três cegos da cidade. Então, comandante dos crentes, saí atrás do meu irmão, encontrei-o, interroguei-o sobre seu estado, e ele me contou isso que contei a você. Na surdina, eu o trouxe de volta à cidade e arranjei-lhe, às escondidas, o que comer e beber.

O califa riu de minhas narrativas e disse: "Deem-lhe um prêmio e deixem-no retirar-se". Mas eu lhe disse: "Por Deus, comandante dos crentes, eu sou de poucas palavras e muito brio. É imperioso que eu relate, aqui na sua frente, as histórias dos meus outros irmãos, para que você saiba que eu falo pouco".

O QUARTO IRMÃO DO BARBEIRO

[*Continuei contando ao califa*:] Já o meu quarto irmão ficou caolho. Ele trabalhava como açougueiro em Bagdá, vendendo carne e criando carneiros. Era procurado pelos notáveis da cidade e pelos ricos, que faziam suas compras de carne com ele; foi assim que meu irmão amealhou imensas quantias de dinheiro e adquiriu casas e terrenos, permanecendo em tal condição por longo tempo. Certo dia, estando ele em seu açougue, surgiu um ancião de vastíssimas barbas, que lhe entregou alguns dirhams e disse: "Dê-me isso de carne". Meu irmão lhe cortou o peso justo e o velho se retirou. Examinando aquelas moedas de prata, meu irmão notou-lhes uma brancura reluzente e as guardou em separado. Durante cinco meses, o velho comprou carne do meu irmão, que guardava numa caixa em separado as moedas de prata com as quais ele pagava; então, querendo reunir aquele dinheiro a fim de comprar ovelhas, meu irmão abriu a caixa e verificou que tudo quanto ela continha era papel prateado redondo; começou a estapear o rosto e a gritar; as pessoas se reuniram ao seu redor, e ele lhes contou o que sucedera. Depois, retomou seu ganha-pão: sacrificou um carneiro, pendurou-o no interior do açougue e pôs-se a cortar sua carne em postas, que pendurou do lado de fora, enquanto rogava: "Ó meu Deus, faça com que aquele maldito ancião apareça". Com efeito, não era passada nem uma hora quando o ancião apareceu, carregando as moedas de prata. Imediatamente meu irmão se engalfinhou com ele, gritando: "Ó muçulmanos, venham até aqui e ouçam a minha história com este iníquo!". Ao ouvir aquelas palavras, o ancião lhe perguntou: "O que você prefere, deixar-me em paz ou ser infamado perante todo mundo?". Meu irmão retrucou: "Como você vai me infamar?". O ancião respondeu: "Com o fato de que você vende carne de gente como se fosse de carneiro". Meu irmão disse: "Você está mentindo, seu maldito!". O ancião mentiroso disse: "Dentro do açougue dele há um homem dependurado!". Meu irmão retrucou: "Se o que você fala for verdade, que se faça meu sangue correr e que meus bens sejam expropriados!". O ancião disse às pessoas aglomeradas: "Caso queiram se certificar da veracidade das minhas palavras, entrem lá no açougue dele!". Então as pessoas acorreram até o açougue e encontraram, dependurado, o carneiro que meu irmão sacrificara transformado num ser humano. Ao verem aquilo, atracaram-se com meu irmão e gritaram com ele: "Seu ímpio! Seu iníquo!". A maioria das pessoas começou a agredi-lo, dizendo: "Então você me fazia comer carne humana?". O ancião lhe arrancou o olho com um golpe. As pessoas carregaram o homem sacrificado até o chefe de polícia, a quem o ancião disse: "Comandante, este homem sacrifica seres humanos e lhes vende a carne, alegando ser carneiro. Nós o trouxemos a fim de que lhe aplique a pena determinada por Deus altíssimo". Meu irmão ainda tentou contar o que sucedera entre ambos, e revelar que o ancião lhe pagara com moedas de prata que, no final das contas, se revelaram pedaços de papel, mas ninguém deu ouvidos às suas palavras, e ordenaram que sofresse uma surra bem dolorosa, mais de quinhentas bastonadas. Depois, expropriaram-lhe todo o dinheiro e demais bens, gado e açougue, e o expulsaram da cidade; não fosse o seu dinheiro, teriam-no matado, pois ele teve de pagar propinas para escapar vivo, sem mais nada, e isso depois que o exibiram pela cidade durante três dias. Solto, meu irmão fugiu até chegar a uma grande cidade.[263] Como conhecia o ofício de sapateiro, abriu uma loja e começou a trabalhar, a fim de obter alimento. Certo dia, ele saiu para fazer algo qualquer e ouviu atrás de si barulho de cascos e relinchar de cavalos; indagou a respeito e lhe informaram que o rei estava passando em seu caminho para a caça. Meu irmão se pôs a contemplar os seus belos trajes. O olhar do rei cruzou com o de meu irmão. Após manter-se cabisbaixo alguns instantes, o rei disse: "Eu me refugio em Deus contra o mau augúrio deste dia", e, puxando as rédeas de sua montaria, fez meia-volta, e também a soldadesca toda fez meia-volta. Ordenou então aos criados que fossem até meu irmão e lhe aplicassem uma violenta sova, a tal ponto que ele quase morreu sem saber o motivo. Voltou para casa cambaleante, num estado lastimável, e foi falar com um membro da corte, o qual, vendo-o naquela situação, perguntou: "O que lhe aconteceu?". Meu irmão contou o ocorrido e o homem, rindo até cair sentado, disse: "Saiba, meu irmão, que o rei não suporta olhar para nenhum caolho, especialmente se for caolho do olho direito. Não o deixa em paz até matá-lo". Ao ouvir aquilo, meu irmão resolveu fugir.

E a aurora alcançou Šahrāzād, que parou de falar. Dīnārzād disse para a irmã: "Como é agradável e insólita a sua história", e ela respondeu: "Isso não é nada perto do que irei contar-lhes na próxima noite, se acaso eu viver e o rei me preservar".

161ª

NOITE DAS HISTÓRIAS
DAS MIL E UMA NOITES

Na noite seguinte ela disse:

Eu tive notícia, ó rei venturoso, de que o alfaiate disse ao rei da China:

[263] O episódio seguinte e a nova fuga constam somente da fonte e do ramo egípcio.

O barbeiro disse ao grupo:

Eu disse ao califa:

Decidido a fugir daquela cidade, meu irmão pensou: "O melhor alvitre é eu me mudar para outro local, onde ninguém me conheça". E foi o que fez; durante algum tempo, conseguiu levar a vida numa situação melhor. Mas em seguida, refletindo, voltou a entrar em grande inquietação quanto ao rumo de sua existência. Certo dia, saiu para espairecer e ouviu atrás de si relinchos de cavalo; pensou: "Chegou a hora decretada por Deus", e procurou um lugar onde se esconder; deparando com uma porta fechada, empurrou-a, ela caiu, e meu irmão viu-se diante de um longo compartimento no qual entrou. Entretanto, antes que ele pudesse reagir, dois homens se atracaram com ele e disseram: "Graças a Deus que nos possibilitou capturá-lo, ó inimigo de Deus! Já é a terceira noite que você não nos deixa dormir nem ficar sossegados; você está nos fazendo provar a amargura da morte". Meu irmão perguntou: "Qual é o problema, amigos?". Responderam: "Você está aprontando com a gente! Está fazendo alguma armação para matar o dono da casa! Já não basta que você e os seus amigos o tenham reduzido à pobreza? Agora mostre a faca que você usa para nos ameaçar toda noite", e, revistando meu irmão, encontraram uma faca em sua cintura.[264] Ele disse: "Pelo amor de Deus, pessoal! Saibam que a minha história é espantosa" – e pensou: "Vou contar-lhes minha história", pois quem sabe assim o deixariam em paz. Mas eles não deram ouvidos às suas palavras nem lhe prestaram atenção; pelo contrário: espancaram-no e lhe rasgaram as roupas, verificando em seu corpo vestígios de vergastadas anteriores; disseram: "Isto, seu maldito, são sinais de açoitamento!". Colocaram-no então diante do chefe de polícia. Meu irmão pensou: "Estou aniquilado por causa dos meus pecados; só Deus pode me salvar!". O chefe de polícia lhe perguntou: "O que o levou, seu iníquo, a invadir a casa deles e ameaçá-los de morte?". Meu irmão replicou: "Eu lhe imploro por Deus altíssimo que o senhor ouça o que tenho a dizer. Não se precipite e ouça a minha história". Disseram-lhe: "Ouvir a história de um ladrão que reduziu tanta gente à pobreza e que apresenta vestígios de açoite nas costas?". Quando o chefe de polícia viu as marcas de açoite em seu corpo, disse-lhe: "Não fizeram isso com você senão devido a algum crime terrível", e orde-

[264] Na fonte dessa história consta: "Então mexeram na minha cintura e encontraram uma enorme faca que eu carregava, por medo de topar com algum inimigo"; na edição de Būlāq: "Revistaram-no e encontraram em sua cintura a faca que ele utilizava para cortar sapatos"; já os manuscritos não trazem explicação para a existência da faca com o personagem.

nou que meu irmão levasse cem chibatadas. Em seguida, exibiram-no sobre um camelo e gritaram: "Essa é a punição de quem invade a casa alheia!". Depois, ordenou-se que ele fosse expulso da cidade, e ele saiu sem rumo. Mas eu ouvi falar do assunto, e fui resgatá-lo. Ele então me contou sua história e o que lhe sucedera. Às escondidas, eu o trouxe de volta para a cidade e lhe arranjei sustento.

[*Continuei contando ao califa*:] "E é graças ao meu brio inteiriço que eu faço tudo isso por meus irmãos". O califa riu até cair sentado, e ordenou que me dessem um prêmio. Eu disse: "Eu, patrão, eu não sou tagarela. Deixe-me que lhe conte as histórias dos meus outros irmãos, a fim de que este nosso amo, o califa, fique a par das histórias de todos eles; se caírem em seu agrado, que mande registrá-las por escrito em sua biblioteca, e tome ciência de que eu não sou tagarela, ó califa, nosso amo!".

E a aurora alcançou Šahrāzād, que parou de falar. Dīnārzād disse para a irmã: "Como é agradável e insólita a sua história, maninha", e ela respondeu: "Isso não é nada perto do que irei contar-lhes na próxima noite, se acaso eu viver e for poupada".

162ª

NOITE DAS HISTÓRIAS DAS MIL E UMA NOITES

Na noite seguinte ela disse:

Eu tive notícia, ó rei venturoso, de que o alfaiate disse ao rei da China:

O barbeiro disse ao grupo:

Eu disse ao califa:

O QUINTO IRMÃO DO BARBEIRO

Quanto ao meu quinto irmão, o de orelhas cortadas, era ele um pobretão que à noite esmolava para ter o que comer durante o dia. Então, tendo chegado à mais extrema velhice, nosso pai ficou doente e morreu, deixando-nos como herança setecentos dirhams, que dividimos entre nós, cem dirhams para cada um. Esse meu quinto irmão pegou sua parte, mas, atarantado com tal quantia e ignorando o que fazer com ela, pôs-se a refletir sobre aquele dinheiro, e, em meio a isso, ocorreu-lhe comprar garrafas de vidro de toda espécie para vendê-las e beneficiar-se com o lucro obtido. Comprou então as garrafas e as colocou numa grande caixa, instalando-se para vendê-las num local ao lado de um alfaiate, cujo estabelecimento era isolado por um biombo. Meu irmão se encostou ao biombo da alfaiataria e começou a pensar, dizendo de si para si: "Saiba, minha alma, que o meu capital é constituído por essas garrafas, cujo valor é de cem dirhams. Eu as venderei por duzentos dirhams, e com esse valor comprarei garrafas que venderei por quatrocentos dirhams. Em seguida, não irei parar de comprar e vender até reunir a quantia de quatro mil dirhams. Então trabalharei até comprar uma grande carga que conduzirei ao lugar tal e tal, onde a venderei por oito mil dirhams. E continuarei trabalhando até que se tornem dez mil dirhams, com os quais comprarei todas as espécies de joias e perfumes, obtendo imensos lucros. Aí então vou adquirir uma bela casa e comprar escravos, servos e cavalos; comerei, beberei e darei festas; não deixarei cantor ou cantora da cidade que não traga para minha casa. E, se Deus altíssimo quiser, farei meu capital se tornar cem mil dirhams". Tudo isso ele ia elucubrando, tendo à sua frente a caixa com os cem dirhams de garrafas.[265] Avançando mais nas elucubrações, pensou: "Quando meu dinheiro estiver na casa dos cem mil dirhams, nesse exato momento eu enviarei aquelas mulheres arranjadoras de casamento para descendentes de reis e vizires; eu as enviarei para pedirem em casamento a filha do vizir, pois fui informado de que ela é perfeita, de esplendorosa beleza e formas graciosas. Irei oferecer-lhe um dote de mil dinares; se aceitarem, ótimo; caso contrário, eu a levarei à força, contra

[265] Neste ponto, o manuscrito "Gayangos 49" singulariza-se por introduzir uma passagem com o personagem Juḥā, misto de sábio e bobalhão, muito comum no folclore muçulmano em suas vertentes popular e mística. Eis a tradução: "E esses cálculos, ó comandante dos crentes, eram semelhantes aos sonhos de Juḥā, o qual certa noite dormiu e sonhou que tinha a seu lado uma travessa cheia de joias e pedras preciosas, e também um grupo de mercadores que pretendiam comprá-las. Ele lhes disse: 'Comprem, mas não sejam avarentos na oferta!'. Eles lhe ofereceram quatrocentos dinares e ele respondeu: 'Que Deus melhore as coisas!'. Então eles passaram a fazer uma oferta mais elevada do que a outra, até que chegaram a mil dinares. Quis o destino que houvesse sobre a cabeça de Juḥā uma travessa de cerâmica; tudo isso ocorria em sonho: aqueles mercadores continuaram insistindo, até que o valor oferecido pelas joias e pedras preciosas chegou a dois mil dinares. Mas ele recusou a oferta, arrancando bruscamente a travessa das mãos dos mercadores, e seu cotovelo bateu na travessa de cerâmica que estava sobre sua cabeça [e a quebrou]; ele acordou e, não vendo nada, tornou a fechar os olhos e dormiu de lado; esticou a mão e disse: 'Paguem algo que corresponda à abundância de seu mar!'. Assim, ó rei do tempo, é que as esperanças do meu irmão eram semelhantes aos sonhos de Juḥā". Trata-se da única aparição desse personagem em toda a obra.

a vontade de seu pai. Quando ela se encontrar em minha casa, vou comprar dez pequenos servos e depois um traje de reis; mandarei confeccionar uma sela de ouro cravejada de pedras preciosas, e sairei cavalgando, com escravos na minha dianteira e atrás de mim. Circularei pela cidade e as pessoas me cumprimentarão e rogarão por mim. Quando eu for ter com o vizir, ladeado à direita e à esquerda por meus escravos, ele imediatamente se colocará em pé, me instalará em seu lugar e se acomodará num local mais baixo, pois sou seu genro. Farei dois de meus criados carregarem dois sacos contendo dois mil dinares que eu terei separado para o dote – mil dinares a mais para que eles conheçam minha altivez e magnanimidade, bem como meu desdém pelo mundo material. Em seguida retornarei para minha casa. A cada pessoa da parte de minha noiva que chegar para a cerimônia eu darei dinheiro e um traje honorífico; mas se vier com algum presente, irei rejeitar e devolver; não admitirei ficar senão na minha posição. Depois, lhes determinarei que preparem as coisas do modo que eu desejar. Assim que eles o tiverem feito, ordenarei que tragam a noiva para as bodas. Terei deixado a casa muito bem preparada para a ocasião. Quando chegar o momento de receber a minha mulher, vestirei a minha roupa mais luxuosa e me acomodarei num assento de brocado, reclinado numa almofada, sem olhar à direita nem à esquerda, em virtude da minha retidão, juízo, circunspecção e taciturnidade. Minha mulher estará em pé, parecendo o plenilúnio com suas vestes e joias, mas eu não olharei para ela nem admirado, nem pasmado, nem jactancioso, a tal ponto que todos os presentes me perguntarão: 'Ó nosso amo e senhor, volte-se para sua mulher e criada, pois ela está diante de você! Tenha a bondade de dirigir-lhe o olhar, pois ficar tanto tempo em pé já está lhe fazendo mal'. Quando aquela posição em pé estiver fazendo-lhe mal e os presentes beijarem repetidamente o chão diante de mim, só então erguerei a cabeça e lhe lançarei um único olhar; em seguida, tornarei a abaixar a cabeça e eles a levarão. Eu me levantarei e trocarei de roupa, vestindo outra mais bonita ainda. Quando a trouxerem pela segunda vez com o segundo traje, tornarei a não olhar para ela até que parem na minha frente e me peçam diversas vezes; só então olharei para ela de esguelha e tornarei a abaixar a cabeça. E assim permanecerei até que termine a sua exibição".

E a aurora alcançou Šahrāzād, que parou de falar. Dīnārzād disse para a irmã: "Como é agradável e insólita a sua história", e ela respondeu: "Isso não é nada perto do que irei contar-lhes na próxima noite, se acaso eu viver e o rei me preservar".

163ª

NOITE DAS HISTÓRIAS
DAS MIL E UMA NOITES

Na noite seguinte ela disse "sim".

Eu tive notícia, ó rei venturoso, de que o alfaiate disse ao rei da China:

O barbeiro disse ao grupo:

Eu disse ao califa:

Meu irmão calculava tudo isso mentalmente. E continuou: "Não deixarei de me fazer de rogado com a noiva[266] até que termine sua cerimônia de exibição. Depois, darei ordens para que um criado traga um saco contendo quinhentos dinares; entregarei o saco para as aias, determinando que tragam a noiva para o aposento e nos deixem a sós; assim que a trouxerem, olharei para ela e deitarei a seu lado sem lhe dirigir palavra, menosprezando-a até que comecem a falar que sou arrogante e sua mãe venha beijar-me as mãos, dizendo: 'Meu senhor, dê atenção à sua serva, pois ela deseja a sua aproximação; faça-lhe algum agrado!'. Mas eu não lhe darei resposta; quando ela vir essa minha atitude, irá então beijar-me os pés repetidas vezes, dizendo: 'Meu senhor, minha filha é uma jovem que nunca viu homem algum; com essa indiferença, o coração dela está se partindo. Achegue-se a ela, fale com ela, faça-lhe algum agrado!'. Em seguida, a mãe lhe dará uma taça de bebida e dirá: 'Jure amor pelo seu senhor e dê-lhe de beber!'. Quando ela se aproximar, irei deixá-la parada diante de mim, reclinado num almofadão bordado de ouro e prata, sem olhar para ela, tamanho o meu orgulho, até que ela pense que eu sou arrogante e que minha alma é arrogante. E a deixarei estar em pé, até que ela se sinta bem humilhada e saiba que eu sou um sultão; dirá: 'Meu senhor, pelo amor de Deus, não recuse a taça que lhe ofereço, pois sou sua serva'. Como não lhe dirigirei palavra, ela insistirá, dizendo: 'É imperioso que beba', e a aproximará de minha boca; então irei balançar as mãos na sua cara e chutá-la fazendo assim", e deu um pontapé que atingiu em cheio a caixa de garrafas, que estava sobre um ponto mais alto do lugar; a caixa caiu no chão e todo o seu conteúdo se quebrou. Então o alfaiate da loja ao lado gritou: "Tudo isso

[266] O trecho "não deixarei de me fazer de rogado com a noiva" traduz *wa lā [a]ẓāl aᶜjab ᶜalà alᶜarūsa*, em que a preposição *ᶜalà*, aqui em uso dialetal e não dicionarizado, tem valor opositivo.

por causa da sua arrogância, ó mais sujo dos putanheiros. Por Deus que, se me fosse dado julgar o seu caso, eu mandaria aplicar-lhe cem chibatadas e o exibiria pela cidade". Nesse momento, comandante dos crentes, meu irmão começou a estapear o rosto e a rasgar a roupa. Prosseguiu estapeando-se e chorando enquanto as pessoas, que passavam para ir à prece da sexta-feira, observavam; alguns se apiedaram dele e outros não lhe deram atenção. Naquele estado, perdidos os ganhos e o capital, meu irmão chorou por algum tempo até que, de repente, passou uma bela mulher com vários criados, montada numa mula com arreio de ouro; ela ia deixando, à sua passagem, uma fragrância de almíscar. Quando olhou para o meu irmão e viu o seu estado e o seu choro, a piedade se introduziu em seu coração e ela perguntou quem era. Disseram-lhe: "Ele tinha uma caixa cheia de garrafas; vivia desse comércio, mas as garrafas se quebraram e ele ficou na situação que você está vendo". A mulher então chamou um de seus criados e disse: "Dê-lhe tudo o que você tiver", e o criado entregou a meu irmão um embrulho com quinhentos dinares. Quando o embrulho lhe caiu nas mãos, quase morto de alegria, meu irmão se pôs a rogar por ela e retornou para casa enriquecido. Começou a pensar, e eis que bateram à porta. Ele perguntou: "Quem é?". Uma mulher respondeu: "Só uma palavrinha, meu irmão!". Meu irmão foi abrir a porta e se viu diante de uma velha que ele não conhecia. Ela disse: "Saiba, meu filho, que a hora da prece está chegando e eu preciso fazer minhas abluções. Para tanto, gostaria que você me deixasse entrar na sua casa". Meu irmão respondeu: "Ouço e obedeço!". Meu irmão entrou e, ordenando que a velha também entrasse, deu-lhe um vasilhame para que ela o usasse nas abluções, e depois foi se acomodar; com o coração voando de alegria por causa dos dinares, ele os guardou numa bolsa junto à cintura. Quando ele terminou de fazer isso, a velha, que também terminara de rezar, foi para o lugar em que meu irmão estava sentado e rezou mais duas genuflexões;[267] em seguida, rogou pelo meu irmão.

E a aurora alcançou Šahrāzād, que parou de falar. Dīnārzād disse para a irmã: "Como é agradável e insólita a sua história", e ela respondeu: "Isso não é nada perto do que irei contar-lhes na próxima noite, se acaso eu viver e for poupada".

[267] As preces muçulmanas se contam pela quantidade de genuflexões feitas pelo devoto.

164ª

NOITE DAS HISTÓRIAS
DAS MIL E UMA NOITES

Na noite seguinte ela disse:

Eu tive notícia, ó rei venturoso, de que o alfaiate disse para o rei da China:

O barbeiro disse ao grupo:

Eu disse ao califa:

Depois de terminar a reza, a velha fez muitos rogos pelo meu irmão, que lhe agradeceu, e, enfiando a mão no meio das moedas de ouro, deu-lhe duas, pensando: "Esta será a minha caridade". Ao ver aquilo, a velha disse: "Louvado seja Deus! O que você pensa que eu sou? Por acaso eu tenho cara de mendiga? Guarde o seu dinheiro, pois dele não tenho precisão; enfie no seu coração, pois eu já tenho aqui nesta cidade uma amiga dotada de dinheiro, graça e formosura". Meu irmão perguntou: "E como eu poderia conhecer essa sua amiga?". Ela respondeu: "Pegue todo o seu dinheiro e me siga. Quando você estiver com ela, não deixe de usar nenhuma forma de agrado e belas palavras, pois somente assim você conseguirá desfrutar-lhe a beleza, o dinheiro e tudo o mais que desejar". Meu irmão recolheu todo o seu ouro, e, sem se conter de tanta alegria, saiu atrás da velha; caminhou atrás dela até que chegaram a um grande portão; ela bateu e uma jovem bizantina saiu e veio abrir. A velha entrou e ordenou que meu irmão entrasse; ele entrou numa casa imensa, com uma grande sala atapetada e cortinada. Ele se sentou e depositou suas moedas diante de si; retirou o turbante e o colocou no joelho. Antes que desse por si, surgiu uma jovem cuja beleza nenhum olho havia antes visto igual, e cujas roupas nenhum olho havia visto antes mais luxuosas. Ele se levantou e a jovem, ao vê-lo, sorriu e demonstrou felicidade. Em seguida, ela ordenou que se fechasse a porta, o que foi feito, e, indo até ele, tomou-o pela mão. Caminharam ambos até um aposento isolado. Meu irmão se sentou e a garota se sentou ao seu lado, brincando com ele por alguns momentos. Depois, encarando-o, levantou-se e disse: "Não saia daqui até eu voltar!", e desapareceu de suas vistas. Enquanto ele estava ali sentado, entrou um enorme escravo negro com uma espada e lhe disse: "Ai de você! O que está fazendo aqui?". Ao vê-lo, a língua de meu irmão se travou e ele não conseguiu responder. O escravo pegou-o pela mão, despiu-o, e lhe aplicou com a espada um golpe que o deixou meio paralítico. E continuou surrando-o até que meu irmão caiu desmaiado, tal a violência das pancadas. Nesse momento, aquele escravo desgraçado julgou que ele havia morrido. Mas meu irmão ainda o ouviu dizendo: "Onde está a responsável pelo sal?", e então surgiu uma garota trazendo nas mãos um grande pote cheio de sal. E o escravo se pôs a lhe esfregar as feridas com sal, até que ele desmaiou. Meu irmão não se mexia, temeroso de que o escravo percebesse que estava vivo e, aí sim, desse cabo de sua vida.

Disse o narrador: então a garota foi-se embora, e logo o negro gritou: "Onde está a responsável pelo porão?". A velha foi até o meu irmão e o arrastou pela perna; abriu um alçapão e o atirou lá dentro, junto com os cadáveres de outros homens assassinados. Ele ficou ali por dois dias, desfalecido, sem se mexer. Deus poderoso e excelso fez daquele sal o motivo de sua salvação, pois lhe estancou o sangue. Assim que se viu capaz de obedecer aos seus comandos de movimento, meu irmão se levantou e, amedrontado, caminhou um pouco pelo porão. Saiu dali, esgueirou-se pelas sombras e se escondeu num compartimento até o amanhecer. Pela manhã, bem cedo, a velha maldita saiu à procura de uma nova caça igual a ele. Meu irmão saiu em seu encalço sem que ela percebesse, e foi para casa. Tratou-se durante um mês, até que se recuperou. Nesse meio-tempo, ele espreitou a velha e lhe acompanhou os passos o tempo todo, enquanto ela enganava seguidamente vários homens e os mandava para aquela casa. A tudo meu irmão acompanhou em silêncio. Quando seu alento e vigor retornaram, ele pegou um pedaço de pano, com o qual fez uma trouxa, e a encheu de garrafas.

E a aurora alcançou Šahrāzād, que parou de falar. Dīnārzād lhe disse: "Maninha, como é agradável e insólita a sua história", e ela respondeu: "Isso não é nada perto do que irei contar-lhes na próxima noite, se acaso eu viver e o rei me preservar".

165ª

NOITE DAS HISTÓRIAS DAS MIL E UMA NOITES

Na noite seguinte ela disse:

Eu tive notícia, ó rei venturoso, de que o alfaiate disse ao rei da China:

O barbeiro disse ao grupo:

Eu disse ao califa:

Após ter enfiado as garrafas na trouxa, meu irmão amarrou-a na cintura, disfarçou-se, a fim de não ser reconhecido, vestindo roupa de persas, e pegou uma espada, escondendo-a sob a roupa. Assim que viu a velha, disse a ela em sotaque persa: "Sou estrangeiro, minha velha; será que você não teria uma balança para quinhentos dinares? Se me arranjasse uma balança, eu lhe daria um pouco desse dinheiro". A velha respondeu: "Ó persa, tenho um filho que é cambista e possui todo tipo de balança; venha comigo para que ele pese o seu ouro antes de fechar a loja". Meu irmão disse: "Siga na minha frente". A velha se pôs a caminho, com meu irmão atrás, e chegou enfim ao portão, no qual bateu; a mesma jovem saiu e abriu a porta; a velha riu para ela e disse: "Hoje eu lhe trouxe carne gorda!". A jovem pegou meu irmão pela mão, introduziu-o no mesmo aposento em que entrara da outra vez, e se sentou com ele por algum tempo; em seguida, levantou-se e lhe disse: "Não saia daí até que eu volte", e foi embora. "Quando me dei conta, o maldito escravo já entrara empunhando uma espada desembainhada", relatou o meu irmão, a quem o escravo disse: "Levante-se, maldito!". Meu irmão se levantou, olhou bem para ele, estendeu a mão para a espada que trazia sob as vestes e aplicou no escravo um golpe que lhe separou a cabeça do corpo; puxou-o pelas pernas até o porão e gritou: "Onde está a responsável pelo sal?". A garota veio com o pote de sal, mas quando viu meu irmão de espada em punho, saiu correndo; ele foi atrás e fez sua cabeça voar longe do corpo. Em seguida, gritou: "Onde está a responsável pelo porão?". A velha veio e meu irmão lhe perguntou: "Não está me reconhecendo, velha perversa?". Ela respondeu: "Não, meu amo!". Ele disse: "Sou o dono da casa em que você rezou e depois me fez cair aqui!". Ela disse: "Pense bem no que vai fazer comigo", mas ele não lhe deu atenção e a cortou em quatro partes. Em seguida, saiu no encalço da jovem. Ao vê-lo, ela entrou em desespero e lhe pediu imunidade de vida para falar; ele concedeu e perguntou: "Como você veio parar aqui com aquele preto?". Ela respondeu: "Eu era criada de um mercador e aquela velha ia me visitar até que ficamos íntimas; um dia ela me disse: 'Teremos hoje uma festa de casamento como ninguém nunca viu igual; eu gostaria que você a assistisse'; respondi: 'Ouço e obedeço', e fui vestir minhas roupas e joias; peguei um embrulho com cem dinares e saí com ela, que caminhava na minha frente; chegamos enfim até esta casa, e ela disse: 'Entre!'. Entrei com ela e, antes que eu me desse conta, aquele negro me agarrou. Faz três anos que estou nesta situação, graças à artimanha da velha, que

Deus a amaldiçoe". Meu irmão disse à jovem: "Existe neste lugar dinheiro ou alguma outra coisa de valor?". Ela respondeu: "Sim, muitas coisas; se você conseguir carregá-las, considere isso uma dádiva de Deus". Meu irmão caminhou atrás dela, que foi abrindo caixas com muitos sacos cheios de dinheiro; meu irmão ficou perplexo e a jovem lhe disse: "Deixe-me aqui e vá agora trazer pessoas que possam ajudar a carregar esse dinheiro". Meu irmão saiu imediatamente e alugou dez homens. Ele me contou: "Fui então bater no portão e verifiquei que estava aberto". Meu irmão entrou na casa e não encontrou a jovem nem os sacos de dinheiro. Estarrecido com aquilo, ele notou que só haviam sobrado algumas poucas coisas do que existia na casa, descobrindo, pois, que a jovem o ludibriara. Sem outro remédio, ele recolheu o que restara e, abrindo os aposentos, carregou todos os tecidos, dos quais não deixou nada. E dormiu feliz naquela noite.[268] Quando amanheceu, ele viu no portão da casa vinte policiais que o agarraram e lhe disseram: "O chefe de polícia está à sua procura!". Pegaram-no e se puseram a caminho. Ele lhes implorou para que o deixassem entrar na casa, mas eles não aceitaram. Sem poder lhes dar nada ali naquele instante, prometeu-lhes dinheiro caso o deixassem entrar, mas não lhe prestaram atenção; ficou exausto de tanto implorar e se jogar ao chão e aos pés deles, sem que lhe dessem ouvidos. Amarraram-no bem forte, prenderam-lhe as mãos, seguraram-no e começaram a andar. No meio do caminho toparam com um velho amigo de meu irmão, que lhe implorou com insistência para que ficasse do seu lado e o ajudasse a se safar dos policiais e oficiais. Com muita dignidade, ele intercedeu e os indagou sobre o que sucedera com meu irmão. Eles responderam: "O chefe de polícia determinou que conduzíssemos este homem até ele; então fomos até sua casa e o prendemos; agora o estamos conduzindo até nosso mestre, o chefe de polícia, em conformidade com as suas determinações". O amigo de meu irmão lhes disse: "Gente boa, nós pagaremos o que vocês merecem, seja qual for o preço; basta que vocês soltem o meu amigo e digam ao seu mestre: 'Não o encontramos'". Mas eles não aceitaram e continuaram arrastando-o diretamente até o chefe de polícia.

E a aurora alcançou Šahrāzād, que parou de falar. Dīnārzād lhe disse: "Maninha, como é agradável e insólita a sua história", e ela respondeu: "Isso não é nada perto do que irei contar-lhes na próxima noite, se acaso eu viver e for poupada".

[268] Neste trecho, o original não deixa claro onde o quinto irmão dormiu, se em sua própria casa ou se na casa onde quase fora morto. O desdobramento da narrativa, contudo, mostra que ele foi para a sua casa, tal como consta da fonte original desta história.

166ª

NOITE DAS HISTÓRIAS DAS MIL E UMA NOITES

Na noite seguinte ela disse:

Eu tive notícia, ó rei venturoso, de que o alfaiate disse ao rei da China:

O barbeiro disse ao grupo:

Eu disse ao califa:

Quando viu meu irmão diante de si, o chefe de polícia lhe disse: "Sabemos que você conseguiu ajuntar muita coisa. Como foi isso?".[269] Meu irmão respondeu: "Meu amo, peço imunidade de vida", e o chefe de polícia disse: "Imunidade concedida". Então meu irmão lhe contou tudo quanto lhe sucedera com a velha, desde o começo até o fim, bem como a fuga da jovem. E concluiu dizendo ao chefe de polícia: "Meu senhor, todas as coisas que peguei estavam lá; leve o que quiser, mas deixe um pouco para eu viver". O chefe de polícia mandou seus auxiliares e oficiais com meu irmão, e eles recolheram todo o tecido e o dinheiro. Em seguida, o chefe de polícia ficou com medo de que a notícia chegasse ao sultão; mandou convocar o meu irmão e lhe disse: "Eu quero que você saia desta cidade; caso contrário, irei liquidá-lo". Meu irmão respondeu: "Ouço e obedeço", e fugiu para outro país; no caminho, ladrões cruzaram com ele, deixando-o nu e lhe cortando as orelhas;[270] ouvi falar a respeito e fui procurá-lo com uma roupa, que ele vestiu. Eu o trouxe secretamente para a cidade e o pus para morar junto com os seus irmãos.

[269] No original, a pergunta do chefe de polícia é: "Como você conseguiu tudo isso?". No entanto, tal pergunta não tem sentido, uma vez que o personagem se encontra despojado de tudo e a polícia ignora o que de fato ocorreu. Por isso, a lógica do texto torna razoável supor que o quinto irmão fora inopinadamente preso por causa da jovem que, após tê-lo enganado, conseguira de algum modo denunciá-lo como ladrão às autoridades. A contradição, porém, reside no fato de que aquela jovem não conhecia o seu endereço original nem sabia nada sobre ele. Nas *Histórias espantosas*, a pergunta do chefe de polícia é: "De onde você conseguiu todos aqueles tecidos?".

[270] O trecho "e lhe cortando as orelhas" é acréscimo a partir da edição impressa de Būlāq, cujo editor não deixou de notar a falta desse pormenor que se anuncia na abertura da história, mas que não se realiza em seu decorrer. Pode-se imaginar, porém, que as orelhas cortadas foram pensadas pelo autor como um dado prévio aos eventos narrados; isto é, o quinto irmão não tinha orelhas "antes" de começar a história (tal como o primeiro irmão já era corcunda e o terceiro já era cego antes do início de suas histórias). Nas *Histórias espantosas*, fonte a partir da qual o autor das *Mil e uma noites* adaptou esta narrativa, tampouco se faz menção às orelhas cortadas, embora o título afirme que o personagem sofreu tal mutilação.

O SEXTO IRMÃO DO BARBEIRO

[*Continuei contando ao califa*:] Já o meu sexto irmão, o de lábios cortados, empobrecera após ter sido rico. Certo dia, saiu à procura de algo com que matar a fome. Durante essa procura, estando ele numa estrada qualquer, avistou de repente uma bela casa com largo pátio e elevado portão, diante do qual havia servidores e criados, e ordens e proibições. Indagou sobre o dono da casa a alguém ali em frente, que lhe respondeu: "A casa pertence a um membro do clã barmécida".[271] Meu irmão avançou até os porteiros e lhes pediu uma esmola; disseram-lhe: "Entre por esta porta, pois lá dentro você receberá do dono da casa algo que irá apreciar". Meu irmão entrou no pátio e caminhou por algum tempo, até chegar a uma construção graciosa em cujo centro havia um jardim que ele nunca vira igual. O piso da casa era acarpetado e suas cortinas estavam soltas. Perplexo, sem saber para que lado ir, ele caminhou rumo à porta do salão; entrou e viu no ponto elevado do aposento um homem de formosas faces e barbas; caminhou em sua direção e o homem, ao vê-lo, deu-lhe boas-vindas e lhe perguntou sobre o seu estado; meu irmão lhe informou ser um necessitado que vivia do que os outros pudessem dar-lhe. Ouvindo tais palavras, o homem afetou grande pesar e, pondo as mãos em suas próprias roupas, rasgou-as e disse: "Quer dizer então que neste país em que eu vivo você passa fome? Não, não posso suportar isso!". E se comprometeu a fazer tudo de bom pelo meu irmão. Depois disse: "É imperioso que você seja o meu comensal". Meu irmão respondeu: "Meu senhor, já não suporto mais! Estou completamente faminto!". O homem gritou: "Criado, traga o vaso e a bacia para lavarmos as mãos!". Meu irmão não viu bacia nem nada. O homem disse: "Vamos, meu irmão, venha lavar as mãos", e começou a gesticular como se estivesse lavando as mãos. Depois gritou: "Sirvam a mesa!", e fez uma gesticulação; "Mas eu não via nada ser trazido", conforme relatou o meu irmão. O homem disse ao hóspede: "Por vida minha, coma e não se acanhe!", e fez gestos como se estivesse comendo, pondo-se a dizer ao meu irmão: "Por vida minha, não seja parcimonioso com a comida, pois faço ideia da fome que você está sentindo neste momento!". Meu irmão começou a gesticular como se estivesse comendo algo, e o homem pôs-se a dizer-lhe: "Coma agora, por vida minha. Repare só na beleza e alvura deste pão", mas, sem ver nada, meu irmão pensou: "Este homem gosta de brincar e divertir-se às custas dos outros", e disse: "Meu senhor, nunca em minha vida vi alvura mais

[271] Clã de origem persa que desfrutou de muito poder de 750 até 803 d.C., quando, por motivos obscuros, o califa Hārūn Arrašīd exterminou os seus membros.

formosa, nem pão mais gostoso de mastigar". O homem respondeu: "Foi feito por uma de minhas servas, que me custou quinhentos dinares".

E a aurora alcançou Šahrāzād, que parou de falar. Dīnārzād disse: "Maninha, como é agradável e saborosa a sua história", e ela respondeu: "Isso não é nada perto do que irei contar-lhes na próxima noite, se acaso eu viver e o rei me preservar".

167ª NOITE DAS HISTÓRIAS DAS MIL E UMA NOITES

Na noite seguinte ela disse:

Eu tive notícia, ó rei venturoso, de que o alfaiate disse ao rei da China:

O barbeiro disse ao grupo:

Eu disse ao califa:

O homem gritou: "Criado, sirva o cozido de trigo e carne moída[272] como primeiro prato, e ponha-lhe bastante gordura". Depois disse ao meu irmão: "Por Deus, caro hóspede, você já viu cozido mais suculento do que este? Por vida minha, coma e não se acanhe", e gritou: "Criado, sirva o pato gordo em molho de vinagrete!".[273] Continuou dizendo ao meu irmão: "Coma, pois eu sei que você está faminto e necessitado", e meu irmão se pôs a mexer os maxilares, fingindo mastigar. O homem foi mandando servir um prato atrás do outro, sem que nada fosse trazido, e ordenava a meu irmão que comesse. Depois gritou: "Criado, sirva os galetos gordos cozidos na coalhada", e disse ao meu irmão: "Por sua vida, meu hóspede, esses galetos foram engordados com pistache. Coma disso que você jamais provou antes". Meu irmão respondeu: "Meu senhor, isso é mesmo muito gostoso". O homem se pôs a levar a mão à boca de meu irmão, como se estivesse dando-lhe de comer. Enquanto ele descrevia todas aquelas variedades de alimento, meu faminto irmão faria muito gosto de poder dar uma mordida num pão de ceva-

[272] O trecho "cozido de trigo e carne moída" traduz *harīsa*, prato que, com esse mesmo nome, também faz parte da culinária armênia.

[273] A expressão "molho de vinagrete" traduz *sikbāj*, origem da palavra portuguesa "escabeche".

da. Depois o homem disse: "Sirvam as carnes fritas", e perguntou: "Você já viu condimentos mais saborosos do que os desta comida? Coma bem e não se acanhe". Meu irmão disse: "Já estou satisfeito, meu senhor!". O homem gritou: "Retirem isso tudo e sirvam a sobremesa", e disse ao meu irmão: "Coma deste doce de amêndoas, que está muitíssimo bem-feito, e destes pasteizinhos de nozes. Por vida minha que a calda deste pastelzinho na minha mão está escorrendo!". Meu irmão disse: "Que eu não me veja privado do senhor", e o interrogou sobre a grande quantidade de almíscar que havia nos pastéis; o homem respondeu, enquanto meu irmão movimentava a boca e as mandíbulas: "É o meu costume fazer assim com os pastéis". O homem enfim disse: "Chega disso; agora, comamos geleia de amêndoas", e continuou: "Coma e não se acanhe!". Meu irmão disse: "Já estou satisfeito, meu senhor! Não consigo comer mais nada". O homem perguntou: "Então, meu hóspede, gostaria de beber e se descontrair? Espero que não esteja ainda com fome". Meu irmão pensou: "Mas que tormento!", e continuou pensando: "Vou fazer com ele uma coisa que o fará arrepender-se de semelhantes atitudes". O homem gritou: "Sirvam bebida", e passou uma taça ao meu irmão, dizendo: "Dê um trago nessa taça; se gostar, avise", e meu irmão respondeu: "O aroma é bom, mas eu estou habituado a outro tipo de bebida". O homem gritou: "Tragam-lhe uma bebida alcoólica diferente", e brindou: "Felicidades e saúde!". Meu irmão gesticulou como quem está bebendo, afetou embriaguez e disse: "Meu senhor, eu não devia ter bebido". E, mostrando-se inconveniente, fingindo-se de bêbado, meu irmão pegou o homem de surpresa: ergueu o braço até que aparecesse o branco da axila, e lhe aplicou na nuca uma tapona tão violenta que ecoou por todo o aposento, fazendo-a seguir-se de outra tapona. O homem perguntou: "Mas o que é isso, seu canalha?". Meu irmão respondeu: "Este seu escravo que o senhor introduziu em sua casa, e a quem deu comida e bebida, embriagou-se e está farreando. Antes de qualquer outro, é você que tem a obrigação de aguentar-lhe a ignorância e perdoar-lhe o delito". Meu irmão me contou: "Ao ouvir minhas palavras, o homem deu uma sonora gargalhada e disse: 'Faz muito tempo, fulano, que eu me divirto assim às custas das pessoas, mas nunca vi ninguém que tivesse inteligência e jogasse o jogo comigo senão você. Por isso, está agora perdoado'".

E a aurora alcançou Šahrāzād, que parou de falar. Dīnārzād disse para a irmã: "Como é agradável e insólita a sua história", e ela respondeu: "Isso não é nada perto do que irei contar-lhes na próxima noite, se acaso eu viver e o rei me preservar".

168ª
NOITE DAS HISTÓRIAS DAS MIL E UMA NOITES

Na noite seguinte ela disse:

Eu tive notícia, ó rei venturoso, de que o alfaiate disse ao rei da China:

O barbeiro disse ao grupo:

Eu disse ao califa:

Então o homem disse ao meu irmão: "Eu perdoo você. Seja o meu comensal de verdade e não se separe mais de mim", e determinou que se apresentassem vários criados, aos quais ordenou que servissem a mesa de verdade, com todas as variedades de alimento antes mencionadas. Meu irmão e o homem comeram até se fartar; depois, acomodaram-se no aposento destinado à bebida, no qual havia escravas que pareciam luas e que cantaram em todos os ritmos e gêneros; ambos beberam até se embriagar. O homem apreciou muito a companhia de meu irmão, a quem passou a tratar como se fosse seu irmão; tomou-se de grande afeição por ele e lhe deu um traje de honra. Pela manhã, retomaram a comida e a bebida. Ficaram nessa situação dez dias. Depois, o homem outorgou seus negócios ao meu irmão, que passou a cuidar de todos os seus bens, e isso durante vinte anos, findos os quais o homem morreu – louvado seja Deus, o vivente que nunca morre – e o sultão lhe expropriou todos os bens, todo o dinheiro do qual meu irmão cuidava; enfim, tudo foi confiscado pelo sultão, a tal ponto que o meu irmão, vendo-se pobre e inteiramente reduzido à impotência, saiu vagando a esmo pelo mundo. No meio do caminho, foi atacado por beduínos que o capturaram e o levaram para seu acampamento. O homem que aprisionara meu irmão pôs-se a espancá-lo, dizendo: "Resgate a sua vida com dinheiro!". Chorando, meu irmão lhe dizia: "Meu senhor, eu não possuo um único dirham, um único dinar! Sou seu prisioneiro, faça o que quiser". O beduíno puxou então uma adaga e, cortando os lábios de meu irmão, renovou violentamente a exigência. Esse beduíno tinha uma esposa de rosto formoso que, quando o marido saía, ia se oferecer e seduzir meu irmão, que a rechaçava. Certo dia, porém, ela conseguiu seduzi-lo; meu irmão foi até ela e começou a acariciá-la; ela estava nesse estado quando o marido entrou e, olhando para o meu irmão, disse: "Desgraçado, quer corromper a minha família!"; puxou uma adaga, cortou-lhe o pênis, carregou-o no camelo e o atirou ao pé de um monte. Alguns viajantes passaram por ali, reconheceram meu irmão, deram-lhe comida e bebida e me avisaram do que lhe ocorrera; fui até ele, carreguei-o, entrei com ele na cidade e lhe providenciei sustento.[274]

[*Continuei contando ao califa*:] E agora eis-me aqui diante de você, comandante dos crentes. Eu ia perder a vida por engano, e tenho seis irmãos para sustentar!

[*Prosseguiu o barbeiro*:] Ao ouvir toda a minha história e as notícias que lhe dei sobre os meus irmãos, o califa riu bastante e disse: "Você fala a verdade, ó silencioso! Você é taciturno e não intrometido. Porém, saia agora deste país; vá morar em outro". E me expulsou sob escolta. Circulei por todas as regiões até que ouvi falar de sua morte e do início do califado de outro; retornei a Bagdá e constatei que os meus irmãos haviam falecido. Travei conhecimento com este rapaz, e fiz por ele as melhores ações, mas recebi as piores retribuições. Não fosse eu, ele estaria muito bem morto. Depois, ele viajou para fugir de mim. Tornei a circular pelo mundo e acabei topando com ele aqui. Acusou-me de algo que não fiz, e inventou que eu sou tagarela.

E a aurora alcançou Šahrāzād, que parou de falar. Dīnārzād disse para a irmã: "Como é agradável e insólita a sua história, maninha", e ela respondeu: "Isso não é nada perto do que irei contar-lhes na próxima noite, se acaso eu viver e o rei me preservar".

169ª

NOITE DAS HISTÓRIAS
DAS MIL E UMA NOITES

Na noite seguinte Dīnārzād disse a Šahrāzād: "Se você não estiver dormindo, maninha, conte-nos uma de suas belas historinhas para que atravessemos esta noite". O rei disse: "Que seja o restante da história do corcunda bufão". Šahrāzād disse: "Sim".

Eu tive notícia, ó rei do tempo, de que o alfaiate disse ao rei da China:

[274] A história do sexto irmão, como as demais, tem por fonte as *Histórias espantosas*. Mas o episódio da refeição que nunca se serve tem também um precedente mais antigo nas *Maqāmāt* [Assembleias] de Badīᶜ Azzamān Alhamaḏānī (968-1007 d.C.), um dos principais autores do período. Veja a tradução no Anexo 10.

Depois de ouvir a história do barbeiro e sua tagarelice, ó rei, e saber que o jovem fora prejudicado por ele, nós o agarramos, amarramos e levamos para a cadeia. Em seguida nos acomodamos, comemos e continuamos a festa até o entardecer, quando então saí e fui para casa. Minha mulher estava zangada e disse: "Você metido em farras e bebedeiras e eu aqui enfiada dentro de casa. Se não me levar para passear pelo resto do dia, esse será um motivo para me separar de você". Então saí com ela e ficamos passeando até o anoitecer; no caminho de volta, encontramos com esse corcunda bufão completamente bêbado. Eu o convidei a vir conosco, comprei peixe e sentamos todos para comer. Trinchei um pedaço de peixe, que por acaso continha espinha, enfiei na boca do corcunda e tapei-a; sua respiração se cortou, seus olhos se arregalaram, e ele engasgou. Dei-lhe um soco nas costas, entre os ombros, mas o bocado se entalou solidamente em sua garganta; ele se asfixiou e morreu. Carreguei-o e elaborei uma artimanha para jogá-lo na casa deste médico judeu, e ele por sua vez elaborou uma artimanha e o atirou na casa do despenseiro, e ele por sua vez elaborou uma artimanha e o atirou diante deste corretor cristão. Esta é a história do que me tem ocorrido desde ontem; não é mais espantosa e insólita do que a história do corcunda bufão?

Disse o narrador: depois de ouvir a história do alfaiate, o rei da China balançou a cabeça de emoção, mostrou assombro e disse: "A história das peripécias entre este jovem e o barbeiro intrometido é mais emocionante e melhor do que a história do corcunda". Em seguida, ordenou a um de seus secretários que saísse com o alfaiate e trouxesse o barbeiro da prisão; disse: "Gostaria de ver esse barbeiro taciturno, olhar para ele e ouvir as suas histórias e palavras. Será por meio dele que vocês todos se salvarão de mim. Também vamos enterrar esse corcunda bufão, que está morto e abandonado desde ontem à noite, e construir-lhe um túmulo". Mais do que rapidamente, o secretário do rei da China e o alfaiate saíram e retornaram com o barbeiro. Ao olhar para ele, o rei da China viu-se diante de um senhor de idade avançada, que ultrapassara os noventa anos, de barbas e sobrancelhas brancas, orelhas cortadas, nariz comprido e modos de toleirão. Ante essa visão, ele riu e lhe disse: "Ó silencioso, quero que você me conte as suas histórias". O barbeiro perguntou: "Ó rei do tempo, e qual é a história deste cristão, deste judeu, deste muçulmano e deste corcunda morto aqui entre vocês?[275] Qual o motivo desta reunião?". O rei disse, rindo: "E por que você está perguntando sobre isso?". O barbeiro res-

[275] Note a contradição: o corcunda, conforme se afirma na próxima noite, encontra-se coberto. Como o barbeiro, que não conhecia a história, poderia adivinhar que se tratava de um corcunda morto?

pondeu: "Perguntei sobre eles para que o rei saiba que eu não sou intrometido, e que sou inocente disso que me acusam, de falar demais e ser intrometido. Meu nome é Silencioso".

E a aurora alcançou Šahrāzād, que parou de falar. Dīnārzād lhe disse: "Como é agradável e insólita a sua história, maninha", e ela respondeu: "Isso não é nada perto do que irei contar-lhes na próxima noite, se acaso eu viver e o rei me preservar".

170ª

NOITE DAS HISTÓRIAS
DAS MIL E UMA NOITES

Na noite seguinte ela disse:

Eu tive notícia de que o rei da China ordenou àqueles homens que contassem ao barbeiro a história do corcunda do início ao fim. O barbeiro balançou a cabeça e disse: "Isso é assombroso. Descubram esse corcunda para que eu o examine". O barbeiro sentou-se ao lado do corcunda, colocou sua cabeça no colo, examinou-lhe o rosto e começou a rir tão alto que logo o riso virou uma gargalhada, que o fez revirar-se no solo; disse: "Mas que coisa assombrosa! Toda morte tem um motivo; a história deste corcunda deveria ser registrada com tinta de ouro". Todos ficaram espantados com o barbeiro, e o rei lhe perguntou: "O que você tem, ó Silencioso?". O barbeiro respondeu: "Juro pelo bem que o senhor faz que este corcunda bufão ainda tem vida", e puxou uma bolsa que trazia amarrada à cintura, retirou um frasco de pomada, untou o pescoço do corcunda e o massageou com força; depois, extraiu da bolsa uma haste de ferro comprida, com a qual manteve a boca do corcunda aberta; pegou uma pinça de ferro, introduziu-a na garganta do corcunda e extraiu o naco de peixe com a espinha, que estava empapada de sangue. O corcunda espirrou, deu um salto, parou em pé e esfregou as mãos no rosto. O rei e seus acompanhantes ficaram espantados com a história daquele corcunda bufão, que permanecera um dia e uma noite inteiramente desfalecido, e desfalecido continuaria não o houvesse Deus agraciado com o barbeiro que lhe devolveu a vida. Em seguida o rei da China determinou que a história do barbeiro e do corcunda fosse registrada nos anais do reino; concedeu trajes de honra para o despenseiro, o alfaiate, o cristão e o judeu, dando-lhes então ordens para que se retirassem; contratou o barbeiro para trabalhar no palácio,[276] ordenou que lhe pagassem um ordenado e lhe concedeu um traje de honra. E assim viveram todos, usufruindo da hospitalidade do rei, até que lhes adveio o destruidor dos prazeres[277] e a morte os atingiu a todos.

E a aurora alcançou Šahrāzād, que parou de falar. Dīnārzād disse para a irmã: "Como é agradável e assombrosa a sua história", e ela respondeu: "Isso não é nada perto do que irei contar-lhes na próxima noite, se acaso eu ficar viva. Trata-se da história do perfumista Abū Alḥasan ᶜAlī Bin Ṭāhir, de Nuruddīn ᶜAlī Bin Bakkār, e do que sucedeu a este último com Šamsunnahār, a escrava do califa. Trata-se de uma história que emociona o ouvinte, um espetáculo de bons augúrios.[278]

[276] Todas as versões do ramo egípcio trazem, em vez de "contratou o barbeiro para trabalhar no palácio", "tornou o barbeiro seu hóspede permanente".
[277] O "destruidor dos prazeres" é o arcanjo da morte.
[278] O trecho "um espetáculo de bons augúrios" traduz *bahjat ḥusn aṭṭawāliᶜ*, linguagem em chave astrológica.

ANEXOS

Os anexos da presente edição são textos que podem servir como elementos de comparação para o leitor interessado na história da constituição deste livro.

ANEXO 1 - O "PRÓLOGO-MOLDURA" NO RAMO EGÍPCIO TARDIO

A história introdutória das Mil e uma noites, *também chamada de "prólogo-moldura", apresenta mais de uma redação. Aqui, apresenta-se a tradução desse "prólogo-moldura" a partir do que se convencionou chamar "ramo egípcio recente". Foi utilizada a primeira edição de Būlāq, cotejada com a segunda edição de Calcutá.*[1]

Em nome de Deus, Misericordioso, Misericordiador

Louvores a Deus, senhor do universo, e que as preces e as saudações estejam com o senhor dos enviados, nosso amo e senhor Muḥammad, e com seus familiares – preces e saudações permanentes e contínuas até o dia do Juízo Final.

As crônicas dos antigos tornaram-se uma lição para os pósteros, a fim de que o homem veja as lições que ocorreram aos outros e então reflita, e verifique as histórias das nações do passado e o que lhes sucedeu e fique alerta. Louvado seja quem fez, das histórias dos antigos, lições para os pósteros! Entre essas lições estão as narrativas denominadas *As mil e uma noites*, com o que contêm de coisas insólitas e paradigmas.

Assim, conta-se – mas Deus sabe mais e é mais sapiente, poderoso e generoso – que havia em tempos passados e remotos, muito tempo atrás, em períodos

[1] Cairo, 1835, vol. 1, pp. 2-6 (edição de ᶜAbdurraḥmān Aṣṣifatī Aššarqāwī), e Calcutá, 1839, vol. 1, pp. 1-10 (edição de William Ḥ. Macnaghten). Para uma terceira vertente desse prólogo, cf. o artigo "O 'prólogo-moldura' das *Mil e uma noites* no ramo egípcio antigo", *Tiraz, Revista de Estudos Árabes*. São Paulo, Humanitas/ FFLCH-USP, n. 1, 2004, pp. 70-117.

e momentos que já se foram, certo rei do clã sassânida nas penínsulas da Índia e da China, possuidor de soldados, auxiliares, criados e servidores. Ele tinha dois filhos, um mais velho e outro mais novo, que eram dois bravos cavaleiros. O maior, mais bravo do que o menor, tornara-se rei do país, governando com justiça entre os súditos e sendo amado pelo povo de seu país e reino; seu nome era rei Šahriyār; seu irmão menor se chamava rei Šāh Zamān,[2] e reinava na Samarcanda persa. As coisas permaneceram estáveis em seus países, onde ambos os reis eram governantes justos entre seus vassalos, durante vinte anos, período no qual viveram na mais completa felicidade e tranquilidade; ainda se encontravam em tal estado quando o rei mais velho sentiu saudades do irmão mais novo, e ordenou a seu vizir que viajasse até ele e o trouxesse. O vizir correspondeu, ouvindo e obedecendo, e viajou, levando a bom término o empreendimento. Foi ver o irmão de seu rei, transmitiu-lhe saudações, e o informou de que seu irmão mais velho estava com saudades e gostaria que fosse visitá-lo. O rei correspondeu ouvindo e obedecendo, e se preparou para a viagem, mandando providenciar tendas, camelos, asnos, criados e auxiliares; nomeou seu vizir governador do reino, e saiu rumo ao país de seu irmão mais velho. Quando a noite ia pela metade, ele se lembrou de algo que esquecera no palácio e retornou; entrou no palácio e encontrou sua esposa deitada em seu colchão e abraçada a um dos escravos negros. Aquela visão fez o mundo escurecer diante de sua face; pensou: "Se isso já aconteceu e eu nem sequer saí da cidade, qual será a situação dessa marafona[3] quando eu me ausentar e passar algum tempo junto ao meu irmão?". Então desembainhou a espada e golpeou os dois, matando-os ali mesmo no colchão. Retornou imediatamente e ordenou que se iniciasse a viagem, avançando até chegar à cidade do irmão, que ficou contente com a sua chegada e saiu para recepcioná-lo, saudando-o com o mais extremo regozijo; já enfeitara a cidade por sua causa, e se sentou com ele para que pudessem conversar com tranquilidade.

[2] A primeira edição de Būlāq grafa sistematicamente *Šahrabāz* em vez de *Šahriyār* e *Šāh Ramān* (ou *Rummān*) em vez de *Šāh Zamān*. Tais grafias são bastante semelhantes em árabe. Aqui, a tradução adotou *Šahriyār*, com o primeiro *a* curto, e *Šāh Zamān*, conforme a edição de Calcutá. Como o leitor irá notar, a grafia dos nomes no ramo egípcio difere da grafia do ramo sírio, e a tradução respeitou essa divergência. O nome da heroína grafou-se somente com o último *ā* longo: *Šahrazād*. A mudança mais radical, porém, ocorre no nome de sua irmã, que passa a ser *Dunyāzād* (algo como "nobre mundo"). Para a localização geográfica, leia o que se escreveu na nota 6, p. 42 deste volume.
[3] Em lugar de *ᶜāhira*, "puta", a edição de Calcutá traz *malᶜūna*, "maldita".

No entanto, quando o rei Šāh Zamān se recordava do que acontecera com a mulher, era acometido por intensa tristeza; sua cor se amarelava e seu corpo se debilitava. Vendo-o em tal estado, o irmão, julgando interiormente que aquilo se devia à separação de sua terra e de seu reino, deixou-o e não o inquiriu a respeito.

Então, certo dia, Šahriyār disse: "Irmão, notei que o seu corpo está debilitado e sua cor, amarela". Šāh Zamān respondeu: "Irmão, carrego uma ferida em meu íntimo", e não lhe informou sobre o que presenciara por parte da esposa. Šahriyār continuou: "Eu quero que você viaje comigo para caçar, pois quem sabe assim o seu íntimo não se recupera". Mas Šāh Zamān recusou, e o irmão viajou sozinho para a caça. No palácio do rei havia janelas que davam para o jardim de seu irmão; Šāh Zamān olhou por elas e viu que a porta do palácio se abrira, dela saindo vinte escravas e vinte escravos; a mulher de seu irmão caminhava entre eles, extremamente bela e formosa; chegaram até a fonte, despiram-se e se acomodaram uns junto com outros; foi então que a mulher do rei Šahriyār gritou: "Ó Mas^{c}ūd!", e veio até ela um escravo negro que a abraçou, e ela a ele; derrubou-a ao solo e a possuiu, e assim fizeram os outros escravos com as escravas. Permaneceram em beijos, abraços, fornicações e tudo o mais até que o dia se findou.

Ao ver aquilo, o irmão do rei pensou: "Por Deus que a minha desgraça é mais leve do que essa", e a partir daí a tristeza e a derrota que sentia perderam a relevância. Ele disse: "Isso é bem pior do que o que me ocorreu", e pôs-se a comer e a beber.

Mais tarde, seu irmão voltou da viagem e ambos se cumprimentaram. Olhando para o irmão, o rei Šahriyār notou que suas cores haviam voltado e suas faces estavam de novo coradas; começara a comer com apetite depois de ter se alimentado bem parcamente. Espantado com aquilo, perguntou: "Meu irmão, eu via você amarelado, mas agora sua cor foi recuperada. Fale-me sobre o que lhe ocorreu". Šāh Zamān respondeu: "Quanto à alteração de minha cor, eu lhe contarei, mas me dispense de informá-lo sobre a recuperação da minha cor". Šahriyār disse: "Conte-me primeiro sobre a sua alteração de cor e debilidade, para que eu possa ouvir". Šāh Zamān respondeu: "Saiba, irmão, que quando você enviou o seu vizir para me convidar a vir para cá, eu me preparei e saí da cidade, mas lembrei ter deixado no palácio aquelas contas de vidro que eu dei a você; voltei e encontrei minha mulher com um escravo negro, que dormia no meu colchão; matei a ambos e vim até você pensando nesse assunto. É esse o motivo da minha alteração de cor e debilidade; quanto à recuperação de minha cor, dispense-me de lhe contar o motivo". Ao ouvir essas palavras, o irmão disse: "Eu lhe peço por Deus que você me informe o motivo da recuperação de sua cor", e então Šāh Zamān lhe relatou tudo quanto vira. Šahriyār disse ao irmão: "Eu quero ver com meus próprios olhos". Šāh Zamān então lhe respondeu: "Faça de conta que você vai viajar para caçar e esconda-se comigo. Assim, você presenciará o que eu lhe contei, e se certificará com seus próprios olhos". O rei Šahriyār imediatamente mandou anunciar que partiria em viagem; soldados e tendas saíram para além dos muros da cidade, bem como o rei, que se instalou em suas tendas e disse aos criados: "Que ninguém entre", e em seguida se disfarçou e retornou às escondidas até o palácio onde estava o seu irmão; instalou-se à janela que dava para o jardim e, depois de alguns momentos, as servas e sua senhora entraram junto com os escravos, e agiram conforme descrevera Šāh Zamān; permaneceram, igualmente, até o entardecer. Ao ver aquilo, o rei Šahriyār ficou transtornado e disse ao irmão: "Vamos sair pelo mundo. Não teremos necessidade de reinar até ver se aconteceu a alguém algo semelhante ao que nos ocorreu; se não aconteceu, nossa morte será melhor do que nossa vida". Šāh Zamān respondeu afirmativamente, e ambos saíram por uma porta secreta do palácio; viajaram por dias e noites até chegar a uma árvore no meio de um prado; junto à árvore havia uma fonte de água, que estava próxima de um mar salgado. Os irmãos beberam daquela fonte e se sentaram para descansar. Passadas algumas horas do dia, eis que eles viram o mar se agitar e dele sair uma coluna negra que se elevava até os céus e avançava em direção àquele prado.

Disse o narrador: quando viram aquilo, os dois irmãos ficaram com medo e subiram ao topo da árvore, que era alta, e puseram-se a observar o que iria acontecer; viram então um gênio de estatura elevada, rotundo cocuruto e peito largo, carregando à cabeça um baú; subiu à terra seca e se encaminhou até a árvore em cujo topo eles estavam; sentou-se debaixo dela e abriu o baú, do qual retirou uma caixa; abriu a caixa e dela saiu uma belíssima jovem branca e resplandecente, que parecia o sol brilhante, tal como disse o poeta:[4]

"Ela brilhou nas trevas e o dia surgiu,
e as árvores se iluminaram com sua luz;
é através de seu brilho que brilham os sóis
quando aparecem, e desaparecem as luas;[5]

[4] A edição de Calcutá apresenta pequenas divergências nesta passagem, trazendo, em vez de "branca e resplandecente" [*ġarrā'*], "de estatura esbelta" [*biqāmatin hayfā'*], e acrescentando: "tal como disse, e o fez muito bem, o poeta ᶜUṭayya". Os dicionários de literatura árabe não fazem menção a tal poeta.
[5] O trecho "desaparecem as luas", na edição de Calcutá, traz "parecem envergonhar-se as luas".

todas as criaturas se ajoelham diante dela
quando aparece, inteiramente humilhadas;
se os relâmpagos de suas defesas coruscam,
desfazem-se em lágrimas as praças-fortes."

Disse o narrador: olhando para ela, o gênio disse: "Ó senhora de todas as mulheres livres, a quem sequestrei na noite de seu casamento, agora eu gostaria de dormir um pouco", e, repousando a cabeça no joelho da moça, adormeceu. Ela então ergueu a cabeça para o cume da árvore e avistou os dois reis que ali estavam; ergueu a cabeça do gênio de seu joelho, depositou-a no chão, ficou em pé debaixo da árvore e disse a eles, por sinais: "Desçam e não tenham medo deste *ifrit*". Eles responderam: "Por Deus, dispense-nos disso!". Ela lhes disse: "Por Deus, se vocês não descerem eu acordarei o *ifrit*, e ele irá matá-los da maneira mais cruel". Temerosos, eles desceram até ela, que se ofereceu a ambos e disse: "Metam com toda a força, ou então eu acordarei o *ifrit*!". Era tanto o medo que o rei Šahriyār disse ao irmão, o rei Šāh Zamān: "Meu irmão, faça o que ela lhe ordenou", mas ele respondeu: "Não farei antes que você o faça". E começaram a trocar sinais e piscadelas sobre quem copularia com ela, que lhes disse: "Por que os vejo trocando sinais e piscadelas? Se não avançarem e fizerem o que mandei, vou acordar o *ifrit*!". Então, com medo do gênio, ambos fizeram o que a jovem lhes ordenara. Quando terminaram, ela lhes disse: "Recomponham-se", e lhes mostrou um saco que retirou do bolso; do saco ela extraiu um colar composto de quinhentos e setenta anéis; exibiu-o e perguntou: "Porventura vocês sabem o que é isto?". Responderam: "Não sabemos". Ela disse: "Todos os donos destes anéis me possuíram durante o sono deste *ifrit* cornudo. Agora, deem-me também seus anéis", e eles lhe deram os anéis de suas mãos. Ela disse: "Este *ifrit* me raptou na noite do meu casamento e me escondeu numa caixa, e enfiou a caixa dentro de um baú, e colocou no baú sete cadeados, e me pôs no fundo do mar encapelado, de ondas agitado, sem saber que as mulheres como eu, quando pretendem algo, não são impedidas por nada, conforme disse alguém:

'Jamais confie nas mulheres
nem creia em suas promessas,
pois sua satisfação e cólera
estão ligadas à vagina:
demonstram afeto fingido,
e a traição é o recheio de suas vestes.

Reflita sobre a história de José[6]
e se previna de suas artimanhas;
não vê que Satanás expulsou
Adão por causa delas?'

E outro disse:

'Evite censuras que depois reforcem o censurado
e façam a paixão aumentar muito de intensidade;
se eu estou apaixonado, não estou fazendo senão
o que desde antigamente os outros homens fizeram;
mas o que de fato faz crescer o assombro é aquele
que do encanto das mulheres escapa ileso'."

Quando ouviram tais palavras, os reis ficaram extraordinariamente assombrados e disseram entre si: "Mesmo sendo um *ifrit*, o que lhe aconteceu foi bem mais grave do que o acontecido conosco. Isso é algo que nos conforta", e imediatamente se retiraram e deixaram a jovem; voltaram para a cidade do rei Šahriyār e entraram no palácio. O rei Šahriyār cortou o pescoço de sua mulher, bem como o das servas e escravos, e passou a, toda noite, casar com uma moça virgem: ele a deflorava e matava naquela mesma noite. Manteve-se nessa prática pelo período de três anos, e as pessoas entraram em grande agitação e fugiram levando as filhas, até que não restou naquela cidade uma única moça que ele pudesse possuir. Então o rei ordenou ao seu vizir que lhe trouxesse uma jovem, conforme o hábito, e o vizir saiu e procurou, mas não encontrou nenhuma jovem. Tomou, então, o rumo de casa, encolerizado, derrotado, com medo de que o rei fizesse algo contra ele. O vizir tinha duas filhas, a maior chamada Šahrazād e a menor, Dunyāzād; a mais velha havia lido livros de história, biografias de reis do passado e crônicas de antigas nações; conta-se que ela havia reunido mil livros de história relativos a nações extintas, a reis já desaparecidos e a poetas. Ela disse ao pai: "Por que o vejo alterado, carregando preocupações e tristezas? Pois já disseram sobre isso a seguinte poesia:

[6] Referência ao personagem bíblico, também citado no Alcorão.

'Diga a quem carrega uma tristeza
que tristezas não perduram;
assim como se vai a felicidade,
também as tristezas se vão'."

Ao ouvir tais palavras da filha, o vizir contou o que lhe sucedera com o rei do começo ao fim. Ela disse: "Por Deus, papai, case-me com esse rei! Ou eu fico viva ou então servirei como resgate para as filhas dos muçulmanos,[7] e serei a causa de sua salvação desse rei". O vizir disse: "Por Deus, não arrisque a vida, de jeito nenhum!". Ela disse: "Isso é absolutamente imperioso". O vizir disse: "Eu temo que ocorra a você o mesmo que ocorreu ao burro e ao boi com o fazendeiro". Šahrazād perguntou: "E o que ocorreu a eles, papai?". Ele respondeu:

Saiba, minha filha, que certo mercador possuía cabedais e montarias, e tinha esposa e filhos. Deus altíssimo lhe havia concedido o conhecimento da fala dos animais e das aves. Esse mercador morava no interior, e tinha em sua casa um burro e um boi. Certo dia, o boi foi até o local onde ficava o burro, e verificou que ele estava escovado e esfregado, e que em seu pesebre tanto a cevada como a palha haviam sido peneiradas. O asno encontrava-se descansado, e somente em uma ou outra ocasião o dono montava nele para acudir a alguma necessidade que se lhe deparava, mas logo depois o asno retornava à sua boa situação. Após alguns dias, o mercador ouviu o boi dizendo ao burro: "Meus parabéns, pois enquanto eu estou cansado, você está descansado, comendo cevada peneirada e sendo bem tratado; numa ou noutra ocasião o dono monta em você, mas logo retorna. Eu, porém, estou sempre na lavoura e na moenda". O burro lhe disse: "Quando você for para o campo e lhe colocarem a canga ao pescoço, deite-se e não se levante nem que lhe batam; se acaso levantar, torne a deitar-se. Quando o trouxerem de volta e puserem fava na sua frente, não coma, como se estivesse doente; evite comer e beber um ou dois ou três dias, e assim você descansará de tanto esforço". O mercador ouviu a conversa. Quando o condutor levou a ração ao boi, este comeu muito pouco; pela manhã, quando foi levá-lo para a lavoura, verificou que estava fraco. O

[7] Note-se que, nesta passagem, o ramo sírio não fala em muçulmanos. Em lugar de *banāt almuslimīn*, a edição de Calcutá traz *awlād almuslimīn*, "os filhos de muçulmanos". Pode-se pensar tanto num anacronismo como na naturalização da expressão com o sentido de "toda gente" ou "gente de bem".

mercador lhe disse: "Pegue o burro e faça-o arar em lugar do boi o dia inteiro". O homem retornou e levou o burro em lugar do boi, fazendo-o arar o dia inteiro. No final do dia, quando o burro retornou, o boi lhe agradeceu a gentileza de o ter livrado do cansaço naquele dia. Bastante arrependido, o burro não deu resposta. No dia seguinte o lavrador veio, pegou o burro e o fez arar até o fim do dia; o burro retornou com o pescoço esfolado, bem enfraquecido. O boi olhou para ele com admiração, louvou-o e o glorificou. O burro disse a ele:[8] "Eu estava tranquilo e descansado, mas a minha curiosidade me prejudicou", e prosseguiu: "Saiba que sou seu conselheiro: ouvi o nosso dono dizendo: 'Se o boi não se mexer do lugar, entreguem-no ao açougueiro para que o sacrifique e corte o seu couro em pedaços'; por isso, eu temo por você. Já dei meu conselho, agora passe bem". Ao ouvir as palavras do burro, o boi lhe agradeceu e disse: "Amanhã sairei com eles", e então devorou a ração inteira e lambeu o pesebre. Isso ocorreu enquanto o dono dos animais ouvia. Quando amanheceu, o mercador e sua esposa foram para o curral e se acomodaram; chegou o condutor, pegou o boi, e saiu; ao ver seu dono, o boi mexeu o rabo, soltou um peido e exibiu vitalidade. O mercador riu até cair sentado. A mulher então lhe perguntou: "De que está rindo?". Ele respondeu: "De algo[9] que vi e ouvi, mas não posso revelar, senão morrerei". Ela disse: "É absolutamente imperioso que você revele para mim qual o motivo do seu riso, mesmo que por isso você morra". Ele disse: "Não posso revelar-lhe, pois eu tenho medo da morte". Ela disse: "Você não estava rindo senão de mim", e tanto insistiu e pressionou com palavras que se impôs a ele, deixando-o aturdido. O mercador convocou os filhos, mandou trazer juiz e testemunhas, com a intenção de fazer suas recomendações, e em seguida revelar o segredo à mulher e morrer, pois tinha um enorme amor por ela, que era sua prima e mãe de seus filhos, e também porque ele já vivera cento e vinte anos. Assim, ele mandou convocar todos os parentes da mulher e todas as pessoas do bairro, e lhes relatou a sua história, bem como o fato de que, quando ele revelasse a alguém o seu segredo, morreria. Todos os presentes disseram à mulher: "Por Deus, deixe essa questão de lado, caso contrário vai morrer o seu marido, pai dos seus filhos". Ela respondeu: "Não o deixarei em paz até que ele me revele o segredo, ainda que morra". Então todos se calaram. O mercador se retirou e rumou para o

[8] Embora ambas as edições tragam "o burro disse a ele", é possível que seja "disse a si mesmo".

[9] A edição de Calcutá traz: "De um segredo".

quintal, onde ficavam os animais, a fim de fazer abluções e em seguida retornar, revelar o segredo e morrer. Ele – que tinha um galo sob cujo domínio estavam cinquenta galinhas, e também um cachorro – ouviu o cachorro chamando o galo, a quem insultou e disse: "Você está feliz embora o nosso dono vá morrer?". O galo perguntou: "E por que isso se dará?". Então o cachorro repassou-lhe a história; o galo disse: "Por Deus que o nosso dono possui pouco juízo. Eu tenho cinquenta esposas; agrado essa e irrito aquela, ao passo que ele, que não tem senão uma esposa, não sabe se arranjar com ela? Que tem ele que não pega uma vara de amoreira, entra com a mulher no quarto de dormir e lhe aplica uma surra até que ela morra ou desista, e não volte a questioná-lo sobre nada?".

Disse o narrador: ao ouvir o discurso que o galo dirigira ao cachorro, o mercador recuperou o juízo e resolveu dar uma surra na mulher. Nessa altura, o vizir disse à filha: "Talvez eu faça com você o mesmo que o mercador fez com a esposa". Šahrazād perguntou: "E o que ele fez?". O vizir continuou:

Depois de ter arrancado algumas varas de amoreira e escondido no quarto, o mercador entrou ali com a esposa, dizendo: "Venha aqui dentro do quarto para que eu lhe conte sem que ninguém veja e depois morra". A mulher entrou com ele, que trancou a porta e se pôs a surrá-la, até que ela desmaiou, e depois disse: "Eu me resigno!", e lhe beijou as mãos e os pés; resignada, saiu com ele do quarto e os presentes, bem como seus familiares, ficaram contentes. E viveram todos na mais próspera situação até a morte.

Depois de ouvir a fala do vizir, a filha lhe disse: "É absolutamente imperioso que eu me case com o rei". Então ele a preparou e conduziu até o rei Šahriyār. Šahrazād havia feito a seguinte recomendação à irmã mais nova: "Quando eu estiver com o rei, mandarei chamá-la; quando você chegar até mim, e vir que o rei já se satisfez comigo, diga: 'Minha irmã, conte-nos uma história insólita com a qual atravessemos o serão desta noite'; e então eu lhe contarei uma história mediante a qual vai se dar a salvação, se Deus quiser".

E o pai de Šahrazād, o vizir, conduziu-a até o rei, que olhou para ela e, contente, perguntou: "Você trouxe o que eu pedi?". O vizir respondeu: "Sim". Mas, quando o rei pretendeu consumar o casamento, Šahrazād começou a chorar. Ele perguntou: "O que tem você?". Ela respondeu: "Ó rei, eu tenho uma irmã pequena da qual gostaria de me despedir!". O rei mandou chamá-la; ela chegou, abraçou a irmã e depois se acomodou debaixo da cama. O rei desvirginou Šahrazād e, em seguida, eles se puseram a conversar; foi então que a irmã menor disse: "Por

Deus, minha irmã, conte-nos uma história com a qual atravessemos o serão desta noite". Šahrazād respondeu: "Com muito gosto e honra, se acaso este rei cavalheiresco[10] me autorizar". Ao ouvir essas palavras, o rei, que estava com insônia, ficou contente em ouvir uma história, e concedeu a autorização.[11]

[10] O termo "cavalheiresco" traduz *muhaḏḏab*.
[11] O trecho "e concedeu a autorização" foi traduzido da edição de Calcutá.

ANEXO 2 - AS HISTÓRIAS DO TERCEIRO XEIQUE

Conforme se viu no fim da sétima noite e início da oitava, o ramo sírio das Mil e uma noites *não apresenta a história do terceiro xeique. Essa lacuna tanto pode ser deliberada como derivada de transmissão defeituosa.*[12] *Quatro manuscritos do ramo egípcio antigo contêm as diferentes versões abaixo traduzidas dessa história.*

1. Manuscrito "Bdl. Or. 550", da Bodleian Library, em Oxford, fls. 19 v.-26 f. (*A narrativa se inicia imediatamente após a história do segundo xeique, a qual envolve uma gênia; a história é contada na quinta noite.*)

Disse o narrador: quando o gênio ouviu essa história, ficou extremamente assombrado e perguntou ao segundo xeique: "Você conhece o nome dessa gênia?". Ele respondeu: "Sim, eu conheço o seu nome. Ela me disse chamar-se Qurkāza, filha de Danhaš, o gênio, e disse ainda: 'Tenho um irmão chamado Qušquš. Nós residimos no monte azul, junto a uma fonte, uma gruta e uma árvore'. Esse é o local que ela descreveu para mim".

Disse o narrador: ao ouvir essa descrição, o gênio disse: "Ó xeique, essa com quem você se casou, e cuja história me contou, é minha filha. Hoje mesmo nós estávamos indo até a casa dela, a fim de que livre os seus irmãos da situação em que se encontram. Foi quando se deu aquilo entre nós e o mercador: ele matou o meu filho, irmão da sua mulher, e agora a ação dela não está sendo retardada

[12] Lembre-se que na história do carregador e das três jovens de Bagdá a terceira jovem não conta história alguma.

senão pela morte do irmão. Eu lhe concedo a vida do mercador, especialmente porque você é meu genro, esposo de minha filha. Seja como for, estou igualmente disposto a ouvir a história do terceiro xeique, que está com a mula". Ao ouvir as palavras do gênio, o xeique da mula deu um passo adiante e disse:

Saiba, ó gênio, que minha história é tão assombrosa que, se fosse escrita com tinta de ouro, seria mais assombrosa do que qualquer assombro. Saiba, ó gênio, que esta mula é minha esposa, pela qual eu tinha um amor enorme, e ela também por mim. Contudo, meu amor por ela era exterior e interior, mas com ela era o contrário: afetava amor por mim apenas exteriormente, mas Deus é quem domina os segredos. Assim, certa feita entrei em minha casa, depois de ter me ausentado vários dias devido a uma viagem, da qual acabara de regressar; logo que cheguei, entrei em minha casa e encontrei junto com a minha mulher uma escrava alta e larga. Perguntei: "De onde você trouxe essa escrava?". Ela respondeu: "Primo, eu a comprei no mercado por vinte dinares. Pensei que ela me distrairia quando estivesse sozinha, pois eu me aborreci e me irritei com a solidão. Se você, porém, estiver achando caro, eu venderei algumas de minhas joias para lhe repor a quantia que paguei por ela". Eu disse: "Prima, que o meu dinheiro seja o seu resgate". Ela disse: "Primo, se eu não soubesse que ela é uma escrava esperta e trabalhadeira, não teria comprado. Ela me serve direitinho e, quando me deito, fica acordada e me massageia até eu pegar no sono". Respondi: "Não há problema. Agora, eu gostaria que você fosse à casa de banho e deixasse a escrava aqui em casa fazendo comida para nós, até você voltar do banho". Ela respondeu: "Eu me banharei aqui em casa. Não tenho necessidade de ir à casa de banho; lá as pessoas vão olhar para mim e ficar dizendo: 'Vejam a mulher de fulano!'. Isso é vergonhoso, primo". Eu disse: "Então não há problema". Ela foi, esquentou água, banhou-se, vestiu as roupas e se acomodou até o cair da noite. A escrava nos serviu a refeição, e comemos até nos fartar. Pusemo-nos a conversar, minha mulher e eu, enquanto a escrava permanecia isolada, sozinha, sem ninguém por perto. Quando a noite avançou, fomos dormir; acordei logo e abri os olhos, mas não vi minha mulher. Levantei-me imediatamente e caminhei até a despensa em que estava a escrava. Ouvi então uma voz de macho, que parecia trovão; ele dizia: "Sua maldita, você me esqueceu até agora; nem pensou em mim, que estou aqui deitado sozinho. Juro pela família das duas varas, pelos brios dos negros e pela família das cervejas que não vou ficar mais com você, nem você vai voltar a me ver neste lugar, sua cadela, sua arrombada! Não tenho mais precisão nenhuma de você, vá procurar outro!".

Disse o narrador: isso tudo ocorria enquanto eu estava parado, ouvindo atrás da porta. Observei quem estava falando, e eis que era a escrava que eu vira antes com minha esposa, agora sentada ouvindo aquelas palavras, e dizendo: "Meu senhor Sa^c^īd,[13] não se irrite, pois eu não tenho bem que não seja você, nem paixão que não seja a sua beleza. Diga-me o que você pretende e eu o farei atingir o seu desejo". Ele disse: "Não quero senão que você largue esse cornudo putanheiro e fiquemos, você e eu, juntinhos; que você nunca mais me abandone e nem eu a você". Ela disse: "Vá, pegue essa faca e o mate; depois carregamos o corpo e jogamos da murada no rio Tigre". Ele disse: "Matar eu não mato; isso eu não faço". Ela disse: "Juro por Deus que o que lhe falta é coração para matar o homem, é capacidade igual à dos valentes. Mas eu vou lhe mostrar o que farei com ele, vou deixá-lo com pena de si mesmo". Ao ouvir tais palavras, pensei: "Ai, qual será a próxima ação dessa traidora?". E retornei ao local onde estava deitado, mantendo-me alerta. Então ela se aproximou de mim e me viu dormindo; encarando-me, perguntou: "Você está acordado ou dormindo?". Respondi: "Estava dormindo, mas tive um sonho que me fez acordar. Estou trêmulo e temeroso por causa desse sonho". Ela perguntou: "E qual foi esse sonho?". Respondi: "Foi um sonho que mostra a situação das adúlteras putas que traem o consorte e amigo". Ouvindo tais palavras, ela se colocou em pé, pegou uma taça de cobre, encheu-a, fez uns esconjuros sobre ela, e a água começou a ferver como se estivesse sobre fogo; então ela me borrifou e disse: "Eu conjuro por estes nomes que você saia dessa forma humana e passe para a forma canina"; nem bem terminou de falar e eu me sacudi, bambeei e me vi transformado em um cachorro preto.[14] Em seguida, ela abriu a porta e me enxotou. Saí assombrado comigo mesmo, enquanto outros cachorros latiam para mim e me mordiam, machucando-me e lacerando o meu corpo. Quando amanheceu, entrei no mercado dos cozinheiros. Quem quer que me visse me expulsava e agredia. Finalmente entrei no estabelecimento de um cozinheiro, um velhinho de barbas brancas como lâminas de prata. Quando viu que os demais cachorros latiam para mim, pegou a sua bengala e lhes deu uns golpes, enxotando-os para longe. Tomou um pedaço de carne e o atirou no chão; como ficou sujo de terra, não aceitei pegar nem comer. Vendo que eu não comia a carne do chão, o velho pegou uma tigela, esfarelou pão, molhou-o com caldo, jogou nele quatro pedaços de carne e ofereceu a mim; dei um passo adiante e comi

[13] O termo *Sa^c^īd* significa "venturoso".
[14] O original diz "cadela preta".

até me saciar. Comi com as patas, ao contrário dos cachorros, e o cozinheiro ficou intrigado comigo. Quando a noite caiu, o homem, pretendendo trancar o estabelecimento e ir embora para casa, fez menção de me expulsar dali de dentro. Fiquei com medo dos cachorros lá fora e lhe disse por meio de sinais: "Dormiremos aqui", e então ele disse: "Você dormirá aqui". Balancei a cabeça e ele percebeu que eu lhe dizia "sim"; deixou-me, trancou o restaurante e foi para casa. Dormi no restaurante. Quando amanheceu, o cozinheiro chegou, abriu a porta, acendeu o fogo e pôs-se a cozinhar. As pessoas vieram almoçar e passaram a lhe pagar com moedas de cobre. Ele não sabia aferir. Eu observava sentado, à distância, e então me aproximei da caixa em que ele depositava a féria. Toda vez que alguém lhe pagava com meia moeda, de cobre ou raspada, ele a jogava perto de mim e eu lhe dizia por meio de sinais: "Isto é cobre". Percebendo que o que eu lhe dizia era de seu interesse, o homem devolvia a moeda ao freguês, que então lhe pagava com outra. Passei a conferir-lhe toda a féria; quando chegava o final do dia, ele contava o dinheiro e era tudo moeda de prata, sem cobre ou raspagem. Assim se passou cerca de um mês, e eu naquela situação. Certo dia, o escravo do cozinheiro, rapaz de entregas, foi para casa e falou a meu respeito para a família do cozinheiro; todos ficaram extremamente assombrados. Quando o mestre cozinheiro retornou para casa, a filha lhe disse: "Papai, estou com vontade de ver esse cachorro que o senhor tem no restaurante, pois eu ouvi falar a respeito dele". O homem respondeu: "Ouço e obedeço; amanhã eu o trarei até aqui". Quando amanheceu, o cozinheiro chegou ao restaurante, abriu e fez seus negócios até o final do dia; depois me levou, enxotando os cachorros pelo caminho. Chegamos à sua casa, mas a filha, assim que me viu, cobriu o rosto e perguntou: "Quem é esse que você trouxe para dentro de casa?". Ele respondeu: "É o cachorro do qual você falou". Ela disse: "Papai, ele não é cachorro, é humano, filho de humanos". O pai perguntou: "E quem a avisou disso?". Ela respondeu: "Papai, foi a esposa que fez isso com ele, mas eu, se Deus altíssimo quiser, irei livrá-lo desse estado". O pai disse: "Se você souber como, aja e o salve, se estiver falando a verdade". Ela respondeu: "Com a condição de que, caso eu o livre, possa enfeitiçar a esposa que fez isso tudo com ele". O pai disse: "Faça!". Ouvindo a autorização do pai, ela pegou uma taça, encheu-a de água e fez uns esconjuros até que a água espumou e borbulhou como se estivesse ao fogo; então ela disse: "Deus meu, por estes nomes que pronunciarei, se esta for a forma na qual ele nasceu, que assim permaneça, mas se ele estiver enfeitiçado, por estes nomes que pronuncio, que ele volte à forma humana na qual nasceu", e borrifou-me com a água da taça; eu me sacudi, estremeci e voltei à forma que eu tinha, conforme Deus altíssimo me criara. A filha do cozinheiro me disse: "Leve esta taça" – e fez uns esconjuros com palavras incompreensíveis, entregando-a a mim –, "e vá até a sua esposa; quando ela abrir a porta, jogue nela a água dessa taça; sua esposa vai se transformar em qualquer animal que você desejar". Beijei-lhe a mão, peguei a taça, e me retirei. Caminhei sem parar até chegar à porta de minha casa. Ao me ver, minha mulher bateu no peito:[15] "De onde você veio? Quem o livrou da forma em que estava?". Quando viu a taça em minha mão, tentou me ludibriar, mas eu me antecipei, joguei a água nela e disse: "Seja uma mula tordilha". Então ela se sacudiu, bambeou e ficou como você está vendo. Tomei-a, amarrei-lhe uma albarda, um alforje cheio de areia e montei nela, fazendo-a trotar por desertos e terras inóspitas, conforme você está vendo. Passei por este lugar e vi estes dois xeiques sentados junto a este mercador; fiz-lhes uma saudação, e eles retribuíram; perguntei-lhes então sobre o motivo de estarem neste lugar, e eles me contaram a história deste mercador e o que sucedeu entre ele e você. Sentei-me entre eles e disse: "Por Deus que não irei embora até ver o que ocorreu entre você e o mercador". Daí você chegou, nós três viemos até você e lhe contamos nossas histórias; o acordo feito entre nós era que, para cada história que lhe agradasse, você concederia um terço da vida do mercador.

Disse o narrador: o gênio ficou sumamente assombrado ao ouvir essa história. E a aurora alcançou Šahrāzād, que interrompeu o discurso que o rei lhe autorizara[16] e disse: "Quando for a próxima noite, se acaso eu viver e o rei me preservar, eu continuarei a lhes contar o que o gênio fez com o mercador e os três xeiques, o dono da gazela, o dono dos dois cães, e o dono da mula; é uma história espantosa, um assunto emocionante, insólito e maravilhoso". Quando amanheceu, o rei se retirou, conforme o hábito, para a sala de audiências, ali ficando até o anoitecer.[17] Dunyāzād disse para a irmã: "Se você não estiver dormindo, conte-nos uma de suas belas histórias autorizadas". Šahrāzād respondeu: "Ouço e obedeço".

Eu tive notícia, ó rei venturoso, de palavras bem guiadas, de que o gênio, depois de ouvir essa história, ficou extremamente assombrado e libertou o mercador, ordenando ainda à filha que libertasse os dois cachorros irmãos do segundo xeique, bem como a gazela e a mula; ela agiu conforme ele ordenou, pois

[15] Na cultura árabe, bater no peito é demonstração de contrariedade ou desespero (em geral, batem-se as pontas unidas dos dedos sobre o peito).

[16] O trecho "o discurso que o rei lhe autorizara" traduz *alkalām almubāḥ* (literalmente, "o discurso autorizado"), locução comum no ramo egípcio, mas inexistente no ramo sírio.

[17] Apesar dessas palavras, não aparece a numeração da noite, o que, aliás, é comum nesse manuscrito.

todos haviam se arrependido dos pecados cometidos, e Deus perdoou o que passou; cada um deles foi cuidar de sua vida. O gênio perdoou o mercador, concedeu-lhe a vida de seu filho, e foi cuidar da vida. Foi isso que chegou até nós da história deles, ó rei do tempo, mas Deus é quem sabe mais.

2. Manuscrito "Arabe 3615", da Biblioteca Nacional da França, fls. 15 f.-17 f. (*A narrativa se inicia no final da sétima noite.*)

O terceiro xeique disse: "Eu lhe contarei uma história mais espantosa e insólita do que essas duas histórias, e você me concederá o terço restante da vida do mercador". O gênio disse: "Sim". E a aurora alcançou Šahrāzād, que interrompeu o discurso que o rei lhe autorizara.

Na oitava noite,

Ela disse:

Eu tive notícia, ó rei venturoso, de parecer bem guiado, de que o terceiro xeique deu um passo adiante e disse:

Saiba que eu me casei com quinze mulheres, das quais tive filhos e filhas. Depois, os meninos morreram todos. Ouvi então que na cidade de Basra vivia um homem que praticava a adivinhação por meio da areia, e viajei até lá. Cheguei à cidade, indaguei a respeito do homem, e me indicaram onde morava; deixei-o a par de minha história, que meus filhos homens não ficavam vivos, e então ele lançou areia num tabuleiro, examinou-o e chorou; perguntei: "Por que chora?". Respondeu: "Apareceu que os filhos homens que você tiver de concubinas abissínias não viverão. Tome, portanto, duas concubinas brancas". Rumei então para a terra dos turcos, e comprei duas jovens; casei-me com elas, dei-lhes vestimentas, e fui equânime com ambas no que tange à convivência, vestuário e coabitação; fiquei com elas por algum tempo, e Deus me concedeu por meio delas dois filhos varões de bonita figura. Cresceram até que o mais velho completou três anos, e dois anos o mais novo, que morreu, restando somente o mais velho. A mãe do menino que morrera foi atingida por fortes ciúmes e inveja, que quase a mataram. Depois, morreu a mãe do menino sobrevivente. Então, certo dia, ela sequestrou o filho da mulher que morrera, subiu com ele até o telhado da casa e me disse: "Erga a cabeça e olhe para o seu filho! Eu vou jogá-lo e deixá-lo despedaçado!". Ergui a cabeça e, vendo o menino em suas mãos, meu coração estremeceu. Passei a me humilhar e a implorar-lhe, garantindo que faria tudo quanto ela desejasse, por medo de perder meu filho. Ela perguntou: "Você quer a integridade do seu filho?". Respondi: "Sim". Ela disse: "Prometa que você não vai ficar injuriado pela falta de filhos, nem vai me culpar pela perda do seu filho, nem vai tomar outra mulher". Respondi afirmativamente àquilo, e lhe fiz juras imensas quanto ao que ela queria. Então ela disse: "Não, eu não quero mais isso, pois você não tem palavra, você é incréu. Mas se você quiser mesmo a integridade do seu filho, traga uma navalha e corte o seu pênis enquanto eu olho". Humilhei-me então seguidamente para ela, que não aceitou. Temeroso por meu filho, peguei uma navalha e fiquei num dilema: não suportaria nem o corte do meu pênis nem a morte do meu filho. Toda vez que eu fazia tenção de cortá-lo, meu corpo se crispava e eu não conseguia. Ela disse: "Parece que você está com a intenção de mantê-lo, mas então eu lhe mostrarei o seu filho espatifado", e ergueu o menino com a mão, olhou para ele, e fez menção de jogá-lo. Tornei a humilhar-me, mas ela não aceitou. Peguei a navalha e decidi cortar o pênis; ergui-me e, como a navalha estava encostada em minha genitália, ela deslizou e cortou-me o pênis. Caí desfalecido, afogado em meu próprio sangue.[18]

E a aurora alcançou Šahrāzād, que interrompeu seu discurso autorizado.

Quando foi a nona noite,

Ela disse:

Eu tive notícia, ó rei venturoso, de que o terceiro xeique disse ao gênio:

Quando caí afogado em meu próprio sangue, os vizinhos acorreram até mim, carregaram-me e depuseram-me dentro de casa, trazendo um cirurgião que me tratou. Fiquei bastante adoentado, a tal ponto que quase sucumbi à morte. Mas depois me curei e recuperei a saúde. Ouvi então notícias sobre um homem feiticeiro que vivia por esta região; fui até ele, informei-o do que a mulher fizera comigo e disse: "Eu quero que você a enfeitice e a transforme em mula". E lhe dei um par de dirhams. O homem pegou uma taça de cobre, gravou nela umas palavras talismânicas e disse: "Quando você estiver em sua casa, encha a taça de água, jogue-a sobre a mulher, e diga: 'Transforme-se em mula com a permissão de Deus'". Peguei a taça e caminhei até chegar a minha casa; enchi a taça de água,

[18] Pode-se rastrear, nessa narrativa, alguma preceptiva extraída dos manuais árabes de erotologia. Por exemplo: Assuyūtī, morto em 1505 d.C., escreveu em seu *Īḍāḥ ᶜilm annikāḥ* ("Esclarecimento sobre o saber matrimonial") que "as mulheres turcas têm o sexo frio; ficam prenhes ao primeiro golpe; seu caráter é vil; elas são rancorosas, mas a sua inteligência é muito vivaz" (apud Abdelwahab Bouhdiba, *La Sexualité en islam*, Paris, 1982, p. 189).

joguei-a na mulher e disse: "Transforme-se em mula com a permissão de Deus". E em mula ela se transformou: é esta que está comigo. Eu a monto e a faço provar o sofrimento como punição pelo que me fez. Saí com ela por desertos e lugares inóspitos, para fazê-la provar o sofrimento, e vim parar aqui. Jurei então que não sairia deste lugar até ver o que ocorreria entre você e o mercador.

Em seguida, o velho se voltou para a mula e perguntou: "Não é verdade o que eu disse?". E a mula balançou a cabeça. O velho perguntou ao gênio: "Minha história não é assombrosa?". O gênio respondeu: "Sim". O velho disse: "Então solte o mercador, a fim de que ele volte para junto da esposa e dos filhos". E o gênio soltou-o. O mercador se despediu do grupo, montou em sua cavalgadura e avançou cortando desertos e locais inóspitos até que entrou em seu país e chegou a sua casa. A mulher e os filhos recepcionaram-no e o felicitaram por ter retornado bem, e ele contou o que lhe ocorrera com o gênio, e como Deus o salvara depois que o gênio se mostrara decidido a matá-lo. Todos se assombraram com aquilo. E permaneceram na vida mais feliz até que lhes adveio o destruidor dos prazeres e dispersador das comunidades.

3. Manuscrito "Arabe 3612", da Biblioteca Nacional da França, fls. 6 f.-7 v.
(*A narrativa se inicia no final da quinta noite.*)

Então o terceiro xeique, o da mula, deu um passo adiante e disse...

E a aurora alcançou Šahrazād, que interrompeu seu discurso autorizado. Sua irmã Dunyāzād lhe disse: "Como é bela, saborosa, deliciosa, atraente e formosa a sua história, maninha", e ela respondeu: "Isso não é nada perto do que irei contar-lhes na próxima noite, se acaso eu viver e o rei cavalheiresco me preservar". O rei pensou: "Por Deus que não a matarei até ouvir o que ocorreu entre o xeique, sua esposa, o *ifrit* e o mercador".

Quando foi a noite seguinte, que era a sexta noite,

Sua irmã Dunyāzād lhe disse: "Por Deus, maninha, e pela vida do rei, continue a história para nós". Ela respondeu: "Sim, com muito gosto e honra, se o rei cavalheiresco permitir". Ele disse: "Conte". Ela respondeu: "Ouço e obedeço".

Eu tive notícia, ó rei venturoso e bem guiado, que o terceiro xeique deu um passo adiante e disse ao gênio: "Não me magoe; se eu lhe contar uma história mais espantosa do que as deles dois, conceda-me também o restante do delito cometido por este jovem mercador". O gênio respondeu: "Sim". O terceiro xeique disse:

Saiba, ó sultão, ó líder dos reis dos gênios, que esta mula era minha esposa, com a qual me casei quando ela ainda era virgem; agraciou-me com dezesseis filhos, machos e fêmeas, mas nenhum deles sobreviveu. Então Deus louvado e altíssimo determinou que eu me ausentasse numa viagem por cidades e lugarejos durante dois anos completos. Comprei para a minha mulher presentes de peso leve e valor elevado. Voltei para minha cidade e cheguei à noite, tendo já gasto o que possuía, e rumei para a minha casa, cuja porta, em virtude de um desígnio predeterminado por Deus altíssimo, encontrei aberta. Entrei, subi para o piso superior e encontrei, deitado no colchão junto com a minha mulher, um escravo negro de aparência tão hedionda que metia medo em quem o visse; estavam brincando, rindo, trocando carícias, beijos e bolinações. Ao me ver e se certificar de que eu presenciara tudo, ela gritou na minha cara. Aturdido por aquela cena, desfaleci, como se estivesse num outro mundo. Assim que isso ocorreu, ela pegou uma moringa de água, pronunciou algumas palavras, fez alguns esconjuros em uma língua que não compreendi, aspergiu-me com um pouco de água e disse: "Saia da forma humana e assuma a forma canina"; imediatamente me transformei em um cachorro. Ela então me enxotou, dizendo: "Fora, seu desgraçado". Saí pela porta e, a cada vez que outros cachorros me viam, rosnavam, latiam e me mordiam, enquanto eu fugia e as pessoas os afastavam de mim. Vi-me numa terrível enrascada e desgraça. Permaneci naquela condição, faminto e sedento, só bebendo nas vasilhas para cachorro. Cheguei enfim ao estabelecimento de um açougueiro, e ali entrei. Os outros cachorros me perseguiram e tentaram entrar também, mas o dono do lugar os enxotou dali e jogou para mim alguns ossos. Passei então a comer de seus restos; quando o açougueiro saía, eu ia atrás dele; quando entrava, eu entrava atrás dele. Vendo-me fazer aquilo, o açougueiro se afeiçoou a mim, e começou a me fornecer comida e bebida; ao ir embora para casa, deixava-me dormindo no interior do açougue. Até que, certo dia, o açougueiro foi para casa a fim de resolver um problema, e eu fui atrás dele; entrou em casa e entrei também: lá dentro, encontrei sua esposa e sua filha. Ao me ver, a filha cobriu o rosto com a manga e disse ao pai: "Papai, não é correto nem bonito isso que o senhor fez; trazer homens para dentro de casa? Como pôde fazer isso?". O pai perguntou: "E onde estão os homens, minha filha?". Ela respondeu: "Esse cachorro que entrou com você é um homem enfeitiçado pela esposa. Ela o fez padecer torturas com as mordidas dos outros cachorros. No entanto, papai, por Deus que eu posso libertá-lo e salvá-lo disso, com o poder de Deus altíssimo". Ouvindo aquelas palavras, o pai lhe disse: "Por Deus, minha filha, pelo valor que a minha vida tem para você, liberte-o! É uma caridade que reverterá a seu favor. Por mim, dignifique-o, pois por Deus que eu me afeiçoei a ele e fui tomado de pena e carinho, pois se trata de um bom companheiro". Ela disse: "Com muito gosto e honra", e pegou uma taça de cobre, encheu-a de água e falou em uma língua que nem eu nem o seu pai ou a sua mãe entenderam; pronunciou algumas palavras, fez esconjuros e pôs-se a dizer: "Depressa, depressa! Agora, agora! Imediatamente, imediatamente! Deus os abençoe!". Depois disse: "Se você estiver enfeitiçado, e se você for um ser humano, retorne para a sua forma primitiva com o poder de Deus altíssimo, que diz: 'Seja e é'.".[19] Então aspergiu-me com a água, e de imediato retomei a minha forma primitiva; acorri a ela, beijei-lhe as mãos, a cabeça e os pés, e disse: "Pelo amor de Deus, minha senhora, eu quero que você enfeitice a minha esposa e me dê o direito de vingança". Ela respondeu: "Com muito gosto e honra. Por Deus que a punição que sua mulher irá sofrer será semelhante ao que ela fez com você". E, pegando a moringa de água, pronunciou algumas palavras, murmurou, fez esconjuros e me disse: "Vá hoje mesmo até a sua casa; você chegará à noite e encontrará sua mulher mergulhada no sono; aproxime-se, lance esta água sobre ela e diga no que você quer que ela se transforme; ela vai se transformar naquilo que você desejar".

Disse o narrador: peguei a moringa com a água e me dirigi até minha mulher; cheguei à porta da casa e a encontrei aberta; entrei, subi até o seu quarto e a encontrei dormindo como morta; aproximei-me, lancei a água nela e disse: "Abandone essa forma e transforme-se numa mula tordilha". Ela imediatamente virou mula; peguei-a pela crina, desci, amarrei-a no piso inferior e, no dia seguinte, fui comprar para ela freio de ferro, albarda, cilha e um chicote de couro; coloquei esporas em meus sapatos e passei a montá-la e a me servir dela para minhas necessidades de transporte. Saí então para resolver um problema, e avistei estes dois xeiques e este mercador; indaguei-os: "O que vocês estão fazendo aqui?", e eles me contaram a sua história, ó sultão, ó líder dos reis dos gênios, com este mercador.

Em seguida, o terceiro xeique apontou para a mula e perguntou-lhe: "Não é verdadeira a minha história?", e ela balançou a cabeça, dizendo, por meio de sinais, que era verdade. E o velho concluiu: "É essa a minha história, foi isso que me aconteceu".

Disse o narrador: o gênio ficou assombrado, estremeceu de emoção e disse: "Eu também concedo a você um terço do delito do mercador", e, libertando-o, desapareceu. O mercador voltou-se para os três xeiques e lhes agradeceu a atitu-

[19] Alcorão, 2, 117; 3, 47; 3, 59; 6, 73.

de. Os três o felicitaram por ter ficado bem, despediram-se e se separaram, cada qual retornando para sua casa. O mercador foi coabitar com sua esposa, e viveu com ela até que foi alcançado pela morte.[20]

4. Manuscrito "Gayangos 49", da Real Academia de la Historia, em Madri, fls. 28 r.-29 f.

A história se inicia no final da sétima noite. Entretanto, nesse, como em muitos outros pontos, o manuscrito não apresenta a numeração das noites. Foi essa a versão que, polida e corrigida, prevaleceu afinal nas edições impressas do livro.

O terceiro xeique então disse: "Ó gênio, eu também tenho uma narrativa mais assombrosa e insólita do que as desses dois; você me concederia um terço do sangue do mercador?". O gênio respondeu: "Sim". E o velho disse:

Saiba, ó gênio...

E começou a contar a história para o gênio. Mas a aurora alcançou Šahrazād, que parou de falar. Sua irmã Dunyāzād lhe disse: "Como é bela esta narrativa e esta história", e Šahrazād respondeu: "E o que falta é mais assombroso e insólito, e sua retórica, mais poderosa. Se acaso eu viver e o rei me preservar, na noite seguinte eu lhes contarei". O rei pensou: "Por Deus que não a matarei até ouvir o que ocorrerá entre o xeique e o gênio, mas depois a matarei tal como foi o meu procedimento com as outras". E então, conforme o hábito, o rei saiu e ficou cuidando de seus interesses, até que o dia se encerrou e a noite chegou e escureceu. Ele entrou no palácio e subiu em sua cama, conforme o hábito. Šahrazād se arrumou e deitou com o rei, conforme o hábito. Depois, ambos acordaram, e Dunyāzād disse: "Minha irmã, delicie-nos com sua saborosa história". Šahrazād disse: "Ouço e obedeço", e pediu autorização ao rei, que disse: "Seja, pois, a continuidade da história da salvação do mercador das garras do gênio". Ela disse: "Com muito gosto e honra".

Eu tive notícia, ó rei venturoso, de que o terceiro xeique disse ao gênio:

Saiba, ó sultão e líder dos reis dos gênios, que esta mula era minha esposa. Ausentei-me em viagem por um ano inteiro e, resolvendo o assunto que me levara a viajar, retornei até ela à noite. No entanto, encontrei um escravo negro deitado

[20] No final da história ocorre alguma confusão com a voz narrativa e o relato do retorno dos xeiques, o que exigiu algumas adaptações.

com minha mulher no colchão. Estavam conversando, trocando carícias, risos, beijos e bolinações. Quando me viu, ela pegou uma moringa de água, pronunciou algumas palavras e atirou a água em mim, dizendo: "Abandone essa forma e transforme-se em cachorro". Imediatamente me transformei em cachorro; ela me enxotou e saí da casa. Continuei andando até chegar ao estabelecimento de um açougueiro. Instalei-me à porta do açougue e passei a me alimentar do que havia por ali. Quando me viu, o dono do açougue me pegou, afeiçoou-se a mim e conduziu-me até a sua casa. Ao me ver, a filha do açougueiro cobriu o rosto e disse ao pai: "Você traz um homem estranho para dentro de casa?". Ele perguntou: "E onde está o homem?". Ela respondeu: "Esse cachorro foi enfeitiçado pela mulher. Eu posso libertá-lo". Ouvindo essas palavras o pai da jovem lhe disse: "Por Deus, minha filha, liberte-o disso!". Então a filha do açougueiro pegou uma moringa de água, pronunciou algumas palavras e me aspergiu com um pouco de água, dizendo: "Abandone essa forma e retorne para a sua forma primitiva, com a permissão de Deus altíssimo", e então eu retomei minha forma primitiva. Beijei as mãos da jovem e lhe disse: "Pelo amor de Deus, enfeitice minha esposa para mim, da mesma maneira que ela me enfeitiçou". A jovem me deu um pouco de água e disse: "Quando você a vir dormindo, lance esta água sobre ela e diga em que você quer que ela se torne; ela se transformará no que você desejar".

Disse o narrador: peguei a água e fui até minha mulher. Encontrei-a dormindo, mergulhada no sono. Lancei a água sobre ela e disse: "Abandone essa forma e transforme-se em uma mula". Minha esposa imediatamente se transformou em uma mula, que é esta que você está vendo com os seus próprios olhos, ó sultão, ó líder dos reis dos gênios".

E o terceiro xeique perguntou à mula: "Isso não é verdade?". Ela balançou a cabeça e disse, por meio de sinais, que era verdade. O terceiro xeique disse: "Essa é a minha história, foi isso que me aconteceu".

Disse o narrador: o gênio ficou assombrado, estremeceu de emoção, e disse: "Eu lhe concedo o terço restante do sangue do mercador", e o entregou a eles, desaparecendo em seguida. O mercador, voltando-se para os três xeiques, agradeceu-lhes o procedimento, e eles o felicitaram por ter ficado bem; despediram-se, e cada um foi cuidar de sua vida, enquanto o mercador retornava ao seu país.

ANEXO 3 - *SOBRE O DIZER* CONVERSA DE ḪURĀFA[21]

A história do mercador salvo das garras do gênio pela narrativa de três xeiques (da quarta à oitava noite) apresenta analogia com o relato aqui traduzido, atribuído ao profeta Muḥammad no livro Alfāḫir, *de Almufaḍḍal Bin Salāma.*[22]

Ismā^c^īl Bin Abbān Alwarrāq disse: Ziyād Bin ^c^Abdullāh Albakkā'ī conversou conosco e disse, a partir do que lhe foi relatado por ^c^Abdurraḥmān Bin Alqāsim, a partir do que a este foi relatado por seu pai Alqāsim Bin ^c^Abdurraḥmān: "Questionei a meu pai sobre a locução *conversa de Ḫurāfa* e sobre o fato de as pessoas sempre a citarem". Então seu pai lhe respondeu: "Ḫurāfa tem uma história assombrosa". E continuou:

Eu tive notícia de que ^c^Ā'iša[23] pediu ao Profeta, que a paz e as bênçãos de Deus estejam com ele: "Ó Profeta de Deus, conte-me a história de Ḫurāfa". Então o Profeta, que a paz e as bênçãos de Deus estejam com ele, disse:

Deus tenha piedade da alma de Ḫurāfa, que era um homem bom. Ele me contou que, certa noite, saiu devido a uma necessidade qualquer, e, em meio à caminhada, topou com três gênios que o aprisionaram. Um deles disse: "Vamos perdoá-lo"; o segundo disse: "Vamos matá-lo"; o terceiro disse: "Vamos escravizá-lo".

[21] Em árabe, a palavra *ḫurāfa* significa "fábula" etc. Nesse texto, atribui-se a etimologia dessa palavra ao nome de um personagem histórico que pertenceria à tribo árabe dos *banū ^c^uḏra*. Embora esse *ḥadīṯ* [tradição profética] não seja canônico, o personagem Ḫurāfa é citado por mais de um autor antigo.

[22] Autor natural de Kufa, no Iraque, morto no início do século IV H./X d.C. Utilizou-se a edição de C. A. Storey, Leiden, 1915, pp. 138-140.

[23] Esposa favorita do profeta Muḥammad e filha de Abū Bakr, que foi o primeiro califa muçulmano.

Enquanto os gênios discutiam sobre o que fazer com ele, surgiu um homem que lhes disse: "A paz esteja convosco", e eles responderam: "Convosco esteja a paz". O homem perguntou: "O que são vocês?", e eles responderam: "Somos da raça dos gênios. Capturamos este homem e estamos discutindo o que fazer com ele". O homem lhes disse: "Se acaso eu lhes contar uma história espantosa, vocês me dariam sociedade nele?". Disseram: "Sim". Então ele disse:

Eu era um homem a quem Deus havia concedido muitos benefícios, mas eles se esgotaram e eu acabei me consumindo em dívidas. Então fugi, e, no meio do caminho, fui acossado por grande sede. Dirigi-me a um poço e desci para beber, quando alguém gritou de dentro do poço: "Alto lá!", e então saí sem beber. Como a sede novamente me fustigasse, retornei, mas a voz gritou comigo: "Alto lá!", e tornei a sair sem beber. Depois retornei pela terceira vez, e bebi sem dar atenção à voz. Alguém então disse de dentro do poço: "Ó Deus, se ele for homem, transformai-o em mulher; e, se for mulher, transformai-a em homem!", e eis que me transformei em uma mulher. Cheguei a uma cidade – de cujo nome Ziyād, que me transmitiu esta história, afirmou ter se esquecido – e me casei com um homem, com quem tive dois filhos. Depois minha alma passou a ansiar pelo retorno à minha cidade natal. Passei pelo poço do qual havia bebido e desci para beber. Uma voz gritou comigo da mesma maneira que havia gritado da primeira vez, mas não lhe dei atenção e bebi. Então a voz disse: "Ó Deus, se for homem, transformai-o em mulher; e, se for mulher, transformai-a em homem!", e então voltei, como antes, a ser homem. Cheguei à minha cidade natal e me casei com uma mulher que me deu dois filhos. Tenho, portanto, quatro filhos: dois de minhas costas,[24] e dois de minha barriga.

Disseram os gênios: "Ó Deus poderoso! Isso é assombroso! Você é nosso sócio neste homem!". E enquanto eles continuavam a discussão, apareceu um boi voando; assim que passou por eles, surgiu, no encalço do boi, um homem carregando um pedaço de pau. Assim que os viu, parou e perguntou: "O que vocês têm?", e eles lhe deram a mesma resposta que haviam dado ao primeiro homem. Ele disse: "Se eu lhes contar algo mais assombroso do que isso, vocês me dariam sociedade nesse homem?". Eles responderam: "Sim". Ele disse:

Eu tinha um tio paterno muito rico, cuja filha era belíssima. Éramos sete irmãos, mas ela foi prometida em casamento a um outro homem. Meu tio tam-

[24] Alusão à antiga convenção médica de que o esperma se produz na espinha dorsal.

bém criava um bezerrinho. Certo dia, enquanto estávamos na casa dele, o bezerrinho desapareceu e meu tio nos disse: "Aquele de vocês que encontrar o bezerrinho terá a mão de minha filha!". Peguei então este pedaço de madeira e saí atrás do bezerrinho. Na época eu era um garoto, e agora meus cabelos já encaneceram, mas nem eu o alcanço nem ele para de voar!

Disseram os gênios: "Ó Deus poderoso! Isso é assombroso! Você é nosso sócio nesse homem!". E enquanto eles continuavam a discussão, surgiu um homem montado numa égua e um seu criado montado num belo cavalo. Cumprimentou-os da mesma maneira que os outros haviam feito e, depois de lhes perguntar o que estava ocorrendo, recebeu a mesma resposta que os outros. Disse então: "Se eu lhes contar uma história mais assombrosa do que essa, vocês me dariam sociedade neste homem?". Responderam: "Sim, conte a sua história!". Ele disse:

Eu tinha uma mãe perversa, e perguntou à égua sobre a qual estava montado: "Não é isso?", e ela respondeu balançando a cabeça: "Sim". Prosseguiu: E suspeitávamos dela com este escravo, e apontou para o cavalo no qual estava montado seu criado e perguntou: "Não é assim?", e o cavalo respondeu balançando a cabeça: "Sim". Prosseguiu: Certo dia, mandei este meu criado que está sobre o cavalo resolver alguns assuntos, e minha mãe o reteve; ele adormeceu, e sonhou que minha mãe gritava chamando um rato, que se apresentou; ela lhe disse: "Regue!", e ele regava; "De novo!", e ele repetia; "Plante!", e ele plantava; "Despeje!", e ele despejava; "Pise!", e ele pisava. Depois, ela mandou vir uma pedra de moinho, com a qual moeu aquilo e colocou em uma taça. Quando o criado acordou, assustado, aterrorizado, ela lhe disse: "Leve isto e dê de beber ao seu patrão!". O rapaz veio até mim e me relatou o que ela fez, e todo o resto. Então eu elaborei um ardil contra minha mãe e o escravo, fazendo-os beber da taça; ei-la aí: é a égua; ei-lo aí: é o cavalo. "Não é assim?", e tanto a égua como o cavalo responderam "sim!" com a cabeça.

Disseram os gênios: "Ó Deus poderoso! Esta é a história mais assombrosa que já ouvimos! Você é nosso sócio neste homem!". E os três homens se reuniram e libertaram Ḫurāfa, que foi até o Profeta – que a paz e as bênçãos de Deus estejam com ele – e lhe relatou a história.

ANEXO 4 – O REI E O FALCÃO

No início da décima quarta noite, na história do rei Yūnān e do médico Dūbān, o rei conta ao seu vizir a história do marido ciumento e do papagaio. Nas edições impressas do ramo egípcio tardio, que alterou a numeração das noites, é outra a história contada pelo rei, e isso se dá na quinta noite.[25]

E quando foi a quinta noite,

Ela disse:

Eu tive notícia, ó rei venturoso, de que o rei Yūnān disse ao seu vizir: "Ó vizir, a inveja pelo sábio invadiu você; agora, quer que eu o mate e depois me arrependa, tal como o rei Sindabād se arrependeu por ter matado o falcão". O vizir perguntou: "E como foi isso?". O rei disse:

Conta-se que certo rei da Pérsia gostava de passeios, divertimentos e caças. Ele tinha um falcão, ao qual criara e nunca abandonava, fosse noite ou fosse dia. Carregava-o na mão por toda a noite e, quando saía para a caça, levava-o consigo. Ele fizera uma taça de ouro que ficava pendurada no pescoço do falcão, e da qual lhe dava de beber. Certa feita, estando o rei sentado, de repente chegou o encarregado de adestrar as aves de caça e disse: "Ó rei do tempo, este é o momento de sair para a caça". Então o rei se aprontou para sair, e levou o falcão na mão. Avançaram até chegar a um vale; cercaram o local destinado à caça, e logo uma gazela caiu ali. O rei disse: "Matarei quem quer que deixe a gazela escapar", e

[25] Utilizou-se a citada edição de Būlāq, pp. 14-15, comparada com a de Calcutá, pp. 30-31.

então eles foram apertando o cerco. A gazela foi na direção do rei e ergueu as patas traseiras, levando o peito até as patas dianteiras, como se estivesse beijando o solo diante do rei, que hesitou; nesse instante, ela pulou por cima de sua cabeça, fugindo para o deserto. O rei se voltou para os soldados e os viu trocando piscadelas pelas suas costas. Perguntou ao vizir: "O que os soldados estão dizendo?". O vizir respondeu: "Eles estão dizendo que o senhor havia afirmado que quem deixasse a gazela escapar seria morto". O rei disse: "Por minha honra, eu a seguirei e trarei", e saiu no rastro da gazela; manteve-se na sua perseguição,[26] e o falcão começou a bicá-la nos olhos até que a deixou cega e tonta. O rei puxou então uma clava e lhe desferiu um golpe que a fez cair e revirar-se; apeou-se, degolou-a, arrancou-lhe a pele e a pendurou no arção da sela. Naquela hora, o sol estava causticante; a selva era inóspita e não tinha água. O rei sentiu sede, e também o cavalo; procurou e avistou uma árvore da qual escorria um líquido que parecia manteiga. O rei, que estava calçando luvas de couro, pegou a taça do pescoço do falcão, encheu-a daquele líquido e colocou-a diante de si para beber, mas o falcão deu uma bicada e virou a taça; o rei pegou a taça uma segunda vez, encheu-a e, supondo que o falcão estivesse com sede, depositou-a diante dele, mas o falcão tornou a bicá-la e fazê-la virar; irritado com o falcão, o rei pegou a taça pela terceira vez, encheu-a e depositou-a diante do cavalo, mas o falcão a virou com a asa. O rei disse: "Maldita seja, ó mais funesta das aves! Você me impediu de beber, impediu a si mesma e impediu o cavalo", e golpeou o falcão com a espada, cortando-lhe as asas. O falcão pôs-se a erguer a cabeça e a dizer por meio de sinais: "Olhe o que há no alto da árvore". O rei ergueu os olhos e viu, no alto da árvore, uma serpente; o líquido que escorria era o seu veneno. Já arrependido de ter cortado as asas do falcão, o rei se levantou, montou o cavalo, e se pôs a caminho, carregando a gazela, até chegar ao local onde estava antes. Entregou a gazela ao cozinheiro e lhe disse: "Pegue-a e cozinhe". Em seguida, sentou-se no trono com o falcão na mão. A ave soltou um suspiro e morreu. O rei gritou de tristeza e desespero por ter matado o falcão que o salvara da morte. Essa foi a história do rei Sindabād.[27]

[26] Na edição de Calcutá: "manteve-se na sua perseguição até que chegaram a uma montanha; ela tentou pular o precipício, e o rei soltou em seu encalço o falcão, que começou a bicá-la...".

[27] A partir desse ponto, o enredo geral volta a se aproximar do ramo sírio.

ANEXO 5 - UMA HISTÓRIA DE INCESTO

Confira-se, abaixo, uma narrativa sobre relações incestuosas, que apresenta similaridades com o que se narra na trigésima nona noite. Foi traduzida da obra Alwāḍiḥ almubīn fī ḏikri man istašhada mina-lmuḥibbīn (*cuja tradução seria algo como "Livro esclarecedor e eloquente sobre os mártires do amor"*), *de Muġalṭāy.*[28]

Abū Alqāsim ᶜAlī Bin Almuḥassin Attanūḫī disse que Almuhallab Bin Alfatḥ Albaġdādī transmitiu o seguinte relato, feito por seu pai, Alfatḥ:

Um jovem alugou uma casa na minha vila e, sob a alegação de estar se escondendo por causa de dívidas, pediu-me que providenciasse alguém para comprar-lhe diariamente as coisas de que necessitava. Despendia somas vultosas na compra de pães, carnes, frutas e doces, e permaneceu nisso por um ano: ninguém o visitava e ninguém o via, nem eu nem quem quer que fosse. Até que, certa noite, ele veio até mim e disse: "Socorra-me! Traga-me uma parteira!". Então levei-lhe uma parteira, que ficou na casa dele por uma noite. Quando começou a entardecer, porém, a mulher do jovem faleceu. Nunca antes eu vira um desespero semelhante ao dele; dizia: "Deus! Deus! Que ninguém chore por mim nem me dê pêsames!". Enviei uma pessoa para cavar o túmulo. O jovem disse: "Não quero que nenhum dos coveiros me veja. Eu e você carregaremos o féretro, se

[28] ᶜAlā'uddīn Muġalṭāy Bin Qīlij, autor de origem turca nascido no Cairo, viveu de 1290 a 1361 d.C. (edição utilizada: Beirute, 1997, pp. 291-293). Antes desse livro, a narrativa em questão, com maior profusão de detalhes, fora apresentada na obra *Ḏamm alhawà* [Censura da paixão], de Ibn Aljawzī, historiador nascido em Bagdá (1116-1200 d.C.). Supondo que ela pertencesse ao conjunto narrativo *Nišwār Almuḥāḍara*, do juiz Attanūḫī, o escritor ᶜAbbūd Aššālijī incluiu-a em sua edição dessa obra (Beirute, vol. 5, 1995, pp. 129-134).

me fizer essa gentileza”. Respondi: “Como quiser”. Quando escureceu, eu lhe disse: “Vamos sair”. Ele respondeu: “Por acaso você não aceitaria adotar a recém-nascida em sua casa, com uma condição?”. Perguntei: “Qual condição?”. Ele respondeu: “Minha alma não mais suportará permanecer nesta casa, nem mesmo nesta cidade, depois da morte de minha mulher. Possuo muito dinheiro. Faça a gentileza de aceitá-lo, bem como à recém-nascida, e utilizá-lo para criar a criança. Caso ela morra, esse dinheiro será seu; caso ela viva e cresça, arranje-lhe a vida com ele”.

Admoestei-lhe aqueles ímpetos, mas de nada adiantou. Agi conforme ele ordenara: carregamos o féretro e, quando estávamos nas bordas do túmulo, ele disse: “Faça a gentileza de se distanciar, pois eu gostaria de me despedir dela”. E, descobrindo-lhe o rosto, debruçou-se sobre ela e pôs-se a beijá-la; depois, puxou--a pela mortalha e depositou-a no túmulo. Então ouvi um grito provindo do túmulo; olhei e vi que ele retirara uma adaga que trazia escondida sob a roupa e se deitara sobre ela, fazendo-a sair pelas costas; morreu, e parecia estar morto havia mil anos. Coloquei-o deitado ao lado da mulher na campa, e joguei terra sobre ambos. Eu não sabia nada sobre aquele rapaz.

Passado um ano, estando eu sentado à porta de minha casa, apareceu um xeique de boa aparência, montado sobre uma mula vivaz. Falou-me um pouco sobre aquele jovem, e então eu lhe contei o que sabia. Após pronunciar “Não há poderio nem força senão em Deus altíssimo!”, o xeique continuou: “Entregue-me a criança e fique com o dinheiro”. Eu disse: “Conte-me o que aconteceu”. O xeique disse:

Meu irmão, as desgraças do mundo são muitas. Aquele rapaz era meu filho, a quem dei educação e ensino. Ele tinha uma irmã, e em toda a Bagdá não havia jovem tão bonita; era mais jovem do que ele. Ele se apaixonou por ela, e ela por ele, sem que nós nos déssemos conta. Depois, acabei descobrindo a coisa e briguei com eles. Mas a questão chegou ao ponto de ele a deflorar, e a notícia chegou até mim; surrei ambos com chicote, e escondi o fato para evitar escândalos. Separei-os e proibi que se vissem; a mãe deles foi tão rigorosa quanto eu. Mas eles usavam de artimanhas para se reunir, tal como fazem os estranhos. Também essa notícia chegou até nós, e então expulsei o rapaz de casa e acorrentei a moça. Assim se passaram meses. Eu tinha um criado a quem tratava como filho, mas ele começou a atuar como mensageiro entre ambos. Desse modo, conseguiram levar de mim muito dinheiro e, lançando mão de um ardil que seria muito longo explicar, fugiram faz alguns anos. Não tive mais notícias deles. A perda do dinheiro me pareceu de pouca monta quando comparada ao alívio proporcionado por seu sumiço. Contudo, minha alma continuava tendo afeição por eles. Tendo-me chegado a notícia de que o rapaz que era meu criado estava morando em determinada rua, fui até lá e lhe pedi que me informasse sobre eles. Ele disse: "Vá até a vila de Alfatḥ e lá você terá notícias deles".

E então o xeique pediu: "Gostaria que você me mostrasse o túmulo". Mostrei-lhe o túmulo, entreguei-lhe a menina e o dinheiro, e ele foi-se embora.

ANEXO 6 - RELATO HISTÓRICO SOBRE UM BASTARDO

O historiador Muḥammad Ibn ᶜAbdūs Aljahšiyārī, morto em 932 d.C., apresentou, no Kitāb alwuzarā' wal-kuttāb *[Livro dos vizires e dos escribas], o relato sobre um filho "desaparecido" do segundo califa abássida, ᶜAbdullāh Bin Muḥammad Abū Jaᶜfar Almanṣūr, nascido em 714, e que governou de 754 até sua morte, em 775 d.C. O relato se abre discutindo os motivos que teriam levado o califa a ordenar a morte de um de seus mais importantes escribas e secretários, Sulaymān Abū Ayyūb Almawriyānī. O episódio se inicia quando Almanṣūr ainda não era califa e lutava arduamente contra a dinastia omíada, que então reinava em Damasco. Existe alguma similaridade entre este relato e algumas passagens da história dos dois vizires, sobretudo na octogésima oitava noite.*[29]

As pessoas falam muito a respeito do motivo da morte de Sulaymān Abū Ayyūb Almawriyānī. Uma das informações que tenho é a seguinte: quando Almanṣūr estava escondido em Alahwāz,[30] hospedou-se e obteve esconderijo na casa de um dirigente persa que o dignificou de todo modo que podia, fazendo inclusive sua filha servi-lo. Era uma jovem extremamente bonita, e então Almanṣūr disse: "Não considero legítimo utilizar os serviços dela nem ficar a sós com ela. Mas, como se trata de uma jovem livre, case-a comigo". Então o homem casou-a com Almanṣūr, e ela engravidou dele.

[29] Utilizou-se a edição preparada por ᶜAbdullāh Aṣṣāwī, Cairo, 1938, pp. 85-87. Compare-se também com a "História de Ali Aljazzár com o califa Harun Arraxid", constante de *As cento e uma noites* (São Paulo, Martins Fontes, 2ª ed., 2005, pp. 317-330).

[30] Cidade situada na região sudoeste do Irã.

Depois Almanṣūr teve de ir para Basra, e se despediu de todos. Entregou para a jovem sua camisa e seu anel e disse: "Se você der à luz, cuide bem da criança. E quando ficar sabendo que o novo líder dos homens é alguém chamado ^{c}Abdullāh Bin Muḥammad, alcunhado de Abū Ja^{c}far, vá até ele com seu filho, e leve consigo esta túnica e este anel. Ele reconhecerá os seus direitos e lhe dispensará o melhor tratamento". E partiu.

A mulher deu à luz um menino, que cresceu e se desenvolveu, passando a brincar com os de sua idade. Nesse ínterim, Abū Ja^{c}far Almanṣūr tomou o poder. O rapaz passou a ser ridicularizado por seus colegas devido ao fato de não conhecer o pai. Entrou em casa entristecido e amargurado, e a mãe lhe perguntou o que tinha; então ele lhe relatou o que seus colegas haviam dito. Ela disse: "Nada disso, por Deus que o seu pai está acima de todas as pessoas!". Ele perguntou: "E quem é ele?". Ela disse: "Ele é o detentor do poder". Ele disse: "Então meu pai é esse e eu estou nesta situação? Existe algo mediante o qual ele possa me reconhecer?". E a mãe lhe entregou a túnica e o anel.

O rapaz se apresentou e foi ter com Arrabī^{c} Bin Yūnus,[31] a quem disse: "Trago um conselho". Arrabī^{c} disse: "Diga-o". O rapaz respondeu: "Não o direi senão ao comandante dos crentes". O homem levou a notícia a Almanṣūr e conduziu o rapaz até ele. O califa disse: "Dê o seu conselho". O rapaz respondeu: "A sós", e então o califa esvaziou o aposento, restando apenas Arrabī^{c}, e disse: "Dê o seu conselho". O rapaz disse: "Não, a não ser que você o faça sair", e então o califa fez Arrabī^{c} retirar-se, e disse: "Dê o seu conselho". O rapaz disse: "Sou seu filho". O califa perguntou: "Existe alguma prova disso?". O rapaz mostrou-lhe a túnica e o anel, e estes foram reconhecidos por Almanṣūr, que perguntou: "E o que o impediu de dizer isso na frente dos outros?". Ele respondeu: "Temi que você negasse, pois aí seria a infâmia eterna". Então Almanṣūr o abraçou, beijou e disse: "A partir de agora você é de fato meu filho". Chamou Sulaymān Abū Ayyūb Almawriyānī e lhe disse: "Este rapaz irá morar com você. Faça por ele o mesmo que faria por um filho meu". Em seguida determinou a Arrabī^{c} que dispensasse o rapaz de autorização para ir ter com ele. E ordenou ao rapaz que todos os dias pela manhã viesse ficar consigo, e depois partisse, até que o caso fosse revelado, pois o califa tinha planos para ele. Almawriyānī abraçou o rapaz e lhe deu um vasto aposento, além de regalias de todo gênero. Pela manhã o rapaz ia ficar com o califa,

[31] Secretário e depois vizir de Almanṣūr. Morreu em 786 d.C.

que se isolava bastante com ele. O jovem, de muito juízo e perfeição, ficava a sós com o califa. Almawriyānī então lhe perguntava o que ocorria entre ambos, mas o rapaz nada lhe informava, e dizia: "O comandante dos crentes não me conta nenhum segredo". Almawriyānī então se perguntava: "Então por que o califa precisa que esse rapaz fique comigo?".

E Almawriyānī foi tomado de inveja e repulsa pelo rapaz, cuja posição começou a incomodá-lo tanto que ele acabou ministrando-lhe veneno. O rapaz morreu. Alamawriyānī foi até o califa, informou-o de que o jovem morrera repentinamente, e se retirou. Almanṣūr disse: "Você o matou! Que Deus me mate se eu não matar você por causa dele". E, depois disso, não demorou muito até que o matou.[32]

[32] Existem, no mesmo livro, outros relatos sobre o motivo da morte de Almawriyānī.

ANEXO 7 – A ORIGEM DA HISTÓRIA DO MERCADOR E DA CRIADA

Entre a centésima vigésima primeira noite e a centésima trigésima noite narra-se a história do jovem mercador de Bagdá e da criada de Zubayda, esposa do califa Hārūn Arrašīd. O autor das Mil e uma noites *adaptou essa história diretamente do relato constante do livro* Alfaraj ba^cda aššidda *[A libertação após a dificuldade], do juiz bagdali Abū ᶜAlī Almuḥassin Bin ᶜAlī Attanūḫī, morto em 994 d.C. Note-se que, embora no "original" os eventos se passem em algum momento entre os anos de 908 e 932 d.C., o autor das* Mil e uma noites, *ao transpor a presente história para o seu livro, preferiu situar a ação na época do califa Hārūn Arrašīd (786-809 d.C.), mais de um século antes, e introduziu significativas alterações no enredo.*[33]

Abū Alfaraj Aḥmad Bin Ibrāhīm, jurisconsulto ḥanifita[34] conhecido como Bin Annarsī, do bairro da Porta de Šām, em Bagdá, que sucedeu a Abū Alḥasan ᶜAlī Bin Abī Ṭālib Bin Albahlūl Attanūḫi como juiz na cidade de Hīt,[35] e que eu sei ser um homem probo, contou-me o seguinte: "Ouvi certo mercador" – e mencionou-lhe o nome, mas eu me esqueci – "contar ao meu pai o seguinte":

Fui convidado a visitar certo amigo meu, afamado mercador de tecidos, e, entre os pratos que nos serviu, havia *zīrbāja*. Como ele não comesse, nós também

[33] Utilizou-se a edição preparada por ᶜAbbūd Aššālijī (Beirute, 1978, vol. IV, pp. 358-369).

[34] O ḥanifismo é uma das quatro escolas jurídicas muçulmanas; as outras são o šāfiᶜismo, o mālikismo e o ḥanbalismo.

[35] Situada no Iraque, às margens do Eufrates e a oeste de Bagdá, Hīt é uma das mais antigas cidades do mundo. Os gregos a conheceram como Asiópolis. Possui, literalmente, córregos de petróleo, famosos desde os períodos babilônico e assírio.

não comemos. Então ele nos disse: "Gostaria que vocês comessem desse prato, mas me isentassem de fazê-lo", porém não o deixamos em paz até que ele comeu. Quando nos pusemos a lavar as mãos, ele se afastou para fazê-lo, e um criado postou-se a seu lado para contar o número de vezes que ele as lavava, até que lhe disse, finalmente: "Você já lavou as mãos quarenta vezes", e então ele parou. Perguntamos: "Qual o motivo disto?", e ele não quis falar, mas, como insistíssemos, ele disse:

Meu pai morreu quando eu tinha cerca de vinte anos, deixando-me numa situação remediada. Antes de sua morte, recomendou-me que lhe quitasse as dívidas, que me dedicasse ao mercado – sendo o primeiro a entrar e o último a sair – e que fosse cuidadoso com meu capital. Quando ele morreu, quitei-lhe as dívidas, guardei o que ele tinha me deixado e dediquei-me à loja – e de tudo isso auferi grandes benefícios.

Certo dia, estando eu acomodado em minha loja, antes que o mercado tivesse começado a funcionar, eis que surgiu uma mulher montada num burro em cujo traseiro havia um tecido de Dubayq[36] e que era puxado por um serviçal. Apeou-se diante de mim, e eu a dignifiquei, dirigindo-me a ela e perguntando-lhe do que necessitava. Ela mencionou tecidos – e por Deus que então ouvi uma voz melódica como nunca ouvira mais bela em minha vida, e vi um rosto que nunca tinha visto igual. Perdi a razão, e apaixonei-me por ela imediatamente. Disse-lhe: "Espere até que o mercado comece a funcionar, e então eu lhe trarei tudo o que deseja", e ela assim fez. Pôs-se a conversar comigo, enquanto eu morria de paixão.

As pessoas chegaram, e então eu juntei o que ela pedira; ela recolheu tudo e montou em seu burro sem me perguntar a respeito do preço – que era, numa palavra, cinco mil dirhams. Assim que ela se foi, eu despertei, e pressenti a chegada da pobreza. Disse: "Espertalhona, enganou-me com sua bela face; viu que sou jovem e me tratou como um tolo! Não lhe perguntei o endereço nem lhe cobrei o preço por estar impressionado com ela!".

Escondi esse fato, a fim de não ser desmascarado e precipitar alguma ocorrência ruim. Eu estava decidido a encerrar as atividades em minha loja e vender tudo o que ela continha a fim de pagar às pessoas o valor de suas mercadorias. Ficaria em minha casa, limitando-me a viver dos pequenos rendimentos que me proporcionava uma propriedade que meu pai me deixara.

[36] Conforme já se viu, cidade do Egito onde se produzia esse tecido.

Decorrida uma semana, eis que ela me chega bem cedo, apeando-se diante de minha loja. Ao vê-la, esqueci-me de tudo quanto eu estava passando, e levantei-me para recebê-la. Ela disse: "Ó jovem, prejudicamos você com esse atraso. Não temos dúvidas de que o deixamos aterrorizado, e que você julgou que nós o havíamos enganado!". Eu disse: "Deus colocou você acima desse tipo de suspeita!". Ela mandou trazer uma balança e me pagou, em dinares, o valor das mercadorias. Depois exibiu uma lista com o pedido de outras mercadorias. Acomodei-a e pus-me a conversar com ela, deliciando-me em observá-la, até que o mercado começou a funcionar; levantei-me, paguei a cada mercador seu dinheiro, e lhes pedi o que ela queria; eles me entregaram tudo e fui até ela, que recolheu as mercadorias e se retirou, sem me dirigir uma sílaba a respeito do preço.

Arrependi-me assim que ela se ausentou. Disse: "Eis a desgraça! Ela me pagou cinco mil dirhams, e levou mercadorias no valor de mil dinares. Agora é que não vou mais ter notícias dela. Não me resta senão a pobreza, a venda das mercadorias de minha loja e a propriedade que herdei".

Ela sumiu de minhas vistas por mais de um mês, e os demais mercadores começaram a me pressionar, exigindo o valor de suas mercadorias; ofereci-lhes minha propriedade, e preparei-me para a aniquilação.

Estava eu nessa situação, e eis que ela se apeou na frente da minha loja. Ao vê-la, desapareceram meus pensamentos a respeito de dinheiro, e esqueci o que estava passando. Dirigiu-se a mim, conversando, e disse: "Traga a balança", e então eu lhe pesei o valor das mercadorias em dinares. Comecei a esticar a conversa, ela correspondeu, e eu quase morri de felicidade e alegria; então ela perguntou: "Você tem esposa?". Respondi: "Não, por Deus, minha senhora. Não conheço mulher nenhuma...", e chorei. Ela perguntou: "O que você tem?". Respondi: "Está tudo bem", e, com toda a reverência, levantei-me, tomei pela mão o criado que estava com ela e, apresentando-lhe uma porção de dinares, pedi-lhe que intermediasse a relação entre mim e sua senhora. Ele riu e disse: "Por Deus que ela está mais apaixonada por você do que você por ela! Ela não tem necessidade alguma das coisas que comprou, e só vem aqui pelo desejo de conversar longamente com você. Diga-lhe o que deseja e ela aceitará. Sou prescindível para você". Então retornei até a jovem; como eu lhe havia dito que estava saindo para contar o dinheiro, ela perguntou: "Já contou o dinheiro?", e riu, pois me vira conversando com o criado. Eu disse: "Minha senhora... Ai, meu Deus! Por minha vida...", e lhe revelei o que desejava; ela gostou e aceitou da melhor maneira; depois disse: "O criado virá trazer-lhe minha mensagem sobre o que você deve fazer". Levantou-se e saiu sem comprar nada. Paguei o que devia ao demais mercadores e obtive um grande lucro. Depois, fui assaltado por preocupações, temeroso de que minhas relações com ela se interrompessem. Não pude dormir de preocupação e medo. Após alguns dias veio o criado, e eu o tratei com a maior honra; dei-lhe alguns dinares de boa qualidade,[37] e interroguei-o a respeito dela. Respondeu: "Por Deus que ela está doente por causa da paixão que nutre por você". Eu disse: "Explique-me qual é a condição dela". Ele disse: "Essa jovem foi criada pela mãe do califa Almuqtadir,[38] e é a mais próxima, a de melhor sorte, e a mais amada por ela. Desejosa de conhecer as pessoas, e ter liberdade de entrar e sair do palácio califal, fez várias gestões até se tornar a camareira-mor, passando assim a sair quando se apresenta alguma necessidade, o que lhe possibilita ver as pessoas. Por Deus que ela já conversou a seu respeito com a mãe do califa, e pediu a ela que a casasse com você. A mãe do califa disse: 'Não o farei até vê-lo para saber se ele é digno de você; caso contrário, não permitirei que você efetue essa escolha'. Agora, é necessário um ardil para introduzir você no palácio do califa. Caso dê certo, casará com ela; caso seja descoberto, irão cortar-lhe o pescoço. O que me diz?". Respondi: "Vou submeter-me a isso". Ele disse: "Quando anoitecer, vá ao bairro de Almuḫarram e entre na mesquita construída pela mãe do califa, às margens do rio Tigre; em sua última parede, após o rio, o nome dela está gravado nos tijolos. Durma ali".

[*Continuou Abū Alfaraj Bin Annarsī*:] Essa mesquita é aquela cuja porta foi bloqueada pelo agregado do sultão Muᶜizz Addawla,[39] o chanceler-mor Subuktakīn, conhecido como Jāšankīr,[40] que a transformou em anexo do jardim de sua casa, e faz dela local de reza de seus criados.

[37] A expressão "dinares de boa qualidade" traduz *danānīr lahā ṣūra* (literalmente, "dinares com imagem"), locução obscura.

[38] Décimo oitavo califa da dinastia abássida; governou de 908 a 932 d.C. Sua mãe se chamava Šaġab, e alguns autores atribuem a fraqueza desse califa ao predomínio de sua mãe e de suas mulheres no governo: "Saiba que o governo de Almuqtadir era bastante desvairado devido à sua pouca idade e ao domínio que sua mãe, suas mulheres e sua criadagem exerciam sobre ele. Assim, as questões de seu governo eram resolvidas por mulheres e criados, enquanto ele se mantinha ocupado em seus prazeres. Em sua época tudo se deteriorou, os cofres públicos se esvaziaram e ocorreu divergência de comando; então ele foi destronado, reposto e depois morto" (Muḥammad Bin ᶜAlī Bin Ṭabāṭabā, conhecido como Ibn Aṭṭaqṭaqā, autor do século XIII d.C., em *Alfaḫrī*, Beirute, s.d., p. 262).

[39] Líder militar (915-968 d.C.) que em 945 d.C. foi nomeado "chefe dos chefes" pelo califa abássida Almustakfī, a quem ele matou nesse mesmo ano.

[40] Líder militar turco, morto em 997 d.C.

Disse o mercador: dirigi-me ao bairro de Almuḫarram antes do entardecer; fiz na mesquita as duas preces da noite, e dormi ali. Quando alvoreceu, eis que um simpático grupo se aproximou; criados surgiram carregando baús vazios: depositaram-nos na mesquita e se retiraram, só restando um criado; examinei-o, e eis que era o intermediário entre mim e ela. Em seguida, a jovem chegou e me chamou; levantei-me, abracei-a e lhe beijei as mãos; ela me deu muitos beijos e me abraçou; chorou, e eu chorei. Conversamos por cerca de uma hora, e a seguir ela me acomodou num dos baús, que era bem grande, e trancou-o. Vieram os criados carregando tecidos, água de rosas, perfumes, e outras coisas trazidas de vários lugares. Ela as distribuía pelos outros baús, os quais então foram carregados pelo grupo, que se retirou.

Logo fui acometido por grande arrependimento e disse: "Matei-me por um prazer que talvez nem se realize, e mesmo que se realize não mereceria o sacrifício de minha vida". Pus-me a chorar e a rogar a Deus altíssimo e poderoso, a entregar-me a Ele e a fazer promessas, até que os baús ficaram a ponto de adentrar o palácio do califa; meu baú era carregado por dois criados, um dos quais o intermediário. Toda vez que se passava por algum grupo de serviçais responsáveis pela vigilância do palácio e eles diziam "queremos revistar os baús", ela gritava com alguns, insultava alguns e ludibriava alguns, até que chegou a um funcionário que eu imaginei ser o chefe dos vigias, ao qual ela dirigiu a palavra com submissão e humildade. Ele disse: "É necessário que os baús sejam abertos", e iniciou com o baú em que eu estava. Ao perceber isso, perdi meu juízo e fiquei zonzo; de medo, urinei no baú, por cujos vãos a urina escorreu. Ela disse: "Ó mestre, você está me aniquilando e aniquilando os mercadores que fizeram a venda, pois nos obrigou a estragar mercadorias no valor de dez mil dinares neste baú, entre elas tecidos estampados e uma garrafa com quatro medidas de água do poço de Zamzam; ela se emborcou e se derramou sobre a roupa; agora as cores dos tecidos estão se deteriorando". Ele disse: "Pegue o seu baú e vá, você e ele, para o inferno! Passe!". Então os dois criados carregaram o baú, e rapidamente se misturaram aos outros carregadores. Eram passados apenas alguns instantes quando eu a ouvi dizer: "Ai de nós! O califa!"; então eu morri, e me veio aquilo que não pude conter. O califa disse a ela: "Ai de você, fulana! O que há nesses baús?". Ela respondeu: "Roupas para a senhora". Ele disse: "Abra-os para que eu as veja!". Ela disse: "Mas meu amo, daqui a pouco a senhora os abrirá na sua frente!". Ele disse: "Passe, pois, que eu já vou". Ela disse aos criados: "Depressa!"; entrou num aposento, abriu meu baú e disse: "Suba aquelas escadas", e eu assim o fiz. Depois, recolheu um pouco do que estava em cada um dos outros baús, colocou no que eu estava, e trancou-o.

Chegou o califa Almuqtadir, e os baús foram colocados diante dele. Em seguida, ela foi até mim, tranquilizou-me e trouxe-me comida, bebida e tudo o mais do que eu precisava, trancou o aposento e saiu.

No dia seguinte ela entrou, subiu até onde eu estava e disse: "Agora a senhora virá para examinar você. Veja lá!". E logo chegou a senhora; sentou-se numa cadeira e mandou as criadas uma para cada canto, só restando uma ao seu lado; e então a jovem me fez descer de onde eu estava.

Ao ver a senhora, beijei o chão, ergui-me e roguei a Deus por ela, que disse à jovem: "De fato ele é o melhor que você poderia escolher para si. Por Deus que ele é inteligente e ajuizado", e saiu. Minha amiga levantou-se e saiu atrás dela, voltando até mim após uns instantes. Disse: "Regozije-se! Por Deus que ela se comprometeu a casar-me com você. Por ora, a única dificuldade a resolver é a sua saída daqui do palácio". Respondi: "Deus Altíssimo vai ajudar".

No dia seguinte fui carregado no baú, e saí como entrei; o zelo da vigilância era menor, e fui deixado na mesma mesquita da qual havia sido carregado. Ergui-me depois de algum tempo e me dirigi à minha casa, onde distribuí esmolas e cumpri minhas promessas.

Após alguns dias, veio até mim o seu criado portando uma carta, com a letra dela, que eu já conhecia, e um saco com três mil dinares em moeda. Na carta ela dizia: "A senhora ordenou-me que lhe enviasse este saco com três mil dinares da verba dela. Compre roupas, um animal de galope e um criado para caminhar diante de você; arrume a sua aparência, embeleze-se com tudo que puder e dirija-se, no 'dia da recepção',[41] à porta do povo no palácio do califa.[42] Espere até que seja possível levá-lo ao califa; peça-me em casamento na presença dele". Respondi à carta, tomei os dinares, comprando com eles o que me fora determinado, e guardei o que sobrou.

Montei minha égua no dia da recepção e fui até a porta do povo. Parei, e alguém veio chamar-me, levando-me para diante do califa Almuqtadir, que estava no trono; os juízes, os membros do clã de Hāšim[43] e a corte estavam de pé. Fui acometido por grande medo. Um dos juízes proferiu um discurso, casando-me, e

[41] Dia em que o califa recebia a população.
[42] Uma das portas do palácio califal, situada em sua parte leste, próxima à mesquita dos califas.
[43] Clã de Meca que apoiou o Profeta e depois a dinastia abássida.

saí. Entrei num corredor que me conduziu a uma grande casa, luxuosamente mobiliada, com toda espécie de apetrechos e criados. Fui instalado e deixado a sós, retirando-se a pessoa que me acomodara.

Fiquei o dia inteiro sem ver um só rosto conhecido, com criados entrando e saindo, e muita comida sendo carregada para cá e para lá. Eles diziam entre si: "Esta noite serão as núpcias de fulana – e citavam o nome de minha mulher – com seu esposo, bem aqui".

Quando anoiteceu, a fome me atingiu; as portas foram trancadas, e desanimei em relação à jovem. Pus-me a zanzar pela casa, até que cheguei à cozinha, onde um grupo de cozinheiros estava sentado. Pedi-lhes comida, e eles, que não me conheciam, imaginando que eu fosse algum encarregado, me ofereceram *zīrbāja*. Comi e lavei as mãos com *išnān*[44] que havia na cozinha, apressadamente, a fim de que não me descobrissem. Imaginei que me tivesse purificado de seu odor, e retornei a meu lugar.

No meio da noite, eis que soaram tambores e tocaram-se flautas; as portas se abriram, e minha amiga foi entregue a mim; trouxeram-na e exibiram-na toda enfeitada e depilada; para mim, tudo parecia um sonho, no qual eu não podia acreditar, tamanho era o meu regozijo; minha vesícula quase estourava de tanta felicidade e alegria. Depois, as pessoas foram embora e ficamos a sós.

Quando me aproximei dela e a beijei, ela me empurrou, jogando-me no sofá; disse: "Você se recusa mesmo a vencer na vida, homem vulgar, ou melhor, homem vil!". E levantou-se para sair. Agarrei-a, beijando-lhe as mãos e os pés, e disse: "Diga qual foi meu erro, e depois faça o que bem entender!". Ela disse: "Ai de você! Come e não lava as mãos? E ainda quer ficar a sós com alguém como eu?". Eu disse: "Ouça minha história, e depois faça o que quiser". Ela disse: "Fale!", e então eu lhe contei minha história; quando já estava quase no fim, comecei a dizer: "Minha culpa! Minha culpa!", e fiz imensas juras de que nunca mais comeria *zīrbāja*, e, se o fizesse, lavaria as mãos quarenta vezes.

Ela se enterneceu, sorriu, e gritou pelas criadas, e então vieram cerca de vinte, e ela lhes disse: "Tragam algo para comer", e nos foi apresentada uma bela mesa, com pratos de gêneros sofisticados, da mesa dos califas. Comemos todos, e ela pediu bebida, e bebemos, ela e eu. Algumas criadas cantaram.

Fomos para a cama, e a possuí: era virgem, e eu a desvirginei, vivendo uma noite do paraíso. Durante uma semana não nos separamos dia e noite, até que se

[44] Palitos pequenos, amarelos ou brancos, que se amassam e se usam para lavar as mãos; quando dissolvidos na água, fazem bolhas como o sabão.

encerrou o "banquete da semana".[45] No dia seguinte ela me disse: "O palácio do califa não aceita hóspedes por um período maior do que este; o único que passou as núpcias aqui foi você, e isso por causa dos cuidados que a senhora tem para comigo. Ela me deu cinquenta mil dinares em moeda, papel, joias e tecidos. E também tenho, fora do palácio, cabedais e tesouros que constituem o dobro disso. É tudo seu. Saia, pois, leve dinheiro consigo e compre para nós uma bela casa, bem grandiosa, em que haja um formoso jardim e muitos aposentos. Não seja avarento como costumam ser os mercadores; meu costume é morar em palácios. Muito cuidado: não vá comprar algo pequeno, pois eu não morarei lá. Quando você comprar a casa, avise-me para que eu ponha em seu nome o meu dinheiro e minhas criadas, e para que eu me mude até você". Respondi: "Ouço e obedeço!", e ela me entregou dez mil dinares; tomei-os, fui à minha casa, visitei várias casas e escolhi uma que correspondesse à sua descrição. Depois escrevi-lhe a respeito. Ela passou para mim todos aqueles bens – e ela possuía tal quantia que eu jamais julgara ver, e isso além do que eu próprio possuía. Ficou comigo muitos anos, e vivi com ela uma vida de califa. Durante esse período, não deixei de exercer o comércio, pois meu espírito não me permite o abandono dessa atividade nem a perda dos meios de subsistência. Meu dinheiro e opulência aumentaram, e ela me deu estes rapazes – (e apontou para seus filhos). Ela morreu, que Deus tenha piedade de sua alma, e sobre mim continuou a pesar a promessa da *zīrbāja*: quando a como, lavo as mãos quarenta vezes.

[45] Tradição antiga, na qual se fazia um banquete no fim da primeira semana de casamento.

ANEXO 8 – A ORIGEM DA HISTÓRIA DO BARBEIRO

Na obra Murūj Aḏḏahab wa Maᶜādin Aljawhar *[Pradarias de ouro e minas de pedras preciosas], o historiador ᶜAlī Bin Alḥusayn Almasᶜūdī, morto em 956 d.C., apresenta uma narrativa da época do califado de Alma'mūn, que reinou em Bagdá entre 813 e 833. Conforme se pode constatar adiante, essa ocorrência apresenta similaridades com a história do barbeiro de Bagdá, na centésima quinquagésima primeira noite e na seguinte, e foi uma das fontes de que se serviu o autor das* Mil e uma noites.[46]

Alma'mūn recebeu denúncias sobre dez maniqueus,[47] adeptos da doutrina de Mānī,[48] que fala de luz e treva. Eram todos de Basra. Depois que lhe deram o nome de um por um, o califa ordenou que fossem conduzidos até ele.

Quando esses homens foram reunidos, um intrujão[49] avistou-os e pensou: "Esses aí não se reuniram senão para alguma função". Então entrou no meio deles e pôs-se a caminhar com aqueles homens, sem saber quem eram. Finalmente os encarregados chegaram com o grupo até uma embarcação, e o intrujão pensou:

[46] Edição utilizada: Beirute, s.d., vol. IV, pp. 10-11. Esse relato também consta de outras obras históricas, como *Alᶜiqd Alfarīd* [O colar único], do poeta e compilador cordobês Ibn ᶜAbd Rabbihi (860-940 d.C.).

[47] Para "maniqueus" o original traz *zanādiqa*, plural de *zindīq*, vocábulo que também pode ter o sentido de "ateu", "herege" e "livre-pensador".

[48] Mānī, líder religioso persa, viveu entre 215 e 276 d.C. Sua doutrina, o maniqueísmo, referia dois princípios, o bem e o mal, a luz e a treva etc. Teria introduzido na pintura persa a simetria da pintura chinesa, bem como o desenho de anjos e demônios. Embora duramente combatida pelo islã ortodoxo, a doutrina maniqueísta chegou a influenciar alguns grupos muçulmanos.

[49] O termo "intrujão" traduz *ṭufaylī*. Por algum motivo, a intrujice se tornou uma prática comumente referida nas obras históricas daquela época. Seria também possível traduzir essa palavra como "pícaro".

"Sem dúvida que será um belo passeio", e entrou com eles na embarcação. Mais que rapidamente foram trazidas correntes e o grupo todo foi acorrentado, inclusive o intrujão, que disse: "A minha intrujice foi denunciada e me acorrentaram". Em seguida ele se voltou para aqueles senhores e perguntou: "Seja eu o seu resgate! Quem são vocês?". Eles retrucaram: "Mas e você, quem é? Que posição ocupa entre os nossos irmãos?". Ele respondeu: "Por Deus que só sei que sou, por Deus, um intrujão que hoje saiu de casa e deparou com vocês. Vi então um belo cenário, sintomas promissores, uniformes oficiais e bem-estar. Pensei: 'Senhores, anciões e jovens foram reunidos para um banquete', e logo me enfiei no meio de vocês, entrando na fila como se fizesse parte do grupo. Vocês vieram para esta embarcação, a qual eu vi que estava muito bem equipada e arrumada; vi ainda mesas cheias, mochilas e cestos e pensei: 'É um passeio; estão indo para algum palácio com jardins. Este é um dia abençoado', e me maravilhei de alegria, até que veio esse encarregado e acorrentou vocês e a mim. Isso que me aconteceu está me fazendo perder o juízo. Contem-me o que está acontecendo".

Então eles riram dele, sorriram, ficaram felizes e alegres, e disseram: "Agora você já está na lista de acusados, preso com correntes de ferro. Quanto a nós, somos maniqueus que foram delatados ao califa Alma'mūn. Seremos conduzidos até ele, que vai nos questionar sobre nossa condição e tentar nos fazer revelar nossa doutrina. Irá nos exortar ao arrependimento e à desistência da doutrina maniqueísta, submetendo-nos a provações de várias espécies, entre as quais exibir uma imagem de Mānī e ordenar que cuspamos sobre ela e declaremos não ter nada que ver com Mānī; ou então nos ordenará que sacrifiquemos uma ave aquática, o francolim.[50] Quem obedecer às suas ordens se salvará, mas quem desobedecer será morto. Portanto, quando o chamarem e submeterem às provações, informe quem você é e fale sobre a sua fé, conforme os sinais que for extraindo ali. Você alegou ser intrujão, e os intrujões normalmente conhecem conversas e notícias. Assim, ajude-nos a atravessar essa viagem até a cidade de Bagdá contando alguma história e peripécia".

Quando chegaram a Bagdá, foram conduzidos até Alma'mūn, que se pôs a chamar cada um deles pelo nome. Interrogava-o sobre a sua doutrina, e o homem informava que era o islã. Então o califa submetia-o a uma prova, pedindo-lhe que declarasse não ter nada a ver com Mānī, e lhe mostrava uma imagem dele, orde-

[50] O "francolim", em árabe *durrāj*, é uma ave semelhante à perdiz. Conforme se depreende do texto, sacrificá-la era provavelmente tabu para os adeptos do maniqueísmo.

nando-lhe que cuspisse sobre ela e declarasse não ter nada que ver com ela. Conforme eles iam se recusando, ele mandava que fossem passados a fio de espada. Até que, depois de ter acabado com os dez, chegou a vez do intrujão. No entanto, como já se houvessem contado os dez membros do grupo, o califa perguntou aos encarregados: "Quem é este?". Responderam-lhe: "Por Deus que não sabemos. Mas, como o encontramos no meio do grupo, o trouxemos junto". Alma'mūn lhe perguntou: "Qual é a sua história?". Ele respondeu: "Ó comandante dos crentes, divorcio-me de minha mulher se eu souber algo a respeito da doutrina deles. Sou apenas um intrujão", e lhe contou a sua história do começo ao fim. Então o califa riu e lhe mostrou a imagem de Mānī, que o intrujão amaldiçoou e declarou nada ter a ver com ela. Disse: "Entreguem-ma para que eu defeque sobre ela! Por Deus que não sei quem é Mānī, se judeu ou muçulmano". Alma'mūn disse: "Castiguem-no pela excessiva intrujice e por colocar a vida em risco".[51]

[51] Nesse ponto, ocorre a intervenção de Ibrāhīm Bin Almahdī, tio paterno do califa, que sugere trocar o castigo ao intrujão (que possivelmente consistiria em umas tantas bastonadas) por uma história passada consigo próprio, em que ele praticou a intrujice. O califa acaba por apreciar a história do tio e dá um "bom presente" ao intrujão, dispensando-o em seguida.

ANEXO 9 – A ORIGEM DA HISTÓRIA DO ALFAIATE CORCUNDA

As histórias dos seis irmãos do barbeiro de Bagdá, narradas entre a centésima quinquagésima terceira noite e a centésima septuagésima noite, tiveram como fonte as histórias de seis personagens constantes de um livro denominado Alḥikāyāt Al^c^ajība wa Al'aḫbār Alġarība [*Histórias espantosas e crônicas prodigiosas*], *cujo manuscrito remonta aos séculos* XIII *ou* XIV *d.C., muito embora a data da elaboração dessas histórias deva ser anterior. Nessa obra, seis personagens com defeitos físicos, cujos relatos recebem a denominação de* ḥadīṯ muḍḥik [*"história cômica"*], *são reunidos pela aia de um rei insone (e inominado, num país indeterminado, e num tempo também indeterminado) para lhe contar suas histórias e distraí-lo. Traduz-se aqui o primeiro desses relatos, que é o do alfaiate corcunda (correspondente à história do primeiro irmão do barbeiro de Bagdá, na centésima quinquagésima terceira noite e nas três noites seguintes), a fim de que o leitor possa verificar o grau de alterações que o autor das* Mil e uma noites *operou no texto ao introduzi-lo em sua obra.*[52]

Fique sabendo, ó rei, que eu vivia na cidade tal e tal, exercendo a alfaiataria num estabelecimento por mim alugado, havia algum tempo, de um homem próspero e de abundantes cabedais, que tinha, no andar térreo de sua residência, uma moenda. O homem morava no alto dessa residência, que era portentosa. Certo dia, enquanto eu costurava em minha alfaiataria, ergui a cabeça e vi, pela claraboia da casa do mercador, uma mulher que parecia o plenilúnio em ascensão; era a esposa dele, e estava

[52] Utilizou-se a edição preparada por Hans Wehr, Wiesbaden/Damasco, 1956, pp. 46-54 (reimpressão: Cairo, 1998, em dois volumes). Note-se que dessa obra não restou senão um único manuscrito, constante da Biblioteca Ayasofia, de Istambul.

espreitando as pessoas; sua beleza era esplêndida e sua figura, formosa. Assim que a vi, o fogo se acendeu em meu coração, e permaneci o dia inteiro sem costurar, com a cabeça erguida para a claraboia, olhando para o ponto em que ela estava. Quando aquilo já se tornava demasiadamente prolongado e a noite caía, já sem esperanças de ter alguma coisa com ela, fui embora entristecido e amargurado; não consegui comer, beber ou dormir por causa daquilo em que meu coração incidira. Com tudo isso, eu censurava e repreendia minha alma por haver chegado àquele ponto. Continuei em tal estado até o amanhecer, quando então, apressado, tomei o caminho da loja e me sentei no mesmo lugar, ansioso por vê-la. Dispensei todos que trouxeram algo para costurar, a fim de que a costura não me distraísse e impedisse de ver a mulher. Continuei assim até que ela veio, conforme seu hábito. Quando botei os olhos sobre ela, meu coração disparou, meu juízo desapareceu, e caí desmaiado por horas. Em seguida acordei e me retirei da loja no mais deplorável estado. No dia seguinte, estava eu refletindo, com a mão espalmada sob o queixo, sentado, com os olhos voltados em sua direção, quando ela apareceu e se instalou no lugar em que ficava; vendo que eu não desviava meu olhar dela, afetou amor e sorriu para mim, e eu sorri para ela, que fez sinal enviando uma saudação, e eu respondi à saudação. Depois, sumiu de minhas vistas e me enviou sua criada com um embrulho de pano, no qual estavam enrolados muitos tecidos de qualidade. A criada me disse: "Minha patroa lhe envia saudações e lhe diz, 'Pelo valor que a minha vida tem para você', que desses tecidos você lhe tire a medida de uma túnica e a costure com muito esmero". Respondi: "Ouço e obedeço. Louvores a Deus, que me manteve vivo para que ela tivesse necessidade de mim!", e, em seguida, cortei-lhe uma túnica enquanto ela permanecia lá parada na minha frente, observando. Eu mantinha a cabeça abaixada na costura, e quando fazia menção de descansar, ela dizia: "Pelo valor que a minha vida tem para você, não largue o pano!". Então minha alma se agradava com as suas palavras e mais cobiçava a mulher. Nem bem anoiteceu e terminei a túnica, entregando-a a ela. Logo na manhã do dia seguinte a criada veio até mim e disse: "Minha patroa lhe envia especiais saudações e lhe pergunta: 'Como passou a noite? Pois eu nesta noite não provei o sono de tanto que o meu coração está ocupado com você. Não fosse o medo dos delatores, iríamos até você sem maiores delongas', e também lhe diz: 'Corte umas calças grandes para mim e costure com esmero, a fim de que eu as vista com a túnica'". Respondi: "Ouço e obedeço", e comecei a cortar, mergulhando na costura, até que a mulher se dirigiu à claraboia e me cumprimentou, agradando à minha alma enquanto eu costurava e não me deixando sair dali até que terminei o serviço e me retirei para minha casa, perplexo, sem ter condições de arranjar algum alimento nem saber como fazê-lo. [...][53] Antes que eu me desse conta, a criada veio até mim e disse: "O meu patrão convida-o a ir até sua casa". Ao ouvir a referência ao patrão, amedrontei-me, temeroso de que ele houvesse descoberto a minha situação. Mas a criada disse: "Nada tema, pois não se deu senão o bem. Minha patroa o agradou bastante para que você e ele entabulassem conhecimento. As coisas estão correndo do jeito que ela quer". Ergui-me então, contente, e fui até o homem; saudei-o, ele retribuiu à minha saudação, deu-me boas-vindas, perguntou com gentileza como eu estava, e mandou trazer umas caixas, das quais retirou sedas de Dubayq, e me disse: "Faça com este tecido umas túnicas caprichadas". Então não parei de trabalhar até que cortei vinte túnicas, e o mesmo tanto de meias e lenços.[54] Fiquei tirando a medida dos tecidos até que escureceu, sem parar nem provar comida ou levar algo à boca. Depois o homem me disse: "Ó pai do galho,[55] de quanto é o seu pagamento pela costura?". Como eu não respondesse, ele insistiu: "Diga e não tenha vergonha". Então eu disse: "Não receberei pagamento, meu amo!". Ele disse: "Mas é imperioso que você receba". Eu disse: "Vinte dirhams". De repente, a jovem surgiu por trás dele, como se estivesse encolerizada e aborrecida comigo – "como você está cobrando?" –, e então eu, percebendo aquilo, disse: "Por Deus, meu amo, não cobrarei nada esta noite", e recolhi os panos, mergulhando naquele trabalho, embora estivesse necessitado nem que fosse de um único centavo. Passei três dias me alimentando de menos de cem gramas[56] diárias de pão, mais nada, e a fome me devastou. Quando terminei a costura, a criada veio e perguntou: "O que você fez com os tecidos?". Respondi: "Terminei". Ela disse: "Pegue-as e venha comigo", e então recolhi as roupas e caminhei com ela até o esposo da jovem; entreguei-as a ele, que fez menção de me pagar os dirhams, mas eu jurei que não receberia, e disse: "Meu amo, não receberei nada. Qual o valor desta costura? Temos ainda muito tempo à nossa frente; eu lhe pertenço e estarei sempre ao seu dispor". O homem me fez os melhores votos, e fui embora para minha casa. Naquela noite, não dormi devido à fome e ao mau estado em

[53] Evidente lacuna no manuscrito, não apontada por Hans Wehr. Em linhas gerais, contudo, é possível preenchê-la por meio da narrativa das *Mil e uma noites*: o alfaiate passa a noite com fome e, no dia seguinte, se dirige para sua loja.

[54] Por "meias" traduziu-se *šarb*; por "lenços", a obscura palavra *marwaziyya*, relativa à cidade de Merv; provavelmente, indica algum tecido feito de algodão, conforme Dozy.

[55] A expressão "pai do galho" traduz literalmente o hoje obscuro sintagma *abū alġuṣn*. Talvez fosse usada para corcundas (algo equivalente a "corcundinha"), mas não existem dados que permitam afirmá-lo. Em outras obras, a expressão é utilizada para o sábio bobalhão Juḥā.

[56] O trecho "menos de cem gramas" traduz *wiqiyyatayni*, que pela medida egípcia corresponde a 74 gramas (em medida síria, corresponde a 428 gramas).

que me encontrava; costurando para a mulher e para o seu marido, eu deixara de obter meu sustento. Quando amanheceu, fui para a loja; ainda não tinha terminado de abri-la e um mensageiro daquele homem veio me chamar. Fui até ele, que me disse: "Ó pai do galho, você fez a gentileza de costurar estas roupas e não receber paga, mas aceitar isso está sendo penoso para mim. Agora eu quero fazer alguns gibões e gostaria que você cuidasse do assunto e os costurasse com capricho, que dessa vez eu lhe pagarei e não aceitarei recusas. Costure cinco gibões para mim". Então costurei e me retirei para casa numa situação deplorável, morto de fome. Todo dia eu era obrigado a lançar mão de alguma artimanha para conseguir algo com que me manter. Bastava porém que eu me lembrasse daquela mulher e de sua beleza para tudo se tornar suportável; eu então pensava: "Um só beijo dela lavará toda essa penúria; quando aquele belo rosto estiver ao meu alcance, nenhum desses sofrimentos terá importância". Terminei, portanto, aquelas costuras, e as levei ao homem, que apreciou o trabalho e me agradeceu muito, dizendo: "Que Deus o recompense, ó pai do galho. Eu gostaria que você recebesse a paga por todo o seu serviço", e mandou que se trouxesse um saco a fim de me pagar.[57] Eu esperava receber qualquer coisa, por mínima que fosse, devido ao estado de penúria ao qual me reduzira. Quando fiz menção de receber, a jovem me apareceu ao longe fazendo com as mãos sinais para que eu não recebesse nada; seus sinais diziam: "Se você receber um único dirham, eu ficarei zangada". Temeroso daquele recado, eu disse ao homem: "Não tenha pressa, meu senhor. Ainda temos muito tempo; o que ficar em suas mãos não está perdido, e, embora eu seja pobre, não estou precisando agora",[58] e tanto insisti que ele recolheu os dirhams e me agradeceu. Saí de lá perplexo pela perda daqueles dirhams. Em meu coração, devido ao amor pela jovem, lavrava um incêndio. Retirei-me para minha casa. Várias coisas tinham se reunido contra mim: paixão, falência, fome, nudez e exaustão. Apesar disso, eu procurava estimular minha alma, prometendo-lhe o triunfo em sua paixão. Mas o fato é que, sem que eu desconfiasse, a mulher dera a saber ao marido de minha situação, que eu a amava e me exibia para ela, e então juntos eles deliberaram explorar o meu trabalho de costura e divertir-se às minhas custas. Quando terminei todos os serviços que eles me pediram, ela se pôs a me vigiar; se porventura visse alguém contando dinheiro para me pagar, ela me enviava a criada com o recado: "Minha patroa lhe envia sauda-

[57] O verbo "pagar", aqui, traduz o verbo *wazana*, "pesar". Porém o texto, visivelmente, lhe dá apenas o sentido de "pagar", sem implicar a ideia de "pesar para pagar". É possível que se trate de uso coloquial.
[58] O original, que nesta passagem é falho, traz: *wa anā faqīr muḥtāj ilayhi al'ān*, literalmente, "eu sou pobre e preciso disso [do dinheiro] agora".

ções e manda dizer: 'Empreste-me agora a quantia tal e tal'". Eu não conseguia desobedecer. Assim, ela começou a levar toda moeda que brilhava diante de mim. Fiquei na maior dificuldade de sobrevivência, e na mais portentosa paixão. Em meio a tudo isso, ela me fazia promessas, dizendo: "Tenha paciência, não estrague o que você já fez; estou preparando-lhe algo cujo benefício reverterá em seu favor. Logo você verá. Aquiete-se, portanto, que o meu coração ficará tranquilo".

[*Continuou o corcunda*:] Certo dia, estando eu sentado com o olhar fixo na claraboia, de repente veio ver-me um dos meus mestres. Como eu insistisse em ficar olhando para a claraboia, e como o mestre, depois, visse a jovem, a minha situação ficou clara para ele; levantou-se e foi para casa, desaparecendo por algum tempo; a seguir, retornou empunhando três grandes peças de tecido, e me disse: "Ó pai do galho, eu conheço os astros, sou perito em feitiços, e clarividente em esconjuros. Você sabe o afeto que lhe tenho. Examinei o seu horóscopo e verifiquei que o seu coração se encontra ocupado, que você está apaixonado por uma jovem que também está apaixonada por você. Entretanto, você precisa de auxílio com incensos e esconjuros, além de um papel escrito no qual se registrem bons augúrios zodiacais.[59] Quando você o pendurar em seu braço, e ela lhe puser os olhos, mal conseguirá se conter, lançando-se em seus braços e se entregando; então você terá obtido o que deseja". Fiquei feliz com as palavras do mestre e roguei que me ajudasse a triunfar e alcançar o meu intento por meio de seus feitiços; disse-lhe: "Meu senhor, estou numa situação difícil", e comecei a me queixar dos meus sofrimentos de amor. Ele disse: "Eu o farei atingir o seu objetivo. Costure rapidamente estas roupas; além delas, serão necessários incensos e poções. Se você não fosse meu amigo, eu lhe cobraria alguns dinares. De qualquer modo, é imperioso conseguir incenso, pois eu tenho de incensar o local onde escreverei os bons augúrios zodiacais. Preciso de muitos dirhams, devido ao preço do incenso e dos demais materiais. Se estiver mesmo disposto, traga-me os dirhams para eu comprar as coisas necessárias, perfumes e incensos; irei ajudá-lo escrevendo eu próprio os bons augúrios zodiacais, e isso pela solidariedade e pelo afeto que nutro por você". Levantei-me imediatamente, tomei alguns dirhams emprestados, e entreguei-os a ele; arranjei-lhe também muitos perfumes e incensos, e disse: "Meu senhor, vou iniciar a costura das roupas. Não esqueça de fazer o que eu preciso", e comecei a costurar-lhe as roupas dia e noite. Em menos de dois dias terminei tudo e lhe levei as roupas; pensei ainda: "Esse homem se ofereceu voluntariamente para satisfazer minha necessida-

[59] O trecho "registrar bons augúrios zodiacais" traduz *kitāb*, "livro" ou "escrito", mas que nesse caso apresenta essa acepção de escritura que, a um só tempo, é astrológica e traz boa sorte.

de; é imperioso, pois, que eu lhe dê um presente". Vendi então uma roupa que eu usava, e com o dinheiro lhe comprei um presente. Ele não quis aceitá-lo, mas eu tanto insisti que ele acabou aceitando. Pus-me então a aguardar. Depois de cinco dias ele foi me visitar carregando uma pequena folha de papel amarrada, e disse: "Já preparei muito bem o que você desejava. Pegue esta folha, pendure-a no braço, e agora mesmo a verdade de minhas palavras lhe ficará evidente". Peguei a folha, pendurei-a em mim por alguns instantes, e logo a mulher apareceu na claraboia. Pus-me a rir para ela e a pensar: "Quem dera você soubesse que eu a enfeiticei para possuí-la, a despeito de sua vontade". Não demorou muito e sua criada veio até mim, transmitiu-me saudações e disse: "Minha patroa lhe diz: 'Já se aproxima a hora da sua satisfação, a despeito do meu marido, que irá viajar para certa aldeia a fim de resolver algum interesse dele, e ali permanecerá alguns dias. Quando isso ocorrer, você alcançará o que deseja'". Agradeci-lhe as palavras e pensei: "Como é clarividente em feitiços e esconjuros esse mestre!". Dormi feliz naquela noite, mal podendo esperar o amanhecer. Mas a mulher combinara com o marido toda a história, sem que eu desconfiasse. Quando amanheceu, a criada foi até mim e disse: "Minha patroa o saúda, totalmente vencida pela paixão por você, e diz: 'Meu marido decidiu viajar nesta noite; portanto, não saia daí'". Mal pude esperar o anoitecer, quando então vi o seu marido sair montado e vestindo roupas de viagem. Soube então que meu objetivo seria satisfeito. Ao escurecer, a criada veio e disse: "Levante-se", enquanto eu mal podia acreditar em tanta felicidade. Quando entrei na casa, a mulher me recepcionou, deu boas-vindas, e disse: "Meu senhor, vida e fruto do meu coração, não tive paz nem sossego até que meu marido saiu! Louvores a Deus, que nos reuniu um ao outro na mais completa alegria". Em seguida mandou trazer comida, que foi posta diante de nós, e então comemos. Minha felicidade seria ganhar um beijo seu. Quando terminamos e lavamos as mãos, eu lhe disse: "Minha ama, cumpra-me um desejo: um beijinho que me faça reviver, pois estou morto!". Ela disse: "Que pressa é essa, seu frívolo? A noite está toda diante de nós; você vai conseguir o que deseja!". Ela mal terminara essas palavras quando ouvimos fortes batidas à porta. Perguntei: "O que é isso?". Ela respondeu: "Por Deus que meu marido já chegou!". Eu disse: "Ai de você! O que está dizendo?". Ela respondeu: "Isso mesmo que você ouviu!". Perguntei: "E o que farei?". Ela disse: "Por Deus que não sei!". Fiquei atarantado, e ela disse: "Venha para que eu o amarre na moenda, no lugar do jumento. Depois apagarei o lampião. Quando entrar, meu marido dormirá, totalmente exausto, e então retomaremos a comida e a bebida". Respondi: "Faça logo", e ela tomou a iniciativa: soltou o jumento, amarrou-me em seu lugar, apagou o lampião e disse: "Gire a moenda sem parar! Ó Deus! Ó Deus! Muito cuidado!". Deixou-me, saiu e abriu a porta para o marido, que entrou e ficou algum tempo sentado, enquanto eu girava a moenda. Parei então para descansar, e ouvi o homem dizendo: "Qual é o problema desse jumento miserável? Parou! Nesta noite não o estou ouvindo trabalhar com a mesma velocidade de antes. Temos muito grão para moer! Quando vai acabar?". Então ele foi até a moenda, colocou trigo no balde, veio até mim empunhando um chicote, e não parou de me chicotear nas pernas enquanto eu corria moendo trigo, e ele gritava comigo no escuro como se não me visse. Assim ficamos até que se aproximou a aurora; a cada vez que eu mostrava intenção de descansar, ele vinha e me aplicava dolorosas chicotadas, dizendo: "Miserável! O que você tem que não gira nesta noite?". Quando chegou a aurora, ele subiu para sua casa e eu parei como se estivesse morto, pendurado naquelas cordas e madeiras. A criada veio e me disse: "Por Deus que me dói o que lhe sucedeu. Eu e minha patroa não dormimos nesta noite por causa de suas terríveis tribulações". Minha língua não conseguiu lhe dar uma resposta. Saí morto de cansaço e da dor das chicotadas, e fui para casa. Então o mestre que escrevera a folha veio visitar-me. Saudou-me e disse: "Que Deus lhe preserve a vida, ó pai do galho! Eis aí a fisionomia que indica bem-estar, agrados, beijos e abraços!". Respondi: "Que não viva quem mente, seu cafetão de mil cornos! Por Deus que não passei a noite senão moendo no lugar do jumento e apanhando até o amanhecer". O homem disse: "Conte-me o que lhe aconteceu", e então eu contei. Ele disse: "Seu astro não foi compatível com o dela. Se você quiser, porém, posso alterar os bons augúrios zodiacais". Respondi: "Presumo que em sua casa ainda reste um corte de tecido que você quer que eu costure", e tomei o rumo da alfaiataria a fim de esperar algum freguês para o qual costurar, e receber alguma coisa com que me sustentar. Quando me sentei, a criada chegou e disse: "Como está, meu senhor? Minha patroa lhe envia especiais saudações. O coração dela está em chamas por você. Não fique triste, pois a situação está sob o seu controle". Então eu lhe respondi: "Suma-se, ó...[60] Presumo que o trigo de vocês já acabou!". Ela disse: "Louvado seja Deus! Parece que você está acusando a minha patroa!". Respondi: "Fulana, retire-se daqui! Quem sabe Deus não me proporciona algum freguês para que eu faça uma costura e receba algo com que me manter. Não quero falar com sua patroa nem com você!". A criada saiu e informou a patroa do que eu dissera. Antes que eu me desse conta, a mulher foi para a claraboia com a mão no rosto, como se estivesse chorando e dizendo: "Ó amado dos meus olhos! Como está?". Mas não respondi. Ela se pôs então a

[60] Neste ponto, há uma lacuna no original. Trata-se, visivelmente, de algum xingamento.

fazer imensas juras de inocência, e que o sucedido comigo se dera apesar dela. Quando vi a beleza de seu rosto, a dor e a surra que me atingiu se dissiparam e aceitei suas desculpas. Fiquei contente em vê-la, e pensei: "Um rosto formoso como esse não mente". Então saudei-a, ela me saudou, e conversamos longamente. Durante algum tempo fiquei sem costurar nem trabalhar de graça para ela. Certo dia, a criada veio e disse: "Minha patroa lhe envia saudações e diz: 'Meu marido decidiu visitar um amigo do qual está com saudades e em cuja casa irá dormir. Quando eu souber que ele está com esse amigo, esconderei você dentro de algum cômodo. Quando todos os caminhos estiverem fechados e não houver mais ninguém nas redondezas, abrirei o cômodo e passaremos muito bem a noite; você gozará de bem-estar, será compensado dos sofrimentos da outra noite e receberá tudo quanto perdeu'". Mas o fato é que o seu marido lhe havia dito: "O corcunda desistiu de ser seu amigo!". Ela respondera: "Deixe-me fazer-lhe uma artimanha que irá torná-lo infame na cidade inteira". Eu não sabia de nada disso. Quando anoiteceu, a criada veio, introduziu-me na casa e me escondeu. Quando os caminhos foram fechados e ninguém mais caminhava pelas ruas, a mulher me retirou e, ao me ver, deu boas-vindas e disse: "Deus sabe o que meu coração sente por você! Por Deus que estou com saudades de você, de verdade. Nesta noite você resgatará tudo quanto perdeu. Não fique chateado". E mandou servir comida. Eu disse: "Vamos, minha senhora, dê-me logo um beijo, pois eu a amo mais do que a vida!". Mal terminei de pronunciar essas palavras e eis que o marido dela surgiu de dentro de um dos cômodos. Agarrou-me e disse: "Seu depravado! É essa a recompensa que me dá! Introduzi você em minha casa, dei-lhe preferência a outros, e você vem me trair e desonrar? Por Deus que não o largarei até colocá-lo diante do encarregado de polícia". Quando amanheceu, fui levado ao chefe de polícia, surrado com cem chibatadas e exibido pela cidade no dorso de um camelo enquanto gritavam: "Esse é um ladrão que avançou contra a mulher dos outros!". Depois fui expulso da cidade, e saí sem saber qual rumo tomar. Então encontrei essas pessoas[61] correndo a toda a pressa por aí, e me juntei a eles.

E o rei riu tanto de sua história que quase desmaiou. Em seguida, deixou o corcunda num canto. E é essa a sua história.[62]

[61] Isto é, os outros cinco personagens.

[62] Após o relato das seis histórias, das quais a última é a do personagem das garrafas, o texto se encerra assim: "Então o rei ficou espantado com as histórias deles todos, e também com a sua falta de juízo e [sobretudo] com o que [o último] fez com as garrafas. E ordenou que se dessem prêmios e roupas a todos eles. Foi essa a história deles com o rei".

ANEXO 10 - A SESSÃO DA CARNE COZIDA NA COALHADA

As maqāmas [*"sessões" ou "assembleias"*] *constituem um gênero (mais reconhecidamente cômico, embora nem sempre o seja) surgido nas letras árabes por volta do século* X. *Consistiam em aventuras redigidas em prosa rimada e preciosista, e narradas em primeira pessoa por um personagem com características de pícaro. O principal autor do gênero, também considerado por muitos seu fundador, foi Badīᶜ Azzamān Alhamaḏānī (968-1007 d.C.), de cujas* maqāmas *somente uma parte (52) chegou até os dias de hoje. Eram todas narradas por um personagem chamado ᶜĪsa Bin Hišām, e contavam as peripécias do protagonista, o anti-herói Abū Alfatḥ Aliskandarī. Uma delas, a* maqāma da maḍīra [*"carne cozida na coalhada"*], *pode ter servido como referencial, ainda que longínquo, para a história do sexto irmão do barbeiro, o de lábios cortados (centésima sexagésima sexta noite e as duas seguintes).*[63]

ᶜĪsa Bin Hišām nos relatou o seguinte:

Eu estava em Basra com Abū Alfatḥ Aliskandarī, o homem da eloquência, à qual ele chama e ela comparece, e da retórica, à qual ele ordena e ela obedece. Fomos com ele a um banquete oferecido por certo mercador, e então nos foi servida uma carne cozida na coalhada que fazia o elogio da civilização ao se balançar dentro da tigela; anunciava o bem-estar e testemunhava que a liderança de

[63] Edição utilizada: Beirute, 1993, pp. 104-117 (reimpressão da edição de 1889, preparada por Muḥammad ᶜAbduh). A tradução, muito especialmente neste caso, é bem menos do que uma sombra. Foi impossível acompanhar os trocadilhos, as rimas e o ritmo do original.

Muᶜāwiya,[64] que Deus o tenha, era legítima, num recipiente pelo qual o olhar deslizava e no qual sua boa aparência se destacava. Quando os pratos tomaram seu lugar na mesa e ocuparam os corações, levantou-se Abū Alfatḥ Aliskandarī e se pôs a amaldiçoar a comida e quem a servira, e a declarar sua náusea por ela e por quem já a comera, e a ofendê-la e a quem a cozinhara. Supusemos que ele estivesse gracejando, mas era exatamente o contrário, pois se tratava de coisa muito séria. Afastou-se do prato e abandonou o socorro dos seus camaradas. Mandamos então que fosse retirada, e com ela se retiraram nossos corações, viajando em seu encalço os olhos, salivando por ela as bocas, lambendo-se por sua causa os lábios, incendiando-se devido a ela os fígados, enquanto o coração seguia seu rastro. Contudo, apoiamo-lo em dispensá-la e lhe perguntamos qual era o problema. Ele disse: "A desgraça que vivi por causa dela é mais forte do que a minha vontade de comê-la, e, se eu a contar a vocês, não estarei seguro de que não os deixarei exasperados nem os farei perder seu tempo". Dissemos: "Conte!". Então ele disse:

Certo mercador convidou-me para comer em sua casa uma carne cozida na coalhada quando eu estava em Bagdá, e me perseguiu tal como alguém persegue um devedor, ou um cão ao seu senhor.[65] Então respondi afirmativamente, e fomos para lá. Durante todo o caminho ele se pôs a louvar sua esposa, dizendo que daria o sangue de seu próprio coração para resgatá-la, e descrevendo a sua habilidade no que fazia bem como sua perícia em cozinhar; dizia: "Ah, meu amo, se você a visse de avental à cintura, indo de cômodo em cômodo, do forno às panelas, das panelas ao forno, assoprando o fogo com a boca e amassando os grãos com as próprias mãos. Ah, se você visse a fumaça cobrindo aquele rosto formoso e atingindo aquela face de alabastro! É um cenário que deixa os olhos perplexos. Eu a amo porque ela me ama, e a felicidade do homem consiste em ser agraciado por uma companheira que o auxilie e uma esposa que o apoie, especialmente se ela for de sua natureza, e ela é minha prima paterna de sangue, sua natureza é a minha natureza, sua cidade é a minha cidade, seus tios paternos são os meus tios paternos e sua origem é a minha origem. Contudo, ela é mais gene-

[64] Muᶜāwiya Bin Abī Sufyān (morto em 680 d.C.), quarto califa muçulmano (a partir de 661), primeiro da dinastia omíada, teve sua liderança política e religiosa bastante contestada, entre outras coisas, por ter sido o mais contumaz inimigo do califa anterior, ᶜAlī, genro e primo do profeta Muḥammad.

[65] O trecho "ou um cão ao seu senhor" traduz *wa-lkalb li-aṣḥāb arraqīm*, que, segundo M. ᶜAbduh, faz referência a uma parábola alcorânica sobre o cão do "povo da gruta" [*ahl alkahaf*], que não abandonava jamais os donos.

rosa do que eu, e também mais formosa". E me causou dor de cabeça com as virtudes de sua esposa. Então chegamos à vila onde ele morava. Ele disse: "Está vendo esta vila, meu amo? É a mais nobre de Bagdá. Os homens de bem disputam entre si para habitá-la, e os maiorais fazem ciúme uns aos outros vindo morar aqui. E somente os mercadores residem aqui, pois o vizinho é que faz o vizinho. Minha casa é a melhor joia deste colar, ponto central nesta circunferência. Quanto você calcula, meu amo, que se gastou para construir cada casa desta vila? Diga por hipótese, se não tiver certeza!". Respondi: "Muito". Ele disse: "Louvado seja Deus, que grande erro! Você disse 'muito', apenas!". E, suspirando profundamente, continuou: "Louvado seja Deus, que sabe das coisas!". Chegamos então à porta de sua casa. Ele disse: "Eis a minha casa. Quanto você avalia, meu amo, que eu gastei nesta janela? Por Deus que foi um valor maior que o suportável, mais que insuperável. O que você acha de sua construção e forma? Por Deus, já viu igual? Observe a exatidão de sua construção, contemple a formosura de sua inclinação! Parece que foi desenhada com compasso! Repare só na perícia do marceneiro que construiu esta porta! De quantas placas ele a fez?; responda 'e como vou saber?', pois se trata de uma peça inteiriça de plátano, sem insetos nem umidade. Se a abro ou fecho, suspira; se bato, brame. E quem a fez, meu senhor? Quem a fez foi Abū Isḥāq Bin Muḥammad de Basra, que por Deus é um homem de serviço limpo, clarividente na construção de portas, e cuja mão trabalha com leveza. Como é excelente aquele homem! Por vida minha que não utilizo senão os seus trabalhos, ou de quem lhe seja semelhante. Esta aldrava que você está vendo, comprei-a no mercado de raridades, de ᶜUmrān Aṭṭarā'ifī, por três dinares egípcios. Quanto cobre amarelo ela contém, meu senhor? São sete arráteis! Ela gira por meio de um pino preso à porta. Por Deus, gire-a! Agora bata nela e contemple-a. Pelo valor que minha vida tem para você, só compre aldravas de ᶜUmrān Aṭṭarā'ifī, pois ele não vende senão coisas preciosas!". Então ele bateu à porta e entramos no saguão. Ele disse: "Que Deus a mantenha bem construída, ó casa! Que nunca a destrua, ó parede! Como são firmes os seus muros, resistente a sua estrutura, e sólido o seu alicerce! Por Deus, observe as suas escadarias, contemple os seus corredores de entrada e saída, e me pergunte: 'Por quanto você a comprou? De quantos ardis lançou mão para se tornar seu proprietário?'. Eu tinha um vizinho cuja alcunha era Abū Sulaymān, que residia nesta vila e tinha tantos cabedais que não cabiam nos armários, e tanto ouro e prata que não conseguia pesar. Ele morreu, que Deus o tenha, e seu herdeiro dilapidou o patrimônio entre bebidas e cantoras, e o rasgou entre partidas de trique-traque e jogos de azar. Temeroso de que o império da necessidade o obrigasse a vender a casa – e de que ele o fizesse num momento de desequilíbrio, ou a colocasse em perigo, e me deixasse arrependido de não haver agido, lamentando-me com o que fora perdido até o final dos meus dias –, recolhi roupas velhas cujo comércio já não se fazia, carreguei-as até ele e lhas ofereci em negócio. Propus-lhe que as comprasse a prazo, pois os desprevenidos, quando compram a prazo, pensam que receberam uma doação, e os remediados, que ganharam um presente. Pedi-lhe um documento comprovando a dívida, e ele o fez e assinou. Deixei a cobrança de lado por algum tempo, até que a túnica de sua condição se amarfanhasse e corroesse; só então fui até ele e cobrei; ele pediu prazo, e eu dei. Foi então atrás de outras roupas; chamei-o e lhe pedi que desse a casa em garantia, mediante documento assinado e comigo depositado, e ele assim agiu. Depois, fui gradualmente envolvendo-o em negócios que o forçaram a vender a casa. Foi então que, com uma sorte crescente a me auxiliar e muita firmeza de decisão, ela chegou às minhas mãos. Um grande esforço muitas vezes resulta em proveito do alheio.[66] E eu, graças a Deus, tenho muito boa estrela, o que em situações como essa é bastante louvável. Basta-lhe saber, meu amo, que há algumas noites estava eu dormindo na casa, junto com todos os seus moradores, quando bateram à porta. Perguntei: 'Quem bate tão fora de hora?'. E eis que era uma mulher oferecendo à venda um colar de pérolas transparentes como água e delicadas como miragem. Comprei-o dela como se o estivesse sorrateiramente roubando, porquanto o preço que paguei foi ínfimo. Esse colar trará visíveis benefícios e vastos lucros, com a ajuda de Deus e seu império. Só lhe contei essa história para que você fique sabendo como é bem-aventurado o meu destino no comércio. A felicidade faz a água brotar das pedras. Como Deus é grande! Não há nada que mais verazmente lhe fale do que sua própria alma, nem nada mais próximo de si do que suas experiências passadas. Este tapete, comprei-o num leilão. Foi retirado da casa da família Alfurāt, na época das expropriações, quando houve muitas lutas e rapinagens. Eu procurava um tapete igual já fazia longo tempo, mas não encontrava. O destino é uma grávida: não se sabe o que irá parir. Por coincidência, eu passava no bairro de Aṭṭāq no momento em que este tapete era oferecido. Paguei por ele tantos dinares. Por Deus, contemple sua perfeita confecção, suavidade e cor: é portentoso o seu valor, e só raramente se encontra um igual. Se

[66] "Um grande esforço muitas vezes resulta em proveito do alheio" traduz *rubba sāᶜin liqāᶜidin*, literalmente, "muitas vezes um esforçado [beneficia] um sentado", dito atribuído a ᶜAlī, genro do Profeta.

porventura você já ouviu falar de Abū ᶜUmrān, o tapeceiro, foi ele quem o fez; agora, em seu estabelecimento, ele já tem um filho que cuida dos negócios; é somente ali que se encontram coisas valiosas. Por vida minha, não compre tapetes senão dele: o homem crente deve aconselhar seus irmãos, em especial aquele que se torna seu comensal. Mas voltemos a falar da carne cozida na coalhada, pois já é meio-dia. Criado, traga água e bacia!". Pensei: "Deus é grande! A liberdade está próxima, e a saída, ao alcance!". O criado veio. O mercador disse: "Está vendo este criado? É bizantino de origem e iraquiano de nascimento. Venha cá, rapaz, descubra a cabeça, as pernas e os braços. Exiba os dentes. Dê uma volta", e o criado agiu conforme ele ordenara. O mercador perguntou: "Por Deus, quem o comprou? Por Deus que foi comprado, de um mercador de escravos, por Abū Alᶜabbās! Deixe a bacia e traga a chaleira". Então o criado trouxe a chaleira. O mercador pegou a bacia e pôs-se a girá-la, correndo os olhos por ela e finalmente lhe dando um piparote. Disse: "Veja só este cobre amarelo: parece uma labareda de fogo ou um pedaço de ouro. Cobre de Damasco, fabricação do Iraque. Peça rara, mas não estragada, que já conheceu mansões de rei e por elas circulou. Contemple só sua beleza e me pergunte: 'Quando você a comprou?'. Comprei-a, por Deus, em ano de grande seca e fome, mas reservei-a para uma hora como esta. Criado, a chaleira!", e o rapaz entregou-lhe o utensílio, que o homem se pôs a revirar, e depois disse: "Seu bico não tem solda. Esta chaleira não serve senão para esta bacia, e esta bacia não serve senão para este aposento elevado, e este aposento elevado não serve senão para esta casa, e esta casa não fica bonita senão com este hóspede. Ponha água na bacia, criado, pois já é hora de iniciar a refeição. Por Deus, contemple esta água! Que limpidez, azul como olho de gato, pura como haste de cristal. Foi trazida do Eufrates,[67] e somente está sendo usada depois de ter passado a noite aqui em casa;[68] por isso parece luz de vela e tem a pureza da lágrima. O importante não é o aguadeiro, mas sim o recipiente. Não existe sinal mais veraz da limpeza dos recipientes usados do que a limpeza da própria água. E esta toalha, indague-me sobre a sua história! Seu tecido é de Jurjān e sua costura e acabamento, de Urrajān.[69] Foi-me oferecida e a comprei; minha mulher fez de uma parte dela calções, usando a outra como

[67] Note-se que a história se passa em Bagdá, que é banhada pelo rio Tigre, mas não pelo Eufrates. Com isso, o mercador quer realçar o fato de que usa a melhor água, mesmo que tenha de mandar buscá-la num local distante.
[68] A ideia é que, tendo ficado uma noite parada, a água se tornou totalmente límpida.
[69] Jurjān e Urrajān, locais distantes entre si e célebres, respectivamente, pelos bons tecidos e pela boa costura e acabamento.

toalha. Só de calções foram vinte braças, e me foi muito custoso tomar-lhe este pedaço, que entreguei ao costureiro para que a confeccionasse e adornasse conforme você está vendo. Depois, desisti de vendê-la e a guardei neste armário, reservando-a para os que fossem gentis dentre os hóspedes, a fim de que não fosse vulgarizada passando pelas mãos de árabes do populacho nem pela tintura de olhos femininos. Mas toda preciosidade tem seu dia de ser usada, e todo objeto tem gente que pode usufruí-lo. Criado, traga logo o prato, pois isto já está demorando. E também as travessas, pois a conversa já está aborrecendo". Então o rapaz trouxe o prato. O mercador começou a revirá-lo, deu-lhe um peteleco com a ponta dos dedos, e testou-o dando-lhe uma mordida. Depois disse: "Que Deus aumente a prosperidade de Bagdá! Como suas coisas têm qualidade, e como é bela a sua produção! Por Deus, examine esta mesa. Veja só a sua superfície, sua leveza, a solidez de sua madeira e a beleza de seu formato". Perguntei: "Assim é o formato. Mas quando virá a comida?". Ele respondeu: "Agora! Criado, traga depressa a comida. Mas veja que os pés e a mesa constituem um só bloco".

Disse Abū Alfatḥ Aliskandarī: então fiquei muito irritado e disse:

"Ainda falta descrever os materiais de panifício, bem como o pão e suas características. E a farinha, de onde foi originariamente comprada, como se alugou seu serviço de carregamento, em que moinho foi moída, em qual recipiente se fez a massa, em qual forno foi assada, e qual padeiro foi contratado para fazê-lo. Faltou dizer de onde veio a lenha, quando foi trazida, como foi armazenada e secada, e guardada e ressecada. Faltou falar do padeiro e suas características, e do seu discípulo e suas qualidades, e do trigo e seu elogio, e do fermento e sua descrição, e do sal, como salga. Faltou descrever as prateleiras: quem as construiu e como foram compradas? Quem as utilizou? Quem as montou? E o vinagre, para se produzi-lo como se escolheram as uvas ou de onde foram compradas as tâmaras? De que modo se passou cal nas cabaças, como se extraiu sua polpa, como se passou alcatrão nos jarros? Quantas vasilhas encheu? Faltou falar das verduras: qual a artimanha utilizada em sua colheita? Em que recipiente foram ajuntadas, e com qual habilidade foram limpas? Faltou falar do prato principal: onde se comprou a carne? Como se retirou o sebo? Como foi colocada na panela? Como se acendeu o fogo? Como foi temperada para que ficasse bem cozida e seu caldo engrossasse? Tais questões são de uma gravidade espetacular e inesgotável." E me levantei. Ele perguntou: "Aonde vai?". Respondi: "Satisfazer uma necessidade premente". Ele disse: "Meu amo, gostaria de um banheiro que deixa para trás as residências de primavera de um príncipe, ou as moradas de outono de um vizir? Na sua parte alta se passou gesso, e na baixa, cal; seu telhado foi consertado, e seu piso é de mármore. Em suas paredes, uma formiga escorregaria, e em seu assoalho, uma mosca deslizaria; sua porta é uma mistura de plátano e marfim, misturados da melhor maneira. O hóspede chega a desejar fazer suas refeições ali". Eu disse: "Coma você nessa porcaria, pois o banheiro não constava dos meus planos". Abalei em direção à porta e me escafedi a toda a pressa. Pus-me a correr enquanto ele me perseguia, gritando: "Ó Abū Alfatḥ, a carne cozida na coalhada!". Os meninos da rua supuseram que "carne cozida na coalhada" era minha alcunha, e começaram a gritar como ele. Tamanha era a minha irritação que atirei uma pedra num deles, mas um homem que passava acabou recebendo em seu turbante a pedra, que se afundou em sua cabeça. Tomei então pancadas com sapatos velhos e novos, e bofetões legítimos e velhacos. Depois fui levado para a cadeia, e permaneci dois anos naquela calamidade. Jurei, por isso, não comer tal comida enquanto vivesse. Ó gente de Hamaḏān, estou sendo injusto nesse quesito?

Disse ᶜĪsa Bin Hišām: aceitamos então suas desculpas, e fizemos a mesma jura que ele. Dissemos: "Em tempos passados, a carne cozida na coalhada cometeu um crime contra os homens livres, e deu preferência aos canalhas em prejuízo dos probos".

Este livro, composto na fonte Fairfield,
foi impresso em papel Lux Cream 60g/m², na AR Fernandez.
São Paulo, Brasil, fevereiro de 2025.